JN260780

西鶴小説論

対照的構造と〈東アジア〉への視界

染谷智幸

翰林書房

西鶴小説論　対照的構造と〈東アジア〉への視界◎目次

【第一部】総論　西鶴小説　その対照的構造と〈東アジア〉への視界……7

【第二部】西鶴と東アジア、そして十七世紀……31

第一章　西鶴　可能性としてのアジア小説……33
第二章　アジア小説としての『好色一代男』——朝鮮の『九雲夢』、中国の『金瓶梅』との比較より……62
第三章　東アジアの古典小説と仏教
——『九雲夢』と仏画・曼荼羅、『好色一代男』と庶民仏教・法華宗……110
第四章　〈性〉の回遊式庭園——「好色」かつ「一代男」たることの至難をめぐって……147
第五章　西鶴・大坂・椀久——武士と商人の「谷」町筋……172
第六章　西鶴小説と十七世紀の経済情況
——寛文〜元禄期の高度経済成長と商家におけるイエの確立を背景に……202

【第三部】西鶴のロマンスとユートピア……243

第一章　戦士のロマンス——『男色大鑑』の恋愛空間①……245
第二章　「玉章は鱸に通はす」考——『男色大鑑』の恋愛空間②……280
第三章　『男色大鑑』の成立をめぐって（上）——成立時期の問題……307

第四章　『男色大鑑』の成立をめぐって（下）――成立過程の問題……341
第五章　「不断心懸の早馬」考――『武道伝来記』と死のユートピア……368

【第四部】西鶴の空間、変転するコントラスト……393

第一章　恋の箱庭――『好色五人女』の縦糸と横糸……395
第二章　西鶴と元禄のセクシュアリティ――『好色一代女』と『男色大鑑』の対照性を中心に……424
第三章　西鶴小説の対照的構造と中期作品群――『武道伝来記』と『日本永代蔵』……460
第四章　西鶴、晩年の方法と借景性の問題（上）――『世間胸算用』の構造……495
第五章　西鶴、晩年の方法と借景性の問題（下）――『西鶴置土産』と『万の文反古』の構造……518

参考資料（참고자료）
『구운몽』과『호색일대담』에　관한　두　개의　문제　고찰
――『구운몽』과　불화・만다라의　관계를　통한『일대남』과의　비교론……567
（邦題）『九雲夢』と『好色一代男』に関する二つの問題
――『九雲夢』と仏画・曼荼羅の関係を論じて『一代男』との比較論に及ぶ

あとがき……568　初出一覧……573　索引……586

【凡例】

・漢字については、人名を除いて原則として新字体を使ったが、引用文、または書名などで旧字体のまま使用した箇所がある。
・西鶴作品の本文は『新編西鶴全集1～4』（勉誠出版、二〇〇四年）を基にしたが、稿者の判断によって適宜補正し、また通読の便を考えて、漢字の字体、仮名の清濁等、手を入れた箇所がある。
・西鶴作品以外の本文に関しては各論文の注に明示したが、西鶴作品と同じく稿者の判断によって適宜補正した箇所がある。
・作者名、作品名に関して、二度目以降に使用する場合は略記した。
　（例）　井原西鶴→西鶴　　『好色一代男』→『一代男』
・韓国語の文献から引用し日本語訳を施したものがあるが、特に断らないかぎりは、稿者が全て日本語訳したものである。
・韓国語で使われる繁体字（漢字）は、通読の便を考えて原則として日本の新字体に改めたが、人名・書名等で一部そのままにした場合がある。
・引用した図版の出典に関しては、各論文の本文中、及び注に明示した。なお、西鶴作品の挿絵に関しては、基本的に『新編西鶴全集1～4』（勉誠出版、二〇〇四年）から引用したが、それ以外のものは同じく注に明示した。

【第一部】総論　西鶴小説　その対照的構造と〈東アジア〉への視界

西鶴と西浦

西鶴と西浦《そぽ》（金萬重）。日韓を代表する古典小説の作者である。二人は、ほぼ同時期に生を享け、同じ時代の空気を吸った。出自だけを見れば二人は全く別個の存在であるが、両者の性格には際立った共通点がある。それは思想・文学に対して実に柔らかい態度を取ることである。二人を比較することで、日韓の両文学の特色が鮮やかに浮かび上がってくる。

はじめに

井原西鶴は日本を代表する小説家である。しかし同時に西鶴は、アジアを代表する小説家でもある。もちろん、これは日本を代表するのだから、必然的にアジアの代表にもなるということでは全くない。アジアという枠組みの中での西鶴は、日本という枠組みでの西鶴とはいささか違った側面をみせるのであり、そのアジア的側面がすこぶる価値的であるという意味においてである。

では、その西鶴のアジア的側面とは何か。

本書は、この点を最終的な目標にして、様々な角度から検討を加えてゆくが、本書が取った叙述方法、あるいは構成にはいささか独特なものがある。それは、最初から鳥瞰的に西鶴の〈アジア〉性を眺めるというものではなく、西鶴の評価をめぐる或る問題を追究していった必然として、西鶴の〈アジア〉性という問題に行き当たったという点にある。

よって、この経緯・流れ自体が本書の価値でもあると思われるので、この手の研究書としてはいささか異例なことだが、最初に「総論」として、個々の論文の要約を交えながら、本書の目指した方向についての略述を試みたい。そして、個々の論文では論じにくかった全体の問題についても合わせて論じたい。

なお、以下本論は、一般的な論文としての形式から少し離れて、私自身が西鶴にどのような関心を抱き、それがまたどのような経緯で現在に至るのかという、いささかパーソナルな経過的叙述になっている。これは、そうした叙述スタイルの方が、本書のめざす方向を表現しやすいと考えたからである。これまた異例なことだが、ご理解をいただければと思う。

一　本書の構成

本書は三つの部分から成る。それは、

① 西鶴小説を「東アジア」「十七世紀の時空」の視座から把握したもの（本書第二部）
② 西鶴小説を「男色」「武士」の世界から把握したもの（本書第三部）
③ 西鶴小説の対照的構造を明らかにし、その構造の持つ世界観を把握したもの（本書第四部）

であり、それぞれが本書の第二部～第四部にあたる。

そこで、以下順を追って本書を略述したいが、最初に②（第三部）、次に③（第四部）、そして最後に①（第二部）

の順番で述べてみようと思う。というのは、先にもパーソナルな問題と断ったが、私が西鶴に関して最初に抱え込んだ問題が②の西鶴小説における「男色」「武士」（特に「男色」）の問題だったからであり、その問題を追究してゆくうちに、③の西鶴小説の対照的構造の問題、そしてさらに①の「東アジア」や「十七世紀」の問題に結びつく結果となったからである。そこで以下この流れに沿って叙述を試みよう。最初は②（第三部）の「男色」「武士」の問題である。（なお当初、本書の構成自体も、この変遷に沿って②→③→①の順番に配置することを考えたが、①の東アジアの問題はテーマとして大きく、総論としての意味も含む。よって最初に置いた次第である。）

二　西鶴のロマンスとユートピア（第三部）――『男色大鑑』への視座

『男色大鑑』は一読すれば分かるように、実に魅力的な作品である。しかし、**【戦士のロマンス――『男色大鑑』の恋愛空間①】**の書き出しで「『男色大鑑』は不幸な作品である」と書いたように、従来の西鶴研究では、不当に退けられ、あるいは見落とされてきた存在であった。この『男色大鑑』が西鶴作品として重要な意味を持つことは、西鶴作品中最も大部であるという一事をもっても分かるのだが（西鶴文学における量の問題は、彼の俳諧における大矢数が良い例のように、特別な意味を持つ）、この作品は、西鶴小説の空間や精神を考えるときに極めて重要な意味を持っている。それを一言で言うならば、「リアリスト西鶴」とは対極にある心性が、西鶴の中に厳として存在することを示すことである。

西鶴は明治以降の西欧的近代文学の要請から「リアリスト西鶴」と呼称され、リアリズム（現実主義）文学の日本における元祖として位置付けられてきたことは周知のことである。それが江戸時代の中後期に埋没していた西鶴の評価を高め、新しい光を当てたことは言うまでもないが、その「リアリスト西鶴」が西鶴小説の一面を深く理解させたものの、それによって西鶴小説の持つ他の魅力が切り捨てられ、西鶴の全体像が歪んだものになってしまったことは間違いない。第二次世界大戦後、そうして切り捨てられた魅力や全体像の再評価・再構築が盛んに行われることになったのだが、それは不徹底に終わったというのが私の認識である。何故か。それは切り捨てられた中で最も重要なものが『男色大鑑』であったにも関わらず、これを十分に汲み上げてこなかったからである。

そこで『男色大鑑』や他の作品中の男色譚、そして武家物作品を解読することによって、忘れられていた西鶴の精神構造にスポットを当てつつ、従来の歪んだ西鶴像の修正を試みようとしたのが本書第三部の諸論考である。

まず、**【戦士のロマンス――『男色大鑑』の恋愛空間①】**であるが、本作の再評価のために、男色の持つ文化的位相を明らかにする必要があると考えた私は、男色に関する文学・文化の資料を一通り調査してみた。その結果、従来の男色文化に対する評価は、明らかに或る偏りや見落としがあり、それが西鶴の『男色大鑑』の評価へと波及していることに気付いた。その見落とされていたものとは、かつて南方熊楠が指摘した「浄の男道」の世界である。この「浄の男道」とは中沢新一氏の言葉に即せば（『浄のセクソロジー』解題）、男色文化には、両性具有的な少年の肉体と結合しようとする性愛的側面と同時に、一個の人間同士として対等に向かいつつ困難に対峙しようとする純愛的な側面があるということだが、ここで重要なのは『男色大鑑』の、とくに前半に展開された武家の男色は、明らかにこの「浄の男道」に通じることである。

先に『男色大鑑』は魅力的な作品と言ったが、これには注意が必要である。それはこの作品には男色の性愛的側面がほとんど表れないからである。よって、この作品に性愛的男色の諸相のみを期待した読者はほとんど幻滅するだろうし、実際に幻滅させてきた。『男色大鑑』の読みの歴史とはその幻滅の歴史だと言ってもよい。しかし、その幻滅とは、実は、近代以降の感性が勝手に行った独り相撲に過ぎない。西鶴当時の男色に対する一般的な認識に即せば、西鶴は男色の持つ二つの側面の一つを、正面から描いたのであって、その結果が現存する『男色大鑑』なのである。よって、『男色大鑑』の評価の基準は、男色の性愛性を追求しなかったところではなく、男色の精神性を追求したところに求められなくてはならない。すなわち、『男色大鑑』の価値は、日本やその周辺の文化が長く培ってきた「浄の男道」の世界を承けて、それを近世的な文脈の中で展開し、再構築している処にあると言うべきである。

そこで**【「玉章は鱸に通はす」考――『男色大鑑』の恋愛空間②】**では、この「浄の男道」の問題をより具体的に論じるために、『男色大鑑』の佳作として名高い巻一の四「玉章は鱸に通はす」を取り上げた。本短篇には、同素材を扱った数本の写本の存在が知られており、その相互比較によって西鶴の意図が読み取れる。それによれば、西鶴は、同素材の諸写本よりも、武家若衆の恋愛をより精神性（反肉欲性）・純粋性を高めようとする方向で、書き換えを行っていることが見て取れる。西鶴の『男色大鑑』執筆の意図の一端がここに明確に表れているのである。

また、ここで得られた結論は、『男色大鑑』全体、とくに巻一〜四の前半全体に広げてゆけるものでもある。これを本論文の後半で論じた。ここで明らかにしたのは、『男色大鑑』前半に登場する若衆の多くが、肉体の接触（肉欲）への極端な拒否を示しているとともに、若衆と念者が強固な精神的紐帯を欲する姿を描いていることであった。この精神性は、後の西鶴の武家物作品群とともに、西鶴作品で一つの大きな極を作っているものと思われる。また、この武家社会における男色の精神性は、近代以降の純愛文学へと遥かに繋がる可能性のあることも指摘した。

このような『男色大鑑』の見直しは、先にも書いたように、男色という文化全体への調査から浮かび上がってきたものであったが、もう一つの契機になったのは、**【『男色大鑑』の成立をめぐって（上）――成立時期の問題】**であった。従来の『男色大鑑』評価は、先にも述べたように、西鶴評価の周縁・片隅に追いやられており、唯一の肯定的評価は、本作が、好色物と武家物との橋渡しの役割を果たしているという暉峻康隆氏の評価であった。しかし、『男色大鑑』の複雑な内容、多彩な言語機能の駆使を見るとき、この作品が好色物と武家物の狭間に一挙に出来上がったものとは考えられない。それを確実に示しているものが、貞享二年正月に京都の西村市郎右衛門方から出された書籍目録（貞享二年修版）にのる「八、男色大鏡《ママ》」という記述である。本論文では、これを様々な角度から検証した結果、この記述は西鶴の『男色大鑑』を指すものであり、貞享元年末（出版された貞享四年正月より約二年前）には京都の西村に知られる程度に、西鶴の『男色大鑑』の構想は成り立っていたのではないかと述べた。

『男色大鑑』の成立を一挙に出来上がったものでなく、数年の期間をかけて構想・執筆されたものと仮定することは、『男色大鑑』の中に、多層的な小説空間とそれをめぐる複雑な成立経緯の存在を推測させることになる。その解析を試みたのが、**【『男色大鑑』の成立をめぐって（下）――成立過程の問題】**である。ここから私は、『男色大鑑』が巻一～四、巻五・八、巻六・七の順に成立したという三部、三段階成立説を主張した。

こうした『男色大鑑』、とくに前半の武家社会に関する再評価は、当然のことながら後の武家物への新しい視座を切り拓くことになる。この観点から『武道伝来記』を論じたのが**【「不断心懸の早馬」考――『武道伝来記』と死のユートピア】**である。従来、西鶴の武家物は好色物や町人物に比べて評価が低かった。その原因は、西鶴が町人商人層の出身であり、当然、武家社会への理解がそれほど深いものではないだろうという、これもある種一方的な偏見にあった。しかし、西鶴が、武家の男色に関して示したものは、町人商人層からの気ままな好奇心の産物とはとても思えない、武家社会へのかなり深い理解がなければ成しえないものなのである。とすれば、西鶴は当然、男色以外の武家の様々な世界に関しても精通していたはずとの認識から、本作を代表する二篇の解析に挑んだ。その結果、西鶴の描き出す武家社会、特にその武士同士の水平的関係の描写は、時として、当事者の武士の意識・常識を超えるほどに深く、武家社会の一面を抉り出していた可能性があることが分かった。こうした方向で本作の多くの短篇が解析できるかどうかは今後の課題だが、従来、我々が漠然として抱いていた西鶴へのイメージ、すなわち「町人作家西鶴」は、その根本から見直す必要が生まれてきたと言ってよい。

なお、論文中では触れなかったが、この「町人作家西鶴」の見直しは、時代性・歴史性といった観点からも迫られている課題と言ってよいだろう。すなわち、西鶴が活躍した寛文〜元禄初期における武士、町人商人とはどのような存在であったのか、実はあまりよく分かっていないのである。我々が一般的に抱いている江戸時代の武士像・町人商人像とは享保以降のものであって、それ以前は大分違うようなのだ。たとえば、『日本永代蔵』巻一の三「浪風静に神通丸」に次の文章がある。

いつとなく角前髪より銀取の袋をかたげ、次第おくりの手代分になって、見るを見まねに自分商を仕掛、利徳はだまりて、損は親方へかづけ、肝心の身を持時、親・請人に難義をかけ、遣ひ捨し金銀の出所なく、其なりけりに内證曖済て、荷ひ商ひの身の行する、幾人かかぎりなし。（傍線稿者）

いわゆる商家の暖簾分けであるが、我々が普通に認識している、丁稚奉公の末親方から暖簾を分けてもらうものとは大分印象に違いのあることに気付くはずである。近世史家の中井信彦氏によれば、暖簾分けの制度は元禄・享保以降のもので、それ以前は「主人と奉公人の関係の本質は、まさに利害の二字につきた」（『町人』小学館）とも言われる。右記『永代蔵』の文章における主人と奉公人の関係はそれに近い。とすれば、西鶴が町人商人層の出身であったとしても、それは元禄以前の町人商人であって、我々が普通に知っている享保以降の町人商人の姿を西鶴に当てはめてしまうのはいささか危険なのである。

では、元禄期以前の町人・商人の実像とはどのようなものであったか。こうした重大な問題にここで簡単に答えが出せるはずもないが、私は、第四部・第三章の**【西鶴小説の対照的構造と中期作品群――『武道伝来記』と『日本永代蔵』】**の中でも触れたように、寛文~元禄期の町人商人は、かなり武士的な性格を持っていたのではないかと考えている。とすれば、先に述べた、西鶴の深い武士理解もそうした時代性と繋がってくる可能性がある。

また、本書第二部・第五章**【西鶴・大坂・椀久――武士と商人の「谷」町筋】**で指摘したように、西鶴は比較的早い時期に商人層から離脱して、武士の出入りが多い谷町筋錫屋町に隠遁していた。ここに居を据えた意図は判然としないけれども、武士の世界に深く入り込める位置に彼が居たことは確かである。とすれば、伊藤梅宇『見聞談叢』に載る有名なエピソード――「黒田侯」が「御帰国の時」、西鶴を「大坂の御屋敷へ召して、次にてはなさせ聞き玉」うた――も、普通は西鶴の咄の上手さという点からのみ語られるが、西鶴と武士との距離の近さを示す事例の一つとも言えるのである。

いずれにせよ、この西鶴と武士との関係という問題は、今後の課題であるが、従来の「町人作家西鶴」という認識では、もはや把握できない問題が多々あることだけは間違いないのである。

三　西鶴の空間、変転するコントラスト（第四部）

さて、西鶴の描いた男色や武士に注目すべきことを説いたが、そのことは当然、もう一方の極である女色にも改めて目を向けさせることとなる。そのきっかけになったのは先の**【『男色大鑑』の成立をめぐって（上）――成立時期の問題】**であった。『男色大鑑』の成立時期が前に繰り上がることは、『好色一代女』の執筆時期と『男色大鑑』の執筆時期が限りなく重なり合うことを意味した。そして、それはこの両作品を同時に執筆しているという西鶴の姿を彷彿とさせることになった。この西鶴の執筆・制作現場を自分なりに想像してみることは、私に西鶴の新しい一面を見させてくれたと同時に、西鶴という作家の底知れぬ広さ多様さを認識させることとなった。

【西鶴と元禄のセクシュアリティ――『好色一代女』と『男色大鑑』の対照性を中心に】はそうした西鶴の底知れぬ広さ多様さを捉えようと試みたものである。結論から言えば、『一代女』と『男色大鑑』は、見事なまでに対照的な作品である。それは、片方の『一代女』が、肉欲の限りを尽くして彷徨する人間の欲望・暗部を、赤裸々なファルス（笑劇）として描き、片方の『男色大鑑』は、それとは逆に、自らの恋情の前に立ちはだかる、あらゆる困難を越えて結びつこうとする無垢なる魂を、ストイシズムとロマンチシズムをない交ぜにした悲劇として描き出したからである。しかし、驚くべきは、その全くベクトルの違う対照的な世界を、西鶴は一本の筆で同時に描き出そうとしたことである。そのスパンの広さ、筆力の強さ豊かさに、私は、圧倒されるとともに戦慄を覚えたのである。

これを近代作家に例えれば、まるで永井荷風や谷崎潤一郎と、北村透谷が同居しているような世界と言えるかも知れない。片や、狷介孤高に浅草のストリップ小屋などの猥雑な風俗に耽溺していった荷風、また老境に至ってなお燃え盛るエロスの衝動に正面から立ち向かった潤一郎、そして一方、肉欲を去った純粋な恋愛こそが人生最大の価値であるとする恋愛至上主義を打ちたて、遊楽情調に堕す俗世間と対決した透谷。近代文学において両極を成すとも考えられるこの二つの世界が、西鶴にあっては同居して独自の光を放っている。

私は、この対極を飲み込む西鶴の多様さ広さこそ彼の真骨頂であり、その両極が鬩ぎあう場所、あるいは両極に引きちぎられそうになったぎりぎりの接点に、西鶴の創作のパッションを感じ取ったのである。

こうした女色男色の対照性は、『一代女』と『男色大鑑』の二作にとどまらない。西鶴はすでに処女作である『一代男』の執筆時から、この対照性を描き出しており、その後徐々に広がって『一代女』『男色大鑑』において花を開かせるに至ったのである。そして『好色五人女』ではそうした対照性が更に宗教における神道や仏教の対照性や、地政学的な海と山の対照性とも結びついて、一種の好色世界の箱庭とでも呼ぶべき空間を作り上げていた。それが**【恋の箱庭――『好色五人女』の縦糸と横糸】**である。

さらにその後、この両極を対峙させたままに、世界を構築している西鶴の姿勢は、町人物と呼ばれる作品群と、武家物と呼ばれる作品群の対峙にも当てはまることが分かった。普通、西鶴の町人物と武家物は、別々のジャンルという意識が働いて分けて論じられてしまうことがほとんどだが、これは根本から考え直してみる必要がある。**【西鶴小説の対照的構造と中期作品群――『武道伝来記』と『日本永代蔵』】**は、そうした観点から論じたものである。

まず、好色物の中で分岐してゆく女色の性愛性と男色の精神性は、町人物の即物性と武家物の精神性へと繋がる。そして、その即物性と精神性は対照的でありながらも、相互に響き合いつつ補完する楕円的、二重惑星的な対極世界を作り上げているのである。その極と極とは、

①武士の死、　商人の生
②武士の名、　商人の利
③武士の綺羅、商人の質素
④武士の精神、商人のモノ

である。すなわち、死・名・綺羅（美）・精神という形而上的な世界を司っている武士と、生・利・質素・モノという形而下的な世界を整えている商人という対照的でありながらも相互補完する世界像が、西鶴の浮世草子の中期において出現してきたのである。

こうした武士と商人の対照的構造は、西鶴より前にも山鹿素行（『山鹿語類』など）の武士職分論や、西鶴の後に多く出現する武士と商人の棲み分け論と似通うものを持っていて、それはまたそれで重要な問題を提起するのだが（後の第一部の諸論）、そうした職分論・棲み分け論と西鶴が本質的に異なるのは、西鶴の描く武士と商人は都市の中の一機能として収まってしまうような大人しいものでなく、かなりファナティックな激しさを持った両極であり楕円構造なのであった。それを象徴するのは西鶴の描いた武士が死を司るものであり、商人が生（生活）を整える点であった。西鶴が『武道伝来記』で武士の死闘に、『日本永代蔵』で商人の吝嗇に徹底的にこだわったのはその為である。

さらに、この武家物と町人物の対照性は、西鶴が活躍した寛文〜元禄初期の、大坂を初めとする城下町で起きていた或る〈事件〉を背景にしていたことを忘れてはならない。その〈事件〉とは都市における武士と商人の対峙・対立である。武士と商人は中世・近世史家が説くように中世以来、社会の様々な場所に生息し成長を続けてきたが、その両者が十七世紀後半の都市部における爆発的な経済発展の最中に衝突することになったのである。

この衝突は、結局、表向きには武士が商人を押さえ込みつつ、実質的には商人が勝利する、あるいは、武士が名を取り、商人が利を取るという複雑なアマルガム（合金）化の末に終息した。これが西鶴以降盛んに喧伝された武士と商人の名利論であり、職分論・棲み分け論であった。とすれば、西鶴の描いた武家物と町人物の烈しい対峙は、そうした終息化安定化する前の武士と商人が持っていた烈しいパワーそのものを表現したものと理解することができる。西鶴が多感な青春を送り俳諧に身を投じた時期（小説を書くすこし前の時期）は、まさに丁度武士と商人がその都市化の中でそれぞれの存在意義をめぐって対峙していた時期と重なるからである。そしてその時期はまだ、武士は武士の、商人は商人の可能性が信じられていた時期でもあった。享保以降、武士は都市生活によって本来の武士らしさを骨抜きにされ（荻生徂徠『政談』、朝日重章『鸚鵡籠中記』など）、商人は景気の低迷とイエや株仲間などの制度化によって本来の活力を失いはじめるが、寛文・延宝期はそれとは対照的な活況を呈した時代であった。とすれば、西鶴は、武士と商人がそれぞれ持っていた可能性を、可能性のままに描き出したものと言うことができるはずである。

また、この対照性をもとに描き出された小説が、西鶴の創作活動において中期に集中しているのは見過ごせない点である。従来、西鶴小説の評価は前期の『好色一代男』を中心にしたものと、晩年の『世間胸算用』『西鶴置土産』を中心にしたものとがあったが、『好色一代女』『男色大鑑』『武道伝来記』『日本永代蔵』の四作品を中心にした中期の作品こそが、西鶴文学の最も良質な部分が表れたものだと考えなくてはならない。

しかし、晩年の作品にはもちろん中期の作品群とは別個の魅力がある。それを論じたのが**【西鶴、晩年の方法と借景性の問題（上）――『世間胸算用』の構造】と、【西鶴、晩年の方法と借景性の問題（下）――『西鶴置土産』と『万の文反古』の構造】**である。この晩年において西鶴は前期・中期とは違った小説の作り方を試みているように思われる。それは、借景性を利用した新しい短篇小説の創作である。

西鶴が長篇小説を書ける能力があったかどうかは別にして、彼が一貫して短篇、というより掌篇とも言うべき短い作品を、唯一のスタイルとして書き続けたことは重視されなければならない。そうしたスタイルの中で表現できることは限られているが、その限界を乗り越えるには幾つかの方法がある。一つは今述べた長篇化であるが（これは西鶴以降の後期浮世草子の世界で試みられている）、もう一つは借景を利用しての作品世界の拡大であると思われる。この借景は作庭の技術として名高いが、文学方面でも、すでに和歌・俳諧といった短詩世界で試みられており、その意味で日本的なものと言えるが、西鶴はこれを自らの短篇小説に応用したのではないかと思われるのである。

この方法は『胸算用』と『置土産』において顕著であるが、こうした方法に辿り着いた西鶴の試行錯誤の跡を『文反古』の中に見ることができるというのが本論の主旨である。

四　西鶴と東アジア、そして十七世紀（第二部）

『男色大鑑』との出会いから始まった私の西鶴研究は、既に論じたように女色と男色、武士と商人との対照的描写という中期の作品群の解析で一つのピークを迎えた。しかし、問題は、この武士世界と商人世界の対置という西鶴の認識が一体何処から来ているのか、そしてそれはどんな意味を持っているのか、であった。

何処から来ているのかについては、先に述べたように、一つには当時の都市（城下町）における武士と商人の対峙という社会状況から考えることが出来るが、これを別の角度から論じたのが、**【西鶴・大坂・椀久——武士と商人の「谷」町筋】**である。大坂は西鶴の出身地で生活空間でもあったが、西鶴が住んでいた谷町筋・錫屋町は、如上の武士と商人の対峙を考える上で、極めて重要な問題を提起してくれる。すなわち、そこは丁度武家屋敷と町人商人居住地との狭間にあったからであり、まさに武士と商人の「谷」町筋であったのである。またこの地域は、武士と商人が錯綜しながら情報を交換するコミュニケーションの場所でもあり、遊山の場所でもあった。こうした場所に庵を構えた西鶴が、武士と商人の対照的な世界を構築していることは見過ごせない。また、こうした場所であったからこそ、西鶴は、武士と商人を等距離のスタンスで描きだすことが出来たのである。

そして、今の大坂の問題は、西鶴を取り巻く「空間」の問題であったが、それを「時間」の角度から論じたものが**【西鶴小説と十七世紀の経済情況――寛文〜元禄期の高度経済成長と商家におけるイエの確立を背景に】**である。先にも述べたように、西鶴の活躍した寛文〜元禄初期は、武士と商人の最盛期であったが、特に商人が大きく発展した時期であった。この十七世紀後半という時期が、何故それまでや、それ以降と違って商人の突出した経済発展を可能にさせたのかは、歴史学・経済史学の知見から説明できるが、重要なのは、それが西鶴小説の自由闊達さを支えていたという点である。特に西鶴の描いた「一代性」は、十七世紀前半までに「町」という土地に縛り付けられていた商人たちが、自力で離陸した時の象徴的な原理であり、また十八世紀前半に商人たちが力を失いはじめるのも、この原理を失い始めたからである。またこの「一代性」は武士と商人が持っている本来的なヨコの原理に適うものであった。よって「一代性」の謳歌されたこの時期こそ、武士も商人も共に自らの可能性をまた謳歌できたのである。

こうした論点から、西鶴そして江島其磧へと繫がる浮世草子史の展開を論じたのが本論文の後半部である。一代性から転じたイエ制度の確立は、浮世草子の歴史に西鶴とは別の原理を元にした新しい小説を生む基盤となった。しかし、この西鶴の置かれた時空間を再検討する作業は、私にもうすこし別な作業を促した。それは西鶴をグローバルに〈東アジア〉の視点から捉え直すという作業である。

大坂が、後に天下の台所と言われた、日本の中心的な商業中継地であったことは誰もが知ることだが、それが長崎や他の藩・都市などの所謂「四つの口」(中国・オランダにむけての長崎、琉球へむけての薩摩藩、朝鮮へむけての対馬藩、蝦夷地へむけての松前藩）を通じて東アジア世界と結びついていたことについては忘れられていることが多い。さらに大坂を中心に西日本で流通していた銀は「中国、朝鮮、琉球、日本といった北東アジア交易圏にしっかりと組み込まれた日本銀」（田代和生「十七・十八世紀東アジア域内交易における日本銀」）と言われるように東アジアの基軸通貨であった。

こうした大坂の真只中に居た西鶴が、東アジアに対してどのような視界を持ち、また東アジアの中で西鶴小説がどのような意味を持っていたのか、これが重要な問題として急浮上してきたのである。

その一つのきっかけになったのが**【性の回遊式庭園――「好色」かつ「一代男」たることの至難をめぐって】**の問題であった。日本が古来から性に対して大らかな感性を持っていたことは諸書に詳しく、西鶴の描いた女色もそうした土壌に培われたものであるが、西鶴の女色はそうした性愛性と自然性をさらに徹底化させ、性を管理・馴致する庭園としての遊廓像やそこに生息する恋愛対象としての遊女像を作りあげた。そこで問題になるのは、そうした西鶴の遊廓・遊女像の基盤となった大らかな性文化がどのように裾野を広げているのかである。この点について一通りの調査を施すと、不思議なことにすぐ隣の朝鮮や中国北部にはこうした大らかな性文化がほとんどなく、そうした内陸部とは反対の、東シナ海の海洋域、中国南部の海洋域を通じて、東南アジアの諸民族へと繋がってゆく、海洋域のラインに多く見られるものであることが分かるのである。

これは大らかな性としての女色のみではない。もう一方の男色においても同様のルーツを辿ることが出来るのである。その点について第三部の**【戦士のロマンス――『男色大鑑』の恋愛空間①】**で述べたが、日本の男色（浄の男道）のルーツは九州の武士文化（代表的なものは薩摩の兵児二才制度）から、南朝鮮の海域である新羅文化、そして台湾から東南アジア、メラネシアへと連なってゆくのである。男色は秘すべきものとして文献にあまり表れない関係から、文献上の調査はなかなかに難しいのであるが、この東アジアの海域に広がっていたことはまず間違いないと考えられるのである。そしてこの男色（浄の男道）も先の大らかな性と同じく、中国北部や朝鮮半島ではほとんど見られないものであった。

こうしてみると、西鶴の描いた女色・男色の裾野・ルーツが東アジアの海域に向かっていることがはっきりする。ところが、先に西鶴作品の中、この女色・男色の対照性を引き継いで対照的な位置にあった武士と商人も、この東アジアの海域と切っても切れない関係にあるのである。

武士と商人、江戸時代を中心に日本の文化を作り上げた二つの世界は、日本においてはポピュラーかつ中心的な存在であるが、これを東アジアにまで広げてみると、その位置、様相は一変する。とくに儒教—朱子学（儒教から朱子学を経て体系化された文治主義・官僚主義的思想。以下これを「儒教—朱子学」と略称する）を中心思想とした中国の国家体制からすれば、それは周縁的な存在でしかなかった。

この武士と商人、とくに商人が活躍した場所が、東アジアの周辺部とでも言うべき、やはり東・南シナ海の海域であった。この点を軸に西鶴文学の〈アジア〉性を論じたのが**【西鶴　可能性としてのアジア小説】**である。日本の室町・江戸時代にあたる十五〜十八世紀の東アジア海域の交易史を調べてみると、西鶴に繋がる重要な問題として次の三点が挙がってくる。

① 東アジア海洋域の商業発展に西日本や大坂の商人も深く関わっていたこと。
② 東アジア海洋域の商業発展に日本の武士たちが深くつながっていたこと。
③ 東アジア海洋域の商業発展は中国・朝鮮ではなく日本の武士と商人に受け継がれ、日本の近代化（アジアで

最も早い近代化）へと結実していったこと。

要するに、十五・六世紀における東アジア海洋域の重商主義的発展は、武士と商人の合体した倭寇を中心に、日本の商人や武士団も加わって大きく発展した。中国や朝鮮もこの発展に深く関わっていたが、儒教―朱子学を信奉する二つの国家はそうした海域で活躍する商人や武士を体制内に取り込むことが出来ずに国外へと放逐することになった（これらが後の華僑の一部となる）。それに対して日本は、武士と商人が政治支配・経済活動の中心的位置にあったため、様々な倭寇的勢力とネットワークを組み、かつそれ等を体制内に取り込みつつ、室町時代から江戸時代にかけて西日本の港湾を中心に大きな発展を遂げた。鎌倉時代における梶原景時や千葉氏一族の海上交易、室町時代における大名中の両巨頭とも言うべき大内細川両氏の東シナ海上の貿易競争、そして十六世紀後半の「日本列島の各地に割拠する大名は渡来する唐船を積極的に迎えて盛んに交易を行ったが、九州の大名の中には肥後の相良氏のように、渡唐船を仕立てて自ら交易に参加するものもすくなくなかった」（勝俣鎮夫「十五―十六世紀の日本」『岩波講座日本通史10巻』）という全国的な戦国大名の海上交易がその代表である。そして、さらに江戸時代に入っては、交易口を絞りつつも発展し、かつ藩中心の経済改革にもその武士と商人の協力で成功したために、アジアの近代化は日本を中心にして展開する運びとなったのである。

そこで重要なのは、そうした東アジア海域発展→日本における武士・商人共存関係とその両者による経済改革→近代化成功、というラインの上に、西鶴小説の世界がはっきりと立ち現れてくることである。とくに西鶴が描いた武士と商人の対照的でありながらも、相互補完して一つの世界を作り上げている姿は、東アジア海域や日本の、商人・武士が発展し成長した姿として捉え直すことが可能である。そして、先の女色・男色の東アジア海洋域との関連を含めると、西鶴小説の中期に現れた女色・男色、武士・商人という対照的な二組四つの事柄が、全て東アジアの海洋域と深い関係にあることが分かってくるのである。すなわち、西鶴文学とは、東アジアの中に大きな潮流を作っていた海洋域ネットワーク文化の申し子であったということになる。

こうした西鶴小説の基盤・性格は、東アジアのもう一方の潮流である中華文化、儒教—朱子学の流れと比較しながら考えると、より一層はっきりと浮かび上がってくる。

周知のように、東アジアの中心である中国では、儒教—朱子学を基にした文化が多く生み出されたが、それは朝鮮に渡ることで一つの典型を生み出すことになった。それが思想面においては李退渓・李栗谷の朝鮮朱子学であったが、文学の方面では、十七世紀後半に登場した金萬重（号は西浦）であると言ってよい。この西浦は、日本に西鶴が登場したまさに同時期に歴史・文化の表舞台に登場したが、片や西鶴は商人層の出身、片や西浦は両班という特権階級の出身で出自は全く違っていた。しかし、十七世紀、東アジアに広がった恋愛小説の流行に乗って、両者は偶然にも一夫多妻制を基にした恋愛物語を作り上げた。これについて考察を加えたのが**【アジア小説としての『好色一代男』——朝鮮の『九雲夢』、中国の『金瓶梅』との比較より】**である。

西鶴の描き出した『一代男』は、商人層出身の世之介が、多くの女性達と恋愛遍歴を重ねる物語であるのに対して、西浦の描き出した『九雲夢』は、貴族層出身の楊少游が八人の女性と出会い恋愛関係になり結婚するという物語である。一人の男性に対して多数の女性という構図は同じだが、内容はまさに対照的である。世之介の恋愛は、多くの女性との出会いに重点が置かれていて、その後の恋愛関係の維持や生活を切り捨てているのに対して、楊少游は八人の女性全員を同じ所に住まわせ、手厚い保護をしながら全員の幸福を図ろうとする。『一代男』の序章によれば世之介と出会った女性の数は三千七百四十二人という夢物語的数字であった。それに対して楊少游は八人といささか現実味があるが、その八人全てに手厚い加護を施しただけでなく、八人全員が仲良く友情で結ばれて楊少游を慕ったという話になっている。これも別の意味で夢物語である。

すなわち、両者の話、ともに有り得ない内容なのだが、その有り得ない方向がまるで違うことである。西鶴の恋愛は新しみ・変化を第一に求めたのに対して、西浦の恋愛は秩序・コスモスを求めたと言って良いだろう。そして、この違いには西鶴と西浦の育ってきた文化的土壌の違いがはっきりと表れているのであり、我々はまた両者の違いから、この時期の日本と朝鮮の文化状況の相違を汲み取ることが出来るのである。

また、この両者の違いに中国の四大奇書の一つ『金瓶梅』を持ち込むことで三者の関係は別の様相を呈することになる。特に『一代男』と『金瓶梅』はともに商人層を主人公としているだけに、その比較は重要な問題を我々に提起する。すなわち、両者には、日本と中国の商人とそれを基盤にした文学の違いが、はっきりと表れていることである。それは世之介の武士的性格と、『金瓶梅』の主人公西門慶の官僚的性格である。

『一代男』を日本の文脈のみから読んだ場合、世之介の武士的性格はあまりはっきりとは浮かび上がってこないのだが、『金瓶梅』における西門慶と官僚の癒着や官僚的な文書主義などと読み比べると、世之介の血気にはやる気性や颯爽とした義侠精神がより鮮やかに浮かび上がってくるのである。そして、この世之介の武士的性格は、西鶴が武士と商人を対照的に描きつつも、相互補完する形で一つの世界を作り上げていたことと深く結びついてゆくものと思われるのである。

こうした問題を東アジアに共通する宗教である仏教の側面から考察したのが**【東アジアの古典小説と仏教――『九雲夢』と仏画・曼荼羅、『一代男』と庶民仏教・法華宗】**である。従来、『九雲夢』の仏教的背景に『金剛経』の存在が知られていたが、さらに『九雲夢』の仏教的背景を探ってゆくと、その秩序志向を支えるものとして仏画や曼荼羅の構成力が働いていた可能性が浮上してくるのである。また、それとは逆に、一見無思想にも見える『一代男』の背景や構成原理にも仏教的世界観があり、それは近世初期に庶民仏教として脚光を浴びていた法華宗の教義（事の一念三千）という「行」「体験」中心の志向であった可能性が高いのである。

論文中では触れなかったが、この『法華経』と曼荼羅は顕教と密教をそれぞれ代表するもので、仏教教義の中においても対照的なものである。とすれば、これは丁度**【アジア小説としての『好色一代男』――朝鮮の『九雲夢』、中国の『金瓶梅』との比較より】**で描き出されていた『一代男』と『九雲夢』の恋愛観の対照性とも重なってくる。すなわち、『一代男』の恋愛観は何よりも変化や新しさであるが、それは『法華経』や法華宗の体験中心主義と重なるのであり、また、『九雲夢』の恋愛観であった秩序への志向は、曼荼羅や密教の思索中心主義と重なってくることである。この恋愛観において対照的であった二つの物語が、また下地になった仏教的世界においても対照的なものを選び取っているのはすこぶる重要な問題である。それはこの『一代男』と『九雲夢』がたとえお互いを意識していなかったとしても、東アジアに表れた対照的な文化の流れに両者がきちんと乗っていたことを示すからに他ならない。

ただ、私が、二〇〇四年二月十一日、韓国大邱市、大邱韓医大学校で行われた韓国古小説学会（第六四回）でこの問題を口頭発表した時、何人かの方から質問を戴いたように、果たして金萬重が仏画・曼荼羅などを見ることが可能であったのかはやはり問題であろう。私は本論中で述べたように、その可能性は高いと考えるが、朝鮮後期は儒学一辺倒の時代的雰囲気もあって、それまでに存在していた思われる仏画等がほとんど散逸してしまっている可能性が高い。よって資料的な跡付けには困難を伴うかも知れないが、これも本論に書いたように高麗時代から朝鮮時代前期にかけての仏画・曼荼羅の一部は西国大名を通じて高麗仏画として渡日しているのである。そうした仏画・曼荼羅類を調査することによって、西浦との接点も見えてくるのではないかと思われるのである。なお、やはり本論中にも書いたように、従来、西鶴・西浦ともに仏教的な側面からの考察が手薄だったことは間違いない。本論文は、その仏教的視点の重要性を指摘するためのものであったことも強調しておきたい。

むすびに

以上、本書の目指した点についての粗い素描を行ったが、いま全体を振り返って補足しておきたい点が二つほどある。一つは、西鶴と東アジアの関係についてである。

本書では、西鶴と東アジアの、とくに海洋域との関係を重視して指摘したつもりだが、課題の一つは、果たして西鶴がそうした日本を越えた東アジア情勢にどれだけ通じていたのか、また通じようとしていたのかという点にある。これについては『西鶴諸国はなし』における視野を広く持つことの強調、『本朝二十不孝』の序などにおける中国思想の相対化、そして『日本永代蔵』における日本を相対化しようとする視点など幾つか指摘したが、今後、西鶴小説全体を綿密に調べ直してみる必要がある。しかし、私が強調したいのは、そうしたことに加えて、西鶴の描き出そうとした武士・商人の対照的世界、あるいはその世界が現出した大坂という都市の文化が、東アジア海洋域の重商主義的文化を受け継ぎ、後のこの地域の近代化へと繋がるライン上にしっかりと地場を築いていたということである。

言い換えれば、十七世紀後半、西鶴の居た大坂は、それまでの中国を中心にした官僚的な文化に取って代わる、東アジアの新しい商業的グローバリゼーションの中心地であったのである。そして、その大坂の持つ豊かさを最大限に汲み上げた西鶴こそが、十七世紀における新しい東アジア文化の中心的体現者、かつ表現者であったということだ。よって、西鶴が直接的に外国、特に東アジア諸国の文化に対して仮に関心を示さなかったとしても、それは西鶴が異文化に興味がなかったのではなく、十七世紀後半の時点における、東アジア文化の可能性のほとんどが大坂にあったからである。私が西鶴の小説を、アジア小説の可能性を具現化したものとして捉えようとするのは、そうした意味においてである。とすれば、西鶴はそうした東アジアの諸文化をどう吸収しそれを再編成・再構築していたのかが次なる重要な課題になってくる。この点については、**【性の回遊式庭園――「好色」かつ「一代男」たることの至難をめぐって】**で、西鶴が東アジア海洋域のおおらかな性に対する文化を受け継ぎながら、それを回遊式の庭園、あるいは箱庭的に管理・馴致する方法で、その大らかさや自然らしさを徹底化しかつ再現しようとしていたことを指摘した。こうした東アジア文化の受容と再構成という視点で、他の問題にもアプローチが可能だと思われるが、この問題について、本書であまり触れることが出来なかった。今後の課題としておきたい。

そしてもう一つは、西浦こと金萬重についてである。

本書において、二本の論文で、しかも比較的長く論じたことからも分かるように、金萬重との出会いは、私にとって最も重要なものの一つであった。

西鶴と西浦、ほぼ同時期に生を享け、同じ時代の空気を吸った二人であるが、出自だけを見れば二人は全く別個の存在である。たとえば、西浦は朝鮮儒学の名門の出身で、姪が粛宗王の初妃になったほどの家柄である。死後すぐに書かれた『粛王実録』によれば清廉潔白で親孝行であり模範的な人柄であったが、議場の論議には厳しく自説を決して譲らぬ剛さがあった。その舌鋒は王に対しても止むことなく、その逆鱗に触れて遠流され、南海（ナンへ・朝鮮半島南部の島）において一六九二年、五十六歳で没している。（西鶴は次の年一六九三年に五十二歳で没してい

る）

しかし、両者の性格には際立った共通点がある。それは思想・文学に対して実に柔らかい態度を取ることだ。西鶴については周知のことだが、西浦は朝鮮時代のリゴリスティックな儒学思想の中において驚異的な柔軟さを見せている。たとえば彼の随筆である『西浦漫筆』には儒学から見れば異説であった仏教の教説にも触れ、取るべき説は取るべしとの態度を貫くのみならず、天主教（キリスト教）にも言及している。また漢文一辺倒であった当時の詩文壇にあって漢文を他国語と平気で言い、自国の言葉で文学が書かれることを推奨したのであった。

西浦が『九雲夢』という恋愛小説を書く背景にはそうした彼の柔軟な態度があるのだが、先ほども書いたように、この『九雲夢』を対照にして『一代男』の世界を見ると、その持つ世界の特徴が実に良く浮かび上がってくるのである。これは西鶴以外の日本の文学者、とくに彼の周囲に居た草子作者たちとの比較からはなかなか浮かび上がってこない特色である。やはり、それは『九雲夢』が『一代男』とは違った一個の文学精神によって作り出されているからなのであろう。その違いが『一代男』の特殊さをより鮮明に浮かび上がらせるのだと思われるのである。

とすれば、西鶴を〈東アジア〉という視座から捉えるとは、西鶴のルーツや典拠を探し求めることだけではないはずだ。むしろ、西鶴とは違った世界や、そうした世界観を持った文化との交流や比較によって、新しい西鶴の魅力を発見することだと言っておきたい。今回は金萬重という人物を引き合いに出したが、東アジアやもう少し広く取ってアジアには、優れた小説家の優れた作品がたくさんある。そういった人たちとの比較をもっと行ってもよいのではないか。

もちろん、何の共通基盤もない人間同士の比較をして、単にその類似や相違を指摘してもあまり意味はないだろう。しかし、アジアとくに東アジアは多くの共通基盤がある。とくに江戸時代以前の東アジアは現在の我々が想像するよりも多くの共通基盤があって、各国各民族相互の人間関係も、現在より遥かに近しい存在であった。今回、私が金萬重から教わった最も重要なことも、実はそのことであった。

私は、こうした東アジアと日本の問題を考える時に、いつもエマニュエル・パストリッチ氏が言った次の言葉を思い出す。

韓国と日本における中国通俗小説受容は重要な課題である。思えば、欧州の十八世紀小説史研究では、英仏独伊の文学史は常識となっている。しかし、なぜ東アジア文学の研究では国の枠を越えた視点からの研究が行われないのだろう。今後中日韓三国の学者が隣国の言葉を真剣に修め、意味のない一般論を避けながらも、新しい小説史が書かれることを祈っている。（「十八世紀日本と韓国における中国通俗小説の受容と知識人の反応」、延廣眞治編『江戸の文事』所収）

パストリッチ氏の言う「新しい小説史」を書くためには、資料・テクストの整備の問題、学術交流の場の問題、そしてとりわけ語学力の問題があって、考えるだけでも気が遠くなるばかりである。しかし、こうした枠や壁を越えなくてはならない段階に日本の文学研究は来ているのではないか、そう思われてならないのである。本書がその枠を越えるための一歩になるかどうか、それは読者諸賢の判断を俟つしかないが、今後もこうしたチャレンジを続けたいと考えている。

【第二部】西鶴と東アジア、そして十七世紀

世之介と楊少游

世之介と楊少游。『好色一代男』と『九雲夢』の主人公であり、日本と朝鮮を代表する色男である。世之介は三千七百四十二人の女性を相手にし、楊少游は八人の妻をもうけた。楊少游の方が数は少ないが、その八人、楊少游に対してだけではなく、お互いが信頼の絆で結ばれて嫉妬など微塵もない関係であった。世之介の「数」とは別の意味で、これも奇跡の世界である。

第一章　西鶴　可能性としてのアジア小説

はじめに

竹内好氏に「方法としてのアジア(1)」というエッセイがある。日本とアジアをテーマにして、一九五〇～七〇年代の論壇をリードした竹内氏が、アジア、とくに中国に対してどのようなスタンスで臨み、自身の学説を構築していったのかが実に正直に、かつ分かりやすく述べられた文章である（学生向けの講演だったという性格もあるだろう）。そこで竹内氏は、アジアとは固有の地域のことではなくて、西欧が行ってきた普遍的価値の追究を、批判的かつ発展的に受け継ぐための「方法」のことだと言う。すなわち、西欧が追究した普遍的価値は西欧のみでは限界があり貫徹しない。それをアジアが培ってきた知見によって捉え返すことで、西欧が生み出した普遍性を西欧のみのものではなく、人類共通の普遍性へと作り直そうというものである。

まさに壮大な文化論的方法であるが、もちろん、私がここで竹内氏のエッセイを紹介したのは、氏の壮大な文化論を受け継ごうなどと言いたいが為ではない。ただ私は、竹内氏の取った方法――実体としてのアジアを問題にするというよりも、方法としてアジアを利用する——を、ここで応用してみたいと考えたからである。すなわち、西鶴を始めとする日本の小説を、日本という磁場・枠組みから一旦自由にし、新たな可能性を発見しようとするための方法・方便として、アジアやアジア小説という視点を用いてみようということである。

ただ、竹内氏ほどではないにしろ、西鶴を日本という枠から解放するということになると、桁違いの大風呂敷を広げることになるはずで、論文と呼ぶにはいささか忸怩たるものがある。が、他ならぬ西鶴もその小説の中で、世界に対する広い視野の必要性を盛んに吹聴していたとすれば(『西鶴諸国はなし』「世間の広き事」〔序文〕、「おの〳〵広き世界を見ぬゆへ」〔巻三の六〕、『日本永代蔵』「大人小人の違ひ各別、世界は広し」〔巻一の三〕「広き世界をしらぬ人こそ口惜けれ」〔巻四の二〕など)、その言葉の尻馬に乗ってみることもあながち無意味なことではないだろう。

そこで、最初に、西鶴と同じ江戸時代の小説家である上田秋成や曲亭馬琴との比較から入ることにしよう。二人の持っているアジア小説としての可能性と、西鶴のそれとはどう違うのかを比較することで、西鶴の位相を摑まえるきっかけにしてみたいのである。

一 中国小説の磁場

すでに指摘もされているが、秋成や馬琴の読本は、文学作品としての完成度という点から見れば、西鶴よりも優れている。また、中国式の通俗小説、あるいは伝奇小説という観点から見れば、西鶴より遥かに正統的なものである。しかし、結論的に言うならば、アジア小説としての可能性をどれほど保持しているのかという点で、秋成と馬琴は西鶴に及ばないのである。しかし、それは西鶴と秋成・馬琴の作者としての力量、作品の出来不出来とは関係がない。両者の拠って立つ基盤の違いから来るものである。それを見極めるために、中国において完成された通俗小説が、日本に与えた影響の経緯を見る必要がある。

一般に指摘されるように、『三国志演義』『水滸伝』『西遊記』『金瓶梅』、後に四大奇書と呼ばれるこれらの作品によって完成された中国通俗小説は、明末清初の才子佳人小説や所謂〈三言二拍〉などを生み出しつつ、日本に大きな影響を与えた。一六九一年の『通俗三国志』や一六九五年の『通俗漢楚軍談』などをその嚆矢とするが、その影響下、陸続と日本の通俗小説が発表されることになった。そして、秋成や馬琴の読本はその延長線上に成立する。(2)

ところが、西鶴は、そうした四大奇書から秋成・馬琴へと続く通俗小説の歴史、その線上から外れてしまう。それが江戸時代中の西鶴酷評を生んだ最大の原因であると私は思うが、西鶴側に立つならば、逆にこう問い返すことが出来るだろう。秋成・馬琴はそうした通俗小説の影響・呪縛から自由になることが出来なかったのではないかと。

たとえば、先の四大奇書と『雨月物語』『南総里見八犬伝』を読み比べてみればよい。この二作品には、洗練と緻密、妖しい幻想の美があるが、物語の空間構成や人物造形のスケールにおいては、残念ながら中国小説には及ばない。たしかに、『雨月物語』の「菊花の約」における赤穴宗右衛門の純粋さ、「蛇性の淫」における真女子の妖しさ、そして「青頭巾」の鬼僧がみせた迷悟転換の悲壮美には捨てがたい魅力がある。またこの作品の持つ高度な幻想性には、由良君美氏が言うように、ホフマン＝ポォ＝秋成といったインターナショナルなパラダイム造りを夢想してみたくなる。(3)また、『八犬伝』の八犬士たちの爽快さや、それを取り巻くプリミティブでミステリアスな世界も魅惑的である。しかし、『三国志演義』の劉備玄徳や諸葛孔明が駆け巡った舞台の壮大さ絢爛さ、また、『水滸伝』の宋江、魯智深、李逵のような人物が強烈に発散する人間臭さやその魅力には、かつて正岡子規も「水滸伝と八犬伝」(4)で指摘したように、やはりかなわないのである。もし、我々が、これら小説の登場人物の誰かに生まれ変わることができるとしたら、多くの人は、日本の通俗小説より中国の小説を選ぶだろう。己が智恵と力、そして信義を一つに交わした友と共に、中国大陸を縦横無尽に駆け巡ってみたい。この誘惑を超える力を、残念ながら日本の通俗小説は持っていないのである。

すなわち、『雨月物語』や『八犬伝』が魅力的な作品であることは確かだが、それらの持つ小説、とりわけ稗史（空想的歴史小説）としての可能性の多くは、中国小説がすでに達成してしまっているのである。

こうしたことは日本の小説作者たちの力量や構成力だけの問題ではない。中国文化の持つ磁場がそれだけ強靱であったということに他ならないのだが、しかし、この強力な磁場から離れて縦横無尽に小説の可能性を羽ばたかせた作者が居る。それが井原西鶴である。

二　商人と武士のユートピア

西鶴が小説世界に取り上げたのは、主に商人と武士である。しかし、それらは、中華思想である儒教―朱子学（儒教から朱子学を経て体系化された文治主義・官僚主義的思想。以下これを「儒教―朱子学」と略称する）の体系からすれば、もっとも忌避すべき世界のものであり、それは中華思想の周縁的存在でしかなかった（重農主義、尊王賤覇）。よって、その商人と武士が支えそして栄えた日本は、中国からすれば、卑しい野蛮な周縁の島国でしかなかった。しかし、西鶴はその周縁の中に、中心文化・中華思想が理想として構築したものとは全く別のタイプの人間と、その人間性の持つ可能性を発見していったのである。この周縁・エッヂからの中心文化・中華思想の転倒・相対化こそが、東アジア全域から見たときの、西鶴小説が果たしえた大きな役割の一つだったと言える。

もちろん、四大奇書などの中国通俗小説も、その中心文化・中華思想の転倒・相対化を目論んだことは言うまでもない。その戦略は「大達」⇕「小説」、「正史」⇕「稗史」というパラダイムを逆手にとって、「大達」とは無縁なアウトロー（『水滸伝』）や魑魅魍魎（『西遊記』）を跋扈させたり、「正史」とは対極にあるようなトゥリビアルで猥雑な日常（『金瓶梅』）を垂れ流すというものだった。

しかし、その構想のユニークさ、スケールの大きさにもかかわらず、これらの通俗小説は、結局中心文化・中華思想の枠内に回収されて終わるしかなかった。その原因についてここでは詳しく述べないが、『水滸伝』で言えば、梁山泊の棟梁であれほどユニークな人間味を出していた宋江が毒殺され、かつ梁山泊軍が滅んだ（第百二十回）原因とは何であったのか。また、宋江が宋江以上にユニークであった李逵を殺した（第百二十回）理由とは何であったのか。それは宋江自身の天子に対する忠義心に他ならなかった。これが象徴的である。すなわち『水滸伝』の作者は、中国大陸にアウトロー達を自由に放ち、支配体制に対して散々反抗させたまでは良かったものの、その物語を収拾するためには、天子への忠義という支配体制の論理、言わば禁じ手を使うしかなかったのである。結局、四大奇書を初めとする中国通俗小説は、中華思想の枠組みを超える原理を持たなかった。安部兼也氏の言葉を借りれば「儒家的倫理観は、庶民の文芸をも包摂していた。というよりは、それ以外に正当化する考え方が存在していなかった」（「抵抗への熱情──『水滸伝』の世界」(5)）ということになる。

ところが、西鶴の中華思想の転倒・相対化はそうしたものとは根本的に違っている。たとえば、『本朝二十不孝』序に西鶴は言う。

「雪中の笋八百屋にあり、鯉魚は魚屋の生船にあり。世に天性の外祈らずとも、夫々の家業をなし、禄を以て万物を調へ、孝を尽せる人常なり」

（昔、孟宗が苦労して雪の中から掘り出した筍は、今八百屋にゆけば簡単に買うことができるし、王祥が求めた鯉も魚屋の生簀にある。よって無理に祈らずとも、各々の家業に励んで得た利益で様々なものを購入し、孝行を実践すればよい。それがあるべき人の姿だ。）

これは孟宗や王祥の孝行を否定したものではない。ただ、八百屋や魚屋が繁盛する商品経済の中で、重要なのは商売を成功させることであって、それが成されれば自ずと孝行も適うことを言ったに過ぎない。しかし、ここには儒教―朱子学を根底からひっくり返してしまう力が潜んでいた。すなわち、儒教―朱子学の根幹を成す「孝」という思想は（そしてそれに並ぶ仁・義・礼・智・信なども同様だが）、中華思想の中では最高の価値を持っていたにもかかわらず、商品経済というシステムの中に置かれた途端に、二次的三次的な価値しか持たなくなってしまうことである。

その商品経済システムの中に生きる人間――それは何よりも「利得」を優先させる人間であったが――は儒教―朱子学の世界では考えもつかないようなタイプではあった。しかし、西鶴はこうしたタイプの人間の中に新しい可能性を発見していったのである。

また西鶴は『男色大鑑』や武家物と呼ばれる作品の中で、死を通してお互いの尊厳を認識する、武士の愛情や連帯のスタイルを多く描き出した。たとえば『男色大鑑』の前半では、死を通して極限にまで高められた若衆と念者の愛情の世界を、また『武道伝来記』では、たとえ敵同士であっても、そこに芽生えてしまう心情の絆について西鶴は書いている。西鶴はこれらの感情を「義理」（『武道伝来記』巻五の三「不断心懸の早馬」）や「意気道理」（同巻一の四「内儀の利発は替た姿」）と言っているが、これは儒教―朱子学にいう「義」「理」「気」とは全く別ものである。

西鶴の言う、武士の「義理」「意気」「道理」とは、死を通して対等な一個の人間として対峙した時に、自然と立ち上がってくる愛情や連帯の意識であって、それは命を賭けて対立した武士にしか認識することのできない感情なのである。かつて心理学者のフロイトやユングは、様々な症例の中から、人間の潜在意識や、その奥底にある人類共通意識を発見しようとしたが、西鶴の発見した武士同士の連帯意識はそれに似ていると言うべきかも知れない。

ところが、儒教―朱子学を謳った中国の支配構造を見ればわかるように、またそれに倣った朝鮮半島の事情を鑑みれば分かるように、中華思想や朱子学において「武」は必要悪の存在でしかなかった。そうした観点からみれば、日本の武士や大名の存在は、武力によって覇権を握った盗賊以外の何者でもない。よって、その盗賊たちが死に際に見せた連帯意識など一顧するさえ値しないものだったはずである。しかし、西鶴はそうした儒教―朱子学などの中華思想が退けた、盗賊である武士の中にこそ、新しい人間の可能性を発見していった。

三　東アジア海洋域のネットワーク

では、西鶴が発見したその新しい人間たちは、どんな可能性を秘めていたのか。

西鶴が描き出した武士世界を眺めるとき、ある不思議な特色のあることに気づく。それは、武家社会に特徴的な主従の関係がほとんど描かれないことだ。主君と従者というタテの関係がほとんど取り扱われずに、出てくるのは念者と若衆の男色関係（『男色大鑑』）や、武士同士の連帯（『武道伝来記』）というヨコの関係ばかりである。

これは西鶴が描く商人においても同様である。江戸時代においては商人の世界にもイエ制度というタテ社会が浸透しつつあったが、そうしたタテの関係である親⇕子、主人⇕使用人を、西鶴はあるべき人間関係として描くことがほとんどないのである。

これは、武士や商人が原理的・本来的に持っていた性質であるとは一応言える。たとえば、「武力」が全てに優先する武士の世界において、固定的・安定的なタテ関係というものは有り得なかった。必要なのは強者とのヨコに繋がる柔軟な連帯であった。武士が、戦国時代を中心に、親子や主従で争った事実が多かったことをとってもそれは明らかだし、中世の御恩と奉公という主従関係が多分に契約的関係であったことを見てもそうだ。また、千葉徳爾氏が南方熊楠の男色論を敷衍させて強調しているように(6)、武士に男色が瀰漫していったのは、女色の代替などではなく、男色という究極のヨコ的恋愛が武士同士の結束を固め、結果強力な戦闘集団を作り上げるからであった。

また、これは商人の世界においても同様で、他ならぬ西鶴が「俗姓筋目にもかまはず、只金銀が町人の氏系図になるぞかし」(『日本永代蔵』巻六の六)と言ったように、「金銭」が全ての商人社会において、大切なのは金銭の多寡やそれを生み出す知恵・才覚であった。タテ関係が持つ血筋やそこから生まれる権威はほとんど無意味なものでしかなかった。

しかし、それだけで西鶴の描いたヨコの連帯を説明できるわけではない。そこには西鶴小説を支えた時代的な背景がある。この点について、かつて松田修氏は戦国期末期から江戸初期にかけて瀰漫した、かぶき者の世界・文化を想定した(7)。これは一つの卓見であったが、しかし、私は西鶴の描いたヨコの連帯はかぶき者の世界やそれを生み出した戦国末~江戸初期の時代背景だけに収斂させてはならないと思う。

その理由は様々にあるが、最も重要なのは、先に示した『本朝二十不孝』の序文や、西鶴の武家社会の描き方を見れば分かるように、西鶴小説の描き出す世界は、中華思想を遵奉する社会とそれとは異質な商品経済社会、あるいは武力を志向する武人社会との対峙という、まことに大きな対極的または三極的構図にぶつかっているからである。とすれば、西鶴小説を日本の歴史や文化の中だけで捉えることは許されない。特に『二十不孝』の序文などが中華思想の根本的課題に触れていたことからすれば、西鶴の世界をそうした東アジアの世界、あるいはそこで展開される対極・三極の世界の中に積極的に解き放って、それがどのような意味を持つものなのかを探らなくてはならないのである。

そうした視点に立つとき、俄然注目されてくるのが、西日本の沿岸部から沖縄・台湾を経由して遠く東南アジアへと繋がってゆく東アジアの海洋文化圏である。

先にも述べたように、東アジアには、儒教—朱子学という中華思想が強大な影響力を持って存在していたが、それとは全く異質な原理をもつ文化圏が、東シナ海などの海洋を中心にした港湾都市に広がっていた。

東アジアの歴史を辿りながら、そうした海洋文化圏の存在を洗ってみると、十三世紀ごろから十七世紀あたりまで、比較的自由な国際的商業網が、アジアの海洋域において作り出されていたことが分かる。それはモンゴル元王朝下の世界規模での商業網の広がりと南海交易に端を発し、後世、倭寇と呼ばれたこの地域の海上貿易の担い手たちの活躍によって活性化され、さらに十五・六世紀に起こった大航海時代到来による西欧諸国との交流などによって驚異的な発展を遂げたものである。

この東アジアの海洋域が日本のとくに西側沿岸部と関係が深いことについては言うまでもないだろう。それについては柳田國男『海上の道』から始まる民俗学・社会学が施した比較研究の豊かな蓄積がある。それは近年、更に中国の南方諸民族を巻き込みながら、より明確な繋がりを立証しつつある。日本中世史家で様々な新見地を切り拓いていった網野善彦氏が、その晩年に精力的に取り組んだのもこの問題であった。

海の領主とも重なりつつ、供御人・神人などの職能民、「職人」的な海人は、十四世紀以降、商人あるいは「船道者」といわれた廻船人として、広く各海域で活動するようになった。注目すべきは列島社会の商人が、少なくとも江戸前期までについては、そのほとんどすべてが海民出身であったという事実である。魚・塩をあつかう商人だった千利休、江戸時代に入って、紀伊國屋文左衛門、和泉佐野の唐かね屋、紀伊栖原の栖原角兵衛など、その事例は枚挙にいとまないといってよい。そして、中世後期、列島の各地に簇生する大小の都市のほとんどが、やはりこれらの職能民的な海民の根拠地であったといっても、けっしていいすぎではなかろう。(8)

(傍線稿者)

私は、氏の傍線部の発言に接して慄然とした覚えがある。何故ならば、網野氏の言う「商人」の真只中に、西鶴という作家が居ることは間違いないからである。たとえば、氏の挙げる「和泉佐野の唐かね屋」は、西鶴の『日本永代蔵』巻一の三「浪風静に神通丸」に登場する「唐かね屋」(泉州日根郡佐野村の船問屋。「神通丸」とは実名「大通丸」)のことであった。

世わたる大船をつくりて、其名を神通丸とて、三千七百石つみても足かろく、北国の海を自在に乗て、難波の入湊に八木の商売をして、次第に家栄へけるは、諸事につきて、其身調義のよきゆへぞかし。

(『永代蔵』巻一の三「浪風静に神通丸」)

西鶴の町人物と呼ばれる作品群には、船舶とその貿易に携わる人々が多く登場し、様々な物語を展開している。この「唐かね屋」を始め、観音の銭を船舶に貸し付けることによって巨額の富を得た「網屋」（『永代蔵』巻一の二）、廻船の荷役が落す米を拾い集めて分限になった親子（同巻一の三）、捕鯨の骨から油を取って富を築いた源内（同巻二の四）、酒田の大問屋鐙屋（同巻二の五）など挙げればきりがない。また、船舶とは直接関係のない商売をしていても船舶と密接な関係にあった商人たちは多い。たとえば『永代蔵』巻三の五「紙子身袋の破れ時」の呉服屋忠助は、今は「商売ひだり前」だが「むかしは、駿河の本町に軒ならべし中にも、花菱の大紋に家名をしらせ、住国はおろかなく、東国北国にあまたの手代出見世をかざらせ」て全国的な展開をはかっていたと言う。こうした背景には、遠隔地交易こそが当時の商人たちに多くの富をもたらし、かつ、山岳部や河川が多い日本では陸上輸送は難しく、遠隔地交易は船舶中心であったという事情がある。だからこそ西鶴は、

浦山へ馬の背ばかりにて荷物をとらば、万高直にして迷惑すべし。世に船程、重宝なる物はなし。（傍線稿者）
（『永代蔵』巻二の五「舟人馬かた鐙屋の庭」）

時津風静に、日和見乗覚て、西国の壱尺八寸といへる雲行も、三日前より心えて、今程舟路の慥成事にぞ。世に舟あればこそ、一日に百里を越、十日に千里の沖をはしり、万物の自由を叶へり。（傍線稿者）
（『永代蔵』巻四の二「心を畳込古筆屏風」）

と言ったのである。

では、網野氏の指摘する商人・海民の豊かな文化の中心に西鶴が居るというのは、西鶴を理解する上でどのような視点を我々にもたらしてくれるのだろうか。そこで、次にこうした海洋域の文化がどのような原理によって支えられ、それが西鶴とどう結びついていたのかをすこし考えてみたい。

四　港湾のネットワークと「軟性社会」の原理

東アジア海洋域とその文化について書かれたものを見渡すと、実に様々な国家・民族の人間たちが、こうした海洋域での商業ネットワーク作りに参加していることが分かるが、その代表とも言うべき組織に、九州・東シナ海を中心に活躍をした松浦党がある。その組織原理を「軟性社会」という言葉で説明しているのは清水元氏である。(9) この「軟性社会」とは、柔軟な構成原理を持つ共同体のことであるが、その柔軟さはヨコの繋がりを基盤にして、様々な国家・民族・港湾都市の媒介になっていたと清水氏は言う。そして、こうした「軟性社会」は東南アジアから北は西日本までのアジアの海洋域に見られる一般的な原理であったとも氏は言う。

こうした氏の言葉から、すぐに連想されるのが、西日本一帯の漁労社会に広がっていた若者組の社会であろう。若者組とは、主に漁労の訓練指導のための組織で、九州・瀬戸内を中心に日本の多くの漁村に見られるものである。漁業は、船の漕ぎ手、網の引き上げ、難船救助・引き上げと大勢の若い力を必要としたために、「若者は骨身を惜しまず、もっともつらい重労働の場面に立ち向かうことを期待されていた」。(10) それで、そこでは若者中心のヨコ社会が形成されていたらしい。たとえば、大林太良氏はその役割を「若者宿は、単なる訓練機関ではなく、ムラのなかで、親族とか勢力家の系列によって派閥ができるのを防ぎ、広いネットワークを生み出す機能や、また婚姻媒介の機能も果たしているところもあった[11]」と述べる。

俗に「板子一枚、下は地獄」と言われるように、船は沈没・遭難を伴うために船員にとっては運命共同体であった。そこではタテの硬直した組織ではなく、ヨコの柔軟な連帯による一致協力が何よりも重要であったことは間違いない。若者組は、そうした連帯感を若者たちに教育する役割があったのであろう。

また同じく大林氏が「海人の文化や社会を考える場合、そこには一種の国際性があり、外来要素の需要において意外な積極性を見せることも稀でないことを忘れてはならない[12]」と述べていることも重要である。氏は、西日本と朝鮮・中国東海岸との人的・文化的交流の様相を指摘し、そうした遠方域の港湾同士では、酷似した文化現象が現れるのに、港湾のすぐ近くの後背地とは、その文化に著しい違いを見せることを指摘している。すなわち、陸上と海上の文化伝播やネットワークは全く違ったスタイルを持っていて、海上の場合は、たとえ遠隔の地域でも国や民族の枠を越えて、お互いを共通の文化で結びつけていた可能性が高いのである。

この、「軟性社会」のヨコ志向と、国家・民族を越えて繋がる国際的なネットワークが東アジア海洋域の文化的原理であったと言えるが、その象徴あるいは結晶が、中世後期に成立してきたと言われる廻船式目、または廻船の大法と呼ばれる海の慣習法である。これについて金谷匡人氏は次のように述べる。


古くから時間をかけて形成されてきたと思われるこれらの慣習法が、港という場に即して成文化されたところに、この廻船式目の持つ大きな意味がある。港（問）がこのようにして海の流通秩序の維持者として現れたとき、港そのものの持つ性格も、かつての領主支配下における「関」といったものから変化し、たとえば廻船式目が「帆別碇役仕、港をかふたる上は、守護たりといふとも不可有違乱事」と高らかにうたうように、むしろ領主権力と対峙するような「無主の精神」を高揚させていったのである。もとよりこの表現の裏には守護による港への介入が窺えるのであり、むしろその危機感がそう明文化させたのであろうが、とにかくそれらの権力の介入を危機と感じる空気は堺などの例を引くまでもなく、この時期の港々には満ちていた。

これらの港を、無主の精神を持った自治都市と呼ぶとき、それは他の地域との隔絶を意味しているのではない。むしろ逆に、領主権力の勢力範囲を越える地域間のネットワークを持っていることの中にその意味を求めるべきである。もともと特権商人としてあらわれた「座」商人などとは別の、流通そのものの原理の中から生まれてきた問、そして問間のネットワークこそが、都市たることの証であり、「自治」都市であることのゆえんなのであった。そしてそれを支えたのが「場としての港」そのものの力なのであり、そこで城下町などの政治的都市と一線を画したのである。[13]

「無主の精神」とか「自治都市」などいささか刺激的な言葉が並ぶが、金谷氏の指摘で最も重要なのは、廻船式目に領主権力との対立姿勢が表れているのは、遠隔地交易というスタイルが必然的に呼び込んだものだという点である。すなわち、それは政治的な問題であるよりも、慣習的原理的な問題であったという点である。とすれば、遠隔地交易のネットワークを結ぶ港湾では、どこでもこうした領主権力との対立姿勢を持っていた、もしくはそうした芽を宿していたということができるのである。

西鶴は言うまでもなく大坂の商人層の出身である。元禄以前の大坂という都市がどのような性格を帯びたものであったのか、現在からは分からないことも多いが、近世初頭までの西日本の港湾都市が、東シナ海域の国際的商業網の北端の中継地として、大いに賑わっており、その中心に堺や博多があったことはよく知られることである。そして、その堺や博多が会合衆（堺）、年行司（博多）といったヨコの連帯組織によって自治を行っていたことも周知のことである。こうした自治都市の性格を大坂がどの程度受け継いだかは分からないが、そうした精神が失われてしまったとは考えがたい。もちろん近世に入ると、後世「鎖国」と呼ばれた海禁政策で、西日本の港湾都市の商業網は多く国内中心に移行してゆくという変化はあった。しかし、そのことで東アジアとの交易が途絶えたわけではない。俗に言う「四つの口」（中国・オランダにむけての長崎、琉球へむけての薩摩藩、朝鮮へむけての対馬藩、蝦夷地へむけての松前藩）から東アジアとの流通はますます盛んに行われていたし、また、多くの歴史家が指摘するように、この時期の東アジアの通貨は「銀」で、十六世紀末から十七世紀初頭にかけての、いわゆる「慶長銀」（銀の含有率が高く有名）の時代は日本産出の銀が東アジアを席巻していた。[14] この銀によって出来上がった世界規模の商品経済網に大坂を含む西日本は組み込まれていた（東日本は金遣いでこの経済網からは外れる）。当然、明末清初の中国も銀中心で、「『金瓶梅』では、売買も賄賂もいっさい銀でまかなわれており、『水滸伝』の豪傑どもが酒店に支払うのまで、銅貨や鈔票ではなくて「砕銀」（小粒銀）であった」[15]が、この「砕銀」は西鶴小説にも中心的な貨幣として頻繁に登場する。これに対して『雨月物語』や『八犬伝』は金遣い[16]であり、文化圏としては、四大奇書―『雨月』『八犬伝』なのだが、経済圏としては四大奇書―西鶴なのであった。

そうすると、先に指摘した、西鶴小説に色濃く表れているヨコの連帯とは、実は東アジア海洋域のネットワークを支えていた「軟性社会」の原理と深く関わるものではないかと思われてくるのである。東アジアの商人たちによって作られたネットワーク、その中に流れる緩やかな「軟性社会」の原理。商人であった西鶴はそこから人間関係の基本となるヨコの原理を学んで、自らの小説にそうした原理の上に花咲いた新しい人たちの姿と、新しい文化の有様を書き込んでいったのではなかったろうか。そしてその新しい人たちの原理とは、中国・朝鮮を経由して伝えられてくる儒教—朱子学の伝統的人間観とは根本から違っていた。西鶴が「雪中の笋八百屋にあり、鯉魚は魚屋の生船にあり」と言ったのは、まさにその「軟性社会」の原理から、儒教—朱子学の世界を見たときの驚きをストレートに言い放ったものではなかったかと思われるのである。

五　東アジア海洋域と日本の武士団

こうした儒教—朱子学とは別個の原理に西鶴が立てたのは、彼が東アジア海洋域の商人ネットワークの一員であったからだと思われるのだが、しかし、こうした東アジア海洋域に深く関わっていたのは実は商人のみではなかった。日本の武士達もこうした海洋域のネットワーク作りに深く関わっていたことが昨今明らかになりつつある。中国史家・比較文明史家である小林多加士氏は次のように述べている。

十一世紀末に権中納言藤原伊房が大宰府の名目で遼に使者を派遣し、武器と金・銀の交易を行って処罰されたことが象徴するように、この時期に日本商人は高麗や宋に盛んに渡航するようになり、その末期には宋からの来航を受け入れるようになった。注目すべきは、その後に日本に成立した鎌倉幕府は、この東アジア交易圏と深く結びついて、荘園貴族の支配を大きく覆していったことである。やがて、それは戦国時代の日本武士団の本格的形成につらなり、徳川幕府体制に帰結していったが、その原型になった館武士は港湾に城を築き、この南海交易と結びついて誕生した。これまで日本武士団の形成は、東北地方の東武士が荘園貴族に対抗して農民を抱え込み、戦闘の上からも農業経営の上からも、血縁・地縁関係よりも集団内の能力を重視し、そこに日本の「イエ」家族の原型があったことが指摘されてきた。日本の「イエ」家族が能力主義的家族であったことは確かだが、それは必ずしも農業経営ばかりに立脚したものではなく、こうした東アジア「世界＝経済」の周縁部の南シナ海や日本海の交易を担った海の民と深い関係をもって形成されたことは、見落とせないだろう。[17]

この海の民と深い関係にあった関東の武士たちとは、鎌倉幕府の有力御家人であった梶原景時や、下総を本拠地にしていた同じく有力御家人千葉氏一統などのことである。景時は源義経他を讒言によって陥れた武将として『平家物語』その他で名高いが、彼や彼の子孫は海賊・水軍として関東から西日本の海域に活躍し、また多くの海の民とネットワークを組んでいた（佐藤和夫『日本中世水軍の研究―梶原氏とその時代』）。[18]また、千葉氏も同様で、千葉氏一族の海洋での活動を調査した野口実氏は「鎌倉時代の千葉氏の交易圏は海上の道を通じて下総から九州、さらには東アジアにまで広がっていた」と指摘している（『中世東国武士団の研究』第三章「千葉氏と西国」四六八頁）。[19]

こうした鎌倉時代の武士達の東アジア海域との交易は、室町時代になるとさらに広がりを見せる。これを象徴するのが、代表的な守護大名であった大内・細川両氏が中国の寧波で明との貿易をめぐって衝突した事件（寧波の乱、一五二三年）である。一六世紀初頭、日本の武士達にとって東シナ海は、それほど重要な区域になっていたのである。そして十六世紀後半には、「日本列島の各地に割拠する大名は渡来する唐船を積極的に迎えて盛んに交易を行ったが、九州の大名の中には肥後の相良氏のように、渡唐船を仕立てて自ら交易に参加するものもすくなくなかった」（勝俣鎮夫「十五―十六世紀の日本」『岩波講座日本通史10巻』）[20]というように、全国的に広がった戦国大名がこぞって海上交易に乗り出して行った。

その後、江戸時代に入って武士達の東アジアへの交易は国内の交易へと転換せざるを得なくなる。東アジアへの窓口は先に述べた「四つの口」に絞られて、その四つは江戸幕府の管理もしくは幕府から命ぜられた藩（対馬・松前など）によって独占されることになったからだ。もちろん、これも先に述べたように、この国外から国内への転換によって交易が衰えたわけではないのだが、大名達の東アジアでの自由な交易は抑えられてしまったことは否めない。

ところが、前掲小林氏は、こうした状況を全く別の見地から説明していて興味深い。それは、各大名、各藩の武士たちは、江戸幕府によって厳重な管理交易を押し付けられたのではなく、むしろ、それまで様々な海外交易を行っていた海商たちを、藩の体制内に取り込むことによって、藩内の開発や藩財政の建て直しを行ったのだと言う。そして、さらにはそうした構造改革が全国的規模での流通を促進した結果、「四つの口」を通じて行われる東アジア経済圏での他国間経済競合に勝っていったというのである。たとえば山形庄内の酒井藩がベニバナの栽培に成功し、これが酒田港からの交易によって藩の財政を潤し、さらにそれが藩内農業の再開発の元手になったと指摘する。またその下地になったのは荻生徂徠の実学的な学問であり、その薫陶を受けた藩内の武士たちが積極的に藩政をリードしていったからだとも言う。

さらに小林氏は、こうした各藩における藩経営、城下町経営の成功は、武士と商人との同盟によって達成されたのであり、この成功が、後の日本の近代工業化の素地を作ったのだと言う。これに対して、中国は、宋の時代から、このアジア海洋域の覇者として君臨する可能性があったにも関わらず、儒教―朱子学のリゴリスティックな立場によって、そうした経済活動の中心に居た紳商（郷紳層、官僚になれなかった科挙取得者や退官者で、経済活動に流れていった人々。後の華僑の一部を形成することになる）や倭寇の活動を体制内に取り込むことが出来なかったため、東アジアの近代工業化の主役の座を、日本に開け渡さねばならなかったと言う。

この小林氏が示した日本の近代化のラインを、別の角度から見ているのは川勝平太氏である。川勝氏は、明治以降、日本と西欧の貿易が木綿・砂糖・生糸・茶を中心に行われたことと、その四品目が何故すでに鎖国・海禁下の日本にあり、自給できるほどに生産されていたのかという点に注目する。川勝氏は、これらの四品目はすでに中世、アジア海洋域において様々な国家・民族の間で取引されたものだと言う。そして、西欧と日本はスタイルを異にするものの（西欧は国外の遠隔地交易、日本は国内開拓）、それらをともに重要な交易品目として自前の力で育てることに成功した。これが明治以降日本が西欧列強との貿易（それはかなり不平等なものであったが）に伍して近代化を進めることが出来た原因だと言う(21)。

この両者の指摘は、従来の日本における農業中心史観や内陸史観、そして鎖国史観を大きく覆して面白い。おそらく、小林氏の言う各藩・城下町における武士と商人の同盟が、明治以降、「士魂商才」（渋沢栄一などが言い、後に武田泰淳、丸山眞男などが評価した近代日本の精神）などに繋がって近代日本の殖産興業を支えることになるのだろうが、西鶴と西鶴小説の位相を考える上でも、これは極めて重要な問題を提起することになる。

すなわち、小林氏や川勝氏の指摘する、驚異的な発展を遂げた東アジアの海洋交易と、それを取り込んで近代化を進めていった日本の武士・商人の活躍、そしてそれを取り込めなかった中国・朝鮮の儒教―朱子学世界という歴史変遷を二つの文化的経済的潮流として立ててみる時、西鶴や西鶴小説の描き出した武士と商人の世界は、小林氏の言う前者の潮流の中にはっきりと立ち現れてくることである。

第四部・第三章の「西鶴小説の対照的構造と中期作品群」で述べたので、ここでは詳しく書かないが、西鶴の描いた武士と商人は、見事なほどに対照的な世界を構築する。しかもそれは、単なる対照性のみならず、武士が精神世界を司り、商人が現実的即物的世界を整えるというスタイルで、相互補完または棲み分け的構造を持っているのである。これは西鶴の後に本格化する、武士と商人の対照的名利論（西川如見）の先駆けであったが、それはまた小林氏や川勝氏が述べた武士と商人の同盟によって行われた各藩の経済改革や殖産興業を下支えした精神、すなわち「士魂商才」の先駆けでもあったのである。

六　日本の物語・小説史と西鶴

さて、いささか長く、東アジアそして日本の武士と商人の置かれた歴史状況の把握に関わってきたが、そうしたのは、この、アジア海洋域における商業の発達（前後期の倭寇の活躍）から西日本を中心にした商人と武士の対峙・共闘、そして各藩の商工業改革から近代日本の工業化というラインに、西鶴小説の世界がはっきりと重なってくることを示したいがためであった。特に、そこに描かれた武士と商人の強固にヨコに繋がろうとする世界は、東アジア海洋域の商人や武士たちが持っていた原理を受け継いだものであり、またその対照的でありながらも相互補完する武士と商人の世界は、後の藩の殖産興業の精神「士魂商才」の魁を成すものでもあった。とすれば、西鶴の描き出した武士と商人の世界とは、今示した東アジア海洋域↓近代日本の殖産興業と繋がるラインの丁度過渡期的性格を示しているということになる。

こうしたラインやこのラインを背景にして文化史や文学史を考えるという作業は、従来ほとんど試みられて来なかったように思われる。もちろん、これは歴史学・民俗学のレベルでも漸く緒についたばかりのものであるから無理もないことだが、このラインを想定することは、日本の文化史・文学史、特に小説史を考える上で極めて重要な意味を持つように思われるのである。

従来、たとえば西鶴の浮世草子の成立については、大きな流れとして平安朝以来の物語文学から中世物語を経由して近世の仮名草子に至るラインが考えられてきた。『好色一代男』が『源氏物語』や『伊勢物語』を下敷きにした所があり、かつ元禄当時から「俗源氏」(『こゝろ葉』における珊瑚の句)とも比定されたこともあって見やすいラインであったと思われるが、『一代男』と『源氏』『伊勢』を一読すれば分かるように、両者はまるで別個のものであり、この両者に線を引くことは木に竹を接ぐような行為だと言ってよい。

たとえば、『一代男』の主人公世之介は多くの女性や若衆との関係を持ったが、その殆どが一度きりのもので、『源氏』の主人公である光源氏が、自分と関係を持った人間を保護し自邸に住まわせたり、また『伊勢』の主人公業平がしたように、かつて関係を持った女を思い起こして郷愁に浸るということは、世之介にはおよそなかった。世之介の特徴は、むしろそうした関係を絶つことから来る自由さで、それはおそらく遊廓やその遊廓を成り立たせていた金銭の力に関係がある。たとえば、西鶴と同時代の藤本箕山は、『色道大鏡』雑女部の第二「妾　付遊女妾」で次のように言っている。

傾城のはてだに、あくとなればすさまじくうとましきに、まして白地の女のいと初心なるりんきだて、つがもなき存分などいふを聞ては、別殿の遊興ふつ〳〵停止の心とはなる。是につけても、傾城はいとたうとく重宝なるものぞかし。月とまりのゆすりをなさず、猶懐胎の約介をかけず、まづしき親族の無心をもあつらへず、禄あたへざれどもとがめず、禄すくなしとて色をも変ぜず、いやなる時不通するに一言の存分なし。気にむかざれば出ず、興に乗じてはゆき、興つきては帰る。是程自由円満なる傾城をきて外をもとむるは、いかなる謂ぞや。(22)

この自由円満さは金銭抜きには考えることができない。とすれば、世之介像の構築に光源氏や業平は反面教師としての意味はあったにしても、それ以上のものではない。これは先の『雨月』や『八犬伝』の場合と同様、物語小説上の巧拙の問題ではなく、やはり作品を支える基盤の違いが大きいのである。すなわち『源氏』『伊勢』は貴族という血筋とそこから来る権威という世界が下地にあるのに対して、『一代男』はそうした権威や血筋を崩壊させてしまった金銭や、その金銭が支配する遊廓の世界が下地にあった。よって、それは木に竹と言うよりは、むしろあべこべの世界である。

西鶴作品の中では比較的伝統を踏まえているとされた『一代男』ですら、こうした状況であるとするならば、他の作品が日本の物語・小説史から如何に逸脱したものであるかは推して知るべしである。たとえば今『一代男』を支配するのは金銭の世界だと述べたが、その金銭を正面から捉えた『永代蔵』という作品には前身と呼ぶべき作品がない。『永代蔵』の副題には「大福新長者教」とあって、『永代蔵』が出版される約五十年まえの『長者教』なる書物が意識されているが、この『長者教』とは『永代蔵』とは質・量ともに全く別物で、単なるハンディな教訓書に過ぎない。すなわち『永代蔵』を日本の物語・小説史の中に置くとき、まさに突然変異の如く出現したことになってしまうのであるが、先に述べたアジア海洋域における商業の発達（前後期の倭寇の活躍）から西日本を中心にした商人と武士の対峙・共闘というラインを想定してみるとき、『永代蔵』が登場してくる経緯を従来よりも明確に位置づけることが可能になってくるように思うのである。

七　アジア小説としての可能性と西鶴

たとえば、先に『永代蔵』に船舶や廻船業に関する記述が多いと述べたが、さらにこの作品の特徴として東アジア的な視座の存在が考えられるのである。

・智恵の海広く、日本の人の祖をみて、身過にうとき唐楽天が迯て帰りし事のおかし。（巻一の一「初午は乗てくる仕合」）

・天道言ずして、国土に恵みふかし。人は実あつて、偽りおほし。（中略）殊更世の仁義を本として神仏をまつるべし。是、和国の風俗なり。（巻二の四「天狗は家な風車」）

・美目は果報のひとつと、是を聞つたへて、随分女子を大事に生育けれ共、安倍川の遊女はしらず、つゐに好女見た事なし。兎角美形はないものに極れり。是をおもふに唐土龐居士が娘の霊照女は悪女なるべし。美形ならばよもや籠を売せてはおかじ。（巻三の五「紙子身袋の破れ時」）

・一生秤の皿の中をまはり、広き世界をしらぬ人こそ口惜けれ。和国は扨置て、唐へのなげがねの大気、先は見えぬ事ながら、唐土人は律儀に云約束のたがはず、絹物に奥口せず、薬種にまぎれ物せず、木は木、銀は銀に、幾年かかはる事なし。只ひすらこきは日本、次第に針をみぢかく摺…（巻四の二「心を畳込古筆屏風」）

・唐土人は心静にして世の騒もいそがず、琴棊詩酒に暮して、秋は月見る浦に出、春は海棠の咲山をながめ、三月の節句前共しらぬは、見過かまはぬ唐人の風俗。中々和朝にて、此まねする人愚なり。

（巻五の一「廻り遠きは時計細工」）

西鶴が言いたいのは、要するに、のんびりとした中国人たちの商売に比べて、日本人の商売は厳しく烈しいということである。もちろん、この「唐土」「唐人」を即中国人とするわけにはいかない。『永代蔵』の挿絵（巻五の一など）や当時の「唐人」の用例からしても、[23]この「唐人」という言葉には朝鮮の人々のイメージが重ねられているからである。しかし、仮に西鶴の外国に対する知識がそのように漠然としたものであったとしても、日本が中国（朝鮮）に比べて商売に厳しく烈しい国であるという把握が西鶴にあって、その点から日本の商売の状況を具体的に描写していることが何より重要である。何故ならば、ここには不十分ながらも中国（朝鮮）を鏡にしながら日本を相対的に捉えようとする目、すなわち東アジアの視点があるからである。

先に引用した『二十不孝』の序文でも同様であったが、西鶴には日本という共同体をその外部から見る力がある。これが何処から来るものなのか、判然とした答えは得られないのだが、幾つか考えられる内の一つは、先にも指摘したように、西鶴は常に視野の広さを重視していたことである（「おの〳〵広き世界を見ぬゆへ」（『西鶴諸国はなし』巻三の六）、「広き世界をしらぬ人こそ口惜けれ」（『日本永代蔵』巻四の二）など）。西鶴の異国趣味がアジアを越えて遠くインドなどにも及んでいたことについては既に指摘があるが、[24]西鶴の〈広さ〉を求める志向がそうした日本の相対化を生んだことは十分に考えられる。

また、西鶴が士農工商といったヒエラルキーとは別個の「楽隠居」あるいは「艶隠者」といった自由な身分に居て執筆していたことも、こうした相対化と関係があるかも知れない。しかし、やはり本稿で論じてきた西日本を中心にした海洋域の世界、重商主義的世界に西鶴が属していたことが私には大きいと思われる。先にも大林氏の言葉を引いて述べたように、この領域は遠隔地とのネットワークが組まれやすく、その中から国際的な視野が生まれ育ち易かったからである。とすれば、西鶴の『永代蔵』に見られる東アジア的志向は、そうした東アジア海域に広がった国際的商業ネットワークをルーツとするものと見てもよいはずである。

もちろん、これはルーツと言っても文化、或いは文学的な背景を指し示すものに他ならない。文学史としての具体的な作家・作品の継承がそこにはまだ見出されないからだが、今後、こうした方面の博捜を俟つにしても、文学の継承や影響の第一を、書誌的な継承に求める考え方から、そろそろ解放されるべきことも合わせて考えておく必要がある。それは、書誌的継承を第一とする「文書」主義が、口承や無文字文化への眼差しを曇らせ、結果、文学営為の解明を狭めてしまうところにもあるが、書物という形態で残るものとそうでないものがやはり在るからである。これらの点についてはフェミニズム方面の成果が近年鋭い問題提起を続けているが、ここで言う海洋域の文化もやはり書誌・文書として残りにくい文化であることは間違いないからである(25)。

むすびに

以上、西鶴をアジア小説として見ることで、どのような可能性が生まれてくるのかを、ごくごく粗いスタイルで述べてみた。そしてその中から、東アジアの海洋域に広がっていた商業的なネットワークに注目し、ここに西鶴文学のルーツの一つを見定めることを提示してみた。もちろん、この視点は取りあえず言挙げしてみたに過ぎないもので、この視点自体がそれこそまだ可能性のままである。だが、ここに私は尽くせぬ興味を感じている。それは西鶴自体の評価もさることながら、そうした海洋域のネットワークを基盤にした文学史叙述が、従来にない新しいパラダイムを作り出す可能性があるからである。おそらくそれは、本質的な多様さ・広さを持つものであって、国家や民族といった中心—周縁構造に組み込まれず、それらを横断して広がってゆくものだと思われる。それは、従来の国文学研究の文学史叙述が、たとえば秋成・馬琴の読本研究のように、その文学史を中国の通俗小説からの流れに求めるにしても、また従来の西鶴論や芭蕉・近松論のように、その成立を平安朝文学の物語・和歌からの流れに求めるにしても、全て国家や民族という枠組み（朝貢・冊封体制などを含む）に回収されて終わってしまったのとは、対照的なものになるはずである。

とすれば、国家や民族の歪みがここかしこに現れつつある現況下、またそのことによって「国文学」が崩壊しつつある昨今、頑なにその牙城を死守するのでなく、日本文学の中に国家や民族に回収されない可能性を持つ文学を再評価し、その成果を積極的に国家・民族の枠外に開示してゆくことが何よりも大切ではないかと思われるのである。そして、今回取り上げた西鶴をはじめ、日本にはそうした可能性を持つ文学がことのほか多いのではないか、私は密かにそう思っているのである。

注

（1）竹内好「方法としてのアジア」『日本とアジア』ちくま学芸文庫、一九九三年。初出は『竹内好評論集（第三巻）』（筑摩書房、一九六六年）。なお「アジア」は現在の「アジア」と呼ばれる地域からの自発的な命名ではなく、西欧からの対置概念として生まれた言葉であり、所謂「オリエンタリズム」（西欧中心主義）に塗れた言葉である。しかし現在他に適当な言葉を想定できないので、如上の点に注意しつつこの言葉を使うこととした。

（2）ここでは「読本」に絞ったので秋成の『春雨物語』は念頭にない。『春雨』はここで言う通俗小説・伝奇小説から西鶴とは別の意味で外れる作品である。
(3)　由良君美『メタフィクションと脱構築』文遊社、一九九五年、一二九頁。
(4)　正岡子規「水滸伝と八犬伝」(『子規全集』第五巻)、アルス、一九二四年。
(5)　安部兼也「抵抗への熱情―『水滸伝』の世界」(内田道夫編『中国小説の世界』)所収、評論社、一九七六年。
(6)　千葉徳爾『たたかいの原像』第七章「武士と少年愛」、平凡社選書一三九、一九九一年。
(7)　松田修「『好色一代男』論―かぶきの美学」『日本近世文学の成立』法政大学出版局、一九七二年。
同右「性愛の抵抗　その可能性の系譜」『江戸異端文学ノート』青土社、一九九三年。
(8)　網野善彦「海と海民の支配」(秋山智弥編『海人の世界』)所収、同文舘出版、一九九八年。
(9)　清水元『アジア海人の思想と行動』NTT出版、一九九七年。
(10)　桜田勝徳『漁撈の生活』民俗民芸双書二五、一九六八年、光明社、一九四頁。
(11)　大林太良「海と山に生きる人々」(同氏編纂『山民と海人』日本民俗文化体系・第五巻)所収、小学館、一九八三年、二一頁。
(12)　同右、二二頁。なお、近年森耕一氏は『永代蔵』に描かれる日本の地方港湾都市、とくに長崎や坂田(現酒田)などが、世界のモノ・カネ・ヒトが集中するという小都市(ミクロコスモス)となっていたことを指摘している(「『日本永代蔵』論―世界は広し―」『西鶴論―性愛と金のダイナミズム―』おうふう、二〇〇四年)。大林氏の言う港湾の国際性とも絡んで重要な視点であるが、これは、本稿で問題にしているように、日本という枠を超えて、東アジアの海洋域全体から考える必要がある。
(13)　金谷匡人「海の民から水軍へ―海賊衆」(『内海を躍動する海の民』網野善彦・石井進編)所収、新人物往来社、一九九五年。
(14)　田代和生「一七・一八世紀東アジア域内交易における日本銀」(『アジア交易圏と日本工業化一五〇〇―一九〇〇』浜下武志・川勝平太編)所収、リブロポート、一九九一年など。

(15) 藤堂明保・伊藤漱平「近世小説の文学・言語とその時代―第五章「銀」の実力」(『中国の八大小説』大阪市立大学中国文学研究室編)所収、平凡社、一九六五年。
(16) 『雨月物語』には「金銀」は登場するが基本的には「金」遣いで単位も「両」である(「浅茅が宿」「貧富論」など)。また『八犬伝』の単位も「両」である。
(17) 小林多加士『海のアジア史―諸文明の「世界=経済」』藤原書店、一九九七年、一一三〜一一四頁。
(18) 佐藤和夫『日本中世水軍の研究―梶原氏とその時代』錦正社、一九九三年。
(19) 野口実『中世東国武士団の研究』高科書店、一九九四年。
(20) 勝俣鎮夫「十五―十六世紀の日本」『岩波講座日本通史10巻』岩波書店、一九九四年。
(21) 川勝平太「日本の工業化をめぐる外圧とアジア間競争」(注14同書)所収、リブロポート、一九九一年。
(22) 野間光辰『完本色道大鏡』友山文庫、一九六一年。
(23) 朝鮮通信使を唐人と言った例が処々に残っている。また、『河内屋可正旧記』に可正の住む村に「唐人」が住み付く話が出てくるが、これは明らかに朝鮮人のことである。

〇ト井原ニ住セシナマリ千代事

当地北西町トイノ原ニ住居セシ、ナマリ千代と云女有。此者ハ、太閤様異国御退治ノ時、トリコト成テ来朝セシ唐人也。

(24) 吉江久弥「西鶴の異国趣味」「ジャータカ系説話の継承」(『西鶴文学研究』)所収、笠間書院、一九七四年。
(25) 書誌・文書以外の資料として昨今注目を集めているのが絵画資料である。西鶴研究も挿絵について様々な分析が始まっているが、このアジア海洋域との関連で昨今注目すべき指摘がなされている。それは『一代男』の世之介の女護島渡りにベトナムに渡った豪商の西村太郎右衛門の船絵馬が関係しているとした篠原進氏の指摘である(「瞿麦の記号学」『江戸文学』23号、ぺりかん社、二〇〇一年一〇月)。氏自身も述べているように、この船絵馬自体が世之介の女護島渡りやその挿絵に影響があるかどうかは判然としないが、こうした船絵馬は全国に残っていることからすれば（代表的なものには京都清水寺に奉納された末吉長方や角倉厳昭のものがある）、女護島渡りが船絵馬のパロディであった可能性は十分ある。更に、これらを図像学的に読み込んでゆけば、本稿で問題にしたような江戸初期の海商のネットワークや「軟性社会」の原理との繫がりが見えてくる可能性もある。

第二章　アジア小説としての『好色一代男』

——朝鮮の『九雲夢』、中国の『金瓶梅』との比較より

はじめに

『山の自然学』（岩波書店）や『日本の山はなぜ美しい』（古今書院）などで知られる小泉武栄氏は、日本の山の美しさについて次のように語っている。

日本の山はヒマラヤやアンデスはもとより、カナディアンロッキーやアルプスなどと比べても、高さの点ではとてもかなわないし、氷河や青く澄んだ氷河湖や巨大な岩壁もない。だから景色の雄大さにおいては、いささか迫力不足なのは否めないところである。しかし山の美しさという点に関しては、こうした大山脈とは異質な優れたものをもち、私にはむしろその細やかな美しさの方がはるかに好ましく思える。

多彩な高山植物が、さまざまの植物群落をつくりだす白馬岳や北岳。火山性の高原に、見渡す限り広がる大

雪山。岩壁がそそり立つ穂高岳や釼岳。いくつもの残雪や雪渓を抱える飯豊山や鳥海山。美しい高層湿原の発達する尾瀬ヶ原や苗場山。そして、富士山をはじめとして各地に存在する新旧の火山。狭い国土にもかかわらず、よくぞこれほど個性的な山々がそろってくれたものだと感心するほどである。(1)

この文章を読み、これは日本文学のことだと感じるのは私のみではあるまい。日本の文学は世界の文学に比べてスケールの「雄大さにおいては、いささか迫力不足なのは否めない」にしても、それらとは「異質な優れたものをもち」、「狭い国土にもかかわらず、よくぞこれほど個性的な」作品の数々が「そろってくれたものだと感心する」からである。

すなわち、右の小泉氏の文章は、日本や日本の文化を語る時の一つの型を示しているのだが、こうした説明の方程式が、日本や日本文化の説明を良導する点を認めつつも、やはり抜け落ちてしまうことの大きさを感じずには居られない。それは「アジアの不在」である。小泉氏はヒマラヤやアンデス、ロッキーと並んで、なぜ白頭山・漢拏山（北朝鮮・韓国）、黄山・泰山（中国）、玉山（台湾）などを挙げなかったのかという問題である。

日本の山々の個性が「細やかな美しさ」であることは、誰も異論を挟まないかも知れない。しかし、その美しさとは、小泉氏が述べているように、「氷河や青く澄んだ氷河湖や巨大な岩壁」を持つヒマラヤやアンデス、ロッキーなどの、大山脈との比較において導き出されたものに他ならない。その比較対象がアジアの諸山だったら、日本の山々はどう我々の眼に映るのか。

私は、これと同じ問題を、西鶴の評価においても感じないわけにはいかない。周知のように、西鶴は日本文学にあって江戸時代の小説、もしくは浮世草子という山脈の最高峰に位置する作家であるが、その評価の根底にあるのは、やはり欧米諸国の文学との比較から導き出された評価軸に拠るものである。それは、西鶴の明治期における再評価が、欧米文学やその理論の日本への流入に沿って行われたことと密接に関連している。すなわち、明治初期まで戯作者や好色本の祖としてしか見られてこなかった西鶴は、「西鶴のリアリズム」「リアリスト西鶴」の呼称とともに、現実に生きる人間を高邁な理想ではなく厳しくリアルに捉え直した作家として生まれ変わったのである。周知のように、その後第二次世界大戦を通過し平成まで、実に様々な西鶴論が提出されてきたものの、これら「リアリスト西鶴」の評価は、いまだ完全に西鶴評価の首席を明け渡したとは言いがたい状況にある。それは「リアリズム」が西鶴文学の本質を突くものであったと考えることも出来るが、私は、西鶴評価の見直しが、欧米文学→西鶴という図式の根源的な見直し、あるいは相対化に攻め至らなかったからではないかと考える。

そこで本稿では、朝鮮・中国との文学比較を試みることによって、そうした欧米文学→西鶴という図式（「リアリスト西鶴」の図式）を根幹から見直し、西鶴への新たな視座の獲得を目指してみたい。とはいえ、膨大な朝鮮・中国の作品群からどのように焦点を絞って比較するのかは甚だ難しい問題であるが、今回は西鶴が活躍した江戸初期とほぼ同時代の、朝鮮（李氏朝鮮後期）と中国（明末清初）の代表的文学作品である『九雲夢』と『金瓶梅』を取り上げる。また、両者ともに両国両文化を代表する優れた作品であるので、それぞれの研究・批評史やテキスト選定、または比較する上での手続きなど多くの問題があるが、今回はカメラアングルを遠く引いて鳥瞰的に三者を眺めることから、西鶴の新しい位相を導きだすことに専念してみたい。よって、多少雑駁な論の展開になることを予めお断りしておきたい。(2)

一　恋愛の季節としての十七世紀東アジア

韓国文学のみならずアジア文学やヨーロッパ文学までを含めて壮大な文学史叙述を試みた趙東一氏は、その代表的著作（『小説の社会史比較論1〜3』）の中で『金瓶梅』（中国）『九雲夢』（朝鮮）『好色一代男』（日本）の比較研究に長い紙数を割いている。(3) 後でも述べるように、氏の関心は、主にこれらの作品が出版された当時、アジアで一般的であった結婚形態、即ち一夫多妻制の中で、小説がどのような表現を確保していたのか、にあったようだが、趙氏のみならず、この時期十六世紀末〜十七世紀にかけての日中朝の小説比較に関心を持っている韓国の学者は少なくない。

たとえば、金泰俊氏の「韓日伝奇小説の関連様相」「韓日古小説の関連様相」(4) では、広く思想史的な視野も取り込みながら、日韓の十六・十七世紀の小説史の問題を展開させ、宋眞榮氏の「古代東アジアの通俗小説研究」(5) は『金瓶梅』『好色一代男』に韓国の「邊康洙歌」を加えての比較論を展開し、また、鄭炳説氏は「十七世紀、東アジアの小説と愛情」(6) において、『九雲夢』『好色一代男』に中国の才子佳人小説の代表的作品である『玉嬌梨』を加えて比較文学研究を行っている。

日韓あるいは日中韓、すなわち東アジア全般に渡って小説の展開を視野に入れている学者が、韓国に多く日本に少ないのは別個に重要な問題を提起しているようにも思えるが、(7) それは今おくとして、こうした諸氏の論考から、この時期の三国の小説へ目を向ける理由を抽出するならば、以下の三点になるだろう。

① 十五世紀〜十七世紀は東アジア各国において大交流時代であったこと。
② 十六世紀後半〜十七世紀にかけて東アジアにおける経済は飛躍的な進展を遂げたこと。またそのことによって東アジア各国で都市化が進み、さらにそうした背景によって、東アジア各国の都市で出版業が盛んになったこと。
③ 中国における『金瓶梅』や才子佳人小説、朝鮮における『九雲夢』『謝氏南征記』や他の恋愛小説（艶情小説）、そして日本の『好色一代男』や他の好色本と、この十六世紀末〜十七世紀において恋愛小説が多く書かれたこと。

この三点について私見を交えながら解説を試みよう。

まず①。十五・六世紀が世界史的な大航海時代であったことは説明するまでもないことだが、この時期、中朝日の三国においてもその影響を大きく受けた。まず航路の拡大と流通の隆盛が挙げられる。すでに倭寇などの氾濫によって東アジアの海域は広義の流通（略奪を含む）が促進されていたが、ポルトガル・スペインなど西欧諸国の介入によって、流通は飛躍的に増大した。さらに壬辰倭乱（文禄慶長の役）と丙子胡乱（明清交替）によって、中朝日三国の人・モノが相互に大きく移動し、それぞれに大きな影響を与え合ったことである。四氏ともにそうした時代の特性を指摘するが、私がこの大航海時代・流通の拡大・壬辰倭乱と丙子胡乱において最も重要と考える問題は、最後の丙子胡乱が象徴するように、中国（明）を中心にした「華夷秩序」と「冊封体制」が根底から揺らいでしまったことである。この秩序の動揺は、単に明という一国の盛衰を意味するに留まらない。その中華思想の中心にあった儒教──朱子学（儒教から朱子学を経て体系化された文治主義・官僚主義的思想）の世界もが揺らいだことである。

この点については、上記論文にて鄭炳説氏が『九雲夢』『一代男』『玉嬌梨』の主人公が皆父親との縁が薄いことを指摘している。この点は実に興味深い。氏はそうした主人公たちの背景には次の②で言う都市化と、そこでの自由な雰囲気を指摘するが、私はもう少し踏み込んで、反中華思想・反朱子学的志向を感じ取るべきだと考える。周知のように、朱子学における父子継嗣はすこぶる重要な問題である。(8) そうしたものから切り離されたこの時代の雰囲気を、右の三作品は如実に映し出していると考えられるのである。

つぎに②であるが、大航海時代の到来によって、拡大した航路と商品流通は、中朝日各国に急速な都市化を及ぼした。特に顕著だったのは、中国では蘇州や『金瓶梅』の舞台となった山東省清河県（現在の臨清市、首都東京に繋がる運河があり、その中継地）や、日本では『一代男』の舞台であり、西鶴が住んでいた大坂・京都、また『九雲夢』の作者金萬重が居たソウルなどの都市であった。特に中国の蘇州や清河、日本の大坂の経済発展はすさまじく、アジアにおける資本制の萌芽と指摘されることも度々である。

社会経済史家の指摘するところによれば、この時代すなわち十六世紀の中国は、中国資本主義経済の萌芽期とされる。むろん萌芽ということばにも示唆されるように、そこではなお封建的土地支配を生活の基盤とする地主官僚的封建統治階級が支配的地位を保ち続けているが、同時に新しい資本主義経済の萌芽がその支配体制をようやくつき動かしはじめた時期である。（中略）新興商人階級は、活動の関心を封建的土地支配よりもむしろ商業投機に集中して利潤を追求すると同時に、その利潤を利用して封建支配階級に結びつくことにより、みずからを新しい封建勢力にまでのしあげる。この場合、両者の結びつきのかなめは、いうまでもなく商人階級の経済的実力である。（中略）このような両者の結びつき、あるいはむしろその結びつきを可能ならしめる新興商人階級の台頭こそが、『金瓶梅』の時代背景すなわち十六世紀中国社会を特色づける事象のひとつとして指摘されるのである。『金瓶梅』の主人公たる西門慶は、まさにこうした明末新興商人の典型として描かれる。言いかえれば『金瓶梅』の作者は、西門慶という人物をかりて明末新興商人階級の特徴的な生態を見事に浮き彫りすることに成功したのである。(9)

これと似たようなことが日本の大坂、京都・江戸でも起きており、またスケールは小さいものの朝鮮のソウルでも商業の確実な発展が見られたのである。前掲の諸氏は、小説が商品として登場してきたこと、即ち文芸の領域が商品経済に組み込まれたこと（鄭炳説氏前掲論文一〇八頁）を重視しているが、私は、そのことに加えて、出版が、従来になかった新しい文化や文化人のスタイルを誕生させたことを重視したい。この点について中国の出版に触れつつ若干言及しておこう。

周知のように、四大奇書と呼ばれた『三国志演義』『西遊記』『水滸伝』『金瓶梅』は、成立した当初は講談形式・写本形式で流布したが、十六世紀末から十七世紀にかけて出版されると、加えて短篇の小説作品群が多く登場してきた。俗に「三言二拍」と呼ばれた『喩世明言（古今小説）』『警世通言』『醒世恒言』と『初刻拍案驚奇』『二刻拍案驚奇』の登場である。これらは明末の馮夢龍、凌濛初の編であるが、その一人の馮夢龍（一五七四〜一六四六）は江南、とくに蘇州で様々な出版活動に関わっていた人間である。彼は中国小説史や出版の問題を考える上ですこぶる重要な人物である。たとえば、彼は科挙に合格できなかった。このことで、彼は小説の編纂や出版に関わることになったわけだが、もし合格していれば名もない官僚の一人としてその生涯を終わっていたかもしれない。しかし、彼は科挙に落ち、出版に向かったことによって、結果的に従来にない新しいスタイルの文化人として名を残すことになったのである。

科挙は言うまでもなく中華思想・朱子学の登龍門である。これを通った者だけが中華思想の中心に立つことができる。ところが大木康氏も述べるように、馮夢龍の科挙失敗と出版業への転進は、そうしたエリートコースとは別のエリートコースを生み出してしまったのである。即ち、「出版業の発達は、科挙の試験に合格できなかった人々にも、才能さえあれば、生計を立て、しかも名を揚げられる、新たな道を準備した」のであり、「馮夢龍はそうした出版業の申し子だった[10]」のである。

しかし注意すべきなのは、この出版業は、科挙制度を否定したのではないことである。それは馮夢龍が科挙試験の出題科目である『春秋』の参考書を出版していることからも分かる。馮夢龍の出版業は科挙制度を補完するものでもあったのである。科挙を補完しながらも別の文化的萌芽を内在させていた、という二面性こそが出版という形態を考える上で重要なのである。ヨーロッパにおいても日本においても同様だが、出版は当初古い文化と結びつくことで増殖し始めた。ヨーロッパの聖書出版、日本の仏教書の出版などがそれであり、馮夢龍の科挙の教科書出版も同様のものと見てよい。

ところが、出版が盛んになると、出版そのものが従来にないスタイルを持った文化・文芸を生み出すことになった。その一つが小説であるが、とくに恋愛をテーマにした小説が、東アジア全体に渡って出現する。これが③の問題である。

たとえば、中国では、四大奇書の一つである『金瓶梅』が十七世紀初に出版されると、それに刺激されて、十七世紀前半に才子佳人小説と呼ばれる一群の作品が出版された。この才子佳人小説についてはその全貌がまだつかみ難い状況にあるが[11]、『玉嬌梨』『英雲夢』『鴛鴦譜』など二人の佳人が共に一人の才子に嫁ぐ話（いわゆる「双嬌斉獲」）を中心に様々な恋愛のバリエーションを展開している。また、先の馮夢龍と凌濛初が編纂した「三言二拍」も十七世紀前半の刊行だが、その中には恋愛をテーマにした優れた作品が多い。

日本では、平安朝以来の恋愛物語の伝統があるが、十七世紀の中盤から後半にかけて出版が盛んになると、新しい恋愛小説が陸続と登場した。その中心となったのは遊廓を話材とする遊女評判記、そしてそこから発展した西鶴の『好色一代男』『諸艶大鑑』『好色一代女』などの好色物作品と、更にそこから有形無形の影響を受けた好色本と呼ばれる小説群である。こうした恋愛小説類が如何に多く登場したかは、当時の書籍目録に登場した新しい見出の中で「好色本」が最も早い部類のものであったことが如実に示している。(12)

朝鮮では、中国の『剪燈新話』を模して作った『金鰲新話』（金時習作、十五世紀）の五話中三話が優れた恋愛物語であったことからも分かるように、日本と同じように恋愛小説を生み出す素地があったことが窺える。そして十七世紀から十八世紀にかけて多くの恋愛小説が登場する。その端緒となったのは『雲英伝』や『彰善感義録』であるが、その後、艶情小説、閨房小説などと言われた恋愛小説が続いた。その代表は十七世紀後半に作られた金萬重の『九雲夢』『謝氏南征記』である。この二作品はこの時期の朝鮮朝恋愛小説の最高峰を示すと言ってよい。こうした朝鮮の恋愛小説隆盛の背景には、宮中を中心にした女性読者の存在という、中国や日本とは違った状況が大きく関与しているようだが、(13)いずれにせよ、十六世紀末〜十七世紀にわたって、東アジア全域に恋愛小説が突如として出現したことは間違いない。この理由を鄭炳説氏は次のように述べている。

十七世紀における東アジアの小説に風靡した好色の傾向は、すなわち自由の風であった。この時期が、都市化が急速に発展していた時期であることを考えれば、この自由の風は、都市から吹いてきたものと見て差し支え

ない(6)

鄭氏が言う、好色の傾向と都市化の関係は重要である。

二　金萬重と『九雲夢』

では先に挙げた三作品の比較に早速入ろう。まずは『一代男』と『九雲夢』の比較である。ただ『一代男』は日本の読者にとって馴染みの深いものではあるが、『九雲夢』やその作者である金萬重に関しては聞きなれない点も多いと思われるので、これに対する若干の説明を行うことから始めたい。

朝鮮は、壬辰倭乱（文禄慶長の役）と丙子胡乱（明清交替）という大きな戦争によって焦土と化したが、文芸の世界では驚くほど活気を帯びていた。その中でも特筆すべきなのは、小説、とくにハングル小説の出現である。

朝鮮は中国の北東間近という地政学的関係もあって、中国文化の圧倒的影響下にあり、通俗小説も多く伝わって読まれていた。『剪燈新話』などの白話小説が多く朝鮮で読まれ、その影響を受けて金時習が『金鰲新話』を作ったことは有名である。そして、それは単に男性の慰みではなかったらしい。金萬重のエッセイである『西浦漫筆』には、『三国志演義』が壬辰倭乱の後に朝鮮で流行し、婦人や子供も諳んじるほどであったと記されている。(14) こうした風潮の背景には中国小説が漢文のままで流通したとは考えにくく、多くの中国小説がハングルに翻訳されたことを示している。そうした風潮の中で生まれてきたのがハングル小説であり、その代表として高い評価を受けてきたのが金萬重の『九雲夢』である。

金萬重は、幼名船生、一六三七年生。丙子胡乱中に江華島から退却する船中にて産声を上げたためにこの名がある。字は重叔、諱は萬重、西浦と号す。萬重の父方曾祖父は、朝鮮儒学の雄宋時烈の師でもあった朝鮮礼学の大家であり、母方の同じく曾祖父が領議政（太政大臣）であった。特に兄萬基の娘が粛宗王の妃仁敬王妃となったことが示すように、萬重の一家は名門の家柄であった。父益謙は駿優たるも早世したが、萬重は僅か十四歳にして進士初試に合格するや秀才の誉れ高く、三十五歳に暗行御史（地方監視官）として地方に派遣され、その後も昇進し五十歳にして大提学にまで登りつめた。しかし『粛宗大王実録』に「人間性は潔白・穏和で、親孝行と友愛心にあふれ（中略）清貧さは儒生と等し」かったと記された萬重は、粛宗王が子供の無いことから仁顕王后を退け張玉貞を寵愛し、彼女の周辺に偏重した人事を行うと、張氏の母と当時右議政に昇進した張師錫との不倫を含めて、粛宗王をストレートに批判した。これが発端となって萬重は宣川、そして南海に流されて、五十六歳にして波乱に富んだ人生の幕を閉じた。

萬重の思想・学問は、潔癖なまでに儒学の伝統を受け継いだかに見えるが、実質はそうではない。『西浦漫筆』を一読すれば分かるように、様々な事象に興味を持ち、宗教も仏教のみならず天主教にまで触手を伸ばしている。朱子に対しても朱子一辺倒から逃れ出るべきだとの発言もあり、甚だ緩やかな思想の持ち主であったことが分かる。こうした彼の志向は、文学においてもよく表れていて、大谷森繁氏が「金萬重の偉大さは、儒家の名門に生まれながら固陋な小説観にとらわれず『九雲夢』『謝氏南征記』のごとき優れた通俗小説を書いたことにある[15]」とされるように、通俗文学にも広く興味を持ち、自国の文学は自国の言語で表現すべきである[14]という当時にして驚くべき斬新な発言をしている。

こうした萬重の書いた『九雲夢』はまさに朝鮮後期を代表する恋愛小説になった。以下梗概を記す。

南嶽衡山蓮花峰の六觀大師のもと修行に励む性眞は、洞庭龍王に使いの帰途、南嶽魏夫人の弟子八仙女に逢ってしばしの交遊に時を忘れる。道場に戻ってきたのちにも性眞がそれに対する執心を捨てられずにいると、その性眞の心中を知った六觀大師は輪廻の苦しみを経験させるべく性眞を八仙女とともに俗世に行かせた。性眞は唐の楊処士の子少游として産声を上げる。成長した楊少游は故郷に母を残し科挙試験に向かう。途中、秦御史の娘秦彩鳳に会って結婚の約束をするものの、戦乱に巻き込まれて秦彩鳳と離れ離れになってしまう。その傷心覚めやらぬ中、次に洛陽に行った少游は、そこで稀代の妓生桂蟾月に会って縁を結び、傷心を癒したのであった。さらに長安に来て、鄭司徒の娘鄭瓊貝の優れたことについて聞くと、彼女とも出会って縁を結ぶが、鄭瓊貝の侍女であり瓊貝の朋友でもあった賈春雲とも縁を結ぶことになる。その後、目を見張る出世を遂げた楊少游は、北方の戦乱を平定するために皇帝の使いとしてそこへ向かい、またそこで妓生狄驚鴻に出会って縁を結ぶ。

高官になった楊少游を、皇帝は自分の妹である蘭陽公主と結婚させようとするが、少遊が鄭瓊貝との婚約を理由に断ると、皇帝は楊少遊を下獄してしまう。しかし、吐藩の乱賊が再び唐に侵略してくると、楊少游の知略なくしては防ぎきれないと考えた皇帝は、楊少游に自由を与え、吐藩征伐に向かわせた。戦争中に沈裊煙という刺客の襲撃を受けるが、楊少游の人間性に触れた沈裊煙は楊少游と縁を結ぶことになった。さらにこの戦争中に洞庭龍女白凌波とも夫婦の縁を結ぶ。

楊少游は、八人の妻たちとともに、これ以上望むことなき富貴栄華をきわめるに至った。しかし六十歳になり朝廷から退いた少游は、誕生日の宴会にてふと人生の空しさを強烈に感じる。そこへ六觀大師が現れ、全てを明らかにすると、栄耀栄華も周囲の八人の妻たちも一瞬にして消え去り、そこにあったのは、蓮花峰の道場にいる性眞としての自分であった。性眞と八仙女はこの経験から大きな悟りを得て、極楽浄土を保証されたのであった。

『九雲夢』の研究に関しては、韓国国内からも評価の高い作品だけあって、従来から様々な問題が提起されてきた。それらを整理する紙幅はここにないが、『九雲夢』の研究史を整理した金炳國氏の「〈九雲夢〉、その研究史的概観と批判」(16)によれば、

・原本考訂的研究
・傳記的研究
・思想的研究
・比較文学的研究
・分析心理学的研究
・方法論的総合の追究
・註釋的研究

と、様々な方面に渡っているが、稿者の見る限り、近年では『九雲夢』の持つ、天上界（現実）⇕地上界（幻想）という独特な構造を問題にした作品構造の分析や、心理学的方法からのアプローチが多いように思われる。本稿でも、この『九雲夢』の作品構造を問題にすることになるが、そこに比較文学的方法を取り入れることで、従来あまり指摘されてこなかったと思われる『九雲夢』の特質にも迫りたい。

三　『一代男』と『九雲夢』の構造

稿者は本書第二部・第三章おいて、『九雲夢』の背後に仏画、とくに曼荼羅に図像化された仏教的構造があったのではないかと指摘したが、こうした見方がどこまで許されるかどうかは別にしても、『九雲夢』が一対八という人物配置を基本にした骨太の力強い構造をもとに成り立っていることは確かである。しかもその一対八の八は、

蘭陽公主―英陽公主（公主）
彩鳳―春雲（公主の侍女）
桂蟾月―狄驚鴻（妓生）
沈裊煙―白凌波（刺客と龍王の娘）

のように、対を成し、また公主（姫君）から妓生、人外の龍王の娘まで様々に階層化された構造を持っていた。こうした構成力は日本の小説類には少ない。(17) 特に、『九雲夢』が成立した十七世紀後半と同時期の日本の小説、浮世草子には、こうした確固とした構造を持ったものがない。しかし、確固とした構造がないことと、物語・小説の構成原理が無いとこととは必ずしも一致しない。日本の小説・物語には、『九雲夢』などの構造とは違った、物語構成の原理があるのである。

従来、『好色一代男』の高い評価はその現実性をもった描写に与えられてきたと言ってよい。また、その作者で

ある西鶴にも「リアリスト西鶴」の称号が与えられてきた。たしかに、江戸前期の小説史を一瞥して、御伽草子・仮名草子と西鶴の浮世草子を比べてみれば、西鶴のリアルさは群を抜いている。『一代男』に関しても従来から、この作品の持つリアルさ現実性に高い評価が与えられてきた。

しかし、すでに指摘されてきたように、[18] この『一代男』は、また別の視点からみればすこぶる奇想天外な作品であることも間違いない。主人公世之介が、七歳で恋愛に目覚めて周囲の腰元に手を出すことからはじまって、一生涯のうちに「たはぶれし女三千七百四十二人、少人のもてあそび七百二十五人」であったことや、三十四歳で二万五千貫目の大金を手にして、名だたる遊女と交遊し、最後には女だけの島、女護島へ渡るという筋だけを見ても、当時の町人が実現できるような世界ではない。西鶴は『一代男』でリアルな描写を試みながらも、筋としては奇想天外な理想郷を描き出したというべきなのである。

また、一方の『九雲夢』であるが、この作品が朝鮮後期、両班世界の一つの理想郷を描き出していたことは間違いない。

彼（金萬重）は母親を始めとする教養の高い女性を読者に想定し、通俗小説の形式を借りて貴族の理想像を描くと同時に、当代の女性たちが希求した仏教的世界観ないしは仏教への帰依心を作品化したものと解釈できる。[15]

主人公楊少游が八人の美女と出会い、それぞれの身分や環境に応じての恋愛を展開し、八人共生の安定した世界を築きあげてゆく姿は、様々な党派や家門が混在し、それが婚姻と結びついて混乱を極めていた当時の両班世界において、ある種手のとどかない理想郷であったと考えてよい。

しかし、この作品は細かく見れば、またとても現実的でリアルな作品でもあった。たとえば、後の英陽公主こと鄭瓊貝が、公主として蘭陽公主と並び立つまでのくだりでは、当時の王室や貴族が儒教的な礼節に振り回される様がリアルに描かれる。王妃（粛宗の正妃、仁敬王妃）を姪（兄・金萬基の娘）に持ち、王室内外の事情に詳しかった西浦ならではの描写と言うことができる。また、楊少游と妓生桂蟾月との出会いの折に、蟾月に付きまとう洛陽の公達たちの描写も実にリアルである。自らの無能さを改めることもなく、身分に胡坐をかいて人一倍の虚栄心を張り続けようとする彼らの姿とは、おそらく当時多く居たであろう男性貴族の風刺画であったろうか。

こうした『九雲夢』のリアルさを生んだ原因として、この物語が持つ〈女性への視点〉に注目しているのが、趙東一氏の『小説の社会史比較論1〜3』[(3)]である。趙氏は、全三冊に及ぶ著作の中で、東アジアだけではなくヨーロッパをも含めた壮大な小説史叙述を試みているが、その中で東アジアの小説を論じる中、中国の『金瓶梅』、朝鮮の『九雲夢』、日本の『好色一代男』の三作を俎上にあげて論じている。氏の三作へのアプローチは多様であるが、とくに注目すべきなのは、東アジアの一夫多妻制小説が小説史に与えた大きな影響についてである。

東アジアの一夫多妻制小説は、男女関係を多角的に描くことによって、社会意識を多面化させていっただけでなく、英雄たちの中にあったロマンチックな対決を、凡人たちの中の現実的な人間関係に置き換えるという作業を実に広く展開させていった。英雄小説が威勢をとどろかせていた時、一夫一婦小説は、ひとつの例外的形態があることを示して終わろうとしていたが、それとは違って、一夫多妻小説は歩みを一歩進めて、小説史の主役を担うことで、その内容も英雄小説から愛情小説に置き換える役目を果たした。

すなわち、十七世紀全般にわたって東アジアにみられる恋愛小説の流行を、一夫多妻制小説というスタイルや原理に求めているのである。趙氏の指摘は、一夫一婦制や一夫多妻制を倫理の側から見るのではなく、表現の側、すなわち文学の側から見ていて、その可能性を論じているところがとくに興味深い点であるが、氏の視点はさらに、『九雲夢』の持つ複雑でリアルな構造を解き明かしている。

楊少游と自分を同一視した男性読者は、楊少游が女性を一人ずつ探すごとに、新しい楽しみを感じることができた。それが作品の表の面だ。しかし、八人の女性と楊少游の出会いにおいては、女性側が常に主導権を握っていた。女性読者は自分を順序良く八人の女性と同一視しながら、新しい生を楽しむという間接的体験をすることができた。これがこの作品の裏の面である。

立場が違う八人の女性は、各自に相応しい方式で、楊少游との愛を成就した。上層の女性であろうが、下層の女性であろうが、この点に違いはなかった。それぞれ違う女性が、それぞれ違う男性と会って、自分なりに生きてゆくのではなく、一人の男性の愛を成就する競争を始めるようにして、直接比較できるようにした。立場が違えば、愛を成就しようとする方法と過程が、どのように違うか明らかにすることができる。この様相を明らかにすることで、男女両方の読者からも興味を感じてもらいながら、上層であることが幸福であることでも、下層であることが不幸であることでもないことを示すことができる。

先に私が触れた『九雲夢』のリアルさは、ジェンダーの視点から言えば、男性の立場からのものであるが、氏はさらに女性の視点から本作を見る必要を説く。そしてそうした女性の立場から見たときの、本物語の一夫多妻制の持つ豊かな表現力、構成力に注目する。こうした表現力や構成力は、私から見れば、曼荼羅の持つ表現力や構成力と近似するように思えるが[19]、それはともかく、こうした描写が枚挙の暇がないほど登場する『九雲夢』は、単なる絵空事としての理想郷をめざしたものでないことは間違いない。

四　『九雲夢』と粛宗時代

この『九雲夢』のリアルさは、おそらく作品の執筆意図にも関係があるのではないかと私は考えている。すでに指摘されているように、『九雲夢』が書かれた当時、粛宗王の時代は、社会的には安定した時代だったが、王室とその周辺は儒学者同士の門閥争いと王の権力欲が火種となって混乱が続いた。

粛宗時代は、朝鮮王朝時代を通じて党派間の政争が最も激しい時代だった。しかし、粛宗は、非凡な政治能力を発揮して王権を回復し、社会を安定させるのに成功した。そのため、粛宗は、壬辰倭乱と丙子胡乱以後続いていた社会混乱を収拾し、民生を安定させ、朝鮮社会の再跳躍の足掛かりを作った王として評価されている。その一方、王妃や後宮たちに対する愛憎を十分に治めることができなかったため、数多くの獄事を作りだし、治世に汚点を残した王でもあった。[20]（傍線稿者）

李氏朝鮮の時代を通観する時、だれもが驚愕するのが、その政争のすさまじさである。王を中心に士大夫たちがさまざまな党派を形成し、政治と思想と情愛を絡ませて権力闘争をする姿は一種異様であるが、そのさまざまな政争の中でも後宮を大きく巻き込んでの疑獄事件に発展したのが己巳換局と甲戌換局・巫蠱の獄であった。

粛宗の正妃は西人老論派の金萬基の娘・仁敬王妃であったが、仁敬が一六八〇年に死去すると、粛宗は同じく老論派の閔維重の娘（仁顕王妃・閔妃）を継妃として迎えた。ところが閔妃は子供を生まなかったことから、粛宗は寵愛していた宮女張氏に子供を生ませ、その子を閔妃の養子として跡継ぎにさせることを計画した。しかし、これに西人派の多くが反対し、かえって粛宗はこれを契機に閔妃を廃位し張氏を妃にするとともに、西人派を退け南人派を登用した。（己巳換局）

一旦政治を握った南人派にたいして西人派は巻き返しをはかる。閔妃廃位を粛宗が悔いていることを知った西人派老論派は、閔妃復位を計画するが、それを察知した南人派は粛宗に報告し計画の破棄を画策する。しかし、張氏と手を組んだ南人派の勢力拡大を心配していた粛宗は、かえってこれを契機にして南人派を窮地に追い込むとともに、張氏の位を格下げした。（甲戌換局）

さらに閔妃が一七〇一年に死去すると、張氏が神堂を設けて毎日のように巫女を呼び、閔妃の死と自分の復位を祈禱させていたことが判明した。粛宗は張氏に死薬を下し、彼女の兄なども処刑するように命じた。（巫蠱の獄）

金萬重が宣川に幽閉されたのは、この己巳換局の折であるが、金萬重はここで『九雲夢』を書いたといわれる。[21]その執筆動機は病臥中の母の慰みに供するためであったとも言う。[22]しかし、萬重にそうした意図があったとしても、そこだけに彼の意図を限定することはできないだろう。なぜならば、『九雲夢』は母親のみならず多くの人たちに読まれ、ハングル本と漢文本など様々なスタイルを持った作品が出現したからである。

ところで、同じく萬重の書いた『謝氏南征記』は、上記の閔妃廃位事件に関して、粛宗王に閔妃の復位を促そうという意図でこれを書いたとされる。[23]この話の信憑性がどの程度のものかは分からないが、作品内容からして十分に考えうることである。

従来の『九雲夢』研究では、『謝氏南征記』のような具体的な意図がこの作品にあったとは想定されていないようだが、しかし、私としては、先の朴永圭氏の文章（傍線部）に注目すべきだと考える。粛宗王が「王妃や後宮たちに対する愛憎を十分に治めることができなかったため、数多くの獄事を作りだし、治世に汚点を残した」という点である。『九雲夢』の内容はこの粛宗王の治世の軌跡と対極にある世界だったといってよい。すなわち楊少游は「王妃や後宮たちに対する愛憎を十分に治め」きった人物だからである。

要するに『九雲夢』は粛宗王の治世に対する強烈なアンチテーゼであった可能性が高いということだ。『謝氏南征記』が粛宗王に読まれ、また読まれることを西浦も意識していたならば、『九雲夢』も同様ではなかったろうか。むしろ、『謝氏南征記』より『九雲夢』の方が粛宗王に対する毒はより強烈だったと言うことができる。

もし、こうした考えが許されるならば、この『九雲夢』を理想的の一言で片付けるわけには行かなくなってくる。『九雲夢』の内容は確かに理想に満ちているが、この作品を粛宗王やその周辺の王朝世界の中に置いてみた場合、高度に理想的であるがゆえに、粛宗王やその周辺の人物に強烈な現実的なインパクトを与えたとも考えうるからである。

このように、私は、『好色一代男』を現実的、『九雲夢』を理想的とする立場を重視しつつも、そうした見方から外れる部分を重視してみたいと考える。両者の現実性と理想性、両面をそれぞれの要素として引き出して、比較検討する必要性を感じるのである。そこで今回は両者の理想性を中心に以下考えてみることにしたい。

五　ユートピアとしての『九雲夢』と『一代男』

『九雲夢』が理想性を豊かに持った作品であることは、従来からも指摘されてきたことであった。しかし、その理想の中身についてはまだまだ検討の余地があるように私には思われる。とくに、この作品を当時の東アジアの一夫多妻制社会とそれを描写した小説群の中に自由に泳がせてみることが必要だ。そのときに、自然と浮かび上がってくる特徴がある。それは、この作品が持つ秩序・コスモスへの志向である。

楊少游と恋愛関係を結んだのは八人の女性たちであった。この八人という数はそれほど多いというわけではない。後述するように『一代男』の世之介は三七四二人であるし、『金瓶梅』の西門慶は物語に名前が登場するのは十数人程度だが、実際はもっと多くの女性たちとの交渉があったことがそれとなく書き込まれている。しかし、楊少游の恐るべきところは、その八人全てと円滑な関係を築き、またその八人同士が深い友情の絆で結ばれていることである。この手の関係にありがちな妻妾同士の嫉妬がまったくと言ってよいほど描かれない。これは物語後半部の二人の公主が語り合う次のような言葉によく表れている。

古の娣姒諸人は、一国の内に嫁いで、或は妻となり、或は妾となりましたが、我々二妻六妾は、血肉を分け合った者以上の固い結びつきがあって、情も本当の姉妹に勝るとも劣りません。その中には外国から嫁いだ者もありますが、是は天の命ずるところでありましょう。身も血筋も同じではなく、位も違いますが、これは問題にするに足りないことです。そうであるならば、姉妹の約束をして、姉と呼び、妹と呼びあうべきではないで

しょうか。(24)

このように、この八人の女性たちには歴然とした身分差があった。

公主	蘭陽公主
司徒（三公の一、丞相）の娘	鄭瓊貝（後の英陽公主）
御使（王命を受けた官吏）の娘	彩鳳
公主の侍女	春雲
妓生	桂蟾月
妓生	狄驚鴻
女剣士	沈裊煙
龍王の娘	白凌波

王室の公主（姫君）から、官吏の娘たち、その侍女、そして妓生のみならず、人外の龍王の娘までが含まれる。すなわち、八人という人数とは言え、それはあらゆる階層の女性という意味があったと言ってもよいのである。それを、先の公主の言葉にあるように貴賤のへだてない付き合いをしながら平和を保っていることはまさに奇跡的である。

こうした八人の円満な関係が、八人の女性たちの人徳・性格に依ることは言うまでもないことだが、今の引用文の少し前にあるように、楊少游の「かたよらない愛情の配り方[25]」にもあったことは間違いない。自分の出会った女性を全て幸福にし、それぞれ円満な関係の中に置くというのは並大抵の業ではない。

この小説がこうした奇跡的な空間を作り上げているのは、先に指摘をしたように、作品が書かれた当時の粛宗王の治世、とりわけ愛情家族関係の乱脈に対する金萬重のアンチテーゼがあったと考えられるが、やはり、彼の儒教をベースにしつつも、仏教的曼荼羅的な世界観による想像力がそこには大きく寄与していたと考えるべきだろう。言うまでもなく、儒教社会の基本的特質は一夫多妻制であるが、そこで強力におこなわれたのは、家父長的な父性原理の厳然たる適用である。こうした社会にあって女性は常に劣位・次位に置かれるしかなく、そこでは、いわゆる「三従」（父夫子への服従）の教えによって、女性たちは家父長への一方的な服従を求められた。

こうした空間を、金萬重は仏教的曼荼羅的な世界観による想像力で乗り越えていったものと思われる。すなわち、仏教や曼荼羅が持つ愛欲の肯定と、女性の救済をもって、儒教的空間の男女観を逆転しつつ、そこに平和で安定した世界を築き上げていったと考えられるのである。本書の他の章で考察したように、『九雲夢』と曼荼羅との関係の中心には、まさにこの問題があったのであり、曼荼羅は『九雲夢』の一つの典拠というにとどまらず、『九雲夢』の世界をその中心から支える力を持っていたと考えるべきなのである。

ともかく、この奇跡的な空間は、一夫多妻制の中での理想形の極致であったということができるが、この『九雲夢』が築き上げた理想郷・奇跡の空間が、一夫多妻制社会の中での唯一の理想郷・奇跡の空間ではなかった。もう一つの理想郷があった。それが西鶴の『一代男』の世界である。

『一代男』の初章には世之介が三七四二人の女性と恋愛関係になったことが記されている。この数字は作品中において実行・実体化されているわけではないが、こうした多くの女性たちと世之介は恋愛関係を結んだ。しかし、世之介は、楊少游とは全く逆に、自分と関係した女性たちを大切にし、保護をするということを全くしなかった。全ての女性を捨て去ったばかりか、その女性たちを省みることもなかった。それればかりか、正妻として迎えたはずの吉野（巻五の一）でさえも、その後は物語に一切登場せず、最終章に至っては「親はなし、子はなし、定まる妻女もなし」（巻八の五）としてその存在すらも忘れてしまったかのように振舞った。これは女性側からすれば、薄情の極みでしかないが、すでに指摘したことがあるように、ここには当時の男性たちの「自由円満」[26]への強烈な志向があったと考えるべきである。恋愛は出産による親子関係だけではなく、多くの人間関係を生み出す。それは恋愛に伴う喜びにもなるが、多くは絆しであり恋愛の当事者を縛りつけ、自由を奪う結果になる。それはたとえば、『九雲夢』において、楊少游が蘭陽公主、英陽公主との結婚の際、周囲の人間関係にどれほどの気遣いをし、苦労を重ねたかを思い出せばよい。世之介の恋愛は、そうした絆しを振り払って恋愛のみ（「よろづにつけて此事をのみわすれず」巻一の一）に自己の人生を没頭させてみたいという、当時の男たちの願望を一身に背負っているのである。

この世之介の姿勢は実に徹底したものである。彼が捨てたものは、恋愛相手だけではない。親を捨て（巻二の六）、妻を捨て（巻八の五）、子供を捨て（巻二の二）、金を捨て（巻八の五）、この世から自分が居た痕跡の一切合財を消し去って、最後には日本を飛び出して、女だけの島、女護島へ旅立ってしまったのである。よって、世之介は生涯において何も生み出すことをしなかった。世之介の世界とは、本書の他の拙論でも指摘したように[27]、実質的な何物をも生まない、完全な虚の世界、遊びの世界なのである。すなわち、『九雲夢』が貴賤の美女八人と揺ぎ無い情愛の世界を構築した〈親秩序〉の世界であったとすれば、『一代男』は〈脱秩序〉の世界を描き出したといってよい。

こうした世之介の〈脱秩序〉の志向を、かつて松田修氏は、戦国時代から江戸時代極初期にあった「かぶき」の精神を豊かに受け継いだものだとしたことがある。(28)「かぶき」とは「傾き」であり、正統に対して異端・奇行を旨とする行動規範・美の規範であった。松田氏は、世之介の父が上層町人であると同時にかぶき者であったこと、世之介もその父の血を受けついで、俠客と徒党を組み（巻二の三）、江戸の町奴唐犬権兵衛のもとに身を寄せていたこと、世之介の人生そのものが町人の「家」から離脱を目指したものであることを挙げて、「世之介はかぶき者である。封建体制からはみだしてしまった、あぶれ者の系譜の一人である」と結論した。

しかし、同じく本書第二部・第六章で指摘したように、『一代男』の〈脱秩序〉志向を、作品の出版よりも八十年前の「かぶき精神」に結びつけるにはやはり無理がある。むしろ、『一代男』出版の直前に起こった大坂の爆発的な経済成長と、そこで起こった既成秩序の崩壊という社会現象にこそ求めるべきだというのが私の考えである。その折に指摘したことだが、商人たちにとって、安土桃山時代や江戸初期よりも、この『一代男』直前の明暦〜延宝の時期の方が、はるかに下剋上的であったからである。

ただ、『一代男』の〈脱秩序〉が西鶴当事のどの社会事象に因るか、これは、今この場では、あまり重要なことではない。というのは、『一代男』の〈脱秩序〉の精神を『九雲夢』の〈親秩序〉世界と比較してみるとき、『一代男』の精神は、単に江戸時代の制度や家・社会への〈脱秩序〉のみではないことが分かってくるからである。すなわち、本稿で問題にしてきた一夫多妻制という、十七世紀のアジア全般に広がっていた社会事象から見るとき、『一代男』の〈脱秩序〉とは、日本という一国の枠を越えて、アジアのもっていた恋愛小説の可能性を、最大限にまで引き出していた、ということになるからである。これは『九雲夢』においても同様である。『九雲夢』の世界とはやはり、朝鮮固有のものであるにしても、一夫多妻制をもとにしていたアジアの恋愛小説の可能性を、『一代男』とはで別の形で最大限に引き出したものだと言うことができるのである。

六　アジア小説としての『一代男』と『九雲夢』

そして、さらに重要なのは、この一夫多妻制の持つ可能性と言ったときの「可能性」とは、先に挙げた趙東一氏がすでに試みていたように、(3) 社会倫理や制度といった意味での「可能性」ばかりではなく、表現としての文学としての「可能性」であることだ。趙氏は『九雲夢』が一夫一婦ではなく、一夫多妻の恋愛を描くことによって豊かな表現空間を得ることに成功したと言う。それは読者、特に女性たちが、「それぞれ違う女性が、それぞれ違う男性と会って、自分なりに生きてゆくのではなく、一人の男性の愛を成就する競争を始めるようにして、直接比較できた」た点であると言う。楊少游という一人の男性に、様々な階層の女性たちが、様々な態度と方法をもって愛の成就を果たそうとする。その過程が、一対一の恋愛でなく、一対多の恋愛であるからこそ、より劇的に印象的に描きえたというのである。

これは慧眼だが、私は、男性の楊少游側からも、同じように、一夫多妻であるがゆえの豊かさという読み方が可能だと思う。それは、階層の違う八人の女性から寄せられた愛情を「かたよらない愛情の配り方」によって見事に捌き、安定した情愛世界を築き上げる、その過程がまた実に劇的で印象的に描かれているからである。この安定感、また征服感・構築感は、一夫一婦の恋愛世界では絶対に描くことのできないものである。一つの、平和で安定した世界を、積み上げるようにして築きあげることから生まれる充実感・快感、これこそが『九雲夢』の真骨頂だと私は思う。よって、趙氏が「楊少游と自分を同一視した男性読者は、楊少游が女性を一人ずつ探すごとに、新しい楽しみを感じることができた。それが作品の表の面だ」として、楊少游像の構築理由を、女性との出会い、新しい出会いを求めることに、限定してしまうのには反対である。楊少游の、楊少游ならではの醍醐味とは、そうした女性たちとの出会いというよりは、出会った後の愛情の配り方、その関係の保持のあり方にあったのである。

こうした楊少游像の描き方を見るとき、私は金萬重の『九雲夢』執筆の意図を、王宮・後宮の混乱を招いたばかりか、それを利用しながら政権を操っていた（換局政治）とされる粛宗王に対する直接・間接の諫言ではなかったかという思いを強くするが、それはともかくとしても、先にも述べたように、この出会いの後の愛情の采配・保持・安定という世界は、『一代男』世之介が捨ててしまった世界であった。よって、『一代男』における表現レベルでの醍醐味とは何かとなれば、それは楊少游の醍醐味とは反対の、未知との遭遇・変化・スピード感ということになる。

『一代男』のこうした特色を生んだ背景・土壌には何があったのか。これについては様々な見解が可能だが、まず挙げねばならないのは、西鶴を育んだ文学的土壌である。金萬重の文学的素養は漢文であり、その文学的表現としての漢詩であった。漢詩は律詩・絶句、古詩、雑体などとスタイルは様々にあるにしても、一つの均整のとれた世界を構築することに意味があった。それに対して、西鶴の文学的素養を作った俳諧（俳諧連歌）は、一句一句の変化の妙を重視した。次々と詠み手が変わり、世界が変化する、その瞬間瞬間が全てであった。西鶴と文学性としては、対照的と言われた俳諧の松尾芭蕉も、その点では西鶴と変わりがなかった（「文台引おろせば即反古也」『三冊子（あかさうし）』）。

また西鶴は、その俳諧の中でも速吟を最も得意とした。一昼夜に句をどれだけ詠むことができるかという大句数・大矢数が彼の専売特許であり、彼の打ちたてた一昼夜二万三千五百句という記録は、後世誰にも破られることがなかった。

また、日韓の文化や歴史的経験の差というような、広く鳥瞰的な視点を持ち出すならば、次のような指摘もしておくべきだろう。朝鮮は多くの書で指摘されているように、歴史上、様々な戦乱に巻き込まれた。その都度、市街は荒廃し、文化は破壊された。そうした歴史の中、堅牢なものや、強固な秩序が求められたであろうことは想像に難くない。朝鮮の儒教が中国の多様なそれに比べて、朱子学を一方的に信奉し、その内容もリゴリスティックであったのも、そうした国土と歴史のあり方と無関係ではあるまい。ところが、一方の日本は、外敵から国土を荒らされたことが、ほとんどなかった。比較的平和であった。また気候も温帯~亜熱帯の島国であり、自然に恵まれた風土であった。ここで求められたのは、堅牢なものや強固な秩序ではなく、新鮮さと変化であった。温帯~亜熱帯という地域性と多雨という天候は多くのものを腐らす。その腐りに負けないスピードと新しさ、それこそが日本の土壌では価値的であったのである。この堅牢・秩序の対極にある、新しみ・変化が『一代男』の本質を貫いているものなのである。

ちなみに、このスピードと新しみと言ったときに、これらの価値概念が経済効率性を表象して至極近代西欧的であり、それゆえに近代以降、主に哲学・文学で忌避されてきたことを、ここで思い起こしておきたい。というのは、この西鶴が持つ「スピードと新しみ」の問題は、本書の他の章でも問題にしているように、(29) 西鶴を日本文学史、文化史の中に位置づける際、とりわけ近代との関連において、きわめて重要な問題になる可能性があるからである。

たとえば、二〇〇三年秋に刊行された学術総合誌『環』では「スピードとは何か」を特集として組んでいる。そこでの主な言説は、「スピードへの信仰」からどうしたら自由になれるか、といった問題設定に満ちている。たとえば特集の意図を述べた部分では次のような言葉が踊る。

スピード、速度への信仰は、生活のあらゆる領域に行き渡っている。なぜなら速度は、経済効率性に結びついており、近代社会そのものを成立させる規範であるからだ。親が子に最も頻繁にかける言葉は「はやくしなさい」である。さらにわれわれは時間的規律と「速いほどよい」という規範を学校教育を通じて身につけ、さらには社会の中でそうした規範を日々実践することを余儀なくされている。(二七頁)

また他のところでは次のようにある。

我々のような人々にとって、速度とは、必要もないのに自然のものとされた歴史の澱の、生きた実例である。速度は、近代社会の土台をなす様々な思い込みのさらなる下に潜む、身体なき衝動に由来する——犯罪、教育、健康の追求、保険などを、適切な制度のもとで処理することが必要だとする思い込みである。(中略) 速度というものが存続するかぎり、私の友人たちも私もニヒリストである。ガリレオが速度の概念を提出し、斜面を使って引力の研究をしたとき、またケプラーがその概念を応用して、楕円軌道をまわる天体の運動を計算したとき、彼らは自然学を物理学に変えた。(30)

これらの言説が持つ〈スピード〉への忌避について、ここで異議申し立てをするつもりはない。しかし、〈スピード〉が近代社会、とりわけ西欧のそれに基づくという通俗的言説については、その一面性と不当性をやはり批判しておくべきだろう。先に西鶴のスピード感あふれる感性を指摘したように、〈スピード〉は西欧近代のものだけではない。とりわけ日本には〈スピード〉に関しての豊かな文化がある。たとえば、宮大工によって、二十年おきに社を建替えられるという伊勢神宮の式年遷宮は最も有名なところであろうが、花が咲いて散るまでの間際を芸術的表象として捉えようとする活花もしかり、旬な食べ物をことさらに求める日本の食文化も同様である。これらは主に、季節の変化・時間の変化への対応が生んだものと理解できるが、こうしたスピードへの感性が、近代日本に至っても生き続けて、現代日本の文化を築き上げていることを忘れてはならない。

七　『金瓶梅』の描写力

では、次に中国の白話長篇小説『金瓶梅』と『一代男』の比較に移りたい。

『金瓶梅』については『九雲夢』などの朝鮮小説と違って、昔から日本においても紹介や研究がなされているので、概観については多くの解説書や辞典類に譲ることとして、早速、本論に入ってみたい。（なお、『金瓶梅』はよく知られているように、「詞話本」とそれを元に改訂された「改訂本」とがあるが、ここでは「詞話本」を使用した。日本語訳も「詞話本」を底本にしたものを使用した。）

『金瓶梅』が『水滸伝』の武松に関する記述（百回本中第二十三回から第二十七回前半まで）を独自の世界に発展させた物語であることは、よく知られたことである。丁度、『水滸伝』がマクロであるなら『金瓶梅』はミクロの世界、あるいは『水滸伝』が現実世界であるとすれば『金瓶梅』は壷中の天のごときであると言うべきであろう。そのマクロとミクロの対応は、単に世界観の相違というだけに留まらず、具体的な叙述形式・文脈の中にも表れている。

たとえば、『金瓶梅』の第四十九回には、西門慶が肉でも何でも食べるという不思議な梵僧を家に招いて食事を振舞う場面がある。「酒のさかな四皿、頭魚一皿、家鴨の粕漬一皿、烏皮鶏一皿、舞鱸公一皿」(31)云々と出された料理の名前が延々と続いてゆく。ここを評して日下翠氏は「『金瓶梅』の世界」(32)と題する文章の中で、次のように述べている。

驚くほど細かく詳しい描写であり、まるで小説ではなく日記の一部を読んでいるような気がするほどである。なお、このような一品一品を書き連ねてゆく詳しい描写は、作品の他の食事シーンでも同様であり、ここだけが特に詳しいわけではないことをお断りしておく。あきらかに小説としては行き過ぎであり、この描写を読んでどれほどの読者が満足するかは疑問である。水滸伝などのほかの小説では、当然ながらこのように詳しい描写はない。これではまるで作者自身がこの描写を書きながら各料理を思い出し、舌なめずりしているようではないか。いや、事実作者は読者に読ませるためではなく、自分の記憶を再現しているのかもしれない。少なくとも、貧しい講釈師が食べたことのない料理を空想で書いているのでない事だけは確かであろう。

日下氏の言うとおり、こうした食事・料理に関する詳細な記述は枚挙に暇がないほど『金瓶梅』には登場する。しかし、こうした描写は何も〈食〉に関してだけではない。衣装に関しても、第十四回(潘金蓮の衣装描写)、第二十回(李瓶児の衣装描写)、第五十六回(西門慶の衣装描写)など詳細を極めた叙述が展開される。そして住居の様にしても、第十五回(燈籠市の町並みの描写)、第三十四回(西門慶宅の描写)、第三十九回(玉皇廟の描写)、第五十九回(鄭愛香宅の描写)など、これまた微に入り細を穿った写生が繰り広げられるのである。そして性描写に関しては言うまでもない。
すなわち『金瓶梅』は衣食住＋性に関して徹底した細密描写を行っているということになる。そして、それが集約的・象徴的に表れたのが、第五十九回における西門慶の鄭愛香宅訪問の場面である。
西門慶は家での雑用が片付いた時、ふと芸妓である鄭愛月に会いたくなった。そして廓に向かった西門慶は、愛月の姉である愛香の宅へゆき、愛香からもてなしを受けて奥へ勧められる。そして、

鄭愛香の家は、間口が四部屋で、奥行が五棟、目隠しをまわるとそこが竹垣で囲まれた三部屋幅の大きな中庭、その両側に廂房が四部屋ずつあり、正面は一明両暗の三部屋続きの正房で、これが鄭愛月の部屋（中略）明間にはいると、海潮観音の軸がひとつ掛けてあり、その両側には美人画が四つ掛かっておりましたが…

といった家や部屋の描写が延々と続き、更に、鄭愛月が登場すれば、

頭にはつけ髷を載せないで、杭州製の櫛をさしておりましたが、つやつやした黒髪で四つの髻をふくらませたさまは、まるで烟か霧のようで、鬢にはそれぞれ金箔をを貼り、緑の梅の花型の簪をつけ、まわりには金糸作りの簪を挿して、後鬢には鳳釵を半ば垂らし、耳には紫水晶の耳輪をつけております…

という衣装・装飾の描写。そして二人がふざけあっていると、

女中がはいって来、テーブルを出し、緑の小皿を四つ並べましたが、それはすべて微塵切りにしたおかずで、香りのいい芹や鰣のひれや鰉の漬物や鳳凰の干物や鸞の羹などを料理したもの。それから次に賽団円を二皿持って来ましたが、それは明月のように円く、紙のように薄く、雪のように白く、香りがよく甘くて、バタと蜂蜜と胡麻と山椒と塩でつくった蓮の花型の上等の餅です…

と、料理が所狭しと並べられ、酒食が済んだ後はお定まりの、

女を懐に抱きかかえるなり、ふたりで一口ずつ同じ杯で飲みはじめ、さかんに口を吸い合いました。やがて、こんどは手を伸ばして、女の乳房をまさぐりはじめましたが、むっちりと緊っていて、お餅のようになめらかです。そこで肌着を引きあけて見たところ、まっ白くてまる玉のよう。しばらくまさぐっているうちに、急に気持ちがはずんできました…

という密事になるという按配である。後述するように、『金瓶梅』の細密描写はこれ以外にも様々な題材において繰り広げられるが、この「衣食住＋性」描写は、本作の中心的な位置を占め、『金瓶梅』は「衣食住＋性」のさながらエンサイクロペディア（百科全書）といった相貌を呈していると言って間違いない。

かつて、『好色一代男』が『源氏物語』などの物語作品や、西鶴以降の江戸後期の通俗小説類などと比べられて、その赤裸々な、明け透けな描写が高く評価されたことがあった。[33] しかし、そうした赤裸々さや明け透けな描写という点で言えば、『金瓶梅』に比べると、『一代男』の描写はその迫力という点で数段劣るのは間違いない。今挙げた

「衣食住＋性」も同様だが、特に主人公たちの死の場面、たとえば『金瓶梅』の西門慶の死（第七十九回。媚薬の飲み過ぎによって病になり、陰嚢が破れて鮮血が噴出すとともに亀頭からも黄色い液が絶え間なく流れ出し、苦痛のあまりに西門慶が気絶する場面など）や、同じく潘金蓮が武松によって殺される場面（胸を引き裂かれて五臓六腑を引きずり出して裏二階の軒下にぶら下げられる場面など）に比べれば、『一代男』世之介の死をイメージ化した最終章（巻八の五「床の責道具」）の女護島渡りの場面や、『好色五人女』のおさんやお七の死の場面が、何ともロマンチックで可憐、かつ潔く爽やかなことかとも思われてくるのである。

もちろん、上記『金瓶梅』のような描写のみが、物語・小説のリアリティではないし、また、他の章でも検討したように（本書第二部・第一章）、『金瓶梅』には背景に儒学があるために、主人公たちの行動の記述に、背徳の意識が濃厚に感じられるのに対して、『一代男』や他の西鶴の好色物にはそうした背徳の意識はほとんどなく、実に明るく大らかに〈性〉の世界を謳っている。こうした点も考慮に入れて比較検討する必要があるが、そうであるにしても、「衣食住＋性」を有りの儘に映し出すという描写力において、やはり『金瓶梅』の迫力に敵うような作品は、西鶴の小説、そして他の日本の通俗小説や物語類を探しても見つかりそうにない。

しかし、ここで『金瓶梅』を持ち出したのは何も西鶴小説の評価を貶める為ではない。『金瓶梅』と『一代男』を鳥瞰的に見渡した時、『一代男』の特質として興味深い点がいくつか浮かび上がってくる点である。そして、それは今述べた、西鶴好色物の主人公たちのロマンチックで可憐、かつ潔さや爽やかさといった点に繋がってくるからである。

八 『一代男』と〈武〉の世界

『一代男』と『金瓶梅』を比較した時、そこに大きな違いを見るとすれば、やはりそれは〈武〉へのこだわりや志向の有無ではないかと思う。

『一代男』の世之介も、『金瓶梅』の西門慶も共に商人であり、しかも二代目であった。これは両作品の共通性を考える上ですこぶる重要な点であるが、商人とは言え、両者の商いに対する姿勢は随分と違う。西門慶は元々山東省清河県庁前に薬屋を営む平民に過ぎなかったが、持ち前の智恵と官僚への執り成しをもって、ついに官僚の肩書きを得て県知事とも肩を並べるほどの地位にのし上がるが、世之介はそうした商売にほとんど関心がない。もっぱら「よろづにつけて此事をのみ忘れず」といった具合で女色男色の二道に専心するばかりであった。

先に述べたように、世之介の恋愛・性に対する意識が明るく大らかであるとすれば、それはこうした世之介の恋愛に対する姿勢から来るものであろう。すなわち、西門慶に背徳の香りが漂っているのは、彼の恋愛には財産や地位の拡充といった打算が見え隠れするからであろうし、楊少游の恋愛に慎みや高雅さが生じるのは、儒学における礼学への配慮もしくは達成という意図があるからであるが[34]、世之介の恋愛にはそうした付属物がほとんどない。しかし、その明るく大らかな中にどこか切迫した影のような部分がある。たとえば巻一の一「けした所が恋のはじまり」の最後は次のような文章で結ばれていた。

こゝろと恋に責られ、五十四歳まで、たはぶれし女三千七百四十二人、少人のもてあそび七百二十五人、手日記にしる。井筒によりて、うないより已来、腎水をかえほして、さても命はある物か。

業平の三千七百三十三人を振った（業平より少し多い）数値で有名な箇所であるが、興味深いのは「腎水をかえほして、さても命はある物か」の一文である。ここには業平の記録を超えるという大矢数的な目標とともに、そのことが死に直結する可能性のあることを暗示している。実際、この『一代男』執筆のすぐ一年半後に、西鶴は二万三千五百句の大矢数興行において「神力誠を以て息の根留る大矢数」の句を住吉神社に奉納している。ここには先の文章同様の、記録更新とそれによる死の意識が見て取れる。また、ここには所謂千人切りの発想があって、それが若年の義経が五条の橋で千人切りを行おうとしたことのパロディとしてつながるとも思われるが、それは別にしても、世之介の恋愛には何やら死の影、血の臭いがつきまとっていることは確かである。

そして、この死の影や血の臭いは、今の義経ではないが、どうも〈武〉の意識と関係があると思われる。たとえば、巻二の三「女はおもはくの外」で世之介は主ある女性に恋慕して、その女から割木で眉間を打たれ傷を受ける。その傷が発覚したのが侠客仲間の一座であった。この侠客仲間とは所謂かぶき者のことであって、この章のはじめに「けんぼうという男達、其比は捕手居合はやりて、世の風俗」とあるように、十七世紀の中盤すなわち明暦から寛文期にわたって、商人町人の若者達は武士らしさを慕って徒党を組み、男伊達を競ったのである。こうした男伊達から来る風俗・エピソードは『一代男』の背景として多く登場する。たとえば七歳にして初めて恋心を持った世之介は、実にませた振る舞いをして周囲を驚かせる。

次第に事つのり、日を追って、仮にも姿絵のおかしきをあつめ、おほくは文車もみぐるしう、此菊の間へは我よばざるものまいるなどゝ、かたく関すえらるゝこそこゝろにくし。或時はおり居をあそばし、比翼の鳥のかたちは是ぞと給はりける。花つくりて梢にとりつけ、連理は是我にとらすると、よろづにつけて此事をのみ忘れず、ふどしも人を頼まず、帯も手づから前にむすびて、うしろにまはし、身にへうぶきゃう袖に焼かけ、いたづらなるよせい、おとなもはづかしく、女のこゝろをうごかさせ、同じ友どちとまじはる事も鳥賊のぼせし空をも見ず、雲に懸はしとはむかし天へも流星人ありや。一年に一夜のほし雨ふりてあはぬ時のこゝろをはと、遠き所までを悲しみ

（巻一の一「けした所が恋のはじまり」）

ここには早熟な世之介の姿と同時に、すでに侠気や粋をひけらかそうとする、所謂伊達意識が濃厚に表出されていることに注意したい。

また、こうした男伊達は、歌舞伎役者などの売若衆的な男色ではなく、武士的な地若衆としての男色を志向することが多い。世之介も念者（兄分）を持っており、その念者との恋のやり取りや（巻一の四）、二人して女の生霊と抜刀して戦う場面などが本作には描かれている（巻四の三）。また『一代男』には親兄弟といった血筋の繋がった人間との交感がほとんど描かれずに、もっぱら侠客仲間や遊女といったヨコ関係、恋愛関係ばかりが目立つ。これも男伊達の特色である。それに、そもそも世之介の父夢介自体が同じようなかぶき者であり、侠客仲間と徒党を組んで遊興三昧の生活をしていた（巻一の一冒頭）。

こうした環境にあった世之介であるから、様々な争いに巻き込まれて怪我をしたり、身の危険に晒されることが多かった。先に指摘した眉間の傷も、今挙げた、女の生霊との立ち回りもそうであるが、やはり他人の妻女を強引に襲って片小鬢を剃られたり（巻三の七）、牢獄で出会った女と逃げたところ、その女の追手に瀕死の目に遭わさ

れたり（巻四の二）、また男伊達を標榜していた遊女奴三笠と死出立になってみたり（巻六の一）、遊女高橋を独り占めにしたために、尾張の大尽に抜刀されて切り込まれたりしたのである。よって、世之介の恋愛がどこか死の臭いをさせているとすれば、それはこの男伊達、すなわち〈武〉へのこだわりや志向が下地にあるためと考えてよいのである。

こうした〈武〉へのこだわりは『金瓶梅』の西門慶や『九雲夢』の楊少游にはかつて見ることのできない志向性である。世之介にこうした〈武〉へのこだわりや志向を持たせているのは、先にも述べたように、元禄や元禄少し前の時代相から来る要求であったと考えられるが、ここには本書の一つの主題ともなっている西鶴小説における武士世界と商人世界の葛藤、拮抗があることを強調しておきたい。普通、西鶴の小説世界と言う時、商人世界を主、武士世界を従として、どうしても商人世界の比重を重く見てしまう傾向にある。西鶴が商人層の出身であり、作品も商人（町人）を取り扱ったものが多いことからすれば当然にして導かれる結論でもあるが、それは間違いである。詳しくは本書の第二部、第三部で論じたが、ここでは『金瓶梅』と『九雲夢』との比較から、すなわち「アジア小説」という観点からも、『一代男』の特色として、〈武〉への志向性が濃密に立ち上がってくることと、その重要性を指摘しておきたい。

九　『金瓶梅』と官僚、そして〈儒〉への背徳

では、翻って『一代男』『九雲夢』を鏡にした時に浮かび上がってくる『金瓶梅』の特色とは何か。ここも結論から言うならば、それは『一代男』と同じ商人世界を基盤にしながらも、その背景に官僚世界という漆黒の闇が広

がっていることである。

先に、『金瓶梅』に特徴的な細密描写として「衣食住＋性」の世界を指摘したが、もう一つ、細密描写の特色として挙げられるのは、作品中数多の書類が長々と掲載されていることである。その中には手紙などの私信もあるが、多くは命令書・邸報（官報）・訴状・勅書・弾劾文・勧進帳などの公文書である。その長さは驚くべきもので、物語を楽しく読もうとする者を辟易させるに十分なほどである。たとえば第七十回の冒頭、西門慶が正千戸掌刑に昇進したことを知らせる邸報（官報）は「兵部の上書。明旨に尊い、考覈を厳しくして、以て勧懲を昭らかにし、以て聖治を光かさんとするの事」で始まり、延々と二千数十字（日本語訳）、もしくは五百字（中国語原文）も続く。すなわち日本語で言えば四百字詰原稿用紙五枚以上に渡って官報を掲載しているのである。

一般的に考えて、西門慶が昇進したことを示すだけなら、これだけの長さが必要な理由などない。ほとんど作者の趣味で書いているとしか思えないのであるが、作者が何故こうした記述を行ったのかを推測するには、これらの文書を物語展開の中に置き直して、全体の流れの中から把握する必要がある。

たとえば、第四十八回には曽御史の長々とした弾劾文（の写し）が掲載される。これは、西門慶と夏龍渓（県の提刑所の長官、西門慶の同僚）が、徐州で起きた殺人事件を賄賂をもらって揉み消そうとしていることを知った巡按の曽御史が、二人を弾劾すべく東京の長に訴え出た文章である。しかし、西門慶の策略によってこの弾劾文は届かないばかりか、弾劾文を送った曽御史自身も左遷されることになる。善悪の闘いは見事に悪が勝利を得たことになって、この辺りが如何にも『金瓶梅』的であるのだが、この、弾劾文の元となった殺人事件の経緯から、事件の訴え、賄賂の応酬、西門慶と曽御史の画策合戦と、第四十七・八回の筋の運びは息つく暇ないほど緊迫した展開になっている。

この展開の中で面白いのは、明末当時の官僚や役所の仕事が、その役人の堕落ぶりと相まって実に詳細に叙述されていることである。特に、表向きには見事に仕上げられた訴状や弾劾文が、役人の裏の世界でどのように握り潰されて消え去ってゆくか、その経緯がリアルに描き出されているところが秀逸である。すなわち、この長々とした公文書の掲示は、長ければ長いほど、立派であれば立派であるほど、後に握り潰されてゆく過程で、逆にその空しさ、そして役人の横暴さ堕落ぶりを読者に印象付ける結果になっているのである。

こうした詳細な描写が、役人の堕落ぶりや商人との癒着と結びついている例は『金瓶梅』の中には多い。たとえば西門慶の第六夫人、李瓶児が亡くなった折、その供養のための葬礼が二七日、三七日、四七日と延々行われたが（第六十五回）、その葬礼に参加する役人たちの様が、また実に綿々と書き連ねられているのである。そして、その中では、知事をはじめ役人たちが、西門慶に媚びへつらう姿が実に厭らしく描き出されている。

すなわち、作者は西門慶をトリックスターとして使いながら、当時の商人と役人たちの癒着ぶりを、これみよがしに描き出しているのである。おそらく、『金瓶梅』の作者笑笑生とは、明末当時の官僚社会に相当詳しいばかりでなく、官僚として訴状や弾劾書、官報の執筆・整理などの仕事についていた人間ではないかとも思われるのだが、それはともかくも、重要なのは西門慶の商いとは、こうした官僚社会の腐敗と切り離せない関係にあったことである。

『金瓶梅』全体を覆う背徳の香りや重苦しいムードは、こうした作品構造と切り離すことが出来ない。これは『一代男』の持つ明るさや大らかさ、そして軽やかなスピード感とはまさに対照的である。先にも述べたように、『一代男』の明るさ大らかさの中に武士の世界があったとすれば、『金瓶梅』の重さ暗さの中には官僚の世界がある。『一代男』が武士的商人の世界であるとすれば、『金瓶梅』は官僚的商人の世界と言うことが出来る。

ちなみに、『金瓶梅』と『九雲夢』の関係を若干でも述べるなら、同じ儒教や官僚の世界を描いたにしても、そこにはネガと更にそれを反転させたポジの世界があるのではないかと思われる。

たとえば、『金瓶梅』の描いた官僚たちの腐敗は、儒教の理想世界、明初の政治世界をポジとするならばネガの世界である。儒教や明初の理想が堕落し醜く反転した様がそこにはある。しかし、『九雲夢』はそのネガの世界をさらに反転させてポジとして儒教的な理想世界を描き出した。しかし、ここで重要なのは、『金瓶梅』には作者の目の前に明末の腐敗した官僚社会という現実世界があったことである。それに対して『九雲夢』にはそうした強烈な現実世界が目の前にあるわけではなかった。金萬重が活躍した時代、既に儒教社会の明は滅亡し異民族にとって替わられていた。とすれば、萬重にとって中国儒教社会のポジもネガも、物語小説世界のものでしかなく、まさに夢の世界であったはずである。

『九雲夢』の持つ夢想構造はこうした金萬重の置かれた状況と不可分にあると思われる。特に、楊少游が地上界で行った数々の活躍と栄耀栄華は、実は天上界の僧性眞の一睡の夢の中での出来事であったという、この物語の持つ、現実と夢の捩れた構造は、儒教を物語小説世界でしか認識できなかった金萬重の立場をよく示すものと言える。おそらく、『金瓶梅』の作者笑笑生が『金瓶梅』のネガ的世界を反転させてポジ的世界を描こうとすれば、可能だったろう。先に示したように曽御史のような清廉潔白な官僚も描きだしていたからである。が、『九雲夢』とはよほど違うものになったはずである。もっと現実に即した小説世界が展開されたはずである。

しかし、儒教社会を遠く理想社会として仰ぐ他なかった朝鮮後期の儒者たちや萬重にとって、儒教社会の非の打ち所のない理想性のみが、唯一現実的に見えたはずであり、『金瓶梅』のような腐敗した社会こそが絵空事に思えたはずである。

朝鮮後期の儒学世界は、萬重の死後、中国正統の国家なき後、自らが正統な中華国家であるという小中華思想が蔓延することになる。現実的には強大な清の前になす術のなかった朝鮮後期社会が、清と肩を並べるためには、そうした転倒した観念世界を作りあげるしかなかったのだが、この観念世界は、萬重が『九雲夢』で作り出した観念世界と驚くほど似ている。すなわち、『九雲夢』の天上―現実、地上―夢という捩れた夢想世界は、明の理想社会―現実、清に蹂躙された現社会―夢とする小中華思想と見事に重なるのである。とすれば、萬重の描いた『九雲夢』の理想性と夢想性は、そうした小中華思想の先取りであったとも言えるのである。

むすびに

ここまで様々に論じ来たって、幾つかの私見を述べてきたが、最後に強調しておきたいのは、やはり『一代男』の性格についてである。

先にも問題にしたが、従来、『一代男』の持つ激しくも大らかな世界に関して、そこに武士的世界の存在を見ることは少なかったと思う。せいぜい世之介にかぶき者の片鱗を見る程度であったと思われる。しかし、こうして『金瓶梅』や『九雲夢』、とくに『金瓶梅』と比較してみて改めて認識させられるのは、同じ商人世界とは言え、『一代男』の世界、とくにその恋愛のあり方が余程に武士的であるという点である。

もちろん武士と言っても様々だが、後に『葉隠』では武士の理想を死ぬことの中に見つけて、何よりもその潔さを重視した。この死へ向いた身軽さと潔さは世之介の恋愛の仕方と不思議なほどに重なる。これは、西鶴の活躍した元禄期以前が、武士がまだまだ理想的な存在であり、商人の持つバイタリティに決して負けることなく、独自の世界を築き上げていたことによるが、元禄以降、武士世界が商人世界に飲み込まれ始めると、小説作家の描く恋愛世界も変わらざるを得なかった。元禄期を境に武士の世界が萎み、それを支えていた武士的男色の世界が同じように萎みかけると、『二代男』に描かれたような激しく大らかな恋愛世界も二度と現れることがなくなったのである。

さて、『二代男』『九雲夢』『金瓶梅』の三作品に関して、よく言えば自由に、有体に言えば野放図に論じてきた。しかし、日中朝の代表する作品を、同時代の十七世紀に成立したこと、また内容が恋愛小説であるというだけで、相互の関連・影響も薄い(『金瓶梅』と『九雲夢』には影響関係がある)状況下、こうして野放図に論じることにどんな意味があるのか、いささか訝しく思われる向きもあるかもしれない。比較文学の世界でも昨今はその影響関係を中心に精緻な論証が求められることを鑑みれば、その感は尚更だろう。しかし、「はじめに」でも述べたように、従来の西鶴評価の中枢には、西欧文学の価値観がある。それは国文学という学問のスタートとも絡んで、すでに我々の中に血肉化されたものである。それを相対化するためには、日本文学と関係がありつつ、西欧とは全く違った体系を持つ文学との比較によるしかない。そうした考えに立てば、中国・朝鮮の小説がその対象として急浮上してくるのである。

加えて、そもそも江戸時代以前の漢字文化圏(または東アジアや中華文明)という範疇からすれば、上記三作品の比較はもっと多様に行われて当然であるとも言える。とくにこの漢字文化圏では西欧流のノベル(新奇)とは違った意味での小説(稗史・白話)の歴史があった。とすれば、上記三作品はそうした線上でもっと多様に論じられる必要があったのである。もちろん、この稗史・白話という線での小説史は日本においても読本などの研究に繋げて論じられているが、それではあまりに狭すぎるというのが稿者の認識である。何故ならば、そうした小説史では、西鶴を始めとする浮世草子や、『春香伝』『沈清伝』などのパンソリ系の小説作品といった日本・朝鮮を代表する古典小説作品が抜け落ちてしまうからである。明治期におこなわれた西欧流の文学観による西鶴の再評価などは、そうした稗史・白話の小説史に対するリストラクチュアであったとも言えるのだが（ちなみに『春香伝』なども西欧流の風刺・抵抗文学という観点から再評価されたという歴史を持つ[35]）、アジアの古典小説史の叙述はもっと多様に行われるべきである。とすれば、本稿で行った試みも、そうした多様な叙述にむけての一試論であったと言っておきたい。

注

（1）小泉武栄「日本の山は、なぜ美しい」、『ダジアン』No.38、コスモ石油、二〇〇一年一月。
（2）ちなみに、先に示した欧米文学による西鶴評価は、いわゆる明治以降の古典のカノン化（聖典化）と切り離すことができない。本稿はこのカノン化の問題を考える際の一試論ともなるはずである。
（3）趙東一『小説の社会史比較論1〜3』知識産業社（韓国）、二〇〇一年。
（4）金泰俊「韓日伝奇小説の関連様相」「韓日古小説の関連様相」（『韓国文学の東アジア的視覚』）所収、集文堂（韓国）、二〇〇〇年。
（5）宋眞榮「古代東アジアの通俗小説研究」『中国語文学誌』12号（韓国）、二〇〇二年一二月。
（6）鄭炳説「十七世紀、東アジアの小説と愛情」、鄭炳説・エマニュエル・パストリッチ・染谷智幸による共同研究「東アジア古典小説比較論——日本の『好色一代男』と韓国の『九雲夢』を中心に——」（『青丘学術論集』第24集〈韓国文化研究振興財団〉二〇〇四年四月）所収。
（7）周知のように韓国では好悪両面において日本への関心が高いが、日本では韓国への関心が低い。この原因には近代史上の日韓の特殊な経緯があるからだが、近代以前、しかも学問上の問題にまでこうした状況があるとしたら、それは日本の学者側の怠慢であると言わざるを得ない。
（8）良く知られているように、朱子の理気論は所謂理先気後の理中心であり、人倫・道徳の根本を君臣父子においていた（大濱晧『朱子の哲学』東京大学出版会、一九八三年）。

（9）後藤基巳「四、『金瓶梅』の時代背景」『中国の八大小説』、平凡社、一九六五年。

（10）大木康『中国近世小説への招待』、NHKライブラリー、二〇〇一年、一九七頁。

（11）この点については閻小妹「才子佳人小説の類型化について―「双嬌斉獲」の中の女性関係を中心に―」（『中国古典小説研究』第六号、二〇〇一年三月、中国古典小説研究会）の「はじめに」及び、その注（1）～（5）に詳しい。

（12）『江戸時代書林出版書籍目録集成』慶応大学斯道文庫編、井上書店、一九六二年。

（13）大谷森繁「朝鮮朝小説の実像」、『朝鮮学報』一七六・一七七輯、二〇〇〇年一〇月。及び、鄭炳説「朝鮮後期長編小説史の展開」（『李相澤教授還暦記念論叢』）、一九九八年九月。

（14）金萬重『西浦漫筆』洪寅杓訳、一志社（韓国）、一九八七年。

（15）大谷森繁「朝鮮朝小説の実像」『朝鮮学報』一七六・一七七輯、二〇〇〇年一〇月。

（16）金炳國「〈九雲夢〉、その研究史的概観と批判」（『金萬重研究』金烈圭他編）所収、새문社（韓国）、一九八三年。

（17）古事記などの神話から、平安朝物語、そして中世の軍記物語、近世の草子類に至るまで、その構想力の弱さ、破綻状況は従来から様々な形で問題にされている。ただし、近世中後期の読本は例外的に構想力、確固とした構造を持った作品が多い。これは読本が中国の伝奇小説をその範にしたためであり、日本における伝統的な物語小説が発展したために生まれたものではない。

（18）廣末保『西鶴の小説』平凡社選書77、一九八二年など。

（19）本書第二部・第三章「東アジアの古典小説と仏教」参照。

（20）朴永圭著、尹淑姫・神田聡訳『朝鮮王朝実録』新潮社、一九九七年。なお『九雲夢』の持つ政治性については注6の共同研究でエマニュエル・パストリッチ氏も『離騒』（『楚辞』）を見据えながら別の観点より論じている（『九雲夢』の均整美）。

（21）金萬重が何時、何処で『九雲夢』を執筆したのかについては、平安北道の宣川に配流された折（粛宗一三―一四、一六八七―八八）という説と、慶尚南道の南海島に配流された折（粛宗一五―一八、一六八九―九二）との二説があったが、現在では『西浦年譜』の発見により、前者の宣川説が正いことが証明された。詳しくは、金炳國『西浦金萬重の生涯と文学』（ソウル大学校出版部、二〇〇一年）一五八頁参照。

(22) 李綽『三官記』、李圭景『五洲衍文長箋散稿』など。

(23) (22)の『五洲衍文長箋散稿』巻七、小説辨證説。

(24) 本文の日本語訳は『朝鮮文学試訳』（宇野秀弥訳）を参考にしながらも、『九雲夢』漢文本の老尊本（現在、金萬重の原本に最も近いと言われる。丁奎福『九雲夢原典の研究』所収、一志社〔韓国〕、一九七七年）と乙巳本（『九雲夢研究』所収、高麗大学校出版部〔韓国〕、一九七四年）を用いて稿者が適宜手直しを入れた。なお注には漢文本（老尊本、乙巳本括弧内併記）の本文を載せた。ここでの該当部分は「古之人娣妹諸人　婚嫁於一國之内　或有為人妻者　或有為人妾者　而今吾二妻六妾　義逾骨肉　情同娣妹　其中或有従外國而来者　豈非天之命乎　身姓之不同　位次之不齊　有不足拘也　当結為兄弟　以娣妹称之可也」である。ちなみに、金萬重が『九雲夢』を国文（ハングル）で書いたか、漢文で書いたかについては様々な議論があり、現在では漢文本説が有力のようだが、決定には至っていない。たとえば、丁奎福氏は京畿道長湍郡長道面に住んでいる金萬重の子孫から、かつて萬重自筆の『九雲夢』手稿本があって、それが漢文本であったことを聞いたと報告している（丁奎福『九雲夢研究』二一二頁）。これが正しければ、萬重が漢文で最初に『九雲夢』を書いたことが明らかになるが、この手稿本は現存していないので、何とも判断が出来ない状況にある。よって、この問題は不明としか言いようがないのであるが、ただ、すでに、自国の文字で文学作品が生まれないことを嘆き（『西浦漫筆』）、多くの小説をハングルで書いたと伝えられ（『五洲衍文長箋散稿』）、現存するもう一つの小説『謝氏南征記』をハングルで最初書いたことが明らかな萬重が、恋愛という大衆的な話題を扱ったこの『九雲夢』のみを漢文で書いたというのはいかにもいぶかしいことのように思われる。おそらく、萬重の母親が漢文に通じており、その母親の通読の便を考えて漢文で書いた、それが漢文本の正体であって、漢文本の方がそうした特殊な事情の故に生まれたものではなかったか。よって、たとえ萬重が漢文で『九雲夢』を書いたとしても、萬重が『九雲夢』を書く際に、本作品が漢文などを日ごろ読まない人たち（とくに女性たち）に読まれる、もしくは伝わることを意識していたかどうかが重要だと考える。そして、すでに多く指摘もされ、本稿でも若干触れたように、本作品には、そうした女性たちへの意識が明らかに汲み取れるとすれば、本作品の初期形態が、漢文かハングルかの問題はそれほど重要ではない、というのが筆者の考えである。

(25)「丞相恩情　彼此均一」

(26)拙稿「遊女・遊廓と「自由円満」なる世界」『日本文学』二〇〇〇年一〇月号、日本文学協会。

(27)本書第二部・第六章「西鶴小説と十七世紀の経済情況」

(28)松田修『日本近世文学の成立』法政大学出版局、一九七二年。

(29)本書第二部・第四章「性の回遊式庭園」

(30)イバン・イリイチ「速度の囚人たち」福井和美訳、『環』15号、藤原書店、二〇〇三年秋。

(31)以下特に断らない限り『金瓶梅』の日本語訳は、『金瓶梅（上・中・下）』（小野忍・千田九一訳、平凡社、一九七二年）を、中国語原文は『金瓶梅詞話』（影印、小林実弥、大安社、一九六三年）を使用している。

(32)日下翠「『金瓶梅』の世界」『中国四大奇書の世界』懐徳堂記念会編、和泉書院、二〇〇三年。

(33)明治以降の西鶴を再評価する近代作家達のほとんどが西鶴小説のリアリスティックな描写力に言及している。代表的なものとしては田山花袋「西鶴小論」（『早稲田文学』一九一七年七月）のモウパッッサン・チエホフとの比較論、正宗白鳥「西鶴」（『改造』一九二七年五月）の『好色一代女』論、『西鶴置土産』論などがある。

(34)エマニュエル・パストリッチ氏はこうした論点を中心に据えて、『九雲夢』を解析している。エマニュエル・パストリッチ「『九雲夢』の均整美――礼学の深層」、鄭炳説・エマニュエル・パストリッチ・染谷智幸による共同研究「東アジア古典小説比較論――日本の『好色一代男』と韓国の『九雲夢』を中心に――」（『青丘学術論集』第24集〈韓国文化研究振興財団〉二〇〇四年四月）所収。

(35)金台俊『朝鮮小説史』（安宇植訳、東洋文庫270、平凡社、一九七五年）の第六章第四節「『春香伝』にあらわれた思想」では本作品を「民衆の勝利の曙光」とする。なお金鐘澈氏によれば「金台俊の解釈は以後「春香伝」の解釈において主要な流れを形成しており、これに基づいた、尹世平、崔珍源、李相澤、趙東一、成賢慶などの深化、拡充した多くの業績が出てきた」とされる（金鐘澈「「春香傳」はどのように正典になったのか」日本比較文学会「前近代韓国文学におけるキャノンの形成」講演予稿集、東京大学教養学部比較文学比較文化研究室、二〇〇四年六月）。

第三章　東アジアの古典小説と仏教
——『九雲夢』と仏画・曼荼羅、『好色一代男』と庶民仏教・法華宗

はじめに

東アジアには国家や民族を超えて伝播した文化があり、それが共通要素としてそれぞれの国家や民族の文化を下支えしている。中国を中心にした漢字文化、そしてそこから生まれた儒教や諸子百家の思想、また東シナ海を中心にした海洋域の重商主義的文化などであるが、ここでは、インドを起源に持ちつつもアジアにおいて大輪の花を咲かせた仏教と、その影響を受けたと考えられる古典小説の関係について論じてみたい。

論の中心とする点は二つ。一つは、従来から『九雲夢』の思想的・文学的背景に仏教経典の『金剛経』があったことが指摘されてきたが、それとは別に、仏画や曼荼羅といった仏教教義・経典の図像が、『九雲夢』成立の背景にあったのではないかという問題である。特に、密教系の経典で『金剛経』と同じく「金剛」の名を持つ、『金剛頂経』を図像化した金剛界曼荼羅や、やはり密教系の経典『大日経』を図像化した胎蔵界曼荼羅などの、いわゆる

両界曼荼羅が、『九雲夢』の作品構造とも絡んで、作品成立に重要な役割を果たしていたのではないかという問題である。

もう一つは、それとは対照的に、『好色一代男』の背景に、日本で特殊な文化構造と思想状況を生み出した法華宗や浄土真宗などの、所謂庶民仏教があるのではないかという問題である。とくに『一代男』の背景には、法華宗（日蓮宗）が護持し所依の経典とした『法華経』とそこから独自に導き出された仏教教義があった可能性がある。

本稿では、まず前者の『九雲夢』の仏教的背景の考察から始めることとし、順次『一代男』との問題へと移ってゆきたい。

一　『九雲夢』と『金剛経』

『九雲夢』の仏教的な世界観と、そこに登場する人物たちの主たる構成、すなわち楊少游（性眞）と八人の女性（仙女）たちの交遊という一対八の図式を初めて知った時、まず私の脳裏に浮かんだのが、密教系の曼荼羅に頻繁に登場する一対八（一般的には、一人の中心仏⇕八人の菩薩）という図式・図像であった。こうした連想を私にすぐに起こさせたのは、かつて高田衛氏が日本の江戸後期読本で、曲亭馬琴作の『南総里見八犬伝』の背後に、八字文殊曼荼羅の存在を指摘していて[1]、曼荼羅と物語・小説が、一つの興味深いテーマとしてすでに存在していたからだが、さらに『九雲夢』最後の場面に、六観大師が性眞（楊少游）に『金剛経』を教える場面があり、この『金剛経』と『九雲夢』との関連の深さを知ると、この物語の一対八の構成に、曼荼羅的図像のイメージが伏在しているのではないかと、ますます考えるようになった。しかし、この問題には、朝鮮後期における仏教のあり方や、金萬重の仏教理解など様々に難しい問題を含んでいて、それらを絡めて総合的に考える必要がある。

『九雲夢』と仏教および『金剛経』については、従来から様々な指摘がなされてきたが、そうした従前の指摘をまとめながら、この問題の本質を突いたのは趙東一氏の「〈九雲夢〉と〈金剛経〉、何が問題なのか」[2]である。趙氏は、『九雲夢』を思想から捉える三つの立場（仏教・儒教・道教の三教和合説、仏教説、『金剛経』による空思想説）を検討する前提として、『金剛経』と『九雲夢』を思想的に分析し、比較した。そして、『金剛経』の思想を三つのレベルに区分けすると、『九雲夢』はそのうちの一つ目のレベルにしか達していないことが分かるとして、次のように述べた。

> 結局、作品の中で六観大師が『金剛経』を教え、性眞に伝え下したものの、性眞が『金剛経』思想を高い次元で実行することはなかったのであり、他の方法で、この思想が作品中に表現されていたこともなかった。九雲夢思想＝金剛経思想という等式は『金剛経』思想の三つの段階の中での（ア）に関してだけ、部分的に成立するものでしかないことが調査の結果である。それで、その部分は実際、『金剛経』に特別なものとして表現された思想ではなく、仏教であればどの教義にも共通して認定できるものに過ぎない。そうしてみれば、九雲夢の思想を提起した三つの見解の中では、仏教思想説がむしろ実像に近いということができる。『金剛経』に根拠を持つ空思想説は、その思想を深く問いただしてみることのないことから生じたものではないか。

たしかに、『九雲夢』を一読すれば分かるように、この物語に、仏教やその一つである密教で言う「空」思想が深い理解の中から叙述されていないことは明らかだろう。加えて、楊少游の手に入れた富貴が空しいものである程度のことを言うのであれば、何も『金剛経』の空思想を持ち出すまでもなく、「邯鄲の夢」（沈既済「枕中記」）というような人口に膾炙した話の類で十分である。実際、『九雲夢』の本文でも、性眞の悟りを、物語の同じ最終場面で、荘子の胡蝶の夢にも準えて話していることからしても、この現↓夢↓現という展開に、仏教の教義の深奥さが込められたものでないことは、金萬重自らが暴露していることだとも言える。

しかし、金萬重が『九雲夢』で仏教や『金剛経』を持ち出したのは、そのレベルのものだったのだろうか。富貴や恋愛は空しいということを言うために、仏教や『金剛経』を持ち出し、その空しさを表現するために、物語のほとんどの部分を使って、楊少游と八人の美女の話を展開させたのであろうか。そもそも『九雲夢』を一読すれば分かるように、この物語における楊少游と美女たちの恋愛世界は実に明るく豊かである。また、作者がこの部分の展開や登場人物の心情とその表現に心血を注いだことはすぐに汲み取れるのである。もし、本物語の思想を、富貴や恋愛は空しいことを示そうとしたことにあると認定するならば、その空しい部分に作者は最も心血を注いだことになってしまう。これは実に不可思議なことと言わねばならない。

私は、作者である金萬重が仏教や『金剛経』を持ち出したのには、もう少し別の理由があったと考えている。それは、この物語の背景に、仏画や、密教系の仏画として人口に膾炙している曼荼羅、とくに『金剛経』と同じ名前を持つ金剛界曼荼羅や胎蔵界曼荼羅の存在があったのではないかと考えるからである。

二　曼荼羅の世界

私が『九雲夢』の背景に仏画・曼荼羅、そして金剛界曼荼羅・胎蔵界曼荼羅の存在を感じるのは、以下三点の理由からである。

(ア)『九雲夢』の人物構成である一対八が、仏画や曼荼羅で一般化されている仏・菩薩の一対八の構造に依拠しているのではないか。

(イ)金剛界曼荼羅に八人の天女が登場し、仏を供養することが、『九雲夢』の八人の仙女の成立に影響を与えているのではないか。

(ウ)金剛界曼荼羅は、人間の愛欲を肯定することによって仏の悟りに至るという方法を教える。この教義が『九雲夢』の愛欲の世界とその離脱に影響を与えているのではないか。

そこでまず、(ア)から問題にしてゆきたい。

インドにおいて成立した密教の諸経典は、上座部(小乗)・大乗の諸経論と平行して、漸次中国へ伝来していったが、曼荼羅の元となった『大日経』『金剛頂経』が中国へ伝来したのは8世紀と言われる。それが以後複雑に展開して朝鮮半島・日本に伝わることになるが(日本の僧空海が中国の密教僧恵果から胎蔵界・金剛界曼荼羅を授かったのは八〇五年と言われる)、曼荼羅は中国に密教が伝来する前から、すでに密教の教義を図像化したものとしてインド・チベットなどで盛んに作られていた。この曼荼羅を代表するのが仏の慈悲を表現した胎蔵界曼荼羅であり、仏の智慧を表現した金剛界曼荼羅である(両者を合わせて両界曼荼羅とも言う)。

曼荼羅は様々な仏菩薩等の配置・構図を持つが、その中で基本をなすのが、仏を中心に他の仏・菩薩を脇士として、もしくは放射状に配置する構図であり、とくに八大菩薩図と呼ばれるものが古くから多く作られていた(図①、

②参照)。この一対八という構図は様々な仏画・曼荼羅に流れ込み、現存する仏画・曼荼羅でももっともポピュラーな図柄と言えるが、この手のものは朝鮮半島でも高麗時代に多く作られた形跡がある。それを示すのが図③④の阿弥陀八大菩薩図である。この③④は現在それぞれ日本の根津美術館、福井善妙寺に所蔵されているが、元は高麗時代や朝鮮時代前期に朝鮮で作られたもので、それが様々な経緯で日本に渡ったものである。

山口県立美術館が刊行した『高麗・李朝の仏教美術展』[4]によると実に多くの高麗仏画(朝鮮前期のものも含めて呼ぶ。以下同じ)が朝鮮から日本に渡っていることが分かる。渡った経緯については、従来から倭寇略奪説が指摘されてきたが、上記『美術展』の解説を担当した楠井隆志氏によれば(「高麗朝朝鮮仏教美術伝来考」)、倭寇よりも十

図①　敦煌出土阿弥陀八大菩薩図[3]

図②　触地印如来と八大菩薩像[3]

図③ 阿弥陀八大菩薩図（高麗）[4]

図④ 阿弥陀八大菩薩図（高麗）[4]

四、五世紀の商人たちによる通商や、大内義弘などの有力大名による日朝の交流、渡鮮僧の請来などが主たる要因だったらしい。③④の仏画もそうした中の一品と見ることができるが、それにしても、上記『美術展』の高麗仏画の品目を見ると、八大菩薩という一対八の図柄が実に多い。たとえば上記『美術展』の高麗・李朝仏画現存リストによれば、現存する高麗仏画は二百八十六点に上るが、その中で八大菩薩画は二十四点に及ぶ。様々な仏画の中で二十数点に及ぶということは、こうした八大菩薩画が、当時（高麗時代後期）朝鮮半島において実に多く作られていたことを示している。その後、朝鮮朝になり崇儒廃仏の気風が高まってからは、こうした仏画の数はいたって少なくなるが、そうだとしても、こうした仏画類が金萬重の前にあったとしても不思議ではない。後でも述べるように、金萬重は『西浦漫筆』などからすると、仏教に殊の外興味を示していたことが理解される。その萬重が、仏画類を見ていた可能性はけっして低いとは言えないのである。

　また、こうした八大菩薩の図柄を思想的に発展させたのが、胎蔵曼荼羅の中心に位置する仏・菩薩図（図⑤）であり、金剛曼荼羅の右上にある理趣会など（図⑥）である。

　また、密教研究者の頼富本宏氏も指摘するように[3][6]、曼荼羅世界は人間の官能性などを大胆に肯定するとともに、

図⑤　胎蔵界曼陀羅図[5]、中台八葉院

図⑥　金剛界曼陀羅図[5]、理趣会

女性（女尊）を大幅に取り込んで世界を築き上げている。それを象徴するのが図⑥の理趣会である。理趣会は後述するように、人間の愛欲の肯定とそのことによる解脱を目的とする妙法であるが、その目的のため、八人の菩薩のうち四人が女性像として描かれることが多い。また、そもそも菩薩は性を超越したものとしての両性具有性を保持しており、胎蔵界曼荼羅ではその名のごとく、女性の子宮・出産が持つ慈愛の力をシンボライズして仏の慈悲世界を作り上げている。その胎蔵界曼荼羅の中心に位置する仏と菩薩はそうした男女の生殖世界を仏の悟りという高度な地点から思想化・視覚化したものである。

『九雲夢』に登場する美女八人（仙女八人）が、すべて他に抜き出た美と教養を持っていたことは言うまでもないが、また心根においても優れた人間性を発揮していたことも物語にあるとおりである。この美女八人とはまさに菩薩のような存在であると言えるが、本文でも彼女らをそのように称している場所がある。一つは性眞（楊少游）が石橋で出会った仙女八人に「これ、これは！　菩薩様がた」と呼びかけている場面である。また、作品の大尾において尼僧になった八人が「菩薩の大道を悟」ったとされる場面である。

こうした一対八の図柄や曼荼羅世界において、愛欲や男女交会の世界が肯定され、かつ豊かな広がりを見せているのを知る時、また『九雲夢』でもそうした仏教世界を意識して様々な言動が描かれているのを見れば、この物語の一対八の構図もこうした曼荼羅世界に学んだものではないかと考えるのである。

三　八人の天女と愛欲の肯定

つぎに（イ）であるが、今述べたごとく、曼荼羅には女性（女尊）たちが多く描かれているが、金剛界曼荼羅に

は天女八人が仏を供養する者として登場する。この点に関して栂尾祥雲氏は次のように述べている。(5)

『初会の金剛頂経』並に『略出念誦経』等に依ると、根本成身会の中央の毘盧遮那仏が四方に四仏十六尊を示現すると同時に、その示現せられた四仏が中央の毘盧遮那仏を供養するために、その毘盧遮那仏の四方に金剛波羅蜜（東）宝波羅蜜（南）法波羅蜜（西）業波羅蜜（北）の四波羅蜜を表現する。此の四仏よりの供養に酬ゆるために、また中央毘盧遮那仏は之れに応じてまた四方四仏の側に嬉（東南隅）、鬘（西南隅）、歌（西北隅）、舞（東北隅）の四天女を示現し、四仏は更に之に応ずるに第二重の隅に、香（東南）、華（西南）、燈（西北）、塗（東北）の四天女を以てする。（傍線稿者）

すなわち、金剛界曼荼羅の中心部には八人の天女が様々な仕方で仏の徳を讃えて、その供養の形を示しているのである。こうした仏を供養する天女の存在は、曼荼羅という、思想やその実践を尊格化する世界では大きな存在として成長してきたものであるらしい。この点について頼富本宏氏は次のように述べている。

密教は、聖なる空間の実現を希求するものであるから、聖域空間を現出するマンダラは、まさに理想的な表現形態である。とりわけマンダラでは、聖域を守る護法尊や聖なるものに供養を捧げる供養尊が重要な役割を果たすので、金剛界マンダラに登場する護法の四摂菩薩や供養を尊格化した八供養菩薩（八人の天女）のウエイトが増大することになる(6)（括弧内稿者）

さらにこれらの天女が、歌や楽器、舞などの歌舞音曲をもって仏を供養しているのにも注意を払うべきであろう。たとえば、舞の天女は「舞天女は身色金剛業の如くにして三胋を持し、二手舞踊の相に住して居る」(慶喜蔵『釈』北京版第五十二函本続解)ものだが、ここからは楊少游が楽遊原で越王と文武を競った折、沈裊煙が剣舞を御前で披露したことが連想されるだろう。また「歌天女は身赤灰色にして、箜篌を弾じている」ところからは、白凌波が同じく琵琶の美しい音色を披露したこと、また、英陽公主が琴の名手であり、女性に化けた楊少游と競い合ったことなどが連想されるのである。また「鬘天女は身色黄にして宝鬘を以て一切如来を潅頂して居る」というところからは、同じく沈裊煙が楊少游との別れ際に明珠を渡したことや、楊少游がまだ性眞であった時に、石橋で出会った仙女八人に八つの明珠を渡したことなどが連想される。

もちろん、八人の天女が『九雲夢』の美女八人に全てきちんと対応しているわけではないが、仏の徳を讃えて供養合奏する八人の天女の姿と、楊少游と交遊しながら、踊りや歌や明珠などを楊少游に施す美女八人の姿は、似通う以上のものがあると言わざるを得ないのである。

最後の(ウ)であるが、これはこの三つの中で最も重要な点である。先ほどからも述べてきたように、密教やその悟りを象徴化した曼荼羅は、人間の愛欲を肯定することから出発した。ただし肯定するといってもそこに浸るのを良しとするのではなく、肯定することでそれを乗り越えようとするのである。頼富本宏氏はこの点について次のように述べている。

(マンダラの)第四(の特徴)は、官能性など人間の生の感覚が肯定される。美しいものは美しいのであって、それを汚れにまみれた存在であると、意識的な不浄観で否定する必要はない。密教の根本命題によれば、聖と俗の世界は必ず持続しているのであり、それを現象的な面からつなぐ身体存在は、決して無意味なものではない。密教美術にしばしばうかがわれる豊かな肉身は、現実の肉体に象徴的に表れている生命の讃歌といえよう。(6)（括弧内稿者）

すなわち、俗の世界に正面から挑むことによって、それは聖なる悟りへと繋がるということである。こうした俗の肯定、欲の肯定は、現代の我々からすれば邪教的、堕落的な臭いがしないではないが、これは根本仏教にある、四諦の法門などの、苦への直面を修行の第一、とする考え方などがよく示すように、仏教が根本（根本仏教）から持っている命題の一つであった。

そこで、改めて六観大師が性眞に対してとった修行法を考えてみるならば、それはこの俗の肯定・欲望の肯定によって、俗や欲望の限界を悟り、聖なる悟りに向かうという、密教の根源的な思想そのものの実践ではなかったかと思われてくるのである。性眞が八人の仙女に会い、愛欲に燃え盛る自己を制しきれなくなった時、六観大師は烈火のごとく怒って性眞を叱咤したが、大師は性眞の欲望を否定はしなかった。そればかりか、自己の思うがままに進んでみろと言ったのだ。

「おまえが自ら行きたいと望むがゆえに、私は行かせようとするのだ。お前は留まりたいと言うが、誰がお前を行かせようとするのか。お前は、私が行かせようとすると言っているが、そうではない。お前が望んでそこへ行くというだけなのだ。そこがお前の帰るべきところなのだ。(7)」

この、自己の思うがままに進んでみろ、と言う大師の考え方は終始一貫している。たとえば、物語大尾で再度性眞を諭す場面でも、

「おまえは自分の興味によって、その方向に進み、そして、すっかり興味を失ったもんだから、またここへ戻ってきたということに過ぎないのだよ」(8)

と言っているのである。

この、心のままを肯定し、その限界を悟ることによって、欲望そのものを超えようとする方法、これが六觀大師の思想であった。とするならば、それは『金剛経』の思想と言うよりも、『金剛頂経』もしくは金剛界曼荼羅の思想と言うべきである。

以上、『九雲夢』の構造を金剛界曼荼羅との関連から考えてきたが、こうしてみると『九雲夢』を支える仏教的な思想とは、『金剛経』というよりも、密教の曼荼羅、とくに愛欲の肯定から悟りを導きだそうとした金剛界曼荼羅との関係が深いと思われてくる。趙東一氏(9)もすでに指摘するように、『九雲夢』と『金剛経』の思想的関連は薄い。そればかりか、先にも指摘したように、『九雲夢』の仏教的背景を『金剛経』のみにおいて考えるならば、楊少游と八人の女性たちの富貴栄達を描いた中心部と、それを挾んだ形にある物語初頭と大尾（六觀大師と性眞のやり取りが中心になる部分）は、根元的な齟齬をきたすことになってしまうのである。『九雲夢』を金剛界曼荼羅の世界から理解した時にこそ、初めて中心部と初頭・大尾の部分が無理なく連結されるだけでなく、物語の主題が一貫して流れるようになるのである。

もちろん、『九雲夢』と金剛界曼荼羅との関係をはっきりと認定するためには、まだ沢山の問題が残っていることも事実である。たとえば、洪潤植氏が「韓国の密教」[10]で指摘するように、現在においても韓国では金剛界曼荼羅と胎蔵界曼荼羅（両界曼荼羅）は発見されていない。もとより、韓国には多種多様な曼荼羅が現存するけれども、金萬重と金剛界曼荼羅との関係を考えるときに、この点はやはり問題になる。また、金萬重の『西浦漫筆』を見るとき、そこには仏教の禅宗に対する興味の一端が記されていて、そこから『金剛経』との関連は導き出されるもの の（『金剛経』は禅宗で大切にされた）、『金剛頂経』や『大日経』などの密教経典やその曼荼羅との関係を跡付けることは、現在のところできないのである。これも問題であろう。

しかし、同じく洪潤植氏も指摘するように、経路は特定できないにしても朝鮮半島に『大日経』や『金剛頂経』が流入したことは確かであるし、高麗時代を中心として朝鮮仏教は華を開かせたが、その中心は密教であったことも分かっている。また先に指摘したように[4]、高麗時代後期から朝鮮時代前期にかけて、八大菩薩図を中心にして様々な仏画・曼荼羅が朝鮮で作られたことは間違いない。とすれば、密教の根本にある金剛界曼荼羅や胎蔵界曼荼羅が朝鮮半島に流入して、広がっていなかったと考える方が難しい。おそらくそれらの多くは、朝鮮時代以降の儒教全盛によって失われたか、先の高麗仏画の例と同じく、海外へ流出した可能性が高いと思われるのである。

また、鎌田茂雄氏が、金萬重が活躍した粛宗時代における仏教について、次のように述べている点には十分注意が払われるべきであろう。

　粛宗は排仏政策をやや緩和したため、その晩年には宮廷内に仏教が深く浸透した。また一方では無知な民衆を妖言をもって惑わす処瓊・呂還などの妖僧の暗躍があったりした。京城内の尼院は撤廃され尼僧の城内往来は禁じられていたが、この頃には供仏や祈禱のため尼僧も城内に出入りしていた。十二年（一六八六）には、フランスの天主教（カトリック）の宣教師が清国より京城に入り、布教しようとしたが、王はこれを厳禁し国外に放逐した。三十七年（一七一一）に北漢山城の築造が始まり、三五〇人の義僧が選ばれて王城の北辺の鎮護に従事し、その僧将は八道都摠摂を兼務した。山城内には重興寺・竜巌寺・太古寺・鎮国寺などの十一カ寺が指定されて僧営にあてられるとともに鎮護の霊刹とされた。(11)

先にあげた『西浦漫筆』には、金萬重の様々な宗教や文化に対する興味が開陳されているが、その中には仏教はもちろんのこと、天主教（キリスト教）にまで関心を示す彼の姿があった。そうした点と、この鎌田氏の指摘は重なってくるのである。粛宗当時、禁止されていた天主教にまで興味を持った萬重ならば、彼が、金剛界や胎蔵界曼荼羅を見たのではないか、という想像はあながち的外れなものではなくなってくるのである。

四　西鶴と庶民仏教

以上、『九雲夢』とその背景になった仏教の問題について論じてみたが、本書第二部・第二章でも論じたように(12)『九雲夢』と対照的な構造を持つ『一代男』は、仏教とどのような関係にあったのだろうか。

西鶴と仏教。一見すれば、西鶴の描いた破天荒な愛欲の世界や金銭の世界、そして血生臭い武士の世界と仏教は、いささか懸け離れた存在にも見えるが、先にも指摘したように、愛欲などの欲望の肯定は仏教教義の根本に関わる命題であった。また、日本も朝鮮半島と同様に、大乗仏教がその大輪の花を咲かせた国である。そうした環境から見てゆくと、意外にも西鶴小説の内容や背後に仏教的世界が広がりを見せていることに気付くのである。とくに西鶴が、都市に生きる商人（町人）・武士などを多く取り上げたために、観音信仰・法華宗・浄土真宗などといった庶民仏教の世界が西鶴小説には広がっている。

たとえば、『日本永代蔵』には、賽銭を貸すことによって参詣人を集めていた水間寺観音の話（巻一の一）、菊屋によって唐織の戸帳を盗られた初瀬観音の話（巻三の三）、小橋利助の財産を遊興に使い果たした京都の檀那寺の話（巻四の四）、『世間胸算用』では、死んだ親父が、息子の分散によって自らを供養する仏具類が人手に渡ることを心配する話（巻一の二）、日蓮自筆の曼荼羅を売ろうとしたが相手が宗旨を変えてしまったために失敗した男の話（巻四の三）、『西鶴織留』では、猩々の化身と称した法師の話（巻二の五）、智恵の箱を持つ金童子を安置する丹後切戸の文殊堂の話（巻五の一）といったところがすぐに思い浮かぶが、有名なのは何といっても『胸算用』巻五の四「平太郎殿」であろう。この話は毎年の節分に浄土真宗の門徒寺で行われる平太郎讃談を取り上げた話で、商品経済の厳しい状況に振り回される庶民と、世知辛い僧侶の姿を描いた佳作である。

これらは皆町人物と呼ばれる作品群であるが、こうした傾向は、好色物、武家物、雑話物と呼ばれる作品群においても変わることはない。たとえば、好色物を例に取るならば、『好色五人女』では、八百屋お七が逗留した駒込の吉祥寺（巻四）や、源五兵衛が若衆たちの菩提を弔おうとした草庵での生活（巻五）、また『椀久一世の物語』における椀久の高野山参拝、また『好色一代女』における一代女最後の五百羅漢前での懺悔の描写など、挙げればきりがないが、ここで取り上げる『一代男』においても、そうした庶民仏教が深く根を下ろしているのである。

『一代男』における仏教的世界を眺めると、一つの大きな特徴のあることに気づく。それは『一代男』における仏教世界、ひろく宗教世界と言っても良いが、それらが実に多様な要素を持って渾然一体化した様相を呈していることである。

たとえば、主人公の世之介がどのような宗教と関係をもっていたかであるが、彼が初めて表立った宗教的な行動を取るのは、巻二の一「はにふの寝道具」で、世之介が十四歳になった春のことであった。

聊おもふ事ありて初瀬にこゝろざしける。一人ふたり召仕を伴ひ、雲井の舎りといふ坂を上りて、人はいざ心もしらずと貫之が読し梅も、青葉なる山ふかく、起請かけまくも、かたじけなき返事をとる事、いつ迄かと、つぶやきけるを聞て、又此度もかなふまでの恋をいのらるゝと、おもふ事ぞかし。

この「初瀬」は言うまでもなく大和長谷寺で、「雲井の舎といふ坂」は本堂に上るまでの寺内の坂を指す。すなわち、世之介は長谷寺の観音に「起請かけ」に来たのであったが、「よろづにつけて此事（好色）をのみ忘れず」（『一代男』巻頭章）という世之介らしく願をかける目的も恋愛成就のためであった。

次に仏教に触れるのは、世之介十九歳の折、父親に勘当されて仕方なく出家した時である（巻二の六「出家にならねばならず」）。この時は、「ひとい二日は阿弥陀経など殊勝に見えしが、おもへばつらく道心もおもしろからず」と、浄土宗（阿弥陀経）に専心しているが、すぐに還俗してしまう様が描き出されている。

その次は三十四歳の折で、

親仁一代は、よせなとおもひきってのこゝろ根、更にうらみとは思はれず。我、よからぬ事ども、身にこたえて覚侍る。いかなる山にも、引籠り、魚くはぬ世を送りて、やかましき真如の浪も、音なし川の谷陰に、あり

がたき御僧あり。是ももとは、女に身をそめて、是よりひるがへし、たうとき道に入せたまふ。此人に尋と
（巻四の七「火神鳴の雲がくれ」）

とそれまでの不埒な所業を反省し、仏道修行をしようとした時である。この「ありがたき御僧」が誰かは分からないが、「音なし川」が熊野本宮を流れる川であることからすれば、この「御僧」は修験道系の熊野信仰者であったと考えられる。

その次には、三十五歳の折、天下無双の遊女吉野を「奥さま」として身請けした時である。その吉野が結婚した時に「後の世を願ふ仏の道も、旦那殿と一所の法花になり」と記述されていることから、ここでの世之介は法華宗であったことになる。

また、世之介は仏教のみでなく「世之介二十七の十月、神のお留守きく人もなきぞと、さまぐ〳〵くどきて、それより常陸の国鹿嶋に伴ひ行きて、其身も神職となつて国々所々に廻る」（巻二の七「口舌の事ふれ」）というように神道の神主にもなっている。

もちろん、世之介は「浮世の介」（当世の男）であって一人の個性ある人物というよりは、当時の好色男たちの総体と捉えるべきであるから（たとえば三十五歳の時の法華宗は、この話の下地になった吉野と灰屋紹益がともに法華信徒であったことによる）、宗旨が一貫しないのは致し方ないところだが、それにしても実に様々な宗教が世之介という人物に統合されていることは確かである。

また、『一代男』の宗教には、これだけでなく、好色風俗と一体化して社会の底辺に生息しているものがある。たとえば、『一代男』巻三の一「恋のすてがね」に登場する浮世比丘尼や、同じく巻三の六「木綿布子もかりの

世」に登場する勧進比丘尼がその典型であろう。これらは寺の勧進と称して日本各地を廻りながら売春も生業とした。『東海道名所記』巻二に「行もせず、戒を破り、絵解きも知らず、歌を肝要とす」とあることから、白拍子・傀儡子などの歌（今様）の伝統を引くものである点、遊女の歴史を考える意味でも興味深い存在である。[13] おそらく、比丘尼が売春と結びついたのは経済的な背景とともに、仏教の説く愛欲を通しての解脱という思想的な背景があったと考えられる。たとえば観世音菩薩は衆生を救う為に三十三身に変化して衆生の前に現れるとされた菩薩であるが（『法華経』「観世音菩薩普門品第二十五」）、その三十三の中には仏・辟支仏・声聞のような聖身もあるが、竜・夜叉・阿修羅のような人外のものあった。こうした教義が背景になり、視覚化できる菩薩の存在として遊女を見る思想が日本の中世では広く伝播した。謡曲『江口』における江口遊女と普賢菩薩の関係が典型であるが、如上の比丘尼たちは、そうした遊女のあり方が聖性を失って堕落したものである。

また、先の世之介の宗旨と同じく、ここでの好色と合体した宗教は仏教のみではない。巻三の四「一夜の枕物ぐるひ」に登場する「大原の里のざこ寝」は「老若のわかちもなく、神前の拝殿に、所ならひとて、みだりがはしくうちふして、一夜は何事もゆるす」というものであった。また、巻三の七「口舌の事ふれ」に登場する「県御子」は、神道で祈禱・竈払いなどをする巫女のことであるが、「あれも、品こそ替れ、のぞめば遊女のごとくなれるもの也」と言われたように売春もした。

こうしてみると、『一代男』は庶民仏教・宗教のまさに坩堝といった感がある。とくに観音信仰、阿弥陀信仰、修験道、法華信仰といった仏教の他、神道も加わるという広がりの他に、浮世比丘尼・勧進比丘尼といった宗教的社会の最底辺に居た人間たちから、遊女の最高位・太夫である吉野や、灰屋紹益という京都の名家出身者の法華信仰まで、身分の上下関係をも包摂しているのである。『一代男』の宗教的世界はまさに縦横無尽の広がりを見せていると言ってよい。

五　事の一念三千

こうした『一代男』の仏教・宗教的世界は、よく言えば多様多彩であるが、逆に言えば雑多で混沌としている。これは先に検討した『九雲夢』の宗教的世界とは実に対照的なあり方を示している。『九雲夢』の宗教的背景に儒学・朱子学を見るか、『金剛経』などの仏典を見るか、そして私のように仏画・曼荼羅を見るか、見方は様々であっても、どれもが或る秩序・体系を持つ世界であって、それが『九雲夢』に対して一定の秩序・コスモスを与えていたと見る点では変わらない。

ところが、『一代男』の仏教・宗教的世界は、『一代男』の世界に混沌と混乱をもたらすだけのようにも見える。極端な見方をすれば、これは単に未熟で原始的な世界であって、そこには文化的・思想的と呼べるような背景が何もないようにも受け取れるのである。とすればこうしたプリミティブな世界は、世界中のプリミティブな宗教が確固とした文化的思想的背景を持った宗教に飲み込まれ回収されていったように、『九雲夢』の背景にあったようなコスモスを持った宗教的世界にいずれ回収されるしかないものということになる。『一代男』の背景にある宗教的世界とは結局そのようなものに過ぎないのであろうか。

結論から言えば、そうではない。それは『九雲夢』の背景になった儒学や『金剛経』、そして仏画・曼荼羅に対して、日本の観音信仰・法華宗・浄土真宗といった庶民仏教が劣った宗教ではなく、そこに独自の宗教的思想的世界を開花させていたことと同じである。特にそうした庶民仏教は、後述するように、日本的なまた東アジア的な自然という観念と格闘し、それを自らの世界に取り込んでいった形跡がある。別の言い方をすれば、そうした自然観に浸っていた大衆の中に確かな根を下ろそうとし、それに成功した形跡がある。そこで次に、『一代男』の背景にある庶民仏教、その中でも特に法華宗を題材にして、この問題の本質に迫ってみたい。

『一代男』の背景となった法華宗・浄土真宗などの日本の庶民仏教は、それぞれに独自の教義を持っており、またその教義の違いからしばしば対立を繰り返すこともあった。法華宗の一派である不受不施派の活動は有名なものであるし、十六世紀の天文年間に起こった天文法華の乱（法華宗と一向宗の対立）も同様である。しかし、これらの庶民仏教における修行や布教方法は、驚くほどに類似している。それは題目（南無妙法蓮華経）の唱題や念仏（南無阿弥陀仏）の唱名といった「易行」を中心にした徹底的な実践行である。この「易行」こそが、鎌倉時代以降の庶民仏教が、庶民の心を摑んだ大きな理由の一つである。

法華宗の宗教理論を支えたのは、言うまでもなく『法華経』である。しかし、『法華経』そのものは、上座部仏教（小乗仏教）や大乗仏教などの諸宗派の対立や、諸経の乱立を越えようとする一仏乗の思想、迹門・本門というタームによる経の前後半に関する構造分析が良い例のように、深い思索によって構築されており、庶民が簡単に理解できるものではない。そこで宗祖日蓮は「一念三千」という思考に注目した。この「一念三千」は、中国天台宗の開祖智顗（五三八〜五九七）が『法華経』「方便品第二」にある十如是法門やそこから導き出される十界互具の考え方から導き出したもので、人間の一念には三千世界、即ちあらゆる現象が具現されていて、一念の陶冶の仕方によって三千世界は様々に変化するという、究極の唯心論である。

智顗の考え方は理論的なものであったが、日蓮はそれを一歩進めて実践行の規範として位置づけをし直した。法華宗では、智顗の一念三千を〈理の一念三千〉と言い、日蓮の一念三千を〈事の一念三千〉と言う。では、その

〈事の一念三千〉とは何か。

天台止観では三千世界は人心に本来性具されたものとして思惟されるが、日蓮は釈尊の因行果徳（つまり佛界、引いては十界・三千世界）は妙法蓮華経の五文字に具足するという。これは末代の衆生は眼前に愚人・悪人であり、邪悪にのみ走る日常であるから、人心に無条件に具足するということは観念論にすぎず、理論の段階での表現にすぎないという配慮から、天台の理論を裏に秘めた表現を採ったものと思われる。また仏界は妙法五字に具足されるということならば誰もが首肯できる事実であるという配慮もあろう。（中略）要するに、一念三千は末法思想の影響下にあって、介尒有心の理具から受持譲与へ、心奥に沈潜した性具から具足せる証拠の外的表明へ、道場内での観念観法から道場外での社会的実践へと移行したわけである。さらにこれを要するに、法華経は法華経の有する仏教理論の開明から、開明された理論の実現へと展開していったことになる。(14)

少々分かりにくい説明ではあるが、要は、智顗が活躍した時代とは違って現在（日蓮の時代）は末法の世であるので、人心に仏性が具足しているとしても、それを発現するには理の段階ではなく、行の段階での経文の受持が必要だということである。そしてその経文の受持も、経文の理解から入るのではなく、まさしく受持という行為＝「妙法蓮華経」の唱題から入るべきだと説いたのである。また、日蓮は別のところで、盛んに『法華経』の身読（色読）ということを言った。(15)この身読とは意読・心読に対置されるものである。すなわち、意読が意味を理解し経文を誦し、心読が心の内から感じて経文を誦すのに対して、身読は経文の内容を実行しながら誦すということであり、これを最上の経文の読誦方法としたのである。この身読と〈事の一念三千〉が「行」ということで通底することは言うまでもないだろう。

すなわち、この〈理の一念三千〉から〈事の一念三千〉への転換とは、有り体に言ってしまえば、頭で理解するのでなく、体で覚えろというようなものである。が、重要なのは、こうした体験中心主義、身体中心主義を、それまでの理念中心主義・体系中心主義（典型は中国天台宗だが、最澄・空海などの日本の天台宗・真言密教も指す）に対抗して、理論化して言挙げしたことである。（但し、理論化と言ってもそれは体験や身体に中心を置くので矛盾が生まれることが多い。「日蓮は自己の宗教体験と表裏して言表することが多いので、一概に規定することは困難である[16]」と言われる点もここにある）

加えて、混沌・雑多な庶民の世界に、仏の悟りへ通じる具体的な方法を提示し、その道筋をつけたことにある。たとえば『法華経』の第五品「薬草喩本」に三草二木の比喩がある。これは、仏の慈悲とは、三草二木に等しく雨が降り注ぐように、どのような境遇の者にも等しく降り注いでいることを示したものだが、日蓮の行おうとしたことは、これの実践と理論化であったと考えることが出来るのである。

六　紹益と吉野の法華信仰

こうした「事」「行」中心、体験中心主義、あるいは身体中心主義は、浄土真宗の念仏行、曹洞宗などの参禅などでも同じであるが、こうした発想あるいは思考は、『一代男』を理解する上でどのような意味を持つのであろうか。

まず、世之介の人生そのものが、「理」中心、すなわち理念的なものではなく、「事」中心、すなわち体験主義的であったことである。これは世之介が様々な経験をしたということだけではない。たとえば、巻五の一「後は様つけて呼」において、父親の莫大な遺産を相続した世之介は京都の島原に現れるが、その折、「前代未聞の遊女」吉野から「けふはわけ知りの世之介様なれば」と呼ばれたことがあった。この「わけ知り」とは、人生、とくに恋愛関係の酸いも甘いも嚙み分けた「粋人」と解釈する注釈が多い。これは決して誤りとは言えないのだが、やはりそれだけでは足りない。何故ならば、この「わけ知り」の前には次のようなエピソードが語られているからである。

京都の七条通りに住んでいた小刀鍛冶の弟子は、密かに遊女吉野を恋し、太夫の揚代である五十三匁を苦労して溜め込んでいたが、吉野は天下随一の太夫、会う事など適うはずもなかった。ところが、この話を或る者が太夫に知らせたところ、「其心入不便」と密かに会う事になった。吉野の前で小刀鍛冶の弟子は、その情け深さに感じ入り、涙をこぼして逃げてゆこうとした。しかし、吉野はそれを押しとどめ「此事（情交）なくては、夜が明けても帰さじ。さりとは其方も、男ではなひか。吉野が腹の上に適々あがりて、空しく帰らるゝかと」、情交し、盃まで交わして帰した。これが揚屋に知れると「是はあまりなる御しかた」と咎められたが、世之介は「それこそ女郎の本意なれ、我見捨てじ」と吉野を請け出し自らの正妻に据えた。

まずここで重要なのは、吉野が小刀鍛冶の弟子の情を不憫と思って、自分の身を投げ出したことである。この行為を揚屋は「是はあまりなる御しかた」と咎めたわけだが、世之介は「それこそ女郎の本意なれ」と褒め称え身請けするとともに正妻とした。この「女郎の本意」についても解釈は様々だが、世之介が揚屋の意図に対抗して、すなわち遊廓の論理を超えてまで吉野を守ったことからすれば、それは単なる「遊女らしさ」ではありえないだろう。

世之介は吉野の行為の中に遊廓の論理や仕来りを超えてしまうような深いものを感じ取っていたはずである。

では、その深さとは何か。それは「本意」が根源の意味であるとすれば、中世説話や謡曲『江口』などで盛んに喧伝された菩薩の化身としての遊女の姿であったはずである。世之介は吉野の行為の中に、近世の遊女、すなわち遊廓内に取り込まれてからの遊女が失ってしまった、菩薩としての捨身行を見ていたのである。とすれば、世之介の「わけ知り」も単なる粋人というような遊廓の枠内に収まる「わけ」ではなく、もっと人間的な深く広い「わけ」であったはずである。

そうした点から見た時、先にも指摘したように吉野と世之介が、この場で法華宗の信徒であったと記されていることが重視されるのである。というのは、これも先に指摘したように、この章における世之介の背景には、京都の名家である灰屋紹益の姿があったが、その彼はエッセイである『にぎはひ草』[17]に「我若年より七十歳にあまる迄、法華経五種の修行（受持・読・誦・解説・書写）のうち、解説は俗信なれば成難し、四種は数十年一日もおこたらず、此功徳を以て、現世には先報恩感謝のこと、和歌の道に冥加あらせ給へ」（括弧内稿者）とあるように、誠に真摯な『法華経』への信仰心を持っていたからである。また、『法華経』への篤い信仰心は彼のみならず、本阿弥光悦を始めとする紹益の同門は皆同じであり、そのことは広く世間に知られていた。

観音信仰が『法華経』の「観世音普門品」から派生したものであることは有名なことであるが、そうした教義上の関係はおくとしても、『法華経』は後半が菩薩列伝になっていることがよく示すように菩薩行（利他行）の教えでもあった。とすれば、そうした深い法華信仰のある紹益が、吉野の捨身行に敏感でないはずがない。日頃から法華信仰に篤い世之介（紹益）は、吉野の捨身行・菩薩行を見たとき、その行為に深く感動して、揚屋や自らの一門の反対を押し切って正妻として迎えるに至った。本章における世之介（紹益）の法華信仰を重く見たとき、そのような解釈が可能になるのである。

もし、こうした解釈が可能ならば、世之介の「わけ知り」とは、単に遊廓内や男女間の「わけ」だけではなく、宗教的な思惟も含めた人生全般にわたる「わけ」であったことになる。これは、この巻五の一という一章から、さらに広く作品全体に目を転じてみるならば、より一層明らかになるだろう。

たとえば、世之介は吉野と結婚するまでに様々な人生経験をしている。それらは主に男女間（男色においては同性間）の恋愛が元になっているものの、決してそれは恋愛問題の枠内に留まるものではなかった。

まず、十九歳になった世之介は、父親に勘当されて仕方なく出家する（巻二の六「出家にならねばならず」）。江戸時代の勘当が奉行所の勘当帳に記載されるなど公的な側面を強く持っていたことはよく知られる話で、その苦痛は現代の勘当の比ではないが、世之介は家族から切り離された存在になったのである。そしてその結果、諸国を流浪することになった世之介は、経済的に困窮することになる。「万懸帳埒明ず屋の世之介」（巻三の四「一夜の枕物ぐるひ」）とは、そうした世之介に金の貸し手から付けられた渾名であった。また信州では、頭に受けた傷がもとで捕まって牢屋に入獄させられたり、一緒に逃げた女の追っ手から襲われ気を失ったりもした（巻四の一「因果の関守」、巻四の二「形見の水櫛」）。そして三十四歳になった世之介は、我が身の不甲斐なさを回想し熊野の谷陰に住む「ありがたき御僧」に会って仏道に入ろうとするが、その途中で水難に遭いながらも九死に一生を得るのである。そして、この後、父親の死とともに莫大な遺産を相続し、晴れて「わけ知り」の大尽として吉野の前に世之介は現れることになる。

こうしてみると、巻五の一までの世之介の経験とは単なる恋愛経験でないことはすぐに分かるはずである。勘当・放浪・窮乏・牢舎・水難といった様々な厄災が世之介を「わけ知り」に押し上げたと考えるべきである。とすると、先に指摘した世之介の様々な宗教体験、観音信仰、法華信仰、念仏修行、神道の神主になっての廻国も、単にそうした風俗を紹介するための案内役であるとか、様々な境遇の男たちをモデルにしたために、偶々そうなったなどというのではなくて、世之介の持つ究極の体験主義から来ているということが分かってくるのである。

この世之介の「事」中心、体験・身体中心主義は、本稿の前半で検討した『九雲夢』に登場する、楊少游の持っていた世界とは正反対のものである。まず重要なのは、楊少游が体験する世界とは、全て性眞の夢の中の出来事であったことである。そこは性眞が悟りを開くための言わば実験場に過ぎないのであって、そこで起こることはすべて性真の師匠である六觀大師のコントロール下にあったのである。ちなみにこれは曼荼羅の観相行（曼荼羅の相を観て悟りに達する行法）と同じである。そしてそこで起こる内容も、エマニュエル・パストリッチ氏が「『九雲夢』の特徴は、（中略）ある難問を解決する過程において、身分秩序と密接な関係にある礼の問題をいかに巧妙かつ詳細に叙述するかという点に求められる[18]」と正確に指摘したように、楊少游と八人の女性たちとの出会いそのものよりも、出会った八人にどう礼を尽くし身分・心情を考慮して安定した九人の世界を築き上げるかにあったのである。要するに、『九雲夢』には〈事件〉がないのである。

これに対して、世之介の世界は常に予想がつかないハプニングの連続であった。そこに起こるのは常に一回性の〈事件〉のみであって、予測不可能なものばかりである。おそらく作者の西鶴も、物語展開の大枠は決めてあったにしても、どのような事件が起こるかなどはほとんど決めていなかったはずである。書いてゆくその場でアクシデント的に脳裏に浮かび上がってくるものを取り入れたというものであったろう。『一代男』に残る多くの矛盾・破綻はそうした叙述方法の結果であると思われるのである。

七　西鶴と箕山の吉野

要するに、楊少游が「理」や「心」の権化であるとするならば、世之介は「事」や「行」の権化であるということが言えると思うが、この「事」に対するこだわりは世之介のみのものではなかった。その世之介と結婚した遊女吉野も同様であった。

先ほど、世之介と吉野の結婚までの話をしたが、これは巻五の一「後は様つけて呼」の前半部分であった。後半は、世之介（紹益）と結婚した吉野は、自らのことが原因で不仲となった世之介（紹益）と一門（本阿弥家）の関係を修復すべく、自邸に親戚一門を招こうと画策するところから始まる。しかし、世之介は「出家社人のあつかひをも、きかざる者どもをいかにして」と躊躇するが、吉野はそれを押し切って断行する。一門の前に現れた吉野は、

浅黄の布子に、赤前だれ、置手拭をして、へぎに切熨斗の取肴を持て、中でもお年を寄れた方へ手をつかえて、私は三すぢ町にすみし、吉野と申遊女、かゝるお座敷に出るは、もつたいなく候へ共、今日御暇を下され、里へ帰る御名残に、昔しを今に一ふしをうたへば、きえ入斗、琴弾歌をよみ、茶はしほらしくたてなし、花を生替、土圭を仕懸なをし、娘子達の髪をなで付、碁のお相手になり、笙を吹、無常咄し、内証事、万人さまの気をとる事ぞかし。勝手に入れば呼出し、吉野独のもてなしに座中立時を忘れ

るという有様であった。結局、吉野の振舞いに圧倒された世之介一門の人たちは、世之介と吉野の結婚を祝福し

て物語は終わるが、周知のように、この吉野のもてなしのエピソードを藤本箕山が『色道大鏡』十五に載せている。引用したい。

台所の末に清げなる女のしほれたる肌着の上に藍染の木綿の袷を重ね、黒き帯を押ししごきて高くしたり。髪をばつくね兵庫に曲げて、腰に白きさらし布をはさみ、取り仕舞ひたる器物を押し拭いて居たり。これ何人ぞや。これ即ち吉野なりき。一門の女中そば近く群り、吉野が手を取りて、中の亭まで誘ひ出だし、各並み居つゝ、かく紫のゆかりとなりては、隔てなく睦び参らせんと思ふに、さまではいかばかり辞しおはしますぞや。うしろめたしなど言へば、吉野さしうつぶき、涙を流し言へるは、さて〳〵ありがたき仰せ、冥加なきまでに覚え候。妾はこれ疋夫の家に生れ、幼少より人に仕へ、殊更つたなき傾国となりし身なり。なべての妾は色につきてその一人の寵を受くるといへども、外のいつくしみ無くして、胸を痛ましむるに堪へたり。われ公の御いたはりによつて是にとゞまるといへども、簾中の沙汰に及ばず。一つとして其の心なし。しかあるに、我を今公の妻室になぞらへさせ給へ、ゆかりある方におぼさんとや。中々思ひもよらず。自今以後公の家女としてつかうまつり、御家門の御まじはりにめさせ給はゞ、陪膳を勤め御酌に仕へまつらんと、倹に演べたりし詞の花の香ひ余りて、一門の女中、さしもきらめきて飾りし鹿子・縫薄の玉の光も、吉野が藍染の庶服に気押されて、たゞ色なくぞ見えわたりける。(19)

かつてこの両者を比較した暉峻康隆氏は次のように述べたことがあった。

原話における吉野はきはめて消極的で、ただその天性の容色と性情によつておのづから一門の認めるところとなつてゐるのであるが、西鶴の吉野はだんぜん積極的である。出家社人のあつかひをもきかざる者ども、いかにして、といふ世之介のちうちょを押し切って虎穴に入り、しかも天性の美によらず、吉野自身の努力によつてかちえた後天的な教養の数々をもつて、気位の高い一門の女性たちを屈服せしめてゐるのである。(20)

暉峻氏の言うように「西鶴の吉野はだんぜん積極的である」が、更に言えば、だんぜんに行為的である。世之介の躊躇を押し切って自邸への招待を断行したことがまずは挙げられるが、歌・琴・茶・花といった諸芸一般から、時計の仕掛け直し、子供の世話、無常話し、内証事といった家事全般に渡る「行為」でもって一門の女性達を圧倒したのである。こうした「行為的」な吉野の振舞いは、『好色五人女』の女性達や『好色一代女』の主人公の行為的な振舞いに繋がるものであり、西鶴作品全体の問題に広がってゆくが、それはともかくも、この吉野の行為性が先ほどから問題にしている世之介の行為性と繋がるものであることは間違いない。

この吉野に対して箕山の描いた吉野は行為的ではない。暉峻氏は「きはめて消極的」と言っているが、むしろ極めて「情」的である。たとえば、箕山における吉野は慎ましやかな振舞いに溢れているが、重要なのはそれが一門の女性達の予想を裏切る形で出ている点である。一門の女性達が着物を「きらめきて飾」ったのは吉野が天下無双の遊女だったからである。美において負けまいとする女性同士の対抗意識からである。ところが、その予想に反して吉野は装いも態度も慎ましいものであった。こうした描写から強烈に発散されるのは吉野の人間としての誠実さ健気さである。それは「行為的」でない分だけ余計に発散されるものであった。すなわち、西鶴の吉野が行為的、〈事〉的であるならば、箕山の吉野は心的、〈情〉的だと言うことが出来るのである。

いま〈事〉と〈情〉という図式で吉野の描写を説明したのは、西鶴の描写力が人間を〈事〉的に描き出そうとする姿勢に富むことを示そうとした為であるが、もう一つ別の問題をここで提起したいためでもある。それは、西鶴の小説が従来〈情〉のレベルから価値付けられてきたことに対する異議申し立てである。

八 〈情〉と〈事〉

西鶴小説を〈情〉のレベルから説明してきたのは、周知のように中村幸彦氏である。氏は「文学は「人情を道ふ」の説」(21)において、西鶴の唯一の伝記資料とでも言うべき伊藤梅宇『見聞談叢』における西鶴評「人情ニサトク生レツキ」などを中心に様々な資料を博捜して、西鶴の文学観を「伊藤仁斎とその門流の、文学は人情を道ふの説と同一趣のものと解そう」とした。氏の説は、西鶴の文学論というよりは、広く芭蕉・近松、そして仁斎・契沖などの思想家も含めて元禄一般の文学思潮として捉えようとしたものであるから、いま、その対象となった一人に過ぎない西鶴側から反論を述べるのは些かバランスを欠く可能性もあるが、氏の説、とくに「人情」から西鶴小説を説明する方法に対しては以下二つの点で疑問がある。

まず、中村氏が西鶴の「人情」観を説明するのに、儒学（宋学）や老荘思想、仁斎や契沖といった思想家たちの言説を使った点である。確かに、元禄一般の文学思潮を考える上で、この思想家たちの言動は重要な視座になる。特に、中村氏が指摘するように、仁斎の古義堂では庶民文学をも自身の文学論の射程に入れるべく、西鶴が書いた草子などが話題になっていたとすれば尚更であるが、問題は、西鶴その人がそうした思想家に対してどのような姿勢にあったかである。もちろん、西鶴の伝記はほどんど伝わらず、謎の部分があまりに多いのだが、漢籍を始めとした思想方面に西鶴が疎かったことは彼の小説を一読すればすぐに分かることであるし、当時流行した『古文真宝』に対してまこと通俗的と言う他ない反感を見せていた彼であってみれば[22]、思想家に対して大した関心も興味も持っていなかったことは明らかである。とすれば、中村氏の「人情」説は重要な指摘ではあるものの、西鶴に限って言えば、それは思想家からみた西鶴像というレベルに留まらざるを得ないのである。

もう一つは、今のこととも関連するが、元禄の文学思潮を再構築する上で、中村氏が宗教、とくに仏教方面の言説・資料をほとんど汲み上げなかったことである。中村氏がどうして宗教・仏教方面への目配りをしなかったのか、その理由は分からないが、元禄当時の文化・文学を考える上で、宗教・仏教は極めて重要な意味を持つ。特に本稿の後半で考察したように、庶民仏教は西鶴を始めとする草子作者たちのすぐ傍にあって、彼らと密接な関係を持っていた。

たとえば、先に世之介と吉野の話で取り上げた法華宗もその一つである。西鶴がどのような庶民仏教と関係があったのかを具体的に確認することは難しいが、彼の伝記を眺めてみる時、西鶴が法華宗の日演上人と何がしかの深い繋がりがあったことにすぐに目がとまるのである。この日演上人とは、紀伊国妹背山養珠寺の第三世住持となった人で延宝六年に年六十七歳で没している。西鶴は三十七歳の折この日演上人の入滅に際して自ら描いた上人の画と句文を寄せている[23]。

養珠寺日演聖人は今身より仏身に和歌は目前の彼岸、無常の秋風吹上の海、生死のふたつひとつに極りて、はや世になき面影をうつして、手向の一句に是こそ　のり浮む妙の一葉の舟路かな文末の一句は、謡曲『遊行柳』の「地クリ／南無やしゃじょく帰命頂礼本領偽りましまさず。超世の悲願に身を任せて。他力の舟にのりの道。シテ／すなわち彼岸に到らん事。一葉の船の力ならずや。」などからの文句取りに、法（のり）と乗りとの掛詞を施したもので、彼岸に渡った上人の徳を讃えたものである。西鶴と日演との結縁が、何処でどのように行われたのか、また上人が亡くなるまでどのような親交があったのか、今になってはほどんど分からないが、この心のこもった句文や、西鶴が上人の絵を自ら描いた点からしても、西鶴が日演を相当に慕っていたことは間違いない。とすれば、西鶴は日演から『法華経』や法華信仰の何たるかを聞くことがあったはずである。[24]また、日比宣正氏の日蓮教学史（『中世法華仏教の展開』第四章「天台教学との関連」[25]）などによれば、日蓮の〈事の一念三千〉思想は、日蓮宗の根本教義としてあったばかりでなく、近世に入って益々盛んに説き広められたものであったらしい。

もちろん、これとて西鶴と庶民仏教の関係を示す一面にしか過ぎないが、西鶴が儒学方面の思想よりも、庶民仏教の教義などの近くに居たことは間違いないのである。

この西鶴小説における〈事〉の問題、また〈事〉と〈情〉の問題については改めて論じることとして、ここでは以上の指摘に留めるが、今回取り上げた法華宗の〈一念三千〉の思想を初めとして、庶民仏教の教義は、その対象が庶民であったことから軽視されがちである。しかし、そうした表面的な観察からでは分からない、深い思索をもとに構築されていることを念頭に置く必要があるのである。

むすびに

本稿は、金萬重の『九雲夢』と井原西鶴の『好色一代男』の背景にあると考えられる仏教的世界を探ることによって、両者の位相を捉え直そうと試みた。結果として、両者の背景に、従来あまり指摘されてこなかった仏画・曼茶羅（『九雲夢』）、または庶民仏教である法華宗の教義（『一代男』）の存在を指摘できたように思う。そして、その夫々が『九雲夢』のコスモス的世界、『一代男』の多様な変化に富んだ世界を支える原理となっている様を明らかにできたのではないか思う。しかし、更なる問題は、こうした仏画・曼茶羅や庶民的な仏教は日本・朝鮮のみならず、東アジア全般に広がりを見せている点である。そうした広がりの中で、今回取り上げた『一代男』や『九雲夢』を捉え返すとどうなるのかが問題になってくる。

また、最後に〈事〉と〈情〉の問題で指摘もしたように、仏教教義は儒教などの中華思想と深い関係の上に成り立っていることが多い。よく知られたこととしては、朱子学が当時中国に広がっていた仏教の禅宗に対抗して理論武装したために、禅宗的な理論構築を逆に取り込んで行ったという点などであろう。今回取り上げた〈理〉と〈事〉、あるいは〈情〉の問題についても、やはり東アジア全般の仏教的・儒教的な広がりの中から精査してみる必要がある。この点については改めて論じることにしてみたい。

注

（1）高田衛『八犬伝の世界―伝奇ロマンの復権』中公新書 五九五、一九八〇年。

ちなみに『九雲夢』と『南総里見八犬伝』には共通要素が多い。この一対八の構図がその最たるものだが、八人が様々な階層の出身であり、様々な経緯で物語に登場する点や、楊少游が八仙女に八つの玉を渡すこと（『九雲夢』）と伏姫の体内から飛び散った八つの玉が八犬士に渡る点（『八犬伝』）や、女剣士（沈裊煙と犬坂毛野）が登場するのも一致している。

(2) 趙東一「〈九雲夢〉と〈金剛経〉、何が問題なのか」（丁奎福解説『金萬重研究』所収、새문社（韓国）、一九八三年）、なお趙氏は本論文の後半で、『九雲夢』を思想小説として読むべきでなく、文学として読むことの重要性と、その方法について言及している。

(3) 頼富本宏『密教仏の研究』宝蔵館、一九九〇年。

(4) 『高麗・李朝の仏教美術展』山口県立美術館発行、一九九三年。管見によれば朝鮮半島に現存するものとして、八大菩薩図はほとんどないのではないかと思われる。私が偶々見たものとしては、韓国国立中央博物館蔵、魯英筆「阿弥陀九尊図」（一三〇七年成立）のみである（文明大著『高麗仏画』教養韓国文化史6、悦話堂（韓国）、一九九一年）。もしそうだとすると、この高麗仏画の渡日とその現存は、韓国の仏教文化を考える上で極めて重要な問題を提起することになる。

(5) 栂尾祥雲『曼荼羅の研究』臨川書店、一九八八年。

(6) 頼富本宏『密教とマンダラ』日本放送出版協会、一九九〇年。

(7) 本文の日本語訳は『朝鮮文学試訳』（宇野秀弥訳）を参考にしながらも、『九雲夢』漢文本の老尊本（現在、金萬重の原本に最も近いと言われる。丁奎福『九雲夢原典の研究』所収、一志社（韓国）、一九七七年）と乙巳本（『九雲夢研究』所収、高麗大学校出版部（韓国）、一九七四年）を用いて稿者が適宜手直しを入れた。なお注には漢文本（老尊本、乙巳本括弧内併記）の本文を載せた。ここでの該当部分は「汝自欲去（乙本・汝欲去之）　吾令去之　汝苟欲留　誰使汝去乎　且汝自謂曰　吾何去乎　汝所欲住之處　則汝可帰之所也」である。

(8) 「汝乗興而去　興盡而帰」

（9）（2）の趙東一氏前掲論文
（10）洪潤植「韓国の密教」（立川武蔵・頼富本宏編『中国密教』〈シリーズ密教3〉所収）春秋社、一九九九年。
（11）鎌田茂雄『朝鮮仏教史』東京大学出版会、一九八七年。
（12）なお、この点については、既に「『好色一代男』と『九雲夢』に関する二つの問題――『九雲夢』と仏画・曼荼羅の関係を論じて、『二代男』との比較論に及ぶ」（鄭炳説・エマニュエル・パストリッチ・染谷智幸による共同研究「東アジア古典小説比較論――日本の『好色一代男』と韓国の『九雲夢』を中心に――」『青丘学術論集』第24集〔韓国文化研究振興財団〕二〇〇四年四月）に発表してある。
（13）こうした点については網野善彦氏『中世の非人と遊女』（明石書店、一九九四年）に詳しい。
（14）浅井円道「日本における法華経の受容と展開」（『法華経の文化と基盤』塚本啓祥編）所収、平楽寺書店、一九八二年。
（15）日蓮の『開目抄』『観心本尊抄』などに詳しい。
（16）（14）同右論文、七三七頁。
（17）『新燕石十種（第三巻）』（森銑三他編、中央公論社、一九八一年）所収。
（18）エマニュエル・パストリッチ「『九雲夢』の均整美――礼学の深層をめぐって」（（12）の共同研究所収）
（19）『完本色道大鏡』、野間光辰編、友山文庫、一九六一年。
（20）暉峻康隆『西鶴評論と研究（上）』中央公論社、一九四八年。
（21）中村幸彦「文学は「人情を道ふ」の説」（『近世文芸思潮攷』岩波書店、一九七五年）所収。
（22）『諸艶大鑑』巻八の五「大往生は女色の台」に「古文真宝なる顔つき」、また『武道伝来記』巻四の四「踊の中の似世姿」に「常は古文真宝にかまえし男」などと、西鶴は当時流行した『古文真宝』の名を出すが、西鶴の使い方は単に「堅苦しい書」という意味でしかなく、甚だ通俗的である。
（23）野間光辰『刪補西鶴年譜考証』（中央公論社、一九八三年）一三一頁、延宝六年五月六日の条。

(24) 『本化別頭佛祖統紀』(寛政九〔一七九七〕年刊、京都平楽寺村上勘兵衛)によれば、日演は紀州養珠寺の「傍ニ築レ隠ヲ閑居」した時、「講ニ摩訶止観一ヲ、聴徒多レ益ト云」状況であったらしい。『摩訶止観』は天台大師智顗の著したもので、一念三千の教説などが説かれている。日本における法華宗の僧侶たちは、この『摩訶止観』を使いながら一念三千の教義を説いていたことが諸書から窺われるので、日演が紀州養珠寺その他で盛んに説いた「摩訶止観」というのも一念三千(とくに〈事〉の一念三千)の教義であった可能性は極めて高い。

(25) 日比宣正『中世法華仏教の展開』第四章「天台教学との関連」、平楽寺書店、一九七四年。

＊本稿の前半(『九雲夢』と仏画・曼荼羅の問題)を、二〇〇四年二月十一日韓国大邱市、大邱韓医大学校で行われた韓国古小説学会(第六四回)で口頭発表し、その後、稿者の発表内容を基に、趙春鎬氏(大邱韓医大学校)、李憲洪氏(釜山大学校)、西岡健治氏(福岡県立大学)と稿者で討議を行った。その討議の折、釜山大学校の李憲洪氏から、『一代男』と仏教の関係についての質問を受けた。本稿の後半は氏のご質問へのささやかな返答のつもりである。

第四章　〈性〉の回遊式庭園

――「好色」かつ「一代男」たることの至難をめぐって

はじめに

井原西鶴の浮世草子の中で、現代の我々が最も理解しにくいと思われるのは、おそらく好色物と呼ばれる一群の作品ではないか。中でもとりわけ、女色と当時呼ばれた（現代で言う男女の）恋愛の世界は、我々にとってきわめて理解しにくいものである。むしろ、理解のし易さという点で言えば、男色の方が我々にとって遥かに身近である。もちろん、そこには同性同士というスタイルの問題があるが、その違いさえ超えてしまえば、そこに展開するのは、我々が普通に〈恋愛〉と呼ぶ世界に近似している。(1) しかし、西鶴の女色の世界はそうではない。そこでは〈性愛〉が世界の中心に置かれている。全ての価値が〈性愛〉の見地によって捉えかえされているのである。そうした世界を我々は日常経験したことがない。

よって、この世界を見極めるには、当然〈性愛〉の問題に正面から立ち向かわなくてはならないが、そのためには、我々の中に標準化されている認識――恋愛の重心・中心はあくまでもその精神性にあって性愛は周縁・付属物に過ぎない――を一度覆して、〈性愛〉を恋愛の中心に据えてみる必要がある。と同時に、そうした性愛に重心を置く発想や文化そのもののあり方をも問うてみる必要がある。

本稿では、西鶴の主に『好色一代男』と『諸艶大鑑』を取り上げながら、西鶴の性愛観の特色とそれを支える文化・精神について考えることにしたい。それは恐らく、我々に遊廓の原理についての根本的な再考を促すとともに、そうした性愛観が、室町~近世初期に花開いた活花や築庭などの美的文化状況と結びつくことも示唆するはずである。また、さらにそれは、アジア、特に沖縄から台湾、東南アジアへと繋がる海洋地域の特色として、昨今浮かび上がりつつある豊かな性愛文化との、繋がりと断絶についても指し示すことになるはずである。

そこでまず、作品に直接入る前に、「好色一代男」という作品の題名そのものを検討してみよう。実は、すでに調べ尽くされた観のあるこの題名には、まだまだ謎が多くあり、それは本稿の目的である西鶴の性愛性を考える上でとても重要な問題を提起してくれるからである。

一 「好色」「一代男」の至難

「好色一代男」という書名の斬新性については従来から様々に論じられてきた。それは主に「好色」という言葉についての議論ではあったが、「好色」と「一代男」、それぞれの解釈という点ではほぼ出尽くした観がある。しかし、この書名で最も問題なのは、この二つの語義とそこから敷延される問題以上に、二語の関係そのものである。すなわち、「好色」でありつつ「一代男」たることとはどういうことなのか、である。ところが、汗牛充棟とも言うべき『一代男』研究において、この問題はほとんど取り上げられてこなかった。そこで、この「好色」と「一代男」の関係を読み込むことによって、この書名の意味とそこに隠された『一代男』の世界・原理を探索することから始めたい。

まず、この二語の関係を考えるにあたって、基本に据えてみたいのは、「好色」でありつつなお「一代男」（一代限りの男）であるというのは、実は至難の業ではないかということである。

「好色」とは「色」や「色好み」などの言葉との比較から、様々なニュアンスの違いを読み取ることが出来るにせよ、要は猟色のことである。主人公世之介に即すならば女「三千七百四十二人」少人「七百二十五人」との間断なく続く恋愛のことである。しかし、若衆はともかく様々な女と関係を持ち続けることは、そこに子供の誕生という避け難い問題が浮上する。「三千七百四十二人」の女性との恋愛関係は、当然それに数倍する子供誕生の可能性を抱えつつということである。ところが、「一代男」とは一代限り、すなわち子供を作らないことを徹底化することに他ならない。とすれば、当時、堕胎薬などが発達していたことを考慮しても、「好色」を志向しながら「一代男」たらんとするのは、なかなかの難事業であることは明らかである（西鶴の好色物には、遊女が妊娠する危険が高いものであることへの言及が多い。『諸艶大鑑』巻三の五「敵無の花軍」など）。また、これは「一代男」という言葉の側から考えても同様である。人が「一代男」を目指そうとする場合、確実なのは女性や女性との性行為から遠ざかることである。西鶴や西鶴以外の文献を閲する時、所謂一代志向が、出家や男色方面において多く見られることがそれを良く示している。[2]「好色一代男」という題名は、実は何とも矛盾する志向性を持った言葉なのである。

そこで、この問題を抜本的にもしくは原理的に考えてみるために、次のような図式化を行ってみたい。それは、「好色」と「一代」に、これとは逆の価値基準を持った言葉を対置してみることである。すなわち「好色」に対しては、色事全般を節制しその身の安全を志す「節欲」、「一代」には子孫の永続を願う「永代」という風にである。

節欲　⇔　好色

永代　⇔　一代

そしてここには「好色―一代」と同じようなものとして他に三つの取り合わせが可能になる。列記してみよう。

① 節欲 ― 永代
② 節欲 ― 一代
③ 好色 ― 永代
④ 好色 ― 一代

ここで面白いのは、これら四つが図らずも当時の社会にあった或る価値観に合致していることである。まず、①の「節欲―永代」であるが、これは色事を中心とした己の欲望全般を節制し、身の健康安全に励みつつ、子供を産み育て子孫を繁栄させること、すなわち元禄当時の武家や町人の多くに浸透しつつあったイエ（家）の思想である。この風潮は元禄期に膨張しはじめ、貝原益軒の『養生訓』などを生んでいったものである。次に②の「節欲―一代」であるが、この己の欲望を節制するとともに、己一代で果てることを望み子孫を遺さないという志向、すなわち徹底された禁欲の世界は隠遁、出家に当てはまる。また、儒学や峻厳なる武士道の影響下、徹底的に禁欲した儒者や武士、また純真なる思慕のみを求めた男色家などもこの部類に入るだろう。次の③「好色―永代」は、色欲を開放するとともにそこから派生する子孫繁栄をも奨励する志向であるが、これは庶民一般の恋愛に関する感情、とくに農村における開放的な性の世界を連想しておいて良い。この世界に関しては、近年赤松啓介氏が積極的な発言を行っている。(3) そして、最後の④「好色―一代」は、西鶴が好色物で繰り広げた世界ということが出来る。まとめれば、

①　節欲　と　永代　――――　家（イエ）の思想　養生訓の世界
②　節欲　と　一代　――――　隠遁・出家・武士道の世界
③　好色　と　永代　――――　農村（庶民）における性の世界
④　好色　と　一代　――――　西鶴における好色物の世界

となる。こうして四つを並べてみて思うのは、①〜③までがどれも江戸時代の文化・文学を考える上ですこぶる重要なものであることだ。ところが、④の「好色―一代」は西鶴の好色物との関連は当然のこととしても、それ以上の大きな文化・風俗を直接的には連想させない。しかし、①〜③と同じ基層にたち、そこから対照的に組み合わされているこの世界は、何か大きな文化・原理と結びついている可能性がある。そこでこの④の世界とは何かを、①〜③の世界と対照させせつつ考えてみたい。

二　絶縁と遊びの美学

①~③の中で、④の「好色―一代」に言葉として最も対照的な形をなしているのは、①の「節欲―永代」である。この「節欲―永代」は、ここから『養生訓』の世界が容易に連想されるように、まさに近世庶民、とくに商人・町人の浮世を生き抜くための智恵の象徴だといってよい。近世庶民の実用的・合理的・現実的世界の結晶である。では、それと対照の位置にある「好色―一代」は、どのように対照的な世界を構築しているのだろうか。

まず、この点を同じ「好色」を志向する③との比較から考えてみよう。③は「好色」と子供の誕生の必然的な結びつきを、そのまま自然な形で認めている世界である。しかし、この世界の存立が極めて危ういものであることはすぐに想像されるはずである。子供の多産は、子供たちやその母親の庇護養育という現実的問題を父親やその所属する共同体に突きつけてくるからである。よって、③は「好色」が極めて抑えたものになるか、母子の庇護のために実用的・現実的世界を様々に引き込む結果になる。ムラなどの共同体における開放的な「好色」が場所や日時を限定して行なわれるのはそのことの表れである（『一代男』巻三の四「一夜の枕物ぐるひ」など）。

これに対して④は③で自然にまかされていた子孫誕生を徹底的に排除しようとする。しかも、別のところでも述べたように、(4) 世之介の「一代」性とは、単に子孫を残さないというばかりでなく、「親はなし、子はなし、定まる妻女もなし」（『一代男』巻八の五）というもので、係累・世俗の縁から切れた状態にあった。ここから生み出されるのは生殖や係累から切り離された〈性〉、純粋な欲望・遊びとしての〈性〉である。この遊びの世界は、また、子供のみならず何も生むことがない。一切の生産を営まない世界、完全な無駄の世界である。西鶴は世之介を評して「うないこより、已来、腎水をかえほして、さても命はあるものか」（巻一の一）と言ったが、この完全な無駄球の世界、全てを「かえほ」す世界が「好色―一代」の世界なのである。先に私は、「好色」と「一代」は矛盾すると言った。それは、「好色」という行為が有する多産の可能性と、係累を断ち切る「一代」の志向が全くの逆方向であったからだが、こうしてみると、その矛盾・逆方向そのものが、完全な無駄や「かえほ」す世界を生み出し演出する連続運動であることが分かる。すなわち、「好色」と「一代」は壮大なマッチポンプであるのだ。

このマッチポンプによって、純粋な欲望・感情・遊びの世界を現出させることこそが、「好色―一代」の本質なのだが、こうしてみると、④の「好色―一代」は、①の「節欲―永代」と様々な意味で対照をなすことがわかる。先にのべたように、①が近世庶民の実用的・合理的・現実的世界の結晶であるならば、④は近世庶民の虚構的・情感的・幻想理想的世界の結晶であると言うことができる。

こうした「好色―一代」の持つ特徴は、すぐ我々に、遊廓の世界を連想させずにはおかない。遊廓はまさに虚と幻想の世界であり、情感が全てを支配する好色世界であるからだ。また世之介が人生の大半を過ごしたのもこの世界である。

いま、「好色―一代」がどのような世界を背後に抱えているかを考えようとする時、この遊廓を視野におさめることはすこぶる重要なことである。それは「好色―一代」や遊廓に共通する虚と幻想の世界を成り立たせている基盤に、或る共通の要素があるからである。それは性の支配・管理の問題である。

先に私は「好色―一代」を壮大なマッチポンプと言った。それは汲み上げては放出する、「好色―一代」に即せば、女性と関係しては縁を切るというオンとオフの絶え間ない運動であるが、こうしたマッチポンプを続けるためには吸い上げた水の確実な放出、すなわち、子種を絶つ、または女と確実に縁を切るというオフの部分での厳重な管理体制が出来上がっていなくてはならない。それをせずに、「好色」を自然に任せてしまえば、③のようなあやふやな世界にたちまち転落してしまう。これは、遊廓においても同じである。遊廓も遊廓内での「好色」が豊かに行なわれるために、様々なルールをたてるとともに男女交会の後始末・管理を厳重に行なう必要がある。ここに手抜きがあれば遊廓という世界はたちまち崩壊するしかない。

とは言え、これは、好色や遊廓の全面的・徹底的な管理を目指すものではない。もしそうしてしまえば、好色や遊廓は欲望を解放したり、純粋な遊びとして機能することが十全にできなくなってしまう。③のように自由に任せてしまうのとは別の意味で、また崩壊せざるを得ない。好色や遊廓はあくまでも「自由円満」(5)に解き放ちながら、その「自由円満」を保持するために徹底した木目細かい管理を行なうのである。これは一種の矛盾であり無駄であるが、矛盾・無駄であるためにまた膨大な手間隙と費用がかかる。世之介の二万五千貫目の銀も、遊廓に費やされる大尽たちの巨額の富もこの矛盾と無駄を支えるために必要なのだ。とすれば、管理という言葉は適切でないかも知れない。むしろ、保育、馴致とでも呼ぶべきものである。

ともかく、こうした一種独特な性の支配・管理こそが「好色—一代」や遊廓の世界を成り立たせている原理の一つであるが、そこで、この支配・管理というテーゼをもとに、ひろく日本文化、とくに中近世の文化・文学を見渡してみる時、かつて李御寧氏が日本独特と指摘した自然支配・管理の発想が思い起こされてくるのである。

三　縮み志向と自然の支配

李御寧氏の『「縮み」志向の日本人』(6)は数ある日本文化論の中でも異彩を放った一つである。その特色は二つある。一つは、それまでの日本文化論（残念ながら該書以降の多くにも当てはまるが）の多くが展開していた文化比較方法の盲点を突いたことである。すなわち、その多くが、西欧との比較の中で、日本をアジア文化の代表としてしまったために、そこで述べられる日本らしさはアジアらしさではあっても日本固有のものではないという指摘である。特に最も身近な韓国を視野に入れなかったことは、多くの誤謬を招く原因になっていると氏は指摘する。

この指摘が鋭いのは、単に灯台下暗しの過誤を指摘したことだけではない。すでに柄谷行人氏も指摘するように、[7]これら文化論の誤謬が生まれてくる過程が、近代以降のみならず、近代以前の日本にも見られるからである。すなわち、近代以降の西欧対日本という図式は、近代以前の中国対日本という図式とパラレルであって、そこで展開される中心（西欧・中国）―周縁（日本）という構造には、常に他の周縁国（韓国など）が抜け落ちる結果となっているのである。この見解に沿えば、真の日本文化論は韓国との比較からスタートしなければならないということになる。

二つ目は、その韓国と日本との文化比較の中から、日本には西欧とは違った意味での自然支配の思想があると指摘している点である。

西欧人は日本人のように自然を人間のものとして取り入れようとはしない。中国人や韓国人のように自然の方へ出かけていきます。しかし、自然を自分の目的をかなえるものとして支配しようとする点では、日本人と同じです。東洋の庭に影響されて作られた英国の自然風景式の庭は別として、ヴェルサイユ宮殿に見られる幾何学的な庭園は、自然の非合理的な秩序を人間の合理的な秩序に変えたものです。（中略）日本の自然支配は、それを別のものに作り直すことではなく、そのままの自然を縮めようとしたものです。石庭の石はノミで截たれて加工された石ではなく、たとえ刈り込まれたものでも灌木は幾何学的な線で裁断されたヴェルサイユの庭木とは違います。ですから、西欧の自然は人工的なものになり、日本のそれは人為的なものになってしまうのです。(6)

李氏はこの西欧と異なる日本の自然支配の夢が、活花・盆栽・茶室・借景庭園・俳句などの自然のミニチュア化〈縮み志向〉に鮮烈に表現されていると言う。今、氏の説を全体的に検討している余裕はないが、氏の「縮み志向」を、自然の支配・馴致の一点に絞れば、それは遊廓や「好色—一代」の原理を考える上にも重なる部分が出てくるのである。

性欲は生殖と結びついている限り、たとえ最大限に解放されるとしても、それは人間にとって自然のものである。それが先の①〜④までの③「好色—永代」の姿である。しかし、④「好色—一代」や遊廓は、自然としてある〈性〉を管理し、飼いならすことによって、〈性〉を最大限に開放しつつ、かつ純粋な遊びの世界へと昇華させる。とくに遊廓は、地域を区切って、その中に〈性〉対象の遊女を放ちつつ箱庭的世界を築こうとする。これは、まさに〈性〉の活花化、盆栽化、庭園化と言ってよい。李御寧氏は西欧と日本の庭作りを比較して「西欧の自然は人工的なものになり、日本のそれは人為的なもの」と述べたが、遊女の磨き上げられた肉体、なかんずく化粧をせずに素顔が良しとされた遊女の美のあり方（『色道大鏡』『近世風俗誌』）や、遊廓における究極的な美意識である「粋」を、知識・技術の獲得や洗練された振る舞いではなく、「初学の輩に交はりても、同じ心になりて詞に抗らず」に「道を楽しむ」という自然らしさに置き、挙句は遊廓に来ないのが「粋」と説くような規定の仕方（『色道大鏡』「廿八品」）に、「人工」ではない「人為」の極みを見ることができる。

また、こうした〈性〉の管理・支配のあり方は、『一代男』の主人公世之介を考える上で示唆に富むだろう。世之介は夙に、主人公としては目立たない影の薄い存在であり、生き生きと描かれている遊女たちとはまさに対照的と指摘されてきた。しかし、それは本作の構造を見誤ったものと言わざるを得ない。

世之介を作品の登場人物の一人として対象化すれば、それは悉く失敗に終わるだろう。世之介はそのように形象化されていない。世之介とは、言わば、『一代男』という〈性〉の回遊式庭園を散策するための装置である。その装置は「男はよし、ゐんつうは有、浮世は隙」（巻六の七）と、相手の遊女に喜びと華奢と自由を与える最高の性能をもった乗り物である。読者はこの乗り物に乗って、最高の遊女たちとの戯れを追体験できるのである。しかし、重要なのは、この庭園では遊女たちを徹底的に自然の形で品質管理していることである。よって、読者は大尽として主体的に遊女を組み従えることよりも、時には死装束になって心中させられそうになったり（巻六の一）、真夫と間違われて遊女に嚙み付かれたり（巻六の四）、遊女に踏みつけられたり（巻六の五）、他の大尽から刀で切り付けられたり（巻七の一）することの方が多いのである。

また、この作品の構成の纏まりなさも同様である。『一代男』は回遊式庭園であって、李御寧氏の言うような「ヴェルサイユ宮殿に見られる幾何学的な庭園」ではない。次にどんな遊女が現れるのか、その遊女とどんなことになるのか。まったく予想もつかないところ出鱈目なところにこそ、この作品の面白さがある。

四　活花としての遊女

こうした自然さを演出しようとする西鶴の姿勢は、『好色一代男』を引き継いだ『諸艶大鑑』の中でさらに徹底化されることになる。たとえば、巻三の五「敵無の花軍」と巻五の一「恋路の内証疵」は、遊女を、活花そのものになぞらえた珍しい短篇である。この二篇を見ることによって、西鶴作品という庭園の中で、遊女がどのように品質管理されているのか、その実態がよくわかる。

巻三の五「敵無の花軍」は、大坂新町の吉田屋での「花揃」(花競べ)の話である。越後の竹六という大尽の主催で、新町の「色深き太夫天職を弐十人の大寄」が行われ、そこには野田・東洞寺の藤や生国魂神社の若楓などの名所の花木が桶に入れられて並べられた。中国の玄宗皇帝が行った花軍よろしく、遊女と花木との美しさ競べになったが、大尽が所用で居なくなると、その後その場は「をの〳〵御心のままに、名花陰に、何ぞうまき物まいつて、相手なしの仲間あそび」になった。遊女たちは、始めのほどは花を愛でていたが、新屋の初雪・高瀬から届いた花を、一緒に居た下男が「茶引草」「身揚草」だと言って遊女の商売に差し障りのあるような話をしたものだから、一座はすっかり興ざめてしまった。すると、崩れた雰囲気の中、遊女たちは人には聞かせられないような話に及んだ。それは、頼りにしている男が家を質に入れたとか、遊女の母親が見世まで来て金の無心をしたとか、禿に衣替え用の着物が与えられないなどの情けない話であったが、その遊女たちは見ている人間が居ないので、さらに湯漬けを早食いしたり、手を洗っても拭きもしないで乾かそうとしたりした。

西鶴とおぼしき語り手はこうした姿を「しのびて見るほどおかしや」と言いつつ、さらに太夫たちの恥ずかしい話に及ぶ。それは、すこしの雨に着物が濡れるのを嫌がった太夫が、その道中姿を期待して待つ見物人の手前で、横道に逃げてしまった話、揚屋から帰ってくるなり台所口で「干鱈を焼け」とせわしく言い立てた太夫の話、店の格子で支払いを値切るばかりか、銀を計る天秤まで持っている太夫の話などであった。こうしたさもしい遊女の話の後、西鶴は「又、けいせいなればとて、皆同じ心入れにもあらず」と一転して、昔の藤屋の吾妻は、会ってから別れるまでの客との手紙を一つも粗末にせずに、また別れてからも男の噂をすることもなく客を大切にした。田舎者の目にも、暗がりでも太夫と問わずに太夫と見分けられたものである、という話をして最後を結ぶ。

周知のごとく、『諸艶大鑑』は遊廓・遊女の暴露的な話が多いが、それは別に西鶴の遊女批判や、露悪的な趣味から来るものではない。本章の「しのびて見るほどおかしや」という言葉からも分かるように、明け透けな遊女の言動をむしろ余裕をもって楽しんでいるような西鶴の姿勢からもそれはわかる。すなわち、西鶴は藤本箕山が素顔の遊女を愛したように、何よりも遊女の自然な姿を愛したのである。この西鶴の姿勢が端的に表れているのが、巻五の一「恋路の内証疵」の冒頭にある次の言葉である。

雪の中より咲はじめの、花崎が申出して、其比都の御太夫六人、心をひとつに、生花の会せられし事、やさしくも見えて、梅、水仙の一色詠めなり。柳のをのれと枝たれしは、更に心も移るぞかし。又、天情を請ぬ玉椿を、室咲させしは、花もいたみて、長の短ひ女郎の、無理に爪先立て歩るゝがごとし。うつくしうてからいやな所有。（傍線稿者）

西鶴は言う。季節を無視して玉椿を無理やり咲かせても、背の低い遊女が無理につま先立ちして歩くようなもので、たとえ美しくても嫌味なものだと。すなわち、これを反転させれば、明け透けな遊女の姿は、美しくはないが決して厭らしさはないということである。ここには、美醜よりも、自然か不自然かを大事にしようとする西鶴、作りたてた美しさをことさら嫌う西鶴の姿勢がよく表れている。よって、この短篇も、先の巻三の五「敵無の花軍」同様、短気して禿（かぶろ）に怪我をさせた太夫の話から始まって、「今歴々の太夫達に、尻ばすねも有、たむし

巻三の五「敵無の花軍」の挿絵

巻五の一「恋路の内証疵」の挿絵

もあり。見へる所の銭瘡も」などというかなり際どい話にまで平気で及んだりするのである。

おそらく、西鶴が遊女の明け透けな姿を羅列した短篇において、活花の話を持ち出し、遊女をその活花になぞらえてみせたのは、活花が室咲きのように無理やりに美しさを飾りたてるのではなく、自然らしさを第一に演出することを目的としていたからであろう。すなわち、西鶴は自らの作品（『好色一代男』『諸艶大鑑』）も、活花と同じく、遊女の自然の姿そのものを再現するものであると言いたかったのだ。ちなみに、この二篇の挿絵（西鶴筆と言われる）は、そうした西鶴の姿勢をビジュアルに示しているかのようである（前頁に掲載）。二つの絵とも遊女と活花をまさに並べるようにして、比較するような構図を取っている。とくに、「敵無の花軍」では、桶に入れられた名所の花木と遊女が対に並べられ、なおかつその遊女が様々にその肢体を寛がせている様が実に上手く描かれている。遊女と花木との美の競演は、単なる美しさの競争ではなく、その自然さを競っているのである。

五　触覚の再吟味

しかし、繰り返し注意を喚起しておきたいのは、西鶴の志向した自然とは、自然そのものではないことだ。それは、活花が自然な花そのものではないことと同じである。自然らしさを演出することと、自然そのものとは似て非なるものである。だから、西鶴が描き出した遊女や、遊廓での遊女たちが自然らしさを志向していても、それは一般に生活している自然な女とは全く違っているのである。たとえば、それは、先にも述べた遊女と一般の女性の素顔の違いを考えればすぐに分かるだろう。遊女の素顔は、同じ素顔でも一般の女性たちのものとは全く違う。それは特別な水や食品などの環境によって磨きぬかれ、洗練された肉体である。この遊女の肉体を作り上げるのには、莫大な金額と手間隙がかかるのである。

一般に、自然らしさを求める志向を、近代以降はリアリズムと言ったが、西鶴の小説が、そうした近代的リアリズムの原理と異質なものであることも、また、ここからよく分かる。近代的リアリズムは、あるがままを映す、写し取ることであった。先の素顔の問題に即せば、一般女性のありきたりの素顔を描写し、その中に真実を発見することであった。しかし、西鶴の自然、または遊廓の自然は、自然そのままではない。自然を支配・管理し育むことによって、より純度の高い自然らしさを演出することにあったのである。遊女の素顔に即して言えば、放っておけば朽ちる他ない肉体を、磨き上げ鍛え抜いて極上の素顔を造り上げることである。むしろ、その造り上げようとする点を鑑みれば、これほど不自然で「人為的」(李御寧氏)なものはないのである。

では何故、そこまで肉体を磨き上げるのか。それは大尽を始めとする遊客たちに遊女の肉体の美しさを見せるためだけではない。その磨き上げられた肉体は、何よりも同衾した時に遊客たちの触覚に強烈に訴えかけてくるのである。すなわち、遊女の肉体とは視覚のみではなく、触覚・皮膚感覚を濃厚に具備していることである。

もちろん、遊女・遊廓での触覚・皮膚感覚と言えば、あまりに分かりきった問題と思われるが、ことはそう簡単ではない。たとえば、遊廓は不夜城とは言え、現代に比べればまさに闇の世界であった。遊女との性愛は、そうした暗闇の中で行われるわけで、視覚以外の聴覚・嗅覚、そして何よりも触覚が研ぎ澄まされる瞬間であった。こうした暗闇での男女交会のスタイルを我々現代の人間は失ってしまったが、それはまた皮膚感覚を重視する性愛も失ってしまったのである。とすれば、その失われた皮膚感覚を取り戻しながら、西鶴の好色物や遊廓を考えること、ここに性愛に重心を置いて西鶴作品を理解する鍵の一つがあると思われるのである。(8)

この点からすれば、すでに指摘されていることだが、西鶴の好色物のここかしこに、遊廓に通った者でなければ理解できないディテイルが書き込まれていたことは重要である。(9) この事実は、従来、西鶴の対読者意識の問題として論じられることが多かったが、いまここで取り上げた皮膚感覚にも直結する問題である。すなわち、西鶴の読者たちが遊女の肉体を肌身で感じていたとすると、西鶴作品に繰り返し表れる遊女の肢体描写や、その交歓場面は、我々の想像以上に、読者の皮膚感覚を刺激していたのではないかと考えられることである。読者の多くは自分と関係のある、またはあった遊女と、西鶴作品に登場する遊女との比較というスタイルでこの皮膚感覚を味わったはずだが、中には、西鶴作品中の遊女と同衾したことのある読者も居たはずである。こうした場合の西鶴作品の持つリアリティとは、視覚を中心にそのリアリティを確保する「近代的リアリズム」などよりも、字義通り遥かに、生々しいものになったと想像されるのである。

たとえば西鶴は遊女の描写について次のように述べてもいた。

諸分、まさり草懐鑑にも、此女の事、ありのまま書記す外に、あはねばしれぬよき事ふたつ有。生れつきての仕合、帯とけば、肌うるはしく暖にして、鼻息高く、ゆい髪の乱るゝをおしまず、枕はいつとなく外に成て、目付かすかに、青み入、左右の脇の下うるをひ、寝まき汗にしたし、腰は畳をはなれ、足の指さきかゞみて、万につけて、わざとならぬはたらき、人のすくべき第一也。（『好色一代男』巻六の七「全盛歌書羽織」）

すなわち、『まさり草』や『懐鑑』などの諸分秘伝書に、此女（遊女野秋）について、ありのままに書き記してあるけれども、実は野秋には「あはねば」（同衾しなければ）分からないことが二つある、それを敢えて書いてみるならば、以下のようになるのだと西鶴は言っているのである。西鶴以前に諸分秘伝書はたくさん存在した。西鶴がそうした秘伝書を十分に注目しながら、自らの好色物を執筆していたことも、『諸艶大鑑』巻一の一の先書批判などの記述等から明らかである。そうした秘伝書と西鶴の関係からすると、この「あはねばしれぬよき事」を書こうとする西鶴の姿勢は、西鶴の好色物全般の問題として広げて考える必要が出てくる。

また、李氏が日本的自然として指摘した「生花・盆栽・茶室・庭園（築庭）・俳句」の、そのほとんど（俳句以外）がこの皮膚感覚を重視した芸能・芸術であったことも見逃せない。先に指摘したように、西鶴の「好色―一代」という志向は、こうした「生花・盆栽・茶室・庭園・俳句」などの日本的美意識と、自然の支配という点で繋がるが、それはまた皮膚感覚の重視という点でも重なってくるのである。

六　アジアの海洋性文化、そして中国雲南

さて、ここまで西鶴の〈性愛〉観、主にその自然らしさと自然支配について考えを廻らせてきた。この自然観の問題は、既述したように、遊廓や、活花・盆栽など諸芸術にまで広がりをみせるが、〈性愛〉の問題に再度戻して考えてみるとき、これを日本国内の問題として留めるべきではない。広くアジア・オセアニアの海洋性文化や中国の南部地方なども視野に入れて考える必要性を、私は強く感じる。何故ならば、そうしたアジア・オセアニア・中国南部に広がっている大らかな〈性愛〉文化と、日本のそれとを比較するとき、やはり先に指摘した自然らしさと自然支配の問題が色濃く浮かび上がってくるからである。

日本の江戸時代以前の民衆が、大らかな性意識を持っていたことは夙に人口に膾炙した話で、今更説明の必要がないが、それは九州・沖縄・台湾から、さらに東南アジアを経由して広くオセアニアにまで広がる特徴（「海上の

道」「黒潮文化」）でもあった。たとえば、以下のような文章は、オセアニアや東南アジアの結婚観や恋愛観を述べる書物を紐解けば幾らでも見つけ出すことができる。

オセアニア社会の性のおおらかさは、ヨーロッパからの訪問者にとっては大きな衝撃であると同時に彼らをとりこにもした。一八世紀後半のソサイティ諸島の人びとの性については多くの記述がある。クックは少女が猥褻な歌をうたい、性器も露に性的しぐさで踊る様に驚き、「そのような性的しつけは幼児のころから教えられる」と述べている。また、ブライ船長も、男性があらゆる性の技巧をこらして女性を満足させることに血眼になり、女性も口唇をつかってまで男性にこたえる性活動にたいし、これほど「官能的で獣のような性行為」をする社会は世界のどこにもないと、軽蔑をこめて記述している。[10]

子供達がどの程度まで性的遊戯に耽溺するかは、好奇心、成熟度、気質などによる好色のおもむくままであるというほかない。幼児のこのような耽溺にたいして一般の大人や親でさえも、無関心でいるかあるいは満足の態度を示している。「誰それ（小さな女の子）は、もう誰それ（小さな男の子）と性交渉があった。」という情愛に満ちた噂話をしばしば聞く（中略）女の子がこのような方法で楽しみ始める年頃は（中略）大体四歳から五歳の間である。[11]

一つ目はいわゆる婚前交遊の民俗だが、日本においてはヨバイ（夜這い）と称されて様々に行われていたことは言うまでもない（赤松啓介『夜這いの民俗学』など[3]）。江守五夫氏は『婚姻の民俗—東アジアの視点から—』[12]の中でこうした婚前交遊の民俗に対して「この原郷も、中国江南やインドシナ半島の地帯であったと考えられる」として「中国南部の数省にまたがって広く散在しているヤオ（瑤）族」や「湖南・広西・貴州三省の接する地帯に住むトン（侗）族」、またインドシナの諸例などをあげて詳しく論じているが、そこに展開する〈性愛〉に関する習俗・民俗は、日本のそれと酷似している。

また、二つ目のトリブリアンド諸島における「『誰それ（小さな女の子）は、もう誰それ（小さな男の子）と性交渉があった。』という情愛に満ちた噂話をしばしば聞く」からは、日本の主に海岸域で見られる成女式のアナバチワリなどが連想されるだろう。[12] このアナバチワリとは破素（処女膜切開）のことであり、これが日本の海岸域、とくに太平洋海域と対馬暖流海域に見られることから、江守五夫氏は「それが南方に淵源することが推定され」るとして、カンボジアなどの諸民俗と比較検討している。そしてこれは『一代男』において、早くも七歳において腰元を誘惑した世之介の行為に対し「つゝまず奥様に申して御よろこびのはじめ成べし」と周囲の祝福を記述したこと（巻一の一「けした所が恋のはじまり」）に繋がることは言うまでもない。

こうした性文化に関する、日本と東南アジア・中国南部の繋がりを示す材料は枚挙に暇がないのだが、それは単なる〈性愛〉の問題だけでなく、文化的に様々な広がりを見せていることも昨今分かってきた。たとえば、今の〈性愛〉の問題に近いところで言えば歌垣の問題がある。

歌垣は周知のように『万葉集』『風土記』などにも記された男女交遊・求婚のための歌の掛け合いの習俗であるが、これと同じものが、沖縄（奥野彦六郎『沖縄婚姻史』[13]）、奄美大島・喜界島（三隅治雄「南島のかけあい」[14]）、そして中国南部の少数民族に多く見られるのである（工藤隆・岡部隆志『中国少数民族歌垣調査全記録一九九八』、遠藤耕太郎『モソ母系社会の歌世界調査記録』[15]）。また、こうした歌垣の習俗は遠くタイのクメール族まで繋がるという（岩田慶治

『日本文化のふるさと』[16]）。

このようなアジア海洋域の繋がり、とくに中国南方河南の少数民族との繋がりは、鈴木正崇氏が「この地名（河南）は、一種の憧憬と期待を秘めた呪言のように響く[17]」（括弧内稿者）というように、日本との様々な民族的共通性がとくに強く指摘され始めている地域である。それは、同じ鈴木氏が指摘するように、歌垣のみならず、歴史・生態・民俗と多面に渡る日本との共通要素が発見されていて実に興味深い問題を我々に投げかけているのである。その論議は、昨今、「倭族」という概念で雲南から日本にかけての文化的広がりを包括しようとする鳥越憲三郎氏などの試みまで登場させているほどである（『弥生文化の源流考[18]』）。

もちろん、同じような風習の存在をすぐに両者の繋がり・交流として、安易に結びつけてしまうことは危険であろう。先の鈴木正崇氏に対して「ある中国人」が言ったように、「日本人の一方的な思い入れにしか過ぎない」（注17鈴木氏前掲書一四〇頁）部分があるかもしれないからである。しかし、性や恋愛に対しての大らかな風習は、雲南省からすぐ東が東南アジアの海洋域であり、そこからはメラネシアや台湾・沖縄・日本などに繋がっていることを見ると、やはりそこに一つの大きな文化圏が存在したことを想定しないわけにはいかない。

加えて、より大切なのは、そうした性に対して大らかな態度をとる文化と、そうでない文化が、長江以北の中国・朝鮮と、長江以南の中国から環東シナ海、台湾・沖縄・日本とを分かつ配置を成していることである。この、長江以北の中国・朝鮮と長江以南の中国・日本との文化対立軸については、まだまだ議論されていない状況にあるようだが、この対立軸を日本の近世小説史に持ち込んだ時、性愛に対して大らかな態度を取る西鶴やそれ以降の浮世草子は後者に、そして性愛よりも倫理や正義・秩序にこだわる秋成や馬琴などの読本は前者の範疇に入ることになる。

とはいえ、やはりここでも最も重要なことは、日本のおおらかな〈性愛〉意識が中国江南、東南アジアなどに繋がるとしても、そこにはまた、大きな違いがあることである。それは、日本ほど遊廓が発達したところは他になかったという点である。先に述べたように、遊廓が〈性愛〉の自然を自然として生かしつつも、その管理・調教・支配を目指したものであったとすれば、そうした自然の支配を目指した日本の〈性愛〉文化は、他のアジア海洋域やオセアニアとの自然観の違いとして大きくクローズアップされる必要が出てくるのである。日本において何故あれほど遊廓が発達したのか。またそこから西鶴を始めとする文化・文学がなぜ芽生えてきたのか。日本の〈性愛〉文化の本質を問うためには、おそらく、思考の基本をそこに置く必要がある。

そして、この問題は、本書第二部・第一章の「西鶴　可能性としてのアジア小説」や、同じく第三部・第一章「戦士のロマンス」で論じたように、東アジア海洋域と日本の武士・商人の結びつき、またその海洋域における「浄の男道」としての男色の広がりと日本社会の結びつきにも深く関係するものと思われる。よって総合的にこの問題を扱わなくてはならないが、武士・商人や男色の問題は複雑多岐に渡っていて、これを含めると、この海洋域と日本の違いを考えるためにはかえって分かりにくくなってしまう。それに対して、海洋域の性愛性と日本のそれとの違いは、遊廓の有無という、わりと見やすく分かりやすい相違・図式があるために、海洋域と日本の文化的相違点の解析にむけての典型的なモデルとなるのではないかと思われるのである。もちろん、この点について今回は詳しく論じられなかった。いずれ試みたいと考えている。

むすびに

「はじめに」で述べた、〈性愛〉を中心にした世界を理解することの難しさ。それはここに至ってもあまり軽減されていないように思われるのだが、そうした世界を理解する上で、西鶴の好色物に描かれた「好色―一代」の原理、そして、その原理が箱庭として、或いは回遊式庭園として実体化された遊廓という世界・制度が重要な意味をもっていることだけは、はっきりしてきたように思う。また、如上に言う「難しさ」がそこに起因することもである。もちろん、遊廓とは何かという問題は、別段に新しくもない問題で、古くから議論の対象となってきた。しかし、遊廓という文化・制度が、江戸や近代という時間枠を超え、また日本という空間枠を超えて広がりを持つものであること、そしてそれは遊廓内の文化やその枠組みをも超えて、活花・盆栽・築庭という日本的な諸芸世界にも繋がりがあるとすれば、遊廓とは何かは、全く新しい問題として再浮上してくると言わねばならない。

遊廓の何がそうした広い世界と問題を共有させるのか。私は、西鶴の描き出した「好色―一代」という相矛盾したベクトルを伴う世界、また遊廓の持つ自然そのままと自然離れ、あるいは自然の管理・調教・支配という相矛盾するベクトルの世界、そしてそうした矛盾したベクトルが生み出す究極の無駄の世界、遊びの世界が、人間存在の本質と深く関わっているからではないかと考える。この点については改めて論じるつもりであるが、如上を一応の結論としておきたい。

注

(1) この点については本書第三部・第一章「戦士のロマンス」参照。
(2) 南方熊楠は「婦女を姣童に代用せしこと」(平凡社版『南方熊楠全集』第二巻、一九八四年)と題する文章で上杉景勝など女性を嫌って子孫を絶とうとした武士を多く挙げている。武士の男色は女若二道ではなく、男色のみの一代男が多かった。西鶴も『武道伝来記』巻一の一で、男色家で出家を志していた武士平尾修理を「兼て妻女ももたせ給はず、子孫のねがひなく」と書いている。
(3) 赤松啓介『非常民の性民族』明石書店、一九九一年。『夜這いの民俗学』明石書店、一九九四年など。
(4) 本書、第二部・第六章「西鶴小説と十七世紀の経済情況」
(5) 拙稿「遊女・遊廓と「自由円満」なる世界」『日本文学』二〇〇〇年一〇月号、日本文学協会。
(6) 李御寧『「縮み」志向の日本人』学生社、一九八一年。
(7) 柄谷行人「借景に関する考察」『批評空間II—17』、太田出版、一九九八年四月。
(8) かつて哲学者の中村雄二郎氏は『共通感覚論』(岩波書店、一九七九年)において、視覚優位と言われた近代的思考・文化の中に触覚の果たした役割の大きさを指摘した。この指摘は本稿で考えた問題にとっても極めて重要な指針となる。従来、「近代的リアリズム」という観点から高い評価を与えられてきた西鶴の小説の中に、皮膚感覚が豊かに広がるさまを見つける必要があるという本稿の結論は、中村氏の指摘した共通感覚論の問題とこれもまた軌を一にするからである。
(9) 『二代男』や『諸艶大鑑』には一読すれば分かるように、遊里の専門用語が何の説明もなく頻出する。たとえば『諸艶大鑑』巻一の目録では「初床」「諸分」「誓紙」「中宿」などが説明なしに使われる。
(10) 須藤健一「ミクロネシア・ヤップ社会の性」(『性の民俗誌』須藤健一他編)所収、人文書院、一九九三年。
(11) 『未開人の性生活』ブロニスロウ・マリノウスキー著、泉靖一他訳、新泉社、一九九九年。
(12) 江守五夫『婚姻の民俗—東アジアの視点から—』歴史文化ライブラリー48、吉川弘文館、一九九八年。

（13）奥野彦六郎『沖縄婚姻史』国書刊行会、一九七八年。
（14）三隅治雄「南島のかけあい」『芸能史研究』2号、一九六三年。
（15）工藤隆・岡部隆志『中国少数民族歌垣調査全記録一九九八』大修館、二〇〇〇年。遠藤耕太郎『モソ母系社会の歌世界調査記録』大修館、二〇〇三年。
（16）岩田慶治『日本文化のふるさと』角川書店、一九九一年。
（17）鈴木正祟『中国南部少数民族誌』三和書房、一九八五年。
（18）鳥越憲三郎他『弥生文化の源流考―雲南省佤族の精査と新発見』、大修館、一九九八年。

第五章　西鶴・大坂・椀久——武士と商人の「谷」町筋

はじめに

文学作品を考える場合、作者が生まれ住んだ場所が重要なのは言うまでもない。西鶴研究においても、西鶴が生まれ育ち、そして没した大坂という土地は、西鶴を考える上で重要な意味を持っている。これを否定する者は誰も居ないが、では、大坂という土地が、作家西鶴をどう育み、その作品にどのような影響を与えたのかという点になると、よく分からない点が多い。一般には、西鶴が『日本永代蔵』などの優れた経済小説を書いた背景に、彼が町人商人層の出身であり、彼が住んだ大坂がその町人商人を代表する大都市であったことが指摘されるのであるが、分かるのはここまでで、そこから一歩踏み込んで、では西鶴が大坂の何を意識し、それがどう作品に表れているのかを問うた途端に、皆目見当がつかなくなってしまうのである。

もとより、西鶴やその父母はじめ一族が、何の商売を何処で営んでいたのか、これすら分からない状況下では致し方ないことではあるが、もうすこし具体的に考える余地はないのであろうか。たとえば、一口に大坂と言っても広く多様である。西鶴が生活した場所はどのような特色を持っていたのか。また、幕初から幕末まで、大坂という都市は大きく変貌を遂げた。西鶴が生活した寛文～元禄期の大坂とは、その変貌する過程の中で具体的にどのように位置づけることが可能なのか。こうした大坂の時空間を捉えながら、西鶴と大坂の関係を考えることは出来ないのか。

本稿は、こうした問題意識から、西鶴と大坂の関係を考えようとするものであるが、とくにここでは空間の問題を中心にしてみたい。また、西鶴作である『椀久一世の物語』には、西鶴と大坂の空間を考える上で重要な問題が散りばめられている。これも題材にしながら考えてゆくことにする。(1)

一　西鶴庵の不思議

西鶴が庵を構えた大坂の谷町筋錫屋町とはどのような場所であったかのか。(2)貞享・元禄期の大坂古地図をみると、そこは町人商人の町である船場から東、大坂城からは西にあたる地にある。西鶴が何故この地を選んだのか、古地図を眺めながら考える時、不思議な感慨にとらわれるのは私のみであろうか。たとえば、この錫屋町は、今も述べたように、西に船場、北浜をはじめとする町人商人層の町並みがあったが、東側には大坂城の天守閣を取り巻くように武家屋敷群が控えていた。すなわち西鶴庵は、武家の居住区と町人商人の居住区のちょうど中間にあったのである。(後掲の地図参照)

一般に隠遁と言えば、街中・人込みから遠ざかった辺鄙な場所に居を構えるはずである。都市との関係で言えば、都市の中心から周辺へ遠ざかるのが一般的なベクトルである。たとえば、西鶴とほぼ同時期を過ごした松尾芭蕉、

彼が隠棲した江戸の深川はまさにそうした場所であった。すなわち江戸の都市構造から言えば、

江戸城↓武家屋敷↓町人街➡深川（芭蕉庵）

であり、芭蕉の隠棲は都市の中心から周辺へ離れる意図があった。ところが、西鶴の隠棲はそうした芭蕉のような隠棲とは逆のベクトル、

大坂城↓武家屋敷↓錫屋町（西鶴庵）⬆町人街

になっているのである。(3) 都市の周辺へ離れるのではなく、都市の中心に向かっているのである。もちろん、中国の陶淵明を持ち出さずとも、古くから市隠と呼ばれる隠棲の方法もあるわけだから、西鶴の隠棲もそれと同じであって別に驚くに当らないと考えることもできる。とくに艶隠者の面影が指摘される西鶴であれば、人込みの市中に隠れ住むのに錫屋町は相応しかったのかもしれない。

しかし、古地図によれば、谷町筋錫屋町のすぐ隣は武家屋敷が軒を連ねている武家地であった。そうすると、このあたりは大名や武士、それに関連する人々の出入りが頻繁にあったはずであり、公的なオフィシャルな雰囲気を持った場所でもあったはずである。また、錫屋町付近には、「鑓屋町」「革屋町」などの武具に関係する町並みが多くある。それは、すぐ隣が武家地であったことに関連するのだろうが、こうした武張った雰囲気を持つのであれば、やはり「艶」隠者に相応しからぬ土地柄と言うべきだろう。また、錫屋町は、船場や島之内といった町人商人の中

心的な町並みからはかなり離れているばかりか、遊廓のあった新町とも逆方向である。こうした場所が艶隠居をする場所として相応しかったのか。やはり首を傾げたくなるのである。

また、この錫屋町一帯は大坂城の掘割に繋がる丘陵地であり、歴史学や都市学の専門家が作成した地図類によれば、西鶴庵のあった一帯は、船場や道頓堀などの平地からみて10～30m程度の高さにあったと推定される（後掲の一九〇頁図2）(4)。この丘陵地全体を上町台地と呼んだが、ここからは大坂の海から瀬戸内までもが見渡せる景勝地であった。西鶴も『好色一代女』巻六の一「暗女は昼の化物」で、

秋の彼岸に入日も西の海原、くれなゐの立浪を目の下に、上町よりの詠め、花見し藤もうら枯て、物の哀れも折ふしの気色（傍線稿者）

と、ここからの景色を叙述している。そして、遥かに海を見渡せるということは、当然、ここからは眼下に船場を始めとする、町人商人街も間近に見渡せるということである。それはまた、当然、船場を始めとする町人商人街から、西鶴庵のある一帯は、東の方向に見上げられたということになる。

一般的に言って、隠棲にしても艶隠者にしても、その目的は、人の目から隠れ逃れることによって自由闊達な生活を送ることである。市隠も、人込みにまぎれることで他人の視線を回避することを目的とした。そうした点からして、丘の上という人の目につきやすい場所が、隠棲に果たして相応しかったのか、いささか疑問に思われてくるのである。

こうしてみると、西鶴の錫屋町への隠棲は、どうも一般的な隠棲とはすこし違ったものではないかと思われてく

る。そして、それは今述べたような問題点からすれば、大坂という都市の構造や、西鶴庵のあった錫屋町やその周辺の谷町筋、上町台地といった場所の特色と関連がありそうである。

二 大坂の特色

そこで、次に錫屋町や谷町筋という土地柄について考えたいが、その前に、大坂という都市全般を問題にしておこう。というのは、この錫屋町のある谷町筋は、大坂という都市の成り立ちとけっこう関係が深いようなのである。大坂が他の江戸や京都と違って、町人商人的志向の強い都市であったことは疑いの余地がないが、他の都市、とくに城下町との比較をするとき、この特色に関連すると思われる幾つかの問題点が浮かび上がってくる。

それは江戸や他の城下町が、城↓武家地↓町人地↓周辺地というように城郭から放射状になって成立しているのに対して、大坂は大坂城や武家地の集中する上町台地と、船場・島之内を中心とする町人地の二つに中心が分かれていることとである。後掲の大坂地図（一七九頁図1、一九〇頁図2）を見れば分かるように、大坂で大坂城を中心にして広がっているのは武家地のみで、町人地は大坂城から西へ大きく広がって独自の発展を見せている。それに対して、『日本都市史入門Ⅰ空間』(4)所収の都市史図集などによれば、江戸、大和郡山、彦根、佐賀、会津若松などの他の城下町は、みな城を中心にして放射状に発展したことをはっきり示している。

また、如上の城下町は、武家地と町人地を或る意図をもって明確に区分けするのが一般的である。上掲の『日本都市史入門Ⅰ空間』（一七三頁の図に付随する説明文）によれば、そのプランは大凡3つに分かれるという。

城下町のプランは、町人地を武家地とともに総郭内に配置する総郭型（佐賀、鳥取、大和郡山）、武家地を郭内、町人地を郭外に配する郭外町地型（会津若松）、町人地を郭外と郭内に分けて配する内町外町型（彦根）の3類型とその他の類型（開放型、杵築）とに大別できる。

大坂は、この3類型のどれにも当てはまらない。後掲した玉置豊次郎氏作成の地図（一七九頁図1）を参観すれば明らかなように、大坂の武家地と町人地は江戸のように掘割などで区分けされていないからである[5]。大坂は、城中心に発展した地域と、町人商人街中心に発展した地域という二つの中心を持ちながら発展した珍しい都市であった。しかし、成立当初からそうした性格を有していたわけではなかったようだ。

豊臣秀吉時代の極初期、大坂は、東横堀川以東の武家地と、以西の町人商人地の区分けが行われていた。これは秀吉が、大坂城を中心に放射状に都市を形成しようとしたからである。それは、東横堀川以西だけでなく、天満地域も商人町人地として展開しようとしていたことからも分かる。ところが、豊臣氏の後に大坂城代になった松平忠明は、谷町筋以西、東横堀川までを、町人商人地として開放したのである。この点について玉置豊次郎氏は、『大阪建設史夜話』において次のように述べている。

（松平）忠明が大坂に封じられた時には、大坂城の再建よりも、むしろ城下の復興に先に手をつけたことは既述の通りである。忠明は、大坂の発展に相当期待をかけていたからではないか。忠明は旧三の丸の西半分、即ち谷町筋と東横堀川との間を、市街地に開放した。その面積は一二〇ヘクタール程である。これだけの面積を町屋で埋めることも大変なことであるが、秀吉の場合と違って、忠明はここでは伏見の町人の転住を勧誘して

いる。伏見の町人は町を挙げてこれに応じた。(6)

すなわち、忠明が大坂を、城中心の都市としてよりも、経済的都市として発展させることを目指したために、本来武家地であった谷町筋以西を町人商人地として開放したということなのである。この城中心、すなわち政治中心ではなく、経済を中心とするというのは、既に徳川氏の天下がほぼ決まった忠明時代にあっては当然の施策として納得させられる。それは、周知のように武家諸法度（一六一五）などによって各藩の新しい城作り等が厳禁されて、政治は江戸中心に一本化が図られていたからである。

このような幕府の経済性重視の政策によって、大坂は、商人町人地が他の都市と比べて異様に膨れ上がった。その結果、大坂城を中心とする政治的・武士的地域と船場・中之島を中心とする経済的・町人商人的地域という二つの中心をもつ世界が出来上がったということになるのである。二つの中心を持つ大坂、これは大坂という都市を考える上ですこぶる重要な意味を持つと思われるが、更なる問題は、先にも指摘したように、西鶴の庵がこの二つの中心の丁度中間地点に存在していたことである。それを分かりやすく可視化するために次頁のような図（図１）を用意した。

これは先に文章を引用した玉置氏が作成した大坂図である。これに谷町筋と西鶴庵の位置、ならびに東西横堀川の位置を書き込んだ。(7)こうしてみると、大坂における武家集住地と町人集住地が谷町筋を隔てて二分化されているのがはっきりと分かる。そして、西鶴庵は矢印で示したように、その谷町筋にあり、また武家集住地と商人町人集住地が接する部分の丁度真中あたりにあった。

先にも説明したように、西鶴庵のあった谷町筋・錫屋町は元は武家地であり、松平忠明の政策によって伏見の町

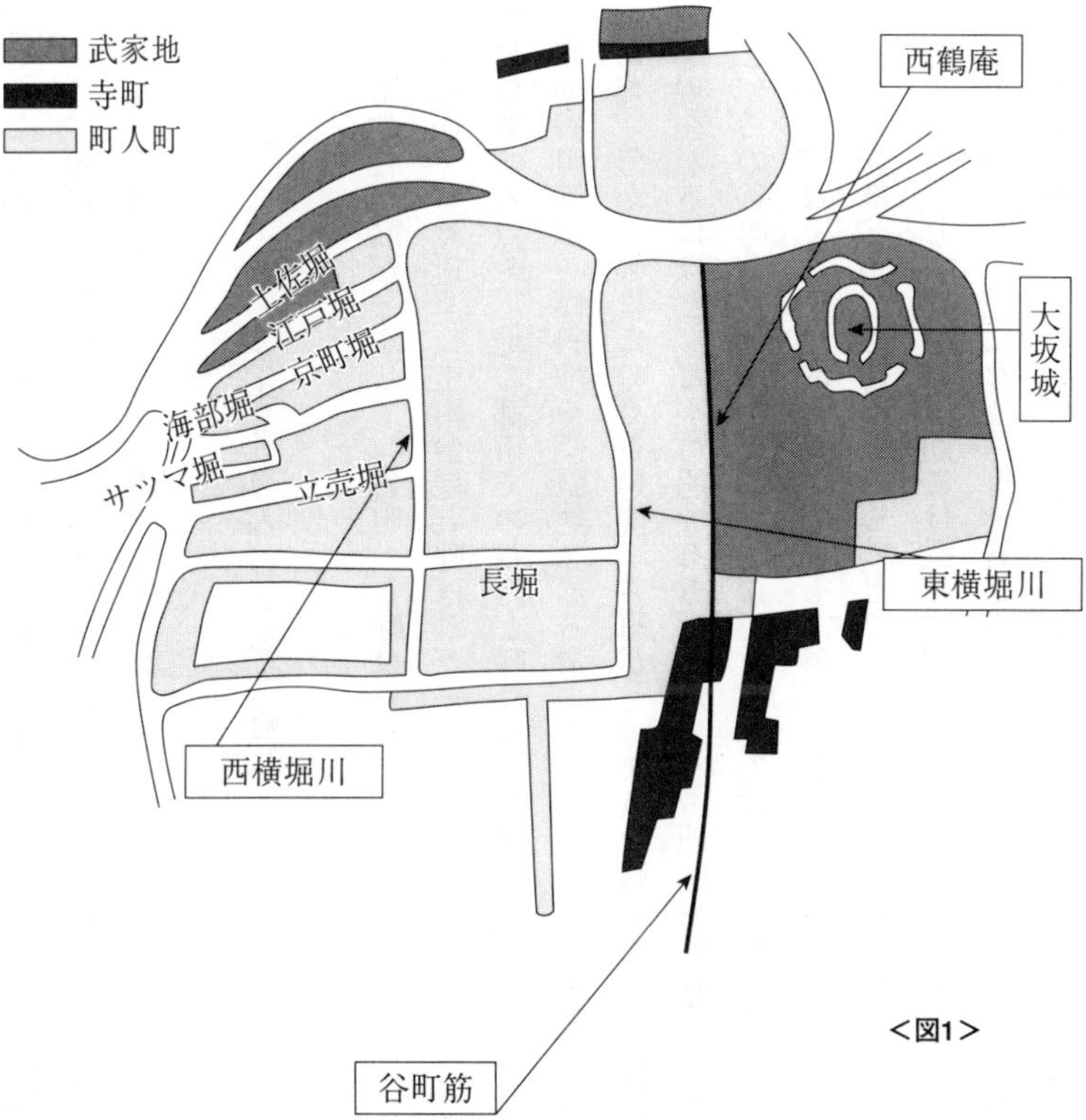

<図1>

人が招致されて、町人地化した土地であった。とすると、西鶴の住んでいた場所は、東横堀川以西（船場）を中心に膨張した商人・町人の地域と、大坂城を中心に発展した武家の地域が、丁度せめぎあった場所ということになる。

本書、第四部・第三章「西鶴小説の対照的構造と中期作品群」で述べたように、西鶴の思想・文学観を育んだ時期とは、武家と商人（町人）という、本来は別々の価値観をかかえていた文化が、都市の集住によって激しく摩擦を起こした時期であった。そうした観点からすると、西鶴庵が武士と商人（町人）の丁度中間地点にあったというのは見過ごしに出来ない問題を孕んでいるように思えてくるのである。特に大坂は日本第一の商業都市であれば、武家と商人の摩擦は、他のどの都市よりも激しく起きていたことが想像される。その商人と武士のまさに間にあって、西鶴は何を見、何を感じ考えていたのか。

そこで更にこの問題について考えてゆきたいが、次にはもう少し対象の範囲を狭めて、西鶴が住んだ谷町筋とはどんなところであったのかを考えてみたい。

三　武士と商人の「谷」町筋

谷町や谷町筋がどうして「谷町」と呼ばれるようになったのか、詳しい説明が残っている文献は管見の限りなさそうだが、すぐ近くに上町台地と呼ばれた丘陵地があり、そこから東横堀川に向かってなだらかに傾斜してゆく場所に位置する点や、他の都市での谷町と呼ばれた地名の存在とその形状（ほとんどが谷地、傾斜地）からして、この谷町や谷町筋が、傾斜地や傾斜地を通る道であったことから由来することはまず間違いないと言ってよい。

ただ、分かるのはこのぐらいで、谷町がどのような町であり、谷町筋がどのような町筋であったのかを探ることは、現在からはほとんど不可能である。しかし、古地図や地誌類、また西鶴の残した浮世草子などを丁寧に見てゆくと、この谷町や谷町筋が或る明瞭な姿を我々の前に示し始めてくる。それは、この地域が地形的に「谷」であったばかりでなく、文化的・風俗的にも「谷」であったことである。

まず、先ほどからも若干指摘してきたが、この谷町や谷町筋が、武士と商人の「谷」であったことである。

先述した通り、この谷町筋には武具に関連した名を持つ町名が多い。その典型はかつて西鶴庵があったとされた鑓屋町であるが、他にも革屋町・具足町・錦町などが名を連ねている。また、西鶴庵のある錫屋町も、錫は刀剣の装飾などに使われたものであるから、そうした武具に関連する店が多かったことが推測される。また『好色一代男』大坂版の版元である荒砥屋孫兵衛可心の荒砥屋も刀剣を磨く荒砥石を扱った店である。この荒砥屋とは野間光辰氏の『刪補西鶴年譜考証』（天和二年の条）によれば思案橋浜にあったとされるが、思案橋は東横堀川端であって、谷町筋から比較的近いところである。『難波すゞめ』や『難波丸綱目』によれば砥石屋・砥石問屋が多かったところである。

谷町筋の周辺に武具を商う店が多いのは、すぐ近くに武家屋敷があったことが第一の理由として挙げられる。貞享元禄期の古地図を見ると、谷町筋近くの武家屋敷と並んで具足同心や鉄砲同心・奉行、また破損同心など、武具の管理やその破損修理を仕事とする武家の存在が目を引く。こうした武家の要求に応えるために、谷町筋では武具を商う商人たちが多く集住したと考えてまず間違いない。

よって、この谷町筋、とくに大坂城やその周囲の武家屋敷に近い北方面は、武具やそれに類するものを商う商家が多かった。そして当然のことながら、この一帯には武士が多く出入りし、武具の新調や修理などの交渉でかなりの賑わいを見せていたと考えられるのである。

また、淀川が天神橋・難波橋を越えて中之島とぶつかり、堂島川と土佐堀川に分かれる辺りは武家の蔵屋敷が立ち並んでいたが、そこから大坂城周辺の武家屋敷と結んだ線上に、谷町筋北方が入る。町人商人のみならず、諸藩の武家も大坂に求めたものは、経済上の遣り繰りであったろうから、蔵屋敷と武家屋敷の往来は頻繁であったはずである。当然、その道筋にあたる谷町筋に多くの武士たちは足を踏み入れていたはずである。

また、谷町筋の北、淀川とぶつかる辺りは八軒屋と言い、京都伏見の京橋と大坂を結ぶ大動脈、淀舟の発着場であった。もちろんこの淀舟は武士だけでなく、町人商人も多く使ったはずであるが、武士も様々な用途で使ったことは間違いない。その武士たちが、八軒屋を上がって武家屋敷に向かうとすれば、必ずこの谷町筋を通ることになる。谷町筋を通って、ちょうど西鶴庵のある錫屋町あたりから武家屋敷街に入っていったと考えよいだろう。

こうした諸状況を考えると、この谷町筋には多くの武士が訪れていて賑わっていた可能性が高い。そこでは単に商売が行われていただけでなく、諸国の武家に関する情報が様々にもたらされていたはずである。と同時に、またここでは商家・商人についての情報が商家から武家へとも伝えられたはずである。周知のように、大坂（とくに堂島）での米相場は全国の米の値段を決定する力を持っていた。商家の人間はもちろん、各藩の米を預かっていた武士たちもその米相場の動向に敏感であった。西鶴の小説にはこの米相場の動向に一喜一憂する商人の姿が度々描きだされるが、これは武士も同様であったと考えることが出来る。

また、ここには浪人となった武士たちも多く出入りしたはずである。幕初以来多くの藩が改易・転封になって多くの浪人を出し社会不安を招いたことは周知のことであるが、そうした浪人たちは先祖伝来の武具を売って生活の足しにしていたらしい。たとえば『世間胸算用』巻一の二「長刀はむかしの鞘」に「むつかしき紙子牢人」の内儀が登場して質屋とトラブルを起こすが、この浪人は「武具馬具年久しく売喰にして」と書かれている。こうした武具類の売り捌き先がどこかは分からないが、大坂であれば、この谷町筋一帯の武具を商う商家が考えられたであろうことは間違いない。

こうしてみると、この谷町・谷町筋は、武士と商人のコミュニケーションセンターであったと見てよいだろう。そして、そうした場所の中心に西鶴庵があった。これはすこぶる重要な意味を持っていると思われるのである。

本書の多くの論考で問題にしていることだが、西鶴の文学世界では、武士と商人、二つの世界が対峙して、夫々に違った人間観や恋愛観などの価値観を発現している。西鶴はそうした二項対立を利用しながら、躍動的な文学空間を創り出しているのである。その典型は、西鶴の創作時期の中期における、武家物と町人物というジャンルの並立であるが、初期の好色物における女色（商人・町人）男色（武士）の対峙でも同様のものが見られるのである。そして、本書第四部・第三章でも述べたように、西鶴が活躍した時代の社会状況も、まさに武士文化と商人文化が対峙して凌ぎを削っていた時期であった。

こうした西鶴が、武士と商人が丁度せめぎあう谷町筋に、偶然住んでいたと考えることはむずかしい。むしろ、そうした環境下にあった西鶴だからこそ、武士と商人の対峙する世界を構築できたと考えるべきであろう。この土地で知りえた武士と商人に対する情報、またこの土地で観察できた武士や商人の姿などが、西鶴の作品世界に生かされたはずである。

この谷町・谷町筋がどのような場所であったのか、資料不足から分かることは少ないのであるが、この土地が西鶴の文学世界を考える上ですこぶる重要な意味を持っていることだけは確かである。

四　諸文化の坩堝としての「谷」町筋

ただ、この谷町筋の特徴は如上の点にのみ求められるのではなさそうである。様々に検討してみると、他にも多くの特徴があったと考えられる。そこで、次にそれを箇条書きにして叙述しておきたい。

・没落人・「潰しめ」の街

隣が武家屋敷街であり、また武士が多く出入りしていた街というと、谷町筋とは、何か整然とした物堅い雰囲気の街かと考えてしまうが、どうもそうしたものではなかったと考えられる。既に『刪補西鶴年譜考証』（延宝七年の条）が、大阪の歴史地理に詳しい佐古慶一郎氏の言葉を引いて、この辺りには狭い路地裏が沢山あったと指摘しているように、谷町筋はまた雑居という言葉が相応しいような複雑に込み入った様相を呈していたらしい。
それは、西鶴のこの辺りの風景を叙述した文章からもよくわかる。

残るものとては立縞の綿入れ一つになりしが、其年の卯月始つかたになれども、人並の衣替へも知らず。青葉なる藤の森と云へる所に住所を求めて、南に窓ありて、東口に縄簾を掛け、軒は蔦かづらのしげり、袖摺の長露地、爰ぞ宇津の細道のこゝちして、夢にも人には遇はず。物の淋しき夕は、蚊ふすべの鋸屑売、あしたは日貸しの銭取りにまはるなど、せはしき事を聴きて、世を渡る業とて花筵を織習ひ、悲しき中にも色はやめがたく、上町に名のありし風流女に久米と云へるを、更に又呼入れて

（『椀久一世の物語』下の一「手桶も時の雨笠」）

宵は時雨して、軒ちかき板屋に、冬をはじめてしらす。万の草も一とせのうちに生死を見する、枯野につれて、人の心も次第に、山の眠がごとし。折ふし時鳥の九声して、夏かとおもふ程に飛鳴を、是ぞ詩歌の種にして、前代聞も及ざる事迚、不思義のしばらくやまず。世の中をおもふに、何かめづらしからず、鳥に口ばしありはねあり、鳴も飛も心にまかすべし。人ながら人程替りたるものはなしと、無常を隣に、夢を我宿に語る時、笹の網戸を、せはしく音信に欟れて皆枕をそば立、松の嵐よりはと明出れば

（『近代艶隠者』序）

垣根の蔦かづら、秋霜にいたみ、朝皃あさましく、花見し朝とは各別に替りて、松の夕風、綿入着よといはぬ

ばかりの声さはがしく、南どなりには、下女が力まかせて、拍子もなきしころ槌のかしましく、うき世に住める耳の役に聞ば、北隣には、養子との言葉からかい、後には俳言つよき身の恥どもいひさがして、跡は定まって盃事になるも、おかしき人心と、我はひとり淋しく（『西鶴名残の友』巻四の四「乞食も橋のわたり初」）

いずれも、この土地の簡素でみすぼらしい家々のありようがうまく捉えられている。よくみると、細かい語句の一致もあって、同じような雰囲気を持った文章と言って良いだろう。

縄簾を掛け軒は蔦かづらのしげり（『椀久一世』）
垣根の蔦かづら秋霜にいたみ（『名残の友』、ともに傍線稿者）

谷町筋はまさに谷筋で、上町台地から北浜、道頓堀にかけての斜面地であったためだろうか、立派な建物は立たずに如上のようなみすぼらしい家が雑居していたと考えられる。おそらく椀久のような没落した人間や、家を潰した人間たち、または西鶴のような自由を求めて暮らす人間たちが隠遁するような場所であったのであろう。

しかし、注意すべきなのは、西鶴の文章が、単なる貧家の描写ではなく、隣人隣家のかしがましい状況をよく伝えていることである（『名残の友』）。おそらくこの地域は様々な人間が雑居すると言っても、尾羽打ち枯らした人間たちが単に悲しく惨めな生活をするというのではなく、『名残の友』に記されたような人たちが、エネルギッシュに生活をする空間であったろう。こうした場所であるからこそ、椀久のような人物が「昔しの友へたよりて、少しの合力受けて、それも有きりに飯蛸玉子をととのへて、薄鍋掛けて、是より他のたのしみなし」（下の二）などといったその日暮しのまことに危なっかしい生活が、逆に活き活きとした描写になってくるのであろう。これが人里離れただけの単に淋しい場所であったなら、椀久のような不思議でエネルギッシュな人物の隠れ住む場所、または西鶴が隠居して住むような場所として相応しくない。

・好色の街

いまのエネルギッシュという要素にも結びつく点だが、この谷町筋は古くから好色風俗の栄えた町並であったらしい。それはこの谷町筋が大坂城から四天王寺につづく筋であり、大坂で最も早く栄えた通りであったと同時に、その四天王寺は古来から貴賤群集の場所として全国から参拝客を集めていたことによる。元禄以前の地誌類で、この地の好色風俗について具体的に記したものは見つけにくいが、天保十一年（一八四〇）刊の『諸国遊所見立角力並値段附』[8]によれば、大坂の公私の遊廓は三十四箇所に上る。このうち十二箇所がこの上町台地から東横堀川までの地域、すなわち谷町筋付近に集中している。もとより天保期は元禄期から遠く隔たっているし、この間幕府の私娼取締り法令が何度か出されてもいるので、元禄から天保までこの地が同じような性格を有していたかは疑問ではある。だが、上記『日本遊里史』が、そうした法令に対して「一旦之に依つて渡世の糧を得たものは、恰も秋の蝿のやうに吹いても飛ばない生命の執着を持つて、何時の間にか再び暗黒裡に活動してゐた」と記すような状況であり、風来山人こと平賀源内作の『風流志道軒伝』（一七六三年刊）に上記『諸国遊所見立』とほぼ同様の遊里が載っているところをみれば、元禄から天保までほぼ同じような状態が続いたと見て間違いない。また、後でも述べるように、この谷町筋付近の遊廓が『椀久一世の物語』に登場する地名とかなり重なるというのも、そうした元禄から天保にかけての連続性を示す証左となるだろう。

以下に示すのは、西鶴の『好色一代女』の記述である。

秋の彼岸に入日も西の海原、くれなゐの立浪を目の下に、上町よりの詠め、花見し藤もうら枯て、物の哀れも折ふしの気色、をのづから無常にもとづくかねの声、太鼓念仏とて、其暁の雲晴ねども、西へ行極楽浄土、ありがたくも殊勝さも、入拍子の撥、撞木、聞人山をなして、立かさなりしに、此あたりのうら借屋に住る女の、物見強くて、細露地より立出しを、さのみいやしからざる形を、人の目だゝぬやうにはしけれど、顔に白粉、眉の置墨、尺長のひら髷を広畳に掛て、梅花香の雫をふくませ、象牙のさし櫛大きに、万気をつけて拵へ、衣類とかしらは各別に違ひ、合点頸のごとし。是いかなる女房やらんと、子細を尋しに、いづれも世間をしのぶ暗物女といへり。

（『好色一代女』巻六の一「暗女は昼の化物」）

ここに登場する「暗物女」は別名「闇者」とも呼ばれる者たちで、この谷町筋や上町台地に住んで売春をしたのである。表向きは別の商いをしているように見せて、裏では様々な女を紹介して斡旋料を取っているのである。これは、やはり『日本遊里史』が天保期の生玉神社前の遊廓「のど町」の有様を記す条に「上品なのは隠居所の構え、下品なのは表は肴屋で裏座敷を取繕つて客を引く」とあるのと同じである。この谷町周辺は、こうした私娼が多く集まる場所であったのであろう。

・遊び所・遊山の街

伊勢参りにおける抜け参りがその典型であるが、江戸時代の遊山には好色風俗が付き物であった。今述べた谷町筋の好色風俗にしてもそれは同様で、この谷町筋付近には遊山の対象となる神社・仏閣が多いのである。
この点については、西鶴の書いた『椀久一世』に谷町筋や上町台地の地名が多く出てくるので参考になる。たとえば、次は本作品の冒頭、箕面山参詣の折に、夢に出てきた弁才天から、色遊びを留まれと諭されたことに対しての椀久の返答である。

人によりて始末を元として、一代身には絹の下帯をかゝず、口には魚鳥の味をおぼえず。道頓堀役者の顔をも見知らず、新町筋は順慶町を西へ行くも、東高津に景清観音があるも、天王寺の彼岸ざくらは春咲くやら、生玉の荷葉秋見るやら、谷町の藤見も、川口のはぜ釣りも、天神の舟祭りを見た事もなく、遍照院の紅葉見も、新清水の蛍も、住吉の汐干遊びも、玉つくりのいなりに茶屋があるをも、難波に鉄眼の堂が建つたも知らず。提重といふものは公事宿で見はじめ、鼓の音は、ありきやうがりに聞覚え、蠟燭の火は余所の葬礼の時ならでは見ぬ男、世間の義理もかまはずに銭をためて、是れ大黒殿の守り給ふより仕合せ、いや天女の御めぐみと、とうとがる人と、此大尽などと一つ事におぼしめさるゝが違ひ

（上の一、「夢中の鈎」）

地道に商売をして、始末・蓄銭をすることに対する、椀久の嫌悪感がよく表れている面白い文章だが、注目すべきは、ここに多くの大坂の好色風俗、遊山、慰み所の地名・場所名が列挙されている。その場所名と該当本文を再掲出してみよう。

① 道頓堀（道頓堀役者の顔をも見知らず）

② 新町筋順慶町（新町筋は順慶町を西へ行くも）
③ 東高津景清観音（東高津に景清観音があるも）
④ 天王寺（天王寺の彼岸ざくらは春咲くやら）
⑤ 生玉神社（生玉の荷葉秋見るやら）
⑥ 谷町筋玉木観音堂（谷町の藤見も）
⑦ 安治川口（川口のはぜ釣りも）
⑧ 天満天神（天神の舟祭りを見た事もなく）
⑨ 生玉神社遍照院（遍照院の紅葉見も）
⑩ 有栖山清水寺（新清水の蛍も）
⑪ 住吉（住吉の汐干遊びも）
⑫ 玉造の稲荷（玉つくりのいなりに茶屋があるをも）
⑬ 瑞龍寺鉄眼の堂（難波に鉄眼の堂が建ったも知らず）

こうしてみると、椀久は大坂の遊山所慰み所を四季折々の風物にのせて列挙しているように思えるが、ここで列挙された地名には別の共通する要素がある。それはこの中の多く（③④⑤⑥⑨⑩⑫）が谷町筋を中心にして四天王寺にいたるまでの丘陵地に含まれていることである。次頁に図を示そう。[9]

椀久が弁才天の意見に対抗して、大坂における普段からの遊び場を列挙したのであるから、この椀久の挙げたものが、大坂における遊び所の中心地と言ってよいだろう。それが、谷町筋に集中しているというのは、このあたり

<図2>

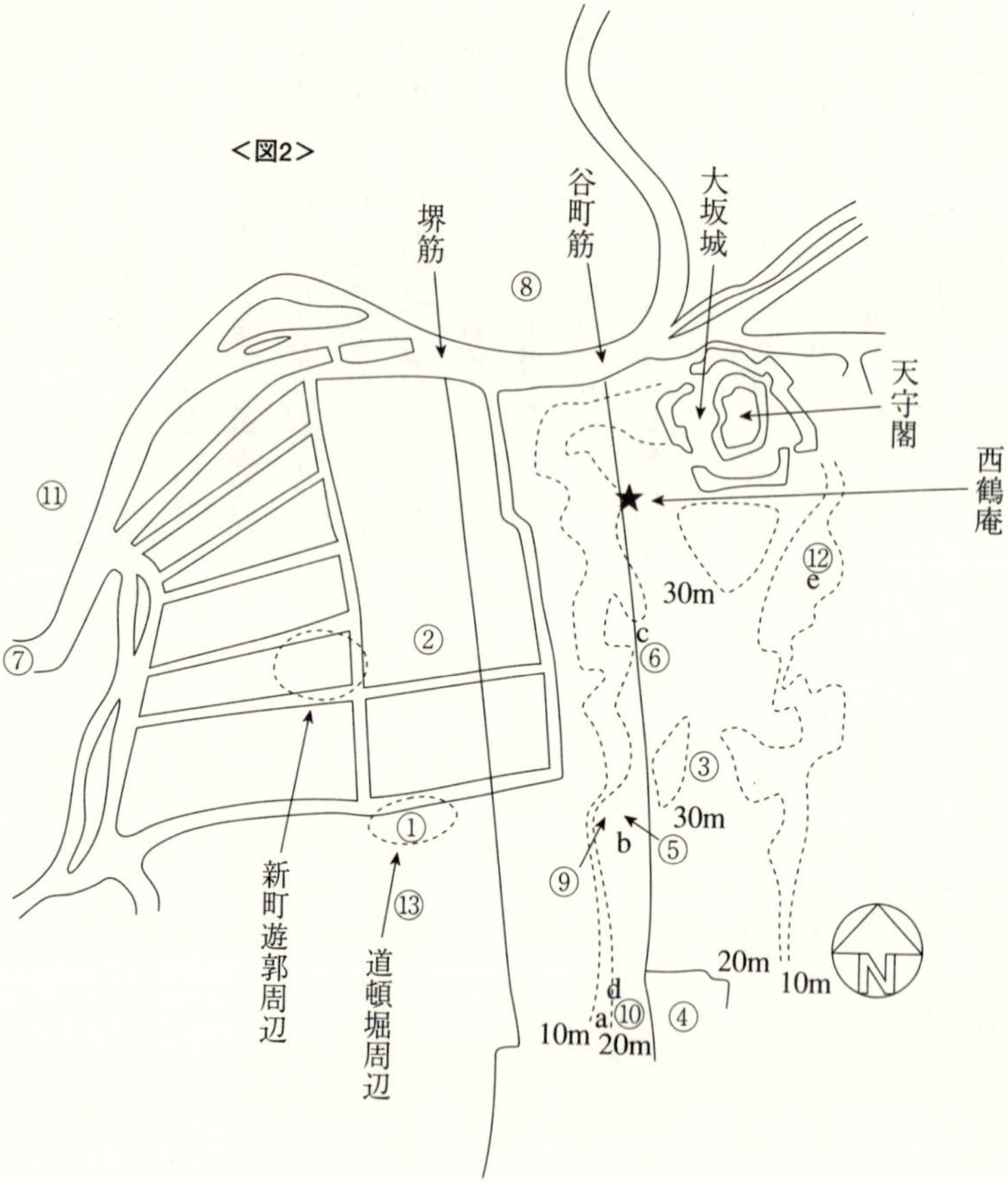

が遊び場の中心的役割を果たしていたことを示すものだろう。

ところで、先も述べたように、『諸国遊所見立角力並値段附』に載る谷町筋付近の私娼は不思議なことに椀久が弁財天に言った遊び所と多く重なる。その重なる私娼をa〜eで印をつけてみた。④天王寺としょうまん(a)、⑤生玉神社と馬場先・のど町(b)、⑥谷町筋玉木観音堂と野漠・六軒(c)、⑩有栖山清水寺と秋の坊(d)、⑫玉造の稲荷と真田山(e)であるが、これらは皆寺社の門前やその付近にあたる。おそらく参詣人を対象に私娼を行ったのであろうが、こうした共通項からも、この地域が古くから寺社への参詣、遊山、好色とが三位一体となった場所であったことが推測されるのである。

・寺社の街

今の指摘からも明らかなように、遊山の地と言えばそこは寺社が多くあった。谷町筋の南側はそうした場所の典型であると思われるが、実際に古地図を紐解けばその谷町筋南側には寺社が所狭しと林立しているのが分かる。また、この谷町筋は南の四天王寺へと繋がっていることにも注意を払うべきである。それは、四天王寺が古くから多くの信仰を集めた重要な寺であり、その門前周囲は中世から貴賤群集の場所であったことが分かるからである。

以上、谷町筋の特徴とおぼしき点を列挙してみたが、こうしてみれば、この町筋はあらゆるものが詰まっている、まさに風俗の坩堝のような街という感じがしてならないが、その坩堝とは町人商人といった庶民のみならず、多くの武士を巻き込んでのものであったろうことは注目すべきことである。たとえば先ほどから何度か引用している『日本遊里史』に、生玉神社界隈にあった遊廓「のど町」が「馬場先」と言われたことについて「大坂城の武士が北向八幡社境内に射術の稽古に来るのでそのまゝ遊里の名に呼んだ」とある。こうした名が付けられ、また「高楼が並んで随分繁盛し、花も一夕泊り十二夕遊女もよき方であつた」と、比較的高級な楼閣もあったとすれば、武士もこの遊廓で遊んだに違いない。

おそらく、大坂に来る武士たちは、主君や武家屋敷の警護などの武張った理由ではなく、蔵屋敷の管理や藩財政の遣り繰りが主であったろう。どちらかと言えば、江戸や自身の藩の城下町とは違って気楽な雰囲気がそうした武士たちの間にはあったのではないかと推測される。また、大坂城やその周辺の武家屋敷からの監視の眼もそれほど厳しいものではなかったはずである。もし、そうした推測が許されるならば、上記の様々な遊山・遊興に武士も多く出入りしていたのではないかと考えられるのである。

こうした状況を鑑みる時、西鶴の住んだ谷町筋、錫屋町は、武士と商人という二つの中心に挟まれた「谷」町で、庶民のみならず武家の文化も入り込んだ、まさに近世文化の坩堝を形成していたと言って良いだろう。

五　谷町筋からの視覚

さて、こうして谷町筋、錫屋町の特徴を考えてみたが、もう少し別の見地からも、ここの特徴を考える必要があるようだ。というのは、今までに見た特徴とは、谷町筋を地図という平面状から捉えたと言うか、上空から俯瞰することから得られたものであったが、この谷町筋はどうもそれだけではなく、横から、つまりここの高さも問題にする必要があるようなのである。以下、その点について述べることにしたい。

先ほどから何度か述べてきたように、谷町筋のある上町台地の高さは高い所で20〜30メートル程度の高さに及んでいたと考えられる(4)。現在とは違って高い建物もなかった当時は、ここからは東西にかなりの眺望が可能だったはずである。先に挙げた椀久が『椀久一世』の冒頭で列挙した地名・場所名も、みな眺望のきく名所であった。

まず、③の東高津景清観音であるが、高津といえば国見で有名な高津宮があるところである。西鶴よりいささか後年のものではあるが『摂津名所図会』(10)に「この社頭は道頓堀の東にあたりて、一堆の丘山にして遥かに眺めば、浪花の市街をはじめ川口出船入舟一瞬の中にありて風景第一の勝地なり」とあって抜群の眺望を誇っていたことがわかる。景清観音は東高津であるから、この高津宮よりももっと東にあったと考えられるが、景色の良さは同等であったと考えてよいだろう。また⑤と⑨の生玉神社は、やはり後年のものではあるが、『浪華の賑ひ』[10]（安政二年）に「本社の後辺の舞台より西方を遥かに見わたせば、市中の万戸は甍の波のごとく、河口の帆柱简の繁るに似たり。洋々たる滄海に千船百船の出で入る白帆の光景、げに類ひなき眺望といふべし」とあってここも抜群の眺望を誇っていた。また⑥の谷町筋玉木観音堂も、眺望の良さについての具体的な記述は管見の範囲で見出せなかったが、高津から五、六〇〇メートル北という位置からして眺めのよいところであったろう。また⑩の有栖山清水寺は、同じく『浪華の賑ひ』に「当寺は天王寺の西にあり。堂前の舞台より遥かに西南の遠山滄海の光景真妙なり」とあってここも同様。また玉造の稲荷は豊津稲荷社のことで、同じく『浪華の賑ひ』に「俗に玉造の稲荷と号す。本社の後に舞台ありて、この所より東の山々眼前に連なりて風景斜ならず」とあって、今度は東の方角に眺望がきく場所であったことがわかる。こうしてみると、椀久はここで大坂の名所でも、とくに眺望のよいところを選んであげていることがわかる。

また注意すべきは、この列挙の中に「川口のはぜ釣り」「住吉の汐干遊び」が含まれていることである。この河口や干潟での遊びは、大坂の人間にとっては馴染みの深いものであったが、また先の『摂津名所図会』に「浪花の市街をはじめ川口出船入舟一瞬の中にありて風景第一の勝地なり」（高津宮）、『浪華の賑ひ』に「河口の帆柱简の繁るに似たり。洋々たる滄海に千船百船の出で入る白帆の光景、げに類ひなき眺望といふべし」（生玉神社）とあって、上町台地の名所からよく眺望されたところでもあった。とすれば、眺望抜群の上町台地の名所と河口や干潟の遊び場所を交互に列挙してゆくこと（⑦～⑪）は、上町台地から遠望する視線そのものを読者に喚起させていると言ってよい。おそらく、『椀久一世』の読者もここに掲げられた上町台地の名所には何度か足を運んだことがあったであろう。また、その折に遠く安治川の河口や住吉の干潟に目を遣ったに違いない。そうした遠望の経験を、椀久の言葉は鋭く喚起するものなのである。

そして、読者のそうした視線の眼下には、大坂という都市が包まれるようにして存在している。たとえば、『椀久一世』上の一の「道頓堀役者の顔をも見知らず、新町筋は順慶町を西へ行くも」であるが、道頓堀も新町筋（遊廓の新町へ続く道）も谷町筋に直角に交わる方向に伸びていて、高台の谷町筋からは両方ともよく賑わいが観察されたであろう。また『椀久一世』上の三「野郎宿は不破の関屋」の初めに夏の暑さに耐えかねて新町の東口を椀久が尋ねる場面が出てくるが、この東口も谷町筋からはよく見えたに違いない。そして、本作外題（題僉）の角書に登場し、また椀久の家があった堺筋であるが、前掲の地図をみれば明らかなように、堺筋はこの谷町筋と平行して南北に走る大通りであった。西鶴当時に大坂を南北に通る道として、堺筋がもっとも大きなものであったとすれば、丘陵地帯を通る谷町筋から、堺筋の繁栄はよく見えたはずである。

出来るだけ遠くを、また多くのものを眺めてみたいという、眺望することへの欲求・欲望は、先に挙げた高津宮における仁徳帝作と伝承される国見歌「たかきやにのぼりてみれば…」ではないが、いつの時代にもあったはずである。しかし、それが普通の風景ではなくて、都市という、人間が創り上げた世界を眺めるとなると、別の意味が加わることになる。それは今挙げた歌が天皇の国見歌であることが象徴するが、その都市に住む人間たちの関係、階層性、または見る者と見られる者との政治性である。しかし、それが天皇という神的存在から、人間同士のレベルに引き下げられたのは、どうもそれほど古い時代ではない。簡単に断定は出来ないが、それはやはり近世に入ってからだったらしい。

たとえば、宮本雅明氏は、大坂の都市構造を分析して、近世都市の新しさを歴史的に明らかにしている。たとえば、大坂の上町と船場の町割の方向が微妙にずれており、その方向が豊臣期と徳川期の大坂城の天守閣の位置にそれぞれ重なることから、近世の町並みが天守閣から町への視覚に基づいて設計されていることを指摘している。そして、こうした空間は戦国期、近世初期になって初めて現れたものであり、中世的な都市空間を統御した寺社の伽藍中心の空間とは一線を画することを指摘するとともに、この近世的都市空間は覇権を目指した大名の天下人への志向がなせる業であったという結論を導き出している。(11)

当然、この「視覚」は為政者からだけの「視覚」ではなく、町に住む庶民からの「視覚」をも意味するだろう。町の通りの延長線上に天守閣があるというのは、庶民が道に出れば何処からでも天守閣が見えるということになるわけで、それは常に為政者が自らの威光を町民たちに知らしめるのに役立つからである。

こうした視覚を基に設計された都市構造は、大坂だけではない。高橋康夫・吉田伸之・宮本雅明・伊藤毅の四氏は『図集日本都市史』(12)で、大坂以外の江戸・京都・仙台・鳥取・萩・広島などの主要都市をも調査して、天守閣の位置が大坂と同じように「視覚」中心に決められるとともに、そのデザインも周囲から眺められることを意識したランドマーク性、装飾性の高いものになっていることを指摘した。

また、こうした都市の「視覚」は天守閣のみではない。夙に桐式真次郎氏が江戸名所図会を使って説明したように、江戸駿河町の町並みとストリートは富士山への視覚が基盤になって設計されているし、(13)また、伊藤毅氏の指摘するように、京橋から日本橋に向かう東海道は、丁度筑波山に向かって直線状に道が通っていて、ストリートから筑波山の眺めが可能なように配置されていた。(14)江戸における富士・筑波は単に関東を象徴するための山ではなくて、常に目視できる屏風のようなものとして借景化されていたのであった。

桐式氏は、こうした視覚優位の都市構造を「ヴィスタ」（見通し）というテクニカルタームを用いて説明したが、近世都市が、中世の宗教的都市（門前町・寺内町など）に比べてヴィスタの力学が、ここかしこに働いていたことは間違いないと考えられる。

とすれば、椀久が列挙した娯楽・遊山の地は、単なる遊び所という意味だけでなく、そうした近世都市的な「視覚」と交錯するものであったと言ってよいだろう。

六　西鶴の鳥瞰的描写

こうした観点から、私は、西鶴の文学活動に谷町筋、錫屋町という位置、とくにその高さがどのような影響を与えていたのかについて、問題点の幾つかを指摘しておきたい。それは、西鶴がそうした常に高い位置に居て、大坂という都市を見下ろしながら生活をしていたということが、微妙ではあるがある種決定的な影響を彼に与えていたのではないか、という点である。

そこで、すぐに思いつくのはのは、先に挙げた『椀久』の文章において典型的だったように、西鶴小説には鳥瞰的な描写が実に多いことである。たとえば、

・今の都を清水の西門より詠め廻せば、立つゞきたる軒ばの内蔵の気色、朝日にうつりて、夏ながら雪の曙かと思はれ　　（『本朝二十不孝』巻一の一「今の都も世は借物」）

・難波橋より西、見渡しの百景。数千軒の問丸、甍をならべ、白土、雪の曙をうばふ　　（『日本永代蔵』巻一の三「浪風静に神通丸」）

・一に俵、二階造り、三階蔵を見わたせば、都に大黒屋といへる分限者有ける。

（『永代蔵』巻二の三「才覚を笠に着る大黒」）

というのが典型的だが、それは「見渡し」「詠め」と断らずとも、

・近代江戸静にして、松はかはらず常盤ばし、本町呉服所、京の出見世、紋付鑑にあらはし、棚もり手代それぞれに得意の御屋敷へ出入

（『永代蔵』巻一の四「昔は掛算今は当座銀」）

・此所は北国の舟着、殊更東海道の繁昌、馬次、かへ駕籠、車を轟し、人足の働き

（『永代蔵』巻二の二「怪我の冬神鳴」）

・されば泉州の堺は、朝夕身の上大事にかけ、胸算用にゆだんなく、万事の商売うちばにかまへ、表面は格子作りに、しまふた屋と見せて、内證を奥ぶかふ年中入帳の銀高つもりて、世帯まかなふ事也。

（『世間胸算用』巻三の四「神さへ御目違ひ」）

というように、鳥瞰的視座を感じさせる文章が多い。また、『胸算用』巻一の二「長刀はむかしの鞘」における長屋住人の描写が良い例のように、西鶴の得意技と言われる列挙式描写も、こうした鳥瞰的描写の一つと言って良いだろう。また、『好色五人女』巻三の一「姿の関守」における男四天王たちの水茶屋からの女達の値踏みの描写、『好色一代男』の巻六の四「寝覚の菜好」における世之介の二階からの遊女品定めなど、こうした鳥瞰的と思える西鶴の描写を挙げれば、おそらく限りが無い。

こうした西鶴の描写方法を、彼に元来備わっての描写力としても良いが、谷町筋から常に大坂の町を眺め暮らし

ていたという日常が、そうした描写の多用に一役買っていたはずである。

また、この都市を眺め暮らすということは、先に述べた政治的な「視覚」の問題、すなわち鳥瞰する側と鳥瞰される側の関係の問題を含んでいるように思われる。すなわち、西鶴の庶民(町人商人)描写に、どこか突き放したような冷静さがあり、その社会の捉え方もどこか箱庭的な見下した雰囲気を漂わせていることに、この「視覚」の問題は影響を与えているのではないか。

また、それとは反対に、西鶴が武家に対してはどこか倫理的で畏まった雰囲気の文章が多く、好色物や町人物に多く見られる、鳥瞰的な見下ろすような描写の中に武士がほとんど入ってこないということにも注意が必要だと思われるのである。たとえば、様々な場所に椀久を移動させ、様々な風物を眺めさせた『椀久一世』は、椀久のすぐ近くにあって聳え立っていた大坂城やその周辺の武家屋敷の描写を一切していないのである。これはいかにも不思議な点である。おそらく、ここには庶民が生活し働いている大坂という都市を見下ろしながらも、大坂城や武家屋敷を見上げていた西鶴の、その上下に対する姿勢が、無意識に影響を与えていたのではないかと私は思うのである。

むすびに

西鶴が、生活や文学活動の基盤とした大坂と谷町筋。それがどのような所であったのかについて考えてみたわけだが、こうしてみると、当時の大坂や谷町筋というのは実に不思議な都市・町であった、そう思われてならない。武家地と町人商人地が拮抗した状態であったというのもそうだが、その間に、見晴らしのよい見物所でもあり、好色的な遊び所でもあり、椀久のような「潰しめ」(『西鶴大矢数』第一)たちが住んでいた貧民街でもあるような谷町筋が、クッションのように挟まれていたというのが特に興味深い。

今後はこうした構造を持った都市が他にないのかどうか。またこの武士と商人の拮抗という構造がどのような意味を持っていたのかを考える必要があると思う。本書第四部・第三章でも述べたように、近世の都市とは、中世に歴史の表舞台に立った武士に対して、町人商人が少しずつ対抗して、それを凌駕していった過程に出来上ったと見られるが、そうした中心―周縁構造の成立とその逆転の中に、大坂や西鶴の活動がどのように位置づけられるのかを考える必要がある。

また、城（天守閣）を中心にした都市が戦国以降急速に増えてゆくが、それが果たして都市構造の中心であったのかという問題もある。先に大坂が武士と商人の二つの中心を持った都市であり、この時期の日本の都市としては異常な構造であると述べたが、それは大和郡山、彦根、高山、会津若松といった、いわゆる内陸部の都市との比較から導きだされたものであった。すなわち、日本の海岸域（特に西日本の海岸域）の都市などを含めて全般的な比較を行ったときに、大坂の二つの中心という構造はどのような位相になるのかという問題である。そしてさらにその都市構造を、琉球、台湾、中国江南、東南アジアなどの海洋域の都市構造との関連で考察してみる必要がある。なぜならば、本書の多くの部分でも述べているように、大坂という都市がそうした海洋域や、そこを巡る船舶との繋がりで発展してきた街であったからである。よって、このアジア諸外国との関連はすこぶる重要である。

谷町筋から見渡した大坂湾の景色は美しく雄大であったろう。しかし、その果てにはそうした海洋域の世界があったことを忘れてはならないのである。

注

（1）大坂や西鶴文学の時間、すなわち歴史性の問題に関しては、本書第二部・第六章で集中的に取り扱っている。なお大坂は、現在「大阪」で表記されるが、江戸当時の表記「大坂」で統一した。

（2）西鶴庵がどこにあったのかについては現在必ずしも確定しているわけではない。この件については吉江久弥氏と野間光辰氏が新出の西鶴第六書簡（吉田幸一氏紹介）を取り上げて詳述している（吉江氏「西鶴転居説をめぐって」近世文芸36号、一九八二年五月。野間氏『刪補西鶴年譜考証』元禄五年条）。要するに西鶴第六書簡から判断して晩年の西鶴庵の位置が谷町筋錫屋町であることは動かないものの、その近くの鑓屋町からの転居の有無が問題になっている。興味深い問題ではあるが、その鑓屋町にしても錫屋町のすぐそばであることからして、本稿の論旨上は問題にならない。後掲の図において西鶴庵の位地を示す印は一応錫屋町にマークした。

（3）西鶴が隠棲する前にどこに住んでいたのかは現在分からない。（5）の玉置氏や前掲の野間氏が『年譜考証』で言うように、鑓屋町・錫屋町を含むこの一帯の地域が伏見からの移住者で占められ、西鶴も父祖の代からこの地に住んでいたとすると、この隠棲も同じ地域に留まったということになる。ただ、西鶴の隠棲が自由を求めてのものであることは間違いないことからすれば、同じ場所であるにしても、西鶴自身が隠棲の場所としてこの錫屋町を自主的に選び取ったという点では変わりない。

なお、仮にこの西鶴隠棲のベクトルを芭蕉と江戸に当てはめるならば、芭蕉はちょうど常盤橋（現東京都中央区日銀付近）、もしくは鍛冶橋（現鍛冶橋交差点）、数寄屋橋（現ＪＲ有楽町駅銀座口）あたりに隠棲したことになるが、言うまでもなくこれら三つの橋は江戸において江戸城・武家地と町人地とを結ぶ重要な橋であり、大名行列などが頻繁に行き来した場所である。

（4）高橋康夫・吉田伸之編『日本都市史入門Ｉ空間』（東京大学出版会、一九八九年）一八二頁掲載の図による。なお、矢内昭「近世大坂の景観復元への試み」（『講座日本の封建都市』、文一総合出版、一九八一年）の図によれば、高橋・吉田氏の図より更に高く2倍程度の高さがあったとする。

（5）玉置豊次郎『大阪建設史夜話』大阪都市協会、一九八〇年。
（6）（5）、五〇頁。
（7）ちなみにこの玉置氏作成の図とは寛永期のものである。寛永期は西鶴の活躍した貞享元禄期よりかなり前ではあるが、玉置氏の作成した享保期の図も、この寛永期と同じように、谷町筋を境にして武家と町人の集住地が分かれている。玉置氏作成の享保期の地図をここに併置すれば分かりやすいが、煩瑣であるので省略した。
（8）上村行彰『日本遊里史』藤森書店、一九二九年、三一八頁。
（9）この図は注4の高橋・吉田編『日本都市史入門』所載の図（同書一八二頁）を参考にして作成したものである。なお、高さを示す等高線は如上の図に加えて、同じく注4の矢内昭「近世大坂の景観復元への試み」所載の図をも参考にした。
（10）『日本名所風俗図会十巻（大阪巻）』森修他編、角川書店、一九八〇年。
（11）宮本雅明「空間志向の都市史」（『日本都市史入門Ⅰ空間』東京大学出版会、一九八九年）、同「近世初期城下町のヴィスタに基づく都市設計」（『建築史学』4、6号、一九八五、八六年）
（12）高橋康夫・吉田伸之・宮本雅明・伊藤毅『図集日本都市史』東京大学出版会、一九九三年。
（13）桐式真次郎「天正・慶長・寛永期江戸市街地建設における景観設計」『東京都立大学都市研究報告』二四、一九七一年。
（14）伊藤毅『都市の空間史』第四章四節「近世都市の国際性」吉川弘文館、二〇〇三年。

第六章　西鶴小説と十七世紀の経済情況

――寛文～元禄期の高度経済成長と商家におけるイエの確立を背景に

はじめに

西鶴が商人層の出身であり、作品にも多く商人（町人）が登場し、また読者にも商人層が多かったことを考えると、西鶴小説を理解する上で、当時の経済機構やその情況がどのようなものであったのかは誰もが注視する問題である。しかし、従来の研究を眺めると、そうした視点の重要性は叫ばれながらも、多様なアプローチがなされてきたかと言えば、否と答えるしかないだろう。もちろん、それはこの方面に些かでも探りを入れてみれば分かるように、十八世紀以降の経済・経営関係の資料は比較的多く残って研究も盛んであるにもかかわらず、十七世紀は資料不足のため、その実情が極めて摑みにくいのである。たとえば後でも述べるように、商家研究の基本となる家訓の残存状況も十八世紀に比べて十七世紀は極端に少ない(1)。

とはいえ、これも後で紹介するように、そうした資料不足の中からも、確実に江戸時代経済情況の研究は進展し、従来不透明であったことが、少しずつではあるが分かるようになってきた。そこで本稿では、十七世紀の経済問題の中、特に商家におけるイエの問題に焦点を合わせつつ、そうした経済情況が西鶴小説にどのような影響を及ぼしたと考えられるかを考えてゆくことにしたい。

一　西鶴とイエ

「家」には家族、家屋、家系など様々な意味がある。そして、そうした多様な意味で使うならば「家」は何時の時代にもあっただろうが、この「家」を「独自の「家名」「家産」「家業」を持ち、祖先崇拝を精神的支柱として世代を越えて永続していくことを志向する制度的機構」[2]（以下これを「イエ」と呼び、多様な意味を含む「家」と区別することにする）という意味で用いた場合、その制度的確立はいくつかの歴史的なメルクマール（画期）を生むことになる。貴族層においてそうしたイエが確立したのは平安末の院政期であり、[3]武家層においては室町期だと言われる。[4]そして農民・町人などのいわゆる庶民においては近世の元禄期（元禄〜享保）であることは多くの歴史学者がほぼ一致して指摘するところである。[5]

すなわち、農民や町人が個体としての家・家族に、先祖から子孫へ伝わるべき制度としての家を意識し始めたのが元禄期であるということなのだが、この「元禄」という時期、そしてその対象が「庶民」であったことを考えた時、同じ時期に庶民を対象として、その文学活動を繰り広げた西鶴がこのイエの問題とどう関わっていたのか、この点がにわかに注目されてくるのである。同じ元禄期に活躍した近松に関しては、別稿において、彼の演劇とくに世話浄瑠璃に描かれる悲劇が、このイエの確立を基盤にしたものであったこと、すなわち、近松の世話悲劇とは、イエが庶民にとって重要な精神的紐帯となった元禄以降に初めて意味を持ったものであり、イエが未成熟であった元禄以前の庶民に共感を持たれるものであったかは疑わしい旨を指摘した。従来、近松の悲劇を中世以降の雑多な諸芸能を包括・洗練しかつ結晶化する過程で生まれたものとして、そこに通時的・普遍的な文学的価値の醸成を見出すことが多かったが、近松の悲劇が元禄当時の社会状況と切り放せないこと（その歴史性）を強調したのであった。そして西鶴に関しては、西鶴の活動期がイエ意識確立の直前であったことと、近松とは対照的に西鶴の浮世草子にはイエ意識がすこぶる希薄であるばかりでなく、イエ意識とは正反対の志向が見られることなどを述べた。(6)

西鶴の活動期が、庶民にイエの確立した元禄期の直前であったことについては、年表に当たればすぐに判明する事実であるが、問題は、西鶴の浮世草子がイエ意識の希薄さ、イエとは反対の姿勢を見せていることについてである。本稿ではまずこの点を、西鶴の作品中でも特にイエ意識の希薄さを示している『好色一代男』を対象にして考えることにしたい。

まずこの作品は書名「一代男」からして、イエ意識の希薄さがよく表れている。「一代男」とは諸説が指摘するように「その人一代きりで後嗣のない男」（岩波大系『西鶴集上』頭注）(7)の意である。この一代で完結してしまうという姿勢が、先祖から永続的に続くというイエ意識と、全く逆であることは一見して明かである。また「一代」志向は書名のみでなく、主人公世之介の生涯を通しての姿勢となっているものである。周知のように世之介は生涯に「たはぶれし女三千七百四十二人。少人のもてあそび七百二十五人」と無類の好色漢ぶりを示し「腎水を、かえほし」たにも関わらず、一人も子供というものをもつことがなかった。たまたま出来た子供も、京都六角堂に捨ててしまったのである（巻二の二「髪きりても捨られぬ世」）。また妻も、娶ることは娶ったが（巻五の一「後は様つけて呼」の吉野）、その登場も一章のみで妻との生活もほとんど描かれなかった。また親も、物語の最初の方に申し訳程度に登場するのみで、すこぶる印象が薄い。父親の夢介は銀山で文字どおり一山当てた分限者だが、人物像はそれ以上には分からない。母親にいたっては三人の遊女の中の一人と言うに過ぎず、その存在感は全くない。むしろ下女や仲居といった存在の方がはるかに実体化されているのである（巻一の二、三、四）。また兄弟も一切登場しない。このように世之介にはほとんど家族性・家庭の匂いというものが感じられない。最終章で世之介は自分の半生を振り返りながら「ふつと浮世に今といふ今こゝろのこらず親はなし。子はなし。定まる妻女もなし」と言っているが、ここに表れた家族意識の希薄さは全篇を通じてのものだと言ってよい。

こうした世之介の家族意識の希薄さについては、既に松田修氏がイエ意識と関連させながら次のように指摘している。

> 町人においてすら、いや、なんらの庇護のない町人においてこそ、悲願であった封建制下の「家」の持続、その至上命令への痛烈な反逆が、『一代男』全巻を支えているのである。（中略）一代男ないし一代女が、その身かぎり、子孫なきものの意であることが証言されてすでに久しいのであるが、その題名の寓する意味、あるいは題名が寓してしまった意味に到達するまで、あまりにも多くの時間を費やしてしまったと思う。(8)
>
> 一代男世之介が、近世的好色の最初の理想像たりえた最大の原因は、やはり家否定の思想であった。家を否定するまでに、好色に己を賭けた精神の熾烈さにあった。遊蕩が単なる遊蕩に止まらず、町人なりに家という価値体系と四つに組み、それに叛逆し否定し超越するまでに、誠実であったこと——そこに世之介の典型性の鍵がある。それは原型として伝承上の業平から、世之介が受容継承した精神の構造であった。(9)

周知のように松田氏は、こうした世之介の反逆性から「かぶき者」世之介論を展開している。氏の指摘は「一代男」の意味するものが等閑にふされてきた観のある、それまでの研究史にあって画期的であった。本稿もこの指摘を襲うものであるが、しかし、松田説の最大の問題点はイエ意識を江戸時代全般、全階層を通しての規範・制度として、その歴史性を考慮しなかったことにある。先述した如く、庶民にイエ意識が確立されたのは元禄期以降であり、それまでの社会にイエは未成熟であった。とすれば、延宝末から天和にかけての時期に成立したと考えられ、かつその題材の多くを寛文~延宝期に求めている『一代男』にイエ意識が希薄なのはむしろ当然だったと考えるべきであろう。[10] また、この寛文~延宝期は、西鶴の青年期にあたり西鶴の精神を形づくるのに大きな影響を与えた時期であるとすると、西鶴その人にあまりイエ意識が育っていなかった可能性も十分にある。すなわち『好色一代男』にイエ意識が希薄であるとしても、それをイエへの叛逆・否定にすぐ結びつけるわけにはゆかないのである。

加えて、仮に世之介が反逆者であったとすれば、この作品に一貫して流れているある種独特な伸びやかさや大らかさ、そして世之介やその周辺の人物達の自由闊達なあの飄々とした態度というものが説明できなくなる。各章でみせる世之介の好色性は、何かの価値に反逆しそれを打破せんとする攻撃性に満ちているとするよりは、時代の感性を体現してそれを率直におおらかに謳いあげたとするほうが説得力を持つだろう。

そこで問題になるのは、その寛文~元禄期の、庶民（特に商人・町人）における商人（町人）意識・心性・時代精神とは何であり、そこから西鶴はどのような影響を受けていたのかということであろう。

二　寛文〜元禄期の高度経済成長

元禄期以前の庶民にイエ意識が希薄だったことは今述べた通りだが、では寛文〜元禄期の庶民（特に商人・町人）がどのような意識を持っていたか、実はこれを探るのはなかなかの難問なのである。

その最たる理由は、先にも述べたように、この時期の決定的な資料不足である。周知のように、元禄期以降はイエ意識の広がりが家訓・店則の類を多く生みだした為に、そうした心性・精神を探るのに資料的には事欠かないが、元禄以前はそうした家訓・店則類がほとんど残っていないのである。それは、この方面の壮挙である宮本又次氏の『近世商人意識の研究』[1]が専ら元禄以降の商人・町人を扱っていたことに象徴的に示されていると言って良い（ただ、私はこうした家訓・店則類が元禄以前にほとんどないということ自体が、その時期にイエ意識が無かったことを逆に示しているのではないかと考えている）。しかし、そうした中にあって近年いくつかの貴重な研究成果が生まれ始めている。それらの成果を参考にしながら、この寛文〜元禄期の商人（町人）意識を見定めてみたい。

この寛文〜元禄期が経済的に稀にみる高度成長期であることは諸書に指摘されているが、実際この成長率は爆発的なものであった。速水融・宮本又郎編『日本経済史1』[11]に載る次頁の表は、その点を端的に示したものとして挙げて良いだろう。

重要な箇所に波線と矢印を施したが、人口、耕地、実収石高そして年成長率のどれをとっても、一六五〇から一七〇〇までの五〇年間に驚異的な成長があったこと、この表から明かである。この五〇年間で江戸時代の成長をほとんど成し遂げてしまっていると言っても過言ではない。もちろん、これは全国レベルのものであり、西鶴が関係

表　江戸時代の経済諸量の推移

（実数）

時期	(1) 人口 N （万人）	(2) 耕地 R （千町）	(3) 実収石高 Y （千石）	(4) R/N 各 （反/人）	(5) Y/N （石/人）	(6) Y/R （石/反）
1600	1,200	2,065	19,731	1.721	1.644	0.955
1650	1,718	2,354	23,133	1.370	1.346	0.983
1700	2,769	2,841	30,630	1.026	1,106	1,078
1720	3,128	2,927	32,034	0.936	1.024	1.094
1730	3,208	2,971	32,736	0.926	1.020	1.102
1750	3,110	2,991	34,140	0.962	1.098	1.141
1800	3,065	3,032	37,650	0.989	1.228	1.242
1850	3,228	3,170	41,160	0.982	1.275	1.298
1872	3,311	3,234	46,812	0.977	1.414	1.447

（年成長率　%）

時期	(1)	(2)	(3)	(4)	(5)	(6)
1600-1650	0.72	0.26	0.32	−0.46	−0.40	0.06
1651-1700	0.96	0.38	0.56	−0.58	−0.40	0.18
1701-1720	0.61	0.15	0.22	−0.46	−0.39	0.07
1721-1730	0.25	0.15	0.22	−0.10	−0.03	0.07
1731-1750	−0.16	0.03	0.22	0.19	0.38	0.19
1751-1800	−0.03	0.03	0.22	0.06	0.25	0.19
1801-1850	0.10	0.09	0.18	−0.01	0.08	0.09
1851-1872	0.11	0.09	0.59	−0.02	0.47	0.49

した畿内においては如何様であったかは別である。しかし、この一六〇〇年代後半の急成長が、天下の台所と後に呼ばれた大坂を中心とした関西・畿内の経済成長を基盤としていることは一六〇〇年代経済史の常識である。とすれば、上記〈表〉に示される一六五〇〜一七〇〇の爆発的な高度経済成長は、寛文〜元禄期の大坂・京都を中心とした畿内でのものと考えてよい。

　では何故、この時期にこれだけの経済成長が起こり得たのか、その原因は何であったのかであるが、これは平和と人心安定の到来、幕府の法令諸整備の成功、交通航路の整備など様々な理由が挙げられるが、近年吉田伸之氏がこの期の爆発的成長を社会構造の変化から説明しているのは注目される。[12] 吉田氏は、まず従来不分明であった町（町人）の論理と商人の論理との違いを導き出し、それが基本的に相入れない対抗関係にあることを様々な資料によって示した。さらに、十七世紀前半は町の論理が頑強で、商人の論理はその下に従属する位置にあったのに対し、十七世紀半ばから後半にかけては逆に商人の論理が町の論理を従えるようになり、自由な営利追及が行われるとともに、大きな経済発展につながったことを論証した。

この吉田氏の指摘は、従来、数値的・現象的にしか説明されなかった十七世紀後半の経済成長が、背景としての社会構造からも説明されたことになるわけで、その意味だけでも画期的だが、加えて、今問題にしている寛文〜元禄期の特徴（あるいは特異性）の一面がおぼろげなりとも見えてくることが実に有益である。というのは、諸書に指摘されるように、(5) 十八世紀前半はイエ意識の発達と、それに伴って株仲間に代表される仲間組織が多くの職種で生まれ、十七世紀前半とは別の意味で自由な営利追及を阻み始めるからである。すなわちこの寛文〜元禄期というのは商人を土地に縛り付ける「町」の論理は既になく、同じく商人を家系や中間諸団体に縛り付けるイエや仲間といった制度や組織も育っていないという、商人にとって稀にみる自由な状態が現出した時代だった可能性が高い。

この点についていては、安国良一氏(13)と乾宏巳氏(14)も同様の見解を提示している。まず、安国氏は「京都の都市社会と町の自治」という論文で、戦国期から十七世紀前半の京都は、町を単位として町人の家屋敷・財産・信用・営業を共同で保証する体制があり、町の意思が町人に優越する論理を有していたとする。それが十七世紀後半になると貨幣経済の進展によって人間関係が貨幣を媒介として変化するようになり、町役の貨幣化、雇用労働による代役化がおこり、家屋敷も町人身分の象徴から投資対象となっていったと説明する。そしてそれが町人の自立を生んだとした。

また、乾宏巳氏は「大坂町人社会と西鶴」という論文で次のように指摘した。

国内商業の発展が促され都市における貨幣経済が進展すると、自由な商工業活動を展開するようになった。そのような時期が西鶴の作家活動の時期にあったものとみている。自己の才覚しだいで金銀をうみだすこともできれば、借金で年をこえられない貧乏人も多数出てくる。商業活動を規制するような領主も町も株仲間的な組合もなく、自己の努力や才能以外には頼るものがないという自由経済的な町人社会が一時的に出現した。

ちなみに、如上の三氏の指摘が、吉田氏（江戸）・安国氏（京都）・乾氏（大坂）というように三都それぞれを題材にしている点も面白い。十七世紀後半の商人社会における飛躍的な発展は全国レベルのものであったのである。

三 「一代」の時代

こうした規制・制度の無い状態が、商人にとって好条件であることは説明するまでもないであろう。事実、こうした状況が未曾有の経済成長を導きだしたとともに、この時期は多くの起業家を生みだした。

たとえば、三井高房の『町人考見録』は元禄期以前の商人たちの姿を書き記した貴重な文献の一つだが、その商人たちの創業時期を見ると、その多くが寛文〜元禄期に当てはまるのである。もちろんここで取り扱われているのは京都の商人のみであるが、これは畿内全般の現象と考えて良い。大坂に居た西鶴も『日本永代蔵』において「近代の出来商人。三十年此かたの仕出しなり」（巻六の五、三十年前は寛文元年）と寛文期以降に多くの商人が創業し始めたことを述べている。

しかし、この寛文〜元禄期は商人にとって激動の成長期であったが、また多くの町人・商人が没落していった時代でもある。実際、この寛文〜元禄期にかけて登場した商人たちには一代限りで滅んでしまう者、もしくは滅ばないまでも一代で見る影もなく衰退してしまう者が多かったのである。代表的なところでは紀文や奈良茂といったこの期の豪商の名がすぐに浮かぶが、西鶴も『日本永代蔵』その他の作品でその手のモデルを多く描いている。この時代のこうした傾向については既に近世史家が指摘している。

・竹内誠（林玲子・吉田伸之）、鼎談「元禄再考―元禄文化を可能にしたもの」(5)

普通、江戸の商人は、中井さんの研究などがあるけれども、のれんや家職の永続を願うんでしょう。もちろん家の永続を願うんですけれども、職業についてては、子供への遺言に、ほかの商売はするな、金融業の金利と貸業の家賃で食べて行け、その二点しかいっていないのです。あとはつましくやれば、これだけの財産があるんだから、おまえらは十分にやっていける。そういう遺産の渡し方をするんですね。普通、家職を続かせて、何々屋何兵衛というのれんがどんどん大きくなっていくという話がありますが、元禄の商人の場合は、自己一人でいつも話が終わる。

・赤井達郎「元禄期の都市生活と民衆文化」『岩波講座日本歴史10近世2』(15)

江戸・大坂における豪商たちの奢りのさまは紀文・奈良茂・淀屋辰五郎らのさまざまな逸話によって語りつがれ、京都ではその豪奢な生活ぶりを「両替町風」とよんだ。京都銀座の豪商たちは「夜普請をいたし、家蔵を建、見るをみまねに道具茶器を我も我もと求め、能囃子見物参詣には衣服をかざり、両替町風とて一際人目にかかる出立、妻子は乗物にのりちらし、腰もと召仕までそれぞれと風情ありて花々敷有様」であったという（『町人考見録』）。元禄期に豪奢をもってしられる町人たちには、十七世紀前半から幕府や大名と強いつながりをもって成長してきたものや、幕府の造営事業などにかかわっていわば投機的な手段によって成長してきたものが多く、その奢侈的生活も、彼等が新しい商品経済の発展に即応することができず、大名貸しやその投機的な商法の故にまもなく没落していったように、ほとんど一代限りのものではあったが、元禄の都市にはなやかな色どりをそえるものであった。

とすれば、寛文〜元禄期は多くの町人・商人が創業し、かつ一代で多くが没していった時代、すなわち「一代」の時代と言えよう。

四　寛文〜元禄期の商人意識

この時期多くの商人が一代で終わったのは、その背景にイエ意識の未成熟があると考えられるが、そこには稼ぎまくって使い果たすという単なる無秩序・アナーキーな志向しかなかったのであろうか。

結論から言えばそうではない。この時期の商人・町人たちの姿を見たとき、もうすこし違った意識・心性が見えてくるのである。それは積極的な意味での「一代」、自己自立の思想とでも言うべきものである。

先に述べた如く元禄以前の商人・町人は資料不足が災いして皆目見当がつかない状況にあるが、そうした中で、中井信彦氏が戦国末期の豪商島井宗室と元禄期の町人とくに三井高利を例にあげて、そこに大きな商人意識の違いを見出しているのは逸することの出来ない指摘として注目されるのである(5)。中井氏は、宗室がその長文の遺書の中で、先祖について語ることを拒み、島井は自分一代で果てたと言い、養嗣子にも島井姓を名乗るなと言っていることなどから「宗室に島井家とか先祖・子孫とかいう意識が強く存しなかった」「博多の豪商宗室には、その壮大な商業活動がなんらかのかたちで家業として継承されることを期待する気持が認められない」というたいへん興味深い見解を述べているのである。そして、その宗室と対照的な形で家名・家業・家産の存続をはかった元禄期の成り上がり商人の代表として三井高利をあげている。

すなわち宗室は、有り余る財産があり、その財産を受け継ぐ養子がありながら、一代で島井家を終わらせようとしているのである。これは我々の感覚からしてもすこぶる奇異に映るものであるが、こうした発想が生まれてくるにはそれなりの理由があったのである。それは宗室が家訓に「武士は領地より出候。商人はまうけ候はでは、袋に入置たる物、即時に皆に可成候」（島井宗室家訓「生中心得身持可致分別事」[16]）と言ったように、武士や農民のように家督（武士は奉録、農民は土地）があるわけではない商人は、家名や家産を受け継いでも、受け継いだ本人に商人としての器量度量がなければすぐに没落してしまうことが明かだったからである（この考え方は商人一般のものらしく、後に西川如見も『町人嚢』でこの点を強調している）。それは宗室が活躍した慶長頃のような稀にみる激動期では特に顕著であったはずである。すなわち宗室が強調したかったのは、独力でもって財を成し一代で果てるという、「一代志向」もしくは強烈な自立意識とでも言うようなものだったと思われる。

もちろん、宗室の活躍した年代は元禄期から百年近く、寛文期から数えても七十年も前のことであるから、宗室と十七世紀後半の商人達の心性を直結させるわけにはゆかないが、中井氏も指摘するように元禄期の三井家が最も早くイエ意識、すなわち宗室のような自立意識を捨てて家産を継続させてゆく方法、を持った商人であったとすると、その元禄期直前までは宗室のような家業に対する意識が専らではなかったかと想像されるのである。

そして、宗室の意識が寛文〜元禄期の商人意識を知る上で重要な意味を持つ事は、他ならぬ西鶴との関連からも導き出されるのである。

・惣じて、親のゆづりをうけず、其身才覚にしてかせぎ出し、銀五百貫目よりして、是を分限といへり。千貫目のうへを、長者とは云なり。

（『日本永代蔵』巻一の二）

・人は十三才迄はわきまへなく、それより廿四五までは親のさしづをうけ、其後は我と世をかせぎ、四十五迄に一生の家をかため、遊楽する事に極まれり。

（『日本永代蔵』巻四の一）

この言辞は西鶴の遺した商人思想ということで、よく引かれる箇所であるが、イエ意識という点から見直してみる時、ここに親のイエすなわち家業・家名・家産を受け継いで拡大発展させようという意識がほとんど見られないことに注意すべきである。とともに、宗室に見られたものと同じ商人意識——一代志向・個としての自立——が強調されていることに注意すべきである。また、巻四の一の上記掲出の一文が島井宗室の遺した家訓の一条と近似することなどを受けて、中井氏が、宗室の家訓は、西鶴によって「定型化された町人の理想像の先駆をなすとみなすことができる」[5]と述べていることも重要な指摘であろう。

そして、このように商人意識という観点で宗室から西鶴へ線を引くとき、その線上に宗室や西鶴と共通する認識が当時の仮名草子、とくに教訓書から浮かび上がってくるのも重要である。

むかし、かまだや・なばや・いづみやとて、三人の長者あり。そのさとに、かしこきわらんべの、おはしまし候が、かまだや長者のところへゆき、「かほどめでたき、御たからをば、おや・をふぢのゆづり給へるか。ながれをくんで、みなかみをたづね、はをかいで、ねをたゞすといへども、をよばずながら、みちびきたまへかし」と、申ければ、ちやうじや、こたへていはく、「かしこくもとひ給ふものかな。ほんらいむ一もつ、てんぜんのみろくもなし

（『長者教』冒頭）

まづ第一に、おやのゆづりを、たのみ給ふべからす。一身の家功を以て、長者と成給ふべし。（中略）おやよりの譲ははやく失安しわが戒力に富をもとめよ
（『為愚痴物語』巻六）

まつ第一に、おやのゆづりを、たのみ給ふべからず。一身の家功を以て、長者と成給ふべし。（中略）おやよりのゆつりははやくうせ安しわかかひりきにとみをもとめよ
（『今長者物語』）

一見して明白なように相互に影響関係があるが、『長者教』が寛永四年（一六二七）、『為愚痴物語』が寛文二年（一六六二）、『今長者物語』は刊年不明だが寛文二年～延宝三年（一六六二～一六七五）の刊行であることは明かだとすると[17]、商人の自立思考が十七世紀全般にわたって一つの認識として存在していたことは間違いない。

五　『一代男』の「一代」性

こうしてみると、この寛文～元禄期とは、元禄以降のイエ意識が広がった時代とは全く逆の様相を呈した時代だった可能性が高いことになる。すなわち、イエ意識とは家産を親から子へと時間軸に沿って継続運営するシステムであるが、近松を論じたときにも指摘したように[6]、このイエ意識はイエ継続の為に全てを動員・導入するシステム、すなわち経営至上主義であり、制度の保全、組織の和を尊重すると共に、個人を抑制するものであった。それはイエの下部を形成する子供や奉公人のみならず、権力者と見える主人においても同じことで、イエ社会における主人

は配下の者に横暴をふるう権力者というよりは、叱咤激励する管理者としての側面が強かった。それに対して、この寛文~元禄期は全く逆の様相を呈していたと考えてよい。下剋上的な激しい競争社会の中、成功した者は栄耀を誇り、そうでない者は空しく滅んでゆく。そうした厳しい時代であった反面、自由で実力主義の時代でもあった。個人を縛る町の論理は既に無く、イエや仲間といった制度もまだ未発達であった。言わば個人が土地・制度・組織に縛られることなく、自由に営利追及ができた時代だったと考えられる。

では、こうした時代状況の中に『一代男』を置いて考えた時、この作品をどのように捉え返すことができるだろうか。まず書名の「一代男」やそうした設定から導き出されるイエ意識の希薄さであるが、これが「一代限りの男」や「後継ぎのない」と訳されてきたことに示されているように、「一代」はネガティブ・否定的に捉えられてきた観がある。しかし、これには重大な誤謬を含む可能性がある。というのは「一代限り」や「後継ぎのない」は、家が永続することを暗黙的に是とする立場からの発言だからである。すなわち、イエ意識が確立した後の時代からイエ意識の確立していない時代を見ればそうなるが、イエ意識の無い時代に一代で終わることをそのように否定的に見ていたかどうかは疑問だからである。事実、先に考察したように、この寛文~元禄期に「一代」は決して否定的な意味を持つものばかりではなかったと考えられる。むしろ、「一代」は武士や農民と違って家督が無く、自己の力に頼るしかない商人達の、商人らしい積極的な生き方を標榜するものでもあったと考えられるのである

また、前掲のごとく松田氏が『一代男』にみられるイエ意識の希薄さを「「家」の持続、その至上命令への痛烈な反逆」としてきたことも大いに問題であろう。何故ならば「一代」に反逆性・異端性をみるのは、「一代」を「一代限りの男」「後継ぎのない」とみる否定的な見方の裏返し、すなわち否定的であるが故にその社会にラディカルな意味を持ったという図式、に過ぎないからである。しかし「一代」が反逆性・異端性を帯びるのは、イエ意識

が正統・中心の社会においてのみである。先に述べたごとく元禄以前においてイエ意識が正統・中心であったことが疑わしいとすれば、「一代」が反逆・異端というような意味でのラディカルさを持ったとは考えにくいのである。否、むしろ宗室―『長者教』―西鶴という線を重視すれば、元禄以前の商人において「一代」志向は商人の正統・中心的思考であった可能性すらあるのである。

とすれば、我々は世之介が「一代男」であったことにもっと積極的な意味を見出すべきではないだろうか。まず、世之介が「親はなし、子はなし、定まる妻女もなし」であったことからは、アウトローや天涯孤独の匂いを嗅ぎとるべきではないだろう。むしろ、世之介の自由・気ままさへの強い希求心をこそ導き出してみるべきである。よって世之介に家庭家族の匂いがしないのも、自身の好色的な性質ゆえ図らずもそうした身の上に成り果てたというのではなく、親子・妻などの身の絆を積極的に振り払った結果と見るべきなのであろう。それは世之介と同じ商人・町人でも、元禄以降、近松やそれ以降の歌舞伎・浄瑠璃などが取りあげた人々とを比べてみれば明かであろう。そこにはイエ意識にがんじがらめに縛られて窒息寸前の個人や、矮小化・小市民化・集団化した個人が息苦しい生活を強いられていた。そうした人たちに比べて世之介の謳歌しえた自由気ままさは、まさに奇跡的だと言って良い。ちなみに、この世之介の自由気ままさの背景に、西鶴が主に俳諧の方面で「自由にもとづく俳諧の姿を我仕はじめし」(『西鶴大矢数』跋)などと頻繁に自由を強調したことや、同時代作家に比して西鶴の小説・草子に「自由」という語が多く使われているという市川光彦氏の指摘(18)も思いあわせてみる必要もあるだろう。

また世之介が二万五千貫目の大金を遊廓に使い果たすことも、単なる無節操な遊蕩・蕩尽として理解してはならない。そこには妻や親戚をはじめ周囲の人間に一銭も遺さず、きれいさっぱりと始末して女護島へ旅立ったことが示しているように、自己の金は自己の為のみ使い尽くすという「一代」志向が生きていると考えられるのである。

また巻二の二において、生まれた子供をすぐに捨ててしまうという世之介の行為についても、これを反道徳・反通念の行為、もしくはその裏返しとして異端・ラディカルな行為とのみ理解するには大いに問題があるだろう。この捨子についてはかつて塚本学氏が、将軍綱吉の生類憐れみ政策をふまえて「捨子を悪とする見方が、幕府禁令を機会として、およそ元禄期──十七世紀末に、強まり広がっていったことは、疑いがないのである」と指摘した考察もあって、[19]『一代男』成立時には捨子を悪とする見方が一般的に弱く、そうした通念が世之介に捨子をさせたとも考えられるが、加えて、私はやはりここにも「一代」の発想が生きていたものと考えたいのである。子供などの絆に振り回されることなく自己の人生を完結したい、そうした世之介の積極的な選択をこの捨子という行為に見ることが出来ると思うのである。また、世之介が父夢介の勘当に最後まで（その死まで）膝を屈しなかったのも同様であろう。父の影響下、庇護下にあることは「一代」志向、自己自立の逆である。それを潔しとしなかった世之介は、結果十六年間もの放浪生活を強いられた。定命五十年と言われた当時においての十六年は決して短いものではない。そこまでして世之介が得たかったものは何か。それはやはり自己の「一代」を思い通りに生きてみたいという世之介の希求があったと考えられるのである。

こうした世之介の自由・気ままさは、当然家族以外の人間に対しても向けられる。かつて吉江久弥氏も指摘したように、[20]世之介の行為には「移り気」が横溢している。世之介は多くの人間と密接に触れ合いながらも、実にあっさりとその関係を断ち切ってしまうのである（巻二の五における若狭・若松との関係などが典型的）。しかし、これを「移り気」という形でネガティブに評価するのはやはり間違いだろう。ここも、一般的には縛られ易く断ち難い人間関係を断ち切る能力や強い意志がある、また新しい関係への俊敏性というように積極的に捉え返すことが可能ではないか。誠実さ堅実さからの判断ではなくて、流動性（モビリティ）からの評価である。[21]

六　『日本永代蔵』の「永代」とイエ意識

さて、十七世紀の経済情況、とくにイエ意識の問題から、西鶴や『一代男』に表れた商人意識を考えてきた。そこからは、西鶴の甚だ希薄なイエ意識が浮かび上がってくるのだが、では、これは西鶴全体に広げていい問題なのだろうか。それとも『一代男』のみ、または西鶴でも限られた部分に限定して考えるべきものなのか。

そうした考えに立つとき、西鶴が『日本永代蔵』という作品を遺していることにまずもって注意が向くはずである。すなわち、この書名の「永代」には本稿で問題にしてきたイエ意識が濃厚に意識されているのではないかと考えられるからである。また『永代蔵』を紐解けば、序文とも言える序章「初午は乗てくる仕合」に「金銀、瓦石にはおとれり。黄泉の用には立がたし。然りといへども、残して子孫のためとはなりぬ」とあって、西鶴は商家の子孫繁栄を十分意識しているとも考えられるからである。

しかし、先に、西鶴の希薄なイエ意識を証するために引用した「惣じて、親のゆづりをうけず、其身才覚にしてかせぎ出し」(『永代蔵』巻一の二)も「人は十三才迄はわきまへなく、それより廿四五までは親のさしづをうけ、其後は我と世をかせぎ、四十五迄に一生の家をかため、遊楽する事に極まれり」(『永代蔵』巻四の一)もともに『永代蔵』の文章であり、なかんずく前者は「残して子孫のため」と同じ序文的役割を果たしていると言われる序章のものであった。

これをどう考えてゆくべきなのであろうか。

そこでこの辺りの問題を明らかにするために、もうすこし材料を広げて検討してみたい。先に『一代男』を論じた折、『長者教』や『為愚痴物語』『今長者物語』を取り上げたが、それは『永代蔵』の副題が「大福新長者教」であったことからすれば、「長者教」→「今長者」→「新長者」となる点からして、『永代蔵』の直接的な先行作品と捉えてよいだろう。それと対照的に『永代蔵』を直接に引き継いだ作品として『日本新永代蔵』(北条団水作)がある。この流れを検討すれば、『永代蔵』の位相や歴史性が垣間見えてくる可能性がある。そこで先行作品については先に触れたので、ここでは『永代蔵』と『新永代蔵』の関係について見てゆきたい。なお、参考のために『新永代蔵』と刊行時期の近い町人物の浮世草子も幾つか取り上げて、『永代蔵』と『新永代蔵』の時代の位相を明確にすることに役立ててみたい。

次頁に載せるのは『永代蔵』と『新永代蔵』のイエ意識の違いを探るための表である。各作品の各短篇における商家の二代目・子供、そして同じく商家の手代などの使用人について調査してみた。マークの説明は、

一篇のテーマが、商家の二代目(以降)・子供についてであるもの　↓　●
一篇の中に商家の二代目(以降)・子供についてのエピソードがあるもの　↓　○
一篇のテーマが、商家の使用人(手代・丁稚)についてであるもの　↓　▲
一篇の中に商家の使用人(手代・丁稚)についてのエピソードがあるもの　↓　△

であるが、要するに一篇の中心テーマが二代目(以降)や使用人についてであるときは黒塗りで、そこまでは行かないものの、二代目(以降)や使用人についてのエピソードや教訓などが含まれているものを白抜きとした。その差は割合の問題である(なお、物語の内容によってはマークが二つ重なる場合がある)。そして、取り上げた作品は、

・『日本永代蔵』　貞享五年(一六八八)正月刊　井原西鶴作

	日本永代蔵	子孫大黒柱	商人軍配団	日本新永代蔵	渡世商軍談
I①		●	●	○	●▲
②	●		●		▲
③	△		●	●	▲
④				○	
⑤	○				
II①		▲	●	●	●▲
②			●		●▲
③	●		●		○▲
④				○	
⑤		●		○	
III①			●	●	▲
②	●		●	●▲	▲
③		○	●	○	●▲
④		△			
⑤					
IV①		○△	●	●▲	▲
②		●	●	●	▲
③		▲	●▲	○	▲
④				△	
⑤		○		●△	
V①	▲	●▲		●▲	▲
②	○△	●△			▲
③	●		●	▲	▲
④					
⑤	●				
VI①	●	○		●	
②	●△			●	
③	○			●	
④					
⑤	○				

・『子孫大黒柱』　宝永六年（一七〇九）六月刊　月尋堂作
・『商人軍配団』　正徳二年（一七一二）冬刊　江島其磧作
・『日本新永代蔵』　正徳三年（一七一三）正月刊　北条団水作
・『渡世商軍談』　正徳三年（一七一三）正月刊　江島其磧作

の五作品である。なお、『西鶴織留』もこの系列にある作品であるが、西鶴の遺稿であってどこまで完成された作品か分からない点と、様々な議論を呼んでいるように、幾つかの作品が合体した可能性が高いので、ここでは省いて考えることにした。

まず●▲と○△の数値のみをあげる（上の表）。次に、各作品の短篇数が違うので、これを占有率（パーセンテージ）に直してみる（下の表）。

表を見れば分かるように、マークが一篇の中で重なることもあるために、占有率（パーセンテージ）と言っても正確なものではないが、こうしてみると大方の流れを見ることは出来る。まず『永代蔵』と『新永代蔵』であるが、●と▲を合計すれば、『永代蔵』が26・4％、『新永代蔵』が49・5％とほぼ二倍になっている。さらに『商人軍配団』と『渡世商軍談』に至っては『永代蔵』の四倍程度に膨れ上がっている。

数値	●	▲	○	△
『日本永代蔵』	7	1	4	3
『子孫大黒柱』	5	3	4	3
『商人軍配団』	13	1	0	0
『日本新永代蔵』	11	4	6	2
『渡世商軍談』	4	15	1	0

パーセンテージ	●	▲	○	△
『日本永代蔵』	23.1	3.3	13.2	9.9
『子孫大黒柱』	16.5	9.9	13.2	9.9
『商人軍配団』	87.1	6.6	0	0
『日本新永代蔵』	36.3	13.2	19.8	6.6
『渡世商軍談』	26.4	100	6.6	0

これは何を意味しているのだろうか。

七　『永代蔵』と『新永代蔵』

まず、『永代蔵』は主人の出世譚（もしくは没落譚）が中心で、子供や使用人の話は少ないのであるが、その子供の話でも、そこには家業継承がテーマとなっている場合が少ない。たとえば、巻一の二「二代目に破る扇の風」では、一代目の蓄財による分限化と、二代目の分散が対照的に描かれるが、ここには家業継承の重要性を説こうという意図が見えてこない。親の蓄財が子供のためであることが描かれず、子供も「親にまさりて始末を第一にし」た男であって、没落したのはたまたま拾った手紙によるものだった。ここに描かれるのは、古今希にみる始末男（親子）があっけなく分散し果てる、そのジェットコースター的人生の激しさ鮮やかさであって、ここから分散への教訓を読み取ることは難しい。

また、これは巻二の五「才覚を笠に着る大黒」の大黒屋の息子新六においても、巻六の二「見立て養子が利発」の養子においても同様である。新六は放蕩のあまり父親に勘当されるが、分限に返り咲いたのは本人の一念発起と智恵の賜物であったし、養子は父親から家を譲ると言われても、親の身代を調べなくては「養子のけいやくは成がたし」と言い、またその親に対して商売が下手だからこの程度の財産しか作れなかったのだなどと言っている。すなわち、ここにあるのは、家業を継承して発展させるという商人意識ではなくて、人に頼らずに我身で家業を起こすという一代分限的な発想なのである。（ただ、若干ではあるが、巻五の五「三匁五分曙のかね」や巻六の五「知恵をはかる八十八の升搔」などに家業継承・イエ意識とも思える教訓が表れている。これについては後で述べよう。）

それに対して『新永代蔵』は家業継承の重要さをはっきりと打ち出している。たとえば序章「白銀百枚歳暮の御祝義」は、仏像を鋳崩して商売をしたために没落したものの、その後心を入れ替えて貧民の餓死を救おうと施行などをしたために、子供の代になって分限者に復活した中嶋屋何某という男の話である。注意すべきは、この男の没落について「かならず其身一生は強気によって陰悪の罪をのがるゝといへ共、子孫にむくふ事眼前也」と述べて、仏像を鋳崩したために、総領に嫁、娘に婿が来ないばかりか、総領が河豚汁に当たって頓死したことが記される点である。ここには商売は一代で完結するのではなく、代々続いて発展するべきものという家業継嗣の意識、イエ意識が濃厚に表れている。

序章に表れたこのような姿勢は、作品全体に広がりを見せている。たとえば、巻一の三「地獄の釜の蓋曙染の羽織」では、「武蔵にかくれなき紀惣といふ大商人」は息子を京に上らせたが、それは華奢風流を覚えさせる為ではなくて、洛外の小家が軒をならべるあたりの貧乏人の厳しい生活を見せることによって商売の戒めとすることにあった。「是をみならひたる紀惣が倅、金銀の大切なる事をおぼえぬいて」楠木分限になったという話である。

また、巻三の一「十二の銀蔵に鶏の空音」は、当時人口に膾炙した淀屋一門、とくに辰五郎の分散話であるが、この辰五郎の後見役として手代の勘七と、辰五郎の叔父にあたる秋庵との淀屋継嗣、経営に関する争いが主たる話になっている。

また、巻四の一「甕井戸に立聞の相場状」では武蔵の小鮒町に親から「たじろかぬ身体」を譲られたにもかかわらず、無用の茶の湯に使い果たして分散した男が登場する。その男に対して、

親は足に草鞋をかけて、人の庭にこしかゞめ、はおりさへろくなはもたず、身をかせぎ、仕末の中より、もう

けためし金銀を、いかにゆづりを請て、我ものなればとて、菊田摺の中着に紅鳶のふたへ染、御召のはぶたへを、不断着によごする事、不孝といひ、奢といひ、十年たゝぬ内に、五千両の身袋をうしなひしは尤也。(22)

と述べているが、この些か執拗とも思える批判の中には、商人にとって親子関係、そこから派生する家業継嗣がいかに重要かという作者の心情が込められていることは言うまでもない。こうした些か感情的とも思える批判は、西鶴にはまず出てこなかったものである。

また、『新永代蔵』には『永代蔵』からの剽窃と思われる部分がある。これらは『新永代蔵』（のみならず西鶴以降の浮世草子全般）の文芸的価値を貶めてきたものであるが、このディテルを比較してみると、今述べた両作品の違いが端的に表れている箇所がある。たとえば『新永代蔵』巻六の四「銭の穴より天道の恵」には、『永代蔵』巻四の四「茶の十徳も一度に皆」からの剽窃がある。

・我今生のおもひ晴しに、茶を一口と涙を漏す。目に見せても、咽に因果の関居て、息も引入時、内蔵の金子取出させて、跡や枕にならべ、我死だらば、此金銀誰物にかなるべし。思へば、惜やかなしやとしがみ付かみ付、涙に紅ひの筋引て（『永代蔵』）

・我今生の思ひばらしに、湯を一くちとなみだをもらす。女房さらばと茶碗を目にみせても、咽に因果の関すわりて、息も引入時、内蔵の金銀取出させて、跡や枕にならべ、我死たらば、此銀は誰物に成事ぞ。養子をせざる事の今さらくやしくや。他人の入ては、日ごろの坊主おとし、内證しれるかなしさゆへ、やらうものもなき金銀ためて、今さら残しゆく事のをしやかなしやとしがみ付、泪にくれなゐのすぢ引て（『新永代蔵』・傍線稿者）

この話は『永代蔵』の茶商いの小橋利助の設定を、仏具商いの佐内という設定に変えているが、掲出したのは利助と佐内が死ぬ直前に茶（湯）を飲むそれぞれの場面である。

傍線を施した部分が『永代蔵』になく『新永代蔵』になって現れた記述である。『永代蔵』では単に自己の財産が他人の手に渡ることを嘆くに過ぎなかったが、『新永代蔵』では、「妻子も持ず」（『永代蔵』）という主人公に「女房」を持たせ、さらに子供や養子の居ない境遇を嘆かせるという限定した嘆きを演出している。ここには家族と家産相続を重視する『新永代蔵』の商人意識がよく表れている。

『永代蔵』と『新永代蔵』に、こうした違いが出てくるのは、西鶴と団水の作家としての資質の違いもさることながら、やはり両作品の成立時期の時代相の相違が大きい。

両作品には二十五年間の開きがあるが、重要なのは先にも指摘したように『永代蔵』の出た一六八八（貞享五）年という時期が、十七世紀後半に畿内を中心に起きた爆発的な経済成長の余波の中にあったのに対して、『新永代蔵』の出版された一七一三（正徳三）年は既に経済の停滞期に完全に入ってしまったことである。この停滞期は、商人の独力による起業や商売拡張が難しく、いわゆる「金のかねをまうくる世のならひ」（『新永代蔵』巻三の五「百人一首を八十八の手習」）が瀰漫した状態になっていた。もとより、西鶴にもこうした言葉は散見するが、先の一代分限的言辞も見られたように、まだまだ起業・商売拡張が見込めた時代であった。この両作品の時代認識の違いは『新永代蔵』の次の言葉に端的に表れている。

泰平なれば世広し。人おほくして当代何事にも共勢ありて、中々通例の事にては、商を人にしおとされて、埒の明事にあらず。万事元値を買手にしらせて、やう〳〵さき様のりやうけんにて、相応の働賃をもらふ事なり。以前は間々高利の仕合ありて、存外成金銀をまうけし物がたり、かならず今の商人さやうの事を耳にかくべからず。とかく停佞ぢみちにかゝりて、得意をはづさぬ調義、取わけ利巧だてをいふ商人は、相手次第になくなりて、身上をもつ事かたし。（傍線稿者）（巻二の一「六十余州紙の来歴男」）

「存外成金銀をまうけし物がたり」とは『永代蔵』の中にある一代分限の出世譚であると言って良いだろう。こうした『永代蔵』批判とも取れる言葉を記すほど、商人を取り巻く時代は変化していたのである。

八　手代の反乱

また『軍配団』や『商軍談』はより鮮明に家業・家産継承をそのテーマとして打ち出していると言ってよい。たとえば『軍配団』の序章は次の言葉から始まる。

人間の盛衰はあざなへる縄のごとし。誠に長者二代なし。親父死なれて世盛の花も散り、うつりかはる夢の世のありさま。電光朝露火打の石の、紙子姿に間もなくなりて、子共が代に家普請に手のかゝらぬやうにとて、瓦葺にし銅樋をかけて、石井筒に鉄釣瓶、諸道具も一度の大願に、末代物にしてゆづられし家財を皆になし、親の物好にたてられし家を余所に見る事、其子たわけにて仕果のみにもあらず。つぶれ時にはつぶるゝ事。凡夫の智恵才覚にてゆかず。

一種の運命論であるが、基本を成しているのはイエの継承に関する作者の関心である。この運命論的発想が、後の、貧乏神の役割をする白色の玉と、福神の役を果たす黒色の玉が様々な商家に入って禍福を成すという趣向に繋がるのだが、そうした様々な本作の趣向の中に通底しているのは、やはりイエの継承である。たとえば、巻二の一「悦び積て十露盤の粒程な涙」では、目出度いことも続きすぎると良くなく、災い事も必ずしも悪いことばかりでないという些か斜に構えた趣向で読者の関心を引こうとする。この目出度きこととは、結婚・出産・元服祝いなどのことであり、災い事とは親戚の葬式のことであった。前者は何かと金要りの行事で金が出てゆくのに対して、後者は親戚からの遺産相続などで逆に金が入ってくるからというのが作者の説明であるが、この前後者ともに家族・家産・家業の継承に関することに他ならない。

こうした作者の関心は他の短篇でも繰り広げられる。たとえば、巻一の二「揚屋へはかり出す米屋の仕果」は節約家の親父が死んだ後、財産を丸取りした息子はさらに倹約家であったが貧乏神が取り付いたために全てを失う羽目になる話、また巻一の三「貧苦を切替るかるたの絵書」は、一念発起した絵描きが様々な工夫をして五万両を溜め込んだ話であるが、後半に商人の氏素性に対して子供へ長々と教訓するのが印象的な短篇である。また、巻二の二「商人の刃物目利は大疵の基」は、八百貫目余を親から譲り受けた二代目が八十歳までの人生設計を細かく規定するものの失敗し、四十四年で財産を全てなくした話、巻二の三「金銀を蔵に詰込の酒や後家」は花菖蒲屋の主人が頓死した後、しっかりした後家が二代目の兄弟を教育し店を盛り立てた話である。

こうしたイエの継承についての関心は更に『商軍談』に至って、軍談的要素を踏まえて展開される。この『商軍談』は長谷川強氏が「「渡世商軍談」は「軍配団」に商家の盛衰は手代の良否によるという説を承け、手代の種々相を描く」[23]とされたように、商家の手代が主人公となっている（これは先の表からも明らかである）。すなわち商家の興亡を武士のお家騒動に見立て主君を主人、家来を手代に見立てて物語化したものである。ここでも様々な趣向が凝らされるが、基本は、お家騒動がまさにイエの継承に関わった物語であったのと同様、ここでも商家のイエの継承である。

このような『軍配団』や『商軍談』の趣向は、やはり長谷川氏が指摘するように[24]、通俗軍談書の流行や、歌舞伎・浄瑠璃などにおけるお家騒動物の盛行などという背景があったはずであるが、長谷川氏が続いて述べるように「技巧に偏した趣向本意」とか「現実に肉迫し、内容の深化をはかるものではない」と断定してしまうわけには行かない。その趣向の背景に作者江島其磧の時代を感得する眼がやはり確と存在すると思われるのである。

たとえば、この『軍配団』『新永代蔵』『商軍談』が出版された正徳二年（一七一二）・正徳三年（一七一三）は、現実の商家において「手代の反乱」とも呼ぶべき事件が多発していた時期と重なるのである。

次に挙げるのは、元禄から享保にかけての商家手代層の私商い（主人に無許可で行う違法な取引）・引負（使い込み）・取逃等を示す当時の御触・町触である。

元禄三年（一六九〇）

・一、近年町人倒れ者併手代取込銀等数多有之而、勘定申付候、帳面不分明候事　（四月十八日、大坂、大阪市史）
・奉公人私商之事、六尺小者之事　（八月六日、大坂、大阪市史）
・主人之銀子引込候者之事　（十月十九日、大坂、大阪市史）

元禄七年（一六九四）

・町人之手代共私欲之事
（八月二十七日、京都、［中井信彦］＊）

元禄十年（一六九七）

・町人身上潰レ割符にいたし候者之内、金銀取隠シ少之売物を以相侘之輩、併手代共私欲をかまへ主人ニ大分の損失をかけ候もの頃日多有之候、向後右之仕形之ものは吟味之上品により急度御仕置可申付事
（正月十三日、京都、京都町触集成1）

元禄十五年（一七〇二）

・一、奉公人引負又ハ取逃仕候者、請人方　給金ハ急度返済致させ、其外引負取逃之弁金ハ請人分限有次第弁させ、不足之分は主人損失ニ致させ、欠落仕候ハヽ請人ニ尋出候様、急度可被申付、右不届者ハ死罪又ハ流罪ニ可被申付候事

・一、欠落取逃引負仕候者、只今迄其品ニより当分牢舎又ハ手鎖被申付、金銀滞相済候得ハ御差免候、向後ハ品ニより遠島被申付、大分引負取逃仕候ハヽ死罪ニも可被申付候事
（八月二十八日、江戸、正宝事録）

・欠落者之事、公事訴訟之事
（九月一日、大坂、大阪市史）

・一、奉公人引負、又者欠落取逃引負仕候もの、只今迄ハ其品ニより、当分牢舎手鎚等被仰付、金銀滞相済候得ハ御赦免候得共、向後ハ品ニより急度曲事ニ可被仰付候事
（九月四日、京都、京都町触集成1）

宝永二年（一七〇五）

・浮世草子『長者機嫌袋』刊（正月）＊＊

・一、年季又は一季居奉公人之請ニ立、不為引越、或は為致欠落、又は請人人主奉公人なれ合暇を取、主人え給金

も不相立、其通ニ捨置、奉公人ハ外え有付、不埒成儀共有之候　（四月、江戸、御触書寛保集成）

宝永四年（一七〇七）春『五十年忌歌念仏』上演＊＊＊

宝永六年（一七〇九）

・一、先達て相触候通、奉公人之請人近年別て不埒に有之、致請状、給分取之、不引越、又ハ引越一両日相勤、致欠落候族数多有之（以下略）　（五月、江戸、御触書寛保集成）

宝永七年（一七一〇）

・一、手代奉公人請人之儀、主人弥入念取置可申候、惣て近年手代奉公人事之外不埒ニ成、大分之引負取逃いたし候、畢竟主人油断故之儀ニ候間、向後ハ手代共勘定月切ニ可承候　（十月、江戸、御触書寛保集成）

享保十五年（一七三〇）

・一、近年諸奉公人取逃欠落多く、畢竟請人共不埒之仕方ニ付、今度吟味之上、人宿弐百弐人に相定、組合申付、給金之儀も引下ケ候積り、町奉行所にて申付候事　（二月、江戸、御触書寛保集成）

＊中井信彦『町人』（小学館、一九七五年）「家督と暖簾」に指摘。稿者未見。

＊＊福富言粋作、淀屋辰五郎の闕所没落事件を扱う。淀屋の先代故庵から忠義をつくす手代勘七と悪手代の宇兵太との確執を描く。

＊＊＊近松門左衛門作、主人の娘お夏を慕う清十郎と悪手代勘十郎・源十郎との確執を描く。

ここから我々は様々な問題を引出すことが出来るが、さしあたっては以下三つの点を挙げておきたい。

① 大坂→京都→江戸へと手代層の反乱は広がっており、事件の全国的広がりを示していること。
② 『軍配団』『商軍談』が出版された正徳二、三（一七一二、三）年はそうした広がりがピークを迎えたころであったこと。
③ この時期（元禄・宝永）の諸法令（御触・町触）を見渡すと、商家町家へのものとしては、この手代層・請人の事件への対処をもとめるものが最も多いこと。

こうした当時の状況を考えれば、『軍配団』『商軍談』のお家騒動的内容が単に趣向の上からだけ来ているとは考えられない。また、次に引用するような言辞が『軍配団』『商軍談』や『新永代蔵』に見られるのも見逃せない。

・あるひは商ひ手広く、江戸長崎へ店をだして、手代共にこかされ、一生心くるしめて其上にゆづり銀をへらし、今零落して名をうづむ人おほし。

（『軍配団』巻二の二「商人の刃物目利は大疵の基」）

・親の代には分限近所にならぶものなく。栄耀にそだちし男なるが。両親にはなれて後、手代共にたをされ次第に手前うすくなり

（『軍配団』巻三の三「利の有事をすいする梅干からの工夫」）

・女房には憂きめをみせて、大坂屋といふ人の手代となり、主人をたをすたくみ

（『新永代蔵』巻二の一「六十余州紙の来歴男」）

・終に人に先をこされ、売にも買にも損をして、うめかねては博奕にかゝり、手代は親方を倒し

（『新永代蔵』巻二の三「内義の笑顔は廿五間口の家」）

・手代といふて主の眼をぬくほどの、おそろしき家来もなければ

（『商軍談』巻一の一「手代は背の脱た鼠の忠の者」）

・けいせい野郎に打こみ、又は手代共にだしぬかれて

（『商軍談』巻二の三「手代が悪心主の小膀を取込の隠し金」）

・国に盗人家に鼠といへるは、主をたおし請人にやつかいかける手代の事なり。

（『商軍談』巻五の五「手代は増て来る繁昌の鼠算用」、以上傍線稿者）

九　「子孫のためのとはなりぬ」の解釈

さて、こうして『永代蔵』以降の町人物を見てくると、西鶴の『永代蔵』はイエ意識、家産・家業の継嗣の意識はまだそれほど強くないレベルにあったと見ることが出来る。ただ、では『永代蔵』の「永代」や、序章「初午は乗てくる仕合」にあった「然りといへども、残して子孫のためとはなりぬ」はどう解釈すべきなのであろうか。

まず、後者の「残して子孫のためとはなりぬ」であるが、これは『永代蔵』の序章最初の「天道言ずして、国土に恵みふかし」で始まる文章の流れから捉え直してみる必要がある。

天道言ずして、国土に恵みふかし。人は実あつて、偽りおほし。其の心ンは本虚にして、物に応じて跡なし。是、善悪の中に立て、すぐなる今の御ン代を、ゆたかにわたるは、人の人たるがゆへに、常の人にはあらず。

一生一大事、身を過るの業、士農工商の外、出家神職にかぎらず、始末大明神の御託宣にまかせ、金銀を溜べし。是、二親の外に命の親なり。人間、長くみれば、朝をしらず、短くおもへば、夕べにおどろく。されば天地は万物の逆旅、光陰は百代の過客、浮世は夢幻といふ。時の間の煙、死すれば何ぞ、金銀瓦石にはおとれり。黄泉の用には立がたし。然りといへども、残して子孫のためとはなりぬ。

この冒頭、従来から実に多くの論者が俎上に上げてきたものであるが、昨今では一つの方向に収束しつつあると言ってよい。それはこの文章から西鶴の思想を読み取るのではなく、その表現方法を読み取るべきというものである。これは主に重友毅氏や谷脇理史氏や廣末保氏[25]が述べているものだが、私もそうした考えに賛成である。とすれば、この「然りといへども、残して子孫のためとはなりぬ」の構文に関しては、かつて重友氏が次のように要約した文章に尽きていると思われる。

ところで作者は、蓄財のことを奨めて、金銀を命の親とまでいったはよいが、そこから連想は連想を生んで、ついには金銀は無用というところまで来てしまった。もともと論理的記述には不得手な彼のこととて、これはありがちなことではあるが、さすがにここでは自分ながら、泡を食ったことと思われる。しかしそこで腹を据えて切返したのが、「然りといへども、残して子孫のためとはなりぬ」である。いささか苦しいが、これでどうにか立直ることを得た。[26]

すなわち、この「残して子孫のためとはなりぬ」にはあまり深い意味はないのである。少なくとも子孫のためにお金を残せと西鶴は言いたかったわけではない。お金を溜めても死んだら意味がないという話の流れの中で、でも子孫が喜ばないわけではないという風に切返したに過ぎないのである。

また、『永代蔵』の「永代」であるが、これも『永代蔵』最終章末尾に「金銀有所にはある物がたり、聞伝へて日本大福帳にしるし、すゑ久しく是を見る人のためにも成ぬべしと、永代蔵におさまる時津御国、静なり」とあるように、どちらかと言えば永遠の意味であって、イエ意識の意味での代々という意味は薄いと思われるのである。

もちろん、では『永代蔵』にイエ意識や家業・家産継嗣の意識が全くなかったかと言えば、そうは言いがたいであろう。

惣じて、親の子にゆるかせなるは、家を乱すのもとひなり。随分厳敷仕かけても、大かたは母親ひとつになりて、ぬけ道をこしらへ、其身に過る程の悪遣ひする事ぞかし。烈しきは其子がため、温きは怨なり。

（巻五の五「三匁五分曙のかね」）

家さかへても屋継なく、又は夫妻にはなれあひ、物ごとふそくなる事は、世のならひなり。

（巻六の五「智恵をはかる八十八の升掻」）

といった言葉はやはり見つかるし、こうしたイエ意識を醸成したと思われる「金がかねまうけ」（巻六の四「身躰かたまる淀川のうるし」）という言葉も散見する。そもそも、一代で起業して立身出世することと、代々家が継承されることとが必ずしも矛盾するわけではない。「惣じて、親のゆづりをうけず、其身才覚にして」（『日本永代蔵』巻一の一）「我と世をかせぎ。四十五迄に一生の家をかため、遊楽する」（『日本永代蔵』巻四の一）ことを目指しても、

パーセンテージ	●	▲	○	△
『日本永代蔵』	23.1	3.3	13.2	9.9
巻1～4	15	0	5	5
巻5・6	40	10	30	30

それでも金があまれば無理に捨てる必要もないわけで、それこそ「残して子孫のためとはならぬ」で良いわけだからである。

すると問題になるのは、一代の起業・遊楽という一代分限的要素と、代々のイエ意識の要素とがどれほどの割合で混在しているのかという点である。そこで重視されるのが、先の表において『永代蔵』巻一～巻四と巻五・六では、子孫や使用人の話の数が明らかに違っていた点である。たとえば先の数値（パーセンテージ）を『永代蔵』の巻一～巻四と巻五・六で分けてみよう。すると上の図のようになって、巻一～巻四の数値はかなり少なくなり、巻五・六は増えて『新永代蔵』の数値とほとんど同じになってしまう。また先に挙げた「惣じて、親の子に…」というイエ意識の伺える文章も巻五・六のものであったし、イエ意識の醸成になった金が金を儲けるという見方も、

只銀がかねをためる世の中（巻二の三「才覚を笠に着大黒」）
今は銀がかねを設る時節なれば（巻五の四「朝の塩籠夕の油桶」）
金がかねまうけして（巻六の四「身躰かたまる淀川のうるし」）

と、巻五・六に多い（巻一～四が四巻、巻五・六が二巻であるから、比重という点からすれば巻五・六は巻一～四の四倍ということになる）。もちろん、これとても大体の傾向を見ればという点であって、厳格なものではないのだが、たとえ傾向的なものであってもこれが問題になるのは、周知のように『永代蔵』の成立問題で、巻一～四と巻五・

六に時期の違い、執筆意図の違いなどが様々に取り上げられているからである。[27] 本稿ではこの成立の問題には踏み込まないが、巻一～四に比べて、巻五・六の方がイエ意識が高いとは言えるであろう。

むすびに

さて、こうして西鶴の『一代男』と『永代蔵』を中心にその経済意識、イエ意識を探ってきたわけだが、一応の結論として次のようなことが言えるのではないかと思う。それは、十七世紀後半から十八世紀初頭にかけての商家の経済情況が、十七世紀中旬の爆発的な経済成長によって生まれた一代志向から、景気の安定、または冷え込みによってイエ志向へと変化していったとすれば、西鶴、その他の商家を扱った小説の世界は、次頁に掲出した図表のように捉えることができることである。

ここで、まずもって重要なのは、十七世紀後半から十八世紀初頭にかけての商家の経済状況と同じ状況が小説作品からも言えることである。これはこの時期の小説類が現実的描写を旨としてきたのだから、当然だと言えなくもないが、その「現実」の具体的在りようは必ずしも明確でなかったと思われるのである。私はその「現実」の第一に、この驚異的な経済成長による一代志向の充満とその後の経済的安定・低迷によるイエ志向の瀰漫を挙げるべきだと考える。そして、これによって説明が可能になったり、新しく光を当てられる部分も多いのではないかと考える。

たとえば、先にも取り上げた『永代蔵』の成立の問題であるが、『永代蔵』が一代志向からイエ志向への移行期にあったとすれば、『永代蔵』にその両面が登場するのは当然である。私はその両面が巻一～四と巻五・六の違い

商家を扱った小説世界	商家の経済・社会情況
『長者教』寛永四年（1627） 『為愚痴物語』寛文二年（1662） 『今長者物語』寛文二〜延宝三年（1662〜1675） 『好色一代男』天和二年（1682）	一代志向全盛期
『日本永代蔵』貞享五年（1686）	一代志向→イエ志向移行期
『商人軍配団』　正徳二年（1712） 『日本新永代蔵』　正徳三年（1713） 『渡世商軍談』　正徳三年（1713）	イエ志向全盛期

として表れたと考えているが、重要なのは、西鶴がこの経済情況の両面に対応しようとしたことである。すなわち、巻一〜四、巻五・六のどちらが先に成立したのか、またそれぞれが何時に成立したのかも重要な問題ではあるけれど、その両面に対応しようとした西鶴の幅広い認識力こそが重要なのではないかということである。我々は『永代蔵』を二分したり切り刻んだりすることから少し離れて、『永代蔵』の屈折そのものを対象化することによって新しい『永代蔵』像を見つけ出さなくてはならない。

また、『軍配団』『新永代蔵』『商軍談』の三作品は、『永代蔵』の二番煎じとして、或いは趣向過多として低い評価を与えられ続けてきた。しかし、この三作品が対応していた時代状況が、『永代蔵』と違っていたとすれば、当然別の評価が生まれてくるものと思われる。すなわち、イエ社会は近現代の我々にとって当たり前のものであるばかりか、それは世間という日本独特の共同体意識と結びついて、我々を自由から縛る漆黒の制度と化している（阿部謹也『「世間」とは何か』）[28]。しかし、イエが庶民に広がり始めたばかりの十八世紀初頭はそうしたものではなかったはずである。おそらくイエはそれまでバラバラにあった個人を繋ぐ、新しい共同体の意識として人々に希望をもって迎えられた制度でもあったはずである。そうした新しい制度を文芸世界に乗せて表現することは、決して二番煎じや趣向過多ではなかったはずである。おそらく、イエが当たり前になってしまった近現代の我々にとって、西鶴以降の浮世草子の面白さはすでに見えなくなってしまっているのではないか。それが今までの低い評価を生み出してきた原因ではないか。

では、その見えなくなってしまったものとは何か。それをここで長々と述べるわけにはいかないが、その一つに「家族」があったはずである。イエ制度は、個人に先祖から子孫に繋がる線上に、輪番としての自分というものを教えたが、それはまた、家産や家業を譲る対象である子供たち、そしてそれを始めとする身の周りの家族を、暖かくも不思議な存在として新たに浮かび上がらせたはずである。それは近現代の我々にとっては自らを縛る絆しにしか映らないものかもしれないが、地方から掃き出されるようにして都市に出てきた人間たち（西鶴が言う「吉蔵三助」たち）にとっては、新鮮でかつ自らの出自を癒してくれるものであったはずである。

そうした人間たちにとってイエ内の騒動や事件は他人事ではなかったろうし、上記三作品のお家騒動的内容は笑いの中にも身につまされるものであったろう。そしてこの三作の後に出てくる江島其磧の気質物が「息子」（『世間子息気質』）から始まっていることに、このことは深く関連するものなのである。

新しい家族の誕生とそれを基にした新しい物語。西鶴以降の浮世草子（とくに町人物・気質物）を私なりに規定すればそうなるが、そうした規定の仕方も先に記した表における時代相の違いが教えてくれるものなのである。

注

（1）宮本又次『近世商人意識の研究』中央公論社、一九三八年。入江宏『近世庶民家訓の研究――「家」の経営と教育』多賀出版、一九九六年など。

（2）大藤修「農民の家と村社会」『日本家族史』梓出版社、一九八八年。

(3)・服藤早苗『家成立史の研究—祖先祭祀・女・子ども—』校倉書房、一九九一年。
・高橋秀樹「中世前期の祖先祭祀と二つの「家」」『日本史研究』三八一号。一九九四年五月。
(4)水林　彪『封建制の再編と日本的社会の確立』日本通史・近世、山川出版、一九八七年。
(5)・中井信彦「博多の豪商宗室一代」「元禄町人の才覚」「家督と暖簾」『町人』、小学館、一九七五年。
・飯島吉晴「子供の発見と児童遊戯の世界」『日本民俗文化大系10』小学館、一九八五年。
・守屋　毅『元禄文化—遊芸・悪所・芝居』弘文堂、一九八七年。
・(4)の水林氏前掲書。
・笹本正治「永続する家意識の確立—判子・墓・系図」『日本学』十七号、特集元禄・都市の文化誌、一九九一年五月。
・竹内誠・林玲子・吉田伸之、鼎談「元禄再考—元禄文化を可能にしたもの」『日本学』十七号、特集元禄・都市の文化誌、一九九一年五月。
・乾宏巳「大坂町人社会と西鶴」『西鶴新展望』勉誠社、一九九三年。
(6)拙稿「元禄期におけるイエの確立と近松の世話浄瑠璃」シオン短期大学研究紀要33号。一九九三年十二月。
(7)これは『譬喩尽』の「一代男といふことあり、一生子なくくらす男、一代女、これも嫁入しても子得うまぬ女、仮令養子相続あれど弔薄し」などから導かれたものであろうが、諸注こぞってこの言葉に否定的な響きを持たせているのは後述するように些か問題である。ちなみに『譬喩尽』は天明から寛政ごろの成立と言われるように、イエ意識の確立した後の規範意識からこの「一代男」の語義を考察していると考えられる。
(8)松田修「『好色一代男』論—かぶきの美学」『日本近世文学の成立』法政大学出版局、一九七二年。
(9)松田修「性愛の抵抗　その可能性の系譜」『江戸異端文学ノート』青土社、一九九三年。
(10)『一代男』後半、巻五以降に登場する遊女達の活躍時期は、ほぼ寛文〜延宝期に該当する。
(11)速水融・宮本又郎編『日本経済史1』岩波書店、一九八八年。

(12)　吉田伸之「町人と町」『講座日本歴史5　近世1』東京大学出版会、一九八五年。
(13)　安国良一「京都の都市社会と町の自治」『町内会の研究』御茶の水書房、一九八九年。
(14)　(5)の乾氏論考参照。
(15)　赤井達郎「元禄期の都市生活と民衆文化」『岩波講座日本歴史10近世2』岩波書店、一九七五年。
(16)　『近世町人思想』(岩波日本思想大系59)、岩波書店、一九七五年。
(17)　『仮名草子集成』(第五巻)の解題によれば本書は、寛文二年刊の『為愚痴物語』の長者譚を抜いて新しく仕立てたものであり、延宝三年の『古今書籍目録』にその書名が載るとされている。
なお、『長者教』『為愚痴物語』『今長者物語』の本文は、

『長者教』日本思想体系59「近世町人思想」岩波書店、一九七五年。

『為愚痴物語』仮名草子集成第2巻　朝倉治彦編　東京堂出版、一九八一年。

『今長者物語』仮名草子集成第5巻　朝倉治彦編　東京堂出版、一九八四年。を使用した。
(18)　市川光彦「西鶴における自由」『井原西鶴研究』右文書院、一九九二年。
(19)　塚本学「捨子・捨牛馬」『生類をめぐる政治』平凡社、一九八三年。
(20)　吉江久弥「好色物の主人公たちと〝移り気〟」『西鶴文学研究』笠間書院、一九七四年。
(21)　この点に関しては、本書第二部・第二章「アジア小説としての『好色一代男』」の中で、韓国の『九雲夢』との比較からも明瞭に導き出せる。
(22)　西鶴以降の浮世草子の本文は、以下を参照した。
『商人軍配団』八文字屋本全集第3巻、長谷川強他編、汲古書院、一九九三年。

『日本新永代蔵』日本名著全集本、一九二八年。ただし、東京大学霞亭文庫本を参照して本文を確認した。

『渡世商軍談』八文字屋本全集第3巻、汲古書院、一九九三年。
(23)　長谷川強『浮世草子の研究』(桜楓社、一九六五年)三四九頁。

（24）（23）の第四章第三節。
（25）廣末保『西鶴の小説』平凡社選書77、一九八二年。
（26）重友毅『西鶴の研究』文理書院、一九七四年。
（27）この辺りの経緯については谷脇理史氏の『西鶴研究序説』第三部の『日本永代蔵』に関する一連の論考に詳しい。
（28）阿部謹也『「世間」とは何か』講談社現代新書、一九九五年。

【第三部】西鶴のロマンスとユートピア

多村三之丞と丸尾勘右衛門

『男色大鑑』巻二の三「夢路の月代」に登場する若衆・多村三之丞（右）と、念者丸尾勘右衛門（左）。三之丞の吐いた唾を、川の下流で勘右衛門は「雫もゝらさず咽筋をなら」して飲んだ。これを機に二人は衆道の契りを交わす。「第一口中清らに有べし。」（『男色十寸鏡』）と口元の爽やかさを求められた若衆。その唾には独特な魅力があったのか。肉体の直接的な接触でないゆえに、かえって不思議なエロチシズムが醸しだされる場面である。

第一章　戦士のロマンス——『男色大鑑』の恋愛空間①

はじめに

『男色大鑑』は不幸な作品である。後述するように、西鶴はこの作品にかなりの意欲と準備とをもって臨んでいたと思われ、またその出来映えも他の西鶴作品に決して引けをとらないにもかかわらず、何故かその後の研究者達はこの作品をほとんど顧みようとはしなかった。どうして『男色大鑑』が冷遇されて、西鶴研究の本道から片寄せられてきたのか。これについて考えるとき、まずもって思い起こされるのは暉峻康隆氏の次の文章である。

処女作『好色一代男』から、絶筆『西鶴置土産』にいたる西鶴作品の巻数のパターンは、『椀久一世の物語』や『嵐無常物語』などの追善際物作品の上下二巻を他にして、八巻、六巻、五巻の三種である。量的に優位にある八巻本四部の中でも、『好色一代男』（一七〇丁）、『諸艶大鑑』（一八〇丁）、『男色大鑑』（二〇三丁）『武道伝来記』（一七四丁）という丁数が示しているように、貞享四年（一六八七）正月刊の『男色大鑑』が、西鶴の作品中でもっとも大作である。大きいことがいいわけではないが、ただ大作であるというだけでなく、初期の好色物シリーズから武家物シリーズへの過渡的作品という、特異な地位を占めている上に、男色文学としては世界に比類のない作品であることは、西鶴を語るほどの人が暗黙のうちに認めているところである。

それにもかかわらず『男色大鑑』と正面から渡り合った、これという研究や評論は見あたらない。男色はアブノーマルであり禁色であるという近代の世界的風潮に押されて、明治以来の作家たちはもとより、西鶴研究家たちも、なるべく避けてきたと言ってよいだろう。(1)

暉峻氏は『男色大鑑』と正面から渡り合った研究・評論が少ないと言われる。これは研究史をひもといて、他の西鶴作品とその論文数の多寡を比較してみれば一目瞭然である。また西鶴作品の選集やアンソロジーを見れば、そのほとんどに『男色大鑑』の短篇が載らないことに気づくだろう。そうしたことの影響であるのかは定かでないが、西鶴を読んだことがあるという人に『男色大鑑』の感想を求めても、この作品の存在すら認知していないということが多い。

恐らく、ここには暉峻氏が指摘する「男色はアブノーマルであり禁色であるという近代の世界的風潮」、すなわち昨今西欧の諸外国で言われるところのホモフォビア（同性愛蔑視）の問題が色濃く投影されているのであろうが、しかし、ここで『男色大鑑』に対する偏見蔑視のありようを声高に叫んでも、あまり有益でないかも知れない。『男色大鑑』が余り取り上げられないのは、研究者や編者に特別な意図があるのではなく、男色というものが正面から取り上げにくい題材であったという、暉峻氏も言われるそのことに尽きているからである。しかし、もうそろそろ、そうした見方を改めて、正面からこの作品を見据えてもいいのではないかと私も思う。それは学問はあらゆ

げる二つの点から、今、この作品の再評価は重要だと考えるからである。

まず一つ目は、『男色大鑑』の西鶴作品中の位置についてである。今も述べたように『男色大鑑』は西鶴研究の本道から片寄せられてきたが、『男色大鑑』に取り上げられた武家社会と歌舞伎若衆の世界は、西鶴の作品世界においても重要な意味を持っている。まず本作前半に取り上げられた武家社会は、後年武家物と呼ばれた一連の作品群につながるものであった。西鶴が武家社会とどのような関係を持っていたのか、具体的には分からない点も多いが、彼の作品には本作を含め武家を素材にした作品が四つもあるし、他の作品とくに雑話物には武士の登場する短篇も多い。また後半の歌舞伎世界は、遊里と並ぶ二大遊興地であった。この二つは西鶴の庭みたいなもので、西鶴がこの世界に深く関わっていたこと言うまでもない。また作品の世界を見ても、歌舞伎界のエピソードは彼の浮世草子に多くの素材を提供しているし、役者仲間との俳諧撰集やその役者を取り上げた役者評判記や役者追善物語（『嵐は無常物語』）を西鶴が遺しているのも周知のことである。こうしてみただけでも、この武家社会と歌舞伎世界は、西鶴の作品世界を作り上げる重要な基盤を成しており、それを正面から描いたと思われる『男色大鑑』が西鶴作品の中にあって重要な位置を占めていることが見て取れるはずである。しかるに従来の『男色大鑑』に対する評価をみれば、この作品が男色という、現代からみれば些か特異な風俗を取り上げているという理由だけで敬遠してしまったきらいがある。とすれば、『男色大鑑』を積極的に西鶴論の中心に据えてみることは、従来西鶴の特色として取り残されてしまった部分の補填はもとより、従来の西鶴像にはなかった新たな西鶴像を構築するきっかけになるのではないかと考えるのである。もちろん、そこに至るまでには、多くの段階を経なければならないが、少なくともトータリティとしての西鶴像を構築する上で、本作が重要な位置を占めていることだけは明かであろう。

次に指摘しておきたいのは、男色という文化を取りまく状況の変化についてである。男色は暉峻氏の指摘されるように、近代にあってはアブノーマルなものとして、変態性欲として排除されてきたものである。しかし昨今の研究は、男色を単なる異常性愛、変態性欲として見るのではなく、根元的な人間性に根ざしたものとして、もしくは人間とは何かを逆に問うものとして捉えられるようになった（代表的なものにフロイトやユングの心理学がある）。また、男色が人類のほとんどの民族において見られるものであり、それも異常として退けられるのではなく、その社会で広く受け入れられた民族があったことも明らかにされつつある（古代ギリシャ、メラネシア、北アメリカなど）。特に近代以前の日本は、男色が実に長い期間に渡って民族に受け入れられた特殊な社会として注目されている。そうした状況を踏まえたとき、西鶴の『男色大鑑』にも従来とは違う視点からの洗い直しが可能ではないかと考えるのである。(2)

一応、本稿はこうした問題意識を基にして進めてゆこうと思う。ただ、本論に入る前に、西鶴が本作をどのような意識のもとに作っているのか、その意欲のありようを確認しておきたい。先に、西鶴はこの作品にかなりの意欲と準備とをもって臨んだと述べたが、これが具体的にどのようなものであったのかを確認しておこう。

一　本作における西鶴の自序と印記

西鶴が意欲的に『男色大鑑』を執筆したと考えられる理由の第一は、本作の分量である。先に引用した文章で暉峻氏も既に指摘しているが、『男色大鑑』の丁数は二百三丁で、西鶴作品中最も多い。もちろん作品の分量と執筆に対する意欲とが比例するとは、必ずしも言えないが、西鶴の作品の分量を調べてみると、従来から評価の高いものは分量の多いものに多く（たとえば『好色一代男』『諸艶大鑑』『武道伝来記』など）、低調といわれるものには分量の少ないものが多いことに気づく（たとえば『嵐は無常物語』『椀久一世の物語』）。また周知のように、西鶴は俳諧の方面では矢数俳諧の創始者であり、貞享元年六月に摂津住吉社の矢数俳諧で一昼夜二万三千五百句という驚異的な記録を打ち立てることに成功しているが、ここには数、量に対する西鶴の特別な関心があることは明らかである。その西鶴が浮世草子の分量を全く意識していなかったとは考えられない。よって『男色大鑑』が作品中最も分量が多いのも、単なる偶然とは考えにくく、西鶴が本作に特別な関心を寄せていたと見るべきである。

また内容の面、特に文体の特徴から言っても、本作に対する西鶴の意欲は十分に汲みとることが出来る。既に何人かの先学によって指摘されているように、『男色大鑑』の文体は、筆に任せて書いたものではなく、細部に渡ってかなりの工夫がみられる。方向はやや違うが、凝った度合いということで言えば『一代男』の文体に近いと言えるだろう。特徴としては漢語の頻繁な利用と、それにならった漢文調の堅い文体が目を引く。たとえば普通の和文ではまず使われない遊仙窟字訓の文辞利用や(1)、杉本つとむ氏も指摘されたように、同語を様々な漢語で表記する方法である（たとえばササヤクを、囁、細語、耳語、小語などで表記する）(3)。西鶴が漢籍の素養にやや劣っていたことは、作品を読めば、すぐに了解されることであり、また当時西鶴を誹謗する者も、その点を指摘した（「山太郎の批判」など）。そうした西鶴が漢文調の文体を用いていることは、その意図がどの辺にあるのかは計りかねるとしても、相応の労苦を経たことが推測されるのである。また中村幸彦氏の説かれるように、西鶴のスタンダードな文体とは『西鶴諸国はなし』や後期作品の、比較的平易な文体であったとすれば(4)、『男色大鑑』の文体はやはり相応の意匠を凝らしたものということになって、この点からも本作に対する西鶴の工夫努力の跡は導き出せるのである。

このような点から、西鶴が『男色大鑑』の執筆を意欲的に行ったであろうことは、まず間違いないと考えられるのだが、次の一点をさらに付け加えておきたい。それは本作の序に記されている西鶴の二つの方形印記についてである。周知のように、西鶴が浮世草子に自ら署名印記することは少ない。これは当時の草子が他の文芸に比べて一等低い位置にあったという文化的状況によるものだが、その西鶴が浮世草子で最も早く自らの印を押したのが『本朝二十不孝』の「鶴永」「松壽」の方形印記である（署名で最も早いのは『二十不孝』から五年後の『世間胸算用』における「難波西鶴」である）。とすれば、西鶴は『二十不孝』で自分が作者であることを初めて宣言したことになる。この点を重視して、『二十不孝』の方形印記については従来から様々な言及が行われているが、しかし、私は『二十不孝』をそうした観点から見る前に、『二十不孝』イコール初の西鶴刻印作品という前提をまず問題にすべきかと思う。それは西鶴が最も早く自分の印を記したのは、確かに『二十不孝』ではあるけれど、それは結果的にそうなったのであって、むしろ西鶴の意識の上では『男色大鑑』の方にこそ、最初に自分の印を押そうともくろんでいた節がうかがえるからである。

というのは、両作品の出版年月を見る限り『二十不孝』のほうが『男色大鑑』より二ヶ月早いのであるが、二作の成立事情を鑑みれば『二十不孝』より『男色大鑑』のほうが早く構想を持たれて執筆が進められていたと見るべきだからである。

この二作品の成立については、拙説も含めて様々な意見が提出されているが、『二十不孝』より『男色大鑑』の方が成立が早いという点に限っていえば、ほぼ一致した理解になっているといえる。たとえば、山口剛氏は『男色大鑑』の遊仙窟字訓の多用が『好色一代女』にはなはだ接近していることから『男色大鑑』は「『本朝二十不孝』より前の執筆ではなかったかと思はれる」とされた。(5) また、それを受けて暉峻康隆氏は『男色大鑑』における『九相詩』の利用が『近代艶隠者』や『一代女』にもみられることや、本作の用語が『近代艶隠者』や『一代女』にはなはだ接近していること、本作中の役者追善の文章が成立の早さを示していることなどから、本作の執筆は『二十不孝』より前で、貞享三年三、四月頃には西鶴は執筆を開始していたとされた(6)。また、私も内外様々な徴証を吟味してみると、『男色大鑑』は一挙に一枚岩の如くできあがったものでなく、かなり長期に渡っての準備と執筆がなされたのではないかという試論を提出したことがある（ただし、執筆時期は暉峻氏の推定よりもっと早く、貞享元年末には始まっていたのではないかとのべた）(7)。『男色大鑑』の成立時期がどこまで引き上げられるかは別にしても、少なくとも『二十不孝』より『男色大鑑』の成立が早いということは、多くの論者の一致するところなのである。

もし『二十不孝』より『男色大鑑』のほうが成立が早いとすれば、西鶴が初めて草子に自印を記したという意義は、それを単に現象上の問題ではなく、作者の創作意識にまで遡及するならば、『二十不孝』よりも『男色大鑑』の方にこそ認められるべきだということになる。ただ、では何故西鶴は『男色大鑑』になって初めて印を記したのかという新たな問題が出てくるが、これについてはまた別に考えることにしたい。ここでは先ほどから述べている西鶴の本作に対する意欲が、こうした自らの印にまで出ていることが指摘出来ればよいだろう。

二　男色は女色の代替物か

先ほど私は、近年の男色に対する研究が、従来この方面に充満していた偏見蔑視を少しずつ取り除き、新しい局面を展開しつつあることを述べた。そして、その展開には二つの方向性があることも述べた。繰り返せば、その一つは、男色を思想的、哲学的、文化的に捉える方法で、これは男色が単なる異常性欲ではなく、人間の性にまた人間そのものに深く根ざした問題であり、男色のなんたるかは、人間とは何かを逆に問うているという認識である。

もう一つは、男色を歴史学的、民俗学的に捉える方法で、男色が世界人類のほとんどの民族にみられるものであり、しかも、その中には男色を公認したばかりか、積極的にその効能が説かれていたというような民族もあって、それも決して少数ではなかったことを明らかにしつつある。

　どちらの方向も、この方面の蒙を啓くのに大きな役割を果たしてきているが、今さしあたって『男色大鑑』を考えようとするとき、いくつかの重要な視座を提供してくれるのは、後者の男色を歴史学的、民俗学的に捉える方法ではないかと思われる。そこで、この方面から探りを入れてみたいが、歴史学的、民俗学的と言えば話は古今東西に渡るわけで、それらの問題点をあげつらう余裕はないし、またあまり有益な方法でもないであろう。ここでは『男色大鑑』に沿った問題点を提示して、それに関わるような形で、如上の問題に触れて行きたい。

　男色という風俗風習は、いったい何処で、どのようなことが原因で始まったのか。これについては、この方面の資料不足によって、ほとんど視界が利かない状態である。ただ、先にも述べたように、この風習は全世界的に存在していることから考えれば、どこかにルーツがあると考えるよりは、かつてゲーテが「少年愛は人類と共に古いのです。だからそれは自然に反しているにしても、天性のなかにあるといってもいいのです[8]」と男色を否定しつつもその起源の古さについて指摘したように、人間の存在そのものに、そうした風習を生み出す要素があると考えるべきなのだろう[9]。よって、日本の男色が、何処からどのようにして生まれてきたのか、これを問うても余り意味があるとは思えない。恐らく、日本人も他の民族と同じように男色的な要素があったとしか言いようがないであろうし、また資料的に見てもそれ以上は困難であろう（ただし、日本における武士的男色、「浄の男道」としての男色については、そのルーツをめぐって特別な問題がある。この点については後述する）。しかし、ルーツはともかくとしても、それがその後の社会にどのように受け入れられ広まってきたのか、その変遷については考えるべき点が幾つもあって、

『男色大鑑』を捉え直そうとする本稿においても、ここが恐らく重要な意味を持つのである。

男色が日本の文化、特に文学にどのように影響を与えてきたかについては、これも先に述べたように、この方面の研究が芳しくないこともあって、余り明らかにされているとは言い難いが、『男色大鑑』に触れながら男色の変遷をたどっているものとして暉峻康隆氏の「『男色大鑑』の土壌と先行文芸」(10)がある。後述するように、暉峻氏がこの論考で指摘している男色やその文化の変遷は、現時点の研究レベルから見て問題が多々あるが、西鶴研究中こうしたまとまった形で、男色やその文化の変遷を叙述したものは暉峻氏以外にない。よって氏の論考をまず踏まえて、そこから他の問題に展開してゆくのが穏当であろう。

暉峻氏は、日本の男色は奈良・平安の古代にも公家山門にあったが、それが広く伝わって文化や文学といった表舞台に登場してくるのは、中世であるという。まず鎌倉時代には『平家物語』や『宇治拾遺物語』、『古今著聞集』などの説話文学に、僧侶の男色が当然のように顔を出し、続いて室町時代に入ると、武家社会の男色が寺院のそれをしのぐ勢いになり、それが近世の衆道につながって行った。すなわち『男色大鑑』が生まれてくる土壌として、僧侶と武家の風俗が二大温床地帯としてあったということである。この把握の仕方は恐らく正しいと思われる、またこれが、日本の男色を説明するときの一般的な解答でもあろう。しかし、この僧侶と武家において、男色がどのような意味を持っていたのかについては、十分吟味してみる必要がある。

この僧侶や武家において男色が広まっていった理由としては、一般的に男色は女色の代替物として必要であったからと説明されることが多いようである。たとえば、暉峻氏はこの点について次のように述べている。

当然のことながら、打ちつづく軍に婦女子を伴うことは不可能であった。その遠征の間の武将達の身の回りの用を弁ずるのは、セックスの処理をかねた小姓たちであった。その点、女人禁制の山門における男色と事情は似通っているが、これはいつ敵襲があるかも知れぬ臨戦体制下の男色なので、小姓達はボディ・ガードの役もかねていたのである。だから山門や公家の寵童のように、ただ美少年であるというだけでは勤まらない。美少年にして剛勇な者が選ばれたのである。(10)

すなわち、武士の間で男色が広まったのは戦場に女性を連れていけないという事情があったためで、その女性の代替物として美少年を連れていったのであり、また山門でも女人禁制によって女性に接することが出来ない僧侶が、その代替物として美童を身近に置いたというのである。これは先の男色の温床が僧侶と武家であったということと同じように、一般的な解釈と言っていい。また、本居内遠が「中世以後、軍陣には婦女子を誘ふ事を禁ずるより、応仁以後の乱世より、武家も執する輩多く、その頃より盛んになりたるもおのづからの勢なり」(11)と述べている事からすれば、江戸の当時にあっても、一般的な考え方であったのであろう。

確かに、僧侶・武士の場合ともに、女色の代替として美少年を必要としたことは確かであろう。しかし、男色の風俗やその瀰漫にそうした「女色の代替」が一役を担っていたとしても、それが男色やそれにまつわる文化の支柱・中心とするわけにはいかない。たとえば、もし男色が女色の代替であるならば、戦国の世から遠ざかった元和偃武以降、男色は絶えるはずだが、そうではなかった。むしろ、盛んになったと言ってよい。また、西鶴の『武道伝来記』巻一の一「心底を弾琵琶の海」に登場する武士、平尾修理は男色家であると同時に「兼て妻女ももたせ給はず、子孫のねがひなく」というように女性に全く興味を示さなかった。この修理が象徴的なのだが、こうした女嫌いの男色家武士は多かった。この点については南方熊楠が「婦女を姣童に代用せしこと」(平凡社版『南方熊楠全集』第二巻、一九八四年）で平尾と同じように、女性を嫌って子孫を絶とうとした武士の名を多く挙げている。即ち、男色の女色代替論ではこうした点の説明がつかなくなってしまうのである。

そこで、注目されてくるのが、今述べた南方熊楠が岩田準一に向かって力説したことで有名な「浄の男道」の考え方である。

三　浄の男道

女色の代替と呼ぶことが出来ないような、男色の独特な精神文化を熊楠は「浄の男道」と呼んだ。中沢新一氏は、熊楠の男色論を援用しながら、男色という文化には、両性具有的な少年の肉体と結合一体化しようとする性愛的側面と同時に、一個の男、人間同士として対等に向かいつつ幾多の困難に対峙しようとする純度の高い精神性を発揮する側面があると指摘する。

ここで熊楠は、男性の同性的な愛には、二重構造があるのだという、とても重要な指摘を行っているのである。いっぽうでは、容姿や心だてに優れた少年に、年上の青年たちが恋情をいだき、少年を肉体的にも自分のものにしたいという、欲望がある。しかし、その一方では、昔から男の同性愛の世界では、兄弟分の「契り」という要素が、きわめて大きな位置をしめていて、いったん兄分と「契り」を結んだ少年にたいしては、邪恋を仕掛けることは恥ずべきことである、という考えがゆきわたっていたのである。つまり、同性愛の世界は、肉体的な欲望と道徳的コードの、二つの極からできあがっており、肉体的な性行為だけをとりあげて、この世界を

論じたりすると、ことの本質を見誤ってしまうと熊楠は考えているのである。（二一〇〜二一一頁[2]）

この「浄の男道」を、日本の武士という戦闘を生業にする戦士たちの民俗・風俗史の中から詳細に跡付けたのが千葉徳爾氏の論考であった。千葉氏は、熊楠の言や数多の文献を引用しながら、「浄の男道」は武士を武士として成り立たせる重要な意味を持っていたと指摘する。とくに武士を戦士として教育するため、また武士達を強力な軍団として維持するために、こうした男同士の愛情が必要不可欠ではなかったかと述べる。そして、さらに千葉氏は「武蔵相模の荒夷」に稚児を殺された僧たちが太刀長刀を持って奮戦したという『太平記』巻十四「箱根竹下合戦の事」を引用しながら、

このように、児と法師との結びつきについて、後代の者が考えているように、女を禁じた僧院生活に、女性代用の性欲をみたすという目的のみで少年を生活させていたのではないことを考えさせる事例があるのをみれば、当時の人びとが仏法の世界を防禦する意味で、僧兵を強力な戦力として維持すべく、稚児愛を暗黙のうちに承認していたのかもしれない、と憶測をたくましくすることも可能ではなかろうか。それはあたかも、武将が小姓を侍らせるのとよく似た形である。（二三一〜二三二頁[2]）

と述べている。すなわち、「浄の男道」は武家のみならず、仏家の世界にも見られるというのである。

こうした諸氏の指摘を承けて、さらに氏家幹人氏は近世前期の諸資料、とくに歴史資料を博捜することによって、熊楠、千葉、中沢の各氏の論をまとめる形で、衆道＝義兄弟の美徳、としている。

このように、注2に挙げた一連の男色・同性愛に関する論考を見てゆくと、男色は女色の代替ではなく、独自の精神文化として存在していたことがはっきり分かるのであるが、それはどうも単に一つの文化、異質な文化として存在していたということに留まらないようなのである。これもすでに中沢氏が指摘していることではあるが、男色という文化の形態には、原初的に「文化」というものの持つ本質が深く刻印されている節があるのである。

たとえば注2に挙げた杉島敬志氏の論考「精液の容器としての男性身体」を見よう。氏の論考はメラネシアの習俗を材料にして部族の「男」がどうやって出来上がってくるのか、その過程と儀式化をめぐってのリポートである。杉島氏によれば、メラネシアの部族において、男の子は早く女性から切り離され、男子結社の中で生活を強いられ、そこで強く逞しい戦士となるための肉体の改造（男性化）が行われる。そして、その肉体の改造のために、また男子結社の中での男同士の結束を強めるために、男色が行われるというものである。すなわち、生れ落ちた男の肉体をそのまま母親である女性のもとに置いておけば、その男は女性化して有能な戦士になることが出来ない。そのために女性から切り離し、男子だけの集団で育て、その中で男色によってより強固な精神と肉体の結びつきを作ろうとするのである。

このリポートが重要なのは、男色が、男女の恋愛とセックス、子孫の誕生、子育てという生殖に連なる〈自然〉の階梯から男の肉体を切り離すために大きな役割を負っているということである。すなわち、男色は反＝自然なのだが、中沢氏はこの反＝自然こそが人間の文化を生み出す淵源であって、その文化の淵源に男色があったのだとする。中沢氏の意見が正しければ、男色という文化は人間の社会や文化を考える上ですこぶる重要な問題を提起することになる。もちろん、今はこれ以上この問題に踏み込まないが、しかし、この杉島氏の指摘した「男」や「戦士」を作るために精神と肉体の交錯する男だけの世界を作るという発想は、日本の武士世界の中にいくらでも見出せるものであることを注視したい。

ちなみに、今、男色文化の淵源を語る材料として、杉島氏のメラネシア習俗の報告を取り上げたが、このメラネシアを選んだのは、たまたまメラネシアにそうした風俗が多く残っていたからという理由だけではない。実は、メラネシアという太平洋の海洋域は、様々な文化的背景において日本と関係があるだけでなく、この男色文化においても深い繋がりが予想される地域だからである。この問題は、本稿の趣旨とは若干ずれるが、本書の第二部で提起した、西鶴と〈東アジア〉の問題にも関係するので、ここで若干述べておくことにしたい。

本書第二部で、アジアの海洋域文化が関西や九州といった日本の西側と繋がりが深いことを述べたが、この男色においてもそれは同様である。たとえば、後でも取り上げる『葉隠』が生まれた佐賀鍋島藩は九州にあったが、その九州では、殊の外武士道と男色が盛んであった。特に、薩摩藩では兵児二才なる男色的制度を基に武士の教育を行っていたことはつとに有名である。ところが、この兵児二才なる制度は九州のみに留まらない。それは日本を超えて朝鮮半島の新羅文化にも繋がってゆくのである。この新羅文化における男色的文化の一形態である「花郎（ファラン）」を調査した三品彰英氏は兵児二才との関係について次のように指摘する。


花郎集会の研究に当って、青年兵士たちが粧飾した美少年を奉じたという特異な点に関して、これと全く酷似した習俗が、わが薩摩の兵児二才の制度のうちに見出されることは甚だ興味深い一事である。兵児二才とは藩政時代に薩摩領内各地に行われていた士族の若ィ衆組合であって、藩の最も重要な子弟教育機関となっていたもので、この地を訪れた頼山陽をしてその士風の盛んなるを絶賛せしめたほどである。そしてこの兵児二才組合の発祥の地と伝えられ、またそれが盛行した鹿児島県下の出水・大口・国分などの諸地では、兵児二才組合は二、三名の名門出身の美少年に振袖を着せ美しく化粧した者を「執持稚児」あるいは「トノモチチゴ」と称してこれを奉戴していたのであった。その詳細は参考編に記したごとくであるが、この点、花郎集会との近似には驚くべきものがある。(12)

要するに、兵児二才も新羅花郎も数人の稚児若衆と精神的肉体的に結合した若い戦士達の集団で、その強固な結合力によって戦士としての連帯意識を高め、死や戦闘の恐怖を乗り越えようとしたのである。これは熊楠の言った「浄の男道」のことに他ならない。

さらに三品氏は、こうした男子結社に関しての様々な文献を、世界的に渉猟した結果、新羅の花郎文化が、朝鮮半島とは民族的に深い関係のあると言われる中国北方民族とは無関係で、むしろ日本・沖縄・台湾から南方海域に繋がる諸民族との関係が深いという、大変興味深い見解に至っている。

韓族と関係の予想される境域における諸民族にわたって、男子集会舎とその習俗の存否について概観したが、これによって知り得たところは、原始韓族の男子集会舎は文化要素分布の上からは、日本本土・沖縄および台湾を経て南方海洋諸族に結びつくものと考えて間違いなかろう。北方の満蒙諸族は過去においても、また現在においても男子集会舎文化要素を欠いており、この点に関する限り、韓民族は南方との緊密な文化関係を持ち、北方とは縁遠いものとしなくてはならない。(中略)男子集会舎の分布はインドネシアから北方にかけては台湾・日本を経て朝鮮半島南部の韓族にわたっており、韓族はその分布の北限をなすものとして見なして大過なかろう。(注12の五一・五二頁)

べる。

そして、こうした朝鮮半島の状況は中国文化の強い影響力によって後に中国風へと大きく変化したと三品氏は述

三品氏の論考は戦前・戦中（『新羅花郎の研究』として出版されたのは昭和十八年）のものだが、戦後は氏の提起した問題を、文化人類学的な知見などを取り入れて、様々な角度から立証していったと見做してよいだろう。先に指摘した杉島氏や我妻氏の論考がそうであろうし(2)、またアメリカ人のディビッド・ギルモア氏が指摘した南アジア東方のトラック島民たちの男子結社なども同様である(13)。この方面の資料の博捜と精査は今後に俟たれるが、こうした三品氏の指摘やそれに続く諸調査を踏まえてみる時、『男色大鑑』やその「浄の男道」の世界がこうしたアジア海洋域の文化と深く繋がってゆく可能性のあることはすこぶる重要である。それは、『男色大鑑』の素地を作った文化とその広がりが特定できれば、その世界と『男色大鑑』の比較によって、『男色大鑑』の独自性がより明確になるからであるが、またこのアジア海洋域との繋がりは、本書全体で問題にしている西鶴とアジア海洋域との関連という点でも注目されることだからである。（但し、この問題に関しては第二部に譲ってここでは述べない。）

さて、「浄の男道」の世界が、日本からアジアの海洋域へと、意外にも広がりを見せていることを述べてきたが、もちろん、こうした「浄の男道」の世界があるからといって、かつて柴山肇氏が日本の男色について「かぎりなく女色に近いものであった」「少なくとも江戸末期までの日本について言えば、男色とは「女嫌い」のことでなくて男性が持っている「女性」を愛することだったのである」（注2の〈若衆篇〉における「日本伝統の女性的男色」および〈悪所篇〉の「あとがき」）と指摘するような側面が日本の男色にあったことも確かである。中世の稚児物語や江戸期の歌舞伎世界における若衆・女形などをみれば、そうした女性的（女色的）男色は多く見られるだろうし、ま

た西鶴以後の浮世草子にも、女性的な男色が多く見られる。それは同時期の菱川師宣や西川祐信が描く遊女・若衆がほとんど見分のつかないボーダレスな姿態を見せていたことによく表れている。しかし、またその点からのみ男色を見てしまうことは男色の持つ文化的特徴を大きく見誤ることになると考えられるのである。南方熊楠がその書簡で岩田準一に繰り返し注意を与えていたように、また中沢氏が熊楠の男色論を援用しながら言うように(2)、男色という文化には純度の高い精神性を発揮する側面がある。この両面を同時に見てゆかねば男色の文化的位相を捉えることはできない。

ただ、近世以前の日本に、男色風俗が広範囲に存在したとしても、それを今述べたような女色的な男色と「浄の男道」に分けて捉える必要があるのかどうかは疑問として残るかもしれない。すなわち、男色自体をこうした肉体性と精神性というような範疇で分離すること自体が、後世のさかしらな判断ではないかと考えられもするのである。また元禄当時の人間がそのような分け方を容認していたのかということも当然問題になるだろう。この点については、実際グレーゾーンであって、元禄当時の資料等を見てもはっきりとしない点が多い。むしろ、元禄当時の庶民の一般的嗜好からすると、女色的男色と「浄の男道」とを分けずに一体化したものと受け取っていたと考えられるのである。

しかし、重要なことは、他でもない西鶴が、この「浄の男道」をかなり意識して『男色大鑑』を作品化していることなのである。『男色大鑑』を一読すれば分かるように、本作には男色における性描写が驚くほど少ない。中心になっているのは、やはり「浄の男道」と呼ぶべき、若衆と念者の恋の意気地である。もとより、西鶴はそうした男色における性描写を嫌っていたわけではない。『好色五人女』のお万源五兵衛においては、若衆に化けたお万を口説こうとする源五兵衛の閨房中のやりとりを面白おかしく描写もしていたし（『好色五人女』巻五の四）、また同じく『五人女』の巻四において若衆の吉三郎に厭らしく迫る下男の久七の姿をこれも滑稽に描写してもいた（巻四の三）。おそらく西鶴が男色の性描写をもとにした短篇や作品を書こうと思えばいくらでも書くことができたはずだと思われる。素材は周辺にいくらでもあったろうし、それを面白がる読者も多くいたはずである。しかし、西鶴は何故か『男色大鑑』をそのように書きはしなかった。それは他の作品における男色の描写でも同様で、西鶴が男色を書くときには、『男色大鑑』のように「浄の男道」の世界になることが多いのである。

そこでこうした『男色大鑑』の方向性を考える上において、西鶴と同時代のもので、同じく「浄の男道」の世界を追究していると見える『葉隠』を次に参考にしてみたい。この『葉隠』とは鍋島藩士山本常朝が語った言葉を同じく鍋島藩士田代陣基が筆録したものである。成立は享保元年（一七一六）であって戦国の余波からは遠く隔たっているが、江戸期に入って成立した多くの武士道指南、解説の書が、時代の風潮をうけて儒教的、すなわち経世済民的、人倫的になっているのに対して、本書は武士が本来持っていたであろうの生の姿、荒々しいその思想、信条を伝えている。戦国時代を中心とする日本の武士達が、どのような意識を持ち日々の生活をしていたかを知るには好個の資料である。当然、武士の男色についても多く取り上げられていて、如上の問題を考える際に大いに参考になる。

四　『葉隠』の世界

たとえば、この『葉隠』には衆道をどう捉えるかという思想信条的なアドバイスから、それにまつわる事件（たとえば衆道による喧嘩など）が多く書かれているが、そこに表れる男色は、セックスの処理を兼ねた女色の代替、とするにはあまりにもストイックで純粋な愛情心理がうたわれている。次のような男色の恋についての言葉を我々はどう解したらよいのであろうか。

恋の部りの至極は忍恋なり。「恋ひ死なん後の煙にそれと知れ終にもらさぬ中の思ひは」かくの如きなり。命の内にそれと知らするは、深き恋にあらず。思ひ死の長け高きこと限りなし。たとへ、向より「斯様にてはなきか」と問れても、「全思ひもよらず」と云ひて、唯思ひ死に極むるが至極なり。（聞書二）(14)

すなわち、命ある内に恋を打ち明けるのは、深い恋ではなく、思い死にする恋こそが限りない品格を持っていると言うのである。この『葉隠』の言葉がかなりストイックであり、観念的精神的であることは間違いないであろう。これは同じく『葉隠』が男女の性愛について触れた次の言葉と比較するとき、もっと明瞭になる。

病気を養生するといふは、第二段に落つるなり。むつかしきなり。仏家にて有相について沙汰するが如く、病気以前に病気を切断することを、医師もしらぬと見へたり。これは、我確と仕覚たり。その仕様は、飲食婬欲を断つて、灸治間もなくする、この分なり。（中略）今時の人、生れつき弱く候処に、婬事を過す故、皆若死をすると見へたり。たはけたる事なり。医師にも聞かせて置きたきは、今時の病人を、半年か一、二年不婬させ候はゞ、自然と煩ひは直るべし。大方虚弱の性なり。これを切り得ぬは腑甲斐なき事なり。（聞書二）

若い人間が早死にするのは、房事過多のためで、病気を早く直すためにも、これは気をつけなければならないという。これは男女の房事であって、男色のそれではないが、「婬欲」「たわけたる事也」や最後の「大方虚弱の性なり。これを切り得ぬは腑甲斐なき事なり（多くの者達は意志が弱い。性欲が断てないとは情けないことだ）。」からして、ここには人間の肉欲に対する、ある種の嫌悪感のあることが見て取れる。

この肉欲に対する嫌悪感と男色の恋に対する潔癖性は『葉隠』の中では表裏をなすものである。その証拠に『葉隠』で取り上げられる男色の話は、その精神的な気高さばかりが強調されている。その到達点と言うべきものが、先の忍恋であり、聞書一に載る「命を捨るのが衆道の極意也」という鍋島藩枝吉三郎右衛門の言葉であろう。また『葉隠』には他でもない西鶴の『男色大鑑』の一文を引いて、この潔癖な恋情を強調してみせている。

式部に異見あり。「若年の時、衆道にて多分一生の恥になる事あり。心得なくては危ふきなり。云聞かする人が無きものなり。大意を申すべし。「貞女両夫にまみえず」と心得べし。情は一生一人のもの也。さなければ、野郎・かげまに同じく、へらはり女にひとし」と、西鶴が書きしは名文なり。人が嬲りたがるもの也。これは武士の恥なり。「念友のなき前髪は縁夫もたぬ女にひとしと、西鶴が書きしは名文なり。人が嬲りたがるもの也。念友は五年程試みて志を見届けたらば、此方よりも頼むべし。うわ気者は根に入らず、後は見離すもの也。互に命を捨つる後見なれば、よく〳〵性根を見届くべきなり。くねる者あらば「障あり」と云て手強く振り切るべし。「障は」とあらば、「夫は命の内に申べきや」と云て、むたいに申さば、腹立て、尚無理ならば切り捨て申すべし。又、男の方は若衆の心底を見届くる事前に同じ。命を抛ちて五年はまれば、叶はぬと云ふ事なし。尤二道すべからず。武道を励むべし。爰にて武士道となるなり。（聞書一）

『葉隠』において山本常朝は言う。西鶴が言うように、念友は持たなければならない。しかし、肝の座らない浮気者はその相手にしてはならない。十分に吟味してから相手を選ぶ事が肝心であって、もし意に沿わない相手からしつこく言われたら、切って捨てるべしと。どうしてそこまで、厳しく吟味しなければならないのか。常朝は言う。「互に命を捨つる後見なれば（互いに命をかけて助け合う同士であるから）」と。この命を捨てるというのは、言うまでもなく戦時における協力態勢を意味する。すなわち、いざ出陣となれば共に命がけで戦う同士であるのだから、いい加減な結束であってはならないというのである。

もちろん、先にも述べたごとく『葉隠』は江戸幕府が開幕してから百年以上も経ったものであり、既に戦国の余波から遠い時代に成立したものである。たとえ戦国時代の武士の面影をとどめていると言っても、実態を失った武士の掲げる武士道が観念的にならざるを得ないのは当然であると考えることも出来よう。また、元は女色の代替としてあった男色が瀰漫するにつれて徐々に別の意味を持ちだしたと考えられなくもない。しかし、戦国時代のエピソードや説話を見ても、そこに現れる衆道は観念的なものがほとんどである。たとえば関白秀次の寵童で稀少の美少年であった不破万作のエピソードには、万作見たさに家督を捨てて浪人した武士が登場する。この武士は秀次上洛の折に万作を馬上で一目見ることを生きがいにしていた[15]。これなどは先の『葉隠』に書かれた忍恋を地でいった感がある。また『足利季世記』によれば、大永六年（一五二六）細川高国の家臣香西元盛は、高国の従弟細川尹賢の讒言にあって没したが、元盛の弟柳本賢治は丹波に下って挙兵を決意した。賢治は念友関係にあった高国の家臣高畠甚九郎に同心を求めたが、甚九郎は高国への恩義からこれを断った。しかし甚九郎は賢治への朋友の契りを重んじ、賢治が丹波で挙兵することを誰にも告げないこと、挙兵して攻め上ってきたときは不肖なりとも一矢向かうことを誓い、二人は泣く泣く別れたとのことである。これなどは主君への恩義と男色の交情との責めぎ合いの中、どちらをも損なうこと無く武士の信義を貫いた美しい物語である。また、この時代には多くの稚児物語が登場するが、これも男色の行為や風俗を述べるよりは、男色関係にある二人の精神的な美しさを描くのがもっぱらである。また近世に入って間もないころの文献、たとえば『心友記』や『色物語』に載るエピソードや言説も同様である。『色物語』はそうした精神的な美しさを男色の効用として「わかしゅは又。女にちがひ。たゝ義によりて。ましはるものなれば、いかほどに。なれなしみたるなかとても、すこしは心に、へだて有りて。つゝしめる気のあればこそ。妄念のやみに、まよひがたし」などと述べている(16)。

こうした「女にちがひ。たゝ義によ」る世界志向の延長線上に、西鶴の『男色大鑑』や『葉隠』もあるのだが、この両者を比較検討することによって、様々な問題が浮上してくる。

五　主君への恩義と衆道の意気地

その一つに、主君への恩義と衆道の関係がある。武士において男色が重要な精神的紐帯になっていたことは確かだが、それとは別に主従関係という絶対的紐帯があったこと今更説くまでもない。この強力な主従関係が日本の戦闘軍隊としての武士の特殊性になるのだが、この主従関係と男色とはどのような関係になっていたのだろうか。これを考えるに『葉隠』の文章が参考になる。

星野了哲は、御国衆道の元祖なり。弟子多しといへども皆一つ宛伝へたり。枝吉氏は理を得られ候。江戸御供の時、了哲暇乞に、「若衆好きの得心いかゞ」と申され候へば、枝吉答に、「すいてすかぬ物」と申され候。了哲悦び、「その方をそれだけになさんとて骨を折たり」と申され候。後年枝吉にその心を問ふ人あり。枝吉申され候は、「命を捨つるが衆道の至極なり。さなければ恥になるなり。然れば主に奉る命なし。それ故、好きですかぬものと覚へ候」由。（聞書二）

衆道の極みは死ぬことであるが、衆道で死んでは主君に奉る命がなくなってしまう。だから、衆道は「すひてすかぬ物」だというのである。ここには衆道と主従関係のある意味でのジレンマがあるけれども、大切なのは、だからどうすべきだと言っていないことであり、「すひてすかぬ物」と答えた枝吉に、そなたをそこまで分かるようにしようと骨を折ったものだと了哲が感心していることである。すなわち、衆道と主従関係を矛盾を抱えたままに奉公するのが武士道ということになるのであろう。言ってはいないが、恐らくこの矛盾ジレンマの中で死ぬことが最高の武士道ではないかと、了哲もそしてこのエピソードを話している山本常朝も考えていたのではないか。だとすれば、武士道とはすこぶる、いや異常なほどに観念的なものだということになる。また、先に挙げた『足利季世記』に登場する柳本賢治と高畠甚九郎の話も、衆道関係と主従関係がたとえ相反する立場にあっても、どちらかを選ぶのではなく、その両方を全うすることが武士の理想とされたことを示す良い例と言える。

こうした『葉隠』が指し示す衆道のあり方は、『男色大鑑』を読み解く上でも重要な示唆を与えてくれることが多い。たとえば、本作の巻二の二「傘持てもぬるゝ身」の長坂小輪がとった道は、武士としてまたその若衆として、実に切実な問題であった。本篇の概略を簡単にまとめてみよう。

長坂小輪の父は、浪人して流浪の身であったが、旅の途次病死した。しかし母への孝心篤い小輪はその心根を明石の藩主に認められて寵童となった。藩主は美しい小輪に深く心を寄せるが、小輪は「御威勢にしたがふ事、衆道の誠にはあらず」と殿に靡かない。ある時、小輪は自らに恋心を寄せる母衣大将の次男神尾惣八郎と殿の目を盗んで密会した。しかし、運悪く隠し横目に見つかり、小輪は詮議を受けることになった。小輪は「命をくれし者、たとへ身をくだかるればとて」と言って相手の名を白状しない。三日後、殿は兵法稽古の座で、小輪の細首をはねた。その後惣八郎は隠し横目を討つと、小輪の墓前で切腹して果てた。

この物語の若衆長坂小輪は、衆道の意気地と殿との主従関係という二道の間を生き抜かなければならない運命にさらされていた。従来この物語を、主従関係を振り捨てでも衆道の意気地を貫こうとする「愛における自主性の尊重」という観点から見る向きもあるが、小輪が主従関係を軽視していたとすることは出来ない。既に井口洋氏も指摘しているように(17)、小輪が殿に討たれる姿勢には、殿の手にかかって果てることを願望している向きがあるし、小輪が流浪の身から救われたのは、他でもなく殿の恩顧の為であった。母親への孝行心に篤い小輪がそのことに思いが至らないとは考えられないからである。ここは主君への恩と衆道の意気地を天秤にかけて、どちらかを取ったということではなく、小輪はどちらをも捨てられなかった、もしくはどちらをも選んだと言うしかない。先に、武士の衆道において、衆道関係と主従関係とは一種のジレンマであったとのべた。また当該部分を引用したように、『葉隠』の理想とする武士道とは、衆道と主従という矛盾を抱え込んだまま奉公することであるとする。「武士道とは死ぬことと見つけたり」と説く『葉隠』は、恐らくは、このジレンマの中で死ぬことを最上の武士道と見ていたのだろう。この『葉隠』の文章を背景においた場合、若衆の意気地を最後まで貫き通しながら、しかも殿に命を奉った（殿の手にかかって果てた）小輪は、『葉隠』の観点からすれば、当に理想的な武士の姿であったということになる。

ここから、小輪の言動やそれによって引き起こされた事件が、武士やその若衆にとって普遍的な問題を内在させていたことが分かるはずである。また、『男色大鑑』前半の多くの若衆達が持っている直情性も、武士にとって重要な問題であった。たとえば今挙げた小輪についてだが、衆道と主従関係に挾まれていながらも、小輪が苦悩する姿をあまり見せていないことに注目すべきである。小輪は難しい立場にいながらも、ひたすら愚直に自らの信じる武士道に邁進して行くのみである。これを無知蒙昧と見るのは簡単である。しかし、『葉隠』ではこの無知蒙昧をこそ理想とした。更に引用しよう。

　打果すとはまりたる事ある時、たとへば「直に行きては仕果せがたし、遠けれどもこの道を廻りて行くべし」なんどと思はぬものなり。手延びになりて心にたるみ出来る故、大かた仕届けず。武道は卒忽なれば無二無三然るべきなり。（聞書一）

武士は粗忽であっても分別がなくとも、ただしゃにむに突き進んで行くのがよいと言う。『葉隠』ではこれ以外にも、実に多くの部分で、武士の直情性を賛美しているが、注意すべきは、『葉隠』が単純に直情を賛美しているのではない事である。

　我人、生る方がすきなり。多分すきの方に理が付くべし。若し図にはづれて生きたらば、腰ぬけなり。この境危ふきなり。図にはづれて死たらば、犬死気違なり。恥にはならず。これが武道に丈夫なり。（聞書一）

常朝は言う。人間とは死ぬよりは生きる方が好きだ、だから人間の考える理屈もみな生きる方に付いてしまうと。この、たとえどんなに強靱な覚悟があっても、一端考え始めたら人間はこの好きな方に理由付けするという枠組みから逃れられないと言う洞察は、『葉隠』が単に熱狂的、狂信的に武道を鼓舞したものでなく、冷静に人間を見つめていることを示していて興味深い。こうした判断があるからこそ、

理の見ゆる人は、多分少しの所に滞り、一生をむだに暮し、残念なことなり。誠に纔かの一生也。唯々無二無三がよきなり。二つになるがいやなり。万事を捨てて、奉公三昧に極りたり。忠の義のと言ふ、立ち上りたる理屈が返す〴〵いやなり。（聞書一）

というように、「忠」とか「義」というような武士道において鼓舞される概念も、それが概念であるがゆえに拒否したのである。

西鶴が『葉隠』と同じような考え方を持っていたかどうかは確信がもてないが、両者の男色や、それをめぐる武士のあり方にかなり近似したものがあることは否定できない。この両者の近似がいったい何処から生まれてきたのか、これを考えるときに、先に引用した『葉隠』（聞書一）の「「念友のなき前髪は縁夫もたぬ女にひとし」と、西鶴が書しは名文也」と常朝が西鶴を賛美しているのは見逃せない。それは『葉隠』では実名を挙げて相手を賛美するということが殊の外少ないということと、常朝が出仕した佐賀鍋島藩は、風流事が盛んで談林俳諧とも繋がりがあったからである。ここから、常朝と西鶴とには何がしかの太い繋がりがあったと考えられるのである。しかし、

この点をここで追究することは、いたずらに論を拡散するだけでなく、本稿の主旨と大きくずれることになる。別の機会に譲りたい。ここでは、西鶴と『葉隠』の男色に対する考え方が、意外なほどに近似することを指摘するにとどめておこう。

六　『男色大鑑』の再評価

さて、『男色大鑑』における男色について様々に考えてきた。その中から、男色が女色の代替ではないかという捉え方に疑問を投げかけて、男色文化の独自性について考えてみたわけだが、この問題は今後の資料の博捜、研究に俟つところが多い。しかし、少なくとも、男色が元来精神的観念的であった、もしくは精神性観念性を志向しがちなものであったということについては十分に認められることであろう。そこで、この点を軸にして『男色大鑑』の評価の問題にアプローチしてみたい。まずは『男色大鑑』に描かれた男色の世界が実に精神的観念的であり、純化された愛情を謳っていることに対してである。元来、男色が精神的観念的であったとすると、この『男色大鑑』の精神性観念性にもいままでとは些か違った見方が出来るのではないだろうか。

『男色大鑑』の精神性・観念性については、従来二つの反応があったと思われる。一つは、そこに他の作品にはみられない西鶴の精神的理想的姿勢を見ようとする暉峻康隆氏の論である。氏は『一代男』の後、恋愛の理想的側面から現実的側面に眼を転じざるを得なかった西鶴が、改めて唯美的理想的世界を描こうとしたのが本作であり、晩年の観照的作品には及ばないものの、「みづからかき立てた過度なる情熱の故に、天空にきらめく星座のごとく美しい(18)」出来映えであり、それをもって本作を高く評価すべきことを主張する。なお西鶴が本作で唯美的理想的姿勢を貫けたのは、武家社会が西鶴にとって未知の世界であり、身近な遊廓や町人社会とは違って否定面に言及することなく謳いあげることができたからとする。もう一つは、暉峻氏とは反対に本作の精神性観念性こそが本作を物足りない作品にしてしまった原因であるとする見方である。これによれば西鶴の西鶴らしさとは即物的視点から生み出されるリアリティであり、本作の精神性観念性が彼本来のリアリティを失わせているというものである。この見方は暉峻氏以外の多くの論者がとっている立場である。たとえば、高橋俊夫氏は次のように述べている。

『男色大鑑』への不満は本来、愛欲、エロスの発現としての男色への西鶴らしい生臭い追究が行われず、武士道的精神美の一露頭としてのみ男色を扱わざるを得なかったところに求められるようである。つまり男色の精神のみがあって、男色の生理が追究されなかったのである。(19)

また、江本裕氏も、

『男色大鑑』前半で、西鶴は、今まで随想風にしか語られなかった衆道、武家の衆道美を初めて物語化してみせてくれた。その点に意義はあろう。が筆者は、そこに西鶴の肉声を感得できなかった。(20)

と述べている。高橋氏の「西鶴らしい生臭い追究」や江本氏の「西鶴の肉声」が好色物などで発揮された西鶴一流のリアリズムを指していることは言うまでもない。そこで、この二つの見方をそれぞれ検討してみたいが、まずは後者の本作の精神性観念性に否定的な見解の方から考えてみることにしたい。

『男色大鑑』において西鶴一流のリアリティは失われているという考え方は、他の作品、とりわけ写実的現実的世界を描いて高い評価を与えられてきた作品を基軸にした場合、当然のごとく導き出されるものであろう。確かに、本作における衆道の描き方は、男色風俗の実態や男色の行為そのものが描かれていないという意味では、即物的現実的ではない。しかし、そうしたものが描かれていないということで、またそれが他の西鶴作品において導き出された西鶴の特徴と結びつかないからと言って、本作を低調な作品であるとするわけにはいかないだろう。たとえば、先に本稿で見てきたように、男色は元から優れて精神的観念的な問題であった。特に武士においてはその傾向が顕著であったと思われる。とすれば、西鶴の描いた衆道が唯美的でかつ観念的であったのは、西鶴が男色の何たるかをよく捉えていて、それを正面から見据えて描いたという証拠でなくして何であろう。そう考えれば、西鶴が男色を精神的観念的に描いているのに特別な理由などはいらなくなる。西鶴は描くべくして描いたということであって、西鶴が男色風俗やその実態を即物的生理的に描かなかったというのも、男色が元々そうした生理的な面より精神的な面に強く依存していたからであり、また西鶴もそう見たからである。

また、仮に西鶴が男色風俗の実態や男色の行為そのものに筆を多く費やしていたと考えてみよう。確かに、そうあった場合、西鶴得意の即物的描写で男色風俗のリアルな側面は描き出されたかも知れない。しかし、本作に描かれたような、男色を必要とした武士たちが抱えていた実に根元的人間的な問題（たとえば、先にも指摘したように、本作の巻一の四「玉章は鱸に通はす」の若衆増田甚之介や、巻二の二「傘持てもぬるゝ身」の長坂小輪がとった道は、武士としてまたその若衆として、実に切実な問題であったが）には筆を及ぼさずに終わったのではないだろうか。

では、次に本作の唯美性観念性を高く評価しようとする暉峻康隆氏の考え方(18)について検討してみよう。私は、氏が本作の精神性観念性を高く評価する、そのこと自体には賛意を表しても良いと考えるが、その精神性観念性をどう捉えるのかについては、氏と私では、かなり論点を異にする。まず、暉峻氏は西鶴に強烈な男色賛美があって、それが本書の精神性観念性を導きだしたと捉えているようだが、それはにわかに従い難い。もちろん、西鶴に男色賛美はあるのだが、それと本書の精神性観念性とは些か別物である。本書に唯美性観念性が見られるのは西鶴の姿勢がなせる技であると同時に、男色という風俗そのものが持っている精神性観念性に基づいてもいるのである。

暉峻氏の論考を見ると、本稿で述べてきた「浄の男道」に関する考察を欠いている。よって暉峻氏は本作に表れた精神性観念性を、西鶴の内的な衝動と発露に求めたのだろうが、それはやはり無理がある。加えて、もし西鶴に強烈な男色賛美があったとすると、何故そうした男色をテーマにした作品が本書一つで終わってしまったのかという新たな、しかし実に根元的で厄介な問題が浮上してくることにもなるだろう。やはりそうしたことを考えても、西鶴は男色の見るべき部分を見ていたのであって、そこには、いつもの好奇心旺盛な西鶴の姿勢と通じるものがあると見た方がよいのではないかと思われるのである。

しかしながら、西鶴の男色賛美をいささか割り引くことは、本書の価値までを割り引くことにはならない。逆説的な言い方だが、だからこそ本書は重要で価値的な作品なのである。先に私は、西鶴が男色風俗やその実態を即物的生理的に描かなかったのは、男色が元々そうした生理的な面とともに、より精神的な面に強く依存していたからであり、また西鶴もそう見たからであると述べた。私の認識からすれば、ここに西鶴の小説家としての最も基本的な姿勢が表れていると思う。それは、西鶴の視野の〈広さ〉と姿勢の〈柔軟さ〉である。先にも述べたように、西鶴が本書で男色の風俗や行為そのものをリアルに描こうとすれば出来ないはずはなかったろう。それは西鶴の身辺に幾らでも転がっているものだからである。しかし、もし西鶴がそれを描いて終わっていたとしたら、そこにはいわゆるリアリスト西鶴、町人作家としての西鶴はいても、武家社会の世界までも描くことのできる〈広さ〉〈柔軟さ〉を持った西鶴は無くなってしまう。町人・商人世界においての恋愛と言う枠を一歩も出ていない西鶴がそこにいるだけである。

おそらく、暉峻氏の『男色大鑑』評価の最大の問題点は、「浄の男道」への視座の欠落と、西鶴の男色賛美を肯定的に捉えていながら、その西鶴の姿勢をリアリスト西鶴・町人作家西鶴という枠組みから考えてしまったことである。それを端的に示しているのが、西鶴が本作で唯美的理想的姿勢を貫けたのは、武家社会が西鶴にとって未知の世界であり、身近な遊廓や町人社会とは違って否定面に言及することなく謳いあげることができたからとする点である。

しかし、先の『葉隠』との比較考察から見ても明らかなように、『男色大鑑』は、武家社会の男色が持つ様々な問題を、実に深く抉り出していた。その通暁ぶりは、決して「未知の世界」などと言えるものではない。また『男色大鑑』で浮き彫りにされた世界は、若衆や念者にとって実に厳しい世界でもあった。決して単純に「否定面に言及することなく謳いあげ」たものではない。こうした点から『葉隠』の常朝は西鶴の『男色大鑑』の文章を「名文」として讃えたが、『葉隠』の作者をして「名文」と言わしめるほどの作品、そしてその世界を描き出した作家を「町人作家」という枠内で考えることが果たして出来るのだろうか。むしろ、『男色大鑑』における武家男色の豊かで鋭い描写や、『葉隠』との呼応は、そうした「町人作家」という枠組み自体の修正を我々に迫っていると考えるべきなのではないのだろうか。

むすびに

この西鶴の〈広さ〉〈柔軟さ〉については、『西鶴諸国はなし』の行文「世間の広き事」（序文）「おの〳〵広き世界を見ぬゆへ」（巻三の六）などを中心に指摘されてもいるが、もっと西鶴論の中心に据えて考えてみる必要がある。この点については、本書第四部の第一章〜三章で具体的に論じてみたが、従来、『男色大鑑』の精神性観念性を誤って受け取らせ、本作を西鶴研究の本道から外れさせた原因の一つに「リアリスト西鶴」があることは間違いない。もちろん、この「リアリスト西鶴」という言葉は、昨今ほとんど使われなくなってはいるが、決してそれを生み出してきた発想や精神の枠組みが払拭されたのではない。言葉や形は変えられながら、今でも幾らでも論文や評論に顔を出している。実に根の深い問題なのである。

この「リアリスト西鶴」の問題性については、前に『諸艶大鑑』を例にとって少し述べたことがあるが[21]、「リアリスト西鶴」という、理想よりは現実を重んじ、人間の観念精神よりは生理肉体を重んじる西鶴では、『男色大鑑』を捉えられないことは明かである。ならば、『男色大鑑』をその中心に据えて西鶴像を構築してみることは、新たな西鶴像の登場が待望されている今、一つの試金石になるのではないかと私は考える。本作を中心にした時、どのような問題が表面化するかについては、もはや述べる余裕がないけれども、恐らくそれは、従来の西鶴論で比較的評価の低かった武家物と呼ばれる作品群に、新たな光を当てることになるはずである。

注

（1）暉峻康隆「『男色大鑑』の成立——『遊仙窟』圏内の三作品——」『西鶴新論』中央公論社、一九八一年。
（2）本稿で直接参考にした論文等を次に掲出しておく。
・アンドレ・モラリーダニノス（宮原信訳）『性関係の社会学』文庫クセジュ、白水社、一九六六年。
・南方熊楠「岩田準一宛書簡、昭和六年八月二十日付」『南方熊楠全集』9巻、平凡社、一九七一年。
・長尾龍一「「魂の子」と「肉の子」」『現代思想』青土社、一九八〇年一月号。
・栗本慎一郎「同性愛の経済人類学」　同右所収
・安田一郎「同性愛の基礎知識」　同右所収
・南　博「性行動のバリエーション——同性愛を中心として」『ジュリスト増刊　総合特集・人間の性・行動・文化・社会』有斐閣、一九八二年四月。
・杉島敬志「精液の容器としての男性身体——精液をめぐるニューギニアの民俗的知識」『文化人類学』4号、アカデミア出版会、一九八七年十月。
・我妻洋「同性愛の比較考察」同右書所収
・マイケル・グレイファウ（大澤薫訳）「古代ヨーロッパにおける少年愛」『ｉｍａｇｏ』2号、青土社、一九九〇年二月。
・アルビン・レスキ（下田立行訳）『ギリシャ人の愛』人文書院、一九九〇年十一月。
・千葉徳爾『たたかいの原像』第七章「武士と少年愛」平凡社選書139、一九九一年。
・中沢新一『浄のセクソロジー〈南方熊楠コレクション〉』解題、河出文庫、一九九一年。
・柴山肇『江戸男色考』〈若衆篇〉〈色道篇〉〈悪所篇〉、批評社、一九九三年。
・氏家幹人「風俗と流行」『岩波講座・日本通史13』一九九四年。
（3）杉本つとむ「西鶴作品における漢字の字体とその用法およびかなづかい」『日本古典文学全集39巻　井原西鶴集

二』解説、小学館、一九七三年。

(4)中村幸彦「『好色一代男』の文体」『近世作家研究』三一書房、一九六一年。

(5)山口剛『日本名著全集　西鶴集上』解説、名著全集刊行会、一九二九年。

(6)(1)の前掲論文

(7)本書、第三部・第三章「『男色大鑑』の成立をめぐって(上)―成立時期の問題」・四章「『男色大鑑』の成立をめぐって(下)―成立過程の問題」

(8)(2)の安田一郎氏の論文からの引用。安田氏によればこの言葉はエッカーマン『ゲーテとの対話』(岩波文庫)には載らないが、ヒルシフェルト・M：Die Homosexualtat des Mnannes und des Weibes には載るという。

(9)(2)の諸論考参照。なお、立花隆『サル学の現在』(平凡社、一九九一年)によれば、サルの世界にも同性愛的嗜好があると言う。

(10)(1)前掲書所収。

(11)『本居宣長全集』十二巻所収『賤者考』による。

(12)三品彰英『新羅花郎の研究』三品彰英論文集第六巻、平凡社、一九七四年、一二五～一二六頁。

(13)ディビッド・ギルモア『「男らしさ」の人類学』前田俊子訳、春秋社、一九九四年。

(14)以下『葉隠』の文章は和辻哲郎・古川哲史校訂『葉隠』(上～下)岩波文庫、一九四〇年による。

(15)この話については暉峻康隆氏が(9)の論文にて次のように述べていることが参考になる。

この話は江戸後期の『新著聞集』(寛延二年刊)に収められているが、もし事が判明すれば切腹かお手討という危険を承知の上で、自分を慕う者に情をかける不破万作の若衆ぶりは、もちろんそれ以前から、写本その他で語り伝えられてきた。だから西鶴も再三とり上げている。

きゝし若衆の情のほどを　　友雪

恋わたる瀬田のはし詰小宿にて　　西鶴

(16)『色物語』の本文は古典文庫本『仮名草子集（男色物）』（朝倉治彦翻刻、一九五八年）を使用した。
(17) 井口洋「傘持てもぬるゝ身―『男色大鑑』試論」『西鶴試論』和泉書院、一九九一年。
(18) 暉峻康隆『西鶴評論と研究』（上）中央公論社、一九四八年。
同氏「『男色大鑑』の文芸性」『西鶴新論』中央公論社、一九八一年。
(19) 高橋俊夫「『男色大鑑』小解」『西鶴雑筆』笠間選書101、一九七八年。
(20) 江本裕「『男色大鑑』（1）」『西鶴物語』有斐閣、一九七八年十二月。
(21) 拙稿「『諸艶大鑑』と『西鶴諸国はなし』」『講座元禄文学』第二巻所収、勉誠社、一九九一年。

第二章　「玉章は鱸に通はす」考――『男色大鑑』の恋愛空間②

はじめに

恋愛と言っても、性愛と言ってもよいのだが、そうした恋の世界が、元禄時代には大きく見て女色と男色の二つがあったのに対して、現代の我々は男女間の恋愛（すなわち元禄の言葉で言う女色）しか認めていない。この違いは西鶴や元禄時代の文学を読む時にある切実さをもって我々に迫ってくるだろう。

もとより、そうした彼我の違いは、歴史学的、民俗学的な知識としてはなかば常識化していることであるが、感覚の世界に重心を置く文学・芸術の世界においては、この問題はそう容易に「常識化」され得ない。それは文学・芸術作品が「知る」ではなく「感じる」あるいは「鑑賞する」という作り手と受け手の深い感性・感情の交流を行なうことをもって、初めて「存在」するものだからである。すなわち、享受者側の意識・感情を脇に置いたり、元禄時代のバイセクシュアルな恋愛の在り方を一応の歴史的事実として認め置くという態度では、文学作品を読み理解したことにはならない。おそらく我々が元禄期のバイセクシュアルな状況に文学を通して向かいにくいのはその為である。また、文学よりも民俗学・社会学からこの方面の研究が進んできたのも、そうした背景があったからだと推測される。

しかし、これは文学の偏狭や限界を意味しない。以下、本稿で述べるように、そうした意識・感情のレベルにおいてこそ、元禄と我々との恋愛をめぐる問題が最も先鋭的・集約的に表れているのである。それに、意識・感情レベルでの対峙が決して違和や齟齬だけを生み出しているのではない。むしろ、元禄と我々の間にはかなり近しい恋愛感情があって、それが違ったシステムの中で成育を遂げていた。その近似の方が違和や齟齬よりも遥かに重要な問題である。本稿は、意識・感情レベルでの対峙から生れてくるものを注視することによって、元禄と現代にどのような回路を結び得るのか、西鶴の作品を例にして考えてみたい。

そこで、そうした目標に近づくために、『男色大鑑』巻一の四「玉章は鱸に通はす」を取り上げ、この短篇に繰り広げられる男色の恋愛世界とそれを取り上げた西鶴の意識を考えてみたい。ただ、この、巻一の四「玉章は鱸に通はす」は、従来から指摘されてきたように(1)、同じ内容をもった写本数本が存在し、それら、もしくはそれらに近いものを西鶴は参照しながら本作を書いたと考えられている。これをそのままに見れば、西鶴は種本に適当な刪改を加えて、自作を仕上げたことになり、本作品の内容自体に西鶴のオリジナリティを見る事は難しくなる。しかし、これも既に指摘されているように、そこに見られる西鶴の刪改のあり方は、決して安直な改竄ではなく、西鶴らしい工夫の跡が多く見られるのである。後述するように、むしろ、本作と写本の違いは西鶴の意識がどこにあったのかを明瞭に示してくれる証ともなる。本稿は、そうした西鶴のオリジナリティの問題に十分注意を払いながら、先に掲げた問題を考えてみたい。

一　諸写本の存在と位相

まず、本篇の概略と従来指摘されてきた写本三本の概要を示しておきたい。なお論述の都合上、写本はイ、ロ、ハに分けた。

出雲松江藩（実は備前岡山藩）において、衆道関係にあった森脇権九郎（二十八歳）と増田甚之介（十三歳・ともに武士）に、同じ家中の武士半沢伊兵衛が横槍を入れる形で甚之介に恋慕した。伊兵衛は何度も甚之介に手紙を送ったが、無視されると、最後には出合い頭に切り付けるという命懸けの手紙を甚之介に送りつけてきた。甚之介がこの一件を森脇に相談したところ、森脇は命あっての物種、伊兵衛の気持ちが休まるような返事をしろと分別臭い曖昧な態度をとったものだから、甚之介は怒って伊兵衛を討ち果たしに出た。果たし合いは森脇も加わっての壮絶なものとなり伊兵衛は殺された。甚之介は若年にして神妙との評価を得、お咎めも無く許されるとともに若衆の鑑と賞せられた。

本篇と関連のある写本

・実説聞書風写本（イ）

写本中本一冊、墨付二十五丁、本文末尾「延享四年極月吉日写之」、外題・内題ともに欠、本文冒頭に「寛文四年三月廿六日松平新太郎御家中に而衆道事に付喧嘩之次第」、実説聞書風、本文に諸処朱筆片仮名書にて漢字の訓みを施す。野間光辰氏蔵本。

・実録読物風写本（ロ）

写本小横本一冊、墨付二十二丁、本文末尾「于時貞享二歳四月《ママ》　日　備前国岡山住士　藤原何某謹而撰之」、竜文空押しの紺表紙、外題・内題ともに欠。野間光辰氏蔵本。

・『備前喧嘩物語』（ハ）

写本大本一冊、墨付十八丁、本文末尾「寛文八戊申年二月廿六日」、外題『備前喧嘩物語　全』、内題「備前喧嘩物語」、国立公文書館内閣文庫蔵本、番号和三一二七〇、函号一六六・一四八。小野晋氏の翻刻・解説がある（「『備前喧嘩物語』翻刻と解説」）

本篇と写本の相違点については、すでに野間光辰氏や小野晋氏[2]が見解を述べている。写本相互の関係を含め、それらの結論をまとめるならば、

・（イ）本は（ロ）本より後の書写であるが、内容としては古態を存する。（ロ）本は（イ）本のごとき聞書きを読み物風に書き直したものである。（野間氏）

・（ハ）本と（イ）（ロ）本は物語のストーリー、中心眼目たる甚之介の手紙などで長短・濃淡入り乱れており、（ハ）本と（イ）（ロ）本の先後を含む関係は俄に決しがたい。（小野氏）

・本篇（『男色大鑑』所収）は（イ）（ロ）本に比べて、物語的描写・展開という点に力点が置かれていて、数段優れた出来栄えをみせている。（野間氏）

となろう。特に三つ目がここでは問題になろうが、野間氏は甚之介と権九郎との馴れ初めの部分について次のよう

に述べている。

草履取の伝五郎が朝の結髪の機会に、玉章をわざと主人甚之介の懐に落し懸けるところ、またその玉章を見て甚之介が心動かすところの描写、さすがに西鶴であると思ふ。

(イ)本にはただ「甚之介小者伝五郎と云者を頼、様々ちいんの申越し候得共、一円承引不申。然に明る春遥々なびき、夫よりけいやく仕候」とあるに過ぎぬ。もっとも(ロ)本になって初めて、「履取妻助と言者をかたらひ、いろ〳〵と文してくどきけれども」、また「千束の文を饋ければ」などとあって、この場合における文の媒の重要性を幾分かは強調してゐるのであるが、しかしそれも極めて通り一遍であって、何の新しみも感動もない。(イ)本の素気ないほどの簡略な文章から、これだけの趣向とこれだけの文章を抽き出した西鶴の作者的手腕は、改めて見直すべきである。(3)

こうした野間氏の指摘に異論はない。また、それは物語全般に及ぼしてよい結論であろう。たとえば本篇の中核を成すと考えられる甚之介の手紙を西鶴は大幅にカットしていることも、実録性を捨てて物語性を保持・展開しようとした西鶴の志向を見て取ることができる。要するに、諸写本は濃淡の差はあれ、実録風・聞き書き風の体裁をとっているのに対して、『男色大鑑』は物語的潤色を西鶴なりに施したということになる。

さて、そうしたことを確認した上で、本稿で問題にしたいのは、もうすこし別のことである。物語的潤色の濃淡とは別に、西鶴と諸写本の男色に対する姿勢の違いとも言うべき問題である。

二　「一夜二夜（一夕二夕）」

先の梗概でも示したように、伊兵衛の横恋慕に困った甚之介は、権九郎に相談し力を得ようと考えたが、権九郎の返事は意に反したものだった。そのために、甚之介は激怒し伊兵衛を切り捨てた後、権九郎をも切ってしまおうと思いつめる。その、甚之介を激怒させてしまった権九郎の言葉が、『男色大鑑』と諸写本にそれぞれ載っている。ここが問題になる。(4)（傍線稿者、以下同じ）

（男）下々なればとてあなどる事なかれ。世には命といふ物ありてこそ、互ひに楽しみもあれ。其心のやすまるかへり事分別して見給へと申せば。甚之介忽に血眼となつて

（イ）下々とは申ながら身に余り御しうしん申上るは、御若年の御身に而いなと被仰越候而は、御為もあしく可有御座候間、何となく一夜二夜御咄申候へば、以之外甚之介腹を立

（ロ）下々とは云ながら、恋路に貴賤の隔なし。左様にふかく思ひ染しを情を知らぬ返事せば、却而後は六ツヶ舗事にもならむ。某存ぜぬ振して、一夕二夕は忍び申さるべしと言ければ

（ハ）夫は理不尽なる事ながら、左様にわりなく執心かけば、一夜二夜ばかりは、猪兵衛心にまかすべしと、権九郎申しければ、甚之助涙をはらはらと流し

要するに、権九郎はトラブルを避けるべく、いわゆる大人の知恵を授けたということだが、問題は、写本ではす

べて「一夜二夜」「一夕二夕」(5)というように伊(猪)兵衛に肌を許してやれと言ったのに対して、『男色大鑑』では、相手の心の休まる返事(手紙)を出してやれと言ったことである。

これは、この部分のみに現れた特殊な相違点ではない。たとえば、この他人に肌を許すということ、写本では繰り返し叙述される。

(イ)・何となく一夜二夜御咄申候へば、以之外甚之介腹を立、して貴様と吾かくけひやくの上は、縦ば君の上意にても弐度人に肌振申事、日の本の神祖〳〵いやに而御座候。

・弐度人に肌振申事、弓矢取身など生れ候得ば、夢〳〵存寄ず候。

(ハ)・とてもかくても貴様と契約いたし候上ハ、たとひ殿様の御意に御座候共、他の人に肌ふれ申候かくごは無御座候

・二夜三夜、ぜひ〳〵かのものに相馴候へとの御ことば、さりとハ〳〵かた腹いたくこそ候へ、左様の御心底とハ、露斗も不存

こうした叙述からして、諸写本では甚之介激怒の原因を、権九郎の促した肉体関係の強要という点に見ていることは明白である。ところが、『男色大鑑』において、こうした叙述は一切ないのである。『男色大鑑』の方では、権九郎のはっきりとしない、あやふやな態度そのものに甚之介は怒ったということになっているのである。

この違いはいったい何を意味するのだろうか。

三　甚之介の真意と恋心

権九郎のつれない言葉を聞いた時、甚之介は伊（猪）兵衛を切った後、返す刀で権九郎をも討ち取ろうとまで思い詰めた。これは諸写本の理由ならば良く分かる。他人に肌を許せと言われたこと、純真な甚之介には堪えられなかったのである。ところが『男色大鑑』では、権九郎は相手の気持ちがおさまるような返事を出せと言ったに過ぎない。この程度のことで甚之介が逆上するのは、いささか度を越した反応と言わざるを得ないが、こうした設定にした西鶴の意図とはどこにあったのだろうか。

まず、権九郎が「その心のやすまる返り事分別して見給へ」の前に「世には命といふ物ありてこそ、互ひに楽しみもあれ」と言っていることが注意を引く。権九郎がこうした発言をしたのは、衆道でのいざこざが死に直結することが多く、そのことで甚之介を失いたくないと考えたからである。しかしそうした言わば先達の知恵も、純真直情の甚之介にとっては臆病風に吹かれたものとしか見えなかった。次の部分は、物語後半部、喧嘩の場に駆けつけた権九郎に対して、甚之介が言葉をかけた折の場面である。

（男）城下より壱里離し、天神の松原に行て、大木の楠を後に、蔦かづらに形をかくせし。岩に腰を懸相待くれに、はや人臭も見えぬ時、大息つきて権九郎かけ付、甚之介かと言葉をかくる。腰ぬけに近付はもたぬといふ。森脇泪を流し、此節申分にはおよばず、後の世の渡り川にて、心底を語らんと申せば、無用の助立ち頼まじと論ずるうちに

（イ）松原の木陰を木たで（小楯）に取て、今やおそしと相まち候処に、大息つひてあせり来る者あり。すわやと思ひ、刀の柄に手を懸候所、其者甚之介殿にて無かと云。甚之介きくよりやはく、たれと答。森脇参りたると申。甚之介是不存寄之御出、甲斐無御助太刀手足紛に、疾〳〵御帰り候得と云ながら、かなたこなたともんどふ候処

（ハ）松原の木陰を楯に取、側成ル石に腰をかけ、今や〳〵と待所に、暮六時過とおほしき比、大いきつきて来る者あり、甚之助すハやこれぞと、刀に手をかけ出むかふ、権九郎言葉をかけ、それ成は甚之助にてハおわせぬかといふ。左のたまふハ誰人そといふ、権九郎是迄来たるといふ、甚之助聞て、是ハ存よらぬ御出也、かひなき人の助太刀、足手まといに候へハ帰り給へといふ、もんどふせし内に、

傍線部の比較から分かるように、諸写本における甚之介は、足手まといであり早く帰れと言っているにすぎない。それに対して『男色大鑑』の甚之介は、権九郎を「腰ぬけ」とはっきり言い切っている。この、権九郎が甚之介に「腰ぬけ」呼ばわりされる理由としては、先の「世には命といふ物ありてこそ」云々という、権九郎の言葉しか見当たらない。そしてこの「腰ぬけ」「世には…」が西鶴の文章にしか見られない点からすると、甚之介に権九郎が腰抜けに見えたこと、西鶴はこれを甚之介立腹の原因として物語に付与したことは間違いない。

西鶴がこうした描写を行ったのは、甚之介の不惜身命ぶりを強調して描きたかったからだと考えられる。どんな危険な状況になろうとも、それが命と引き換えのことであろうとも、一歩たりとも引き下がらない意気地。西鶴はそこに若衆の「存在」を感じていたのであろう。

もちろん、西鶴は甚之介が権九郎を切ろうとした理由を権九郎が腰抜けだった、もしくはそう甚之介に見えた、

ということだけに収斂させていたわけではない。権九郎からつれない言葉を聞かされた甚之介が「深く契約の上は、たとえば殿様の御意にもしたがひ申すべきや」と言っていることや、後で権九郎に情緒纏綿たる手紙を権九郎に送っていることからしても、甚之介激怒の第一の理由は、やはり権九郎の裏切りとも取れるあやふやな態度にあったことは間違いない。ただ、それだけでは生々しい男色のラブアフェアーが強調され過ぎ、甚之介の意気地がぼけてしまうと西鶴は考えたのであろう。諸写本では弱かった甚之介の不惜身命の姿勢を西鶴はここで強調したと見てよい。

もう一つは今の問題とも関連するが、甚之介と権九郎の微妙なすれ違いと、そこから浮かび上がる若衆の、実に繊細で敏感な心情を描き出したかったからだと考えられる。たとえば、甚之介が権九郎に宛てた手紙をみると、この二人の関係は相思相愛ではありながらも、周囲の人間を巻き込んで、実に微妙なものであったことが見て取れる。

一、貴様御屋敷迄は、遥なる所を通ひ申候は、三年のうちに三百二十七度、一夜も難にあはざる事なし。横目・夜廻りを忍び、姿を替て、小者の風情に丸袖をかざし、杖・挑灯を提て行く時もあり、又は法師の様にもなり、人こそ知らね、かく迄心をつくし、過し年の霜月二十日の夜思ひ煩ひしに、宵は母人枕に離れざりしに、命は朝を待ず、逢で果てなばとかなしく、更け行く月を恨み、乱れ姿にて笹戸の陰に忍びしに、我が足音と知らせられ、灯そのまま影なく、御物語りもやみぬ。去とては心づよし、この時のお客うけたまはりたし。

一、此春、花軍を狩野の采女が書し扇の裏に、「恨み侘ほさぬ袖だに」の歌を、しどけなく筆染めしに、「恋は此風に夏をしのがん」とおほせて、よろこばしたまふ間もなく、「この筆者代待」と、落書をあそばし、下人吉介にとらせらるゝのみ。又、ゐさし十兵衛方より御求あそばされし雲雀、御秘蔵ながら、所望せしに給はらず、北村庄八殿へおくられし事、御家中一番の御若衆様なれば、今に浦山し。

一、当四月十一日に、奥小姓のこらず馬上仰せ付られしに、節原太郎左衛門、拙者の袴をひかへ、「後に土付き申し候」と払ひたまはりしに、御かたは跡に立ち給ひながら御教へもなきのみ、小沢九郎次郎殿と目まぜして御笑ひ、年比の情にはさは有まじ。

一、五月十八日の夜半過迄、小笠原半弥殿にて咄し申候を御腹立。其晩も御断申す通り、謡稽古に小垣孫三郎殿・松原友弥殿同道にて参り、此外には相客はなし。半弥殿はいまだ御若年の事、孫三郎殿は私と同年、友弥御存知の通りのもの、毎夜の参会も、これは苦しかる間敷を、今に御嫌疑あそばし、折ふしの御当言心懸かりにて、日本の諸神、口惜しさ此時にいたりても忘れ難し。

こうしてみると、初めの所では、権九郎が甚之介に内緒で他の若衆と密会していたことを匂わせるし、次の二つは、権九郎の甚之介の微妙なすれ違いを覗かせる。また最後の所では、それまでと逆で権九郎の甚之介への執拗な嫉妬心を覗かせている。岸辺の波のように往還する二人の恋情を映し出す、まことに不思議な文章だが、二人の恋心が完全に合致した状態ではなく、微妙な揺れを抱えていたことはここから十分に分かる。伊兵衛の横恋慕という事件はまさにこうしたさ中に起きたのである。

この二人の状況を踏まえた時、西鶴が権九郎に取らせた微妙であやふやな態度は、微妙だからこそ却ってリアリティを持ってくる。手紙に描き出された二人の状況から考えて、甚之介の権九郎への恋情はぎりぎりの瀬戸際に追い込まれていたのである。しかも、伊兵衛の問題は甚之介にとって重大な身の危機である。しかし、そうした甚之介の心中を量りきれずに権九郎は事勿れ主義の大人の態度で応対してしまったのである。この態度は甚之介の堪忍袋の緒を切らすには十分だったと言うべきである。

すなわち、手紙を含めた物語全体の状況を捉えた時、西鶴が描いた甚之介激怒の設定は二人の心情の機微を穿った実に見事な筆運びと言うことができるのである。それに対して、諸写本の設定（権九郎が甚之介に他人に肌を許せと言ったという）では、甚之介激怒の理由は明確になるものの、揺れ動きすれ違いながらも求め合うという微妙な二人の真情・恋情の有り様が雲散霧消してしまうのである。たとえば、先にあげた手紙の最後の部分を見よう。ここでは甚之介の他人との交友に執拗に嫉妬する権九郎の姿が描き出されるが、こうした権九郎がいくら危機を避けるためとは言え、甚之介に他人との契りを示唆するはずがない。むしろ、写本の設定では、甚之介と権九郎との恋仲には決定的な亀裂が生じていたと解される可能性も出てきてしまうわけで、そうなれば物語そのものに亀裂が生じることになる。諸写本の設定・記述がどのような理由で生れてきたのかについて、後で若干の推測を述べたいが、甚之介と権九郎の恋物語という観点から見た時、諸写本より西鶴の方が遥かに物語の内実を捉えたものとなっていることは間違いない。

四　地若衆の現実

こうしてみると、本短篇における西鶴のオリジナリティは、甚之介の不惜身命の意気地を強調したことと、甚之介権九郎二人の微妙な愛情の機微を穿っていることにあると言えそうだが、問題はそれが『男色大鑑』全体でどのような意味を持つのかであろう。ただ、そこへ行く前に、今の諸本間の相違にもう少しこだわっておきたい。というのは、先に延べた「一夕二夕（一夜二夜）」の違いは、物語内部に収まりきらないようである。というのは、西鶴の『男色大鑑』と同じ年に上梓された『男色十寸鏡』（貞享四年七月刊、洛陽之野人三夕軒好若処士作、東大霞亭文庫蔵本）(6)に次のような文章が載っているからである。

早く兄分を定むべき事

色道の諸分、情にへだてなし。たゞ意気地をみたてゝ、はやく兄分をさだめ給ふべし。兄分もたぬ若衆は、身のじゆふにまかせて、世間をありくと思へども、結句、苦しみのはしなり。あまたの玉章をえては、返事にもこまり、かたきをもとむるにひとしき也。色有袖には、主ありと知ても、ひくはつねのならひ也。とかく人ののがさぬ身なれば、早く兄分をさだめて、持たまふべきなり。横に車の無理いひありとも、兄分をかけて議理に落せば、其難はのがるゝ。兄分なき若衆には、ほるゝとひとしく、ときかおそきか、此道の意気づくにて、恋のかなはぬ事なきによつて、こぐちからひと呑にせらるゝも、口惜き事也。よしそれとても、ほれたる仁、人柄もよく、世上の取沙汰もあしからず、心に恋をしりたる男ならば、さすが若道情の道なれば、石木ならんもつたなければ、うらふく風になびくけぶりの、くゆる思ひをはらしてえさせんこそ、本意ならめ。さはなくして、恋もなさけも露しらず、一向血気にかませての男色男に、くどかれんに、たとひなさけをかけしとて、いかでか其諸分けをしらんや。ひとへに、猫に琴ひきて聞するがごとし。かやうの者の九世として、議理も意気地もきゝわけず、むしょうにいひつのる也。かやうの難儀出来せぬさきに、其覚悟専要なり。第一、美なる若衆に、いまだ兄分なきときけば、いかなるゆへにや、此人の心底あしくて、うとみけるにや。情しらずにやなんど、さまぐ〵評判して、不審し侍る也。兄分ありときくは、このもしき也。兄分をさだめ給ふには、第一其人がらをえらみ、世間体利発にして、人のとなへもよろしく、兄とさだめても、人のわらはぬを、見はからひ有べき也。かくいへば、此道の情にへだてをなすににたれども、其人をえらばぬときは、後日に気の毒も出来し、一生人口にかゝる也。悪事あらんとき、後悔さきにたゝざるべし。しかしたゞ一夕二夕にて、かれが思ひをはらさせんは、情にへだて有べからず。しゐてするまでの懇といはんときは、先約の兄分ありとも、又は、兄分もたじとの誓をたてゝ、人の心をやはらげたる中ありなと《ママ》ゞも、方便の返答は、いかほどもあるべきなり。とかく、つらくあたり給ふべからず

論述の都合上、文章の概要をまとめておきたい。

若衆は早く兄分を定めるべきである。兄分を持たぬ若衆は自由な身ではあるけれど、多くの人から文を寄越され、トラブルが起きやすい。兄分を持っていればそのような難には遭いにくい。人柄もよく世の評判も妥当で恋の心を知っている人間ならば、相手に身を任せて相手の心が休まるようにすべきである。そうでなくて恋も知らず、ただ血気にまかせて責め立ててくる者にはどのような対処も難しい。そうした難儀に遭わぬうちに、適当な兄分を定めることが肝要だ。第一美しい若衆に兄分が居ないというのは、何か性格に問題があるのではとか、情知らずではないかと評判がたつだろう。兄分があると聞くのは、やはり好もしいものだ。兄分はまず人柄、それから世間体、評判の善し悪しで決めるべきで、兄分と定めて人から笑われないような相手を定めるべきである。衆道の情にへだてがあってはならないが、そのような人を選ばなければ、後でトラブルの元になる。後悔先に立たずである。しかし兄分というのでなければ、一夜二夜は相手の思いをはらさせるために付き

合うべきであろう。そのような折に人のへだてがあってはならない。しかし、末までの兄分になってくれと言われるような時は、既に兄分が居る、または一生兄分は持たないつもりですなどと、相手の心を和らげるような方便を使うべきである。とにかく、こちらを思う相手には辛くあたってはならない。

問題になるのは、「一夕二夕にて、かれが思ひをはらさせんは、情にへだて有べからず。」というところである。この一夕二夕は相手の思いをはらさせるために付き合うべきというのは、先の写本全てが権九郎に言わせていた言葉と同じである。

この一致は何を意味するのだろうか。

まず、当時の分別的知・通念として、若衆は他人から恋を仕掛けられたとき、身を守るためにも、こうした方法を取るべきだというものがあったと考えるべきであろう。先程からも述べているように、衆道のトラブルは命の危険を伴いやすい。加えて、甚之介のように大人と互角、もしくはそれ以上に闘うことのできる若衆がそうそう居たとは考えられない。多くの若衆は肉体的にも精神的にも大人の武士の敵ではなかったはずである。そうした若衆がトラブルを避ける手段の一つとして上述のような方法を用いることは、現実的な対応として認知されていたのであろう。もしそうであれば、売若衆（役者）と比べて純愛性が高いと評される地若衆・武家若衆も、現実的には売若衆と同じような状況があったと考えられる。もちろん、武家若衆の現実がどのようなものであったかを明らかにすることは、ここでの目的でないが、諸写本と『十寸鏡』の一致はそうした現実を見極める上での一つの指標となるだろう。

では、この『男色十寸鏡』の記述は、西鶴作品や諸写本を理解する上でどのような意味を持つのか。まず、こぞって「一夕二夕（一夜二夜）」を記述する諸写本だが、ここから諸写本が『男色十寸鏡』が記述するような当時の常識的対応を十分に意識していたことが推測される。恐らく、諸写本元本の作者は、周囲もしくは一般的風潮としてあった「一夕二夕」身を任すという世間知的、現実的対応に異を唱えるため、まずは権九郎に「一夕二夕」を言わせ、次にそれを甚之介に否定させたのであろう。先に確認したように、諸写本には甚之介の肉体関係への拒絶が執拗に描かれていたこともそれを裏付ける。とすれば、諸写本元本の作者の意図には、自己のオリジナリティという物語内部の問題を越えて、もうすこし広く対通念、対社会的な意味合いがあったように考えるべきだろう。先に指摘したように、諸写本が、西鶴の当該作品に比べて劣るのも、恐らくはこの作者の姿勢と関係があろう。諸写本原本の作者は物語そのものよりも、通念風潮の批判・是正に関心があったのではないか。ちなみに、もしそうであれば、その姿勢は西鶴以前の仮名草子の作者たちが共通して志向した談理の姿勢と重なることになる。

　ところが、西鶴の筆では肉体関係の強要そのものが削られていた。それは先にも述べたように、若衆と念者お互いの恋情を真っ当なものとして描き切ろうとすれば、すなわち物語を醸成させようとすれば、必然的に帰結すると考えてもよいが、それのみではあるまい。私は、西鶴はここで衆道の持つ性愛性そのものを切り捨てようとしているのだと思う。これは諸写本のような性愛性の拒否とは違う。言い換えれば、西鶴は性愛性が入り込む隙の無いような完璧な衆道の世界、恋愛空間を作り上げたかったのではないか。それは『男色大鑑』の中に本篇を置くときに浮かび上がってくる特徴でもある。この点について他の短篇との比較を交えて後述したい。

　次に、この『男色十寸鏡』の当該記述がもたらすこととしてもう一つ指摘しておきたいことがある。それは諸写本と西鶴の『男色大鑑』の関係についてである。一般的にみて、両者の関係は、写本等が事実に近く、西鶴はそれを自分なりに脚色したということになるのだろう。先に取り上げた、写本等を「実説・実録・聞書き」と呼ぶ野間氏などに倣えば、そうした方向になる。

しかし、上述のような背景を考えた時、諸写本の権九郎に言わせていた言葉は、実際の事件に近かったというよりは、『十寸鏡』などのような世間知からの影響と考えることもできる。それは、先に指摘したように、手紙から分かる甚之介・権九郎両者の関係と、諸写本で描かれる他人への契りを示唆した権九郎像との齟齬からも推測されることである。すなわち、諸写本の書き手は、甚之介と権九郎の、特に権九郎の微妙な恋心に思い至らず、一般的な若衆のトラブル対処法を権九郎に言わせていたということになるだろう。

もとより、そのことで、逆に西鶴の記述が現実に近かったなどと言いたい訳ではない。しかし、上述のような検討を行ってみるとき、写本を実説・実録・聞書きと断定してしまうこと、またそのことで、諸写本→『男色大鑑』本篇という成立の図式が簡単に醸成されてしまうことには、いささか異を唱えておきたいと思う。事実と諸写本、『男色大鑑』の関係はもうすこし複雑であったと考えられるのである。

五　性愛への違和感

今、写本三本すべてと『十寸鏡』が「一夜二夜（一夕二夕）」で共通すること、そして西鶴にはそうした発想が全く見られないことを指摘した。これは西鶴の男色観とそこから引き出される文学性の特質を見る上ですこぶる興味深い。

この、西鶴が「一夜二夜（一夕二夕）」を使わなかったことに関しては、先に西鶴が諸写本等が持っていた性愛性そのものを切り捨てようとしたからではないかと指摘した。私が、これを重要と考えるのは、『男色大鑑』全体、とくに前半部、がそうした男色の持つ性愛の生々しさ・現実味を棄却しているからである。

この『男色大鑑』に性愛の生々しさが欠けていることについては、否定的な観点から既に幾つか指摘されてきたことであった。この問題に関しては本書第三部・第一章でも取り上げたので繰り返さないが、そこでの結論だけをまとめるならば、

ホモフォビア（男色蔑視）の始まる近代以前の日本や広く世界において、男色の風俗・文化がどうして大きな影響力を持って広がり続けたのか。こうした問題を検討してみる時、そこに男色の持つ独特の志向が浮かび上がってくることがわかる。それは男色が元来性愛性とは別レベルの純愛性・精神性を強く志向していたからであった。『男色大鑑』（特に前半）が性愛の生々しい描写を欠き純愛性・精神性の描写に終始しているのも、本作が男色を真正面から取り上げた証拠である。よって本作の優位性もそうした観点から捉え直す必要がある。


となる。そこで、ここでは、もう少し別の観点からこの問題を展開してみよう。それは、『男色大鑑』には男色の肉欲的・性愛的生々しさはないが、別の意味での生々しさがあることである。

たとえば、こんな場面を我々はどう理解すべきなのか。

・巻二の二「傘持てもぬるゝ身」
それより三日過て、極月十五日の朝、兵法稽古座敷にめし出され、諸家中の見せしめに、御長刀にて、御自身、「小輪最後」と、御言葉をかけさせたまへば、にっこと笑ひて、「年比の御よしみとて、御手にかゝる事、この

上何か世に思ひ残さじ」と、立ちなをるところを、左の手をうち落としたまひて、「今の思ひは」と仰せける。右の手をさしのべ、「これにて念者をさすりければ、御にくしみふかゝるべし」といふ。飛びかゝりて切り落したまへば、くるりと立まはりて、「此うしろつき、また世にも出来まじき若衆、人々見おさめに」といふ声も次第によわるを、細首おとしたまひて

・巻二の三「夢路の月代」
多村三之丞といへる情少人、折ふし此水上に来て、唾をはけば、川下の水手にむすび、雫もゝらさず咽筋をならすを見て、ちかふ立ち寄り、それにてお手水御つかひ候事おもひもよらず、無礼なる物をはき候。全く御ゆるし候へと申せば、只今の御つばき、行水につれて泡の間もなく、消る命と惜み、すくひあげて呑つる物をと申。三之丞うち笑ひて、人によろこばしたまふを、あだには聞かずと云ひ捨て、岸根づたひに帰り姿、素面自然の美男にして、又云ふべからず。「秦の始皇帝に、巫山の神女、つばきをはきかけしに、その跡瘤となって残れり。今又このつばき、我が口中に消ずあって、甘露不断の楽しみもがな」とつぶやき

・巻三の二「嬲りころする袖の雪」
さては首尾心もとなくて、しばしば声をも立ず、様子見合すうちに、降出しより積気色の雪、はじめの程は袖を払ひしに、梢老れたる桐梧の陰も舎りのたよりならねば、次第に絶がたく、肺の臟より常の声も出ず、「やれ今死ぬるは」と慟めば、内には小坊主相手にして笑ひ声して、「いまだ御付指の温りも醒ざらまし」と、二階座敷より申。「さりとては何の心もなき事なり。これに懲りぬといふ事なし。この後は若衆の跐をも通るまじき」と詫ても、なほ詞を嫌き、「しからば其二腰をこなたへわたし給へ」と請取、又指さして嘲哢り、「着物・袴ぬぎ給へ」と丸裸になして、「とてもの事に解髪に」と申。これもいやがならねば、頓て形を替れば、

梵字書し紙を擲て、「額に当給へ」と申。今は息絶々に、悲しさ身にふるひ出て、まことの幽霊声になりて、其後は手をあげてをがむより外はなし。笹之介小鼓を打って、「あゝらありがたの御弔や」など諷出して、下を睨ば、葉右衛門、瞬せはしく躑躅み、うき世のかぎりを驚き、印篭あくる間も、脈にたのみもなければ、同じ枕に腹かきさきて、只今の夢とはなりぬ。

「傘持てもぬるゝ身」は、念者との密会を咎められた小輪が、主君から手討ちにあう場面で、左手を切られながらも念者をさすった右手を差し出し、主君の激情を引き出そうとする壮絶な死に様が描かれている。「夢路の月代」は、丸尾勘右衛門が若衆三之丞と出会うところで、三之丞が吐いた唾を勘右衛門が惜しむ気持ちから飲む場面である。また「嬲りころする袖の雪」は、山脇笹之介が念者の伴葉右衛門と若衆五十嵐市三郎との関係を疑い、葉右衛門を中庭に軟禁し、雪の中で丸裸にして死に至らしめる場面である。相手の怒りをわざと買うにしろ、唾を飲むにしろ、軟禁し嬲り殺しにするにしろ、ともに一歩間違えば痴情・諧謔の沙汰に堕してしまうが、そうならないのは、そうした行為の裏に若衆や念者の毅然かつ潔癖な姿勢があること、言うまでもない。

しかし、むしろここから浮かび上がってくるのは、若衆や念者の毅然かつ潔癖な姿勢というよりも、彼らの「肉体」や性愛に対する違和感・絶望感ではないか。たとえば、小輪が殿様から咎められて手打ちになる時、右の手を差し出しながら「これにて念者をさすりければ、御にくしみふかゝるべし」と言ったことは重要である。本文に明らかなように小輪が目指した衆道とは、威勢に従うものでなく互いに命をかけ心を磨き合う関係にあった。しかし明石の殿様が小輪に執心したのはあくまでもその若衆としての美しさにあった。上記の小輪の言葉は、殿様と小輪両者の深い溝を示している。殿様の愛情は自らの精神ではなく肉体やそこから生れる性愛の世界に注がれていること、それを熟知している小輪だからこそ、その殿様の気持ちを逆手にとったのである。

また、笹之介が葉右衛門を死に追いやった場面であるが、我々はこの場面を読む時、なぜ笹之介がこれほど執拗に葉右衛門の肉体に攻撃を加えるのか訝しく思う。しかし、これを単に異常・異様と解してはならないだろう。問題は「いまだ御付指の温もりも醒めざらまし」と他の若衆との付指を非難しつつ、葉右衛門を雪の中に軟禁し丸裸にまでしていることである。すなわち、他の若衆の温もり（と言っても直接的な温もりではなく、付指を介してのもの）がこもった葉右衛門の肉体を徹底的に冷却しようとしているのである。ここにはイノセント（無邪気）な子供らしさがあるが、その分、度を越した攻撃性が発揮されることになる。死ぬ直前の葉右衛門の姿を見て、我に帰った笹之介は「同じ枕に腹かきさきて」死ぬことになるのだが、このように若衆のイノセンスは、生身の肉体を極度に軽視するという方向に向かうことが多い。

『男色大鑑』に登場する若衆は多くこうしたイノセンスをもっている。たとえば本稿で問題にしてきた「玉章は鱸に通はす」の甚之介も、つれない素振りを見せた念者権九郎を、敵を討った後、返す刀で斬り殺そうと考えた。大人の感覚からすれば、この甚之介の態度はあまりに性急で短絡的だが、こうしたイノセンスに若衆の美しさと危うさも潜んでいるのである。しかし、なぜ若衆が反＝肉体の方向にむかうのか。これについては様々な考察が可能だが、やはり若衆の肉体そのものが儚く移ろいやすいものであったことを理由の第一として挙げておきたい。女性と違って若衆の美しさは盛りが短い。その儚さが「肉体」に対する信頼を失わせていたと同時に、逆に移ろいにくいものとしての「精神」とその絆を求めたのであろう。

六　念者のストイシズム

では、こうした若衆に対して念者の方はどうか。これについては、巻二の三「夢路の月代」の三之丞の唾を「雫もゝらさず咽筋をなら」して飲む勘右衛門の姿に典型の一つを見出すことができる。まず、確認しておかねばならないのは、この場面に現代的なフェティシズムやスカトロジー的偏向愛を見ようとするのはいささか的外れということである。というのは「第一少年は、はなすぢとをりたると。眼中の相、肝要也。（中略）二つに歯双なり。女はかねつけて、色どりなす。男色はあらはにみがき出すゆへに。歯双あしく出入あるは、わらふかほもしほらしからず。口もとはしたなし。（中略）第一口中清らに有べし。」（『男色十寸鏡』）とあるように、当時の男色風俗において、若衆は女性と違って口元や口中の爽やかさを求められたからである。この爽やかさはフェティシズムやスカトロジー的偏向愛とは別のものと言って良い。ここは、勘右衛門が三之丞の唾を飲むことによって、勘右衛門の三之丞への深い情愛と三之丞の口中の清らかさを描写したと見るべきである。

ただ、ここで問題にしたいのは唾を飲むという行為そのものではない。その唾が川を流れ、それを勘右衛門が掬ったということである。ここには不思議なエロチシズムがある。たとえば若衆と念者の直接的な口移しを想像してみよう。そこではより直裁的な情愛やエロチシズムが表出されるだろうが、本篇のエロチシズムはそうしたものとは全く別のものである。むしろ、そうした直接的接触でないがゆえに、また二人の肉体が離れているがゆえに醸し出されるエロチシズムである。勘右衛門は三之丞の唾を飲んだ後「只今の御つばき、行く水につれて泡の間もなく消ゆる命と惜しみ」と言っているように、彼は若衆の全て、たとえ吐き出された唾という儚いものも、いとおしむ姿勢を示していた。この全てをいとおしむという深い情愛は、二人の肉体に距離があればあるほど効果的に表出される。

私がこうした表現方法にこだわるのは、実は若衆と念者の肉体的な距離やその離反が、逆に双方の愛情の深さを表現すること、こうしたスタイルが『男色大鑑』において多く見られるからである。たとえば、巻一の三「垣の中は松楓柳は腰付」では、美少橘玉之助に憧れた笹村千左衛門は、玉之助の病気を心配するあまり日に三度づつ見舞いに訪れ「御気分の御事しみぐ〳〵と様子をたづね、よきと申せばよろこび、あしきと語れば忽ちに眼色かはり、常の人とは各別のなげき」というように、玉之介に会うことなく様子ばかりを聞いては帰るということを半年も続けたのであった。また巻二の一「形見は二尺三寸」では、敵討ちに出た中井勝弥を慕う片岡源介は、勝弥の敵討ちを半年間、陰から支えながら、自ら名乗り出ることをしなかった。また巻三の五「色に見籠むは山吹の盛り」では、さる大名の寵童奥川主馬を見初めた田川義左衛門は、仕官を辞し、三年間物乞いにまで身を落としながらも主馬を陰から慕い続けた。

これらは『葉隠』において賞賛されている、いわゆる「忍ぶ恋」である。また不破万作の説話に登場する、仕官を辞して不破万作の登城を眺めることのみを生き甲斐としていた武士の話のように、他の男色情話にも登場するものではあるが、『男色大鑑』においては様々なバリエーションを持ちつつ、念者の恋のスタイルとして確立されている。若衆の肉体へ向かう自己の欲望を押え、遠くから見守ることだけに全てをなげうち命をかける。こうした愛情表現は、直裁的な性愛表現よりもかえって生々しい念者の情愛を表現することに成功している。それはまた、年齢的にも社会的にも若衆よりも上位にある念者であるがゆえに、ある種の悲哀を伴いつつ強烈に発散されると言ってもよいだろう。

今、幾つかの記述を取り上げて、そこに表れた若衆や念者の恋愛世界や情愛のスタイルを考えてみた。そこには性愛性や肉体性とは違った意味での生々しい情動が描かれていた。それを観念的・唯美的という言葉で括ってもよいのだが、重要なのは、そうした恋愛世界を成り立たせようとする彼らの情熱はすこしも観念的、唯美的ではないということである。むしろその情熱は生々しく激しく、異様・グロテスクである。おそらく、西鶴が本作を通して描き出したかったのは、そうした観念的・唯美的な世界そのものと言うよりは、それを築き上げようとする若衆・念者達の生々しく異様な情熱ではなかったか。

「玉章は鱸に通はす」に登場する甚之介はまさにこうした情熱の権化と言って良い。甚之介は念者の微妙な言葉の揺れ、心情の機微に命をかけたのである。ところが、もし諸写本などのように、ここに肉体関係の強要などがあったとすれば、こうした情熱は雲散霧消してしまう。そこには男女によくある在り来たりの痴話騒動があるだけだ。とすれば、『男色大鑑』を取り上げる場合、若衆や念者の志向した男色という風俗そのものを問題にするのではなく、その世界を作り上げようとする若衆や念者の「情念・情熱」の描かれ方・バリエーションで判断してみる必要を痛感する。それは、本稿において幾つか試みたものだが、そこに見出される多様性は、本作が「大鑑」と名づけられたことと符合するはずである。

むすびに

さて、最後に、以上のことを念頭に「はじめに」で述べた問題に戻ってみよう。
西鶴や元禄の男色世界を単なる知識でなく、意識・感覚のレベルで理解すること、これが困難に見えることは言うまでもないが、しかし、今まで述べてきたことからすれば、実はさほど難しい問題ではないのではないか。むしろ、風俗や歴史といった知識のレベルではなく、意識・感情のレベル（それを文学・芸術の世界と言ってもよいが）の方が回路としては遥かに近づきやすいのではないか、と思われてくる。というのは、西鶴が描く男色の世界（そして恐らくそれに繋がる元禄当時の「浄の男道」の世界）は、現代の我々が普通に言うところの恋愛の世界にかなり近いのである。たとえば本稿で取り扱った「玉章は鱸に通はす」についてだが、我々は甚之介と権九郎に交錯する情愛の機微を無理なく理解することができる。特に甚之介の痛々しいまでの恋心に、我々の琴線は微妙に鳴り響いて止まないはずだ。私は、そのように甚之介を身近に感じる時、この作品が男色の物語であるということを忘れてしまっていることが多い。

また本作の若衆や念者が抱いていた性愛（肉体）と精神の齟齬の問題にしても、我々には馴染みの深い問題である。心と体、自分や相手の気持ちはどちらに向かっているのかなどという悩みは、現代の恋愛において最もポピュラーな問題である。またその逡巡の末に「心」を恋愛の上位として置くのも、これまた同様である。こうした『男色大鑑』の世界に比べれば、西鶴の好色物である『好色一代男』や『好色一代女』、そして『好色五人女』の方が現代の我々からは遥かに遠いと言わねばならない。そこでは性愛が世界の中心に位置している。すべての価値が性愛の見地から見直されている。そうした恋愛の世界を我々は経験したことがないのである。

ただ、こうした近似のみを指摘するのは、結局男色の問題から目を逸らす結果に終わるのではないかという懸念を生み出すだろう。しかし、そのことは重要だとしても、我々が「玉章は鱸に通はす」をほとんど予備知識もなしに理解できるということの方が余程問題である。すなわち男色・女色と現代の異性愛や、バイセクシュアルとモノセクシュアルといった問題設定を行った時、そこには大きな壁が見出されてしまうが、恋愛もしくは恋という観点からは、両者の深い繋がりこそがよく見えてくるのである。私は、このことを考える時、男色や女色、異性愛や同性愛の以前に恋愛があり人間があるという、当たり前の原則に立ちかえる必要を痛感する。

そしてこの近似は、日本における恋愛や恋愛文学の起源・歴史についても再考を迫るはずである。一般に日本の恋愛・恋愛文学は、近代以前の王朝的恋愛・文学の流れとそれを受け継ぐ形で一般化・卑俗化した江戸時代の恋愛・文学があり、それが明治時代に入ると、西欧文学の影響を強く受ける形で否定され、個や精神に基盤を置いた新しい恋愛・文学が生み出された、と説明されることが多い。そこで問題になるのは、明治中期以降の新しい恋愛・文学において大きく取り扱われる精神と肉体の齟齬、いわゆる霊肉の葛藤についてである。この霊肉の葛藤については、周知のように西欧のキリスト教的文化・文学の影響と説明されることが専らであった。しかし、本稿で考察してきたように、江戸の元禄期以前の男色文化・文学において、この霊肉の葛藤に近似するような精神・心性の形態があるとすると、明治以降の恋愛・文学を育んだ土壌として如上の男色文化・文学があった可能性を指摘せざるをえないのである。また、日本の恋愛・文学の歴史においても男色や衆道の果たした役割の大きさを考えつつ歴史叙述を再構築する必要を痛感する。

もとより、ここではそうした可能性を示唆するに留まるわけだが、同じく明治中期に多くの文学者によって西鶴が復活したこととの符号をどう見るか、にこの問題は深く関わってくる。明治中期に西鶴の何が復活したのか。この点を再検討する必要があるだろう。

注

（1）野間光辰「西鶴五つの方法　改刪」『西鶴新新攷』所収、岩波書店、一九八一年。

小野晋「『備前喧嘩物語』翻刻と解説」『山口国文』2号、一九七九年二月。

（2）（1）の野間氏小野氏前掲論文。

（3）（1）の野間氏論文。なお、野間氏の文中における（イ）（ロ）本は、染谷が前掲した（イ）（ロ）本と重なる。

（4）以下諸本の比較は、

・『男色大鑑』　→新編西鶴全集2
・（イ）（ロ）本　→（1）野間氏前掲論文収録本文
・（ハ）本　→（1）小野氏前掲論文収録本文

によった。ただし、（1）野間氏論文に載る本文は、全文ではなく部分収録である。私なりに（イ）本（ロ）本に関して調査を試みたが未見である。所在その他の点でご教示頂ければ有り難い。なお、全文の調査によって以下に展開する諸本比較も補完できる部分が出てくるものと思われる。

（5）「一夜二夜」（一夕二夕）については、

高くとも何にかはせん呉竹のひとよふたよのあだのふしをば（大和物語・九十段）

冬の初めの歌とてよめる

冬きては一夜ふた夜をたまざゝの葉わけの霜のところせきかな（藤原定家）

などが和歌の文脈として先行する。本篇所収の甚之介の手紙にもあきらかなように若衆は教養として和歌を嗜んだ。ただ、本篇の行文と和歌との直接的な影響関係は見出せない。

（6）本文は近世文芸資料10『好色物草子集』（古典文庫、一九六八年）を使用した。

第三章　『男色大鑑』の成立をめぐって（上）——成立時期の問題

はじめに

作品が成立した時とは、その作品が明らかに文学的なある像を持ち得た時である。そして小説の場合、それは作品が執筆された時と言いかえてよいだろう。

成立論におけるいわゆる成立時期の問題とは、この執筆された時期がいつかをめぐって様々な角度から検討されるが、西鶴研究においてこの執筆時期の問題は殊更重要視されている。それは西鶴を研究する上での資料が作品以外にほとんどなく、作品の創作意識から始まって、西鶴その人となりや人生、文芸観に至るまで、作品内部から還元して考えざるを得ないという西鶴研究の現状によるところが大きい。こうした状況では、作品の位置をどう見極めるかが、西鶴像を、西鶴の文学を捉えることの決め手となる。

だが、全生涯に渡ってとか、何年か置きに作品を上梓しているとかいう作家ならともかく、西鶴のように処女作である『好色一代男』を刊行した天和二年から五十二歳で没する元禄六年までの十二年間に、二十数作もの浮世草子を集中して刊行、もしくは執筆している作家の場合、作品の位置付けには様々の問題点が生じる。たとえば、刊行された順序が必ずしも執筆された順序を示していないのではないかということがある。作品が時を置いて刊行されている場合なら、刊行された順序が執筆された順序を反映していると考えて誤りはないと思われるが、西鶴のように多い年は四、五作、それも同時にとか、一、二ケ月の差で上梓している場合、その前後を決定することは極めて難しいと言えよう。また作家の立場に立ってみると、短期間で書きあげることのできる作品もあれば、長期間をかけねばならぬ作品もあるというように、作品の執筆期間は一様でなく、たとえ刊行された順序は後であっても、執筆が開始されたのは、前に刊行された作品よりも早かったというケースも充分考えられることである。特に西鶴が咄を蒐集したり、書き溜めたりしていると思われる作家であることを考えれば尚更である。よって、作品の成立時期というものを考える時は、いつ作者はその作品の構想を得、執筆を開始したのか、そしていつ完成したのかということを明らかにする必要があるのである。

西鶴の研究史を振返ってみると、このように作品の刊行された時期と執筆時期とのずれを指摘した論文が幾つかある。たとえば、『諸艶大鑑』の短篇が『好色一代男』の巻五以降の遊女評判記的短篇とともに既に『一代男』の執筆時には書かれていたのではないかと推測した堤精二氏の「『好色一代男』と『諸艶大鑑』」(1)。貞享三年六月中の成稿と思われる役者評判記『野良立役舞台大鏡』の中の「西鶴法師がかける永代蔵の教にもそむき」という一節から、元禄元年正月に刊行された『日本永代蔵』の草稿が既に貞享三年の春頃には成立していたと推測した暉峻康隆氏の「日本永代蔵の成立をめぐって」(2)。元禄九年刊の遺稿『万の文反古』が様々な徴証から二系列に分けられ、その片方が既に貞享三年頃には成立していたのではないかと推測した谷脇理史氏の「『万の文反古』の二系列」(3)等。勿論、全てが是認され、定説化したわけではなく、反論の提出されているものもあるが、作品の刊行順序イコール作品の成立順序として、やや安易に捉えてきた感のあるそれまでの西鶴研究に、鋭い問題提起をしたことは認めねばなるまい。

そこで本稿も、こうした先学の諸論に学びつつ、武家物の先駆と言われている『男色大鑑』を取りあげ、その成立事情を論じてみようと思う。そして、『男色大鑑』はかなり前からの執筆期間があったのではないかという推論を提示し、あわせて、従来の『男色大鑑』の位置付け方に修正をせまってみたいと思う。

一　『男色大鑑』の位置

『男色大鑑』八巻八冊（初印時は十冊）は貞享四年正月に、京都の山崎屋市兵衛を版元とし、大坂の深江屋太郎兵衛を販売取次店として出版された。前半四巻では武士を中心とした男色（いわば地若衆）を、後半四巻では歌舞伎役者の男色（いわば売若衆）を取りあげている。

従来から、この『男色大鑑』は西鶴の創作意識を考える上で、西鶴作品中でも重要な位置にあるものとされてきた。それは、西鶴が好色物から武家物へと作品のテーマを変化させてゆく上での転換期的作品という位置付けのしかたである。この位置付け方は西鶴の著作年譜（特に貞享三、四年頃の）を見れば当然のことのように思われる。

貞享三年二月　『好色五人女』
〃　〃　六月　『好色一代女』
〃　〃　十一月　『本朝二十不孝』

〃　四年正月　『男色大鑑』
〃　〃　三月　『懐硯』
〃　〃　四月　『武道伝来記』

貞享三年六月に『好色一代女』を上梓した西鶴は、それ以降好色物から手を引き、貞享四年四月の『武道伝来記』を始めとする武家物へと作風を移してゆくが、『男色大鑑』は丁度好色物から武家物に移る接点のようなところに位置している。内容的にも、『男色大鑑』は愛慾という点において初期の好色物につながるし、男性間の慕情、特に武家社会に取材し、その精神美を強調した点、後の武家物に深く繋がってゆくものであろう。また、『男色大鑑』の中には、後の武家物で多く取扱われる武士の敵討の話も幾つか混っており、こうした点を考えると、『男色大鑑』はまさしく、好色物から武家物への転換期的作品と言うことができる。

『男色大鑑』のこうした位置付け方は、主に暉峻康隆氏(4)、野田寿雄氏(5)などによって提唱されてから、全くといって良い程に反論がなされず、今日に至ってはもはや定説化した観がある。確かに、今示したような西鶴著作年譜や作品の内容などからすると、首肯さるべき説であり、反論するべき余地など毛頭ないように思われよう。

しかしながら、この『男色大鑑』が好色物から武家物への転換期的作品であるという位置付け方は、当然のことながら『男色大鑑』の成立が、好色物の一応の締め括りである『好色五人女』や『好色一代女』以降、武家物の最初の作品『武道伝来記』以前であるということが大前提となる。もし、この前提に狂いがあるとすれば、従来の『男色大鑑』の位置付け方は、大方是正されねばならないだろう。そこで私としては、この前提にはたして誤りがなかったのかを再検討してみたいと思うわけである。

『男色大鑑』の成立時期については、既に定説がある。それは貞享三年、三、四月以降という暉峻康隆氏の説(6)である。暉峻氏は『男色大鑑』の後半四巻が、西鶴にとってきわめて日常的で身近な体験領域である由に、執筆時期をさぐる手掛りに事欠かないとされて、具体的に二つの短篇の記事から執筆時期を推定している。それは巻六の五「京へ見せいで残り多いもの」が、大坂若衆の鈴木平八の追善になっており、その鈴木平八の没したのが貞享三年三月八日であるという点と、同じく巻七の三「袖も通さぬ形見の衣」が若衆方の戸川早之丞の追善であり、その早之丞の没したのが貞享三年正月二日であるという点から、この二篇を始め多くの短篇は、貞享三年三、四月以降に書かれたのではないかとしたのであった。

確かに、追善はその人物が死没しなければ書きえないわけだし、幾つかの短篇からそうした徴証が得られる以上、他の多くの短篇もその辺りに書かれたとみるのは、自然な成り行きであろう。

しかし、また一方から考えると、二、三の短篇の成立時期だけで、他の全ての短篇の成立時期を代表させてよいものかという疑問が生まれなくもない。「はじめに」でも述べたように、執筆時期は作品によりまちまちであり、特に西鶴は咄を蒐集し、書き溜めていたということを考えた場合、『男色大鑑』にも、かなり前から執筆されていた短篇の存在が皆無とは言いきれないだろう。また、『男色大鑑』は同じ男色を扱っているとは言え、前半四巻と後半四巻では地若衆（武士）と売若衆（役者）というように題材も描く世界も異にしている。この前半と後半を同時に成立したものとして決めてかかってよいのか。後半から成立時期を推測する徴証が得られても、それをそのまま前半の部分に押し広げても良いものなのかという疑問も浮かんでこよう。

しかし、今、私がその拙い口でもって、そのようなことを抽象的にまくしたててみても、たいした意味はないだろう。せいぜい憶測を提示するか、下手をすれば、定説に些か意地悪な見方をしてみただけに終りかねない。

ところが、ここ数年『男色大鑑』及びその周辺を調べてゆく中で、どうも右のような推測はあまり的はずれなものではないのではないか、右のような方向性で『男色大鑑』の成立を再度考え直してみる必要があるのではないかという考えに至った。そしてその考えを手助けしてくれると思われる内外の徴証を見出す機会も得た。そこで次に、管見に入ったそれ等の資料を順次紹介し、あわせて私見を述べてみたいと思う。

二　貞享二年修版『改正広益書籍目録』

まず、外部徴証の一つとして提出してみたいのは、延宝三年刊貞享二年修の『改正広益書籍目録』三巻三冊である。この書籍目録は、阿部隆一氏の調査(7)によれば、延宝三年刊毛利文八輯『古今書籍題林』二巻二冊に補修を加えた改訂版であり、版元は刊記の版式からすると京都の西村市郎右衛門である。

さて、問題となる箇所は、その貞享二年正月に増補された巻三の六十二丁（裏）である。資料に東京都立中央図書館（加賀文庫）蔵本（目録番号47）を載せておいたので御参照いただきたい。この六十二丁（裏）の終りから三行目に

八　男色大鏡《ママ》

とある。これが些か問題になる。資料の下にこの書籍目録の刊記を載せておいたが、これをみると、この書籍目録は貞享二年孟春（正月）に刊行されたことがわかる。『男色大鑑』の刊行されたのは貞享四年正月だから、それ

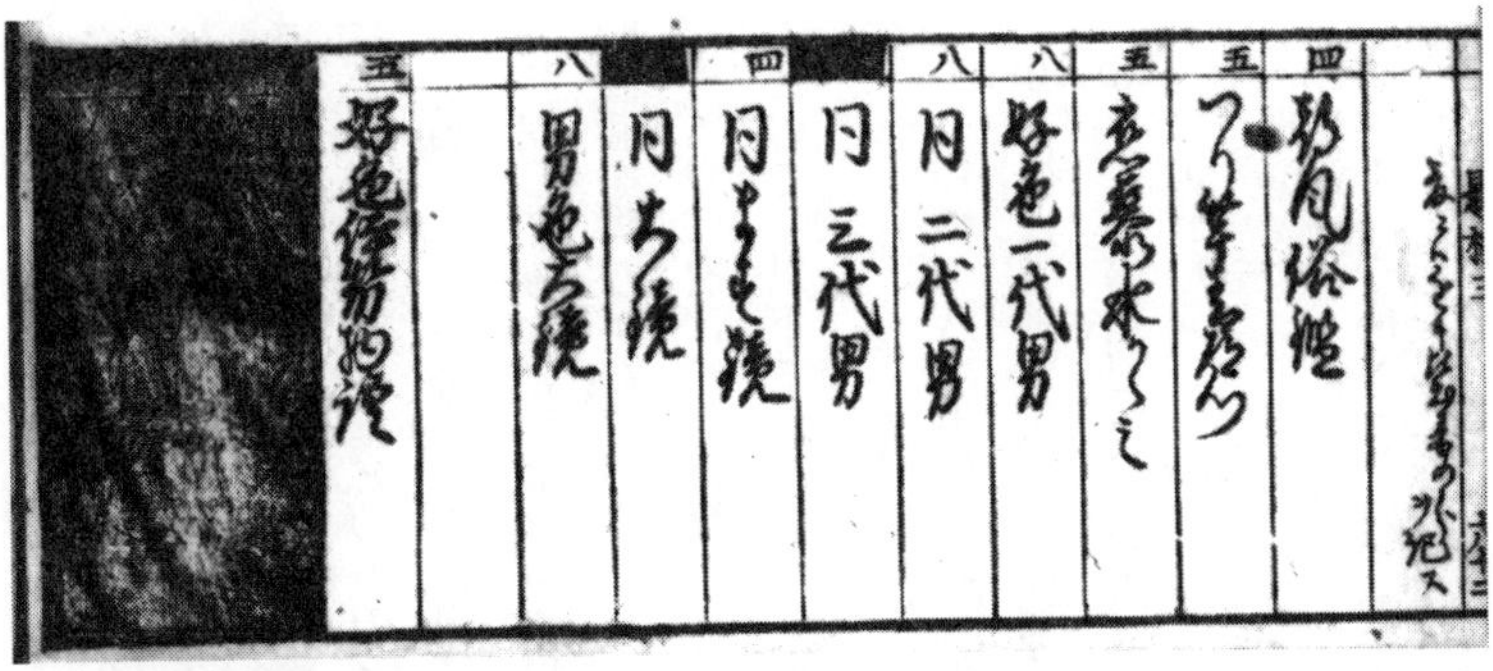

貞享二年修版『改正広益書籍目録』東京都立中央図書館（加賀文庫）蔵本
（巻三、六十二丁、裏）

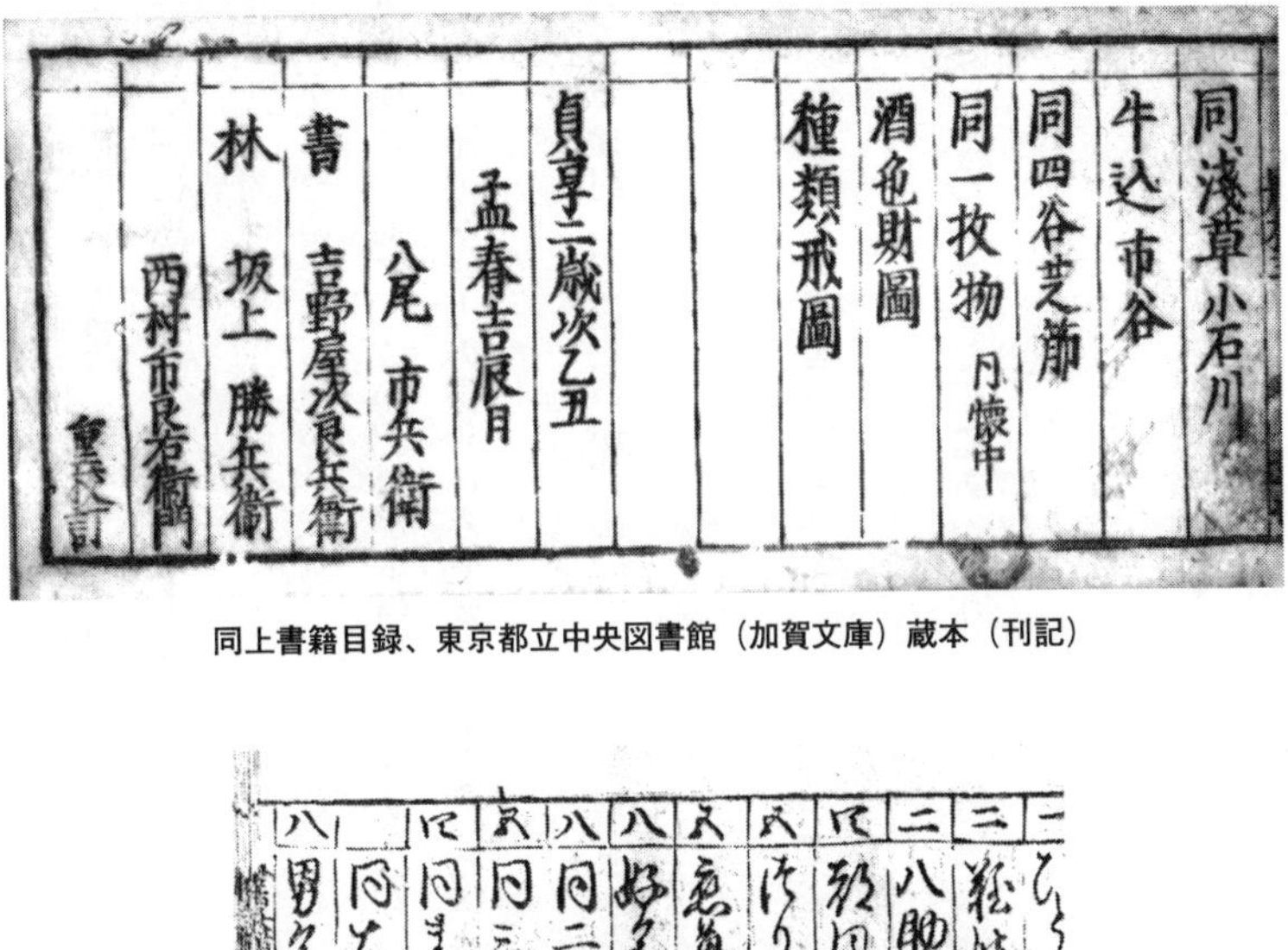

同浅草小石川
牛込市谷
同四谷芝節
同一枚物 円懐中
酒色財圖
種類戒圖

貞享二歳次乙丑
孟春吉辰日
八尾 市兵衛
書 吉野屋次良兵衛
林 坂上 勝兵衛
西村市良右衛門
重?計

同上書籍目録、東京都立中央図書館（加賀文庫）蔵本（刊記）

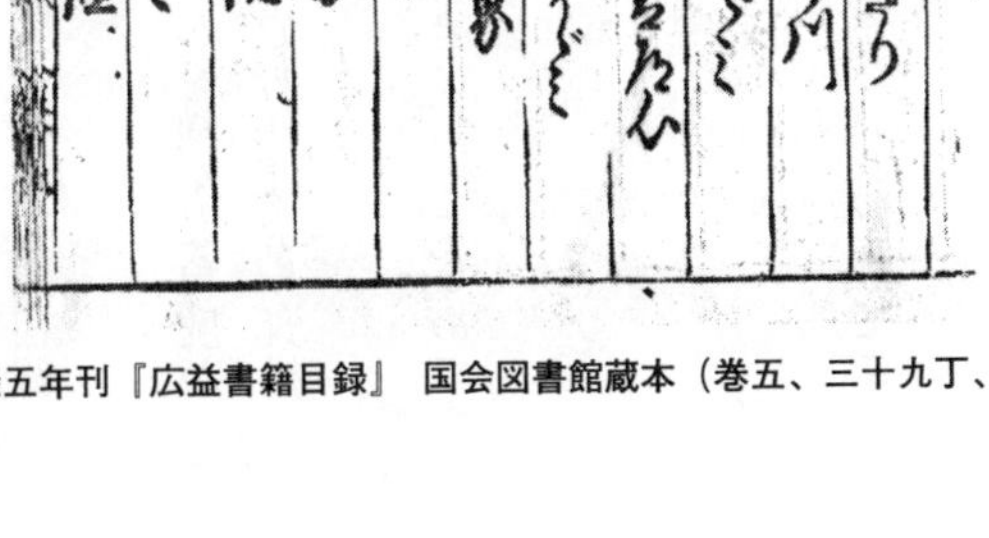

元禄五年刊『広益書籍目録』 国会図書館蔵本（巻五、三十九丁、表）

よりも二年前ということになる。

『男色大鑑』の書名が、実際の刊行より二年も前の書籍目録に載るというこの事実は、『男色大鑑』の成立を再考しようとする私にとってすこぶる興味深い徴証に思われる。貞享二年正月と言えば、定説である貞享三年三、四月を、『好色五人女』や『好色一代女』の刊行時期をかなり越えることになる。その頃既に『男色大鑑』は書籍目録にその書名が載るほどのものとして成立していたのであろうか。

しかし、この書籍目録の記述から想像を廻らす前に、この記述が本当に信用できるものかどうかを様々な角度から検討してみなければなるまい。もし、この記述が後人の書き込みや後の入木などといったものであれば全く資料的価値を失うからである。

そこで、次にこの書籍目録の記述について検討してみたいが、どの点を検討すべきかを箇条書きにしてまとめてみたので、以下これに沿って進めてゆきたい。

① この「八、男色大鏡」が西鶴の『男色大鑑』に間違いはないか。
② 後人の書き入れなどではないか。
③ この書籍目録の六十二丁が、後になって追加された丁であったり、「八、男色大鏡」が入木された記述であったりしないか。

まず①から検討したい。書籍目録の中には冊数と作品名を書き入れた下に、よく著者名を入れることがある。たとえば元禄十二年刊『新版増補書籍目録作者付大意』五冊には、『好色一代男』を始めとする西鶴の浮世草子の下に「西鶴」と名が書きこまれているが、この貞享二年修版にはこうした記述は施されておらず、よって書籍目録内から確証となるものはないことになる。また、この巻三、六十二丁を見ても解る通り、当時は「何々大鏡」という題の書が多く、「男色大鏡」という名の付け方も当時としてはそれほど特異なものではなかったろう。また、この六十二丁の「男色大鏡」という記述は、かがみに「鏡」をあてているが、西鶴の『男色大鑑』は「鑑」である。

こうしたことから考えると、貞享二年修版の書籍目録に記載された「男色大鏡」は、はたして西鶴の『男色大鑑』を指しているのかという疑問が持たれなくもない。

しかし、『国書総目録』や『日本小説書目年表』、また他の書籍目録類をみても、当時西鶴の作品以外で「男色大鑑（もしくは鏡）」という作品があったという形跡は全くない。それにかがみという字の相違だが、これは元禄五年刊『広益書籍目録』の記述をみると、その違いの意味が明らかになる、元禄五年版の巻五、三十九丁（表）をみると、書名の配列が貞享二年修版とはとんど同じ順番になっており、「男色大鏡」の「鏡」も「鑑」に直っている（前掲三一三頁写真参照）。順序が同じになるというのは、書籍目録ではよくあることで、この場合、元禄五年版を作る時に貞享二年修版を参考にしたのである。こうしてみると貞享二年修版に記載されている「男色大鏡」はまさしく西鶴の『男色大鑑』でしかないことがわかる。

さて、次は②だが、周知のように、版本においてある記述が後人の書き入れか、そうでないかは写本等に比べて判別しやすい。貞享二年修版の書籍目録の巻三は管見によれば九本存在し、その九本中、写真、コピー等でなく実見したものは七本だが、書き入れなどではないことが判明している。

さて、最後に③である。まず後になって追加された丁であるかどうかだが、これはもしこの六十二丁が後になって追加された丁であれば、当然、丁数の錯乱や目次と丁数とのズレが生じていることになるが、実見した七本には全くそうしたことはない。また、目次自体にも手を入れることが考えられるが、そうした形跡は全くない。よって、この六十二丁は初印の時からあったと考えて間違いないだろう。

次に、この「八、男色大鏡」という記述自体に入木の可能性があるかどうかだが、先程の中央図書館本を参照いただきたい。この「男色大鏡」という字体、筆勢ともにそれまでの「好色一代男」「同二代男」などと同じで、とても後からの入木とは見えない。ただし、それはこの中央図書館本を見る限りのことで、当然他の諸本に調査の手を及ぼさねばならない。

貞享二年修版の書籍目録は『国書総目録』によれば十本存在する。

国会、九大、京大（一冊）、教大、慶大幸田、秋田、京都府、日比谷加賀（巻二欠、二冊）、栗田、高野山三宝院

ただし、このうち京都大学本の一冊というのは巻二のことであり、秋田県立図書館本は元禄五年刊『広益書籍目録』五巻五冊のうち三巻三冊までを合冊したものであって、貞享二年修版の本書ではない。おそらくは冊数が同じである点、標題が貞享版、元禄版ともに「本朝彫刻広益書籍目録大全作者付大意」と同じである点、外題が似通っている点などから両書を混同したものであろう。

よって実質的には八本になるが、調査中、東京都立中央図書館加賀文庫に他一本存在することがわかった。次に中央図書館加賀文庫目録の記載事項をそのまま載せておく。

48　改正広益書籍目録
　西村市郎右衛門等
　3冊　小横
　標題紙には「本朝彫刻広益書籍目録大全」とある
　平出鏗二郎旧蔵

そこで合計九本になるが、全てに渡って調査した結果、この九本には「八、男色大鏡」の記述があり、しかも巻三、六十二丁及び刊記に関しては同版ということが判明した。よって「八、男色大鏡」の記載のないものや、同版と判明した九本の六十二丁より以前の成立と考えられる版が発見されない現在、「八、男色大鏡」の記述は後の入木ではなく、貞享二年正月の初印時に既にあったと考えてまず誤りあるまい[8]。

これは諸本調査からの判断であるが、この六十二丁（裏）をみると、もうすこし別の面から、この六十二丁の版の成立時期を推定できるので、この点についても少々述べておきたい。

まず、先程の貞享二年修版書籍目録巻三、六十二丁（裏）を再度参照戴きたい。「八、男色大鏡」の三行前をみると「好色三代男」の冊数が未刻になっている。これはまだ冊数がはっきりしないため、後で彫りこむことを予定して、そのまま版にしたことを示している。『好色三代男』が刊行されたのが貞享三年正月であるとすると、この冊数未刻はこの版が少なくとも貞享三年正月以前の成立であることを示していることになる。では、それは貞享三年正月以前のいつ頃なのか。

これがいつなのか、この資料からだけでは判断し難いが、上限は『諸艶大鑑（好色二代男）』の刊行された貞享元年四月とみてよいだろう。下限は一応貞享二年の暮ということになるが、どうも『三代男』出版の直前では無かったと考えられる。というのはこの『三代男』の作者が他ならぬ貞享二年修版書籍目録の版元西村市郎右衛門だからである。常識的に考えてみて、自作の冊数を決めかねている時期とは刊行時よりもかなり前であると考えられよう。そして更にその時期を推測してみれば、それは丁度貞享二年修版書籍目録の刊行を準備している時期、即ち貞享元年暮と重なる可能性が高いのではないか。貞享元年暮と言えば、四月に刊行された『諸艶大鑑（好色二代男）』の評判も行き渡っていった頃で、西村としてもそうした勢いに乗じて追随作を作ろうと考えるにふさわしい時期である。またこの時期なら冊数も決まっていないというのも肯ける。勿論、冊数を決めかねている時期といっても幅があろうから、今述べたことは推測の域を出るものではないが、この『三代男』の冊数未刻は先程の諸本調査からの結論にとって有力な傍証となることは確かであろう。

さて、次にもう一点傍証として挙げておきたいことがある。先程、「八、男色大鏡」は入木ではないと言ったが、この「八、男色大鏡」の後に一行空いて、「五、好色伊勢物語」とある。この字体をみて戴きたい。それまでの「好色一代男」や「男色大鏡」に比べてやや肉太で落ちつきがない。これはこの「五、好色伊勢物語」が明らかに後から彫りこまれたものであることを示している。すると六十二丁（裏）はもと次のようになっていたと考えられる。

（A）

四		八		
同ます鏡	同大鏡	男色大鏡		

これを（A）とすると、この状態の後『好色伊勢物語』の書名及び冊数が彫られて、現存する諸本のような形となったわけである。

（B）

四		八		五	
同ます鏡	同大鏡	男色大鏡		好色伊勢物語	

この状態を（B）とする。そこでまず問題となるのはこの（A）から（B）になった時期がいつかである。『好色伊勢物語』の刊行は貞享三年二月、『好色三代男』より一ケ月後である。そうすると、（A）から（B）になったの

は、貞享三年の二、三月頃と一応推定できる。ところがこの『好色伊勢物語』の作者も先程の『三代男』と同じく、この書籍目録の版元西村(9)なのである。とすれば、先程の『三代男』と同様、もっと早い時期に彫られた可能性が高い。案ずるに、先程の諸本調査から当該書籍目録九本の巻三、六十二丁が全て同板と判断される点からすると、貞享二年正月の初印時に既に（B）の状態になっていたのではなかったか。恐らく（A）から（B）になったのは書籍目録出版の直前で、『好色伊勢物語』出版の目処がついた西村が急遽自編の書籍目録に書名を加えたのではなかったろうか。勿論、この判断も先程の『好色三代男』の冊数未刻と同様、推測の域を出るものではない。（A）から（B）への移行をもっと後と考えることも可能である。しかし、それには（A）の状態、もしくはそれよりもっと早い状態と考えられる版の発見が必要である。現存する九本全てが（B）の状態であるということを考えた場合、私としては（A）→（B）の時期は貞享二年正月の初印時であるという結論に傾かざるを得ない。

もっとも、この（A）から（B）への移行時期がいつであるのかを、正確に判断しなければならないというものでもない。本稿においては（A）から（B）へ移行した時期が貞享三年二月をさかのぼる可能性が高いということだけで充分である。何故ならば本稿で問題にしている「八、男色大鏡」の記述は既に（A）の状態にあるからであり、（A）から（B）への移行時期が明確にならずとも、貞享三年二月をさかのぼるとすれば、（A）の成立時期は貞享三年二月のかなり前と推測されるからである。そして、その貞享三年二月のかなり前の頃とは、先程の「好色三代男」の冊数未刻と同様、貞享元年暮、つまり本書籍目録の刊行を準備している頃と重なる可能性が高いということになる。よって、この『好色伊勢物語』の入木という徴証も、「八、男色大鏡」が貞享二年正月の初印時にあったとする先の結論の傍証になるものと思う。

以上、諸本調査の結論に対する傍証を二つほどあげてみた。細かい論証や推測がやや多かったため、細部において別解の生じるところがあるかも知れない。特に（A）、（B）両版の成立時期については、だいたいの推測は可能なものの、やはり幅を持たせて考えるべきであろう。しかし、そうした曖昧な部分はあるにしても、『男色大鑑』より一年近くも前に刊行されたものが、この書籍目録では「男色大鑑（鏡）」より後に彫りこまれていたり、冊数未刻の状態で記載されているということの意味は大きいと思う。しかも、その未刻・後刻の両書『三代男』『好色伊勢』の作者がともに本書籍目録の版元西村であったことは重要な徴証である。

さて、様々な面から「八、男色大鏡」の記述について検討してみたが、貞享二年正月の時点で既に「八、男色大鏡」の記述はあったとみてほぼ誤りはあるまい。では、貞享四年正月に刊行された『男色大鑑』の書名が二年前の書籍目録に載るというのはどういうことなのか。

まず考えられることは、当時の書籍目録の性格から言って、既に『男色大鑑』は貞享元年暮の段階で市場に出回っていたのではないかということである。しかし、先程も述べたように、現存する『男色大鑑』には貞享三年、三、四月以降でなければ書けない短篇が入っているし、貞享四年正月より前の版と思われる『男色大鑑』の異版も発見されていない。よって貞享元年暮の時点で既に出版されていたと考えるのは無理である。では、どう考えるべきなのか。

阿部隆一氏は注7の前掲解題において、当時の書籍目録には、既に出版され市場に出回っている書とともに、僅かながら出版予告の書名が記載されていると述べており、幾つかの例をあげている。すると、この「八、男色大鏡」も出版予告の書として載せられたものと考えれば説明がつく。このことは、「八、男色大鏡」の周辺をみても肯ける点がある。まず、この六十二丁（裏）の最初に「爰ニハ近き比出来の分ヲ記ス」という文章が彫りこまれている。この「近き比出来の分」が「近頃出版されたもの」なのか「これから出版されるもの」なのかは判然としないが、恐らく両方の意味を交えてこうした書き方になったのであろう。また、注意すべきは、先程指摘した『好色三代男』の冊数未刻である。書籍目録において冊数が未刻のままにされているのには幾つかの理由が考えられるが、一つは情報不足のため冊数がわからないといったケースであろう。しかし、これは他者の作品の場合であって、先程も述べたように『三代男』の作者は本書籍目録の版元西村であるから、この場合はあてはまらない。もう一つは出版予告である。書籍目録作成時に、いまだ作品の冊数が決まらずあとから冊数を彫りこむことを予定して書名のみを記載するといったケースである。書籍目録と作品の作者が同一人物である『三代男』の場合、この出版予告と考えてまず間違いない。そこで私としては、『三代男』のすぐ近くに問題の「八、男色大鏡」が記載されていることに注目したい。この『三代男』の付近はどうも近刊予告書のためにとられたスペースではなかったろうか。

次に巻三、六十二丁（裏）に載る書名の刊行年月を記載順に記してみる。

冊数	書名	刊行年月
四	都風俗鑑	延宝九年
五	つり竿青道心	天和二年
五	恋慕水かゝみ	天和二年正月
八	好色一代男	天和二年十月
八	好色二代男	貞享元年四月
未	好色三代男	貞享三年正月
四	好色ます鏡	貞享二年

未　好色大鏡（10）　元禄五年
八　男色大鏡　貞享四年正月
五　好色伊勢物語　貞享三年二月

現存する六十二丁が貞享二年正月に刊行された折のままと考えれば、この六十二丁（裏）の半数近くは出版予告の書名ということになる。しかも注意したいのは『好色三代男』以降の作品が全て出版予告になっていることである。こうした所からすると、「八、男色大鏡」が出版予告であることの可能性は増々高いものとなってくる。恐らく、版元西村は六十二丁（裏）を設けた意図の中に、出版予告ということがあったのであろう。特に『三代男』以降は自作二つを含めて、近年出版される可能性の高い好色本をまとめて記載したのではなかったか。

さて、もしこの推定が正しく「八、男色大鏡」が貞享二年正月の時点での出版予告であるとすると、『男色大鑑』の成立時期もいささかの再考を余儀なくされるだろう。貞享元年暮の時点で、西村が『男色大鑑』の刊行を知っていたとすれば、西鶴もその時点で西村に知られるほどのものとして『男色大鑑』を成立させていたことになる。ただ、西村の得た情報というものがどのようなものかほとんど解らない現状からすれば、貞享元年暮の時点で『男色大鑑』がどの程度のものとして存在していたかは、かなり幅を持たせて考えねばなるまい。単に書名とその構想だけであったのかも知れないし、ほぼ完成に近い状況にあったのかも知れない。そこで、それを推測する手だてとして、私はまず本書籍目録に『男色大鑑』の冊数を八冊と正確に記していることに注目してみたい（11）。ここから、貞享元年暮の時点で西鶴は既に『男色大鑑』の冊数を決めていたことがわかるが、問題はそれが西村市郎右衛門に伝わっていることである。これは後でも述べるが、この時期西鶴と西村は所謂ライバルであった。勿論このライバルとは近代の作家にみられるそれとは違い、かなり相手を利用しようとした商売気がみられるけれど、少なくとも両者は協力者ではなかった。そのライバルであるはずの西村に冊数が知られるというのであるから、西鶴にしてみればかなりの段階まで『男色大鑑』を成立させていたということが想像される。勿論、この八冊という数字を単なる西村の憶測と考えることもできるが、もし冊数があやふやな状態であったのなら、自作の「好色三代男」のように冊数未刻という方法もあったはずである。それをせず敢えて冊数を記したところからするとこの八冊という数字はかなり確実な情報であったと考えられよう。

こうしてみると貞享元年暮の段階で『男色大鑑』はかなり出来上っていたと考えてみたくなるが、そう考えるのはやや無理があるようである。というのは既に定説でも指摘されていることではあるが、『男色大鑑』の中には貞享三年三、四月以降でなければ書けない短篇が存在するからである。たとえ先に述べたように、二、三の短篇の成立時期を他の全ての短篇に押し広げるのは問題であるにしろ、ある程度の数はその時期に出来たとみるのが穏当であろう。やはり貞享元年暮の時点で、『男色大鑑』はまだ出来上ってはいなかったと考えておくべきだろう。実際の刊行年月が貞享四年正月であるということを考えても、その方が無難である。

では結局のところ、貞享元年暮の時点で『男色大鑑』はどの程度のものとして存在していたと考えられるのか。それは今挙げた二つの徴証、八冊という冊数銘記と貞享三年三、四月以降の短篇の存在ということに矛盾しないように考えるならば次のようにまとめることができるだろう。

貞享元年暮、西鶴は既に『男色大鑑』の構想を練りあげ、少なくとも幾つかの短篇については執筆を開始していたであろうと。私としては、後で述べる内部徴証その他の点から、制作状況はもう少し進んでいたと考えたいのだが、それを裏づける資料の無い今、こうした言い方にとどめておくべきであろう。

しかし、これだけでも『男色大鑑』の成立及びその位置を再考するには充分すぎるほどのものと思われる。その意味については後で述べたいと思うが、書籍目録から得られた『男色大鑑』に関する見解としては一応以上を結論とし、次の問題点に移ることにしたい。

三 『好色伊勢物語』と西村市郎右衛門

さて、もう一点外部徴証として紹介しておきたいものがある。それは今問題点として取挙げた貞享二年修版書籍目録の巻三、六十二丁（裏）に後刻されていた『好色伊勢物語』である、この『好色伊勢物語』は『伊勢物語』を好色風にパロディー化したものだが、各丁に頭注の如き首書があり、本文の考証、説明を行なっている。問題となる部分はその巻四、十一丁（裏）の首書である。本文の「ゆびにぎりて」の説明として次のような文章が書かれている。

男色小かゝみといふふみに、手のとりやう其外一道のわけかきたるふみあり。是男色の道ニする事とぞ(12)

問題は「男色小かゝみ」という書名である。前述したように『好色伊勢物語』の刊行されたのは貞享三年二月であり、『男色大鑑』の刊行された貞享四年正月より約一年前である。すると、『男色大鑑』の刊行された一年も前に「男色大鑑」ならぬ「男色小かゝみ」なる書名が登場することになる訳で、『男色大鑑』の成立が二年程繰り上がるかどうかを検討している本稿にとって、これは見過ごせない徴証である。では、この「男色小かゝみ」とは一体何であり、この徴証は『男色大鑑』の成立にとってどのような意味を持つものなのであろうか。

このことについては様々な考え方があろうかと思うが、まず「男色小かゝみ」とは何であるのか、これが問題であろう。私はこのことについて三通りの考え方が可能だと思っている。次にその三つを箇条書きにして示してみよう。

(イ)この「男色小かゝみ」を元禄七年、京都和泉屋三郎兵衛・江戸松葉屋清兵衛から出版された『當流風體男色子鑑』のことを指すとする見解。

(ロ)この『好色伊勢物語』の首書を全面的に信頼して、貞享三年二月の時点で『男色小かゝみ』なる書物が存在していたとする見解。この場合、刊本として出版されていたとする以外に、写本として存在していたとも考えられる。

(ハ)「男色小かゝみ」なる書名を『好色伊勢物語』の作者と思われる西村市郎右衛門の創作と考える見解。

では、この三つのうちどれをとるべきかだが、実はこの点に関しては決め手を欠くとしか言いようがない。管見に入る限りの資料から判断すると、どれも可能性があり否定はできないのである。ただ、敢えて私見を述べるとするならば、私としては(ロ)の可能性が高いと考える。というのは、まず(イ)であるが、国会図書館本の『男色子鑑』を調査してみたところ、どうもこの「ゆびにぎりて」の説明文に該当する箇所が見当たらないのである。勿論細かく精査してみたわけではないので、見落しや誤謬もあるかも知れないし、また該当する箇所の無いことがすなわち無関係ということにはならないだろう。が、貞享三年から元禄七年までは八年間もある。この八年間の開きというのはやや長すぎるきらいがあるし、また、出版予告的な意図を持って記述したとも考えられるが、書籍目録の類いならともかく、首書の中に書名を出すというのでは、そうした予告の意図があったとは考えにくい。よって（イ）の可能性は少ないと考えたい。次に（ハ）である。『好色伊勢物語』の首書を読んでゆくと、実に多くの書名が登場する、次にその書名と記載回数を回数の多い順に列記してみる。

(1)	好色しのぶ山	9	(11)	白烏	1
(2)	好色三代男	7	(12)	本草	1
(3)	好色二代男	4	(13)	又おかし	1
(4)	好色一代男	2	(14)	三才図絵	1
(5)	たきつけ	2	(15)	椀久物語	1
(6)	好色異見集	2	(16)	礼記	1
(7)	難波鉦	2	(17)	大せいろん	1
(8)	島原大和暦	1	(18)	悪性集	1
(9)	好色年中行事	1	(19)	犬方丈記	1
(10)	もえくい	1	(20)	男色小かゝみ	1

二十に及ぶ書名の中には、著名なものもあれば、あまり聞いたことのないものもある、中には、「又おかし」「悪性集」「大せいろん」等のように本書以外にその名を聞かないものがある（「男色小かゝみ」も先程の（イ）の立場を

とらないとすれば、そのうちの一つとなる)。(ハ)の見解が成立する理由はこの点にあるのだが、この聞き馴れない書名を作者西村の創作とするよりも、散逸したと解した方が良いように私には思われる。というのは、たとえば「白烏」であるが、この書『国書総目録』『日本小説書目年表』及び当時の書籍目録類に名を見出せないが、延宝六年十月序の『色道大鏡』巻一凡例にその名がみえ、また『諸艶大鑑(好色二代男)』巻一の一にも「宗吉が白烏」とあり、実在した諸分秘伝書であることは間違いない。また、記載回数の最も多い「好色しのぶ山」であるが、この書も「白烏」同様、書籍目録類に名を見出すことは出来ないが、西村は『好色三代男』にもこの書名を記載しているし、もし創作であったとすれば、その書名を最も多く使用するというのもおかしい。また首書には書名を記すかわりに「ある文にいわく」という形でその名を記さずに引用している書目も多く、そうした形がありながら、他で書名を創作するというのも不自然であろう。

こうしたことから、私は、(ロ)の考え方を現段階としては支持したいと考えている。が、先程も述べたように、(イ)や(ハ)の可能性も充分にあるのであるから、ここでの結論には前述した「敢えて私見を述べるとするならば」という言葉を再度冠しておく必要があるであろう。

さて、次にこの「男色小かゝみ」なる記述が本題の『男色大鑑』の成立にどのような視点を提供してくれるかだが、「男色小かゝみ」の実態が三通り考えられる現状からすると、この点についても、それに即して考えねばならないだろう。まずこの(イ)(ロ)(ハ)のうち(イ)と(ロ)は同じ範疇に入ると考えて良いだろう。というのは(イ)と(ロ)はともに「男色小かゝみ」を実体のあるものとして想定しているからである。(イ)は作品を未完成の状態、(ロ)は既に完成された作品とするという違いはあるけれど、ともに貞享三年二月の時点で「男色小かゝみ」は何らかの形を持っていたとすることで一致している。そこで問題としたいのは、そうした実体を持った「男色小かゝみ」はどのような発想から生まれたのかということである。常識的に考えてみて、『色道大鏡』に対する『色道小鏡』の如く、その発想の根元に『男色大鑑』に対する意識があったと推察されるのである、勿論「男色小かゝみ」の「小かゝみ」は「大鑑」に対する「小鑑」ではなく、文字通り小さな書、つまりハンドブックというような意味による命名であって、『男色大鑑』とは無関係に単独で生まれたものと考えられなくもないが、上述のように考えた方がより自然である。それに、この「男色小かゝみ」なる書名を書き入れているのが、先程の書籍目録に「男色大鏡」と記載したと思われる版元の西村であるということは、「男色大鏡」と「男色小かゝみ」にただならぬ関係を感じさせるのである。

もし、かくの如く考えるならば、「男色小かゝみ」の作者は、『男色大鑑』の存在を知っていたことになり、その時期も貞享三年二月を遡ることになる。よってここから、『男色大鑑』の成立を定説より早めるべきだとする先の結論に近い見方を導き出せることになる。

では（ハ）の立場においてはどうか。この「男色小かゝみ」を西村の創作と考えた場合、注目すべきは先の書籍目録の版元とこの『好色伊勢物語』の作者が同一人物であるということである、結論的に言うならば、西村は『男色大鑑』の出版ということを知っていたからこそ、「男色小かゝみ」と首書に書いたのではないか。「男色小かゝみ」が純粋な創作であるならば、何故もっと他の書名、たとえばストレートに「男色大鑑」等としなかったのか、何故「大鑑」を意識させるような「小かゝみ」という書名を用いたのかという疑問が残る。やはり、西村は『男色大鑑』を意識していたと考えざるを得ない。よって（ハ）の観点に立っても（イ）（ロ）同様の結論が導き出されるのである。

このように三通りの考え方、それぞれの立場に立ってみても、貞享三年二月以前に『男色大鑑』が存在していたことを感じさせるのであり、先の書籍目録から得た結論の傍証となるものと思う。勿論、今も述べたように「男色小かゝみ」という書名が単独で成立する可能性も充分あるわけだし、三通りの観点といっても微妙にその徴証の持つ意味も違ってこようから、それをこのようにやや曖昧な形で補強資料として提出するのにはためらいがないわけではない。が、注目すべき資料であることには間違いないようであるから、一応上述の如く私見を付して提出し、後考を俟つことにしたい。

なお、『好色伊勢物語』について触れたついでに、西鶴と西村市郎右衛門の関係についても少し述べておきたい。先程も述べたように西鶴と西村市郎右衛門とはある意味でのライバルであった。ただ、この方面の資料不足から、どのような関係にあったのか今一つはっきりしないけれど、かたや大坂、かたや京都にあって小説界をリードしていたことは間違いない、そして二人の作品を読むと、西村がある時期西鶴の小説作法を模倣していることがわかる。この点について中嶋隆氏(13)の詳細な研究があるが、中嶋氏によれば、西村の西鶴模倣は貞享二年正月刊の『宗祇諸国物語』から始まって、貞享三年に刊行された四作品（『諸国心中女』『好色三代男』『好色伊勢物語』『浅草拾遺物語』）にいたってピークをむかえ、貞享四年においてはすでにその熱が冷めたか、その影響がほとんど見られないという。つまり、西村が西鶴を強く意識しその作風を模倣しようとしたのは、『宗祇諸国物語』の執筆時期と考えられる貞享元年あたりから模倣を終える貞享三年の終りごろまでということになる。

そこで注目したいのは、本稿で先に外部徴証として提示した貞享二年修版書籍目録と『好色伊勢物語』がともにこの時期の中に入っていることである。特に貞享二年修版書籍目録が西村の西鶴模倣時期と重なるというのは注目すべきである。先程、西村が書籍目録に『男色大鑑』の書名を記していることに対して、どこからどうやってこの情報を得たのか解らないと述べた。この点については今この場でも同じだが、少なくとも西村は自編の書籍目録を出そうとした時、西鶴の著作活動に、以前になく注目していたことになる。もし西鶴が新しい出版物を計画していると知ったならば、それがどのようなものであるのか、西村は誰よりも知りたかったに相違ない。恐らく「八、男色大鏡」という記述は、そうした西村の意識と努力の表われではなかったかと思われるのである。このように、西鶴と西村のこの時期の関係をみても、貞享二年修版の書籍目録に『男色大鑑』の名が載ることの必然性は充分にあると言えるのである。

四　『男色大鑑』の序章

さて以上、外部徴証二点について論じてきたが、次にこうした観点から、『男色大鑑』の作品内部に眼を転じてみることにしたい。まず、巻一の一「色はふたつの物あらそひ」中の次の一文に注目してみる。

菟角は男世帯にして、住所を武蔵の江府に極めて、浅草のかた陰にかり地をして、世の愁喜、人の治乱をもかまはず、不断は門をとぢて、朝飯前に、若道根元記の口談。見聞覚知の四つの二の年まで、諸国をたづね、一切衆道のありがたき事、残らず書集め、男女のわかちを沙汰する。

この一文からすると、西鶴は四十二歳になるまで諸国を歩き、男色（衆道）に関する話を集め、それ以降この集めた話をもとに『男色大鑑』の執筆を開始したということになる。従来からこの部分は、西鶴の文学的レトリックと解されるのがほとんどであった。たとえば暉峻康隆氏は『西鶴評論と研究（上）』(14)において次のように述べている。

現象を見聞し、その意味を悟ることのできるやうになった四十二歳まで諸国をたづねて蒐集した一切衆道の有難きことを、江戸浅草の一隅に閑居して書綴るといふこの序章の一節を正直に受取って、とかくあいまいな西鶴の伝記に加へるところあらんとする考察がこれまでになされてゐる。……中略……これは西鶴のメモや日記ではなく、何といっても小説の一節なのであるから、西鶴の伝記をよみとるべきでなく、創作意識をこそよみとるべきであると私は考へる。もちろんこの一節にはある程度の事実らしい匂がある。たとへば見聞覚知の四つの二の年、すなはち「一代男」を書いて小説への第一歩をふみ出した翌年、続篇「二代男」を書いた前年、天和三年の頃まで諸国を行脚したという点は、「名跡を手代にゆづりて僧にもならず、世間を自由にくらし、行脚同時にて頭陀をかけ、半年程諸方を巡りては宿へ帰り」といふ「見聞談叢」の記事と照らし合はせてうなづかれるからである。しかし「一切衆道のありがたき事」を求めて行脚したといふのは、西鶴がこの作品を書くに当って払った題材蒐集の努力ないし熱意の文学的表現であろうし、また江戸の浅草に住んでこの作品を書いたといふのは、その武家社会の衆道を執筆するにふさはしい環境として武士の都江戸をえらんだ、これもまた文学的表現であろう。

確かに西鶴が江戸に滞在していたということについては文学的なレトリックがなされていると考えるのが妥当であろう。だが暉峻氏も述べているように、四十二歳まで諸国を行脚し、その後蒐集した話をもとに執筆したという記述を信用できないものとして、嘘として一蹴する理由はどこにもないだろう。むしろ何らかの実体験が彼をしてそう言わしめていると見るべきである。

そうすると我々はここにおいて、ある二つの事実の一致を見てとることが出来る。それはこの一文に記されている『男色大鑑』の執筆開始時期と先程の貞享二年修版書籍目録から推定した執筆開始時期との一致である。西鶴が四十二歳まで諸国を巡り、それ以降『男色大鑑』の執筆にとりかかったということは、西鶴は四十二歳もしくは四十三歳頃から『男色大鑑』の執筆にとりかかったということを示している。そして西鶴が四十二歳というのは天和三年であり、四十三歳は貞享元年である。すると、これは先程推定した貞享元年暮という時期と奇しくも一致、もしくは極めて接近していることになる。

『男色大鑑』中、作者自からが執筆時期について、また創作意図とその方法等について述べていると思われる箇所はここにしかなく、また巻一の一は作品全体の序章であり、序文的な役割を果している章でもある。このような章からこうした徴証の得られることは、まことに興味深いことであると言わねばなるまい。

さて、次にもう一点、興味深い徴証として指摘しておきたいことがある。それはこの『男色大鑑』全体の構想である。これも同じく巻一の一「色はふたつの物あらそひ」に次の一文を見出す。

惣じて女の心ざしを、たとへていはゞ、花は咲きながら、藤づるのねじれたるがごとし。若衆は、針ありながら初梅にひとしく、えならぬ匂ひふかし。爰をもつておもひわくれば、女を捨、男にかたむくべし。此道のあさからぬ所を、あまねく弘法大師のひろめたまはぬは、人種を惜みて、末世の衆道を見通したまへり。是さかんの時は命を捨べし。なんぞ好色一代男とて、多くの金銀諸の女についやしぬ。只遊興は男色ぞかし。

文意は明らかに男色を賞揚し、女色を落としめることにあるが、注目すべきはその引き合いに『好色一代男』が取り挙げられていることである。『男色大鑑』が刊行されたのは貞享四年正月であり、言うまでもなく、それまでには『好色五人女』『好色一代女』といった好色物が刊行されている。そうした中にあって、何故西鶴は『一代男』だけをその対象として取り挙げたのだろうか。勿論『一代男』は好色本の祖と言われるものであり、女色を攻撃しようとした場合には当然取り挙げられるものであるとも言えよう。だが、『男色大鑑』が数ある西鶴の好色物に一言も触れず、『一代男』のみに直接的な言辞を向けているということは一体何故なのだろうか。

『男色大鑑』の構想といった場合、見逃してはならない作品がもう一つある。それは一般的には「好色二代男」と呼ばれた西鶴の二作目の好色本『諸艶大鑑』である。この二作を比べた場合、様々な類似点を指摘できるが、この点に関して暉峻康隆氏は次のように述べている。

ところで考えるまでもなく、第二作の『諸艶大鑑』の語り手である世之介の忘れ形見の二代男世伝も、もちろん一代男同様に攻撃対象のはずである。ところが二代男には一言半句もふれないどころか、その構想をそっくり踏襲しているのである。まず「諸艶」を「男色」と置き替えただけのタイトルからして、西鶴が『諸艶大鑑』の構想を踏襲しようとしたことを暗示している。そのとおり、まず巻一の第一章を、『諸艶大鑑』と同じく序章とし、テーマの解説と強調を試みている。そして第二章以下は、遊女が若衆に変わっただけで、同様に列伝体である。遊女とちがって若衆は、ノンプロの武家ならびに町家の地若衆と、プロの歌舞伎若衆（売り若衆）という厳然たる相違があるので、前半四巻は地若衆、後半四巻は売り若衆という相違はあるが、列伝体という構想に変わりはない。(15)

この後、暉峻氏は「それだけでなく、『男色大鑑』を書くに当たって、西鶴が『諸艶大鑑』の構想を下敷きにした形跡はあきらかである」として『男色大鑑』巻八の三「執念は箱入の男」の一文が『諸艶大鑑』巻八の五「大往生は女色の臺」の趣向を転用したものであることを指摘している。また他にも、共に巻一の一で『好色一代男』を攻撃目標にし、『二代男』の好評を利用しようとしたこと。共に八巻八冊（ちなみに『好色一代男』も八巻八冊）で四十章であることなどが挙げられよう。

こうした点から考えると『男色大鑑』の構想は『好色一代男』と『諸艶大鑑』とに深い関係があることになる。すなわち三作品の関係を図示するならば、丁度『好色一代男』を頂点とした二等辺三角形の如くになるであろう。勿論、これは作品の構想、それも全体的な意味での構想から導き出すことのできるものであり、細部に渡っては上述の図式にあてはまらぬものも多いかも知れない。しかし、少なくとも西鶴が『男色大鑑』の構想を得、執筆を開始するに必要な条件は『諸艶大鑑』の出版された貞享元年四月には、既に揃っていたと言うことができるのではないだろうか。そして、この貞享元年四月とは、前述した貞享二年修版書籍目録からの推定による成立時期と一致することになる。

また、こうした『男色大鑑』及び『一代男』、『諸艶大鑑』の図式を考えた場合、それを象徴するかのような徴証がある。それは本稿で何度も取り挙げてきた貞享二年修版書籍目録の巻三、六十二丁（裏）である。改めてこの六十二丁をみる時、数ある西鶴の好色物から何故『一代男』『二代男』及び『男色大鑑』の三作しか挙げられていないのか。この疑問も上述の三作品の図式と『男色大鑑』の成立時期の早さとを考えることによって説明がつくのではないかと思う。

五　『男色大鑑』の位置再説

さて、内外幾つかの徴証から、『男色大鑑』の成立時期について述べてきたが、こうしてみると、『男色大鑑』の成立時期が二年程遡る（正確には執筆開始時期が二年遡る）ということも、まんざら絵空事でなくなってきたように思う。勿論、いまだに多くの疑問点も残ってはいるけれど、こうした方向性で『男色大鑑』を再検討してみる価値は充分にあると思われるのである。そこで次に、貞享元年暮の時点で『男色大鑑』の構想は練られ、執筆が開始されていたとした場合、それが『男色大鑑』の位置にどのような影響を与えることになるのか考えることにしたい。

先程「『男色大鑑』の位置」と題した中で『男色大鑑』は好色物から武家物への転換期的作品という従来の位置付け方を紹介したが、これがまず再検討されるべきであろう。これも先程述べたことだが、この好色物から武家物への転換期的作品という位置付け方は、『男色大鑑』の成立が好色物の『好色五人女』や『好色一代女』以降であるという前提の上に成り立っていた。だが、『男色大鑑』が貞享元年暮には構想を持たれ、執筆が開始されていたとすると、この前提に大きな狂いが生じる。『好色五人女』の刊行されたのは貞享三年二月、『好色一代女』は貞享三年六月である。『好色五人女』の成立は巻二の樽屋おせん姦通事件が貞享二年正月のことであるから、それ以降であることは間違いないし、『好色一代女』も『好色五人女』以前の成立とは考えられない。すると、本稿の推定が正しいとすれば、『男色大鑑』は『五人女』や『一代女』よりも早く着想され、執筆を開始されていたことになる。よって、『男色大鑑』が好色物から武家物への転換期的作品という位置付け方は崩さざるを得ないだろう。

また、この従来の位置付けに対する反論は、先程述べた『好色一代男』『諸艶大鑑』『男色大鑑』三作の図式、及び色道という観点に立っても首肯することができると思う。そもそも色道において、女色と男色は切っても切れない関係にあった。車の両輪、鳥の双翼の如きものであった。これは当時の文献を閲して歴史的事実だが、西鶴も「色道ふたつ、寝ても覚めても」（『好色一代男』巻一の一「けした所が恋のはじまり」）とも、「色は二つ」（『男色大鑑』巻一の一章題）とも言った。西鶴自身の経歴にしても、彼が早くから女色男色両道に身を置いていたことは、彼の俳歴及び作品などからみて明らかである。このような女色と男色のあり方、並びに西鶴自身の言説と経験を考えた時、私は『男色大鑑』が『好色一代女』の後に成立したと考えるのは、どうしても腑に落ちないのである。それに、西鶴は『好色一代男』で既に男色を取り挙げてもいた。数は五篇と少ないけれど、既に後の『男色大鑑』にみられるような男性間の情念的世界を描き出していた。その一年半後の貞享元年四月に、色道の一方である女色を網羅した『諸艶大鑑』を出版していることを考えれば、もう一方の男色を網羅した『男色大鑑』も、それと同時もしくは近い時期に構想され、準備が進められたと考えるのが自然ではないかと思うのである。

このように、色道という観点に立っても、『男色大鑑』を好色物から武家物への転換期的作品と考える見解は否定されなければならないと思うのだが、では改めて『男色大鑑』を位置付けるとすれば、どのような位置付け方が可能なのであろうか。それは、既に述べてきたところから明らかだと思われるが、『男色大鑑』は『諸艶大鑑』と対称的に併置されるべきだと思う。そして、『男色大鑑』を直接的に導き出したものとして『好色一代男』を置くべきであろう。つまり先程述べた『好色一代男』を頂点に『諸艶大鑑』と『男色大鑑』を底辺に置く、二等辺三角形の図式である。恐らく西鶴は『好色一代男』の好評に気を良くした後、それならば女色と男色を集大成したものを『一代男』と同じく八巻八冊で作ろうと考えたのではなかったろうか。そして、『一代男』を含めて、謂わば色道三部作とでも言うようなものにしようとしていたのではなかったか。勿論、この三作の図式は推測の域を出るものではない。改めて吟味する必要もあろうが、少なくとも『男色大鑑』を転換期的作品という位置付けから解き放って、評価をし直すべきではないかと思うのである。

むすびに

『男色大鑑』の成立をめぐって、様々な角度から論じてきたが、その成立時期についての考えはあらまし述べ終った。そこで、次に一応結論となった部分をまとめておこう。

『男色大鑑』は内外様々な徴証から貞享元年暮には大方の構想がなされ、既に幾つかの短篇は執筆が開始されていたのではないか。もし、この成立時期の推定に誤りがなければ、『男色大鑑』は好色物から武家物への転換期的作品といった位置付け方から、もっと初期の方へ位置付け方を変えなければならないのではないか。私見によれば、『好色一代男』『諸艶大鑑』との関係、女若二道の色道という観点などから、『男色大鑑』は『諸艶大鑑』と併置される位置になる。

細かい点はともかく、柱となる所を示せば以上の如くになるが、まだまだ考えねばならないことの多いのに気づく。たとえば、もし本稿で述べた如く、『男色大鑑』が貞享元年暮の時点で構想が持たれ執筆が開始されていたのなら、なぜ刊行まで二年の歳月を要したのか。また、執筆は中断することなく常に進められていたのか、幾つかの、執筆が集中した時期があったのか等々である。この点については、次の本書第三部・第四章で扱ってみたい。

注

（1）堤精二「『好色一代男』と『諸艶大鑑』――その成立をめぐっての試論――」『国語と国文学』一九五四年七月。
（2）暉峻康隆「日本永代蔵の成立をめぐって」『文学』一九六〇年十一月。
（3）谷脇理史「『万の文反古』の二系列――二つの草稿の存在とその成立時期――」『国文学研究』第二十九集、一九六四年三月。
（4）暉峻康隆『西鶴評論と研究（上）』中央公論社、一九四八年。
（5）野田寿雄『西鶴』三一書房、一九五八年。
（6）暉峻康隆「一六八六年の西鶴」（『国文学』第24巻第7号、一九七九年）。後に「男色大鑑の成立」『西鶴新論』（中央公論社、一九八一年）。
（7）『江戸時代書林出版書籍目録集成』（井上書店、一九六二年）第一巻の解題。
（8）勿論、現存諸本の全てが同版であったとしても、それが直ちに異版の存在を否定することにはならない。しかし、現存諸本九本全て同版であることや、後述するように『好色伊勢物語』未刻の版（後に示す（A）版）の存在すらないことから考えて、「八、男色大鏡」の記載されていない版の存在する可能性は極めて少ないと言える。よってこのような言い方にしておいた。
（9）『日本古典文学大辞典』（岩波書店、一九八四年）第二巻の『好色伊勢物語』の項目で、吉田幸一氏は「京都書林西村市郎右衛門の作と断じてよいであろう」と述べている。水谷不倒氏の『列伝体小説史』における指摘や、作中『好色三代男』の引用が多く、『好色三代男』の宣伝を狙っていること、『好色伊勢』の執筆期間であると思われる貞享二年中は『三代男』がまだ出版されておらず、『好色伊勢』の作者は『三代男』のごく近辺の者と考えられることなどから、吉田氏の御意見に同調したい。
（10）ちなみに『好色大鑑』は元禄五年刊『改正書籍目録』にも冊数未刻として掲載されている。
（11）『男色大鑑』の初版は八巻十冊であるが、これは冊数を水増しして売ろうとした書肆のさかしらであるらしいこと、暉峻康隆氏（『定本西鶴全集』第四巻の解説）を始め幾つかの指摘がある。貞享四年正月に出版された『男色大鑑』の冊数が十冊であったことは、「八、男色大鏡」の彫られた時期が、貞享四年正月よりもかなり前であることをかえって証明していることになる。

(12) 吉田幸一編古典文庫本（一九八二年）による。

(13) 中嶋隆「『西村本』の西鶴模倣——『好色三代男』を中心として——」（『近世文芸—研究と評論』一九八〇年六月。後に『初期浮世草子の展開』若草書房、一九九六年）など。

(14) (4)の前掲書

(15) 暉峻康隆「男色大鑑の文芸性」（『西鶴新論』中央公論社、一九八一年）所収。

第四章　『男色大鑑』の成立をめぐって（下）――成立過程の問題

はじめに

現在、西鶴の浮世草子の多くは、その作品評価をめぐって大きく揺れている状況にあるが、そうした状況を招いた原因の一つに、成立の問題があったことは間違いない。

西鶴の研究史を繙けば、そうした成立の問題を論じたものが、昭和三十年頃から漸く盛んになったことを確認できるが、それらの成立論を見ると、多種多様な問いかけがなされてはいるものの、その問題の設定方法については、大方次の二つに集約できる。一つは、刊行時期と執筆時期のズレなどを指摘するいわゆる成立時期の問題。二つ目は、同一作品内において成立を異にする部分などを指摘するいわゆる成立過程の問題。勿論、この二つは別々のものではなく、密接に関係しあっていることは言うまでもないが、私が『男色大鑑』を洗い直したいと思ったのも、この二点において通説に疑問を抱いたからであった。前者の成立時期の問題については、既に述べたので[1]、本稿では後者の成立過程の問題について考えて行きたいと思う。

さて、成立過程の問題といっても様々だが、まず考えられることは先に示した如く同一作品内に成立を異にする部分があるのか否かであろう。そして『男色大鑑』に上述のごとき発問をした場合、まずもって巻一～巻四と巻五～巻八の内容上の相違が思い起こされる。周知のように『男色大鑑』は前半の巻一～巻四が武家を中心とした地若衆を、後半の巻五～巻八が歌舞伎の売若衆をその対象にしているが、この内容上の相違を成立の相違にまで広げて考えるべきなのであろうか。この点については既に成立の相違によるものと推測する論考(2)も備わっており、私も十分その可能性があると考えるが、この前半後半の相違を考えるまえに、私はもう少し細部を問題にすべきなのではないかと考えている。その部分とは後半巻五～巻八である。既に暉峻康隆氏も指摘しているように(3)『男色大鑑』後半の巻五～巻八は西鶴の体験領域であり、日常的現実的世界である。よって成立を考えるうえでの材料も前半の巻一～巻四までにくらべて豊富である。私もまずこの後半巻五～巻八について考えてみるところから始めることにしたい。

一　巻五・八と巻六・七の相違

『男色大鑑』を読み進めて巻六にさしかかったとき何か微妙な違和感を感じたことがある。それは巻六の目録が今迄とはやや違った形で記されていたからだ。例えば巻六の一「情の大盃潰胆丸」は次のように記されている。

一　情の大盃潰胆丸
　　伊藤小太夫さながらの女

衆道中立売の内義
きのふの小袖けふは形見

これに対して巻五の一「涙の種は紙見世」の目録は次のようになっている。

一　涙の種は紙見世
芝居子銀壱枚になる事
都人も桜にらうぜきの事
花崎初太夫出家する事

目録の内容やスタイルそのものについては、両者ほぼ同じだが、目録の副題が巻五の一では「……事」に統一してあるのにたいして、巻六の一の副題にはそうした統一がなされていない。西鶴が浮世草子を書く時、目録を非常に凝ったものにすることはよく知られたことであるが、そうした西鶴のいつもの姿勢を考えた場合、この違いはやや気になるところである。そこで、『男色大鑑』全巻の目録を調査してみると、今挙げた巻五の一と巻六の一との目録の違いが全体にまで波及していることがわかる。即ち巻一から巻五までと巻八の目録の副題が「……事」と統一されているのに対して、巻六、巻七の目録の副題が「……事」という形に統一されておらず、自由な書き方がなされているのである。この違いは何を意味するのだろうか。

ただ、この違いが本文以外の目録、しかもその副題の一部である事を考えた場合、そのような細部を大々的に問題にすべきなのか、単に西鶴の気まぐれとは考えられないのかといった疑念を抱かなくもない。だが、今も述べたように、西鶴が多くの作品の目録に意匠を凝らしているのに加えて、西鶴作品の多くの成立論が、こうした作品本文の周辺（特に各作品の目録）から論じられていることを考えなくてはならない。例えば、『世間胸算用』において、巻一～巻三迄の目録の副題には「大晦日」の文字が入るのに対して、巻四・巻五の目録にはそうした文字が見られないことなどから、巻一～巻三と巻四・巻五の成立が異なるのではないかと指摘した宗政五十緒氏「西鶴後期諸作品成立考」(4)や、『西鶴置土産』において、「西鶴正筆也」と記された巻三の一から巻四の一までの部分は、他の章にくらべて完成された形で既に成立していたのではないかと指摘し、その論拠として目録の副題の順序を問題にした谷脇理史氏「『西鶴置土産』論の前提」(5)といった論考がその良い例であろう。ちなみに、私も『好色一代男』の巻五の二から巻五の七までの目録が、他の章のそれと違うことなどから、巻五の二～巻五の七までの章は後から挿入されたのではないかとの仮説を述べてみたことがある。(6)勿論、他の作品におけるそれらの徴証及びその意味が『男色大鑑』の場合にも当てはまるかどうかは分からないが、周囲の状況と照らし合わせつつ検討を加えてみる価値はありそうである。

そこで今指摘した目録からの徴証を吟味するため、巻五以降の目録を全て引用してみたい。

男色大鑑　本朝若風俗　第五巻

目録

一　涙の種は紙見世

芝居子銀壱枚になる事

都人も桜にらうぜきの事
花崎初太夫出家する事
二　命乞は三津寺の八幡
平井しづま衆道の外の情の事
銀ためし親仁はじめて芝居見る事
境の娘逢ての恋を捨る事
三　思ひの焼付は火打石売
玉川千之丞内証帳の事
嵐をしのぐ手づから間鍋の事
都に新恋塚をつくる事
四　江戸から尋ねて俄坊主
道なしの笹の庵に住事
玉川主膳心をくむ内井戸の事
里の女はすがたにまよふ事
五　面影は乗掛の絵馬
霜先の狼恋に命とらるゝ事
玉村吉弥かくれもなき情しりの事
前髪のなきも世の仕合になる事

男色大鑑　本朝若風俗　第六巻

目録

一　情の大盃潰胆丸
　伊藤小太夫さながらの女
　衆道中立売の内義
　きのふの小袖けふは形見。
二　姿は連理の小桜
　願状にしるゝ千之助が心ざし
　文章はいもせの階がゝり
　人のしらぬ情一夜の笹箆屋
三　言葉とがめは耳にかゝる人様
　胸を煙らす仕出したばこ入れ
　口ゆへに切られ損切たり牢人
　山三郎思ひみだるゝ滝の糸
四　忍びは男女床達ひ
　人の顔見せおもしろの出見世

目録終

近代の風俗お山吉弥が真似
おもひもよらぬ兄様の仕合
五　京へ見せいで残り多いもの
古今出来まじき物平八が若衆方
酒ゆへ夢太郎と我名を呼事
女の執心三十日めに惜や命

目録終

男色大鑑　本朝若風俗　第七巻
目録
一　蛍も夜は勤めの尻
吉田伊織藤村半太夫都の月花
雨夜の竹の小笠問どこたへず
仏前の花誰かはさし替て
二　女方もすなる土佐日記
それの年の噂指切てこれ
茶臼山松茸狩の十盃機嫌
半弥が仕出し扇は風の外
三　袖も通さぬ形見の衣

子安の地蔵は偽りなし
おもはくの紋楊枝は口に入物
正月二日の曙の灰よせと
四　恨みの数をうつたり年竹
文腰張はたゞならぬ隠れ家
惣じて年ぜんさく殊更若衆
ねだり男髭はむかしになりぬ
五　素人絵に悪や釘付
京は山難波地引の沖鰭
筑前のうき名境の浦に流
岡田左馬之助人も悪まず

目録終

男色大鑑　本朝若風俗　第八巻

目録

一　声に色ある化物の一ふし
神子の口もあはぬむかしの事
藤田皆之丞勝手屛風の事
女の心たまやねをとびこす事

二　別れにつらき沙室の鶏
　八人ならびの長枕今は夢になる事
　一盛りはよし野増りの顔見せの花の事
　峰の小瀑豊なる身持の事
三　執念は箱入の男
　菱屋が二階座敷恋にのぼり客の事
　文も数かさなり千体仏に張るゝ事
　竹中吉三藤田吉三思ひを一荷の事
四　小山の関守
　下戸も上戸も付ざし嫌はぬ事
　山本左源太身請の首尾の事
　上村辰弥よい子に極まる事
五　心を染し香の図は誰
　大和屋甚兵衛が定紋の事
　芸子は今が盛大臣はすがりの事
　若衆好きの目からは美女も隠元豆と見し事
目録終

やや引用が長くなったが、こうして巻五以降の目録を見てみると、副題が「……事」という形でまとめられているかいないかの差異はやはり目立つといってよいであろう。が、巻五・巻八と巻六・巻七の目録の差異は上記の事柄だけにとどまらないようである。『男色大鑑』の後半四巻は、周知のごとく西鶴当時の歌舞伎若衆の列伝体という形をとっており、この目録にもそうした若衆方の役者名が記されている。ところが、この役者名の取り上げ方が、巻五・巻八と巻六・巻七では違うのである。先ず巻五・巻八の方だが、こちらでは三行ある副題のなかに必ず役者の名前が入っており、しかも「平井しづま」「玉村吉弥」「藤田皆之丞」「上村辰弥」というようにフルネームで記されている。これに対して、巻六・巻七の目録ではフルネームで記されているものもないではないが（巻六の一、巻七の一、五）、ほとんどは「千之助が心ざし」「山三郎思い乱るゝ」「半弥が仕出し」というように役者名が略して記されており、さらに巻七の三、四にいたっては役者名は一切省かれている。巻五・巻八が統一的に意匠が凝らされているのに対して、巻六・巻七の方は何かバラバラといった印象を拭えないのである。勿論これとても西鶴の気まぐれと考えられないでもないが、この役者名の記載方法については、些か別の問題点がある。

既に述べた如く、『男色大鑑』の後半四巻は若衆方歌舞伎役者の列伝であるが、この点から考えれば、目録の副題に役者の名前を入れることは読者の興味を引くうえで効果的な方法であったことは間違いない。こうした評判記的要素の高い読み物の場合、読者はまず誰が評判の対象とされているのかに興味をもつからである。そうした意味で、巻五・巻八の、役者名をフルネームで記載するというのは、読者の関心に対応したものだということができるが、一方、巻六・巻七の方は目録を見ただけでは誰が評判の対象とされているのか分かりにくくなっており、巻五・巻八に比べて読者への配慮がやや希薄になっているということになる。つまり、この目録に役者名をきちんと記しているかいないかは、単に目録のスタイルやデザインといった外面上の問題を越えて、目録を作成するうえでの発想そのものの違いに端を発しているといえるのである。では巻五・巻八と巻六・巻七の目録にどうしてこのような相違が生まれてしまったのであろうか。この原因については他の諸点とも考えあわせつつ後述してみたいと思うが、ともかくも巻五・巻八と巻六・巻七の目録はその作成状況について、何らかの相違点があった可能性は高いと思われるのである。

二　役者の年代

そこで問題になるのは巻五・巻八と巻六・巻七の目録の相違に似たようなものが、本文そのものにも見られるのかどうかということであろう。先にこうした役者評判記的短篇の場合、読者は誰が評判されているのかに先ず注目すると述べたが、作者西鶴に即してみても誰を取りあげるかが、執筆するうえにおいて問題になったであろう。巻五・巻八と巻六・巻七の本文成立の相違を探るうえでも、とりあえずこの役者の取り上げ方に注目してみる必要がありそうである。次に各章において中心的に取り上げられている役者名とその役者の活躍した年代を列挙してみよう。

巻五の一　藤村初太夫　（万治・寛文）　①
巻五の二　平井しづま　（承応以前）　②
巻五の三　玉川千之丞　（承応・明暦以前）　③
巻五の四　玉川主膳　（万治・寛文）　④

巻五の五　玉村吉弥　（万治・寛文）　⑤
巻六の一　伊藤小太夫　（万治・寛文）　⑥
巻六の二　小桜千之助　（延宝〜貞享）　⑦
巻六の三　滝井山三郎　（寛文）　⑧
巻六の四　上村吉弥　（寛文・延宝）　⑨
巻六の五　鈴木平八　（天和・貞享）　⑩
巻七の一　藤村半太夫　（万治・寛文）　⑪
巻七の二　松島半弥　（延宝〜貞享）　⑫
巻七の三　戸川早之丞　（天和・貞享）　⑬
巻七の四　玉村吉弥　（万治・寛文）　⑭
巻七の五　岡田左馬之助（貞享）　⑮
巻八の一　藤田皆之丞　（天和・貞享）　⑯
巻八の二　峰野小曝　（延宝・天和）　⑰
巻八の三　竹中吉三郎　（天和・貞享）　⑱
〃　藤田吉三郎　（貞享）　⑲
巻八の四　上村辰弥　（天和・貞享）　⑳
巻八の五　大和屋甚兵衛（延宝〜貞享）　㉑

全体を眺めれば、若衆歌舞伎時代の承応以前から天和・貞享に至るまでの役者が雑然と並べられているかに見える。しかし、巻五・巻八と巻六・巻七の相違について既にある程度の知識を得ているこの場では、この役者の活躍年代についても巻五・巻八と巻六・巻七の間に何らかの違いがないのか気になるところである。そこでこの一覧を巻五・巻八と巻六・巻七に分けてみると、そこには明らかな或る相違が見えてくることに気付く。それは巻五が承応から寛文初年頃の割に早い時期の役者で統一されており、巻八が天和・貞享という『男色大鑑』の執筆刊行時期に近い頃の役者で統一されているのに対して、巻六・巻七の方は万治から貞享までの役者が雑然と並べられているからである。この点を分かり易くするために、上記の一覧をグラフ（次頁）にして示してみることにする。

こうして見れば、巻五と巻八が役者の年代を統一しているのに対して、巻六と巻七にそうした配慮のなされていないことがはっきりとわかるが、ではこの巻五・巻八と巻六・巻七の本文における相違点は、先に指摘した目録と同様に成立上の違いに起因すると見るべきなのであろうか。

そこでこの点を理解するために参考にしたい事がある。それはここで得られた巻五・巻八の統一性と巻六・巻七の雑然性が、先に指摘した巻五・巻八の目録の統一性と巻六・巻七の目録の雑然性とに重なってくることである。この重なりによって巻五・巻八と巻六・巻七の断絶がより一層明確になってくるが、加えて巻五・巻八、巻六・巻七それぞれを書いている時の、西鶴の創作意識の違いまでもがここから抽出できるように思う。即ち巻五と巻八を書いているときの西鶴は全体的な内容とスタイルに配慮し、意匠を凝らしているのに対して、巻六と巻七を書いているときの西鶴は統一的な配慮をせず、何か散漫でバラバラに書き続けている、ということである。こうしてみると、巻五から巻八までの四巻が一時に書かれたものとは思われなくなってくるのであり、やはりこの巻五・巻八と巻六・巻七は本文においても成立の違いがあったと見るべきではないだろうか。ではこうした違いは一体どうして

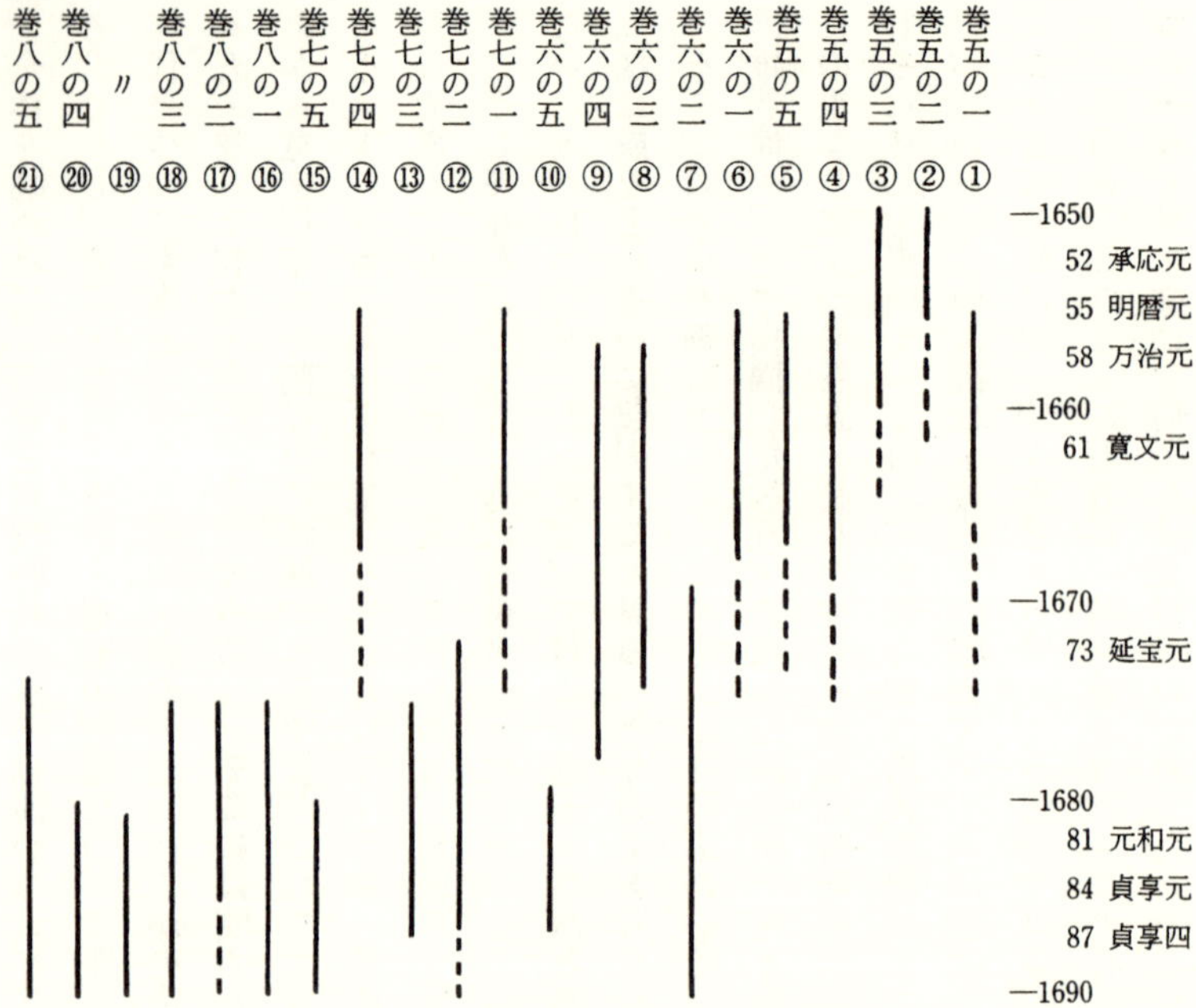

生まれてきたのであろうか。が、この点について考えるまえに、もう少し巻五・巻八と巻六・巻七の断絶を指し示す徴証があるので、そちらを先に提示してみたい。

まず、先に示した役者一覧を見ると、役者評判記的な体裁を持つこの作品にしては、余り相応しくないことが起きているのに気付く。それは一篇の中心人物として二度も取り上げられている役者がいることである。巻五の一、巻七の一の藤村初太夫（半太夫）と巻五の五、巻七の四の玉村吉弥である。この点について暉峻康隆氏は次のように述べている。

> 巻五の一と巻七の一では藤村半太夫、巻五の五と巻七の四では玉村吉弥と、二度も同じ役者を主人公としているのは、武家社会の衆道と違って、職業的なこの世界にはユニークな逸話が乏しかったせいであろう。[7]

確かに、素直に考えれば題材の重複即ち材料不足ということになろうが、この場合そう簡単に割り切ってしまってよいものか疑問である。何故なら、歌舞伎世界は西鶴の身近な世界であり、西鶴の立場からすればいくらでもユニークな逸話を仕入れることができたはずで、そうした材料収集に苦労したとはちょっと考えられないからである。ユニークな逸話を仕入れるのに苦労したのはむしろ巻一～巻四の武家社会のほうであったと思う。それに職業的世界ゆえにユニークな逸話が乏しいというのも理解しにくい。『好色一代男』の後半や『諸艶大鑑』に登場する多くの遊女たちは職業的ではあっても、と言うよりはむしろ職業的であるが故にユニークな逸話を西鶴に提供していたではなかったか。やはりこの場合にはもう少し別の理由を考えなくてはならないだろう。

そこで注意しておきたいことは、この重複する二つの短篇が巻五・巻八と巻六・巻七にまたがっている事である。先程、このような重複は役者評判記的体裁をもつこの作品においては相応しくないと述べたが、もしかりに、巻五・巻八と巻六・巻七の成立が異なっていると考えれば、事情は少し変わってくるのではないかと思われる。巻五・巻八と巻六・巻七との間に成立時期のズレがあれば、こうした重複が起こりやすくなってくるからである。ただ、重複する短篇が二篇と数が少ないこと、共に巻五と巻七であることを考えた場合、もう少し細かい調査が必要であるとも思われるが、この重複する二篇が巻五・巻八と巻六・巻七にまたがるという徴証は巻五・巻八と巻六・巻七の成立の相違もしくは断絶を考える場合に示唆を与えることは確かであろう。

また『男色大鑑』の後半四巻には一篇の主人公たる役者以外にも多くの役者が登場するが、この役者名の重複を調べても上記と同じような結果が得られる。次にそうした重複する役者名と重複する章を列挙してみよう。

藤村初太夫　（巻五の一、巻七の一）

村山又兵衛　(巻五の一、巻七の一)
玉村吉弥　(巻五の五、巻七の一)
吉田伊織　(巻五の五、巻七の一)
小桜千之助　(巻六の二、巻七の五)
袖岡今政之助　(巻六の二、巻八の三、巻八の五)
松本文左衛門　(巻六の二、巻八の二)
桜山林之助　(巻六の五、巻八の五)
歌山春之丞　(巻七の一、巻八の一)
大和屋甚兵衛　(巻七の三、巻八の五)
沢村小伝次　(巻七の五、巻八の四)
上村辰弥　(巻七の五、巻八の四)
川嶋数馬　(巻八の一、巻八の五)
三枝歌仙　(巻七の五、巻八の五)

重複して登場する役者は十四名だが、簡単に区分けすると、

巻五と巻六　0例▲　巻六と巻八　3例▲
巻五と巻七　4例▲　巻七と巻八　5例▲

巻五と巻八　　0例△　　同巻内　　2例△
巻六と巻七　　1例△

＊▲＝巻五・八と巻六・七に渡るもの
＊△＝▲に当てはまらないもの

となる（袖岡今政之助の場合はそれぞれに一例ずつと考えた）。これを巻五・巻八と巻六・巻七とに分けて考えた場合、両方にまたがって登場するのは12例、それ以外が3例となる。重複する確率を上の区分けに沿ってみれば（▲と△）、4対3になるはずで（同巻内も含む）、そこからすれば、巻五・巻八と巻六・巻七とにまたがるのが圧倒的に多いことを示している。勿論、この場合は先の藤村初太夫、玉村吉弥のように一篇の主人公ではないわけだから、西鶴が書き進めて行くなかで自然と重複しでしまうということも有り得るわけで、重複する事自体に問題はないといえる。が、ほとんどが巻五・巻八と巻六・巻七に重複するというのはやはり尋常でないということになるであろう。これも先の場合と同様にもし巻五・巻八と巻六・巻七の成立が異なると考えれば或る程度説明がつくのではないか。つまり巻五・巻八と巻六・巻七の成立時期が或る程度離れていて、巻五・巻八の脱稿後巻六・巻七を新たに書こうとした折、巻五・巻八の内容に留意せず書いてしまった。そのためかなりの役者が重複してしまったと。勿論これは推測の域を脱し得ないものではあるが、今迄に得られた徴証の方向性にそって考えてみると、この登場する役者の重複という徴証も、巻五・巻八と巻六・巻七の成立の相違を指し示しているのではないかと思われてくるのである。

三　後半四巻の成立順序

ここまで来れば、巻五・巻八と巻六・巻七とは同じ歌舞伎若衆を扱ったものとはいえ、成立上において何らかの相違があったと、もはや考えなくてはなるまい。ではこうした成立の違いはどのような理由から、どのような過程を経て生まれてきたのだろうか。そこで次にこれらの問題について考えたいが、まずは成立の相違がどのような過程を経て生まれてきたのか、つまり成稿過程の問題について考えてみたい。

先に述べた如く、巻五・巻八と巻六・巻七に成立上の違いがあると仮定した場合、では巻五・巻八と巻六・巻七はどちらが早く成立したと考えられるのか、これがまず問題になるであろう。だがこの答えにはさほど窮しないで済むように思われる。それはまず第一に、巻五・巻八の目録が巻一〜巻四のスタイルと一致すること、第二に巻五・巻八が巻六・巻七に比べてまとまりが良く、西鶴が十分に意を凝らして執筆していることが窺えること、ここから考えれば、当然巻五・巻八が先に成立し、巻六・巻七が後に成立したと考えられるからである。では、先に成立したと思われる巻五・巻八が何故巻六・巻七を挟む形で、つまり離れた形で成立しているのかが次の問題となる。

既に指摘したことだが、後半四巻の役者の活躍した年代を見ると、巻五と巻八が年代を統一され、巻六と巻七がそうした配慮のなされていないことに気付いた。再度、この間題から考えてみたい。次（三五九頁）に示すのは先程の一覧表であるが、役者の活躍年代を巻ごとに点線で示してみた。（これをA表とする）

この役者一覧表を見ると、巻五から巻八にゆくにしたがって、作者の年代が下がっていることに気付く。つまり、後半四巻の役者の年代はもともと次（三六〇頁）のように計画されていたのではなかったろうか。（これをB表とす

(A)

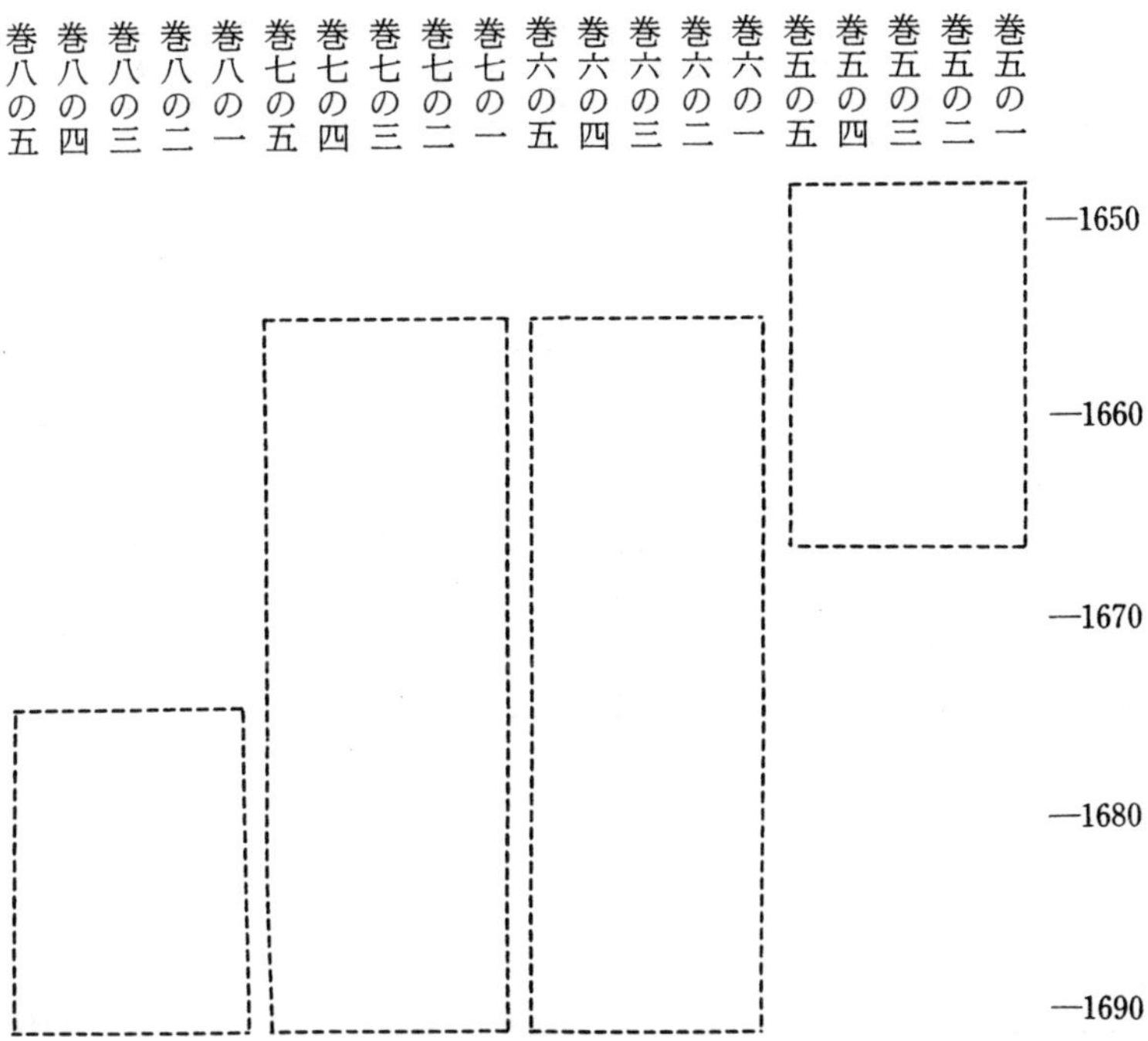

る）勿論、このように各巻ごと、きちんと年代が定められていたかどうかはわからないが、巻五から巻八に進むに従って、順に役者の年代が下がっていったことはここから推測されるものと思う。そしてこの推測は先に述べた巻五〜巻八の成立順序（即ち巻五・巻八が先に成立し、巻六・巻七が後に成立した）に照らしてみる時、より整合性のあるものとして思えてくる。つまりこの辺の事情をまとめると、西鶴は初め巻五から巻八までの四巻に古い年代順に役者を並べようとした（B表の段階）。ところが巻五と巻八は計画通りになったものの、巻六と巻七を書く段になって何らかの支障が生じ、計画の変更を余儀なくされた（A表の段階）ということになろう。が、こうした見方をした場合、成立の順序についての説明は可能なものの、何故巻五と巻八は計画通りになり、巻六と巻七は計画通りに行かなかったのかという問題が残る。この点

(B)

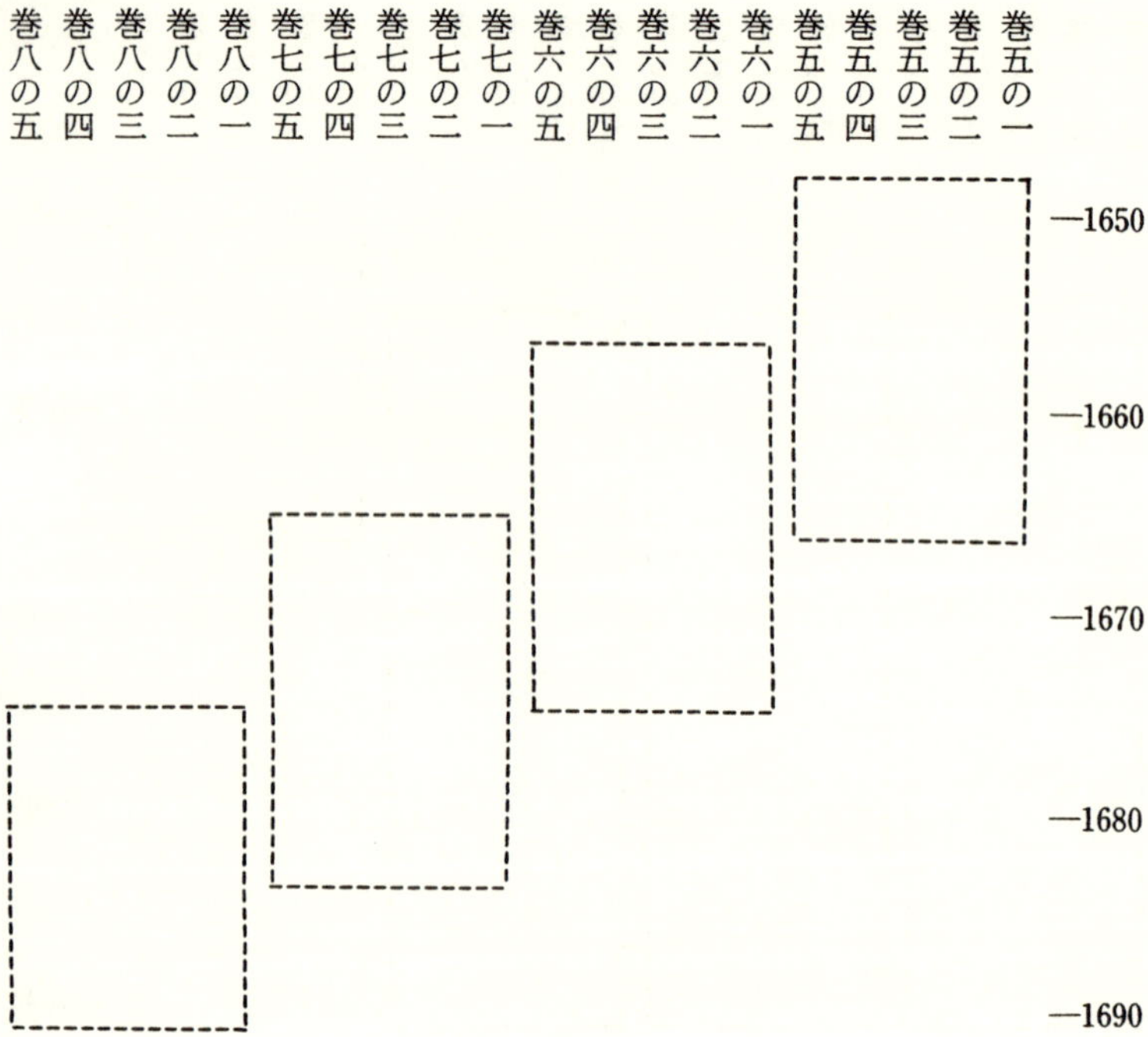

について考えるためには、すこし視点を変えて西鶴の創作意識に踏み込んでみなければならない。そしてこれに答えることは同時に、先に問題提起した、成立の相違が何故生まれたのかにも答えることになろう。

先にも述べた如く、西鶴が『男色大鑑』の後半四巻を執筆するにおいてどの役者を取り上げるか、これに留意したことは明らかであると思う。いや、もう少しはっきり言えば、どの役者を取り上げるかで相当頭を痛めたのではないか。西鶴がいつ頃から歌舞伎界に出入りするようになったのか、その正確な時期を摑むことは難しいが、現存する句集や歌舞伎評判記の類から、かなり早い時期から歌舞伎界に出入りしていたことだけは明らかである。付き合いのある歌舞伎若衆もかなりの数に上ったと思われるが、そうした多くの若衆の中から『男色大鑑』の後半四巻に取り上げられるだけの人数（各章一人とすれば二十人）に絞り込むことはかなりの難問ではなかったろうか。特に役者の中には西鶴との付き合いが現在進行形というものも多かったであろうから、取り上げ方によってはそうした付き合いに微妙な影響を与えるであろうし、役者の方からしても歌舞伎界に精通している西鶴に自分が取り上げてもらえるかどうかはかなり興味をもったはずである。そうした役者の心中を西鶴も十分に認識していたであろう。

こうした西鶴の胸の内を端的に表わしている部分がある。それは一応中心的な役者を配しつつも旅行記や見聞記のスタイルをとって多くの役者の名前を記している、巻八を中心にした部分である。この点については既に白倉一由氏も、

売り若衆の存在からいって特定の人を選ぶことは、西鶴の歌舞伎界との広範な交わりから若衆の依怙贔屓はできなかったことと思う。現在を書く場合にはこのように書くのが無難であると考えたのではないか。(8)

と述べている。確かに巻八の本文を見ると、ストーリイの展開やエピソードの叙述よりも、役者の名前をいかに多く羅列するかに意を注いでいるといった感じさえあるのである。ただ私としては、この役者選抜に関する西鶴の苦悩という問題は巻八のみならず、後半四巻の全体的な問題としてとらえるべきだと思う。更に言えば、巻五・巻八と巻六・巻七の成立の違いもこの役者の選抜という問題が深いところで影響を与えているのではないだろうか。先程、後半四巻で先に成立したと思われる巻五と巻八が、何故離れて成立しているのかということを疑問点として残しておいたが、この問題も今指摘した巻八の特性と関係があるのではないか。

たとえば、巻五に登場する役者を見ると、既に没したか現役を引退した役者ばかりである事がわかるが、西鶴も

この巻五の役者たちは選抜しやすかったものと想像される。誰を選ぼうと歌舞伎界との付き合いにそれほど影響を与えなかったであろうからである。だが、巻六以降の役者となると現在においても活躍している役者が少なからず居て、西鶴は選抜に頭を痛めたことは容易に想像される。そこで西鶴は一計を案じ、巻八のように役者との旅行記や見聞記として多くの役者名を記すという方法に出たのではなかったか。ただ、では何故それが巻八なのか、何故巻六あたりではないのか、という疑問が残る。これはまず、巻八が最も執筆時期に近い年代の役者を取り扱っており、各章に一人という形で評判するとすれば一番に歌舞伎界に影響を与える危険性の高い巻であったこと、次に、各章一人という計画を出来るかぎり崩したくなく、役者の旅行記や見聞記という形は最小限度に留めておきたかったこと。そのために最後の巻八に集中させたということがあったと考えられる。恐らく巻五と巻八が離れた形で成立したのはこうした理由によるのではないかと思われるが、こうした考え方が許されるとするならば、巻五・巻八と巻六・巻七が何故断絶した形で成立したのかという疑問点にも、説明のつく部分が出てくるように思う。

今も述べたように、西鶴は巻八を書くうえで止むを得ず旅行記、見聞記という形をとったと考えられるが、そのあとの巻六・巻七をも旅行記、見聞記という形で押し通す訳に行かなかったことは明らかである。そのようなことをすれば『男色大鑑』の後半の意図そのものが崩れてしまう。当然、巻六と巻七のほとんどは役者を絞って評判しなければならない。といって、安易に役者を選んだのでは歌舞伎界への影響という点で問題が大きい。西鶴はここに至って完全に行き詰まってしまったのではないか。役者を絞り切れず、かといって形を変えることも出来ず、にっちもさっちも行かない状態になってしまったのではないか。恐らく巻五・巻八と巻六・巻七に断絶が生じたのはこうした役者の選抜における西鶴の苦悩が原因ではなかったかと思うのである。このような西鶴の苦悩がどの程度のものだったのか、想像してみるより他にすべがないが、巻六と巻七の内容を検討してみると或る程度の推測は可能ではないかと思う。前述したことだが、巻六と巻七は巻一〜巻四と巻五・巻八に比べて、スタイルの上でも内容においてもまとまりがなく、雑然としていた。これがまず西鶴の試行錯誤を端的に表わしたものとしてみることができよう。どこの役者にするか、どの年代の役者にするかで悩んでいるうちに全体が雑然としたものになってしまったのであろう。次にこれも先程指摘したが、巻五の一と巻七の一における藤村半太夫の重複、巻五の五と巻七の四における玉村吉弥の重複という徴証、そして役者名の重複がほとんど巻五・巻八と巻六・巻七にまたがるというのも、役者選抜における西鶴の試行錯誤が影響を与えているものと思われる。また巻六と巻七の中には、天和貞享期に活躍しながら既に物故したり現役を引退したりした役者が評判されている。後述するように、この点については成立時期の問題から論じられることが多いが、役者選抜に関する西鶴の苦悩という観点から見るときに、既に物故したり現役を引退したりした役者を選んだことは、当時の歌舞伎界への影響に対する配慮、すなわち影響を軽減させるという側面もあったのではないかと思うのである。

四　『男色大鑑』の前半と後半

さて、『男色大鑑』後半四巻の成立について様々な角度から探ってきたわけだが、一応、後半四巻は巻五・巻八と巻六・巻七の二つに成立がわかれること。巻五・巻八が先に成立し、巻六・巻七が後に成立したと考えられること。二つに成立がわかれた原因として、役者選抜における西鶴の試行錯誤があったこと。この三つを軸に考えてみた。どれも堆論の域を出ず、また論証不十分なところも多々あるに違いないが、ともかくも拙稿の結論としてこの三点を提出してみたいと思う。そこで最後に『男色大鑑』全体の成立の問題、そして拙稿の結論が『男色大鑑』の評価にどう波及してくるのかについて些か述べ、締め括りとしたい。

「はじめに」において述べたように、既に幾つかの論考では『男色大鑑』の前半と後半を成立の異なるものとしてみていた。また私も十分にその可能性はあると見る一人である。ただ先学の説をどう繙いても、推測の域を出るものはないようであるし、具体的な確たる証拠もほとんどないといってよい。また私もここで何か新しい資料を提出できるわけでもなく、はっきりとした論拠を示せるわけでもないことを先に断わっておきたい。が、『男色大鑑』内の成立順序という観点に立つ場合、少なくとも前半は後半にくらべて早く成立していたということは言えるのではないかと思う。まずそう思わせるのは、前半四巻のまとまりの良さである。内容、スタイル、目録、どれをとっても前半は後半と比べ物にならないほどまとまりが良い。常識的に考えた場合、まとまりの悪い後半四巻が先にできて、まとまりの良い前半四巻が後にできたとは考え難いであろう。やはり前半が先にできて、後半にも前半と同じような意図（たとえば各章に一人の評判）を持ち込んだため種々の破綻が生じたと見るのが妥当であろう。また先に指摘したように、巻一〜巻四の目録と巻五・巻八の目録が同一のスタイルであることからしても、前半が早く成立していたことは想像できる。もっとも、前半が先にでき、後半が後にできたというのは、巻数の順序からいっても至極当前のことであって、後半が先にできたと考えなくてはならない積極的な理由が無い現在、上述のごとき結論に落ち着かざるをえないとも言えよう。

ここで一応『男色大鑑』の成立順序をまとめておくと次のようになると思う。

1　巻一、巻二、巻三、巻四
2　巻五、巻八

3　巻六、巻七

ところで、もしこの成立順序に誤りが無いとすれば、ここから『男色大鑑』に対する従来の評言とは些か違ったことを指摘できるかと思う。まず『男色大鑑』の前半と後半ではどちらが先に構想が持たれ書き始められたのかという問題である。従来の見解の多くは、西鶴の身近な日常的体験領域だということで、後半のほうから書かれたと見る立場であったが、本稿で論証したように前半のほうが先にできあがったと考えると、従来の説も再考の余地が出てくるように思うのである。勿論、先に完成したことが直ちに、先に書き始められたことを示しはしないが、可能性ということで云えば、後半よりも前半のほうが高いとは云えるのではないかと思う。ともかく従来の説には再考が必要だということを指摘しておきたい。

次に成立時期の問題である。前稿(1)においても触れたが、『男色大鑑』の成立時期は従来貞享三年三月、四月以降というのが定説(9)であった。これは巻六の五が貞享三年三月八日に没した鈴木平八の追善になっており、同じく巻七の三が貞享三年正月二日に没した戸川早之丞の追善になっているからである。また巻七の二に登場する松島半弥が貞享三年に役者を引退し、扇屋を開いたことが本文に載っているのも、この定説の傍証になるものと思う。後半四巻から『男色大鑑』の成立時期を推定する確実な内証を見つけ出すとすれば、この三つになると思うが、注意すべきはこの三つの短篇が皆巻六・巻七という、本稿の結論としては『男色大鑑』の中でも最後に成立したと思われる部分に入っていることである。すなわち、巻六・巻七からいくら『男色大鑑』の成立時期を推定する根拠が得られても、それは巻六・巻七の成立時期であって他の部分にまで敷衍するのには問題があるということである。もちろん、これはあくまでも本稿の結論に誤りが無ければという前提に立ってのことであり、それ以上のものではないが、もし、本稿で述べた『男色大鑑』の成立順序の仮説が認められるとするならば、『男色大鑑』の成立時期については根底から考え直さねばならないことになる。また今述べた従来の定説と本稿との関係を考えた場合、私としては、前稿(1)の結論、すなわち『男色大鑑』は既に貞享元年末には書き始められていたのではないか、の新たな傍証として本稿の結論を用いることが可能ではないかとも思われてくるのである。

むすびに

以上、『男色大鑑』の成立過程について述べてきたが、前稿の成立時期の問題も含めて、この作品の成立については様々な角度からアプローチしてみる必要性を痛感する。本稿がこの作品の成立を考える際、どれほど役に立つのかは分からないが、ただ、前稿と本稿を通じてこれだけは確認できるのではないかと思う。それは『男色大鑑』の成立問題を見た場合、『男色大鑑』は決して単純にできあがったものではない、ということである。従来ともすると『男色大鑑』の成立を一枚岩の如く考えがちだったが、他の作品と同様に幾つかの段階を経て成立したものとして考えなくてはならないと思われるのである。考えてみれば、これは当然過ぎるほど当然な結論とも言える。とくに西鶴作品中最も大部な本作であってみれば、その感は一層強まるのであるが、従来、「男色」という題材が災いして西鶴研究の本道から片寄せられてきた感のある本作が、その「当然」のレベルまで引き上げられたとするならば、本稿の目的の一つは確実に達成されたと言える。

注

（1）本書第三部・第三章「『男色大鑑』の成立をめぐって（上）」参照。
（2）松田修「男色大鑑」『国文学解釈と鑑賞』一九六〇年一〇月号、至文堂、特集・井原西鶴便覧。
（3）白倉一由「『男色大鑑』—歌舞伎若衆の世界—」『山梨英和短期大学紀要』第十八号、一九八五年二月。
（4）『日本古典文学全集・井原西鶴集』（2）の解説等
（5）宗政五十緒「西鶴後期諸作品成立考」『西鶴の研究』未来社、一九六九年。
（6）谷脇理史「『西鶴置土産』論の前提」『西鶴研究序説』新典社、一九八一年。
（7）拙稿「『好色一代男』の成立とその経緯」『上智大学国文学論集』15号、一九八二年一月。
（8）（3）の前掲書五五二ページの頭注
（9）（2）の白倉氏前掲論文
（10）暉峻康隆「一六八六年の西鶴」『国文学解釈と教材の研究』、一九七九年六月号、学燈社、後に「男色大鑑の成立」『西鶴新論』（中央公論社、一九八一年）。

第五章　「不断心懸の早馬」考——『武道伝来記』と死のユートピア

はじめに

西鶴の武家物が、他の好色物や町人物に比べて一段低い評価に甘んじてきたのは周知のことであるが、これはいかにも不思議なことである。おそらく、近現代の我々から見て、好色（恋愛）や商人（経済）の世界は、比較的身近なものであるのに対して、武士の世界、あるいは「戦い」の世界は、遥かに縁遠いものとなってしまったからなのだろうか。しかし、江戸時代の武士、特に初期の武士たちがどのような信条・心情をもとに日々を暮らそうとしていたのかを探ってみれば、西鶴が描き出した武士の姿は、当時の武士たちの真実を深く抉り出したものであることが分かるのである。そればかりか、当時の武士たちが、奇跡的に切り拓いてみせてくれた、人間としての、人間関係としての可能性（それは元禄期以降、現在まで失われてしまったものだと思われるが）をも、西鶴はその筆で見事に描き出していた可能性がある。

ところが、西鶴が町人・商人層の出身ということが災いして、そうした西鶴の武士に対する深い理解は省みられずに今日に至っているかに見える。本稿では、『西鶴諸国はなし』の名篇とされる巻一の三「大晦日はあはぬ算用」と、『武道伝来記』中の、これも佳作として名高い巻一の四「内儀の利発は替た姿」と巻五の三「不断心懸の早馬」を中心に取り上げて、西鶴が描いた武士像が、どのように当時の武士の真相に迫っていたのかを考えてみたい。そしてさらに、武士たちの求めていた究極の人間像とは何かについても考えを巡らせてみることにしたい。

一　武家社会とヨコ社会

かつて、韓国の学者である李御寧氏は、『「縮み」志向の日本人』の中で、日本の社会構造に関して次のように述べた。

日本人が欧米人とは異なる観点から日本的特性を発見しようとするなら、韓国やその他の東洋の国について欧米人以上の知識をもっていなければなりません。ですから、日本人が欧米社会でなく韓国社会を詳しく研究したとすれば、かつて韓国の村には日本の「若者宿」のような体制が存在しなかったことからみても、日本の人間関係はタテよりもむしろヨコにより強い特性を帯びていると、正反対のことを書くようになったかも知れません。(1)

氏の該書には、他にも多くの部分で蒙を啓かされたが、とくにここは強く印象に残った部分である。それは中根千枝氏『タテ社会の人間関係─単一社会の理論』(講談社現代新書、一九六七年)などの日本の社会学者の論考を読んできて、西欧に対して日本はタテ社会であると漠然と理解しつつも、その評価にどこかしっくり行かないものを感じ続けてきたからである。

もとより、その疑問というのは漠然としたもので、日本の社会構造はタテではなくてヨコであるなどという確固とした考えが私にあったわけではない。ただ漠然と、日本はタテ社会だと言われても、自身の周囲を見渡してみる時、たとえば教育機関や企業における上下関係、また家族における親子関係など、タテはタテでもずいぶんと脆弱なタテだと感じていたに過ぎない。李御寧氏の右の文章は、そうした漠然とした自分の疑問に、一筋の光を与えてくれたものであった。

ところが、後に西鶴の『男色大鑑』や武家物をじっくりと読み始めることになった時、この視点は私にとってすこぶる重要なものになった。というのは、西鶴が描いた男色や武士の世界は、そのほとんどがヨコ社会だったからである。しかも後述するように、そのヨコはまさに徹底的なまでのヨコなのである。

たとえば『男色大鑑』の前半に登場する武家の男色の世界を見てみよう。普通、武家の男色というと、同じ家中の若衆と念者という関係に加えて、織田信長と森蘭丸・坊丸や豊臣秀次と不破万作などの、主君と寵童という関係も重要な位置を占めることになるが、西鶴の『男色大鑑』には、この主君と寵童の恋愛はほとんど描かれていない。もちろん、全くないわけではないが、ほとんどが付けたりや傍流と呼ぶべきもので、話の中心的存在として取り扱われていないのである。たとえば『男色大鑑』で武家の主君と寵童の関係を題材としたものは、巻一の三「垣の中は松楓柳は腰付」、巻二の一「形見は二尺三寸」、巻二の二「傘持てもぬるゝ身」、巻三の五「色に見籠むは山吹の盛り」の四篇であるが、この中で主君と寵童の恋愛が一篇の中心テーマになっているものはない。皆、主君とは別に真の「思い人」である念者を持つというスタイルになっている。ただ、この中で巻二の二「傘持てもぬるゝ身」

は少し異色で、念者との横恋慕が発覚した若衆小輪と、主君である明石の殿との激しい葛藤が描かれるが、やはり恋の中心は念者との仲にある。（ちなみに、巻三の一「編笠は重ねての恨み」は武家ではなく、寺院における阿闍梨の寵童の物語であるが、やはり描かれる恋愛は、阿闍梨と寵童ではなく、寵童と別の念者の関係である）

また、『武道伝来記』における敵討ちや武家社会の様相においても、主君と臣下というタテの線で何かが描かれ、それが一篇のテーマになるということはほとんどない。(2) そればかりか、主君と臣下というタテの線は、朋輩同士の男色を妨げたり、敵討ちの原因となったり、忌避すべき悪因となっているケースが多い（巻五の二「吟味は奥嶋の袴」、巻六の一「女の作れる男文字」など）。周知のように、西鶴はこうした悪役の殿や若殿に対して、反抗の矛先を直接には向けずにストーリィ展開をして、話を朧化している。昨今の研究は、こうした姿勢をとる西鶴について、様々にその真意を論じる傾向になっているが、(3) それはともかくとしても、後でも取り上げる巻一の四「内儀の利発は替た姿」、巻五の三「不断心懸の早馬」のように、朋輩の武士同士の友情や信義は実に美しく描かれているところからすれば、主君と臣下というタテの線が、『武道伝来記』であまり歓迎されていないことだけは確かである。

また、この傾向は、『武家義理物語』や『新可笑記』でも基本的には変わらない。両書は説話的・奇談的要素が強く、正面から武家社会を描いているとは言いがたいので、『男色大鑑』や『武道伝来記』のように主君と臣下、または同輩同士の愛情や友情を描いているものが少ないが、その中でも、『武家義理物語』の名篇と言われた巻一の五「死ば同じ浪枕とや」と同じ作品の巻三の二「約束は雪の朝飯」は、西鶴の武家社会に対する基本的な姿勢を描き出していると言って良いように思われる。すなわち、巻一の五「死ば同じ浪枕とや」で、降り続く雨の中、周囲の意見を聞かずに、大井川を渡ることを強行した愚かな若殿と、その愚行によって共に息子を失うことになった二人の武士、神崎式部と森岡丹後の、美しくも悲しい義理の世界という対照的な描かれ方がそれであろう。また、巻三の二「約束は雪の朝飯」に登場する石川丈山と小栗某の肩の凝らない爽やかな信義は、西鶴がこうしたヨコの関係に深く関心を寄せていたことを窺わせるに足るものである。

もちろん、複雑な武家社会をタテヨコのみで二分化してしまうことはあまりに乱暴だが、西鶴の描いた武家社会を素直に読み込んでみれば、西鶴が、一般的に言うタテの人間関係よりも、ヨコの人間関係の方に遥かに力を注いでいることは明らかなように思われるのである。

二 「大晦日はあはぬ算用」の異様さ

では、なぜ西鶴は武士のヨコの関係にそれほどこだわったのか。これを考えるために、『西鶴諸国はなし』巻一の三「大晦日はあはぬ算用」を最初に取り上げてみたい。この短篇は『諸国はなし』中屈指の名篇として挙げられ、西鶴のアンソロジーや『諸国はなし』論の中で必ずと言ってよいほど取り上げられるものである。かなり手垢にまみれた感のある短篇ではあるが、実はまだまだ論じなければならない点が多い。特に西鶴が武士の何に特段の興味を抱いていたのかが良く分かる点で注目に値する。周知の話であるが、一応梗概をまとめておこう。

「すぐなる今の世を、横にわたる」原田内助という浪人は、女房の兄半井清庵に金十両を無心して送られた。喜んだ内助は「日頃別して語る、浪人仲間」を呼んで酒でも振舞おうとしたところ、七人の武士たちが「いづれも紙子の袖をつらね」てやってきた。小判を見せながら杯を重ねたあと、見渡すと十枚あったはずの小判が九枚しかない。内助は自分の覚え違いとその場を繕ったが、確かに十両あったはず、疑いを晴らすためにもと、上座から帯を解いて改めることになった。すると、三人目の男が渋い顔をしながら、一両持ち合わせたのが因果、死んだ後恥を濯いでくれと自刃しようとした矢先に、ここにあったと行灯の陰から一両が投げ出された。一座は安心したが、内助の女房が奥からここにありましたともう一両を持ってきた。重箱にくっついていたらしい。先の一両は、友の難儀を救おうと誰かが投げ出したものだと分かったが、誰も名乗り出ず、一座は妙な雰囲気になってしまった。そこで亭主が一案を設け、「かの小判を一升桝に入れて、庭の手水鉢の上に置きて」客を一人ずつ帰してみれば、誰ともなく取って帰ったのであった。

絶妙なプロットと小判等をつかった確かな道具立てを持つ本篇は、短篇として間違いなく佳作である。従来から、そうした完成度の高さについては様々に指摘されてきたが、(4)この短篇には別の角度から注目すべき点がまだ残っている。それは、この七人の徹底された水平関係である。

まず、最初に十両あった小判の一両が消えた時、亭主はその場を繕って、もともと九両しかなかったのだと言った。見え透いた嘘ではあるが、亭主の、同胞に迷惑をかけたくないという配慮から自然に出た言葉であった。しかし、それはすぐに否定されて一両の詮議に移る。もし、亭主が七人と別格の位置にあったのなら、たとえ嘘でも、こうもあっさりと否定はされなかったであろう。ここからは亭主も他の七人も全く対等な立場であることがよく分かる。また、三人目の男がすぐに、自刃した後で汚名を晴らして欲しいと言ったのも同様であろう。友人たちから疑いをかけられたまま一時でも過ごすことに堪えられなかったのである。また一両投げ出して友人の命を救った男が名乗り出なかったのもこれまた同様である。名乗り出れば、そこには対等な関係とは別の貸し借りが生じてしまう。それでは今ある八人の関係が崩れてしまう。そのことを最も恐れたのである。

また、この八人、おそらく年齢なども様々であったと思われるが、そうした年齢差・上下関係を全く感じさせないことも重要である。この点について本文に言及はないが、西鶴筆と言われる本篇の挿絵（次頁掲載）には、様々

な年齢や服装の有様が見て取れる。おそらく、一番左（行灯の向こう側三番目）で刀の柄に手をかけている男が、自刃しようとした男である。見かけは若そうだが、縄らしき帯をして貧相な身なりである。その右の武士はかなりの年配者と見受けられるが（老武士のようにも見える）、自刃しようとする男を止めている有様が伺われる。ところが、今も述べたように、本文ではそうした年齢差を一切感じさせないばかりか、年長者・年配者に対する敬意や配慮も読み取ることができない。これは西鶴が筆を省いたとも考えられるが[5]、先に述べたような水平関係を志向する八人のあり方からすれば、この八人は年齢を超越して対等な関係にあったためと考えるべきであろう。

こうしてみると、この八人の水平的な関係は、実に徹底された強固なものであることが分かるが、こうした水平的な関係を、武士ならばともかく、この物語の読者の中心であった町人商人たちは理解できたのであろうか。

そこで注意されるのは、本篇の最後「あるじ即座の分別、座なれたる客のしこなし、かれこれ武士のつきあひ、各別ぞかし」の「各別ぞかし」という言葉である。この「各別ぞかし」は一般的には武士の取った行為にたいする賛意が込められているとするが、言葉の意味としては「随分と違いがあるものだ」であって特別に賛意があるわけではない。こうした点に注目して、この言葉に、西鶴の武士に対する賛美がどの程度含まれているか疑問を呈したのは谷脇理史氏である。(6) 谷脇氏は、本篇の主人公原田内助が「すぐなる今の世を、横にわたる男」として登場したり、世間が多忙をきわめる大晦日にわざわざ小判の回覧をするという彼ら武士の行為などとも合わせて、

「格別ぞかし」という西鶴の批評に「立派な」といった讃嘆の意を見ることは、その描写や奇談としての性格から考えてほぼ不可能である。それは、町人とは「全く異なる」武家の行為のありようやそれを支える心情や倫理をうかがい、それを「格別」なものと評しているにすぎない。(7)

と述べた。これは恐らく正しい。ただ問題なのは、町人商人たちにとって、ここでの武士達の何が、どんな行動が異様だったのかである。

一般的に言って、町人商人がこの短篇を読んで驚いたとすれば、小判一両に命を懸けるという武士の、その命への処し方であったろう。その驚きが不惜身命の勇気を讃える気持ちから来たものなのか、命を粗末に扱うことに対する軽蔑をも含んでいたのかは即断できないが、町人商人には真似の出来ないものとしてそれは映ったはずである。しかし、本篇に描かれた武士達の異常さはそれのみではない。たとえば、小判が十一両になってしまった後の描写を見よう。

まず、一両を投げ出した御仁が誰であったのかの詮議に対して、ついに誰も返事をしなかった点である。これは先に述べたように武士にとっては重要な問題を含む行為であったが、日常的に金銭の貸借をしている町人商人からすればやはり奇異であろう。町人商人の読者の中には、後で利子をつけて返済すれば済む話ではないかと思った者

も居たかも知れない。加えて更に異様なのは、このことによって「一座いなものになりて、夜更鶏も鳴時なれども、おの〳〵立かねられし」と、気まずくなったまま多くの時間が経過してしまったことである。いくら相手に恩義をかぶせたくないにしても、これはいささか行き過ぎである。後で主の知恵によって事なきを得たから良かったものの、もしそれが無かったら、八人の結束を守ろうとした行為が却って結束にひびを入れてしまうという逆説的な事態になったかも知れない。

すなわち、町人商人の読者たちが本篇に驚いたとすれば、それは武士の命への対し方と同時に、武士達がまさに必死に守ろうとしたその体面意識、ヨコの連帯意識にもあったと思われるのである。そして、そうした町人商人の意識を十分に予測できたからこそ、西鶴は「各別ぞかし」と微妙で曖昧な言葉遣いをしたのである。

さて、このように、「大晦日はあはぬ算用」は武士の異様なまでのヨコ意識・連帯意識を描いた作品として読むことが可能だが、ここで見せた武士の姿は、そしてそれを捉えた西鶴の武士への姿勢は、そのまま後の武家物作品群に繋がって行くようである。そこで題材を武家物の『武道伝来記』に移して、更に考察を加えよう。

三　「不断心懸の早馬」

山本博文氏の『武士と世間——なぜ死に急ぐのか』(8)は、江戸時代前期の武士たちが、武士という身分に生を享けた自分達を、どのような信条・心情をもって支えていたかが良く分かる好著である。山本氏はすでに、『殉死の構造』(9)の折から一貫して江戸時代前期の武士世界を追い続けているが、今回の著作は、西鶴の武家物を理解する上で役立つ部分が多い。

山本氏が該書で主張したことは次の二点であると思われる。一つは、武士は常に死に向き合う存在であり、その死地に立つことを喜びとし、死にまつわる恥を最も恐れていたということである。もう一つは、そうした名誉と恥辱の明滅する世界を、武家社会は「世間」と呼びならわして、武士たちもそれを大切にしていたということである。氏は、以上の二点を通して、武士たち（特に江戸前期の）が町人やそれ以降の我々の認識とは隔絶する小宇宙に住んでいたことを強調したかにみえる。おそらく、昨今の、『鸚鵡籠中記』などへの注目から、江戸時代の武士への見方が町人的・小市民的に流れてしまう風潮に対して、氏は警告を発したかったのであろう。巻頭での直木賞作家乙川優三郎氏へのいささか厳しすぎるとも取れる批判にもそのことがよく表れている。

こうした氏の姿勢に私も共感するところ少なしとしない。それは、江戸前期の武士たちが氏の説くような存在であったと私も考えるからだが、また、町人層の出身であったことが災いして、武家物への理解が妨げられている西鶴研究の現状にも、同様のディスコース（通俗的視覚）を感じているからである。このディスコースがどこからくるものなのかは重要な問題だが、それは今はおこう。それよりも、氏の該書が西鶴への理解をどう促してくれるかを考えたい。

おそらく、該書が西鶴理解において供与した最も重要な点とは、西鶴が武家社会のことをかなり深くまで理解していた、という点に尽きるであろう。江戸初期〜元禄期の武士たちが何を求め、何を恐れていたのか。武士意識の根幹にかかわる問題に、西鶴が精通していたこと、これを該書は示したことになる。

山本氏がどのような意図をもとに本著の構成を考えたのかは分からないが、全体の構成を見ると、前半では江戸時代前期の武士たちの歴史資料を取り上げながら、武士たちがいかに自己の武士たる誇りにこだわり、それを求める「世間」の動向を気にしていたのかを詳述し、後半では、それをもとに『阿部茶事談』や西鶴の武家物などの作品やその背景を読み解いてゆくというスタイルになっている。私が文学研究者であることによる深読みかも知れないが、いわゆる阿部一族譚や西鶴の武家物を理解するために全体が構成されているようにも思われる。

とはいえ、山本氏の西鶴理解と、私の武家物への視覚では意見を異にする部分もある。特に以下に述べるように、西鶴に描かれている「世間」に対する評価などがそうである。そこで山本氏が示した問題点に触れながら西鶴作品の分析を行ってみたい。そうすることで、西鶴の理解が一歩進むとともに、その西鶴理解から、当時の武家社会のあり方を逆照射することにも繋がると思われるからである。

まず、『武道伝来記』巻五の三「不断心懸の早馬」を取り上げてみよう。これも有名な短篇であるが、梗概を一応まとめておく。

佐渡の椿井民部という武士は、綱嶋判右衛門という武士と馬上ですれ違った時、鐙をはずしましたと、自分では式礼をしたつもりであったが、相手の判右衛門はそれに気づかなかった。判右衛門は帰宅してから堪忍ならぬとして果し合いの決意をした。殿はこれを聞き届けると、両者の取った行動を武士らしい道義にかなった振る舞いと特別の許しが出て、果し合いは中止になったが、民部はその夜に密かに妻子を連れて逐電した。友人たちがすぐさま民部のもとに訪れて国へ戻るよう説得したが、民部は剃髪した頭を見せて固辞した。その後民部は江戸の浅草に仮住まいをしたが、後で判右衛門も国に留まることが出来ずに、民部を尋ね浅草へやってきた。二人は「互に涙に沈み、されば、武士の義理程、是非なき物はなし」と言いつつ差し違えて果てた。（民部が浅草に居るときに、敵討ちに臨む姉弟を助けるという話が本文では入るが、脇筋の話なので、ここでは省いた）

様々な問題を含む短篇であるが、やはり一番の問題は、なぜ民部と判右衛門は大殿の制止を振り切ってまで刺し違え、死地に臨んだのかである。この点について山本氏は、民部も判右衛門も共に「自分の内面的倫理から導き出」されて「身命捨る」行為になったとしながらも、その元には世間に対する二人の目があったとして次のように述べている。

判右衛門の場合も、最初、親類などは果し合いを止めたが、そこで思いとどまると「世間」から臆病だと批判される可能性がある。だから、いったん口に出した以上、判右衛門は果たし合いを申し込まざるをえないし、そうなった場合は、どの道、どちらかが破滅するほかはなかった。

もちろん、双方とも破滅を回避する機会は何度もあった。しかし、その都度、そうして生きながらえた場合の世間の評判を恐れ、回避できなかった。それだからこそ二人は、「世間の思はくばかり恥ぢて」と嘆いたのである。

現実には、ここまでの悲劇をもたらすことはそうないだろう。実際には、姑息とはいえ、いくつかの処方箋があったからである。これについては、拙著『「葉隠」の武士道』を参照されたいが、『葉隠』でのべられているような処世術が生まれたこと自体が、「武士の義理程、是非なきものはなし」ということを雄弁に物語っていると言えよう。

武士の「義理」や「一分」にもとづく武士らしい行動も、実は「世間」の目が背後にあり、「世間の思はくばかり恥ぢ」ることによっていた。武士道、すなわち武士の倫理観は、武士を取り巻く「世間」の存在抜きでは理解できないことがわかる。(10)

要するに、二人は臆病者という「世間」の目を恐れて自決したということである。たしかに、民部・判右衛門にその気持ちはあったであろう。しかし、その気持ちが二人の行動の第一を決していたものなのだろうか。これは慎重に見極めなければならない問題である。

まず、今の山本氏も、後で述べる谷脇氏や他の西鶴学者の言及でもそうなのだが、この一篇を悲劇的な話、不慮のアクシデントからやむを得ず死地に赴いた武士たちの話として捉える傾向が強いようだが、本当にそうなのだろうか。たとえば、二人が最後に自決し合う場面は如何にも晴れがましい。

民部・判右衛門、今はと思ひ定め、袴・かたぎぬを、はなやかに死出立をあらため、是ぞ仏の浄土寺を頼み、法の庭なる草むらに、畳六帖、敷ならべ、両人座をしめ、りんじうを観念して、ひだりの手に手を組合、「南無」といふ声をあいづに切付、露ものこらぬ心の魂、其まゝ同じ煙となしける。末の世のためしぞかし。

西鶴が「末の世のためし」というほど見事な二人の最期であったわけだが、このような描写と言葉で締めくくったのは、悲劇的な二人のため、せめて最期は晴れやかにという西鶴の配慮だったのだろうか。

しかし、以下述べるように、どうもそうではないようである。この見事な最期と同様、二人の果し合いは武士として実に見事なものであり、西鶴もまたそう考えていたようなのだ。この点を明らかにするためには、大殿の制止を振り切って逐電した二人の意識を、前後の文脈から浮かび上がらせる必要がある。

果し合いをしようとした二人を止めた大殿は、二人を次のように評した。

両方共に、武士の義を立る所、至極なり。民部、鐙はづし、礼儀を正しながら、此時におよび、其断りをかまはず、一命を捨る心ざし、是神妙のいたりなり。又、判右衛門心底、民部詞をきかぬにして、我壱人の堪忍にて済所を、身を捨申入事、是又、道理に帰したり。元、意趣なき義なれば、自今以後、両人共に、遺恨さしはさむ事なかれ

理屈立てに走らずに、武士らしく身命を賭して行動した二人に対する、最大限の賛辞と言ってよい。おそらく、これ以外の言葉や方法で二人の果し合いを止めることは無理だったに違いない。しかし、二人はこの大殿の言葉を受け取りながらも逐電した。この点について、山本氏は「たとえ大殿の仲裁であっても、それに従ったのでは、「大殿の言葉をいいことにして命をながらえている」と中傷されるに決まってい」たとするが、本当にそう考えるべきなのであろうか。

というのは、本文を仔細に見ると、この判右衛門と民部はあまり周囲の目を気にしているとは思えない節があるのである。まず判右衛門であるが、彼は民部への対応について周囲に相談したあと、それで納得せずに果たし状を民部に送った。それは山本氏が言うように「いったん口に出した以上、判右衛門は果たし合いを申し込まざるをえな」かったからなのであろうか。しかし、判右衛門は周囲の意見を「一通り委細に承り届け」てから、「尤、民部礼義あったにもせよ、此方の聞ぬからは、是非もなき仕合せなり」と言っている。この「此方の聞ぬからは（私が聞いていないのだから）」というのは、谷脇氏が言うように「融通無碍ならぬ武家の論理」(11)とも取れるが、冷静に自分の心と対話したと考えるべきだろう。少なくとも、他人の眼を気にしたとか、一度言い出したことだから引っ込みがつかなかったというようなものではない。また、民部にしても、大殿の上意を有り難く受けて、家に帰ったその夜に、すぐ国を出ているのも、他人の意見や中傷を気にしたというよりは、大殿の裁定にどうしても納得が行か

ないものがあったと考えるべきである。もし民部に周囲や世間の眼を気にする気持ちがあるならば、すぐには逐電せずに様子を見る程度のことはあったはずである。また、後で佐渡を出て浅草へ向かった判右衛門も「国に堪忍なりがたく」とその理由が書かれているが、これは新大系の注（谷脇氏、一五六頁の五）が正確に記すように「じっとしていることに我慢ができなくなり」の意味であり、同じ注にあるように「居にくくなったの意とはとらない」とするのが正しい。周囲や世間の眼を気にして民部を追いかけたのではなく、自分自身の心がその方向に向き、それを抑えきれなくなったのである。

では、何故二人は大殿の仲裁に従わなかったのか。その理由は二人の心の中にある。すなわち、二人共、果し合いで命のやり取りをすること、そのことに武士としての尊厳を賭けていたからである。そこに武士としての花を見、負けたとしても美しく散ることに自己の存在を感じていたのでもあろう。二人は果し合いを心底望んでいたのである。ところが無情にも殿の仲裁が入ってしまった。せっかくの武士としての見せ場、晴れの場が失われてしまったのである。

もちろん、最初から二人がそうした気持ちになったわけではあるまい。おそらく、判右衛門は最初「「堪忍成がたし」と分別極め」ても民部と果たし合うかどうか迷っていたはずである。だからこそ周囲に相談したのである。しかし、老人役の久木勘右衛門は次のように答えた。

民部程の侍が、よもや詞もかけずに、乗打すべき故なし。貴殿、耳に入ざる事もあるべし。民部三千石、其方は三百石、禄のかるきを見くだす心底にあらねば、爰は分別所

相手の民部は、自分の一門中の長老からも認められるほど優れた武士であった。しかも自分の十倍の禄を食む人物である。命をやり取りする相手としては相応しく、これは絶好の機会だと判右衛門が勇み立ったとしても不思議ではない。また、もしここで引き下がったら、自分が「耳に入ざる」こと、すなわち聞き落としたことを認めてしまうことにもなる。これは自分としても納得が行かないことになる。

こうして意を決した判右衛門は民部に文を送ったが、送られた方の民部も判右衛門の心意気を感じてすぐに果し合いに応じた。この時を移さずにすぐ果し合いに応じた民部の姿勢に、判右衛門はさらに相手に不足なしの感を強くしたであろう。こうして、二人の果し合いに向けた心意気は決まったのであった。最初はふとした事件から始まった二人の諍いは、紆余曲折を経て、武士の意気地をかける勝負にまで「発展」したと言ってよい。

とすれば、二人が殿の仲裁に従わなかったのもよく分かる。二人にとってこの勝負は何よりも大事だったのであり、この勝負をせずに生きていても、それは武士として生きている気持ちがしなかったのである。また、民部がすぐに出奔して判右衛門を待ち、判右衛門もそれに応じたのも、この勝負に懸けた武士としての心意気を、お互いが心の深いところで感じ合っていたからなのである。

だからこそ、二人の最期は晴れやかであって、西鶴も「末の世のためしぞかし」と讃えたのである。これは武士としての意気地の問題であって、決して他人や世間の目を気にしての行動ではない。

ただ、そのように二人を見た場合、次の言葉をどう解釈するかの問題は残る。

（判右衛門が）急ぎ江戸に立越、民部かたへ尋ね、互に涙に沈み、されば、武士の義理程、是非なきものはなし。両人が最後は、何の遺恨もなく、世間の思はくばかり恥て、身命捨る夢路の友（括弧内稿者）

この部分について谷脇理史氏は新大系の脚注にて次のように述べる。

武士が正しい道理と考えることを実践することほど、どうにもならない（つらい）ものはない。「義理」は本来その社会内での「正しい道理」として積極的に行うべきものだが、その原初的な意味が、仕方なく行う行為の意味へと頽落して行くのが十七世紀後半。ここでも「物がた」い民部・判右衛門にとっての武道の義理の実践はあくまで正しい行為なのだが、同時に「是非なき物」であり「世間の思はくばかり恥て、身命捨る」行為ともなる。「世間の思はくばかり恥て」と二人に言わせると、実はその行為そのものが無意味となるが、そう言わせる西鶴は、「物がた」い武家の義理死の行為を冷徹にとらえ、同時に、当世の武家の義理のありようが「世間の思はくばかり恥て」いるものであることをさりげなく読者に認識させるのである。(12)

また山本氏は「されば」以降を次のように訳している。

さてさて武士の義理ほどつまらぬものはない。二人が死ぬのは、何の恨みもないのに、世間への体面を気にして、命を捨ててあの世への旅の友となる。(13)

問題は二氏ともに「世間の思はくばかり恥て」を、民部と判右衛門が「世間の目ばかりを気にしている」と解釈しているが、これは誤りであろう。今までの考察でも明らかなように、二人は世間の目、すなわち他の武士の眼より、自分の意気地を第一にして行動していたのであるし、もし、谷脇・山本両氏のように解釈するならば、西鶴はここで二人を非難していたことになってしまい、物語全体に大きな亀裂が走ってしまう。谷脇氏が言うように命を懸ける「行為そのものが無意味にな」ってしまうのである。

ここはそうではなくて、「二人の最期は、何の恨みもないものだったが、ただ仲間の武士たちが自分たちの死を理解してくれるだろうか、それだけを心配して、あの世へ向かう旅の友となった」と訳すべきである。すなわち、二人の心には、何のわだかまりもないのだが、あるとすれば、国において世話になった主君や同胞たちに申し開きができずに死んでゆくことを、ただ恥じたということなのである。そう理解してこそ、二人の行動は首尾一貫するのであるし、また最後の晴れ晴れとした自刃の姿とも繋がってくるのである。

四「内儀の利発は替た姿」

民部と判右衛門が大殿の制止を聞かずに自刃したのが、武士仲間の目という世間を恐れてのものだったのか、武士としての意気地を貫くことにあったのかは些細な問題のように思われもするが、西鶴の武家物や当時の武家社会を考える上で実は重要な問題を含んでいる。それは、大殿の仲裁後、民部がすぐに出奔して判右衛門を待ち、判右衛門もそれに応じたことについて、私が、勝負に懸けた武士としての心意気を、お互いが心の深いところで感じ取っていたからではないかと述べた点についてである。もし、こうした解釈が正しいとすれば、民部と判右衛門は、果し合いをする者同士であっても、心の奥深くでは相手を認め敬愛していたことになる。

この、互いに命のやり取りをするという究極の敵対関係の中に生まれた全く逆の深い信頼関係、これは究極の信

頼関係であり ヨコ関係と言っていいだろう。そこには一切の妥協や甘えが許されないからである。敵対関係である以上、相手への信頼を口にすることはできない。よって相手が自分をどう思っているのかを確かめる術はない。ただ心中で感じる以外にない世界である。そしてそれを感じながら死地に赴く他ないのである。こうした武士の不思議な心象世界については似たようなことを『葉隠』でも言っている。

恋の部りの至極は忍恋なり。「恋ひ死なん後の煙にそれと知れ終にもらさぬ中の思ひは」かくの如きなり。命の内にそれと知らするは深き恋にあらず、思ひ死の長けの高き事限りなし。たとへ、向より「斯様にてはなきか。」と問はれても、「全く思ひもよらず。」と云ひて、唯思ひ死に極むるが至極なり。廻り遠き事にてはなく候や。この前これを語り候へば請け合ふ者共ありしが、その衆中を煙仲間と申し候なり。この事は萬づの心得にわたるべし。主従の間など、この心にて済むなり。(14)(聞書第二)

民部と判右衛門が果し合いに臨もうとした時に、二人の心境もこうしたものではなかったかと推測するのだが、このような武士の不思議な心象世界について西鶴は別の部分でも取り上げている。巻一の四「内儀の利発は替た姿」の安川権之進と細井金太夫の関係がそれである。この話の梗概は次の通りである。

正月吉例の謡初めの折、自らの指図に従わなかった茶坊主休林を討った金塚数馬は、その非道さに怒った安川権之進によって討たれた。権之進は家に戻るとすぐに、妻子を細井金太夫方へ遣わし、自分は上方へ逐電した。金太夫と権之進は日ごろ仲の良くない間柄であったので、家来たちは不審がったが、金太夫は少しも騒がずに快く引き受けた。やがて数馬の郎党が権之進を探しに城下を巡り、その捜索は金太夫の家にも及んだ。金太夫は一計を案じ、妻を実家に戻し、権之進の妻子を自分の妻子として振舞った。元来、権之進と金太夫は仲が良くないとの評判であったので、巡検の者も金太夫の家は一通りの詮議だけで済ませ、権之進の妻子は難を逃れた。その後、数馬の一子勝之丞は、権之進を探して諸国を放浪したが、休林の息子六十郎に討たれてしまった。権之進は、後に主君から許されて帰参すると、自然に金太夫の武勇も世に知れわたって、二人ともに武士の名を上げることとなった。

ここで問題になるのは、権之進がなぜ日ごろ不仲な金太夫方へ大切な妻子を預けたのかである。同じ不審を弟の金右衛門に尋ねられた時、金太夫は次のように言っている。

それ窮鳥懐にいれば、猟師も殺さずといへり。武士の意気道理をたつる者は、世間の見る目と各別なり。権之進と自分が、日比不会なる事は、少しも遺恨の子細にあらず。先年、関が原の陣旅におきし時、かれが親安川権蔵、我らが先祖隼人と、同じ組下成しが、互に戦功にはげみ、高名牛角の感状有。両輩共に、千石づゝ所知くだしおかれ、役儀等しく、大横目に仰せ付させられ、安川流・細井流とて、鑓に一流づゝのほまれをあらはし、武勇をあらそひ、自から白眼あひて、家名をいどみしばかり、共に主君の忠功を勤めし。彼、此節我心底を見定め、是非隠しとぐべき者と頼み掛、我に預し女子、たとひ一命にかへても、爰は出さぬ至極なり。

要するに、「日比不会なる」仲だとしても、別に遺恨があるわけではなく、むしろ「共に主君の忠功を勤め」る者だと認め合っていたのであり、その相手から「我心底を見定め」られて頼まれた以上、「一命にかへても」守り抜くと決心したからだ、ということになる。ここで重要なのは、「武士の意気道理をたつる者は、世間の見る目と各別なり」と言っていることである。すなわち、武士の意気地に通じた者同士の振る舞いは、そうでない世間一般の振る舞いとは全く違ったものだということなのだが、この遺恨ではなく武士として競っていただけだという点、またお互い心底では敬愛の情を持っていた点、また武士の意気地で行動されたのに対して、自分も武士の意気地を立てて行動したという点、先の「不断心懸の早馬」の椿井民部と綱嶋判右衛門と全く同じである。金太夫は権之進が「我心底を見定め」て頼んできたのだから、武士として「一命にかへても」守り抜くと決心したのであって、もし金太夫と権之進の間で、民部と判右衛門のようなトラブルがあれば、それは同じように果し合いになった可能性が高いのである。つまり、敵になって斬り合うか、味方になって守り合うか、それは時と運しだいであって、本当の武士の世界とは、そうした敵味方を越えた、また生死を越えた地点に立つものであることを、この二篇は指し示しているのである。ここには、源氏平家以来、まさに時と運しだいで敵味方に分かれて闘争を続けてきた武士達の精神が、究極のモラルとして結晶化していると思われるのだが、そうした世界を描き出すことができた西鶴の描写力にはただ驚く他はない。

以上、『武道伝来記』の二篇を考察して、私はここから次の三点を指摘しておきたい。

①「武士の意気道理をたつる者」の世界には「世間の見る目と各別な」ものがあり、それは余人には中々理解が出来ないものであること
②それはまた究極のヨコ関係であったこと
③そうした「各別」な究極の武士の関係を描くことができた西鶴は、武家社会を深く理解していたと考えられること

これらは一連のものであるが、特に③は西鶴の武家物を考える際には重要な問題だと考えられる。「はじめに」でも述べたように、西鶴が町人・商人層の出身であったことが災いして、西鶴の武士観は歪められてきたと思われる。それは、西鶴が町人・商人であるから武家が理解できなかったとか、武家物の作品は生彩を欠くというものであるが、また逆に、町人・商人であったからこそ、武家の一面を理解できた、すなわち、遠くから突き放して客観的に見たからこそ深く洞察できたとするのも同様であろう。しかし、本稿で明らかにしてきたように、西鶴の武士理解は予想以上に深いものであり、また作品は武家社会の真相を抉り出した優れたものであった。また今回取り上げた二篇で、西鶴が描き出した世界は、町人・商人であったからこそ見えた一面、というようなレベルでは考えられないような、究極の武士像に辿り着いているとも思われるのである。

もちろん、そうしたことを言うには、本稿の考察が正しいということが前提になるが、少なくとも、「町人商人である西鶴が書いた武士の世界」という前提を一度抜きにして、西鶴の武家物を虚心坦懐に読み直してみる必要があることは、間違いないように思われるのである。

むすびに

私は、本書の第四部・第三章で武士と商人の歴史について触れた折に、荻生徂徠の『政談』などの記述に基づきながら、一口に町人商人と言っても、元禄以前と元禄以降では、その意識に違いがあったことを指摘した。とくに武士というものに対する見方では大きな隔たりがあったように思われる。すなわち、元禄以前の町人・商人たちには、武士への信頼が根本にあったようなのだが、元禄以降の町人・商人には表面上は武士に一目を置きながらも、根本のところでは信頼感を失っていたのではないかと思われるのである。そして、西鶴が元禄以前の寛文・延宝年間にその青春を送った人間であったことを考えれば、彼には当然元禄以前の、武士への尊崇の念を持った町人・商人としての意識があったと考えられるのである。

我々が一般に江戸時代の町人・商人と言う時、それは元禄以降の町人・商人を指していることが多い。しかし、元禄以前の町人・商人は我々が考えている以上に武士を信頼し、武士の世界を理解していた、すなわち武士的であったのではないかと考えられるのである。先に言った「町人商人である西鶴が書いた武士の世界」という前提を抜きにして西鶴の武家物を読み直してみるというのは、また元禄以前の町人・商人の立場に立って考えてみるということなのである。

注

（1）　李御寧『「縮み」志向の日本人』学生社、一九八一年。なおこの韓国に「若者宿」が無かったという指摘は日韓の文化・文学比較を試みる場合、極めて重要である。本書第二部・第一章で指摘したように、西鶴小説における空間の構成原理、人間関係の構図の基本にはこの「若者宿」と共通するヨコの原理がある。同じく本書第二部・第二、三章で取り扱った朝鮮後期の小説『九雲夢』との比較においても、この違いは重要な視点になるが、この点についてはいずれ改めて論じたいと思う。

（2）　矢野公和氏も「序文に於いて「中古武道の忠義諸国に高名の敵うち」を集めたとされているにもかかわらず、この作品には、忠義と見なし得るような営為が、殆ど描かれない」と同様の指摘をしている（「『武道伝来記』の世界—制度に封じ込められた情念—」『西鶴論』若草書房、二〇〇三年）。氏はその理由を「『武道伝来記』に描かれた武家社会が、支配体制と武士の情念が矛盾する世界として成立している」からとされる。確かに「矛盾」ではあるが、別のところでも男色を例に述べたように（本書第三部・第一章の「五『葉隠』の世界」「六　主君への恩義と衆道の意気地」）、こうした矛盾は武士の情念そのものから発せられているものであり、これを制度と情念の矛盾というように図式化すべきではないと私は考える。
（3）谷脇理史氏がその一連の論考でこの問題に取り組んでいる（『西鶴研究と批評』第二章一節〜七節、若草書房、一九九五年）。
（4）暉峻康隆『西鶴評論と研究（上）』中央公論社、一九四八年、二〇六頁など。
（5）暉峻氏は同右書で、この物語は「鍛え上げられたストイックな一つの精神のみが強調されて、八人の登場人物は誰一人として個性も感情も肉體も持合せてゐない」（二〇六頁）と述べているが、これは武士達の徹底されたヨコの連帯意識と言い換えても良いだろう。
（6）谷脇理史「格別なる世界への認識」（『西鶴研究と批評』第五章）。
（7）同氏同右論考、一三一頁。
（8）山本博文『武士と世間――なぜ死に急ぐのか』中公新書、二〇〇三年。
（9）山本博文『殉死の構造』弘文堂、一九九四年。
（10）（8）、一七九頁。
（11）新大系『武道伝来記他』（岩波書店、一九八九年）の谷脇氏による脚注、一五二頁の「二一」。
（12）同右同書、一五六頁。
（13）（8）、一七四頁。
（14）和辻哲郎・古川哲史校訂『葉隠』岩波文庫、一九四〇年。
＊三七四頁の挿絵は『新日本古典文学大系（76）』（岩波書店、一九九一年）を使用した。

【第四部】西鶴の空間、変転するコントラスト

武士と商人

右は萩山勝之介と葉田川久郎治との斬り合いの場面（『武道伝来記』巻七の二「若衆盛は宮城野の萩」）、左は水間寺観音に集まった商人たちの姿（『日本永代蔵』巻一の一「初午は乗てくる仕合」）である。勝之介と馬を引く若者との姿が実に対照的である。勝之介は重ね車の振袖を着て武士の綺羅を見せているのに対して、左の少年は髪を振り乱した粗野な出で立ちである。しかしその顔つきには商人の「生」に対する希求とその逞しさが溢れている。その反対に、勝之介をはじめ武家若衆の顔には、その美しさと共にどこか死の影が付き纏っている。

第一章　恋の箱庭──『好色五人女』の縦糸と横糸

はじめに

本書第三部では西鶴の描いた男色、とくに武家社会における男色の世界を取り上げた。そこでは、従来評価が低かった西鶴の男色世界を、様々な視点から掘り起こして、再評価の方途を探ってみた。その中から幾つかの新しい視点が生まれてきたように思われるが、言うまでもなく、男色の対極には女色がある。この女色の世界と男色はどのような関係になっているのか。西鶴の描いた恋愛世界を考える上で、この点がやはり注目されてくるのである。

そこで第四部では、女色・男色を始めとして、こうした西鶴小説が描き出したコントラストの世界について、様々な角度から考察を加えてみたい。まず最初に取り上げるのは『好色五人女』である。この作品は、比較的短期間で作られたためか矛盾や齟齬が多く、構成上のまとまりの悪さがよく指摘されるが、しかし、それゆえに、西鶴の恋愛に対する生のイメージが噴出しているとも思われる。そこで本稿では、この『五人女』を取り上げて、西鶴が恋愛に対して抱いている源基的なイメージとは何かについて考えてみることにしたい。

一　女色から男色へ

かつて檜谷昭彦氏は、『五人女』の構成と話の展開について「全五巻を通じて、五つの話が〈女色〉から〈男色〉へと移行しつつある」と指摘したことがあった。(1) その論拠についてまとめてみると、以下の二つに集約することができる。

・巻一と巻五は〈女色〉物語と〈男色〉物語という対照的な構成を持っている。
・巻四は、お七という乙女の恋心と、若道をつらぬこうとしつつお七に引かれていく吉三郎という若衆を登場させた、女色男色の「取集めたる恋」（巻四の五）の物語であった。

氏の該稿は「移行」という言葉が使われている割には、具体的に「移行」する過程の指摘や説明がいささか少ないのだが、やはりこの指摘は重要である。何故ならば、私も他のところで何度か指摘したように、(2) 西鶴の好色物は女色と男色がはっきりと分かれるようなものでなく、相互に浸透し、複雑に絡みあいながら作品世界を作り上げているものだからだ。しかし、『五人女』の細部に目を配るとき、この「移行」は、女色男色の「色」だけに留まらず、別の様々な問題をも浮かび上がらせることに気づく。加えて、後でも述べるように、その浮かび上がってくる幾つかの像を検討し総合する時、そこには西鶴の作家としての原基的イメージが伏在している可能性を指摘できる。そこでまずは女色男色の問題から入り、徐々に他の問題へと展開してゆこう。

檜谷氏が述べたとおり、『五人女』は〈女色〉から〈男色〉へ移行する物語である。しかし、この女色・男色の記述を細かく調べてみると、単なる移行ではなく、細かく微妙な変化の様相を示してもいる。女色から男色へ、字面そのままに言えば、まさに色合いを変化させているのである。(3) 別の言葉を使えば、フェイドアウト（女色）↓フェイドイン（男色）を行っていると言えようか。そこで、この点を見やすくするために表を作成してみた（表1）。

この表は、『五人女』に記述された女色男色に関する語彙・事項をピックアップしたものである。女色関連には何も施さずに言葉だけを、女色男色の両方に関連する語句等については傍線を、男色関連には網掛けを施した。囲み線のものは、その語句や事項が、単に言葉だけではなく物語の筋やエピソードに関わる場合である。

こうしてみると、女色から男色へと移行していることがはっきり分かる。まず、巻一巻二には男色が一切登場しないが、巻三になると少しずつだが男色の色合いが女色の色合いに混ざってくることがわかる。この混ざり方が実に微妙で細かい。たとえば、巻三の男色は話の筋やエピソードに絡むようなものはない。すべて語句のレベルでの登場である。男色が話の筋やエピソードに絡んでくるのは、巻四の三からで、巻四の五に至って一篇の中心的な題材になり、巻五の一〜三において本格的な男色情話が連続することになる。

また、巻三に登場するのはすべて役者の名前であるのも面白い。巻三は京都の話が中心になることもあって、そうした役者名を出しやすかったのであろうが、役者（売若衆）は武士の若衆（地若衆）に比べて町人・商人などの庶民層に馴染みが深い。こうした馴染み深い世界から始まって、徐々に本格的な男色世界に入るという仕懸けがあるようだ。巻四では「やごとなき若衆」である吉三郎が登場するが、この吉三郎の物語は檜谷氏も指摘していたように、若道に身を置きながらも、お七に引かれていくという「取集めたる恋」（巻四の五）の物語であった。これが、巻五になると、念者である源五兵衛が登場し、本格的な念者と若衆の恋愛話が始まるのである。この役者↓若

〈表１〉女色・男色

・女色関連→無し　・女色男色関係→傍線　・男色関連→網掛け

・章の主要事項→囲み線

	1	2	3	4	5
巻一	室津、むかし男をうつし絵・女の好きぬる風俗（清十郎）、色道、遊女、りんき深き女、やめがたきは此道、みな川といへる女郎、昼のない国（遊郭）、揚屋、太鼓持	男の色好て（お夏）、島原に上羽の蝶を紋所に付し太夫、花鳥、うきふね・小太夫（室君、遊女名）、いつとなくお夏清十郎に思ひつき	清十郎とお夏の情交（結髪のほどくるもかまはず…）	清十郎おなつを盗、炭屋の下女「よき男を持たしてくださりませい」「それは出雲の大社」	お夏・つきづきの女狂乱
巻二	七夕、樽屋おせんへの恋をこさんに頼	夫婦のかたらひ、ぬけ参りの約	おせん・樽屋・久七の抜け参り道中	樽屋とおせんの祝言	おせん長左衛門の密通
巻三	都に情の山、四天王の美女鑑定、島原にもろこし・花崎、四条河原の三郎竹中吉・唐松歌仙、衆道女道を昼夜わかちもなく、吉弥笠、前髪若衆、今小町	大経師おさんと結婚、おさんりんの恋を仲立、おさんと茂右衛門の情交、おさんと茂右衛門の出奔	おさんと茂右衛門の岩場からの入水	おさんと茂右衛門に是太郎との結婚話、切戸の文殊堂・文殊様は衆道ばかりの御合点　女道は會てしろしめさるまじ	四条河原の藤田狂言
巻四	やごとなき若衆（吉三郎）、姫始め	兒人（稚児）寺の大黒、跡さして臥しける（坊主と吉三郎）、白菊などいへる留木のうつり香、吉三郎とお七の恋はじめ	前髪、念者、久七が吉三郎をなぶる、吉三郎とお七の逢瀬	お七吉三郎を恋しての放火	吉三郎の兄分との契約、前髪の散るあはれ、お七最後よりはなを哀なり、取集たる恋
巻五	鹿児島、源五兵衛と中村八十郎、明暮若道に身をなし、源五出家、高野山	兒人（稚児）と源五兵衛弘法の御山（高野山）	おまん若衆になりすまして源五に近づく、源五と亡霊の若衆	おまんと源五の情交、女色のへだてはなきもの	おまんと源五の結婚

衆→念者という流れは、作品の基調・色合いを女色から男色に変えることに、もし西鶴の目的があったとするならば、なかなか上手い方法だといってよい。

また、巻三の他の部分で「衆道女道を昼夜わかちもなく」とか「文殊様は衆道ばかりの御合点、女道は會てしろしめさるまじ」などと女色男色両方に渡る言辞が多いことも、女色から男色への変化を演出するには丁度良い方法だといえる。とくに後者の文殊堂で夢枕に現れた文殊に対するおさんの言葉は、おさんに代表される五人女の性格を論じる時によく引き合いに出されるが、それはそろそろ女色の物語が終わるという合図でもあったわけである。

このように、女色→男色へと色合いを変化させたこの物語は、最後にもう一度女色へと回帰しながら話を閉じることになる。それを演出したのが若衆に化けたおまんと、そのおまんとの情交に落ちた源五兵衛の話である。西鶴はこの二人の情交の後、「男色女色のへだてはなきもの」としているが、ここまでの女色男色の話をいささか強引に纏めかかったと言うべきであろう。そして、本物語の最終章ではおまんと源五兵衛の結婚話という目出度い祝言話で終わらせているのは周知のことである。

こうした、本物語の流れを見るとき、本物語のスタートである巻一の一と二に、遊女や遊廓の話が登場するのは見逃せない点である。それは、本物語が女色男色を「取集めたる恋」（巻四の五）の物語であり、「男色女色のへだてはなき」（巻五の四）物語であるとすると、遊女や遊廓の話を出さないのでは「色」の物語としては片落ちになってしまうからである。もちろん、巻一の一、二に遊女・遊廓の話を出したのは、巻一の物語がお夏の話であり、そのお夏の母が遊女の出身であると伝えられることや、西鶴も本文（巻一の二）で、

此女、田舎にはいかにして、都にも素人女には見たる事なし。此まへ嶋原に上羽の蝶を紋所に付し太夫有しが、

それに見増程成美形と、京の人の語ける。

と、お夏を遊女風に仕立てていることからも、そのお夏の話を導くものとして遊女・遊廓の話を使った公算もある。だが、それだけではない。というのは、この遊廓が「日本遊女の根元」(『色道大鏡』)、「本朝遊女のはじまり」(『好色一代男』)と言われた室津であったからであり、また、先に示した表1を見ると、この巻一の一、二と対照的な位置である巻五の一、二に男色の根元である高野山の話が載っているからである。すなわち、西鶴は、話の筋とは別に、本物語の女色と男色のバランスを考えて、それぞれ室津と高野山というシンボリックな場所と名前を配置したと考えるべきである。

従来、『五人女』の話の筋について、その破綻や矛盾が多く指摘されてきた。たとえば、巻二のおせん姦通事件の内容が、巻末の五章目にいたって初めて記述されることなどが、その最たるものであろう。また、これを破綻や矛盾として見るのではなく、積極的に西鶴の方法の一つとして理解する方策も多く行われてきたのは周知のことである。たとえば、歌舞伎・浄瑠璃などの演劇的手法との関連、中世物語との関連などである。(4) これらは、話の筋を縦糸とすれば、そこに織り込まれる横糸の考察である。本稿もこの方法に倣っているわけだが、従来の演劇的手法や中世物語との関連などは、鮮やかに本物語の方法を切り開いて見せたが、それは物語の一部分であり、それを超えるものではなかった。

しかし、今取り上げている、女色から男色への変化、女色と男色のコントラストとコラボレイション(相互浸透)は、本物語全体にわたるものである。と同時に、この女色から男色へのフェイドアウト、フェイドインに関しては、先に考察したように、ほとんど破綻・矛盾がないのである。きわめて精緻な細心の配慮をもって構築されていると言ってよいのである。

かつて、『好色一代男』の成立を論じた時に、巻五の二から七までが後から挿入されたのではないかという仮説を立てたことがあった。[5] その根拠の一つに、この巻五の二から七までの短篇に描かれる遊廓が、島原・新町・吉原の三都の遊廓には及ばないものの、地方を代表する有名な遊廓が舞台となっていたことを挙げた。『一代男』には作者西鶴の様々な意図が見え隠れするが、その一つに、諸国遊里の風俗を描き尽くすことがあったことは間違いない。私は、西鶴がそうした意図から、地方の有名な遊廓をいささか強引にこの場所に押し込んだのだと考えたのであった。

この折にも感じたのであったが、西鶴は、物語の場面やその展開（筋）という縦糸よりも、それとは関係のない横糸（『一代男』で言えば諸国遊里の悉皆描写、『五人女』で言えば女色と男色のコラボレイション）を重視するというか、充実させてしまう傾向があるようだ。この縦糸と横糸がどのように織り合わさって一つの布地を作り上げているのか、これを明らかにするのが私の狙いであるが、本物語の横糸は、この女色男色だけではない。他にも様々な色の糸が織り込まれているようである。

二　神道から仏教へ

今、室津と高野山という、言わば女色男色のメッカとでも言うべき場所の話をしたが、高野山の前の巻四には江戸駒込の吉祥寺が舞台となっており、高野山のあとには出家した源五兵衛が隠遁する草庵の話が続いている。このように、巻四・五は仏教色が濃いのであるが、こうした宗教に関して物語全体ではどうなっているのだろうか。そこで、この宗教色とでも言うべきものを見るために、やはり表を作成してみた（表2・四〇三頁）。表1と同じように、宗教に関する言辞・事項を掲載し、神道関連には何も施さず、仏教関連には網掛けを、囲み線は表1と同じように、物語の筋やエピソードに関わる場合である。

こうしてみてはっきり分かるのは、仏教関連の語彙・事項が後半に集中していることである。それと対照的に、前半には神道関連の語彙・事項が多いことが分かる。たとえば、巻一の三はお夏と清十郎が周囲の目を盗んで情交する話であるが、二人の逢瀬とそのカモフラージュに太神楽と獅子舞が上手く使われている。太神楽も獅子舞もともに神道の神事に使われるものであり、江戸時代になって全国的に広がった神事芸能である。また、巻一の四では清十郎の身を案じたお夏が室の明神へ命乞いのために参詣する。お夏の夢枕に現れた老神が、参詣人への不満を述べるとともに、炭屋の下女が「よき男を持たしてくださりませい」と言ったのに対して、「それは出雲の大社を頼め」と言うなどひどく人間臭い振る舞いをして読者を笑わせる場面である。この室の明神は彦火々出見尊などを祭る神社であり、出雲大社は言わずと知れた神道の大本殿である。また、巻二では、おせんと樽屋、久七、こさん四人の珍妙なる伊勢参宮（抜け参り）の旅に大きく紙数を割いている。伊勢神宮は出雲大社と並び称せられる神道最大の神社である。

これらの神道関連の話に共通するのは、どれもエロチックな話に終止していることである。お夏清十郎の情交と室の明神における炭屋の下女の話については今述べたが、巻二の伊勢参宮も同様であり、ここは、おせんと情交しようと必死になっている樽屋と久七のドタバタ・エロチック・コメディとでも言うべき場面であった。

これに対して、後半の巻四・巻五で繰り広げられる男色の話では、エロチックな場面はほとんどない。特に本格的な男色情話とでも言うべき巻四の五、巻五の一、二では、そうした描写は一切ない。念者と若衆のお互いを思う

〈表２〉神道・仏教

・神道→無印　・仏教→網掛け　・章の主要事項→囲み線

	1	2	3	4	5
巻一	歌念仏、尊霊棚、弁才天、旦那寺の永興院、出家		太神楽、獅子舞、かしこき神	住吉さま、室の明神・炭屋の下女「よき男を持たしてくださいませい」「それは出雲の大社」	正覚寺、菩提の道、出家の望、庵室、発心
巻二		大鏡寺、泣き坊主、仏棚、住吉の御はらひ（猿田彦）、抜け参り（伊勢参宮）の約束	おせん・樽屋・久七の抜け参り道中	抜け参りからの帰宅、道明寺、法花寺、	五十年忌の法事
巻三	祇園会、清水		石山寺	切戸の文殊堂・文殊様は衆道ばかりの御合点女道は會てしろしめさるまじ	
巻四	駒込の吉祥寺、長老、釈迦	駒込の吉祥寺			駒込の吉祥寺
巻五	高野山	高野山	山の草庵	山の草庵	

純粋な一念が、結晶化された話として仕上がっているのである。もちろん、巻五の四には滑稽でエロチックな描写が登場するが、これは若衆に化けたおまんの為せる業であって、純粋な男色と言えないことは明らかである。

仏教が女性を遠ざけるとともに、基本的には性愛を否定したのは周知の事柄であるが、それに対して神道は性愛に対して比較的おおらかな態度を取っていたこともまた良く知られたことである。それは記紀の国生み神話から始まって（西鶴の『一代男』跋文にも「二柱」の神イザナキ・イザナミの話を記述する）、アメノウズメの岩戸神話や、大国主の妻訪神話など、男女の性愛に関する話は枚挙に暇がない。また、現存する神社やその祭りに性器をシンボライズされた神体が多く見出せるのも周知のことである。本物語の前半でのエロチックな描写が神道と結びついているのは、こうした神道やそれを取り巻く祭祀の性格と切り離せないであろう。

西鶴の好色物と呼ばれる作品群において、女色は性愛的に、男色は精神的に描かれる傾向があることは明らかであるが(2)、本物語においてもその傾向は顕著である。そして、本物語では、それは更に神道と仏教という二大宗教に結びついて世界を構築していることが分かるのである。こうした配置・構築を西鶴がなぜ行なったのかは判然としないが、あえて推測するならば、次の二つのことが考えられる。

一つは、元禄期とは、こうした宗教が庶民に浸透した時代、もしくはし始めた時代では無かったかという点である。歴史書・民俗学研究書に詳しいように、神道や仏教が庶民に広く伝わったのは江戸時代、それも元禄期以降、庶民が比較的豊かになってからであった。その広がりによって逆に濃厚な宗教性は失われてしまったが、ほどよく希薄化された神道や仏教は、庶民に受け入れやすいものとして広がったのであった。その最たるものが本物語に登場する、神楽や獅子舞などの芸能であり、遊山ツアー化していた伊勢神宮への抜け参りなどであった。また、巻四の吉祥寺のように、寺は避難所としての役割を大いに担っていたであろうし、寺の男色も庶民から窺い知れない世界として逆に興味を持たれていたことであろう。西鶴が、こうした宗教の庶民への広がりや浸透を意識していたことは十分に考えられるのである。また、本物語に登場する神や僧侶がひどく人間臭く描かれているのも、そうした庶民と宗教の接近を示したものとして解釈できるだろう。

もう一つは、本物語が密通や姦通という事件をもとに描いており、さらに主人公たちの多くがすでに死を遂げていることである。かつて諏訪春雄氏が指摘していたように(6)、本物語巻三の、おさん茂右衛門事件を題材にした、近松の『大経師昔暦』の結末は、実際の事件とは違い、二人の命は黒谷の東岸和尚によって嘆願助命されていた。諏訪氏はここに近世庶民の宗教的な願望が渦巻いていたと看做したわけであるが、『五人女』にもそうした宗教性を利用しようとする意識がなかったとは言えないだろう。すなわち、西鶴は宗教色を濃厚にすることによって、また事件を宗教と絡ませることによって、当事者たちの魂送りや浄化・追善を、西鶴なりに行ってみせたのではないか。もちろん、本物語のように喜劇的シーンが多用される点からすれば、西鶴に近松のような強い宗教性があったとは考えにくい。しかし、また逆にそれが全く無かったとも言えないのである。

そうした意味で考えなくてはならないのは、本物語最後、巻五の五の祝言性である。祝言性が西鶴文学を考える上で重要な問題を含んでいることは、前にも指摘したことがあったが(7)、この『五人女』もその例に漏れない。とくにこの最後の終わり方、すなわち、おまん源五兵衛が結婚して目出度く終わるというのは、西鶴小説の祝言性として従来からすでに指摘されてきたことであった。もちろん、ここでの祝言性というものが、宗教的にどのような意味を持っていたのかは必ずしもはっきりしているわけではないが、すくなくとも、何事であっても最後は目出度く終わりたい、締めくくりたいという極めて素朴な人情に基づいていることだけは確かである。そして、それは特に悲劇的な結末に終わった五組の男女であれば、なおさらのこと最後ぐらいは目出度くしてやろうという配慮であったとも考えられるのである。

もし、こうした配慮が西鶴にあったとすれば、宗教を絡ませることによって、死んだ者たちの魂送りや追善の手向けをしようという意識があったとしてもおかしくない。しかも、西鶴はここで特定の宗教を扱うのではなく、神道と仏教という当時の二大宗教を均等にバランスよく配置しているのであれば、それは祝言と同じく、きわめて素朴なものとして働いていたと考えられるのである。すなわち、五組の男女は色々非難さるべきこともあったのだろうが、自分の気持ちに正直に生きたのだし、これほど宗教的世界と身近でもあったのだから、神仏の加護や慈悲があったとしてもいいという、西鶴なりの「はからい」があったのではないだろうか。

三　海から山へ

さて、次には地理・地形的あるいは地政学的な問題を取り上げたい。先に、室津と高野山との対照を取り上げたが、ここには海と山という地形的対照がある。これも表にしてみよう（表3・次頁）。海との繋がりが深いものには囲み線、山との繋がりが深いものには、網掛けを施した。

こうしてみると、やはり海に関連する言辞・事項は前半に多く、山に関連する言辞・事項は後半に多いという前半・後半の対照が見出せる。とくに、巻一は海との関連が濃厚であり、巻五は山との関連が濃厚である。

まず、巻一であるが、「春の海しづか」なる描写から始まり、室津の港としての賑わいが語られると、広々とした海原を前にした浜の花見では、

〈表3〉海・山（地形・地理・地政学的）

・海関連→囲み線　・山関連→網掛け

	1	2	3	4	5
巻一	春の海、宝船の浪枕、室津、大湊、裸島	姫路	高砂、曽根、砂浜、海原静かに	船待、船頭、船汀に	谷の下水、峰の花、恋の新川舟をつくりて
巻二	難波（大坂）、天満（大坂）、井戸替	抜け参り（伊勢参宮）	抜け参り（伊勢参宮）内宮・二見・外宮		藤の棚（大坂）
巻三	都（京都）		石山寺、瀬田、堅田、志賀の都、琵琶湖、おさんと茂右衛門の岩場からの入水	丹波越え、岨の道、柏原、丹後路、切戸の文殊堂	都（京都）、東山
巻四	江戸、駒込吉祥寺	江戸、駒込吉祥寺	江戸、八百屋		江戸、駒込吉祥寺
巻五	鹿児島、高野山	高野山	片山陰（辺鄙な山陰）、差つまがた浜の町	山の草庵	鹿児島

高砂、曽祢の松も若緑立て、砂浜の景色又有まじき詠ぞかし。里の童子さらへ手毎に落葉かきのけ、松露の春子を取など、すみれ、つばなをぬきしや、それめづらしく、我もとり〴〵の若草、すこしうすかりき所に花筵、毛氈しかせて、海原静に夕日紅、人々の袖をあらそひ

といったいかにも春の海の伸びやかな情景が描写される。そして、お夏清十郎の船を使った逃避行といった具合に瀬戸内の海岸線沿いに話が展開してゆく。まさに海辺の物語である。

それと対照的なのが、巻五の世界である。巻五は二〜四までの三章の舞台が山里・山奥である。高野山に向かう途中で出会った若衆との恋、その若衆を失って隠遁した源五兵衛をめぐっての若衆の亡霊とおまんの執心。これらが、

後にあらけなき岩ぐみありて、にしの方に洞ふかく、心も是にしづむばかり、朽木のたよりなき丸太を二つ三つ四つならべてなげわたし、橋も物すごく、下は瀬のはやき浪もくだけて、たましゐ散るごとく（巻五の三）

といった険しい山奥で繰り広げられるのである。まさに山の物語である。

では、この巻一と巻五に挟まれた巻二〜四はどのような展開になっているのだろうか。まず、巻一から巻二になると大坂へと舞台は移る（巻一でのお夏清十郎の逃避行が成功していれば、二人は大坂の港に着いたであろうこともここでは注意されてよいだろう。「其男目が状箱わすれねば、今時分は大坂に着て、高津あたりのうら座敷かりて」〈巻一の四における清十郎の言葉〉）。大坂は近松の『心中天網島』の橋尽くしが良い例のように水の都として栄えた場所だが、

ここでのおせんと樽屋の恋は、伊勢神宮への抜け参りの同道となって話が展開する。大坂から伊勢神宮へ行く場合は、本文にも記述があるように、「相坂山」の関所を通らねばならないが、伊勢神宮は周知のように海岸に面しての名勝地である。巻二がこの伊勢を中心にして話の展開が図られていることは注意すべき点である。巻二は巻一ほどではないにしても、やはり海との関連性が濃い物語といってよいだろう。

巻三は、巻一と巻五の丁度中間的な位置になる。物語となる舞台も丁度そうした中間を意識したものとなっていると考えられる。まず京都での花見から、おさんと茂右衛門の出奔、ここまでは巻一と同じであるが、二人が逃げたのは、石山寺の開帳のための琵琶湖方面への旅であった。その途中で二人は琵琶湖での狂言入水を思い付き、さらに丹波越えから柏原、切戸、天の橋立へと裏日本側まで逃げてゆく。注意すべきなのは、この巻三の主な舞台が琵琶湖という湖と、丹波越えという峠越えであったことである。先に述べたように、巻五は主に辺鄙で険しい山奥を舞台にしているが、巻一の海辺の物語から、巻五の山奥の物語まで見渡すと、ちょうど中間にあたる巻三に湖と峠越えが出てくるのは不思議な整合性を感じさせるのである。湖に関して言えば、海と山との中間的景物として、峠越えに関して言えば、前半から後半へ、女色から男色への変化の岐路としての役割を担っているかの如くである。

巻四は江戸の世界であるので、巻一と巻五の対照性には直接関連がなさそうである。しかし、よく注意してみると、この巻四は巻三と巻五に挟まれた位置であることを意識しているような描写が見られるのである。まず、この巻四で描かれた江戸は、江戸らしさをほとんど感じさせていないことに注意すべきだろう。江戸は新興都市として活況を呈した町であり、かつまた海辺の町でもあった。しかし、この巻四ではそうした活気や海の匂いを全く感じさせない。巻四の主な舞台は駒込の吉祥寺と、お七の家である八百屋である。元禄当時の駒込は江戸市中からはかなり離れた辺鄙な場所であった。その辺鄙な場所らしさが、野辺送りのために長老と法師たちが出て行ったあとの

「七十に余りし庫裏姥ひとり、十二三なる新発意壱人、赤犬ばかり、残物とて松の風淋しく、虫出しの神鳴ひゞき渡り」といった文によく表れているが、注目すべきは、八百屋とそこに忍んで現れた吉三郎の描写である。八百屋やそこで売られている野菜類は土の臭いを強烈に発散する。この土臭さは、言うまでもなくお七の素朴さの表現でもあるのだが、そのお七に会いにきた吉三郎は「板橋ちかき里の子」の風体に化けて「松露、土筆を手籠に入て、世をわたる業とて売きた」のであった。さらにこの「里の子」は「雪降りやまずして、里までかえる事」を嘆いて、店の亭主に土間を借り、「牛蒡、大根の莚かたよせ、竹の小笠に面をかくし、腰蓑身にまとい一夜をしの」ごうとしたと描写されている。さらにこの「里の子」は下男の久七になぶられそうになったときに「いかにも浅ましくそだちまして、田をすく馬の口を取、真柴刈より外の事をぞんじませぬ」などと必死に久七から逃げようとしている。

八百屋の娘との逢瀬ゆえに、野菜売りの里の子に化けたわけだが、この八百屋の娘と野菜売りの里の子の逢瀬という取り合わせはいかにも土臭く素朴な雰囲気を出している。もちろん、この設定は話の筋（八百屋の娘の恋物語）からも導き出されるものではあるが、巻を超えた全体の流れからも無視できない繋がりがある。それは、巻三の峠越えの世界と巻五の山奥の世界との間にあれば、八百屋や野菜、そして八百屋の娘の恋物語や「里の子」の変装、そしてそうしたものから発散される土臭さは、山里の匂いや風景として繋がってくるものだからである。

このように、本物語には海↓峠・湖↓山という地形的なコントラストが配置されていると考えてよいだろう。そして、こうした地形的・地政学的な全体の流れ、コントラストを考えるときに、新たに二つの問題が浮上してくるように思われる。一つ目は巻一の一、二で遊廓が舞台になっていることである。

この位置に遊廓や遊女が登場するのは、先にも指摘したように、室津と高野山の対置、女色男色取り混ぜた物語としての、遊廓・遊女の必要性といった点からも、その理由を考え得るが、もう一つ、海↓峠・湖↓山という地形的なコントラストを考えた時に、海の最初に遊廓が登場することが重視されるのである。すなわち、遊廓↓海辺↓峠・湖↓山という配置を考えたときに、遊廓が島のごとき位置になることである。そこで思い起こされるのは遊廓と島の縁の深さである。それは、日本の島々（とくに瀬戸内海）の港に遊廓が多かったという現実的な背景とともに、遊廓が蓬萊島（蓬萊山）などの伝説上の島に喩えられて賛美されることが多かったこととも関連しよう。丁度、本物語の巻一の一においても遊女を裸にさせる遊廓の馬鹿遊びについて「世界の図にある裸島」と評して遊廓を島に喩えてもいた。また、そうした観点に立ったとき、巻一の一の内容が、その章題を「恋は闇夜を昼の国」としていたように、どことなく浮世離れした雰囲気をかもし出していたことも納得されるのである。

もう一点は、巻一での瀬戸内を中心とした海の描写と巻五での高野山を中心にした山の描写、そのコントラストに関してである。この瀬戸内と高野山というのは、上方、とくに大坂の人間にとってはその対照性とともに馴染の深い世界であったことも忘れてはならない。大坂の人間にとって瀬戸内は春を告げる風物の宝庫である。梅や桜の北上、春を告げる魚の鰆漁や鯛漁。そうした数々の風物が、瀬戸内から大坂に毎年やってきたのである。それとは対照的に、高野山は大坂の人間にとっては厳粛な聖地として信仰を集めていた。この、大坂人にとっての瀬戸内と高野山をよく示しているものに、『五人女』より少し前に西鶴が書いた『椀久一世の物語』がある。

かつて指摘したように(8)椀久は大坂人らしい放蕩家であったが、彼は大坂から瀬戸内への河口によく遊びに出ている。「川口のはぜ釣り」「住吉の汐干遊び」という形で作品に登場するが、この舟遊びは大坂人一般の春の慰みの一つだった。また、椀久が死んだのもこの河口であった。そして、その放蕩家の椀久が唯一真剣になって放蕩を止めようと思ったのが、高野山参拝の最中であった。

このように、瀬戸内と高野山は大坂人の精神を形作る上で重要な意味を持っていたと言ってよい。その対照的な二つを『五人女』では上手く配置していた。この『五人女』を読んだ大坂を始めとする上方の人間たちは、そこに上方ならではの地理的・地形的配置がなされていることに十分気づいたと思われるのである。

いささか、牽強付会もあるかも知れないが、このように地理・地形、また地政学的な観点からこの物語を眺めるとき、やはり先の宗教的コラボレイションと同じように、海と山のコントラストやコラボレイションが施されていたと結論してよいものと思われる。

四　季節の展開

最後にもう一点指摘しておきたいのは、本物語に表れている季節感である。今、海と山のコントラストを指摘した時にも述べたように、巻一は「春の海しづかに」で始まり、花見の席でのお夏と清十郎の情交と続く春の世界が展開していた。これに対して、巻五は険しい山奥の草庵が舞台であったが、その草庵をおまんが訪ねる折を「根笹の霜を打払ひ、比は神無月」として、初冬の季節に設定していた。このように、巻一と巻五は季節感においてもコントラストをなしていることが分かる。そこで、これを全体から見るために、やはり表にして考えてみたい（表4・次頁）。

今までの表と同じく、季節感を表す言辞と事項を抜き出し、春から夏にかけての季節を示すものには囲み線を、秋から冬にかけての季節を示すものには網掛けを施した。こうしてみると、春夏の暖かさ暑さを基調にした世界と、秋冬の寒さを基調にした世界とのコントラストがあることに気づくのである。

まず、今も述べたように、巻一の一、三は春の季節が舞台であったが、引き続く巻一の四、五は初夏から夏への

〈表４〉季節

・春～夏→四角囲み　・秋～冬→網掛け

	1	2	3	4	5
巻一	春の海		尾上の桜、花見、若緑、松露の春子、若草、藤山吹、胡蝶	四月十八日	夏衣、夏中
巻二	秋のはじめの七日（七夕）	盆踊り、七月二十八日、踊り見にまひりし	朝顔、行水、蚊帳、団扇、八月十一日	九月五日	正月二十二日
巻三	正月一日、花見帰り、藤の八房	秋も夜嵐いたく、時雨、五月十四日	石山寺の開帳（春）、東山の桜は捨物		八月十七日、菊の節句（九月九日）、九月二十七日
巻四	大節季、煤はき、年のはじめ、女松男松、（正月）九日～十四日	春の雨、春の雷（正月）十五日	雪の夜	卯月はじめつかた	
巻五	雨のさびしく、萌出る草の片陰、夏中、秋、文月十五日	冬構え	神無月	神無月	二月はじめつかた三月三日四日

	女色男色	宗教	地形	季節
巻一	女色	神道	海	春・夏
巻二	女色	神道	海	晩夏
巻三	女色		湖・峠	
巻四	女色→男色	仏教		冬
巻五	男色→女色	仏教	山	初冬

季節感が醸し出されている。さらに巻二にでは、「秋のはじめつかた」となってはいるが、七夕・盆踊り・朝顔・行水・蚊帳・団扇など、季節感としては晩夏の雰囲気を出している。巻一～巻二は、春から初夏、そして晩夏から秋へと季節が流れるように展開していることが窺えるのである。これとコントラストをなすように、巻四の一から三までは大節季～雪の夜と冬の季節感が盛り込まれている。ただ、巻四の二には「春の雨」「春の雷」と春に関する言葉が登場するが、これは一月十五日の雨と雷であり、暦上は春だが、実感としては冬の景物であり、後の巻四の三の雪の夜に続いてゆくものなのである。また、巻五の一は春から秋へと変わる季節の中に物語を描いているが、巻五の二～四までは、「冬構え」「神無月」と初冬の季節感で構成されていた。この厳しい季節と、先に指摘した源五兵衛の草庵がある険しい山奥とが響きあって世界を構築しているのである。そして、巻五の五の最終章では、三月三日四日の春たけなわの頃に季節をおいている。これは恐らく、巻一の冒頭「春の海しづかに」に対応するものなのであろう。ちなみに、巻三には様々な季節が盛り込まれていて、どこかの季節に限定されるような印象はない。こうしてみると、様々なバリエーションはあるものの、全体としてみれば、巻一・二の春夏、巻四・五の秋冬というコントラストがおぼろげながらも浮かび上がってくるものと思われる。

さて、ここまで女色・男色、宗教、地形、季節感と4点にわたって取り上げてきたが、これらをまとめてみるとどのようになるのか。（上表参照）

あくまでも大枠ということではあるが、表をみると女色・神道・海・春夏という巻一・巻二のラインと、男色・仏教・山・秋冬という巻四・巻五のラインに分かれることがわかる。この二つの世界の基本にあるのは、女色と男色という恋の世界であるが、その女色のラインからは、女性の肉体が持つ柔らかさ、神道の持つ豊穣さ、海のもつ広さ、春夏の暖かさといったイメージが浮かび上がってくる。もう一方の男色のラインからは、男性の肉体と精神のつよさ、仏教の深遠さ、山の持つ高さ険しさ、秋冬の寒さ厳しさといったイメージが浮かび上がってくる。

この二つの世界と、それぞれの特徴とは、西鶴が女色と男色に対して持っている基層的なイメージが表れたものではないかと私は考えている。たとえば、『二代男』巻一の四「袖の時雨は懸るがさいはい」で繰り広げられる世之介と念者の男色情話が、なぜ暗部山を舞台にしたのか。また同じく『二代男』の巻六の一「喰さして袖の橘」で町奴（男色）の名を取る三笠（奴三笠）が、なぜ雪中において折かんを受けなければならなかったのか。また、それとは対照的で優しい遊女らしさをもった吉野が、「都をば花なき里に」という灰屋紹益の春の歌で讃えられたのか（巻五の一「後は様つけて呼」）。また、『好色一代女』において船をつかって売色する女たちが多く取り上げられているのか。また、『男色大鑑』において若衆が念者を訪ねる場所になぜ山奥が多いのか、また若衆と念者の厳しい恋の世界が描かれる季節に冬が多く、雪の場面が多いのか。また、『男色大鑑』の最後の二章で行われる若衆を連れての小旅行が、なぜいずれも山へ向かったのか等、今述べた西鶴の基層的なイメージから理解できる部分が少なくないと思われるのである。

もちろん、これは西鶴作品全体に広がる大きな問題でもあって、今ここで論じるわけにもいかないが、西鶴が女色と男色を描き出すときに、これらの基層的イメージがどこかで働いているのではないかと私は考えるのである。

また、二つの対照的世界とその広がりといえば、神道に近いところとして陰陽道の陰と陽、仏教に近いところとして曼荼羅の胎蔵界と金剛界などの、二つの対照的世界を基にした宗教的世界観がすぐ連想されるだろう。特に陰陽道の世界は、下級陰陽師としての声聞師が中世に芸能と結びついて曲舞や万歳となり、祝言芸を基にしながら、近世には太神楽や獅子舞などの門付芸になったことは良く知られていることである。先に指摘したように、この太神楽や獅子舞は本物語の巻一で登場するし、同じく、これも既に指摘したように、本物語の祝言性もこうした陰陽的世界と関連があることは十分に予想されるのである。

もとより、これも大きな問題でここで論じ尽くせないが、少なくとも、本物語に見える西鶴の二項対立的世界観が、陰と陽、男と女などの素朴な二項対立的世界（それは後に陰陽道や曼荼羅を生み出したものであろう）を基にしていることは間違いないだろう。問題は、西鶴の場合、その二項対立が女色と男色という二つの好色風俗に結びついているところである。ここが如何にも近世的であるのだが、西鶴の女色男色のコントラストと、陰陽等のコントラストがどのような重なりとズレを示すのかが興味の湧く点である。

しかし、大切なのは、そうしたコントラストをなす基層的なイメージが相互に緊張しあうとともに、バランスをとることによって、大きなコラボレイション（相互浸透・協力）を築き上げていることである。

たとえば、巻一に登場するお夏清十郎の奔放で情熱的な恋愛は、単独で読んでも情熱的であるが、巻五の源五兵衛と若衆たちとのシリアスな恋愛を片方においてみるとき、よりいっそうその奔放性・情熱性が際立つように感じられてくるのである。また、それと同様に、おせんやおさんと樽屋や茂右衛門の、如何にも人を食ったような、狡っ辛い恋愛と、お七吉三郎の土臭いがどこか無邪気な恋愛は、コントラストを取りながらも、相互に浸透しあうことによって、それぞれの性格をより際立たせているのではないかと思うのである。また、作者である西鶴からしても、片方の男色で厳しくも情感のこもった恋愛があるからこそ、片方の女色で思いっきり奔放な恋愛、あけすけな性愛を描くことが出来る、そうしたバランス感覚を言わば振り子のように生かして書いているのではないかと私は感じるのである。すなわち、西鶴の描き出す世界とは、常に一つの極であって、その反対側には、もう一方の、あるいはいくつかの極が想定されているのではないか。

極は、世界の一面であって全体を代表するものではない。片方の、あるいは他の幾つかの極も同様である。しかし、それら両極が、あるいは多極が対抗的なバランスをとって存在する時、そこには世界が現出する。西鶴が描き出そうとした世界とはそのような構造をもったものではなかったか。

こうした両極・多極化された世界は、一つの中心やテーマをもった世界とは全く別の世界であると言うことができる。そして、我々現代の人間がものを書くとき、それは後者の、中心・テーマをもとに描き出された世界になることが多い。今私が書いている、こうした論説文はもちろんのこと、一つのテーマを持った小説なども同様である。しかし、西鶴の書こうとした世界とは、また、その世界を創り出す西鶴の書き方とは、それとは大分違うのではないか。(9)

こうした考え方が正しいのかどうかは分からないが、西鶴の小説手法が我々の知っている小説手法や物の書き方とはかなり違うということだけは確かである。本物語の『五人女』について先ほどから物語の縦糸と横糸という言い方をしてきたが、物語の筋が縦糸であるとすれば、その縦糸よりも、横糸の方がはるかに目立ち際立っているのが、『五人女』という織物である。こうした場合、横糸の意図や意味を捉えるとともに、それが縦糸とどう織り合わさっているのかを探らなくてはならない。本稿ではそうした方向で『五人女』を見てみたわけだが、その中から僅かながらではあるが、西鶴が、幾つかのコントラストのある横糸を使いながら全体を巧みにコラボレイトしている様が見えてきたように思う。そしてその横糸とは、西鶴が原基的に持っているイメージに結びついているのではないかということも、である。もちろん、たった一作品から西鶴の持っていた原基的なイメージを導きだすことは危険だが、後でも述べるように、『五人女』という作品には、西鶴の生のイメージが表れている可能性がある。今後は、本作で得られた西鶴のイメージが他の作品でも基盤としてあるのかを考える必要がある。

ところで、先に、他作品を西鶴が書く折においても、この原基的イメージが働いたのではないかと指摘したが、これは『五人女』を西鶴作品全体の中に置いた時、もうすこし別の問題を浮上させることになる。それは『五人女』が作家西鶴の一面を鮮やかに象徴する作品ではなかったかという問題である。最後にこの問題にふれておきたい。

五　好色物の展開と『五人女』

『五人女』を他の西鶴作品の中に置いたとき、不思議なことに、『五人女』の作品中の素材の展開と、西鶴の好色物と呼ばれる作品群の素材の展開が重なるのである。先に指摘したように、本物語は大きく見て、

遊廓の女色　→　町家の女色　→　男色　→　町家の女色

という展開がある。これを他の西鶴の好色物作品の素材と比べてみよう。資料として使うのは、『好色一代女』と『男色大鑑』の比較を論じたときに使用した『好色一代男』から『男色大鑑』までの素材を調査した表である。本書の四三三頁（第四部・第二章）に掲出してあるので参照賜りたい。

この表から分かることは、『一代男』から『男色大鑑』までに至る西鶴の好色物は、女色に比重が多くかかりながらも、女色と男色のコントラストをとっていることである。まず、この点が『五人女』の世界と重なることである。そして、さらに細かく見れば、西鶴の好色物は女色と言っても最初は遊廓中心であったのが、本作の『五人女』と次の『一代女』では遊廓以外にも素材を広げ、その後、男色に素材を移している（『男色大鑑』）ことである。そして、この素材表には挙げていないが、西鶴は晩年好色物に回帰して『西鶴置土産』を遺して世を去ることになる。

すなわち、西鶴の「色」の描き方は、

遊廓の女色　→　町家を中心にした一般の女色　→　男色　→　女色

と大きくみれば流れを追うことが出来るのである。この流れが『五人女』の素材の流れと重なることは明らかである。では、この女色男色のコントラストと、全体の流れの重なりは何を意味するのだろうか。

西鶴がこの重なりを意図的に演出したのではないことは、『五人女』が全作品中で比較的早い時期に書かれていることからも明らかだろう。まだ刊行されてもいない作品との重なりを演出しても全く意味がないからだ。とすれば、ここからは全くの推測でしかないのだが、この重なりは、『五人女』の世界そのものが、西鶴の原基的なイメージそのものであったことを示すのではないかということである。すなわち、西鶴は色の世界を、女色と男色のコントラストを中心にしながらも、その順序としては、遊廓の女色→町家の女色→男色→女色という流れの中で捉えたい、あるいは演出したいという漠然としたイメージを持っていて、それが色濃く現れたのが『五人女』ではなかったか、ということである。

これが当たっているのかどうか分からないが、『五人女』にこうしたイメージが濃く現れる要因はあったものと思われる。それは本物語の成立の問題である。

『五人女』を西鶴はいつどのような期間をかけて描いていったのか、これは今ある作品から類推するしかない。いつ頃書かれたのかについては、すでに指摘されているように、本物語が貞享三年二月の刊行であり、かつ西鶴が作中の巻二の五で、おせんの姦通事件を「貞享二とせ正月二十二日の夜」としているところからすれば、貞享二年中、それも後半あたりであろうことは充分推測されることである。

また、どのくらいの期間をかけて書かれたのかについては、本物語が五巻五冊であり、八巻八冊（『好色一代男』、『諸艶大鑑』、『武道伝来記』など）が西鶴のスタンダードな長さであるとすればかなり短いこと。また、各章も他作品に比べて比較的に短いことなどから考えれば、短期間に書かれたことが推測される。おそらく、貞享二年の後半、集められた素材を元にして一気に書かれたと見て良いだろう。

時間をかけて緻密に構成が練られたり、素材の取捨選択が行われた場合、それは造られた要素が多くなり、作家の持っている原質や原基的なイメージが現れにくいことは言うまでもない。しかし、こうした一気呵成に描かれた作品の場合、作家の生の部分が現れてくることが多いのである。おそらく、『五人女』に西鶴の原基的イメージが比較的はっきりと現れているのはそうした理由によるのではないかと私は考えるのである。

むすびに

本稿は『五人女』を、事件の顚末や筋を縦糸とし、それ以外の様々な要素を横糸として分析を行ってみた。先にも指摘したように、こうした方法は別に新しいものではない。本物語の研究においても従来から試みられているものである。しかし、重要なのは、その横糸をどう位置づけるかにある。従来の論考では、本物語の横糸が持つ役割の、大きさそのものの指摘で終わったり、それが従来の小説（主に近代小説）とどう違うのか、また違う可能性があるのかという指摘に留まっていた。しかし、大切なのはその横糸の原理や、そこから考えられる横糸縦糸のコラボレイションが、いかに近世的・江戸時代的であるか、もうすこし絞って言えば、十七世紀的であるか、を指摘しなければならないのである。そうでなければ、その指摘は単なる近代現代への反措定でしかなく、歴史を持ったものとして、文学史の中に叙述することができない[10]。

そうした観点から、私は女色男色の両極化とその二つによるコラボレイションに注目している。その訳は、この女色男色の両極化とコラボレイションが、江戸初期にあたる十七世紀に特徴的な文学的文化的志向であったと私は考えているからである。この点については別稿でも少し述べたが[11]、改めてまとまった形で述べたいと考えている。

注

（1）檜谷昭彦「『好色五人女』の構成」（『井原西鶴研究』所収）三弥井書店、一九七九年。

（2）拙稿「西鶴と元禄のセクシュアリティ――女色と男色の対極性を中心に」『日本文学論叢』20号、シオン短期大学、一九九五年三月（本書第四部・第二章）など。

(3) 女色男色と言えば我々は一般的にセクシュアリティの概念として考えてしまうが、当時、この言葉がどのように捉えられていたかは判然としない。たとえば「男色」を男の容色と見る理解もあって（『好色あを梅』巻四、『鬼城女山入』巻一など）、当時のこの言葉に対する理解は幅広いものであった。とすれば、女色男色を字義通りに色の一つ、またはそうしたイメージでもって捉えていた可能性もある。行文中ではレトリック・ロジックとして「色」「色合い」を使ったが、あながち単なるレトリックで終わらない可能性もあるということになる。

(4) ・野間光辰「西鶴五つの方法」（『西鶴新新攷』所収）岩波書店、一九八一年。
・江本裕「『好色五人女』試論――浄瑠璃とのかかわりを中心として」（野間光辰編『西鶴論叢』所収）中央公論社、一九七五年。
・信多純一「中世小説と西鶴――「角田川物かたり」「好色五人女」をめぐって」『文学』、岩波書店、一九七六年九月など。

(5) 「『好色一代男』の成立とその経緯」『上智大学国文学論集』15号、一九八二年一月（後に『日本文学研究大成西鶴』国書刊行会、一九八九年に所収）。

(6) 諏訪春雄『近世の文学と信仰』毎日新聞社、一九八一年。

(7) 拙稿「西鶴の浮世草子と祝言（一～四）」『日本文学論叢』シオン短期大学、一九八五～八八年。

(8) 拙稿「『椀久一世の物語』と大坂」『茨城キリスト教大学紀要』34号、二〇〇〇年十二月。その一部は本書第二部・第五章「西鶴・大坂・椀久」として収録した。

(9) 西鶴の小説作法を近代小説の作法とは違うものとして捉えるとともに、その違いに小説の可能性を見出そうとした論考がいくつかある。その代表的なものが廣末保氏の『西鶴の小説』（平凡社選書77、一九八二年）と谷脇理史氏の『西鶴研究序説』『西鶴研究論攷』（新典社、一九八一年）である。

(10) （4）の諸論考はこうした叙述を目指していたと思われるが、本文中にも書いたように、本物語の横糸が持つ演劇性・中世物語性はその一面であっても、全体をそれで見通すことはできない。

(11) 拙稿「分水嶺としての浄瑠璃競作――貞享二年の西鶴と近松」『シオン短期大学研究紀要』36号、一九九六年十二月など。

第二章　西鶴と元禄のセクシュアリティ
――『好色一代女』と『男色大鑑』の対照性を中心に

はじめに

戦後の西鶴研究は、かつて谷脇理史氏が整理していたように、二つの大きな潮流があったと考えられる。谷脇氏の言葉を借りて説明すれば、一つは「近代の、あるいは現代の文学観にもとづく価値意識が承認するものを西鶴の文芸の中に見いだし、その近代性・現代性を賞揚する立場」、もう一つは「西鶴の文芸が現代文学として読まれていた当時（貞享・元禄期）の価値意識にもとづいて、いわばその近世的性格を解明する所から西鶴の文芸の価値を再確認して行こうとする立場」(1)である。しかし、これら二つは実はよく似ているものではないかと私は考える。さらに言えば、二つは相互に補完する、もしくは共犯の立場にあるのであって、この二つを対立として見る視座そのものが既にあるもくろみに絡めとられているのではないか。

そのもくろみとは近代の保全ならびに活性化である。

いわゆる反近代・非近代は近代を保全・活性化する。なぜならば、それは近代からの遡及という形をとらざるをえないからである。つまり近代なしにそれらは成立しえない。よって、西鶴の反近代的性格とか近世的性格（非近代的性格）と言われているものも、大方は近代の裏返しでしかない。咄の姿勢しかり、俳諧的文章・精神、未完・混沌の可能性しかりである。これらは近代小説の持つリテラシー（文字の文化）、思想性、整序性を一見打ち崩すように見えながら、それを逆に支えるものなのである。

たとえば、咄の姿勢を見よう。この咄の姿勢を価値づけているのはリテラシーもしくはエクリチュール（書承、文字の文化）とオラリティー（口承、声の文化）[2]の対応・懸隔であるが、このオラリティーをリテラシー・エクリチュールの補助要素として見ずに、オラリティー独自の価値を見いだすのはなかなかに困難なのである。この点について川田順造氏は無文字社会の歴史を考察する上で次のように言っている。

　筆者の立場は、旧来の東洋史・西洋史の枠の中でつくられてきた概念や方法を、文字社会の「辺境」としての無文字社会に拡大してあてはめようとしたり、あるいは文献史学の単なる補助資料として、無文字社会の伝承をひろいあげるということにはなく、むしろ、少しずつでも、無文字社会の歴史の性格をあきらかにすることによって、逆に、文字を用いる社会を、人類史の中での特殊な発展形態として、位置づける視点をきずいてみようとするところにある[3]。

すなわち、もし咄の姿勢なるものを単なる近代小説の補助、裏返しではなく、独自の形態・システムとして問題にするのなら、リテラシー・エクリチュールとしての近代小説を特殊な発展形態として位置づける視点がどうしても必要なのである。もちろん、方法論自体としてそれは可能だし魅力的だが、もしこれを西鶴に持ち込んだらどうなるか。西鶴が小説を書き出版している、すなわち西鶴の作品もリテラシー・エクリチュールにほかならず、またその形でしか我々は西鶴の文学を享受できない、このことと根源的な矛盾をひき起こすに違いない。これは俳諧的文章・精神においても同じである。西鶴が俳諧から浮世草子に転換したこと、しかもそれによって我々が西鶴を評価に足る文学者として認知していること、この事実を重視せずに西鶴小説の俳諧性を掲げたとしても、西鶴の近代性やリアリズムという指摘を乗り越えるのは難しいと考えられるのである。(4)

咄の姿勢にしろ俳諧性にしろ、これがもしこのレベルに終始するなら、いずれは西鶴の近代性と近世性という振り子運動の果てに、もしくは近世を含み込むような近代性の拡大をもとに、(5)いわゆるリアリスト西鶴という既存の枠組みに回収されて終わってしまう可能性が高い。

では、このジレンマを避けるためにはどうすべきか。本稿の目的はその視点を構築する糸口を発見することである。そこで本稿では、西鶴やその同時代の一般的なセクシュアリティの一つであった女色・男色のバイセクシュアルな状況に目を向けてみたい。周知のように、こうしたバイセクシュアルな状況は、近現代の我々にとって異常性愛として仮定されるが、西鶴やその同時代ではそうでなかった。当然、西鶴小説にもそのバイセクシュアルな状況は自然な状態のまま溶け込んでいる。とすれば、そうした状態からどのような文学観や感性・感情の世界が立ち上がってきているのかを、近代的なセクシュアリティに邪魔されることなく考えてみたい。川田氏の言葉を借りれば、本稿の目的とは、

西鶴や元禄期のバイセクシュアルな文化・文学とその性格をあきらかにすることによって、逆に、モノセクシ

ュアルな近現代文化を、文化史の中での特殊な発展形態として、位置づける視点をきずいてみようとするところにある。

ということになるだろう。

一　女色と男色

西鶴は浮世草子の初作『好色一代男』の冒頭に「色道ふたつ」に没頭する夢介を登場させ、その子世之介も女色男色に生涯をかける設定にした（「五十四歳まで、たはふれし女三千七百四十二人、少人のもてあそび、七百二十五人」）。また絶筆となった『西鶴置土産』の巻頭にも西鶴は、遊女と若衆に身を持ち崩した男の短篇を配した（巻一の一「大釜のぬきのこし」）。これが象徴するように、西鶴にとって色・色道とは「若女の二道」（『日本永代蔵』巻五の五）「若女の二色」（『好色盛衰記』巻三の一）であり、女色男色は例えれば鳥の双翼、車の両輪の如きものであったと言えよう。しかるに、従来の研究において、こうした西鶴の女色男色に対するパラレルな感覚、その重層的な広がりについてはいささか軽視されてきたように思う。本稿はまずこの西鶴の女色男色に対する感覚を問題にすることからはじめてみたい。

先に述べたように、西鶴にとって女色男色は車の両輪であったが、それは単に作品のテーマ（たとえば女色に『諸艶大鑑』あれば、男色に『男色大鑑』あり）や題材といった問題のみならず、それは血肉化して西鶴の文章に溶け込んでいる。たとえば女色男色を対にした言辞は、西鶴作品のいたるところに顔を出す。

・五十四歳まで、たはぶれし女三千七百四十二人、少人のもてあそび、七百二十五人
（『好色一代男』巻一の一「けした所が恋のはじまり」）

・熊井太郎は一年中びくにずき。（中略）鈴木・つぎのぶは棒組にて、一生飛子買ふて暮す
（『西鶴諸国はなし』巻一の六「雲中の腕押」）

・女房はより取、旅芝居の若衆もくる
（『西鶴諸国はなし』巻三の五「行末の宝舟」）

・わが物ながら何ほどあるともわれは知るまじ。汝が母千貫目持にもあらず。わづか有銀七百六十貫目余なり。子供狂ひを折々の慰みと思ふべし。傾城ぐるひを必ずとまるべし
（『椀久一世の物語』上の一「夢中の鎰」）

・道頓堀役者の顔をも見知らず、新町筋は順慶町を西へ行くも
（『椀久一世の物語』上の一「夢中の鎰」）

・きのふは嶋原に、もろこし・花崎・かほる・高橋に明し、けふは四条川原の竹中吉三郎・唐松歌仙・藤田吉三郎・光瀬左近など愛して、衆道女道を昼夜のわかちもなく
（『好色五人女』巻三の一「姿の関守」）

・すへぐ〳〵は何にならふとも、かまはしやるな。こちや是がすきにて身に替ての脇心。文殊様は衆道ばかりの御合点、女道は會てしろしめさるまじ
（『好色五人女』巻三の四「小判しらぬ休み茶屋」）

・我そも〳〵出家せし時、女色の道はふっとおもひ切し仏願也。され共心中に美童前髪の事はやめがたし。
（『好色五人女』巻五の四「情はあちらこちらのちがひ」）

・あるは又輿に乗じ、大坂堺の町衆、嶋原四条川原ぐるひの隙に
（『好色一代女』巻一の三「国主艶妾」）

・かさねては外なる女郎をよびて、五日も七日もつゞけて物の見事なるさばきして、けふの傾城目に心を残さすか、又は此里ふっとやめて、野郎ぐるひに仕替んと思ひ定め
（『好色一代女』巻一の四「淫婦の美形」）

・かくれもなき歴々の子に、替名を篠六と云人、いかに若ければとて、七年此かたに請取し金銀を若女ふたつにつゐやし

（『本朝二十不孝』巻一の一「今の都も世は借物」）

・余多の太鼓持いさめて、是は目出たし、大尽御立と、すぐに御供申、四条の色宿にて、硯紙を取出し、払方の覚書、久敷埋れたる揚屋のとゞけ、野郎の花代

（『本朝二十不孝』巻一の一「今の都も世は借物」）

・袋町、乳守の遊女をしらず、夷嶋の常芝居見た事もなくて、世帯もちかたむる鑑にもなりぬべき人なり。

（『本朝二十不孝』巻三の二「先斗に置て来た男」）

・金銀ためしはこんな為なれば、嶋原に行て、太夫を残らず見尽し、大坂の芝居子に出合、其若衆気にいらば、すぐに身請して、三津寺新屋敷とやらに、家でも買てとらせ、心やすき立より所にせられよ。

（『本朝二十不孝』巻五の三「無用の力自慢」）

・惣じて、女の心さしをたとへていはゞ、花は咲きながら藤づるのねじれたるがごとし。若衆は、針ありながら初梅にひとしく、えならぬ匂ひふかし。

（『男色大鑑』巻一の一「色はふたつの物あらそひ」）

・次に二道の色噂になりて、いふはくどけれど共、御亭主の御仕合に及ぶ者は、他国はしらず、岸之助殿の器量にまして、また有べし共覚えず。

（『武道伝来記』巻八の二「惜や前髪箱根山颪」）

・三番に、家原に住て年久しきちょこ兵衛。姿は二八の花の㒵、色むらさきの帽子をかけて、いづくへ飛子のさだめなく、しどけなきなりふり、満座に死にまする悩みける。…次に出しは艶姿、たとへば嶋原の野風、大坂の荻野のもおとるまじき

（『懐硯』巻二の五「椿は生木の手足」）

・四条の橋を東へわたらず、大宮通りより丹波口の西へゆかず

（『日本永代蔵』巻一の二「二代目に破る扇の風」）

・若ひ者ぶりすれば傾城ぐるひ止ず、一座の公儀ぶりよき人と人の誉れば、野郎あそびに金銀をつゐやしぬ。

・女郎狂ひは嶋原の太夫高橋にもまれ、野郎遊びは、鈴木平八をこなし
（『日本永代蔵』巻一の五「世は欲の入札に仕合」）

・せんかたなくて、諸事賣払、残らず檀那寺にあげしに、思ひの外の仕合、是を佛事にはつかはずして、京都にのぼり、野郎あそびに打込、又は、ひがし山の茶屋のよろこびとぞなれり。
（『日本永代蔵』巻二の三「才覚を笠に着る大黒」）

・これ盛んこれ衰へるふたつ、女若の好色鎹と名に立、ひがし川原、にし嶋原両方うちはづさぬ遊興
（『日本永代蔵』巻四の四「茶の十徳も一度に皆」）

・一盛は花之丞にたより、木陰を、野良の宿にあそび、女郎は新屋の初瀬にたはふれ、観音も同座に、若女二色を見る事
（『好色盛衰記』巻一の一「松にかゝるは二葉大臣」）

・色里色川原の事は、…女良野良の名を書て
（『好色盛衰記』巻三の一「難波の梅や渋大臣」）

・住所京・大坂のうちに物好に座敷を作り、妾女一人・小性ひとり
（『好色盛衰記』巻三の三「反古と成文宿大臣」）

・よし原かよひして太夫を月に十五日づゝ請あい。堺町にては名高き藝子になづみ、太夫本へのつけとゞけ。お大名を望む美童に合力
（『西鶴織留』巻一の一「津の国のかくれ里」）

・揚屋子ども屋手形借しれたる買かゝりは。
（『万の文反古』巻一の二「栄花の引込所」）

・愚僧事は一生に妻子持てころし、遊女の野良のたはふれに身をなし
（『万の文反古』巻四の三「人のしらぬ祖母の埋み金」）

・揚屋の酒、小さかづきに一盃四分づゝにつもり、若衆宿のならちや、一盃八分づゝにあたるといへり。
（『万の文反古』巻五の四「櫻よし野山難義の冬」）

・其うしろの方には、嶋ばらの揚屋・四条の子共宿
（『世間胸算用』巻二の三「尤始末の異見」）
・是より他の茶屋役者皆々分あしく立寄事はおもひもよらず。
（『世間胸算用』巻三の一「都の顔見せ芝居」）
・有時、泉州堺の嶋長といへる大臣、はじめは野郎にあそび、毎日にしのび御座舟に、みねのこざらしを乗せて、ゐびす嶋の遊興、世の人のするほどの事しつくして、いつの比よりか都の嶋原にかよひ、大坂屋の野風に吹たてられ、次第にくだり舟、のぼりづめの、女色男色此二色に身をなし、財宝皆になし
（『西鶴置土産』巻一の一「大釜のぬきのこし」）
・此大じん、さりとは女嫌ひ、つゐに島原けしき遠目にも見ざりけり。されども物には時節有。野良ぐるひの異見しつめられて…又女良くるひに身をなし、明くれ今の唐土に出かけて是をとめどはなかりし。
（『西鶴置土産』巻二の一「あたご颪の袖さむし」）
・嶋原がよひをとまるも有、又はさわぎかへて。此里おもしろからずと、色河原の野良にのりかゆるもあり。
（『西鶴置土産』巻三の一「おもはせ姿今は土人形」）
（『西鶴置土産』巻四の二「大晦日の伊勢参わら屋の琴」、以上傍線稿者）

スペースの関係から、ここに掲出したのは、私の拾い上げたものの三分の一程度だが、西鶴にとって女色男色をパラレルなものとして捉える思考がいかに血肉化されたものであったかは、これだけでも明かだろう。もちろん、こうしたパラレル思考は一人西鶴のみならず、この時代に広く一般化していたことであった。仮名草子の『田夫物語』や『色物語』、浮世草子の『男色十寸鏡』で展開された女色男色の優劣論、また、西鶴の後にも八文字屋本の『傾城禁短気』の女色男色論や、いわゆる野傾物と呼ばれる一群の作品などがあるし、浮世絵においても遊女と若

衆は対で描かれることが多い。このパラレル思考は近世を通しての時代精神の一つと言うことが出来るとも思う。しかし、今ここで西鶴における女色男色のパラレル思考を問題にするのは、同じ時代精神が発揮されたものとは言え、西鶴と他作家とを等し並みにすることは出来ないからである。後で詳しく述べるように、西鶴ほど女色と男色の世界を異なったものとして、別の倫理・世界観を持つものとして描き分けた作家はほかに見あたらない。西鶴のパラレル思考を見ることによって、当時のそうした時代精神の可能性を見きわめてみたいのである。

二　女色男色の諸相

西鶴の描き出した女色と男色を見たとき、その内実に大きな違いがあることは、誰しもが気づくことである。それは西鶴の描く女色が肉体美・官能美的（すなわち性愛）であるのに対して、男色が精神美・友愛美的（すなわち純愛）であることである。もちろん、全てが画然と分けられるわけではないが、好色物全体の創作意識の変化を追うとき、それはかなり明確なものになると思う。いま、それを跡づけるために、次頁のような表を作成してみた。

これは『好色一代男』から『男色大鑑』までの好色物諸作品（プラス女色男色に関係する評判記・演劇作品）における女色と男色の素材が、社会の階層の中でどういう広がりを見せているのかを見るために作ったものである。まず、四民の制外に置かれる二大悪所（遊廓と芝居）を中心において、そこから庶民、寺社、武士、貴族と徐々に階層が上がってゆくという順に置いてみた（農工商は庶民で一括、寺社は別格だが、武家や庶民に近いものとしてその中間に一応置いてみた）。数字1は一章を指す。女色男色の好色風俗が中心的な役割をはたしている章を数えてみた。

この表から導き出されることは多いが、重要なのは、女色と男色がパラレルに素材の裾野を広げていることと、

	女色←					→男色				
	貴族	武家	寺社	庶民	遊廓	芝居	庶民	寺社	武家	貴族
好色一代男		1		18	29	2	3			
難波の皃は伊勢の白粉						27				
諸艶大鑑					40					
椀久一世の物語				7	4	1				
暦・凱陣八島		3			1				1	
好色五人女				20	1			3	2	
好色一代女	1	5	2	8	6					
男色大鑑		1				20	3	1	15	

『一代女』と『男色大鑑』との素材を合わせると、あらゆる階層に渡って、女色と男色の風俗を網羅していることであろう。従来、好色物（特に女色）が志向する世界、もしくは好色物における西鶴の創作意識については、『諸艶大鑑』以降遊廓を出て徐々に広い世界へ広がって行くという見解が示されてきた（暉峻康隆氏『西鶴評論と研究（上）』など）。実際この表を見てもそうした広がりを見る事が出来る。たとえば、『一代男』で29であった遊廓が『諸艶大鑑』で40になり、素材が遊廓へ集中するが、それが『五人女』『一代女』へと向かうに従い、庶民・武家へと素材が広がってゆく[6]。しかし、ここで注目すべきなのは、そうした女色の広がりに呼応するように、男色の方面でも素材の広がりが見られる事である。もちろん、男色の素材は女色に比べて数は少ないが、女色と男色の素材がパラレルに広がりを見せている事はここから充分に見て取ることができるだろう。そうした点で、注意すべきは『難波の皃は伊勢の白粉』の存在である。普通、『難波の皃』は役者評判記のスタイルをとっているため、西鶴の創作意識の変化を考える時に片寄せられてしまいがちだが、この作品が小説的結構を見せるなど、他の役者評判記とは一線を画すものであることは従来から指摘されてきたことであった

（愛媛近世文学研究会『評釈難波の㒵は伊勢の白粉』解説）。言うなれば『難波の㒵』は浮世草子的に書かれた役者評判記であり、『一代男』（特に巻五以降の後半）や『諸艶大鑑』が遊女評判記的に書かれた浮世草子であるとすると、両者は丁度対照的なスタイルと取っていることになる。そうした女色男色への関心が、遊廓・芝居という制外社会を出て広がりをみせはじめるのが『椀久一世の物語』や『五人女』あたりであり、さらに『一代女』『男色大鑑』にいたって、女色男色への関心はあらゆる階層に及んでゆく。右の表は、そうした西鶴の女色男色への関心の広がりを示していると言って良いだろう。

しかし、さらに重要なのは、こうした女色男色のパラレルな広がりに呼応するように、その女色男色の内実も際だった違いを見せていることである。その違いが最も顕著に表れるのが、『一代女』と『男色大鑑』である。『一代女』には西鶴の描く女色の性格、肉体性・官能性が色濃く投影されているのに対して、『男色大鑑』には男色の精神性・友愛性がこれまた色濃く投影されていて、両者は際だった対照性を示している。

『一代女』が他の好色物に比べて、男女の性愛（セックス）の描写に力を入れていることは、既に種々指摘されているところである。各章に必ずと言って良いほど、性愛の描写が入る。ただし、西鶴以外の好色本とは違って、描写と言ってもいわゆる閨房秘事を詳細に描写するということはあまりない。『一代女』に描かれるのは、性愛描写といってもエロチックな描写そのものではなくて、主人公を中心とした人間達の強靱な性欲・精力である。その性欲・精力の荒れ狂う姿と言ったほうがいい。『一代女』では主人公一代女の性欲に圧倒される男達の醜態が多く描き出される。巻一の三「国主の艶妾」に登場する大名などはその典型であろう。

我薄命の身ながら、殿様の御情あさからずして、うれしく御枕をかはせしその甲斐もなく、いまだ御年も若ふして地黄丸の御せんさく、ひとつも埒の明ざる事のみ。此上ながらの不仕合、人には語られず、明暮是を悔むうちに、殿次第にやせさせ給ひ、御風情醜かりしに、都の女のすきなるゆへぞと、思ひの外にうたがはれて
（『一代女』巻一の三「国主の艶妾」）

また、次に示す世間寺の坊主のように、逆に一代女を圧倒する男も登場する。

いや風坊主に身をまかせて、昼夜間もなく首尾して、後にはおもしろさもやみ、おかしさも絶て、次第にをとろへ姿やせけるも、長老は更に用捨もなく、死だらば手前にて土葬と思う顔つきをそろし。
（同巻二の三「世間寺大黒」）

『一代女』の性愛描写はほとんどがこのようなものである。よって先に言ったように、性欲精力の荒れ狂う姿が描かれると言った方が良い。

それに対して同じ恋の世界を描いても、『男色大鑑』に性愛の描写はほとんど表れない。閨房のセックス描写もないし、性欲精力の発動すら描かれない。むしろ、そこには純粋無垢で、一途な恋への心情が描かれる。あらゆる困難を越えて結びつこうとする念者と若衆の純粋無垢な心情が唄われるのである（とくに前半に顕著）。たとえば、巻一の四「玉章は鱸に通はす」の若衆増田甚之介などはその典型であろう。甚之介は森脇権九郎と若道の契りを結んでいたが、半沢伊兵衛が甚之介に横恋慕をすると、甚之介は伊兵衛を切って捨てると権九郎に打ち明けた。しかし権九郎は世の中は命があっての物種、相手の気が休まるような返事を考えろと分別臭い返答をしたものだから、

逆上した甚之介は伊兵衛を切った後、権九郎も切り捨てようと考えた。

相手のちょっとした分別臭さつれなさに対しても過剰に反応する若衆の潔癖さ。この潔癖性は本作の若衆の多くが備えている性質である。たとえば巻二の二「傘持てぬるゝ身」の長坂小輪は殿の格別なる寵愛にもかかわらず、純粋な恋（若道）がしたいといって念者を持ち、殿に切られた。また巻三の一「編笠は重ねての恨み」の比叡山の美童蘭丸は寺の居候井関貞助のいたずらにあう。それは、近江の筑摩の祭に、関係した男の数だけその女に鍋を被らせるという行事があり、それを見た貞助は自分の笠を蘭丸にかぶせて、お前の念友も同様とふざけたというものであった。蘭丸は怒り、自分の恋する男は一人しか居ないと言って貞助を切り捨てた（ちなみに、この短篇にも女性の被る釜と若衆の被る笠によって、女色と男色の対比が鮮やかに描かれている）。

こうした話は本作に多いのである。言わば『一代女』は性愛路線、『男色大鑑』は純愛路線ということになるだろう。この辺りの事を西鶴は『男色大鑑』の巻一の一で述べている。

惣じて、女の心さしをたとへていはゞ、花は咲きながら藤づるのねじれたるがごとし。若衆は、針ありながら初梅にひとしく、えならぬ匂ひふかし。

（『男色大鑑』巻一の一「色はふたつの物あらそひ」）

すなわち、女色は花がある、艶があるが、藤づるのようにねじ曲がった精神の退廃がある。それに比べると男色は針がある、すなわち刃傷事件や喧嘩に発展しやすいなど危険な部分もあるが、初梅の匂いのように凛としたものがある。藤づるで性愛、初梅で純愛を表現しているのである。

三　女色・男色の対照性とその系譜（1）

この、西鶴における女色と男色の対照性は『一代女』と『男色大鑑』において初めて現れたのではない。既に両作品に至るまでの女色男色の系譜を見ると、この対照性は早くから表れていることが分かる。

たとえば『好色一代男』には男色を取り上げた短篇が五つあるが、そのなかで男色を性愛の面から描いたものはない。それと対照的に女色には性愛的な側面から描かれた短篇は多い。ここに既に女色男色の対照性が見られるのである。ただし、『一代男』には精神的な側面からロマンチックな女色を描いたものも多くあって、『一代女』『男色大鑑』に示されるほどの明確な対照性はまだない。女色男色の対照的要素が渾然一体になっていると言うべきであろう。

ところが、『一代男』の女色の世界には、この西鶴における女色男色の対照性の系譜を探る上で、極めて重要な二つの短篇が存在する。それが、巻五の一「後は様つけて呼」と巻六の一「喰さして袖の橘」である。周知のように、この二篇は『一代男』を代表する短篇として従来から評価の高かったものである。特に、両方とも京都島原、大坂新町という関西の遊廓を代表する太夫の物語であり、さらに遊女の情の深さを示す物語として見事な形象化が行われている。そこで、問題になるのは、この二篇に登場する吉野と三笠の「情」である。

次に引用するのは、二篇の書き出しである。二篇の焦点が吉野と三笠の「情」に合わせられていること、この書き出しに既に色濃い。

都をば花なき里になしにけり、吉野は死出の山にうつしてと或人の読り。なき跡まで名を残せし太夫、前代未聞の遊女也。いづれをひとつ、あしきと申べき所なし。情第一深し。（巻五の一「後は様つけて呼」）

情あつて大気に生れつき、風俗太夫職にそなはって、衣裳よくきこなし、道中たいていに替り、すこしすしに見えて幅のなき男はおそれてあふ事希也。（巻六の一「喰さして袖の橘」、以上傍線稿者）

すなわち吉野・三笠ともに情の深さにおいて並ぶもののない遊女だということなのだが、問題は、その「情」の内容である。実は、吉野と三笠、同じ遊女としての「情」を問題にしつつも、その「情」の内実が全く別というより、実に対照的なあり方を示しているのである。

吉野は、周知のように、吉野に会いたいがために五十三匁を溜め込んだ小刀鍛冶の弟子に「其心入不便」として一夜を共にして自らの肉体を投げ出した。世之介はその吉野の行動を「女郎の本意」と褒め称えたわけだが、ここにはどんな相手であろうとも、その情に応える広き心根の情、博愛的、菩薩的とでも言うべき「情」がある。それに対して三笠の情は、一文無しの男になってしまった世之介に対して、どこまでも自らの愛情を貫こうとする一途な「情」である。揚屋の亭主から折檻され雪の日に庭にて丸裸にされても「我身の成行を思ひし、泪にはあらず。是程におもふとは、よもや敵様はしらずや」と、三笠は世之介への愛情以外に目もくれなかった。吉野が博愛的・菩薩的であるならば、三笠は情熱的、金剛・不動明王的な「情」を表現したと言ってよいかも知れない。このように、この二つの「情」の内実が全く違っていることは確かであるが、さらに注目すべきなのは、この二つの「情」がそれぞれ女色的男色的であることである。

まず三笠の「情」であるが、これは男色的と言ってよい。世之介への愛情にまっしぐらに突き進む三笠の「情」は、後の『男色大鑑』（特に前半）に登場する若衆たちの情愛に直結する。だからこそ、三笠は「奴三笠」と、男色の象徴である「町奴」の名を冠されたのである。それに対して、吉野の「情」は女色的と言ってよい。それは今述べたように、吉野が菩薩的であるということなのだが、重要なのは、それが単に精神的な意味ではなく極めて肉感的であった点である。

たとえば吉野が小刀鍛冶の弟子に「其方も男ではなひか。吉野が腹の上に適々あがりて、空しく帰らるゝか」と言い、弟子の「脇の下をつめり、股をさすり、首すぢをうごかし、弱腰をこそぐ」った時、読者はその吉野の優しさに感じ入ったであろうが、また、その情交の場面を想像し、性的な興奮も十分に味わったはずである。この肉感性は西鶴の描く女色に一貫して流れているもので、西鶴小説を新鮮で瑞々しいものにする役割を担っているが、これは後に女色の集大成となった『一代女』の世界に直接的に繋がってゆくものであることは言うまでもない。

こうしてみると、この二篇は実に対照的なのだが、さらに注意しておくべきことは、この二篇の作品内での位置である。

私は嘗て『一代男』の成立を論じたときに、巻五と巻六の断絶についてのべたことがあった(7)。そしてその断絶とは、巻五の一と巻六の一との断絶と言い換えられるとも述べた。その論拠は、

・巻五の一の末尾に作品末尾にしか使われない祝言が登場すること。
・巻五の二〜七までが後から挿入されたと考えられること。
・世之介が一文無しの男として登場するなど、巻六の一が周囲の短篇と齟齬をきたしていること。
・巻六目録に、世之介の年齢表記に誤記があること。

などの徴証であったが、ここからすれば、この二篇の間に『一代男』成立を考える上での重要な齟齬の多く集中していることになる。ここで成立の問題には踏み込まないが、今述べた吉野と三笠の対照性とは、単に二篇の対照だけではなく、作品全体に関わる可能性のあることを指摘しておきたい。

いずれにせよ、この吉野と三笠の対照性は、ともに女色ではあるものの、後の『一代女』と『男色大鑑』において表れる女色男色の対照性の原型を最も早い段階で表現していたものと見ることができよう。

四　女色・男色の対照性とその系譜（2）

では、『一代男』以降、女色男色の対照性はどのような系譜を辿っているのだろうか。まず注目されるのは、二作目の浮世草子『諸艶大鑑』とその前年に上梓された役者評判記『難波の㒵』である。両作品は浮世草子と評判記であるために、比較検討されることは今までほとんど無かったように思われるが、先にも述べたように、女色男色という視点から見たとき、その対照性は重要なものとして我々の前に立ち上がってくる。ただ、両作品、ともに遊女評判記と役者評判記というスタイルを下地に持つせいか、遊廓と芝居の世界そのものに興味が向かっていて、女色と男色という色・性の問題よりも、遊女や役者の容色・気質と遊廓や芝居の風俗描写に重点がおかれていることも注意すべきであろう。

そして、この色・性のレベルからの女色男色の対照性がはっきりと現れてくるのは、浄瑠璃の『暦』『凱陣八島』であろう。『暦』の四段目には、主人公三条前中納言兼政と念友関係にある右丸左丸という若衆が登場する。難波津から舟で護送される兼政に二人の若衆は同行しようとするが、二人は警護の者に遮られ、かつ殉死も兼政に止められる。悲観した二人は海中に飛び込みあえない最期をとげるが、ここには男色関係の持つ精神的な美しさ（兼政に何処までもついて行こうとする若衆のけなげさ）と儚さ（乗船できなかったことを悲観して海に身投げするところ）が描かれている。

これと対照的に、『凱陣八島』においては、女色の性愛的描写が多く描かれている。その最たるものは義経の破天荒な好色漢ぶりである。たとえば第一段において、神楽岡で姫を見つけ送ろうとする義経を弁慶が見つけて次のように言う。

弁慶遥の後より見て。やら不思議や。あれは確かに我が君なるが。ムム、又例の持病の濡れとやらんか。但しあの女平家方の者と聞付け子細を問い給ふか。

（『凱陣八島』第一段）

また、その姫の妹がことのほか美形であるのを見て、にわかに心変わりをする場面。

姉に勝りの妹姫はつと驚き又これに移気の。こは何人の所縁ぞと暫く見とれておはせしが

（同右）

また、その妹を連れて行こうと義経が説得する場面を弁慶が見て、

弁慶は先刻より垣の外に聞きゐしが。さてもさても悪性人かな。

（同右）

と言う。これは何も弁慶ばかりがそう見ていたのではなく、敵である兄頼朝にも、

さても義経西国の凱陣以後。都にて栄華を極め色に耽り酒に長じ。武家の政道外になす條是乱世の基。

（同　第二段）

と言わせている。その義経の好色漢ぶりの圧巻は第四段のドタバタ喜劇であろう。出羽を立った義経主従は秀衡の館につく。そこで義経はまたしても秀衡の娘に心を寄せ、北の方をだまして姫に夜這いをかける。このように、美しい女がいれば手当たり次第に手を付ける義経の行為は、放埒の性とも言うべきもので、『暦』の右丸左丸と対照的なありかたを示すのである。

この対照がさらにはっきりとしてくるのは『好色五人女』における女色と男色の描かれ方である。『五人女』に描かれる女色にはどれも性愛的な要素を多く抱え込んでいる。たとえば、巻一「姿姫路清十郎物語」ではお夏も清十郎もともに色好みとして登場する。この二人が結ばれたのは、お夏が清十郎に恋心を抱いたからであるが、その原因は清十郎の器量や性格ではなくて、多くの傾城が清十郎にあてた手紙の一つに、

是なれば傾城とてもにくからぬものぞかし。又此男の身にしては、浮世ぐるひせし甲斐こそあれ。さて内證にしこなしよき事（床上手）もありや。女のあまねくおもひつくこそゆかしけれ（括弧内稿者）

（巻一の二「くけ帯よりあらはるゝ文」）

とあるように、清十郎への性愛的関心からであった。また、巻一の三「太鼓による獅子舞」にはお夏と清十郎のきわどい性描写があり、他にも性愛的な描写が散見する。

また、巻三「中段に見る暦屋物語」に描かれる女色も性愛的な描写が多い。この話は、おさん（暦屋主人の妻）と茂右衛門の密通事件であるが、この事件の発端となったのは、茂右衛門に恥をかかせようとしたおさんが、下女りんの寝床で寝てしまったという珍事であるが、そこでは茂右衛門とおさんのきわどい性描写があり、おさんと知らずりんと枕を交わしたと思っている茂右衛門に「さてもこざかしき浮世や、まだやなど、りんが男心は有まじきと思ひしに、我さきにいかなる人か物せし事ぞ」などと言わせている。また、おさんと茂右衛門がふたりで丹波越えをする場面においても、文殊菩薩の霊夢の場面でも、性愛的描写がある。

これに対して『五人女』で描かれる男色には、性愛的場面はほとんど表れない。巻五の源五兵衛が「明暮若道に身をなし、よは〳〵としたる髪長のたはふれ一生しらずして」（巻五の一「連吹の笛竹息の哀や」）過ごす薩摩武士であったことに象徴されるように、源五兵衛と中村八十郎（巻五の一）の話にしても、源五兵衛と鹿児島の美童（巻五の二）にしても、そこで強調されるのは精神性であって、性愛ではない。また巻四で吉三郎と兄分の念者との男色にも、性愛的な描写は一切表れず、念者と若衆の精神的つながりを強調するのに専らである。

ただ、そうした観点からすれば、巻四のお七には女色における純愛性が描かれているのではないかとも考えられるが、後世日本における純愛の象徴ともみなされるお七も、西鶴の手にかかっては、自ら深夜、寺に忍び込んで吉三郎の首にしがみついたり、目的のためには寺の小僧をたらしこんだりする「いたづらなる娘」として描き出される。また、巻四の五における吉三郎が出家をする場面において西鶴は、至極の異見申尽て、出家と成ぬ。此前髪のちるあはれ、坊主も剃刀なげ捨、盛なる花に時のまの嵐のごとく、おもひくらぶれば、命は有ながら、お七最期よりはなを哀なり。

と言って、死んだお七より髪を切った吉三郎の方が哀れだと述べている。ここにはお七に代表される女色より、吉三郎の男色の方を唯美的に見ようとする西鶴の姿勢が顕著にかつ象徴的に表れている。このような対極として捉えられた女色と男色が、その後さらに発展して『一代女』と『男色大鑑』の対照性へとつながってゆくと考えられるのである。

五　西鶴の多様性、時代の多様性

こうした西鶴の女色男色をパラレルに捉える思考、とりわけ異性愛である女色を性愛とし、同性愛である男色を純愛として対極的に描き出そうとするのは、我々現代人にとって違和感を覚える以外の何物でもないかもしれない。しかし、これは西鶴にのみ見られる異様な考え方ではない。パラレル思考については先に述べたように時代精神の一つであったし、男色の精神性を強調するのは、かつては南方熊楠が力説し、近くは千葉徳爾、中沢新一の各氏が指摘しているように、江戸期以前の男色の特徴としてあったことは確実だと思われるのである（この点に関しては本書第三部・第一章の「四　浄の男道」で詳述したので繰り返さない）。

また、このように男色をその精神性から見る発想の中には、その裏返しとして女色（異性愛）を性愛的なものとしてみようとする姿勢があることも多く指摘されている。中沢氏は前掲書でやはり熊楠を援用しながら、女色を自然（出産・性愛）、男色を反自然（文化・文明）というかたちで説明している。西鶴と同時代の武士道書『葉隠』にもこのコントラストは鮮明に打ち出されているし、仮名草子や浮世草子で行われる女色・男色優劣論も女色は出産・子孫繁栄、男色は精神性の高さという点を軸に主張し合うのが専らであった。また前稿（本書第三部・第一章）でも述べたように男色に精神性を求めていている文化を世界的に見ても、このコントラストの傾向は明かである。(8)とすれば、西鶴が示した女色と男色のパラレル性、対照性は単に西鶴個人の好尚を越えて、当時の時代精神、すなわち元禄期やそれ以前に見られた恋愛形態・認識の一つとして捉えてゆく必要がある。

では、こうした女色と男色を恋愛の二面性として捉えてゆく認識・精神（とりわけ女色を性愛、男色を純愛とする）は、どのような世界観や時代精神に支えられて成り立っていたのか。

結論的に言うならば、それは〈多様性〉〈多形性〉である。たとえば、近現代の恋愛観とは、異性同士の、一対一の恋愛から同じく一対一の結婚へと帰結するスタイル・物語であり、それはリニアー（線条的）なものであるが（その線上から逸脱した恋愛を倫理に反するもの（不倫）や遊びとして周縁化したり、その逸脱を制度のガス抜きとして利用することによって全体の活性化を図るものだが）、西鶴の、もしくは西鶴が取りあげた同時代の恋愛世界や恋愛観は当に多様・多形であった。今、世之介や椀久などの西鶴の小説に登場する男達を例にして、彼らが取った、もしくは取りえた恋愛のスタイルを考える時、三つを基本となる恋愛世界と指摘できる。一つは遊女との間の女色、二つは同性との男色、そして三つは結婚制度を基にした妻との女色である（ただ、これ以外にも『好色五人女』などで描かれる密通・姦通もあるが、これは結婚へとつながる恋愛からの逸脱として当時既に捉えられているのであって〈西鶴の言葉で言えば「いたづら」であって〉、認知された恋愛のスタイルではない。よってここでは省いた）。これらは相互にきしみあうことがないではないが、基本的には領界を侵犯することなく分立しえていたと言って良いだろう。この一対三もしくは一対多の関係に立ちえることとは、当然一対一の恋愛関係に比べて、多様な価値・認識を生み出していたと考えられる。

では、この三つが持っている独自の恋愛世界とシステムとは何かだが、〈多様性〉を示す最たるもの、すなわち現代の恋愛観からの相違という点を重要視すれば、この三つの中で同性との男色が最も重要な意味を持つことは間違いない。そこでまず男色が形成している独自の恋愛世界とシステムについて考えることから、如上の問題への糸口をつかみたい。

六　男色の〈場〉

この問題へは様々なアプローチがあると考えられるが、まずは男色と恋愛の精神性・純粋性を結び付けていたもの、特にここでは男色という風俗が繰り広げられる〈場〉について考えてみたい。というのは、元禄期当時において、女色が遊廓や家といった比較的限定された場所で繰り広げられるのに対して、男色の〈場〉はかなり開かれたものであったと考えられるからである。そしてこの〈場〉の違いが、後述するように、男色の独自性を生み出すのに一役も二役もかっていると考えられるからである。

この問題を考える上で参考になるのは、『男色大鑑』の刊行された同年（貞享四年）に上梓された『男色十寸鏡』（洛陽之野人三夕軒好若処士作）(9)に載る次のような言葉である。

若衆は女とかはりて、公界をするものなれば、人が見るなり。其みたる者即、其若衆にこゝろをうつし、いひ

より、状玉章をつけるならひあり。若衆の身にしては、さりとは迷惑ながら、我身にぬしあるよしのこたへをする也。（上巻）

さて又、若衆は女のごとく、おくふかにゐる者にあらずして、公界をするもの也。しかあれば、いかなる者か心をかけ、理不尽の恋慕をして、二人のためひかれぬ事出来なんときづかいし、或は、若衆世間のつきあひの折からは、何事もみかぎられぬやうにあれかし。（下巻）

若衆は、公界をありくならひなれば、たとい主ある袖としりても、かたかげにてはひきたはふれ、手などとる事あり。（下巻）

「公界」とは公の場、晴の場所、世間・人中という意である。「総じて公界をするものは」（狂言『文蔵』）のように「公界をする」（晴の場所に出る、人中に出る）というようにもに使われる。例にあげた二つ目はまさにこの用法である。要するに若衆は女と違って公衆の面前に出る事が多く、人から見られやすいために、多くの人から心を寄せられることが多いということである。本書ではそのような場合に若衆はどうすべきか、その対処法が詳しく書かれている。

この女に比べて若衆は「公界をする」者であるという認識は、男色の〈場〉を考える上ですこぶる重要である。というのは、男色に基づく恋愛や事件、そしてそこから生み出される規範や観念・道徳といったものは、皆この公界ならではのものではないかと考えられるからである。そして西鶴の『男色大鑑』を初めとする男色の物語が描き出す世界やその文学性も、この公界という場に規定されている。たとえば、先にあげた『男色大鑑』巻一の四「玉章は鱸に通はす」における男色の世界もそうである。この話は美少増田甚之介と念者森脇権九郎そして甚之介に横恋慕した半沢伊兵衛との三角関係が基本だが、この三角関係が生まれてくる土壌・背景には多くの武士や若衆が交錯する武家社会の公界があった。それを甚之介が権九郎に送った手紙がよく示している。

一、此春、花軍を狩野の釆女が書し扇の裏に、「恨み侘ほさぬ袖だに」の歌を、しどけなく筆染めしに、「恋は此風に夏をしのがん」とおほせて、よろこばしたまふ間もなく、「この筆者代待」と、落書をあそばし、下人吉介にとらせらるゝのみ。又、ゐさし十兵衛方より御求あそばされし雲雀、御秘蔵ながら、所望せしに給はらず、北村庄八殿へおくられし事、御家中一番の御若衆様なれば、今に浦山し。

一、当四月十一日に、奥小姓のこらず馬上仰せ付られしに、節原太郎左衛門、拙者の袴をひかへ、「後に土付き申し候」と払ひたまはりしに、御かたは跡に立ち給ひながら御教へもなきのみ、小沢九郎次郎殿と目まぜして御笑ひ、年比の情にはさは有まじ。

一、五月十八日の夜半過迄、小笠原半弥殿にて咄し申候を御腹立。其晩も御断申す通り、謡稽古に小垣孫三郎殿・松原友弥殿同道にて参り、此外には相客はなし。半弥殿はいまだ御若年の事、孫三郎殿は私と同年、友弥御存知の通りのもの、毎夜の参会も、これは苦しかる間敷を、今に御嫌疑あそばし、折ふしの御当言心懸かりにて、日本の諸神、口惜しさ此時にいたりても忘れ難し。

甚之介から権九郎へ、また権九郎から甚之介へという嫉妬が渦巻く不思議な文章だが、ここから甚之介と権九郎を取り巻く念者若衆達の環境がどのようなものであったか浮かび上がってくる。すなわち甚之介や権九郎の所属する家中には、ゐさし十兵衛・北村庄八・節原太郎左衛門・小沢九郎次郎・小笠原半弥・小垣孫三郎・松村友弥などという多くの念者・若衆達の様々な交流があり、その中から自然と甚之介や権九郎などのカップルが出来上がっていたことである。またそうして出来上がったカップルも常に第三者の注視の中にあり、いつでも横車が入る可能性があったということである。甚之介と権九郎の間で明滅する嫉妬心もこうした背景によっているのである。『男色十寸鏡』や男色の指南書の多くが、第三者の横恋慕への対処法に紙幅を割いているのも、また『心友記』や『よだれかけ』（巻五・六「男色二倫書」という副題が付く）などの同じく男色指南書が若衆に他人の情を解することを第一に求めるのもこのためであると考えられる。

この男色がもつ公界性は、役者の世界においても同様である。諸書が指摘するように芝居は貴賤の群集する場であって、役者は衆人環視の中にさらされた肉体であった。この貴賤群集する芝居という場が、高い公界性を保持していることは言うまでもないだろう。むろん遊廓においてもそうした公界性はあるが、衆人にさらされるという点では、芝居の方が圧倒的に度合いが高い。加えて重要なのは役者が遊女と違って遊興地（芝居・遊廓）以外にも頻繁に移動できたことである。西鶴の『男色大鑑』後半の四巻を見ればわかるように、役者は様々な人間と連れだって花見や夕涼みに出かけている（巻五の一、巻八の一・四など）。そこには多くの人たちとの交歓があり恋があった。当然武家の男色と同じように、第三者に注視され恋慕されることも多かったのである。こうした売若衆の公界性は『男色大鑑』巻一の一の女色男色優劣論にある「遊女を請け出すと、野郎に家買うてやると」の比較からも明かであろう。遊女を我物にするためには、遊廓という場から遊女を出さなければならなかったのに対して、若衆を我物にするには公界を浮遊する若衆をとどめる場（家）が必要だったのである。

このような、多くの人間の交感・交流が行われる公開された場（公界）から、一対一のカップルが生まれ変容し、または消えてゆくのが西鶴当時の男色がもつ特徴であったと考えて良い。これに比べて、遊廓や家の女色ははるかに閉鎖的であった。遊廓における遊女と遊客の恋は、独自のシステムによって洗練されたものになっていたとは言え、そこに男色のようなスクランブルな恋愛が展開されるわけではなかった。そうした恋愛は遊廓のシステムからは禁じられていたこと、西鶴や周辺の秘伝書に詳しいし（『好色一代男』巻六の一における世之介と奴三笠の例が典型的である）、また真夫（まぶ）という形のガスぬきが行われていたこともそれを裏付けるのである。そして家族制度をもとにした恋愛、すなわち結婚も、自由意志に基づくものでないことは言うまでもないことであろう。

ならば、いささかの語弊を覚悟して次のように言ってみたい気がする。すなわち、西鶴や当時の人々にとって自由恋愛というものがあったとすれば、それは男色ではなかったかと。もちろん、この自由という意味が近現代で言われるところのそれとは少々ズレがあること、どちらかと言えば、かつて網野善彦氏が使われた「無縁」（主従関係、親族関係などの世俗の縁と切れている状態）に近いということを急いで付け足さねばならないが[10]、すくなくとも、世俗の義理や利害から切り放されて、自己の意志・心情を優先できるという点で言えば、男色は自由恋愛であったと言える。そして、西鶴や当時の人たちが、我々から見れば奇異なほどに男色にこだわっていた理由のひとつとは、おそらくここにあるのではないだろうか。

先にあげた甚之介の手紙の一部を再度引用してみよう。

当四月十一日に、奥小姓のこらず馬上仰せ付られしに、節原太郎左衛門、拙者の袴をひかへ、「後に土付き申し候」と払ひたまはりしに、御かたは跡に立ち給ひながら御教へもなきのみ、小沢九郎次郎殿と目まぜして御笑ひ、年比の情にはさは有まじ。

この文章を注意深く読むとき、そこに映し出された甚之介の純真さは、数ある古典の中でも秀逸なものだと私には思われる。たとえば「奥小性」を「学生」に、「馬上」を「体育祭」にでも代えてみればいい、それはすぐにでも現代の中高生の恋愛風景に変わる。それほどまでに、本篇で展開された恋愛は時代を越える普遍性を持っている。西鶴当時の男色が構築していた独特の恋愛世界、それはまた様々な側面があるにしても、その大きな特徴の一つとして、こうした自由恋愛、情熱的な恋愛があったのであり、人々が男色に向かった原因に、こうした自由・情熱への憧れがあったと考えたいのである。

ところで、今、網野氏の所説について触れたことにかんがみれば、先の『男色十寸鏡』に「公界」とあったことは注意をひくところである。周知のように、氏は日本の中世における自由社会の存在を「無縁」「公界」「楽」という言葉を使って説明している。氏によれば「公界」は「無縁」と同じく主従・親族関係などの世俗的な縁から切れている状態を指すらしい。だとすれば、『十寸鏡』で言う「公界」も、単に公衆・世間などではなく、もうすこし特別な意味があったとも考えられる。しかし『十寸鏡』の記述、たとえば「さて又、若衆は女のごとく、おくふかにゐる者にあらずして。公界をするもの也」などを見るかぎりでは、公衆・世間の意味を出ていないように思われる。ここには『十寸鏡』の刊行された貞享四年がすでに中世から遠く離れた時期だということを考えなくてはならないのかも知れない。また逆に日本における公衆性・世間性などの出現する過程をここにみるべきなのかも知れない。いずれにしても推測の域を脱しえないものではあろうから、今は興味ある問題として指摘するにとどめておくべきだろう。ただ、氏は同書において、成人式以前の子供の無縁性を指摘しながら、

通常の家臣とは別の形で、将軍・大名の身近に仕え、政治的にも大きな発言力を持つ童名の人物がときどき見

出されるが、これはさきの禅律僧、あるいは室町将軍の同朋衆などと同じ意味があろう。これは「男色」の問題とも、恐らくなにかの関係があると思われる。

と、子供の無縁性と男色の関係を指摘している。これは今述べた男色の公界性や、西鶴において男色が比較的自由なスクランブルに展開する恋愛として描かれていることと通底する可能性が高い。すなわち、もし子供に無縁性があり、その発想が近世にも残っていたとすれば、その子供との男色には世俗的な権力が介入できなかった可能性があるからである。これは女色が結婚という制度や遊廓という囲い込みの形で、家や幕府・藩などの公権力に取り込まれがちであったのと対照的である。『男色大鑑』の諸篇に、主人である大名の寵愛を否定しても自身の衆道・男色を貫こうとする若衆や念者が登場したりすることも（巻二の二「傘持てぬるゝ身」に登場する若衆小輪が典型的）このことと関わる可能性がある。(11) また、先に『好色五人女』の吉三郎を例にして説明したように、男色における前髪に対する特別な関心（言わばフェティシズム）も、切髪と成人式とが結びついていたこととの関係が考えられる。実際、男色を非道として禁止した岡山藩主池田光政は、その弊害の理由として、念者が若衆の元服に口をだす（多くは元服時期を引き延ばそうとする）ことをあげていた。(12) 前髪落としが元服であり、元服が子供期への決別であるとすると、前髪への執着も単なる美的観点から生まれたものではなく、無縁性を失って自由恋愛が出来なくなることへの恐れと重なっていたと考えることも出来るのである。

もちろん、この無縁性と男色との関係を考えるには広範囲な検討が必要であり、ここでそれはできない。興味ある問題として指摘するにとどめておきたい。

七　女色における二つの〈場〉と世界

一方の女色には、先に述べたように遊廓と、結婚を基にしたイエの繁栄という二つの世界があるが、この二つがどのような世界であったか、特に知識としてのそれについては諸書に書かれてある通りで、それに異を唱えたり、補足する何物も今は持ち合わせていない。しかし、遊廓や結婚のいわゆる解説とは別に、それぞれが保持していた原理や世界観、そして相互がどのようなスタンスとしてあったかという、言わば相互関係については、それとは別して述べておかなければならないことがある。

この問題を見るにも、西鶴の描き出そうとしていた女色の世界が大いに参考になるが、まずは西鶴の描き出そうとした女色（とりわけ遊廓でのそれ）が性愛性、肉体性を第一に志向したものであったという点についてである。もちろん、それは好色本の創始者西鶴にしてみては当然で、常識以外の何物でもないかも知れない。しかし、西鶴の描き出した、もしくは描き出そうとした性愛の世界と、他の好色本が持つ性愛性とでは根本的な相違があると言わねばならない。それは先に述べたように、西鶴が人間の性欲を描いており、他の好色本が閨房の描写を中心にしているということだけではない。結論的に言ってしまえば、西鶴の性愛性とは優れて徹底された性愛性なのである。

この徹底性については本書第二部・第四章において詳述したのでこの場では繰り返さない。また、西鶴の描いた女色（特に遊廓の）の性愛性や肉体性は、その対極に男色の精神性をおくものであったこと、これも先に述べたとおりだが、重要なのはこの性愛性が、イエを本にする結婚とも対極をなすということである。[13] イエを基にする結婚は家の存続・子孫繁栄を第一義とする制度であった。そこには性愛性も精神性もちろんあったが、それは制度を維持するための道具でしかなく、常に制度維持の為に調整され飼い慣らされていたものであった。これに対して西鶴の性愛世界は、そうしたイエとは根本的に矛盾するものであった。それは遊廓がイエの存在する世間的な常識（たとえば身分制度）とは別個の世界を構成していたということにも表れているが、先にあげた好色物素材表の女色における出発点と終着点である『一代男』と『一代女』に明瞭に表れている。

イエにとって最も重要なのはイエの存続のための子孫にあることは間違いないが、『一代男』『一代女』の主人公である世之介も一代女もその子孫を否定した人間であった。世之介の反イエの性格については、本書第二部・第六章「西鶴小説と十七世紀の経済情況」などで詳しく述べたので、ここでは省くが、この性格は一代女も同様であった。たとえば、一代女は、その一生を好色風俗の中に身を置き、子を生むことなく堕ろしつづけた挙げ句、その胎児の幽霊に「むごいかゝさま」と祟られている（巻六の三「夜発の付声」）。この胎児の幽霊の姿（頭に胎盤が付き、腰から血まみれになっている）が同章の挿絵にリアルに描かれ、不気味な雰囲気を醸し出しているが、しかし、そうした報いによっても、一代女が子供を堕ろしたことを深く後悔した形跡はない。むしろ胎児の幽霊が「九十五六程」もあったことから、「無事にそだて見ば、和田の一門より多くて、めでたかるべきものを」などと言う始末である。この一代女を非情と言うのは簡単だが、むしろここにこそ、一代女の徹底された「一代」性を見るべきではないかと私は思う。この一代志向、絶家思想とでも呼ぶべきものが、男色の方にも見られることは注意すべきだが[14]、それはともかくも、西鶴が描く女色の性愛性がイエを破壊するほどラディカルなものであって、決してイエ社会の周縁に存在し、そのガス抜きや活性化を手助けするようなものでなかったことは確かである。

むすびに

以上、西鶴の好色物を中心に、その女色・男色のパラレルな展開、対照的な構造について述べた。そしてその女色・男色はさらに、遊廓の女色、公界の男色、イエの女色（結婚）という独自の恋愛スタイル・システムを形成すること（言わばその三極構造）について述べた。むろん、この対極構造・三極構造という図式そのものに意味があるのではない。先に述べたように、それはあくまでも〈多様性〉〈多形性〉の表れ・一環という点に意味があるのであってそれ以上のものではない(15)。

重要なのは女色・男色という二極の切り方をとるにしても、さらに女色を遊廓とイエとに区切る三極のスタイルをとるにしても、西鶴の好色物のなかでは、そしておそらく西鶴の時代やそれ以前においてもそうだと思われるが、それぞれが独自の文化・スタイルを志向しながら、すなわち恋愛の可能性を保持しながら分立していたということである。現代の恋愛観が結婚を中心に構造化されているのと、それは対照的である。

しかしながら、これらの分立は西鶴が歴史の舞台から去ったあと、急速に崩れはじめてゆく。氏家幹人氏も指摘するように、「浄の男道」としての男色は元禄・享保を境に文化・社会面から消えて行くし(16)、遊廓における恋愛の姿も、既に藤本箕山や西鶴が嘆いていたことではあったのだが、元禄・享保以降、独自のシステムを発展させることが出来ずに形骸化してゆく。西鶴の時代にすでにあった「粋」という美意識を「いき」「通」「仇」というスタイルに微細化・媚態化して、すっかりラディカルな側面を失ってしまったのである。社会やイエのガス抜き・安全弁としてしか機能せずに、「廓の一字をもくるわとよむ、郭ともかく、城郭の心也」（『色道大鏡』「名目抄」）にいう

「心」は遠く昔のことになっていったのである。そして一つ残った結婚という恋愛のシステムだけが、大手を振って世の中を席巻してゆくのである。こうした状況を引き起こした原因に、私は結婚というシステムを支えていた制度、とりわけイエの確立とその広範な制度的展開があったと考えている。この点については改めて考えたいが、すくなくとも、西鶴の小説世界における恋愛、そしてその背景となった同時代の恋愛が、様々な可能性を持って分立していたことはここで強調しておきたい。また、我々の西鶴へのアプローチもその可能性を可能性のままに受け取ろうとすることが重要で、西鶴やその作品を読む価値もそこにあると私は考えている。

「はじめに」でも述べたように、近現代に依拠する我々の感覚や思考は、その自省なしに過去に遡行してしまう時、過去の文物や出来事を自己の都合の良いように調整・裁断・物語化してしまう。明治初期、北村透谷が遊廓で生まれたシステムや美意識をキリスト教的近代的恋愛観から裁断してしまったのはその良い例だが（「粋を論じて『伽羅枕』に及ぶ」）、この問題は今という時点から透谷がよく見えるだけであって、我々が克服しえた問題ではないのである。我々が保育している恋愛のシステム（結婚へとリニアー〈線条〉につながる恋愛が正統であるという観点）からは、西鶴が描き出していた女色も男色も逸脱・放埓でしかないはずである。それを周縁や異端、もしくは混沌という形でその可能性を再評価するのではなく、西鶴時代に存在した多様性の喪失や一方的な閉塞として、もしくは結婚を中心とする恋愛観の成立をある種の突然変異として見ようとする視点がどうしても必要なのである。

おそらく、昨今日本のマスメディアににわかに浮上してきている同性愛の問題や性的虐待、女性の未婚願望の問題[17]が我々に突きつけているのは、結婚・出産を中心とする恋愛観への根源的な問いかけであると考えられる。メディアはこれらの問題を周縁に追いやろう、もしくは異端というレッテルを貼りながら評価しようとするかに見えるが、それらは我々の恋愛観が持つ偏狭性を隠し、保全するものでしかない。おそらく、同性愛や未婚願望を恋愛の多様性として捉え直そうとする姿勢が今後重要になってくるはずである。西鶴の描き出した恋愛や背景となった恋愛観の多様性、そしてそれを許容していた時代精神は、そうした問題を考える際に、ある有益な視点を提供するものと私は考えるのである。

注

（1）谷脇理史「『好色一代男』論序説、西鶴研究への視点」『西鶴研究序説』新典社刊、一九八一年。
（2）この「リテラシー」「オーラリティ」の用語はウォルター・J・オング『声の文化と文字の文化』(原題『Orality and Literacy』、藤原書店、一九九一年）から学んだ。
（3）川田順造『無文字社会の歴史』岩波書店、一九七六年。
（4）俳諧の連想性や飛躍を踏まえての読み、『類船集』の付合を利用した読みなど様々に試みられているが、これらが西鶴の散文精神を明らかにするのは難しいのではないか。西鶴らしさが韻文でなく散文で発揮されたという前提を覆さない限り、西鶴の俳諧性の指摘は韻文性の形骸を指摘するにとどまるだろう。
（5）正田健一郎『日本における近代社会の成立』(三嶺書房、一九九〇年）は近代の成立を江戸時代初期からのものと考えている。こうした発想を文学史に応用することはさほど難しいことではないし、今後行われる可能性は充分にある。
（6）ちなみに、この表を見るとき、『一代男』が『諸艶大鑑』や『難波の皃』より素材を広げていたことに目が向く。これは『一代男』が西鶴の処女作であり、遊廓を中心にしつつも、二作目以降に展開されるような様々な世界を内包していたからと考えるべきであろう。この『一代男』の素材とその広がりについては、別途考える必要があるが、ここでは『諸艶大鑑』や『難波の皃』での遊廓・芝居への素材集中とその後の拡散という流れを重視した。
（7）「『好色一代男』の成立とその経緯」『上智大学国文学論集』15号、一九八二年一月。後に『日本文学研究大成西鶴』（国書刊行会、一九八九年）に所収。

（8）本書第三部・第一章で取り上げたセクシュアリティに関する論文中、男色・女色の対照性に触れている論文は多い。以下代表的なものを挙げる。

・長尾龍一「「魂の子」と「肉の子」」『現代思想』昭和五十五年一月号、青土社。

・安田一郎「同性愛の基礎知識」　同右所収

・南　博「性行動のバリエーション――同性愛を中心として」『ジュリスト増刊　総合特集・人間の性・行動・文化・社会』昭和五十七年四月、有斐閣。

・杉島敬志「精液の容器としての男性身体――精液をめぐるニューギニアの民俗的知識」『文化人類学』4号、昭和六十二年十月、アカデミア出版会。

（9）『好色物草子集』近世文藝資料10（吉田幸一翻刻）による。

（10）網野善彦『無縁・公界・楽』平凡社選書58、一九七八年。

（11）『男色大鑑』には君主（大名）の寵愛を捨てても念者との男色を貫こうとするものが幾つかある。特にこの小輪は、ふさわしい念者が現れる前から、大名に向かって念者との恋がしたいと言明していた。こうした世俗・権力の介入にことさら対峙しようとする姿勢にも、男色の無縁性が表れているのかも知れない。

（12）『池田光政日記』藤井駿他編、山陽図書、一九六七年。

（13）このイエの問題については本書第二部・第六章において詳述した。西鶴が活躍した延宝～元禄初期において、イエは社会の規範の一つであったが、まだ庶民においては第一の規範とはなっていなかった。これが庶民の中に浸透しそれを律する重要な規範となってゆくのは元禄末から享保にかけての時代であったと想定される（第二部・第六章における注の（5）、（12）、（13）の諸論考参照）。ここで言う三極構造（遊廓を中心にした女色、男色、イエの女色）が並立してそれぞれが独自の世界を築けたのは、まだイエの力が弱かったという元禄当時の社会状況によるのである。

(14) 本書第二部・第四章の注(2)参照。
(15) 第二部・第四章「性の回遊式庭園」では、「好色」「一代男」という言葉から、四極の社会構造を考えた。この四極にしても、重要なのは、その四という数字や図式そのものではなく、やはり、その多様性・多層性にある。よってここでは、本章で示した三極と、第二部第四章で示した四極との関係については述べない。
(16) 氏家幹人『江戸藩邸物語』(中公新書九七八、中央公論社、一九九一年)や、同氏「風俗と流行(二、習俗としての男色)」『岩波講座日本通史近世3』(岩波書店、一九九四年)に詳しい。
(17) 同性愛については比留間久夫『YES・YES・YES』(河出書房、一九八九年)『HAPPY・BIRTHDAY』(河出書房、一九九〇年)や伏見憲明『プライベート・ゲイ・ライフ』(学陽書房、一九九〇年)が現実的な問題を提起しているが、抜本的に現代における同性愛問題に鋭いメスを入れたのはミッシェル・フーコーの諸著作(たとえば『同性愛と生存の美学』増田一夫訳、哲学書房、一九八七年)である。フーコーは今後の人間関係のありうべき形態の一つとして同性愛を考えている。また、カレル・ヴァン・ウォルフレン『人間を幸福にしない日本というシステム』に少子化現象やその原因についての指摘がある(第三章七三頁)。性的虐待については『沈黙をやぶって』(築地書館、一九九三年)など多くの事例が報告されている。

第三章　西鶴小説の対照的構造と中期作品群

――『武道伝来記』と『日本永代蔵』

はじめに

西鶴の描いた世界は、一つの中心的視点から纏め上げられているのではなく、様々な視点が混在しながら豊かな世界を築き上げている。その中には明らかに矛盾する記述があるにも関わらず、全体として見たとき、そこにバラバラな何かがあるのではなく、やはり確かで纏まりのある〈西鶴の世界〉があるように思われるのである。これは西鶴の何に起因するものなのであろうか。

かつて浮橋康彦氏は「西鶴文学の反語的性格(1)」という論文で、こうした矛盾しつつも一つの世界を創り上げている西鶴文学の世界像の分析にチャレンジした。浮橋氏は、西鶴の発句「大晦日さだめなき世の定哉」などの文体が持つ反語的性格に注目して、それが小説の文体から、そこに示された西鶴の世界観にまで広がる可能性を示し、そうした反語反説的な「方法」にこそ西鶴的な世界が潜むことを追究した。

浮橋氏の論文は、それまで主流であった西鶴に対するイデオロギィ解釈から離れて、西鶴を「方法」のレベルから分析したものとして草分け的なものである。もとより、現段階から見て、氏の取った方法にはいささか物足りない部分がないでもない。たとえば氏が「反語的」というタームを使って説明したことが端的に示しているように、氏の考察はもっぱら文体や作品の着想についてであり、作品と作品との関係や、西鶴作品全体の問題には触れずに終わっている。また、その反語的性格をどのような時代相に重ね合わせるかについても、「人間的情動を多様に解放し」た近世という、いささか常識的で漠然とした枠内に収まってしまったことも残念であった。しかし、西鶴作品の持つ多様性に、正面から挑んだその姿勢と成果はやはり高く評価されるべきである。

本稿では、浮橋氏に倣いつつ、好色物から武家物・町人物への流れ、そしてその武家物と町人物の代表作である『武道伝来記』と『日本永代蔵』を取り上げて、西鶴世界を構成すると思われる対照的な構図の解析に挑んでみたい。そして、それらの中に見出せる、西鶴独自の世界観とは何かに迫ってみたい。

一　好色物の二方向

本書第四部・第二章「西鶴と元禄のセクシュアリティ」において、好色物作品群における西鶴の創作意識の変化とその経緯をさぐるために、好色物の素材表を作成した（四三三頁参照）。(2)この表は、好色物が書き進められてゆくにしたがって、その素材が、女色と男色にふた分かれする状況をよく示していると思われるのだが、実は、この表からは他にも様々な問題点を引き出すことができる。ここでは、この表に別の角度からアプローチすることからスタートしたい。

先にこの表を使って説明してきたことは、西鶴の好色物が、作品が進むにしたがって女色男色ともに素材の裾野を広げていることと、その素材が男色においては徐々に武家を取り込むようになっていったことであった（『暦』1→『好色五人女』2→『男色大鑑』15）。しかし、女色の流れをさらに細かく見てみると、ここでは素材が遊廓から庶民（町人）へ大きく傾いていることが分かる（『椀久一世の物語』7→『好色五人女』20→『好色一代女』8）。もちろん、『一代女』では武家の好色に光が当てられていることも重要な問題だが（素材数としては5）、それでも『一代男』→『諸艶大鑑』→『五人女』→『一代女』へとつながる大きな流れを見る時、やはり遊廓から庶民（町人）への視点の移動は女色の流れとして最も注目すべき点であることは間違いない(3)。

一方、男色は、芝居から始まって徐々に武家層へとその素材を広げていったとすると、遊廓から始まった女色は徐々に庶民（町人）層へと素材を広げ、芝居から始まった男色は徐々に武家層へと素材を広げていったという大まかな流れが、好色物の展開から汲み取れることになる。

この好色物の素材が庶民（町人）層と武家層という二つの方向に分かれていたのは重要な問題である。というのは、『一代女』『男色大鑑』の後の、言わば好色物以降、西鶴の筆は町人物と武家物という二つのジャンルの形成にその中心を移しているからである。では、この好色物の素材の変化と後の武家物・町人物との繋がりはいったいどんな意味を持っていたのであろうか。

この点についてもやはり様々な問題を有すると考えられるが、最も重要な視点として、以下二つを指摘しておきたい。

①好色物から武家物・町人物への変化には必然性があったのであり、そこには女色・男色を対《つい》にして捉える西鶴

の発想が大きく寄与していたこと。

②西鶴小説において武家物と町人物はそれぞれ大きなテーマであるが、それを個別にではなく対《つい》として捉える必要性があること。

まず①であるが、従来から貞享三、四年における西鶴の好色物から武家物・町人物への変化については様々な理由が考えられてきた。代表的なものを挙げれば、まずは貞享三年に出されたとされる好色本禁令説がある。この説が確証のないままに広がっていったことは周知だが(4)、後にこの禁令説は暉峻康隆氏によって否定されたこともよく知られている。(5)そして、これらを踏まえて西鶴の広い人心への関心という作家内部の展開を理由に、西鶴の変化を捉えたのは谷脇理史氏であった。氏は西鶴が元来様々な階層の人心に関心を抱いていたことを指摘するとともに、その関心がこの貞享三、四年という時期に開花してゆく過程を明らかにしようとした。そして後に谷脇氏は、貞享元年四月に出された「服忌令開板致し候者之儀ニ付町触」などの町触れや、西鶴のカモフラージュの姿勢などを理由に、『一代女』の出刊後、おそらくは書肆仲間を通じて、西鶴に何らかの注意の喚起があったのではないか(6)」と述べて、西鶴が出版取締りを意識していたのではないかとの仮説を提唱した。

谷脇氏のカモフラージュ説が、従来の好色本禁令説と違って説得力があるのは、禁令という外部徴証だけではなく、西鶴作品内部からそうした外部に呼応する徴証を浮かび上がらせているからである。これは卓見であり、西鶴の広い人心への関心というのも首肯できる視点である。私も、この貞享期の西鶴の変化については西鶴内部の必然性があると考える一人だが、しかし、それは谷脇氏のような、貞享三年までの好色物から、それ以降の多様な人心への関心による、作品ジャンルの多様化という考えには立たない。

まず、この貞享三、四年という年に西鶴が大きく変化を見せたという前提そのものに問題がある。たとえば、谷脇氏をはじめ従来の多くの見解では、西鶴の好色物を『一代男』から『一代女』までで区切り、『男色大鑑』から武家物へと転換した、もしくは『男色大鑑』を好色物から武家物への転換点に立つ作品と規定してきた。しかし、『男色大鑑』は明らかに好色物である。これを好色物から外してきたのは、本書第三部・第一章でも指摘したように、主に男色に対する理解不足からである（またそこには男色蔑視が働いているかもしれない）[7]。たとえば、本書第四部・第二章でも指摘したように、西鶴は女色と男色をあくまでも好色世界におけるパラレルなものとして位置づけている。とすれば、西鶴の創作意識も、このパラレルな志向を前提にして捉えなくてはならないが、従来の好色物評価では、女色と男色を別個のレベルのものとして分けて論じてきた為に女色から男色、そして武家物へという流れを作り上げてしまったのである。

しかし、先の表からも明らかなように、西鶴の女色と男色は対照的な関係にあって西鶴の小説空間を構築していた。そして、その女色と男色がそれぞれ庶民（町人）世界と武家世界を志向していたとするならば、その（女色→町人物、男色→武家物）へと向かうベクトルから西鶴の創作意識の展開を考える必要があるのである。そして、そうした考えに立って、西鶴の好色物を見る時、西鶴の多様な人心への関心は貞享三年に花開いたのではなく、もっと早い時期から始まっていたと考えなくてはならない。

西鶴が『一代男』を書いたとき、すでに多様な人心への関心を持っていたはずではあるが[8]、しかし、それを多様なジャンル、作品として形象化しようという意図はまだ無かったはずである。それは、『一代男』の素材が実に様々なものを含んだ混沌とした世界を見せており、世之介という主人公が、その世界を数珠の糸のように繋ぐ役目を果たしていたからである。多様性を作品内に縫いこんだ状態と言ってよいだろうか。ところが、二作目の『諸艶大鑑』では『一代男』で見せた「色道二つ」の一方である女色の集大成を目論んだのであった。とすれば、この時点ですでに、片一方の男色についても何らかの形象化が西鶴の念頭にあったと考えるのが当然である。すなわち、処女作で当世好色男の物語を書いた西鶴は、その成功を基にして女色男色それぞれの大鑑を書こうと計画し、その二作を書く間に他の好色物や他ジャンルの作品（『西鶴諸国はなし』など）にもチャレンジしたということなのであろう。この場合、『諸艶大鑑』と『西鶴諸国はなし』が共に「諸」を題名にしていること、また『諸艶大鑑』、『男色大鑑』ともに「大鑑」という、これまた様々な世界（「大」）を映すこと（「鑑」）を志向していたことは見逃せない。そして、既に指摘したように、貞享元年末には、『男色大鑑』の構想があった節が窺えるとすると（貞享二年修版書籍目録[9]）、西鶴の多様な世界への関心は、貞享三年ではなく、すでに『一代男』出版のすぐ後、天和三年〜貞享元年あたりには、創作の構想として動き始めていたと考えるべきである。

そして、そうした女色男色の両面の構想・執筆・出版を経て、その対照的なあり方に西鶴は着目していったと思われる。この点についてはやはり本書第四部・第二章「四、女色・男色の対照性とその系譜（1）」で詳しく論じたが、西鶴は『一代男』執筆時から女色の性愛性、男色の精神性を対照的に描き出し、それが『暦』の執筆あたりから更に明確になり、『一代女』『男色大鑑』においてスケールの大きなコントラストとなって作品世界に結実したのであった。

二　武家物の精神性、町人物の即物性

では、こうした好色物のコントラストの流れを見た上で、町人物作品群と、武家物作品群を見直すと、どうなる

のだろうか。

そこでまず指摘しておきたいのが、先に挙げた②の問題である。好色物が女色・男色のコントラストを構成し、その女色が町人物へ、男色が武家物へと繋がるとすると、町人物と武家物も一つのコントラストとして捉えることの可能性が浮上してくる。たとえば、そうした観点から町人物と武家物を見た時、すぐに思い浮かぶのが、町人物と武家物で描き出されていた際立った対照性である。それは、

・男色の精神性　→　武家物の精神性
　　⇔　　　　　　　⇔
・女色の肉体性　→　町人物の物欲性、即物性

である。すなわち武家物は『武道伝来記』『武家義理物語』『新可笑記』、それぞれ濃淡はあるもののどれも武士の持つ精神性に鋭く着目していたことであり、また町人物は『日本永代蔵』『世間胸算用』『西鶴織留』を通じて、どれも商人（町人）の持つ、金銭欲物欲へのこだわりをリアルに表現していたことである。武家物の持つ精神性は、西鶴が『男色大鑑』で描き出した男色の精神性へとすぐに繋がるものであるし、また、町人物の金・物へと向かう物欲志向とその肯定は、女色の持っている肉欲性とその肯定へとこれまた結びつくものである。

そこで、こうした精神性と即物性という対照性を念頭にして、西鶴の武家物と町人物を比較した時、両者にどのような対照性が表れてくるのかを考えてみたい。特にここでは、武家物の中心的役割を果たしている『伝来記』と、同じく町人物の中心的役割を果たしている『永代蔵』を対象にしてみよう。また、両作品ともに分量も多くまとま

りのある作品なので全部を見渡すとなるときりが無い。そこで、以下対照点を箇条書きにしてその要点をまとめてみた。

①武士の死、商人の生

『葉隠』に「武士道といふは、死ぬ事と見付けたり」（聞書第一）とあることはあまりにも有名なことだが、武士は死を日常として生きる存在であった。『伝来記』は「敵討ち」をテーマにしたものであるから、よりいっそうそこに登場する武士たちと、その死との距離は近づくことになる。『伝来記』中の物語の多くも、些細なきっかけで死へと雪崩れ込んで行く武士たちの姿を多く描写している。よって死に対して臆病なる武士は最も嫌われた。海の大蛇に驚いて泣き出した巻三の三「大蛇も世に有人が見た様」の成川専蔵と木村土左衛門や、妖怪と間違えて手槍で犬を突いたために朋輩の物笑いの種になった巻五の四「火燵もありく四足の庭」の友枝為右衛門、花崎波右衛門などの話が典型であろう。それに対して、商人は長生きをすることこそが肝要であった。それは、貝原益軒『養生訓』など同時代の教訓書に強調されたことであったが、『永代蔵』の中にもこの〈生〉または「養生」への関心・こだわりは、商人の教訓として様々に織り込まれている。「手遠きねがひを捨て近道に、それぞれの家職をはげむべし。福徳は其身の堅固に有」（巻一の二）、「第一、人間堅固なるが、身を過る元なり」（巻二の一）、「長者丸といへる妙薬の方組、伝へ申べし。△朝起五両△家職弐十両△夜詰八両△始末拾両△達者七両」（巻三の一）などが代表的なものである。

②武士の名、商人の利

武士が自らの命より名や名誉を重視したこと、それとは対照的に、商人（町人）が自らや家の面目・名よりも、金銭や商売上の儲けなどの実利を大切にしたことは、西鶴の武家物と町人物を一読すればすぐに分かる武士と商人の対照性である。

たとえば、『伝来記』はちょっとした切掛けで命のやり取りにまで発展してしまう話が多いが、そのきっかけには必ずと言ってよいほど、武士の名、体面、恥辱の問題が絡んでいる。それとは反対に『永代蔵』では「俗姓・筋目にもかまはず、只金銀が町人の氏系図になるぞかし」（巻六の四）とあるように、名よりも利が優先された。その言葉をまさに地で行ったのが筒落米を拾って巨額の富を手にした親子の話（巻一の三）であろう。西鶴は、この親子の出自を問題にして「なんぞ、あれめに随ひ、世をわたるも口惜しき」と誹謗した商人が、結局金に困って親子に無心したという話をした後に「金銀の威勢ぞかし」と結んでいる。また、子供や子孫がどうなっても構わないから今の自分を長者にして欲しいと無間の鐘を突こうとした呉服屋忠助の話（巻三の五）、人の嫌う葬式衣装の損料貸しを行って三千貫目を溜めた話（巻五の一）なども同様である。

③武士の綺羅、商人の質素

『永代蔵』巻一の三で「商人のよき絹きたるも見ぐるし。紬はおのれにそなはりて見よげなり。武士は綺羅を本としてつとむる身なれば、たとへ無僕のさぶらひまでも、風儀常にしておもはしからず」と西鶴は書いて、武士と商人の対照を綺羅と質素に置いている。これは、『伝来記』と『永代蔵』全体に波及している対照で、『伝来記』では若衆を中心に、敵討ちで美しく散ってゆく武士たちの姿を描き出すのに対して、『永代蔵』では、着飾る商人を批判し質素倹約を執拗に主張しつつ、そうした質素でありながらも逞しく生きる商人の姿を賞賛を込めて描き出している。この綺羅と質素の対応は見た目の姿だけでなく、諸芸能にまで関係し、『伝来記』の武士たちは詩歌・管絃・蹴鞠などに通暁する様が美しく賛意を込めて描かれている。それに対して、『永代蔵』の商人たちでそうした諸芸に通じようとする輩に対して西鶴は批判的であり（巻二の三「手は平野仲庵に筆道をゆるされ…」の文章、巻六の二「謡は三百五十番覚え…」の文章、巻三の一で「毒断」として「鞠・楊弓・香会・連俳」をあげる）、「若ひ時ならひ置し小謡を、それも両隣をはゞかりて、地声にして我ひとりの慰になしける」（巻一の二）ような野暮ったい男が好意的に描かれている。

④武士の精神、商人のモノ

西鶴が武家物で描く武士は、表面的、世間的には、敵と見える相手でも深い精神的紐帯を結んでいる場合がある（『伝来記』巻一の五、巻五の三など。この点については本書第三部・第五章において詳述した）。また敵討をともに目指す同胞や、若衆と念者も精神的に堅く結ばれていて、本作が描く武士の美しさは独特な光を放っている。それとは反対に、西鶴が描く商人は、そうした精神的、情的紐帯を拒否する傾向にある。たとえば『永代蔵』で賞賛される商人は、世間的な人間付き合いを悉く避けている者たちである（巻一の二の親子、巻二の一の藤市など）。商人が信じられるのは、目に見えるものだけであり、そうしたものの代表である金や商品に対する徹底的なこだわりこそが商人を支えるものとして賞賛されている。また、商人が商売相手を信用するのは、確かな情報が基盤にあるからであって、決して相手の心情・人間性によるのではない。『永代蔵』で成功し賞賛される商人たちは、この確かな情報を得るために必死の努力を重ねている（巻一の三の筒落米の息子に群がる商人たち、巻二の一の藤市の反古帳、巻二の五の鐙屋に集まる手代の様子など）。

こうしてみると、やはり『伝来記』と『永代蔵』の対照性はよりいっそう際立ってくると思われる。そこで、右記の四つの相違点を踏まえながら、さらに具体的に考えてみたい。そこで、次に取り上げるのは、『伝来記』『永代蔵』それぞれの序章である。

言うまでもなく、作品の序章はその作品を象徴する意味合いを持つ。西鶴作品の場合は特にそれが濃厚であることも周知のことである。たとえば、世之介の出生と始めての恋を古物語の文体を模して紹介した『好色一代男』の序章、『二代男』との違いを演出して作品の方向性を明らかにした『諸艶大鑑』と『男色大鑑』の序章、親殺しを画策した男を配することで強烈な「親不孝物語」を印象付けた『本朝二十不孝』の序章などが代表的だが、『伝来記』と『永代蔵』の序章も同様にそれぞれの作品内容を強烈に印象付けている。この両篇を比較することで、『伝来記』と『永代蔵』の両者の相違、その対照的なあり方がはっきりと浮かび上がってくる。

三　「心底を弾琵琶の海」と「初午は乗て来る仕合」

『伝来記』巻一の一「心底を弾琵琶の海」は、「天武天皇の末裔にして、高家なれば、諸役」を許されていた平尾修理なる武士が出家した折に、寵愛していた森坂采女・秋津左京の若衆が、拝顔を許されなかったことを悲観して先腹を切った話である。修理がそれを苦に没した後、左京に横恋慕していた関屋為右衛門はその恨みから左京の臆病ぶりを世に吹聴するが、采女の弟求馬が、その話に咎め立てをして、為右衛門を切り捨てた。そして切られた為右衛門の息子次郎九郎は、親の敵と駆けつけるが、左京の弟左膳に返り討ちにあった、という話である。

一方、『永代蔵』巻一の一「初午は乗て来る仕合」は、泉州水間寺では人々が寺から金を借り、それを次の年に返すという風習があった。ある時「年のころ廿三四の男、産付ふとくたくまし」い男が銭一貫文の大金を借りて行った。寺僧たちは後悔したが、この男はこの金を他人に貸したところ、借り手に幸運があると評判になって、十三年後には、八一九二貫の大金となった。男はその金を水間寺に奉納すると、寺では宝塔を立て、この男も武蔵に名だたる分限者となった、という話である。

一見すると両者何の関係もないように見えるが、まず時代設定に共通点がある。「心底を」では「浪に移ふ安土の城下はむかしになりぬ」とあって、信長時代を意識した設定になっているが、これは「初午は」も同様で主人公の網屋の風貌を「信長時代の仕立着物」と描写している。要するに両者、古めかしさを出すことで序章らしさの演出をしたのだが、共に信長時代を意識したのは、この時期が自分達の時代のスタートに当たると西鶴が考えていたからであろう。前田金五郎氏も指摘するように（『武道伝来記』岩波文庫補注、三四〇頁）、西鶴が時代認識としてよく使う「中古」という言葉は寛永・正保頃を指す。とすれば信長時代は、それ以前の古い時代（上古）となる。この共通点は、二篇が『伝来記』『永代蔵』のそれぞれ序章であったことを考えるとすこぶる興味深い。それは『伝来記』と『永代蔵』が、表面的には武士の敵討譚・商人の出世譚というスタイルを取りながらも、実は、自分達の時代（信長時代〜貞享元禄期）の武士と商人の有様をトータルに、すなわちその歴史を押さえつつ描こうとしていたことがここから良く分かるからである。

そこで次に両篇の対照についてであるが、煩わしさを避けるために、先の①〜④に沿って考えよう。まず、①の「武士の死、商人の生」の点だが、「心底を」では主人公の平尾修理を始め二人の若衆、そして仇役の為右衛門、その子の次郎九郎まで多くの人間が死ぬ。このきっかけとなったのは、修理の出家であり、そこから様々な問題が派生して、多くの人間が一挙に死へと雪崩れ込んで行ったという展開である。しかし、この武士たちの死は、偶発的なものではなく、それぞれの恋情や義理に殉じたものである。よって死の悲しさと共に散り行く武士の美しさ・儚さが一篇全体に溢れている。武士が死をいかに身近なものとして生活しているのかを、如実に語った作品である。

それに対して「初午は」は、まさに生きることの力強さを明るく語った作品と見ることができる。主人公の男は「年のころ廿三四の男、産付ふとくたくましく、風俗律義に、あたまつき跡あがりに、信長時代の仕立着物、袖下せはしく、裾まはり短く（中略）中脇差に柄袋をはめて、世間かまはず尻からげして」という出立ちであった。本章の最初に「福徳は其身堅固に有」と書かれているが、その文章を地で行ったような男である。また、この男が行った観音の銭の又貸しが評判を得て広がったのも、「猟師の出船に子細を語りて、百文づつかしけるに、かりし人自然の福ありけると、遠浦に聞伝て」とあるように、この網屋の銭をもった船の航行が安全だという評判が立ったからである。このように、「初午は」は言わば「生」の賛歌に溢れているのである。

次は②である。「心底を」に登場する武士たちは、みな武士としての名誉を第一に考え行動している。とくに左京の名誉挽回をはかった求馬と左膳の行動はその象徴であるし、また左京と采女が先腹を切ったのも「武士は命を捨る所をのがれては、其名をくだすなり」という理由からであった。ところが、「初午は」ではそうした名誉よりも実を取る姿勢が顕著である。主人公の網屋は信長時代の着物を着て「世間かまはず尻からげ」するだけでなく、普通は「五銭、三銭、十銭より内をかりける」のに、寺僧に銭一貫文の借金を臆面もなく申請した。また、それを他人に又貸しすることによって巨額の富を得たのである。ここには名とか名誉などとは全く反対の志向があると言わねばならない。

また、③についても同様である。「心底を」は左京・采女の二人の若衆を中心にして美しさの描写が際立っている。たとえば二人が先腹を切った折の描写は「魂、はや浮世を去て、是非もなき面影、白小袖に紋なしの袴ゆたかに、なでおろしたる鬢もそゝけず、身をかため、二人ながら、中眼にひらき笑へる顔ばせ、つねにかはらず」とされるが、「初午は」の網屋は「ふとくたくましく、風俗律義に、あたまつき跡あがりに、信長時代の仕立着物、袖下せはしく、裾まはり短く」「世間かまはず尻からげして」というように、最小限の身づくろいであった。武家若衆とは全く反対の飾り気のない装い、出立ちであるが、この粗野な出立ちが、この男の商人としての力強さ逞しさを上手く表現しているのである。

そして、最後の④であるが、これは特に重要である。「心底を」は、今も述べたように、登場人物たちの恋情・義理が一篇の中心にあった。それらが複雑に絡まることで物語が展開して、美しくも儚い死への道行きとなったのである。一方、「初午は」は「尻からげ」した逞しい網屋の才覚と運の強さがテーマでもあるのだが、むしろこの章の主人公は、金銭そのものであると言ってもよいかも知れない。それは、水間寺の貸銭一貫が「せんぐりに毎年集りて、一年一倍の算用につもり」てとあるように、勝手に八一九二貫の大金に膨れ上がってしまったからである。ここにあるのは、網屋の力というよりも、十三年で八一九二倍になってしまう「利子」の恐ろしさであり金の力である。当該章の初めに西鶴は「金銀を溜べし。是、二親の外に命の親なり」と言っているが、まさに商人にとって金こそが全てであった。すなわち、商人にとっての栄達は情や義理を排して、いかにこの金銀の論理に徹するかにあったのである。

さて、こうして先にも示した四点から、序章同士を比較してみると、両作品の持つ対照性はやはり際立つ感があるが、その対照性のあり方で一つ気になることがある。それは、「心底を」の平尾修理が「天武天皇の末裔にして高家」という血統であったのに対して、「初午は」の網屋はどこの馬の骨とも分からない出自に設定されていたことである。また、そのことと関連すると思われるのだが、修理が「兼て妻女ももたせ給はず、子孫のねがひなく」と設定されて、実際に若衆二人の死を苦にして修理は死に、「一子ももたせ給はねば、あたら平尾の家絶果ける」となってしまったのに対して、網屋は「此商人、内蔵には常燈のひかり、其名は網屋とて武蔵にかくれなし」と栄華の予兆をもって話を終わらせている点である。

武士が血統の良さを己の権威付けとして利用したことは周知のことであるが、それは戦国武将の豊臣秀吉が良い例のように、あくまでも権威付けのためであって、実際には網屋と同じようにどこの馬の骨とも分からないのが戦国大名の姿であった。ところが、この平尾修理は本当に血筋が良いという設定になっている。そればかりか、修理は出家の望みが強く、諸学問や音楽に通じ、風雅の道にも浅からずという様であった。武士、とくに信長時代の武士としてはいささか不似合いで、貴族的に過ぎるように思われるのだが、何故、西鶴は修理をこうした設定にしたのであろうか。

これには様々な理由が考えられるが、私は西鶴が『永代蔵』の序章との対照性を相当意識していたからではないかと思うのである。すなわち、『永代蔵』が「俗姓・筋目にもかまは」ぬ豪放磊落な商人の象徴として網屋を出したのと、コントラストをつける意味で、天皇にも繋ろうと言う高貴な血筋とそれに相応しい学識と風雅心を持った人物として修理を出してみたのではなかったか。また、平尾家が断絶し網屋が繁栄するという対照も同じで、修理の高貴さが持つ儚さと、網屋が持つ逞しさをより強調するためのコントラストとしてこうした設定にされたのではないかと思われるのである。もちろんこれを証明する具体的な徴証はないが、しかし、先に述べたような『伝来記』と『永代蔵』の対照的な関係や、また両者の成立事情(10)などを考えると、偶然に両作品の序章が対照的になってしまったと考えることの方が余程不自然である。やはり、ここはお互いを意識されながら書かれたのであって、その対照性を強く出しすぎた為に、『伝来記』の序章がいささか濃く貴族的な雰囲気を醸し出してしまったというのが実情ではなかったろうか。

四　「内儀の利発は替た姿」と「世界の借屋大将」

このように見てゆくと、『伝来記』と『永代蔵』の持つ対照的な部分が次々と見つかってくるのだが、この対照性とは、単なる対極もしくはコントラストと呼べるようなものではなく、もっと徹底された強烈な要素を持ったものであることが分かってくる。そこでその例として『伝来記』巻一の四「内儀の利発は替た姿」と、『永代蔵』巻二の一「世界の借屋大将」を比較してみよう。まず「内儀の利発は替た姿」の梗概をまとめてみる。

正月吉例の謡初めの折、自らの指図に従わなかった茶坊主休林を討った金塚数馬は、その非道さに怒った安川権之進によって討たれた。権之進は家に戻るとすぐに、妻子を細井金太夫方へ遣わし、自分は上方へ逐電した。金太夫と権之進は日ごろ仲の良くない間柄であったので、家来たちは不審がったが、金太夫は少しも騒がずに快く引き受けた。やがて数馬の郎党が権之進を探しに城下を巡り、その捜索は金太夫の家にも及んだ。金太夫は一計を案じ、妻を実家に戻し、権之進の妻子を自分の妻子として振舞った。元来、権之進と金太夫は仲が良くないとの評判であったので、巡検の者も金太夫の家は一通りの詮議だけで済ませ、権之進の妻子は難を逃れた。その後、数馬の一子勝之丞は、権之進を探して諸国を放浪したが、休林の息子六十郎に討たれてしまった。権之進は、後に主君から許されて帰参すると、自然に金太夫の武勇も世に知れわたって、二人ともに武士の名を上げることとなった。

次は「世界の借屋大将」の梗概である。京都に藤屋市兵衛という商人がいたが、この男は千貫目持ちでありながら、自家を持たず借屋して住んでいて、「ならびなき分限」と自慢していたが、ある時家質が流れて図らずも家持ちになってしまった。この藤市は利発で情報通であり様々な工夫者でもあったが、何と言っても物事のやり取りに抜け目のない人間であった。たとえば、藤市の店の「才覚らしき若ひ者」が餅屋から餅を受け取った時もそうである。若者は届いた餅をすぐに秤にかけて正確に代金を渡したが、藤市はなぜそんなに早く代金を渡したのかと若者に詰め寄った。藤市によれば時間が経って餅の重さを量れば、餅の温もりが冷めてそれだけ軽くなったはずだと言う。また我が子の嫁入り屏風には「心のいたづらに」なってはならぬと洛中尽しを描かせずに多田の銀山の絵を描かせたり、近所の男子への説教にも夜食も出さずに、厳しい商売話を続けるのであった。

「内儀の利発」は信義に篤い武士たちの、絆の強さを象徴する話であり、「世界の借屋大将」はどこまでもドライに「利」を追求する商人の厳しさを象徴する話である。片方は人間の絆を第一にし、片方はそうした人間同士の関係・情など入る隙間のない合理的な世界が展開され、まさに対照的な話となっている。やはり、この対照性は先の①〜④の分類全てが当てはまる。細かく述べるのは煩瑣なので、箇条書きにしてみたい。

①「内儀の利発」は横暴な金塚数馬を討った権之進とそれを討とうとする数馬一族、そして権之進の家族を「たとひ一命にかえても」と守る金太夫と、様々な人間が信義のために命をかける。それに対して、「世界の借屋大将」の藤市は「六波羅の野道にて、僕もろ共、苦参を引て、是を陰干にしてはら薬なるぞと、只は通らず」「屋敷の空地に柳、柊、楪葉、桃の木、はな菖蒲、薏苡仁など、取まぜて植置し」と、養生に向けて最大限の工夫を凝らす。

②「内儀の利発」において権之進と金太夫ともに信義を交わしてお互いの窮地を救ったことにより「当家稀なる

者弐人と其名をあげて今の世までも語り伝へぬ」となったが、「世界の借屋大将」の藤市は、町人としてのステイタスとでも言うべき「家持」に何時でもなれるほどの金がありながら、敢えて「借屋」層に留まり、利殖を増やすために知恵を絞った。

③「内儀の利発」の最初には謡初めの場面があるが、これは武士の綺羅を象徴する煌びやかな場面である。この華やかな場面から始まる敵討の事件は、華やかであるからこそ、また武士の哀れさ美しさを強調する効果を発揮している。それに対して「世界の借屋大将」の藤市は、実に倹しく厳しい節約の数々を披露する。それは自分のみならず、娘に対しても「節句の雛遊びをやめ、盆に踊らず」といった徹底されたものであった。

④「内儀の利発」は権之進と金太夫の武士としての深い精神的な絆がテーマであるが、「世界の借屋大将」の藤市は、そうした人間関係を絶って徹底的なまでにモノにこだわる姿勢を見せている。それは彼を慕い彼に教えを請いに来た近所の若者たちにすら、簡単な夜食も出さず「出さぬが長者に成心」と言い放った点に象徴されている。

おそらく、『伝来記』『永代蔵』のどの短篇を抜き出しても、こうした対照は引き出せると思われるのだが、今この二篇に焦点を絞ったのには理由がある。それはこの二篇には、対照と同時にと言うべきか、対照的だからこそと言うべきか、共通する要素があるからである。それはこの二話はともに武士らしさ商人らしさを徹底させたために、世間的な常識から見る武士らしさ、商人らしさを超えてしまった点である。

たとえば、「内儀の利発」は権之進の頼みを「日比不会」にも関わらずに金太夫が快く引き受けたことについて、「武士の意気道理をたつる者は、世間の見る目と各別なり」と金太夫に言わせている。すなわち、権之進と金太夫の絆とは世間一般の目からは理解できないかも知れないが、武士の絆とは元々そういうものだと言ったのである。ここで言う「世間」とは町人層を含みこんだ世間の目という考え方も出来るが、この金太夫の言葉が弟金右衛門に対しての言葉であった点、またこうした金太夫の「意気道理」を理解できた（すなわち金太夫のはかりごとを見抜けた）武士がほとんど居なかった点などからすれば、直接的には武士同士の世間と言って良いだろう。すなわち、西鶴の描いた武士らしさは、一般の武士が思いもしない世界にまで及んでいたことになる。

また、「世界の借屋大将」では藤市の様々な行動に対して「此男、生れ付て悋きにあらず。万事の取まはし、人の鑑にもなりぬべきねがひ」と西鶴が言っている点が重要だ。谷脇理史氏によれば、藤市の説話は『永代蔵』の当該章が出るまで、藤市に対して否定的な言辞を呈することが多かったが、『永代蔵』以降変化し、肯定的な評価が出てくると言う。すなわち当該章が藤市の評価を一変させたのではないかというのだ。[11] とすれば、西鶴はここで商人町人が持っていた常識を覆そうとしたことになる。西鶴は商人にとって吝嗇は恥ずべきことではなく、むしろ当然のことで、藤市の行為は商人として賞賛されるべきだと言いたかったのであろう。

この二篇は、このように徹底した武士らしさ商人らしさを求めているがゆえに、常識的な武士像・商人像を打ち破っているかに見える。その徹底された理想像を追求したという点、共に常識を越えた武士像・商人像を描き出したという点では見事に共通する短篇なのである。

五　元禄期における武士と商人

さて、こうして幾つかの短篇を比較してみたが、次に注目したいのは、西鶴が『伝来記』と『永代蔵』を執筆していた当時の武士と商人の関係である。

というのは、ここまで述べてきたように、西鶴は、対照的な存在として武士と商人を描いていたが、実は元禄期の武士と商人も、西鶴が描き出したように対照的な存在であったらしいのである。そこで、この貞享～元禄初期における武士と商人がどのような存在かつ関係であったのかを見るために、武士と商人の歴史を振り返りながら、両者の関係を辿ってみよう。

多くの歴史書で説かれているように、中世は武家社会が伝統的な貴族社会を徐々に凌駕していった時代であった。それを決定的にしたのは南北朝の闘争であったと言われるが、また、中世は様々な宗教が花開いた時代でもあった。武家社会はこの宗教社会とも対立し、それを支配下に押さえ込まなければならなかった。その対立の象徴は、織田信長による比叡山焼き討ちや石山本願寺との闘争であるが、中世の、神仏中心に配置された寺内町や門前町が、近世の、天下人の天守閣を中心に配置された城下町に変身してゆく様もその象徴と言われる(12)。

ところが、そうした表面の政治的な闘争とは別に、社会の底辺では、商人社会が確実に成長し始めていたのが、また中世という時代であった。商人社会は、中世史家の網野善彦氏が説くように、無縁や公界といったある種社会の裏面・底辺に生息していたために、表立った武家社会とは一線を画する位置にあった。むしろ、商人社会は表立った権力を失いかけ始めた貴族の方に関係が深かったことが近年指摘され始めている(13)。

その商人社会は、中世も後期になると、武士も無視できないほどの成長を遂げ始めていた。その象徴が堺・博多・大湊（伊勢）などの自由都市であり、そうした都市を支配した者（信長や秀吉）が天下人になるという構図にあった。また、同時期の戦国大名たちは、従前の守護・荘園領主・地方領主が取っていた稲中心の租税から、銭中心に移し、その結果国内領主・農民・寺社・商工業者の一元的支配を樹立したことを歴史家の義江彰夫氏が指摘し

ている。[14] こうした商人の台頭、経済制度の確立を、同じく義江氏は、

武家勢力が次第に社会の基幹部分を把握し、それとパラレルに、次の時代（江戸時代）に武家勢力と決定的な対決を遂げる商人の世界が、その土台を作るほどにはぐくまれてきたことをはっきり示してくれるのである。[15]

と述べているが、中世末に大きく成長した武家社会と商人社会が「決定的な対決」を演じたのが元禄期であったのである。

この「決定的な対決」をよく観察していた思想家が居た。それは、荻生徂徠である。彼の『政談』は一般に「武家旅宿論」と「大名鉢植ゑ論」に代表されるように、元禄期の武士のあり方に対する危機感が前提になっている。そこで徂徠が指摘するのは、昨今の武士が武士らしさを失い、皆町人（商人）の真似をするようになったということである。

大勢の武家御城下にあつまり居る故、火災もしげく、その上常の住居なる故、妻子足手まといになり、財宝に心引かれ、火を消す事もならず。町人の風俗と傾城町・野郎町の風俗も武家へ移り、風俗悪しくなる。慰み事の多き処なれば、武芸・学問の嗜みも薄くなる。また不断御城下にありてなれこになる故、公儀をも鵜呑みにして、上を恐るる心も薄く、行儀を嗜みすれば公家・上臈のようになり、行儀にかまわざる時は町奴のようになる。（巻二）[16]

金にて諸事の物を買い調えねば一日も暮されぬ事ゆえ、商人なくては武家はたたぬ也。諸事の物は皆商人の手にあるを、それを金を出して申請けて用を弁ずる事なる故、ねだんの押引はあれども押買いはならず。畢竟ねだんは商人の申し次第也。これ武家みな旅宿の境界なる故、商人の利倍を得る事、この百年以来ほど盛んになる事は、天地開闢より異国にも日本にもこれなし。（巻二）

家になじみある者の出入するも、皆軽き町人なり。いとどさえ御城下は町人の中なるに、身になり、ためになり、その家になじみありて出入るもの、皆町人なれば、武家の子ども皆町人の心根の如くなりゆくも理也。（巻二）

さらに、こうした商人（町人）気質が武家に浸透したのは、「田舎の末々まで商人一面に行きわたりたる事、某覚えても元禄已後の事也」と言うように、元禄より後のことであったと徂徠は指摘する。徂徠は江戸に居たために「元禄已後の事也」としているが、商人気質が武家を始め様々な階層に浸透していったのは、関西ではもう少し早く元禄以前のことと考えていい。しかるに、この逆転現象の前に、商人（町人）が武士の真似をした時期があった。それが明暦頃を中心にしておこった町奴などの商人（町人）の男伊達の風俗である。

明暦年間に大坂で出された町触によれば、最近、町人の若者が武芸を嗜むことが流行っていて、町人が本来励むべき家職を疎かにしている、また他国から大勢の兵法・居合抜きを看板とする者たち（浪人など）がやってきて町人を多く弟子に取っているという。同じ内容のものが寛文七、八、十、延宝二年と度々出されているので[17]、当時、大坂での社会問題の一つになっていたと言って良いだろう。また、他の地域でも同様の触（江戸の『正宝事録』など）が見えることや、いわゆるかぶき者事件や町奴の乱闘騒ぎなどからしても、このような、町人の若者が武士の真似をして徒党を組んで、乱暴狼藉を働くという事件は、当時多くあった。西鶴も『好色一代男』でこの頃（明暦頃）の風俗を回想している。

けんぼうといふ男達、其比は捕手居合はやりて、世の風俗も糸鬢にして、くりさげ、二すじ懸の髷、上髭のこして、袖下九寸にたらず、染分の組帯、せかいらげの長脇差、爰ぞとおもふ人、大形は是、王城に住人の有様、いまにみくらべて、むかしを捨るぞかし。北野に詣でゝ、梅をちらし、大谷に行て藤をへし折、鳥辺山の煙とは、五ふくつぎの、吸啜筒、小者にへうたん、毛巾着、ひなびたる事にぞありける

（巻二の三「女はおもはくの外」）

すなわち、十七世紀初期から中旬にかけての各大名の城下町整備によって、武家社会と商人社会が都市に集住することになったが、その初期は戦国の威風をかって商人町人などの庶民が武士に憧れ、その真似をする風俗が一般的であったのに対して、明暦以降の爆発的な経済成長によって、巨大な富を手にした商人たちが、金銭に物を言わせ、贅を尽くした風俗を繰り広げるようになると、武士と商人の位置は逆転して、今度は武士が商人のように生きようとし始めたということである。それが、徂徠が『政談』を書いた享保年間の武士の実情であったということになる。

こうしてみると、西鶴が活躍した天和・貞享・元禄初期は、徂徠が書いたような武士と商人の逆転現象が起きた享保期の一歩手前で、丁度武士と商人の両者の力が拮抗していた時期だと思われるのである。

六　都市における武士と商人の模索

もし、こうした時代背景の認定に誤りがなければ、ここから幾つかの重要な問題点を引き出すことが可能である。その一つは、この元禄当時の都市における武士と商人の拮抗が、西鶴小説の『伝来記』と『永代蔵』に描かれた武士と商人の対峙・拮抗と重なってくることである。特に、西鶴の活躍した延宝〜元禄初期が、武士と商人の逆転現象が起きるすこし前であったことに注意したい。このすこし前の時期とは、都市における武士と商人の対峙・対立が烈しさを増しつつあった時代であったが、また、武士と商人がそうした摩擦に影響されて、それぞれの存在意義について考え始めた時期でもあった。その頃、主に武士側から己の存在意義を問う声が上がり始めるのはその為である。たとえば、山鹿素行『山鹿語類』（一六六五）における武家職分論、熊沢蕃山『大学或問』（一六八七）における反兵農分離論などがその代表であるが、しかし、武士と商人の逆転現象はまだそれほど起きておらず、それぞれ（特に武士）がその存在意義を見失っていなかった時期だと考えられるのである。すなわち、武士は武士らしさ、商人は商人らしさをそのまま信じることが出来た時代と言えるのである。

そうすると、先の『伝来記』巻一の四「内儀の利発は替た姿」と、『永代蔵』巻二の一「世界の借屋大将」に見られたような、まことに烈しく厳しい武士と商人のコントラストとは、そうした時代状況のまさに反映だったと考えることができるのではないだろうか。すなわち、武士の世間を越えた「意気道理」に生きようとした権之進と金太夫、吝嗇こそ商人の証と当時の常識を覆した藤市の姿とは、都市集住によって起きた摩擦に翻弄されながらも、自らの存在意義を必死に求める武士と商人の姿ではなかったろうか。

おそらく、武士は、その武人としての性格からすれば、都市での生活に向かなかったことは間違いない。それは蕃山や徂徠が見た通りである。しかし、武士を田舎へ返すという徂徠の方法が無理であるとすれば、武士は都市で生きる術を生み出さなくてはならない。西鶴が活躍した当時、武士はそうした都市でどう生きるかの模索期だったはずである。これは一方の商人も同じであったはずである。十七世紀後半の爆発的な経済成長で社会の表舞台に登場した商人たちは、当時の支配者であった武士達と共にどう都市で生きれば良いのか、同じように模索していたはずである。

とすれば、『伝来記』と『永代蔵』は、別個の作品としてではなく、一つの世界を形成する二つの要素として読むことが可能になってくるはずである。そして、それは元禄当時の武士と商人が、自らのあり方を模索してゆく上で起きた様々な事件やそこに明滅した喜怒哀楽を描き出した物語として、読み直すことが可能になってくるのではないかと思われるのである。

たとえば『伝来記』巻七の四「愁の中へ樽肴」はその典型であろう。この話に登場する小見山惣左衛門は「万に理屈がましく、武を高く振ひ、付届けを第一に覚へたる男」であったが、朋輩の子息の祝言（結婚）と、やはり同じく朋輩の娘の葬儀に使いを出したものの、使者が取り間違えて、祝言で悔やみを言い、葬儀で祝辞を述べるという失態を仕出かした。相手方は使いをした者の身を案じて、穏便にと取り成してくれたものの「付届けを第一に覚へ」る惣左衛門は収まらず、使者を討とうとするが、かえって小鬢に疵を負わせられ世間の笑いものになる。ここから様々な事件に発展し悲劇へと雪崩れ込んでゆくが、この「付け届け」にこだわったがために事件になったというのは如何にも都市（城下町）に住む武士らしい。

稿者はかつて『日本古典文学大事典』（明治書院）の項目執筆のために『下館日記』（信濃飯田城主脇坂安元が正保

元年と二年、常陸下館城に在番した折の日記）を調査したことがある。その折、この日記の著者脇坂安元が、他の大名や武士達と、日々実に多くの品物を贈答し合っている様を知って驚いた記憶がある。そうした武士間の贈答は大名同士や城下町では日常化していたのであろうが、この惣左衛門の「付届けを第一に覚へ」る性格も、そうした城下町に住む武士たちが自然と覚えた儀礼の一つだったはずである。

そうすると、この「付届け」を契機に事件が起こり、敵討に発展してゆく武士の姿とは、都市に住むが故の武士の苦悩とそこから生まれた悲劇を描いたものと理解することもできるはずである。さらに、そうした視点から『伝来記』全体を見渡せば、『伝来記』中に起きる事件の場所がほとんど城下町であり、かつその事件の原因も、儀式のやり取りや挨拶などの儀礼上の些細な行き違いなどが多い。そうすると『伝来記』全体が、都市（城下町）に住むが故の武士たちの苦悩とそこからの悲劇という線から読むことが可能になってくる。

また、もう一方の『永代蔵』において、西鶴は町人商人の華美な服装を戒めるために「衣装法度、諸国諸人の身のため」と武士の定めた法度に触れつつものを言い、「商人のよき絹きたるも見ぐるし。紬はおのれにそなはりて見よげなり。武士は綺羅を本としてつとむる身なれば」（巻一の四「昔は掛算今は当座銀」）とこれまた殊更武士を引き合いに出して、質素の大切さを強調している。これは『永代蔵』の中だけで見れば、単に商人の華美を戒めるという意味にだけしか解せないが、『伝来記』と対照的に読み込んでみれば、いかに都市に併住する武士たちの綺羅なる姿が町人商人たちに魅力的に見えたのか、また、その姿に心を奪われて、商人の本分を見失う輩が多かったかが逆に浮き彫りになってくるのである。そして、そうした綺羅を飾る武士が闊歩する都市（城下町）において、商人がどう生きようとしたのかという、これも都市における商人の苦悩と生き方の模索を描いたものとして『永代蔵』を読むことが可能になってくるのである。

七　武士と商人の名利論、棲み分け論

今、『伝来記』と『永代蔵』、そしてそこに描かれる武士と商人を、都市（城下町）の集住における二つの要素として読んでみたが、こうした読み方から新たに見えてくることは多い。たとえば、先ほどから『伝来記』と『永代蔵』の対照性として挙げていた四つの基準がそもそもそうである。

①武士の死、商人の生　②武士の名、商人の利　③武士の綺羅、商人の質素　④武士の精神、商人のモノ

これを単に対照性から見るのではなくて、都市（城下町）という一つの世界における二つの側面として見ると面白い。それは、ここに武士と商人の一種の棲み分けが見えてくるからである。たとえば、商人ラインの、生・利・質素・モノは、商人ならずとも生活してゆく上で必要なものばかりと言ってよい。それに対して、武士のライン、死・名・綺羅・精神は生活する上でさしあたって必要はないが、人間が人間らしく生きるためにはやはり必要なものである。すると、ここには、武士が形而上的な世界を司り、商人が形而下的な世界を整えるという対照的かつ相互補完的な配置・構図が浮かび上がってくる。

こうした武士と商人の棲み分け・役割分担の発想は、先に挙げた山鹿素行が『山鹿語類』などで武家職分論として展開していたことでもあるが、西鶴以後、都市に集住した武士と商人の対立が問題化すると一気に盛んになる。たとえば、西川如見は『町人囊』巻五で次のような武士と商人の名利論を展開する。

或人の云、町人利発あり、侍利発あり。町人は利を捨て名を専らとする時は、身代をつぶすもの也。侍は名を捨て利を専らとする時は、身を亡す事あり。名利を正しく求るを、道を知れる人といふ。(18)

すなわち、商人は利を求め、侍は名を掲げることで、それぞれ持分を発揮することが社会の安定に繋がるというものである。こうした武士と商人（町人・庶民）の棲み分け論は、石田梅岩が武家の存在を念頭に置きながら展開した商人の正当化論（『都鄙問答』）や、更に三浦梅園・佐藤信淵などの武士たちによる商品経済論に繋がってゆくことはよく知られたことである。また、そうした論述は単なる空論ではなく、武士と商人の協力の下に行われた各国各藩種々の経済改革の後押しとなったこと、これも良く知られたことである。

とすれば、西鶴の『伝来記』と『永代蔵』に見える対照性と補完性は、こうした武士商人名利論を先取りしたものとして位置づけることが可能だと思われるのである。大坂という武士と商人が鬩ぎ合う場所、さらにそのまさに接点（この点については本書第二部・第五章に詳述）にいた西鶴は、その鋭敏な感性でいち早く武士と商人の対立しつつも共存する姿を描き出したということになるのである。

ただ、如見などの名利論が、管理的・微温的・予定調和的であるのに対して、西鶴の描き出した『伝来記』と『永代蔵』の世界は遥かにスケールが大きく、かつファナティックで激しい。この点は、その違いとして注意しておく必要がある。恐らく、その違いとは、「死」への対峙の仕方からくる問題ではないかと思われる。本書第三部・第五章「「不断心懸の早馬」考」でも解析したように、西鶴の描く武士達は常に死に直面していた。死をどう前向きに受け止めるのか、そのことによってどうしたら武士として名誉を守り、恥辱を受けずに済むのか、『伝来記』に登場する多くの武士達の心を占領していたのはこの問題であった。

この「死」をどう捉え乗り越えてゆくのか。これは言うまでもなく武士だけの問題ではない。商人においても農民においても人間であれば避けて通ることのできない問題である。ただ、商人や農民はこの「死」を日頃は忘れていることができる。「死」を忘れて日常の「生」に没頭することができる。しかし、武士はその武士以外の人間が忘却している「死」に対する意識を常に持ち続けることを要求されていたのである。江戸時代に入り平和な日々が訪れて、武士が武人として活躍する場を失っても、商人や農民から尊敬されていたのは、その「死」に対する覚悟を武士が常に身に付けていた、もしくは身に付けていると信じられていたからである。

そうした武士から「死」への覚悟を奪ったのは、平和であるよりも、むしろ都市における「生」への欲望であったのだろう。堕落した武士の姿が文献（『鸚鵡籠中記』『政談』など）に登場してくるのは、元和偃武からではなく、やはり元禄期以降のことに属するからである。とすれば、西鶴が『伝来記』で死へ雪崩れ込む様々な武士達の姿を描き出せたのは、武士が都市の欲望に翻弄されつつも、まだ自らの矜持を保てていた元禄以前の段階で、西鶴が筆を取っていたからだと考えることができるのである。

また、こうした元禄以前と以後の相違は、武士のみならず商人においても同様のものを看取することができる。すでに、この点に関しては、本書第二部・第六章で詳しく論じたように、商人たちは十七世紀後半の爆発的な経済成長によって社会の表舞台に登場したものの、早くも十八世紀に入りかけたところで本来の活力を失い始める。それは景気の低迷もあるが、一代分限的志向をもとに下剋上を繰り返していた商人たちが、安定を求めてイエや株仲間などの諸制度を整備し始めたからであった。こうした制度は社会を安定させるには役に立つが、同時に活気を失うことは避けられない。結局、この時期に三井家が行ったように資本を集中して管理することで分散の危険性は失われたが、そうした大商人たちが跋扈し資本にものを言わせることで市場に新規産業は生まれにくくなってしまった。『永代蔵』に登場する藤市（巻二の一）や筒落米の親子（巻一の三）のような新興商人たちが入り込む隙間がなくなってしまったのである。

とすれば、『伝来記』と『永代蔵』は、武士が武士らしさを、また商人が商人らしさを屈託なく振舞うことが出来た最後の時代の物語と言うことができるかもしれない。『伝来記』の椿井民部と綱嶋判右衛門（巻五の三「不断心懸の早馬」）、安川権之進と細井金太夫（巻一の四「内儀の利発は替た姿」）たちのあの武士の心情や死をめぐる異様な輝き、また、『永代蔵』の網屋（巻一の一「初午は乗て来る仕合」）藤市（巻二の一「世界の借屋大将」）小橋利助（巻四の四「茶の十徳も一度に皆」）たちの利や金銭に対する異様な執着も、武士や商人の炎が終息してゆく前の一瞬の煌きであったかも知れない。

とは言え、西鶴が描き出した『伝来記』と『永代蔵』の対照的世界や、それに繋がる武士と商人の棲み分け論、名利論は、西鶴以後、社会の安定する中で一つの大きな流れとなって次代へと繋がってゆくことも見逃せない。西鶴の描き出した世界とは、そうした流れを構築するものであることも確かなのである。

こうした武士と商人の棲み分け・分担論は、本書第二部・第一章「西鶴　可能性としてのアジア小説」で論じたように、日本のみならず東アジアにおける武士と商人の位置という大きな問題にまで繋がってゆくのだが、そうした問題はその第二部の論考に譲るとして、最後に西鶴評価の問題に再度立ち戻って論を締めくくりたい。

むすびに

そこで、再度取り上げたいのは、本稿の「一　好色物の二方向」「二　武家物の精神性」で論じた問題である。すなわち、西鶴が好色物において、徐々に女色と男色をパラレルに描き始め、それが『一代女』の肉欲、『男色大鑑』の精神性に結びついた後、さらに武家物・町人物の即物性・精神性というパラレルな展開へと移行していった点である。

問題なのは、その後の展開である。西鶴は元禄元年末に『新可笑記』を上梓した後、武士については纏めて取り上げることをせずに、そのまま晩年の『世間胸算用』や『西鶴置土産』の世界へと移行してしまう。すなわち、本章で検討してきた西鶴の対照的な世界配置を元にした作品作りは、貞享三年の『一代女』から元禄元年末の『新可笑記』あたりまでの三年間に集中していることになる。

何故この時期に対照的作品が集中しているのかは分からないが、私は、西鶴の小説作品がこの時期最も多く出版されていることに注目したい（次頁表参照）。

この作品数が多かったことについては後でも述べるように様々な解釈があるが、私はこの時期、西鶴は最も筆が乗っていたと考えている。それは数だけの問題ではない。もし本章や前章（第四部・第二章）で述べてきたように、西鶴が対照的な作品を同時に描き出すという芸当を行っているとすると、それはまことにパワーの要る仕事だったと想像されるからである。

従来、西鶴の創作活動でどの時期が最も重要であるか（それは結果としてどの作品が優れているかに繋がったが）に

年号	作品数
天和二	1
天和三	0
貞享元	1
貞享二	2
貞享三	3
貞享四	3
元禄元	6
元禄二	0
元禄三	0
元禄四	0
元禄五	1
元禄六	2 西鶴没
元禄七	1
元禄八	1
元禄九	1
元禄十二	1

ついて様々な議論があった。それらの全てをここで検討できないが、代表的なものを挙げるならば、まず『世間胸算用』や『西鶴置土産』のような西鶴晩年の作品群が優れているとした片岡良一氏、暉峻康隆氏の説がある。[19]これらの説は、様々な創作活動の末、人間を見る確かな眼を持つに至った西鶴が、その研ぎ澄まされた眼で、社会の底辺に蠢く人間の相を捉えることに成功したとして、西鶴晩年の作品群を取り上げたのであった。

これに対して、むしろ『一代男』などの初期の作品群を称揚して、晩年の作品群を評価する姿勢を批判したのは松田修・廣末保氏であった。[20]とくに松田氏は『一代男』という作品の中にあるエネルギーの重要さを説きつつ、中世末～近世初のかぶき精神と関連付けて論じる姿勢を取った。

こうした初期・晩期の対立・拮抗に対して、どの時期の作品を高く評価するかという論争の図式自体に疑問を提示して、如上の対立・拮抗を根底から崩したのが谷脇理史氏であった。[21]氏は西鶴小説の創作活動が四十歳を越えてからの十二年間に集中している様を捉えて、西鶴は『一代男』のスタート時点から既に人生を観照していたのであって、そこに近代作家が行ったような思想や文学観の変遷を見ようとするのは誤りだとした。これは説得力のある論理であるが、谷脇氏が否定したのは、作風の変化に作家の人生観・文学観を安易に重ね合わせる発想であって、作風の変化や広がりを跡付けて評価すること、そのものを無意味としたのではないと私は考える。

そこで私としては、本章や前章で行った考察などから西鶴の中期作品、特に『好色一代女』と『男色大鑑』、『武道伝来記』と『日本永代蔵』といった対照的世界を持つ作品群に、〈広さ〉と豊かさを志向する西鶴文学の精髄が具現化されているとして評価してみたい。すなわち、初期でもなく晩期でもない中期にこそ「西鶴らしさ」が表れたとしてスポットを当ててみたい。

従来、中期の作品に関しては、出版書肆の要請に対して作品を乱発するという西鶴像が定着していた感がある。確かに、そうした姿勢が西鶴に無くはないが、それをもって切り捨てることの出来ない豊かな世界が、中期の作品群には花を咲かせていたのである。

この初期・晩期ではなく、中期にこそ西鶴小説の精髄があるという点に関しては、今後も様々な資料や視点を考慮して論じ続けてみる所存である。よって今回はそうした考えの言挙げといった感が強いが、本書第二部で考察したように、西鶴を〈東アジア〉の中に解き放ってみたとき、やはりこの中期の作品群こそが西鶴らしい作品としてスポットが当たるのではないかと私は考えている。この点については既に第二部・第一章で若干考察を加えたが、これも今後の課題として考察を続けてゆく所存である。

注

（1）浮橋康彦「西鶴文学の反語的性格」『日本文学研究資料叢書「西鶴」』有精堂、一九六九年。

（2）本書第四部・第二章の「三　女色男色の諸相」（四三三頁）所載の図。

（3）かつて暉峻康隆氏は好色物の変遷を、遊里から市井の世界への変化と捉えた（『西鶴評論と研究（上）』）。それは正しいとしても、以下詳述するように、女色の変化のラインは好色物の変化の一面でしかない。

（4）この辺の経緯については暉峻氏（3）前掲書三五五頁、谷脇理史氏『西鶴研究と批評』「出版取締り令と文芸のあり方」（若草書房、一九九五年）冒頭などに詳しい。

（5）暉峻康隆「貞享三年好色本禁令説について」『西鶴評論と研究ノート』中央公論社、一九五〇年。

（6）（4）の谷脇氏前掲書「自主規制・出版取締り・カムフラージュ」四一頁。

（7）本書第三部・第一章「戦士のロマンス」。

（8）『一代男』末尾の跋文において西鶴の弟子である西吟は「人のこゝろ」という語句を使って『一代男』を説明している。この「人のこゝろ」という言葉が西鶴と全く無関係に出たとは考えられない。おそらく西鶴も『一代男』を「人のこゝろ」という観点から読まれることを期待していたと解釈できる。この点については、谷脇理史氏の『西鶴研究序説』第一部・第一章二節「西吟跋文による問題提起」（新典社、一九八一年）に詳しい。

（9）本書第三部・第三章「『男色大鑑』の成立をめぐって（上）―成立時期の問題」参照。

（10）『伝来記』は貞享四年四月の刊、『永代蔵』は貞享五（元禄元）年正月の刊、両者には約九ヶ月の開きがあるが、暉峻康隆氏が問題提起されたように（「『日本永代蔵』の成立」『西鶴新論』所収、中央公論社、一九八一年）、貞享四年正月に刊行された役者評判『野郎立役舞台大鏡』に『永代蔵』の名が登場することからすれば、貞享三年末の時点で『永代蔵』は人に知られるほどのものとして成立していたことになる。暉峻説が正しいとすれば、貞享三年末は丁度『伝来記』の執筆時期と重なることになる。

（11）谷脇理史「『日本永代蔵』の一章―吝嗇家藤屋市兵衛の変貌―」『西鶴研究序説』新典社、一九八一年。

（12）宮本雅明「空間志向の都市史」（『日本都市史入門Ⅰ空間』東京大学出版会、一九八九年）、同「近世初期城下町のヴィスタに基づく都市設計」（『建築史学』4、6号、一九八五、八六年）。

（13）義江彰夫『歴史の曙から伝統社会の成熟へ（日本通史Ⅰ原始古代・中世）』、一九八六年、山川出版。「交易・商工業の分野は、武士の掌握とは逆に、どちらかと言えばより朝廷と深く結びつき、時代の下降とともに朝廷存立の主要な基盤としての性格を帯びるようになっていった」（三一四頁）

(14) 同右書、四二四頁。

(15) 同右書、三〇七頁。

(16) 荻生徂徠『政談』巻一、辻達也校注、岩波文庫、一九八七年。

(17)『大阪市史』3巻の明暦三年条（左記）など。

明暦三丁酉年　正月十一日　町人若き者共武芸の事、町人振舞仏事等之事

一町人若き者共武芸を嗜、家職致疎意（略）は曲事たるへし、兵法居合執行人他国より来り、弟子を取ゝ者有之は借宿すへからす、住宅之町人師を致におひては、年寄五人組早々可申出、牢舎に申付へし、執行人は大坂を可払也、宿主は勿論牢舎、五人組可為同罪事

(18) 日本思想大系59『近世町人思想』（中村幸彦校注、岩波書店、一九七五年）による。

(19) 片岡良一『西鶴論稿』万里閣、一九四〇年。暉峻康隆『西鶴評論と研究(下)』中央公論社、一九五〇年。

(20) 廣末保『元禄文学研究』東京大学出版会、一九五五年。松田修『日本近世文学の成立』法政大学出版部、一九七二年。

(21) 谷脇理史「成立時期の問題」『西鶴研究論攷』新典社、一九八一年。同氏「山口西鶴の復権―読みの姿勢をめぐって―」（4）の同氏前掲書所載。

第四章　西鶴、晩年の方法と借景性の問題（上）

――『世間胸算用』の構造

はじめに

『日本永代蔵』や『武道伝来記』、そして『好色盛衰記』、『武家義理物語』などのいわゆる中期の作品を読んだ後に、西鶴晩年の作品、たとえば『世間胸算用』『西鶴置土産』『万の文反古』などを読むと、何か作品の構成方法が根本的に変わってしまったのではないかと感じることがある。もちろん、それは作品全て、すなわちどの短篇に渡ってもというのではなく、むしろ、変わったと感じるのは少数の短篇に過ぎないのだが、しかし、確実に今までとは異質なものが入り込んでいるという印象をぬぐえない。では、その異質なものとは何か。これは、なかなかに説明しにくいものではあるが、語弊を恐れずにあえて言い放ってしまえば、中期までの、起伏に富んだ話の展開方法や奇抜な着想、対象に執拗に迫る作者の気迫などとは対照的な、何か素気ないほどの平坦な叙述方法と、そこから自然と立ち広がってくる浸透感とでも言えるだろうか。周知のように、こうした西鶴の変化を、

どん詰まりそのままで、そのどん詰まりのうちに自づから安立している心境

（正宗白鳥「西鶴について」）

人生の晩年に到達した西鶴が、人間を、人生を大観する眼を、このときに持ちえたということであろう。

（暉峻康隆『鑑賞日本古典文学西鶴』「世間胸算用解説」）

人生に対して不必要な期待を寄せることなく、美意識やモラルにこだわることもなく、滅びの過程にある無作為な生をいとおしむ、静かに深い精神

（暉峻康隆『鑑賞日本古典文学西鶴』「西鶴置土産解説」）

などと説明して来たのが、従来の西鶴晩年作品に対する基本的な姿勢である。私は、こうした指摘を否定するつもりはないが、とは言え、また直ちに肯定する気にもならない。というのは、正宗白鳥が言うような「自づから」の「安立」や、暉峻氏の言うような「人生を大観する眼」「静かに深い精神」を感じるにしても、読者にそう感じさせるには西鶴の精神だけでは無理なはずで、それを可能にする作品の方法や、作品の構造が明らかにされなければならないと考えるからである。また、これらの作品で取り上げられている素材も、そこに「滅びの過程」やその「無作為な生」があったとしても、それだけではやはり「静かに深い精神」に達するのは無理で、その素材が、どのように作品の方法や構造と結びついているのかが問題にされなければならない。

私は、従来の西鶴晩年の作品群に関する批評・論考を見る時、こうした作品の方法・構造の分析が十分に行われてこなかったのではないかという思いを強くする。そこで、本稿では、西鶴の晩年作品、とくに『世間胸算用』『西鶴置土産』『万の文反古』を取り上げて、作品を西鶴の精神からでなく、その方法や構造という問題から捉えかえすべく、幾つかの試みを行ってみたい。

一　「亭主の入替り」と「照を取昼船の中」

まず、『胸算用』に「亭主の入替り」（巻四の三）という短篇がある。これを検討することから入ってゆきたい。

この短篇は、大晦日の前日、「水の音さへせはしき十二月廿九日の夜」、伏見から大坂へ向かう下り舟を舞台にした話である。大晦日の前日ということで、諸人は大急ぎで乗船するものの、普段ならば、誰もが世間の色話や小唄・浄瑠璃で船中賑やかなのだが、今宵は誰もが物静かで仏頂面であった。淀の水車を過ぎる時、誰かが、水車の如く昼夜油断なく働けば、大晦日に慌てることもないのにと嘆息すると、船中の人は尤もと頷くばかりであった。すると、乗船していた様々な人が明日を迎える苦しい身上を話し始めたのだった。それは、毎年無心をしていた叔母から今年の合力を断られた話、弟を役者にしてその前金で節季を越そうと考えていたが断られた話、日蓮上人自筆の曼荼羅を売ろうとしたが、目当ての人が宗旨替えをして当てが外れたという話、無理な春延べ米の利息が祟って京の織物仲間から米の借り入れを断られ、鳥羽まで運んだ米がまったくの無駄になってしまったという話などであった。この者たちは明日の大晦日は誰一人として家に居られそうもない者ばかりであったが、その中で宵から一人小唄機嫌の男が居た。さぞや金銭のやりくりが上手く行った人であろうと、船中の者たちは推量したが、実はこの男、ここ二三年の間、よしみの亭主と打ち合わせして入れ替わり、相手の家で借銭乞いを装って、他の借銭乞いを撃退しようとしていたのであった。

この船に乗り合わせた商人たちの様々な述懐は、どれも他愛のない、みすぼらしい話である。そのとりとめのない話は、それ自体としては取り立てて面白いものではない。しかし、そのみすぼらしい話が、こうした形で列挙されてくると不思議な切迫感を醸し出すことになる。また、亭主入れ替わりという最後のオチも、落ちたような、落ちないような話になっていて、またそれが全体の不思議なムードを上手く増幅している。短篇としては、なかなかの佳作と言ってよい。従来からも比較的評価の高かった短篇の一つである。

この、伏見大坂間の淀舟は、当時の主要交通路で、他の西鶴作品にも何度も登場するが、この「亭主の入替り」と同じく、淀の下り舟を短篇全体の舞台にした作品が、西鶴にはもう一つある。『懐硯』の巻一の二「照を取昼船の中」である。

伏見から大坂への下り舟を待っていた伴山は、最終の臨時に仕立てられた乗合船に乗ることができた。この船の乗客は船頭と伴山以外に四人とその連れであった。今度長老になり大坂へ帰る途中の浄土宗の法師、長崎の町人、近江の布屋、今一人は材木屋の息子で、放蕩の末に勘当されたものの越中で一旗上げて金子三百両を持って大坂へ帰る途中の清兵衛という男であった。枚方あたりを過ぎた頃、船頭がカルタを取り出すと何人かで博打が始まった。清兵衛の下人がこれに加わったが、手持ちの銭を失うと、清兵衛が取り返してやろうと加わり本格的な勝負となった。大坂が見える頃になると、清兵衛は持ち金三百両ばかりか両親をはじめ親類への土産物も全て負けて取られてしまった。勝負に勝った人たちは機嫌よく下船したが、清兵衛は船頭から僅かな金をもらい、親元へは帰らずに徒歩にて越中へ帰っていった。

長年の蓄財と一瞬の散財。人生の縮図とも言える悲劇的展開を、同船した男たちの人生にからめて、船という狭い空間に凝縮してみせた作品である。この『懐硯』の一年後、西鶴は『日本永代蔵』においてこうした起伏に富んだ短篇を列挙させることになるが、これも先の「亭主の入替り」と同じく、短篇としてなかなかの出来栄えと言ってよいだろう。

さて、この二作を取り上げたのは他でもない。両者を比較する時、『胸算用』の作品構造の特色が、おぼろげながら浮かび上がってくると考えられるからである。

二　静と動のコントラスト

まず、両者を比較した時、話の筋として単純に面白いのは「照を取昼船の中」である。見知らぬ他人が、ほんのひと時人生をともにする船。そこに出くわした者同士が、博打を通して、或る者はそれまでの人生をふいにし、或る者は思わぬ大儲けをする。その起伏に富んだ展開は、読む者の気持ちを高ぶらせたり、肝を冷やさせたりする。一瞬先は闇という俗諺を強烈に思い起こさせる短篇である。言わば、この船は浮沈めまぐるしい人生が凝縮した空間である。「照を取昼船の中」は、その空間を効果的に利用して、人生の起伏・浮沈を描いた佳作だといってよい。ところが、「亭主の入替り」の方はそうした筋の起伏や人生の浮沈といった展開はほとんどない。もちろん、船で告白する男たちの話に人生の浮沈らしきものがないではないが、どの話も他愛のない、みすぼらしい話ばかりで、とても人生の起伏・浮沈とは言い難いものばかりである。しかし、先にも述べたように、このいじましく惨めな話が並べたてられて訥々と語りだされるとき、不思議なリアリティを生み出すことになる。「照を取昼船の中」はドラマチックな展開、筋の起伏の面白さで読者を惹きつけたが、「亭主の入替り」の面白さはそうしたものとは異質な何かに拠っている。では「亭主の入替り」の面白さは、いったいどこから来ているのだろうか。

「照を取昼船の中」で淀舟に乗り合わせていたのは様々な人間たちだった。勘当を許されて三百両の大金を持って帰る清兵衛を筆頭に、長崎の町人、近江の布屋、そして長老になって帰る途中の浄土宗の法師など、様々な境遇の人たちが乗り合わせていた。乗合船は普通様々な人間が乗り合わせるものであるから、これはごく真っ当なケースである。しかし、「亭主の入替り」はそうではない。ここに乗り合わせたのは「我家ありながら大晦日にうちにゐらるゝは有まじ」という境遇の人ばかりであった。この短篇の設定は十二月二九日であるが、たしかにこの日でなければ淀舟がこうした事態になることはない。すなわち「亭主の入替り」はかなり特殊なケースを描いていると言ってよい。

しかし、この「亭主の入替り」の特殊性はこればかりでない。たとえば、この舟は乗合船にしては静寂そのものなのである。その辺りを本文でも「不断の下り船には、世間の色ばなし・小唄・浄瑠り・はや物がたり、謡に舞に役者のまね、ひとりも口たゝかぬはなかりしに、今宵にかぎりてものしづかに」と書いている。この静けさは本篇の終わりまで終始一貫していて、何人かの人間から訥々と語られる身の上話しや、一人だけ小唄機嫌だった男が実は最もみすぼらしい男であったという最後の話は、乗船している人たちをより落胆させ黙り込ませたはずだからである。

しかし、この静寂さは船に乗っている人々の生活や心中の静けさと結びついているわけではない。それはむしろ逆であって、「我家ありながら大晦日にうちにゐらるゝは有まじ」という彼らの明日、すなわち大晦日は大変な一日になることが予想されるのである。すなわち、船の静寂は、まさに嵐の前の静けさなのであって、ここでの静けさは、明日の喧騒の裏返しなのである。よって、乗船客の身の上話が訥々とみすぼらしく話されれば話されるほど、ここでは効果的なわけで、次の日の大晦日の喧騒さ恐ろしさが読者に伝わることになるのである。

この「亭主の入替り」と極めて似た方法を取っていると思われる短篇が、もう一つ『胸算用』にある。巻五の四「平太郎殿」である。この短篇は周知のように『胸算用』中最も有名な短篇であり、短篇内容の説明は必要ないかも知れないが、一応簡単にまとめておきたい。この物語は、節分と大晦日が重なったある年の平太郎讃談の場での話である。例年ならば多くの信徒が訪れる讃談も、大晦日と重なってしまったこの日は、わずかに三人の参詣人であった。世知辛い住職は、讃談は無駄と判断し、三人の徳を讃えて体よく追い返そうとするが、この三人、実は真っ当な参詣人などではなく、二人は大晦日の騒動で家に居られずここに駆け込んできた者であり、もう一人は参詣人の履物を狙った泥棒であった。

様々な問題を含む短篇ではあるが、やはりこの讃談の場の静寂さに注目したい。普段ならば参詣人でごったがえすこの寺の道場も、この日の夜は僅か三人の参詣人であり、それはひっそりと静まり返った空間になっていた。そして、さらに三人が訥々と語り出した、みすぼらしくも恥ずかしい身の上話は、この静けさを、いやがうえにも増幅することになる。この静けさは、最後の泥棒が「大わらひして、我身の事はとかふ申がたし」として大声で話し始めた時に、一瞬破られることになるが、そのすぐ後で「身のうへをかたりて泪をこぼしける」となった時、かえって静寂さは極まった感がある。

先に「亭主の入替り」で問題にしたのと同じく、この平太郎殿讃談の場の静寂さも、この場のすぐ外で繰り広げられている大晦日の喧騒の裏返しである。普段ならばこの道場こそが喧騒の空間となり、外が静かな夜の空間になるところだが、この大晦日ばかりはこれが逆転してしまっているのである。この逆転の構造を、如実に表現しているのが、最初に身の上話をする祖母である。彼女は子供が借金から逃れるために行方不明を装ってこの道場へ逃げこんできたのだが、彼女が「あたりの衆におもはぬやつかいをかくる」と言っているように、この身の上話をしている頃、彼女の近所合壁の人たちは、彼女の捜索に駆り出されて狂奔しているはずである。その大騒ぎの有様とこの道場の静寂さはまさに対照的な世界である。その効果を意図的に狙ったのではないかと思われるのが、本短篇の

『世間胸算用』巻五の四挿絵

挿絵である（上掲）。ここには、この祖母を探して大騒ぎしている町人たちの姿が描かれている。本文の静寂と挿絵の喧騒、本篇の構造がビジュアルに読者に伝わる瞬間である。また、最後に寺の住職が、出産やら葬礼やら世間の雑事に巻き込まれて「うき世に住から、師走坊主も隙のない事ぞかし」と結ばれる場面も、外の喧騒とこの道場の静寂さのコントラストを上手く表現している。

こうしてみると、「亭主の入替り」も「平太郎殿」もともに静寂な空間を創り上げてはいるものの、それは共に大晦日の喧騒の裏返しであることがわかる。よって、この二篇が筋としての起伏がなく、平坦な叙述に終始はしていても、決して物語世界が平凡な世界に堕しているわけではない。物語内の時間を大晦日という特殊な時間（「亭主の入替り」は一日前）に設定しつつも、物語の場をその大晦日の喧騒とは全く逆の静寂な場所に設定させることによって、背後にある大晦日の世界と共鳴する仕掛けになっているのである。そして、その仕掛けによって、物語に深みや広がりが生まれているのである。(1)

この物語内世界が物語外の世界（背景）と共鳴するという仕掛は、西鶴の小説作法を考える上ですこぶる重要だと考えられる。それは、先にあげた「照を取昼船の中」のように、『胸算用』以前の作品、とりわけ中期の作品群は、物語内世界がその世界のみで完結してしまっているように思われるからである。それに比べて「亭主の入替り」や「平太郎殿」は作品内世界が外に向かって広がっているような印象を受ける。この違いは、小説という世界を考える上ですこぶる重要だが、その問題に一足飛びに行く前に、まだ考えなくてはならない問題が幾つかある。それは、この「亭主の入替り」や「平太郎殿」に共通する「身のうへ物がたり」という形式が、この物語の外部への広がりに重要な役割を果たしていると考えられるからである。

三　「身のうへ物がたり」という形式

「亭主の入替り」では五人、「平太郎殿」では三人、都合八人が「身のうへ物がたり」を吐露する。この両者に共通するのは、どれも大した告白ではなく、実に他愛のない、いじましい告白であることである。それは告白というスタイルを使った他の作品と比べてみた時に一目瞭然である。

たとえば、御伽草子に『三人法師』という作品がある。これは「三人」の告白ということで「平太郎殿」との関連が指摘されもするが、(2)告白のスケールは『三人法師』と「平太郎殿」では全く違っている。

『三人法師』は、高野山での出家を志す三人の僧が懺悔物語をするという話である。最初の僧は俗名を糟屋四郎左衛門と言い、尾上という女房と恋に落ち結ばれた。が、糟屋が北野天神に参籠している最中に女房は殺されてしまう。その夜のうちに糟屋は尾上の弔いをしようと髪を下した。次の僧は実は尾上を殺したのは自分であることを告げる。僧はもと三条の荒五郎という盗賊だったが、妻に言われて盗みに出かけ、美しい女房を殺して衣装を奪ったのであった。喜んだ妻は女房の死骸のもとへ行き、鬘にしようと髪を切ってくる。荒五郎はその浅ましさに発心したのだという。もう一人は楠の一族、篠崎六郎左衛門といったが主君が足利へ降参したのを契機に出家する。故郷に帰ってみると、幼い子供を残して妻が他界したところであった。子供たちは父とも知らず供養を頼み、篠崎は父と名乗りたい気持ちをおさえ、子供たちが母の遺骨を持って法会に詣で、上人に供養を頼むのを見て、恩愛を振り切って高野山へ登る。そして三人の法名が玄松、玄竹、玄梅であることがわかると、その奇縁を喜び合った。

どれも悲惨な話であり、とりわけ一人目の糟屋の女房を殺したのが、二人目の荒五郎という盗賊であったという告白には驚かされる。告白のインパクトが、語られる事実の驚異性にあるとすれば、この『三人法師』は相当なインパクトを持っていると言ってよい。しかし、これに比べて「亭主の入替り」や「平太郎殿」の告白は、インパクトという点から考えれば遥か『三人法師』に及ばない。八人の告白は、特段の驚異性があるわけでなく、庶民が金に困りさえすれば、誰でもがやってしまいそうな、また一つや二つはすでにやったことのあるような他愛のない事件の告白である。しかし、たとえ他愛のない話であってもこうした形で語られると読者の胸に切々と響いてくるものがある。一体に何がそうさせるのであろうか。

一つには、他愛がないゆえに、読者の心を捉えるという逆説がそこに成立していることである。たとえば『三人法師』の告白は確かにインパクトがある。驚異的な事件でもあるし、また偶然が重なった展開はドラマチックでもある。しかし、こうした事件は誰の上にでも起こる類のものではない。特殊なケースである。よって、読者が驚嘆するとしても、それはそうした世界がどこかにあるとのことで、自分自身に直接降りかかってはこないのである。しかし、「亭主の入替り」や「平太郎殿」の告白は、他愛のないものではあるが、どれも身につまされる話である。

今は何とか無事に商売をこなしてはいても、また今年の大晦日は何とか越えられても、誰も明日のことはわからない。ひょっとしたら今笑いながら読んでいるこの「亭主の入替り」や「平太郎殿」のように、いつ自分も成り果てるかもしれない。この物語が不思議な笑いやリアリティを生むのは、そうした言わば「明日はわが身」の物語だからである。

もう一つは、『三人法師』も「亭主の入替り」「平太郎殿」もともに身の上話というスタイルではあるが、『三人法師』に比べて「亭主の入替り」「平太郎殿」の方が、告白というスタイルを遥かに上手く活用している点である。一般に告白というスタイルは、その内容はもちろんのこと、誰が誰に向かって、どのような時・場で告白するのかという問題を抜きにしては考えられない。たとえば、一般の叙事的なスタイルを持つ小説の世界を

図①

［叙事内容　A］　作者　→　読者

とすると、「身のうへ物がたり」の形式を持つ物語は、

図②

［［叙事内容　A］　B　話し手　→　聞き手］　作者　→　読者

となって、叙事的なスタイルには無かったBという空間が生じる。『三人法師』におけるBの空間は高野山であり、「亭主の入替り」は下り舟、「平太郎殿」は浄土真宗の門徒寺内であるが、三者を比べると、『三人法師』より「亭

主の入替り」や「平太郎殿」のB空間の方が、実に複雑に出来上がっていることが分かる。

たとえば、「亭主の入替り」の最初の男の身の上話を聞いてみよう。この男は「浦住居の徳には、生肴のつかみどりの商売して、世わたり楽々として」いた者であるが、毎年末の仕舞勘定が僅かに足らず、ここ十四五年も母方の叔母に無心して済ましていた。ところが、今年は叔母も年々の無心に飽き飽きして断わってきたために「置いたものを取て来るようなる心あて」が違って年が越せないという話である。たいして悲劇的な話でもなければ、手に汗握るような面白い話ではない。しかしこの男の話が不思議と面白く読者に伝わる。それは、この男の話が、話を聞いている同船者たちの境遇と微妙に共鳴するからである。

この船に乗り合わせている人間は、大晦日を悠々と暮らせる大商人や分限者ではない。しかし、また大晦日ににっちもさっちも行かず首を括るしかない切羽詰った人間でもない。今の男と同じように、どこか当てが外れて窮地に立っている者ばかりである。その腹立たしさが、この船の中で渦を巻き、愚痴が愚痴を、告白が告白を呼び起こしたというところがこの物語の骨頂である。さらに、最後の、一人だけ小唄機嫌だった男が実は最もみすぼらしい男であったという逆転的オチによって、その何ともほぐし難い苛立ちは極まると同時に、微妙にはぐらかされて物語は終わる。すなわちこの物語は、叙事的なAの内容よりも、話し手↓聞き手を構成するBの空間の方に重心があると言ってよい。

また、「平太郎殿」のB空間は更に手の込んだ仕掛けが施されている。まず重要なのは、懺悔する三人が、当初は寺の住職からその参詣の志を賞賛されていたことである。結局、この三人は実は皆落伍者であり、加えて一人は履物泥棒であったことが分かるが、この価値転倒が起きているのは、身の上話の中身ではなく、身の上話というスタイル、すなわちAではなくBの空間に他ならない。つまり三人の話が、単なる叙事的な逸話であるならば、こうした価値転倒、すなわち最も殊勝と思われた人間が、実は最も悲惨な人たちであったという転落を起こせないのである。Bという空間を持つ告白というスタイルを取るからこそ、この転落は可能であったのである。

また、日ごろ衆生に説教をする住職が、最低の人間たちから人生の厳しさを教わるという逆転、これもBという〈場〉を持つ身の上話ならではのことであるし、さらに、泥棒の男が、最初は大声で勇ましかったにもかかわらず、すぐ後に泣き出してしまうという展開も同様である。この描写の面白さは、泥棒に忍び込んで失敗したという叙事的なスタイルでは絶対に生まれることはない。見栄と内省を伴う告白というスタイルならではの描写なのである。

こうした複雑なB空間を持つ「亭主の入替り」「平太郎殿」に比べて、『三人法師』のB空間は、三人の懺悔というオーソドックスな空間であり、複雑な仕掛があるわけではない。もちろん、糟屋の女房を殺したのが、二人目の荒五郎という盗賊であったという点は、B空間の出来事ではあるが、そこから二人のやり取りが展開するわけではない。また、三人が同じ「玄」と言う法名を持っていたという奇縁も同様にB空間の出来事であるが、それが物語展開に大きな影響を与えることはない。やはり先述したように、『三人法師』の骨頂・重心はそのインパクトのある告白内容、すなわちAの世界なのである。

四　転倒の多用と波紋状の構造

さて、いまの「平太郎殿」の分析からも分かることだが、「亭主の入替り」や「平太郎殿」をこうして読んでみて気づくのは、実に多くの逆転・転倒という方法が用いられていることである。今まで指摘した点も含めてこれをまとめてみると、

「亭主の入替り」
・「不断の下り船には、世間の色ばなし・小唄・浄瑠璃・はや物がたり、謡に舞に役者のまね、ひとりも口たゝかぬはなかりしに、今宵にかぎりてものしづかに」なっていること。
・普段なら寝静まるはずの「夜の下り船」に今夜だけは「寝入りもせず、みなはらだちそふなる顔つき」をして明日の思案をしていること。
・「かたちも人にすぐれて、太夫子にもなるべきものと思」っていた自分の弟を、役者にしようとしたところ、本子にもなれずに帰ってきたことを語った男の話。
・日蓮自筆の曼荼羅を売ろうとして望みをかけていた人が、急なる宗旨替えをしたために、見込み違いで大損をした男の話。
・同船していた誰もが羨ましく思っていた「小唄きげんの人」が実は最も酷い落伍者であったということ。
「平太郎殿」
・普段なら人で賑わう平太郎讃談の場が、今宵に限って閑散としていたこと。
・住職が「各きどく千万」と褒め称えた三人の参詣者が、実は皆信心ではなく貧苦のために道場へ逃げ込んできた人たちであったこと。
・最も威勢の良さそうに見えた男が実は泥棒であり、かつすぐに泣き出したこと。
・普段は説法をして人に教えを説く住職が、三人から逆に浮世の厳しさを教わったこと。
・出産の知らせのすぐ後に、無理心中をした男の葬礼に住職が呼ばれたこと。

となる。たった二つの短篇の中に、これだけの逆転・転倒があるというのは偶然とは考えにくい。やはり西鶴が意図的にこうした価値転倒を仕組んだと考えるべきである。では、西鶴がこうした配慮をした意図とは何だったのだろうか。

まず、注意しなければならないのは、先に『三人法師』と「亭主の入替り」「平太郎殿」の空間を比較分析した時と同じように、これらの逆転・転倒のほとんどがAの空間ではなく、Bの空間で起きていることである。やはり、この二篇は、AよりもBの空間に重心があるというか、AとBとの関係性、Aの話がBという空間でどう反響するのかに重心があると言うべきである。

また、次に注意すべきなのは、いま、これらを転倒・逆転と言いはしたものの、実は大した転倒・逆転ではないことである。それは先ほど取り上げた『懐硯』の「照を取昼船の中」や、御伽草子『三人法師』と比べれば明らかである。「照を取昼船の中」における清兵衛の破産や、『三人法師』における女房殺しの犯人が荒五郎であったなどという劇的で大きな転倒・変化とは違っていることである。「照を取昼船の中」や『三人法師』が〈劇的〉と言うならば、「亭主の入替り」や「平太郎殿」は〈コント的〉と言ってよい。「照を取昼船の中」や『三人法師』が大波であったとするならば、「亭主の入替り」や「平太郎殿」は小さなさざ波である。

しかし、問題は、「照を取昼船の中」や『三人法師』が一度限りの大波であったのに対して、「亭主の入替り」や「平太郎殿」のさざ波は、連続して起こっていて、作品世界を揺さぶり続けている点である。こうした連続性は、この二つの短篇が合計八つもの告白を用意していたことをすぐ我々に想起させるだろう。すなわち、一つ一つの告白を水面に落とされた滴だとすれば、それは連続して落とされて、作品世界に波紋を起こし続けているということになるのである。

　そこで注目されるのが、先に「亭主の入替り」も「平太郎殿」も大晦日の喧騒とは反対の静寂な空間を構成しつつ、その外側にある大晦日という喧騒の空間と反響を起こしていたという点である。つまり、その作品外の世界をCとすれば、作品全体の構造は、

図③

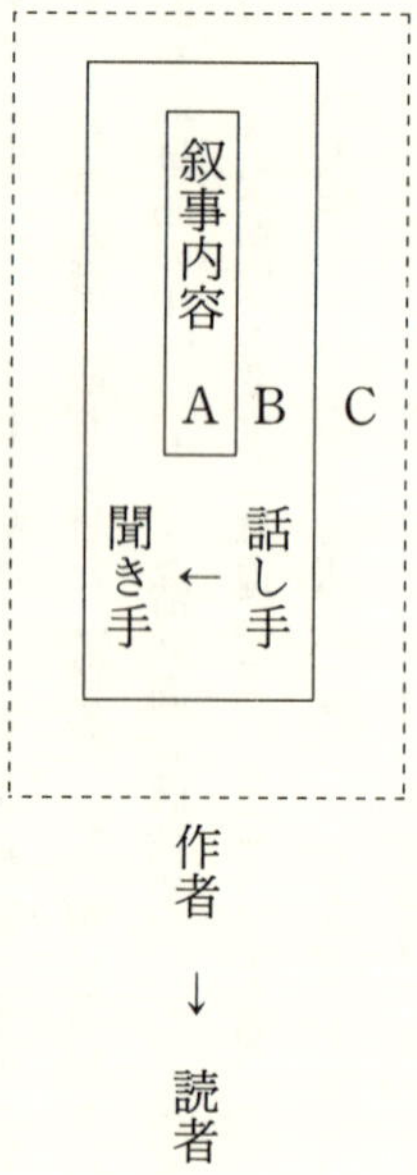

となるはずである。
　こうしてみると、「亭主の入替り」や「平太郎殿」という作品の持つ特色が、ある程度はっきりとしてくる。すなわち、物語の中心となる話し手の内容Aが、話し手と聞き手の空間Bと反響を起こし、それが更に物語外の空間Cと反響を起こすという、まさにA→B→Cの順番で広がる波紋状の構造になっていると考えられるのである。(3)
　この二作品にもしこうした構造があるとすれば、読者は、作品世界が中心から周縁にむかって広く伝わってゆくような、染み渡ってゆくような印象で受け取るに違いない。また、この時、読者の位置は作品外のCの位置にはないものの、そうした位置に極めて近いところにあるとすれば、この波紋が作品中心部から自分の方へと向かってくるように感じるのではないか、すなわち作品の領域と自分の領域（それは作者と読者の領域でもあるが）の境目がほ

とんど失われているような印象を受け取るのではないだろうか。

おそらく「亭主の入替り」や「平太郎殿」を始めとする『胸算用』の諸短篇が、「筆致は淡々としていて、むしろ余裕さえ感じさせる」とか「絶望的な人生をも淡々としてえがくことになった」(2)などと言われるその「淡々」さも、このさざ波が波紋状に広がってゆくような作品構造に深く関係しているのではないかと思われるのである。

また、「感傷に溺れない西鶴の個人的資質、あるはストーリーテラーとしての西鶴の姿勢」とか「人生の晩年に到達した西鶴が、人間を、人生を大観する眼を、このときに持ちえた」(2)というように、『胸算用』の作品評価にすぐさま作家の人生観が結び付けられるのも、今述べた作品と作者・読者の領域がすこぶる曖昧になっている構造と関係が深いように思われるのである。

また、従来から指摘されてきた『胸算用』登場人物の無名性という問題も、この構造と関連があると思われる。それは、もし登場人物が固有名であった場合、物語内で起こった波紋は広がりにくくなるのではないかと考えられるからである。それは「亭主の入替り」や「平太郎殿」の登場人物に適当な固有名を付けてみればすぐに分かることである。たとえば、「平太郎殿」の最初に告白する母親に名前を付けてしまえば、それはその母親個人の経験という枠に収まってしまう可能性がある。しかし、これが「祖母（ばば）」としてだけ明示されていると、それは読者に自分の「祖母（ばば）」を連想させたり、また読者が母親であれば、本分にある「ひとりあるせがれめ」という言葉の中に自らの子供を思い起こさせたりする広がりが生まれてくるのである。

従来、この無名性に対して「特殊な個人より人間そのものを描こうとし」たためとか、「中・下層町人大衆」を描こうとしたためであると言われてきた。(4)たしかに、そうした面がないではないが、それよりも、物語内に波紋や反響を起こさせるような仕掛の一つとして、この無名性を考えるべきではないか思うのである。

五　全体の視点

さて、こうした見方が正しいとすれば、「亭主の入替り」と「平太郎殿」はかなり手の込んだ仕掛けが盛り込まれた作品ということが出来るが、これはこの二作のみならずに『胸算用』全体に広げて考えることができる手法なのであろうか。

結論から言えば、「亭主の入替り」や「平太郎殿」のような方法を取っている短篇は多いのである。全てを挙げるのは煩瑣なので、巻一のみ箇条書きにして指摘してみたい。

・巻一の一「問屋の寛闊女」

死んだ親父が、息子の計画破産について意見しようと息子の夢枕に立つ所に、「身のうへ物がたり」の方法が用いられている。この親父の話は、忠告とも告白ともつかない不思議な魅力を醸し出している。とくに破産した折に仏具が人に渡ることを心配しているところは、死んでもさもしい親父の性格の一面を覗かせている。

・巻一の二「長刀はむかしの鞘」

浅ましく哀れな「相借屋六七軒」の実態を列挙するところに、「亭主の入替り」や「平太郎殿」においても見られた列挙法が見られる。その中の「むつかしき紙子牢人」の妻は、「むかしは千二百石取たる人の息女」で「萬を花車にてくらせし身」であったのに、今では落ちぶれたばかりか、夫と結託してゆすりたかりをしている。この妻が自分の先祖や素性を語るところは「身のうへ物がたり」の手法と言ってよい。

・巻一の三「伊勢海老は春の栬」
張子の伊勢海老を作って節約をした親父の母親は、さらに上を行く節約家であったという話であるが、親父とその母親が話す話は「身のうへ物がたり」の体裁を取る。また、母親は自らの傑出した節約術を述べた後、息子に牛蒡五把を交換条件として伊勢海老を譲ったところは、逆転の手法を取っている。

・巻一の四「鼠の文づかひ」
吝嗇な老婆が人の生死より年玉をなくしたことで嘆き、それを告白するところは「身のうへ物がたり」の手法である。また、結局、年玉の紛失は鼠が原因であったことがわかるが、老婆はそれは母屋の不始末として息子から紛失していた年玉の一年間の利息をとったところでは、逆転の手法が使われている。

この巻一だけを見ても、先にあげた「亭主の入替り」や「平太郎殿」と同じような手法が駆使されていることが分かるが、ただここを含めて、全体を見渡しても、「亭主の入替り」や「平太郎殿」ほどに成功している短篇はやはり無いようで、この二篇がこうした手法の成功不成功という点では群を抜いている。たとえば、巻二の一「銀壱匁の講中」は、中級資産を持つ金の貸手達が、互助のために一匁講を結んで貸付先の情報交換をする話である。或る男が、華やかな花嫁行列を見立てて金を貸したが、講中の仲間から貸付先の厳しい内情を知らされる。驚いた男は借金を取り返す方法を仲間から伝授してもらい金を取り返した。しかし、大晦日に返済方法を教えてくれた仲間の家をおとずれた男は、約束とは違った低い謝礼しか払わなかった。

この話は、「亭主の入替り」や「平太郎殿」のように講中という特殊な空間を利用することによって独特な雰囲気を作り上げており、そこでの話は、話の内容と場のムードが微妙に共鳴していて、「亭主の入替り」や「平太郎殿」と似たような面白い空間を作り上げている。また、最後のオチも教える―教わるの関係を逆転させて、話に起伏をもたらしている。しかし、これが大晦日でなければならない理由に弱く、最後の家への訪問で大晦日に引っ掛けているところはいかにも苦しい展開である。また、最後のオチも講中の仲間ということを考えれば、約束を違えて少ししか払わなかったという展開には無理がある。

このように手法の巧拙はあるのだが、しかし全体としてみれば、「亭主の入替り」や「平太郎殿」の手法は、『胸算用』全体の手法と看做してよいのではないかと考えられる。

むすびに

こうしてみると、始めの方で取り上げた「亭主の入替り」と「照を取昼船の中」の違いは実は西鶴の小説手法を考える上でかなり大きな問題を宿している可能性のあることが分かってくる。それは既に触れたことでもあるが、「亭主の入替り」が『胸算用』の手法を代表しているとすれば、「照を取昼船の中」は、『永代蔵』など西鶴中期の作品群の手法を代表している可能性があるからである。(5)

先に述べたように、「照を取昼船の中」は起伏に富んだ筋立てで、材料も読者の意表をつく内容であった。とくに一寸先の見えない人生を作品中に凝縮した手法は、『懐硯』の約半年後に出版される『永代蔵』において多く使われる手法である。たとえば『永代蔵』巻一の一「初午は乗てくる仕合」で西鶴は、網屋の豪快な成功譚を描いたすぐ後、巻一の二「二代目に破る扇の風」で、これまた豪快な扇屋二代目の分散話を続けざまに書いている。また、筒落米を拾い集めて長者になった母子の話（巻一の三「浪風静に神通丸」）や、藤屋市兵衛（巻二の一「世界の借屋大将」）のような成功譚が多く盛り込まれている反面、商売に失敗して無間の鐘を撞く呉服屋忠助（巻三の五「紙子身袋の破れ時」）や、アモラルな商売が祟って憤死する小橋利助（巻四の四「茶の十徳も一度に皆」）などの分散話も多い。まさに起伏に富んだ筋立て内容であり、奇抜な材料を駆使した作品となっているのである。

また、これは『永代蔵』に留まらず、貞享末年から元禄初年にかけての西鶴中期の作品に多く見られる特徴でもある。たとえば貞享三年十一月の『本朝二十不孝』では親不孝の子供たちの顚末を様々に入り組んだ筋立てで綴っていたし、貞享四年正月の『男色大鑑』でも念者と若衆の恋愛の諸相をダイナミックに描き、同年四月の『武道伝来記』や元禄元年二月の『武家義理物語』では、武士の敵討ちや様々な事件をドラマチックに描き出していた。また、元禄元年（九月以前）の『好色盛衰記』では、その名のごとく好色の世相を「盛衰」の観点から描き出していた。もちろん、こうした筋の起伏や題材の驚異性は、西鶴作品の初期から見られるものであるが、それが貞享四、元禄元年あたりの中期ではより濃厚になっていたということは言えるはずである。

ところが、晩年西鶴はそうした小説手法とは全く違った方法を使って小説を書くようになる。それは、それまで多く見られた起伏に富んだ筋立てを消して、フラットで単調な筋立てを用い、また驚異的な題材ではなく、身近でありふれた題材を選んでいた。しかし、それは物語性や文学性の後退ではなく、起伏と驚異性で縛られ、作品内に閉じ込められていた物語世界を、身近な題材と〈時〉や〈場〉を含みこむ「身のうへ物がたり」、そして物語外部との共鳴という方法でもって開放して行こうとした新しい方法であったと考えられるのである。

注

（1）この大晦日に、その喧騒さとはかけ離れた静寂の空間を配置するという手法を、西鶴は以前に試みたことがあった。『西鶴諸国はなし』巻一の三「大晦日はあはぬ算用」である。ここには、世間が忙しさの真只中にある大晦日に、わざわざ集まって小判を回覧するという武士たちの姿を描き出している。

（2）暉峻康隆『鑑賞日本古典文学西鶴』「世間胸算用解説」四一七頁、角川書店、一九七六年。

（3）物語が作品という枠組みを超えて、外部と反響するという問題構制については、廣末保氏がこの「平太郎殿」を例にして問題にしている（『西鶴の小説—時空意識の転換をめぐって』〔平凡社、一九八二年〕中の「大晦日の時間と小説の時間」）。氏は、この「平太郎殿」の最後の部分、すなわち三人の話が終わった後、亭坊が外の大晦日の喧騒に巻き込まれて行く部分を「小説的世界は次の瞬間すさまじい勢いで突き崩されていくのである」と述べるとともに、この転換を非日常的時間と日常的時間が同居する大晦日の特質とし、さらに西鶴はそれを両方ともに同居する形で描いたとされた。卓見であるが、本稿で指摘したように、この「平太郎殿」という作品の作品外世界との共鳴は、すでに作品の当初の設定（寺の内と外の状況が、常なる節分の折と違っていること）や、三人のうちで最初に懺悔を始める祖母の話から始まっているのであって、物語最後に特化させられる問題ではない。むしろ、すでに作品当初から始まっていた外部との共鳴が、寺中の不思議な静寂さや、三人の懺悔話などを通じて大きくなり、最後には亭坊までその外部世界に巻き込まれてゆくという風に、本篇の持つ波状的な効果を第一にして読むべきではないかと考える。廣末氏は、物語・小説を読む行為をリニアーな連続的行為として捉えているようだが、読むという行為は、リニアーに置かれた文字を目で追うという行為を中心にはするが、何時、何処で、どう読むのか、また何を読まなかったのかという、読者の置かれた「場」に規定されることも多い。その「場」は線状（リニアー）のものではなく、面状に、あるいは立体的に広がるものと考えなくてはならない。

（4）暉峻康隆『西鶴評論と研究（下）』中央公論社、一九五〇年。なお、「亭主の入替り」「平太郎殿」の登場人物が皆無名であったのに対して、「照を取昼船の中」『三人法師』の登場人物が皆名前を持っていたのは重要な問題である。また、『日本永代蔵』を初めとする西鶴の中期作品群に登場する人物達もほとんど名前を持っていた。ここにも題材の驚異性を基に閉じられた空間を構成する中期の作品群と、題材の日常性を基に開かれた空間を構成する晩年期の作品群の違いが表れている。

（5）　本稿の（上）（下）で検討する時間がなかったが、西鶴の初期作品の構造を分析したもので重要な論考がある。それは有働裕氏『西鶴はなしの想像力』（翰林書房、一九九八年）である。有働氏によれば、西鶴は『諸艶大鑑』『西鶴諸国はなし』といった初期の作品から、話し手・語り手の設定に関して、実に様々な工夫を行って、バリエーションのある物語・小説世界を築き上げようとしていたと思われる。氏の指摘した初期の作品から中期、そして本稿で取り上げた晩年の作品への経緯・展開の跡付けは興味深い問題である。いずれ試みたいと考えている。

第五章　西鶴、晩年の方法と借景性の問題（下）

――『西鶴置土産』と『万の文反古』の構造

はじめに

前稿の（上）において、『世間胸算用』の構造を、西鶴中期の作品群に見られた、題材の驚異性やストーリィの起伏とは違った、題材の身辺雑記性と、テキストの〈時〉や〈場〉を含みこむ「身のうへ物がたり」の形式、そして物語外部との共振・共鳴という方法に見出した。これは、起伏と驚異性で縛られ、作品内に閉じ込められていた物語世界を開放して行こうとした西鶴の新しい試みであったと考えられるが、では、こうした方法を西鶴はどこから学んだのか。これについて考える時、同じ晩年の作品である『西鶴置土産』や『万の文反古』を検討するところから見えてくるものが多い。そこで本稿ではこの二作品を題材にしながら、西鶴晩年の方法について考えてみたい。

一　『置土産』巻二の二「人には棒振むし同然におもはれ」

『置土産』の評価は前稿の「はじめに」でも述べたように、西鶴小説や西鶴の作家精神の到達点として捉えられることが多かったが、これも（上）の「はじめに」で述べたように、そうした精神やその到達点が云々される前に、『置土産』の方法や構造が明らかになっていなければならない。しかし、従来の論考にはこうした意識が希薄であったように思われる。その結果、従来の『置土産』評価は、本作の最も重要な点を見過ごしてしまっているのではないか、または評価の本末が転倒してしまっているのではないか、そんな印象をぬぐえないのである。すなわち、結論的に言うならば、『置土産』に「どん詰まりのうちに自づから安立している心境」（正宗白鳥「西鶴について」）や「静かに深い精神」（暉峻康隆『鑑賞日本古典文学西鶴』「西鶴置土産解説」）、または西鶴の到達点を見出してきたのは、実は西鶴がそう作品が映るように仕掛けた為に過ぎないのであって[1]、西鶴の精神や西鶴小説の実体はもっと違うところにあるのではないか、ということである。そこでこの問題を吟味するために、まず巻二の二「人には棒振むし同然におもはれ」から問題にしてみたい。

この短篇は周知のように、『置土産』中最も評価の高い短篇である。概略は、上野の池之端で金魚を売る男の元に、ぼうふらを売りに来た男がいた。元大尽として鳴らした月夜の利左衛門であった。むかしの仲間が彼をみつけると、利左衛門は、三人に酒をおごるべく家に招いた。そこでは身請けした元遊女とその間に出来た子供との厳しく貧しい生活があった。三人はこっそりと金を置いて帰るが、利左衛門は受け取れぬと投げ返した。数日後、三人は再度金を届けさせたが、一家はすでに行き方知れずになっていた、というものである。

「亭主の入替り」や「平太郎殿」と同じく、物語の筋としては至って平板なもので、大きな事件があるわけでも、紆余曲折があるわけでもない。しかし作品世界から受ける印象は平板ではない。利左やその妻子、そして昔仲間の三人のちょっとした言動から不思議なざわめきが起こって、それが広がってくるのであって、暉峻氏が言ったような「静かに深い精神」が確かに存在するような気になる。しかし、我々の得た印象をダイレクトに作家精神に結び付ける前に、作品の何が我々にそう感じさせるかという点を明らかにしなければならない。

まず、注意すべきなのは、この短篇には利左やその家族の惨めさが自然に浮かび上がるような仕掛けが幾重にも施されている点である。

何によらず落ちぶれた人間の姿は惨めなものである。とりわけ、羽振りが良かった時代に贅を尽くして振舞った大尽たちの終末は、その惨めさも一入である。しかし、その落ちぶれたこと自体や貧乏そのものがとりわけ惨めというものではない。かつて西鶴は『椀久一世の物語』で利左衛門と同じように落ちぶれた大尽椀久の逼迫した生活ぶりを描いた。また『好色一代女』でも主人公の一代女が夜鷹にまで転落した姿が描き出されていたが、そこでは惨めさ哀れさよりも、椀久や一代女の飄々とした明るさ逞しさが強調されていた。すなわち、惨めに映るかどうかは、その惨めさが浮かび上がるように描いているかどうかに拠るのである。そしてこの利左にはそうした配慮が随所に行われているのである。

最初に利左が登場するシーンが、まずもってそうである。本篇の最初は、池之端の金魚を「金子五両、七両に買いもとめてゆく」人が登場し、それを見た大尽仲間が「また遠国にない事なり。是なん大名の若子様の御なぐさびに成ぞかし」と言う場面から始まる。この後に利左が登場するのだが、利左はその金魚の餌であるぼうふらを「一日仕事に取あつめて、やう〳〵銭二十五もんに売」っているような身であり、さらに金魚屋の下男に「けいはくいひて帰」らねばならない境遇であった。利左の惨めさは、大名とぼうふら売りの身分差によって表現されているが、それは単に大名→利左ではなく、大名→遊び仲間→金魚屋→下男→利左（ぼうふら売り）という何段階にも分けて巧妙に階層化された身分差・境遇差から浮かび上がってくるものであった。さらに、「金子五両、七両」と「銭二十五もん」という金額の差がこれに拍車をかけるが、またさらに子供の「なぐさび」と大人の「一日仕事」の落差が追撃ちをかけているのも見過ごせない。

後に利左の子供が着物がないばかりに丸裸になって登場してきた時に、読者は、この子供同士の落差も利左の惨めさを強調する仕掛けになっていることに気づくが、それはさておき、この最初の部分だけを見ても、実に手の込んだ方法でもって利左の惨めさが強調されていることがわかる。

こうした利左の惨めさの強調は、一篇全体にわたって繰り広げられるが、その最たるものは、利左とその妻の「過ぎにしぜい」（嘗ての贅沢を守ろうとする見栄）である。利左は昔仲間から合力を施されそうになった時、「女郎買の行すへ、かくなれるならひなれば、さのみ恥かしき事にもあらず」と拒絶したばかりか、妻子に食べさせるため「一日仕事」をして稼いだ「銭二十五もん」さえも酒代にし昔仲間におごってしまった。また昔仲間が家からの帰り際においていった金も「神ぞ〳〵、筋なき金」として三人の「ことはりもきかず」に投げつける有様であった。

また元遊女吉州であった妻も、昔仲間の三人が家に入ろうとした時、伊豆屋吉郎兵衛と呼ばれる男だけを拒絶した。理由は「あなたには只一度、かりなる枕物がたり」をしたことが「今もって心にか」かっているからだと言う。本文にはその後「聞に理をせめていたはしく、亭主もまことなるを満足し」たとある。確かに、この妻の態度に「まこと」はあるが、「今もって心にか」かっているというのは嘘であろう。苦しい生活や子育ての中、そうした事を「今もって心にか」けている余裕など無いはずであるし、三人と出会うことなど予想だにしていなかったはずだからである。おそらく、三人の突然の訪問が浮かび上がらせてしまった、三人と自分たちのあまりの落差に、「過ぎにしぜい」が反射的に起こり、それが「今もって」という言葉になったのである。

要するに、利左と妻は身は落ちぶれても心は昔のまま、いや、落ちぶれたからこそ心だけは昔以上の大尽と遊女として振舞っているのである。しかし、この二人の心持は、二人を立派に見せるどころか却ってより惨めにさせるに十分である。もし、利左がかつて椀久がしたように素直に「昔しの友へたよりて、少しの合力受けて」(『椀久一世の物語』下「情の銭五百」)生活をしていたらどうだったろうか。また利左の妻が、かつて一代女がそうだったように「昔の気立入替り、万事其時の心にな」(『好色一代女』巻二の二「分里数女」)って、昔は昔、今は今と割り切っていたらどうだったろうか。先にも指摘したように、椀久や一代女がそうであったように、それはそれで飄々とした明るさ逞しさが漂うことになっていたはずである。

しかし、利左と妻は、そこまで強くなかったと言うべきだろうか、また、知恵がありすぎたと言うべきだろうか、「過ぎにしぜい」にしがみ付いてしまったのである。そうでなければ、自分たちを支えきれなかったのである。しかし、このやせ我慢には限界がある。子供の裸身をとり繕った言葉が、子供自身の「大溝へはまつたれば、はだかになされてさむひ。着物がひあがつたらば着たひ」という言葉によって破られた時、その我慢はすでに限界を越えていた。「あるじも女も随分心づよかりしが、今は前後を覚えずなみだに成」ったのである。すなわち、利左とその妻が惨めなのは、生活そのものが惨めというよりは、無理な見栄を張ることによって、生活と心根の乖離を、また生活の酷さを、却って周囲に印象づけてしまっているからなのである。

二　「過ぎにしぜい」の世界

この実際の生活と、在りたいと希求する心根の乖離。しかも、利左と妻が立派に振舞えば振舞うほど、実際の生活はより惨めになるという乖離したベクトルが、本篇の悲劇的構制として働いているわけだが、しかし、問題は、その二人が在りたいと希求する世界、あるいは文中で語られる「過ぎにしぜい」とはどんな世界であるのか、これが本篇では一切語られていないことである。本篇で語られるのは、利左とその妻の惨めな「実際の生活」のみである。

ところが、我々読者はその「実際の生活」のみの本篇の文章から、「過ぎにしぜい」と「実際の生活」の乖離を十分に読み取ることができる。これは何故なのだろうか。

それは、我々読者がその「過ぎにしぜい」の世界をよく知っていて、それを補いながら読んでいるからである。利左と妻である元遊女吉州が遊廓においてどのような「過ぎにしぜい」を繰り広げたのか、どのような初対面や初床、盃事といった習わしがあり、また他の遊女や大尽との駆け引きがあり、口説があり心中立てがあったのか、その華やかな世界を凡そなりとも想像できるからである。

では、読者はこの「過ぎにしぜい」の世界をどこから学んでいるのだろうか。

この問いに答えるためには、まず、その「過ぎにしぜい」とはどんな世界なのかをもう少し詰めて考えておく必要がある。まず注意すべきは、この「過ぎにしぜい」の世界とは、遊廓であればどこにでも繰り広げられるようなものではないことである。それは、利左と吉州、そしてかつての仲間三人との会話からすれば、利左と吉州の関係は、普通の遊びではなく、太夫と大尽クラスのものであって、普通の人間が垣間見ることの出来るような世界ではなかったはずである。それ相当な財があって余裕もある裕福な商家の主人でなくては経験できない世界である。

また、この「過ぎにしぜい」の世界は、利左が吉州を身請けしたこと、それも通常の身請けではなく、利左が「此女郎ゆへにこそかくはなりぬ」と言っているように、その身請けによって利左が破産したこと、もしくはそれに近い状態に利左が追い込まれたであろうことからすれば、単に裕福な人間たちの華やかな遊びの世界というだけではなく、遊客と遊女というレベルを超えた男と女の真偽の計り合いがあったはずである。それは、利左が「女郎買の行すへ、かくなれるならひなれば、さのみ恥かしき事にもあらず。いかな〳〵をの〳〵の御合力はうけまじ。利左ほどの者なれども、其時にしたがひて、悪所の友のよしみに、けふをおくるといはれしも口惜」という人一倍の虚勢を張っていることからしても、利左と吉州の身請けにはかなりの無理があり、その無理は周囲の人々を巻き込んでの紆余曲折、山谷があったことが知れるのである。

こうした「過ぎにしぜい」の世界とは、読者が自身の経験から簡単に得られるものではない。それは今も述べたように、この「過ぎにしぜい」の世界は遊廓に通ったからといっておいそれと分かるような世界ではなく、遊廓の世界に相当に深く分け入らなくては垣間見ることのできない世界だからである。また、遊廓の案内書や遊女評判記のような類の書物からも得られる知識ではない。そうしたレベルの書物では遊廓の風俗やその華やかさは理解できても、利左が吉州を身請けするまでの喜びと苦悩を推し量る知識を得ることはできないからである。とすれば、やはり、ここでの「過ぎにしぜい」の世界とは、他ならぬ西鶴が『好色一代男』や『諸艶大鑑』などで描き出した、太夫天神クラスの遊女と大尽たちの深い恋愛関係、悲喜こもごもの人間模様をおいて他にはないということになる。

この点については、『置土産』が西鶴の第一遺稿集として出版された、西鶴のまさに「置土産」であったことも重要なファクターとして働いている。西鶴が、元禄当時『一代男』の作者や、好色本の書き手として世に知られていたことは、西鶴の十三回忌追善集である『こゝろ葉』に、

世のすけの名残を見せよ朝の月　　如水
世のすけのめでられし世や梅紅葉　　春笛

と追善を営む者たちが「世之介」の名をもってその意を表していたこと、また西鶴自身も手紙で「世之介方より」（元禄五年十月二十一日書簡）と自称していたことなどからも明らかだが、また西鶴を批判する者も「好色屋の西鶴」（蓮実軒序『二休はなし』）、「剰晩年には好色の書をつくりて、活計の謀としたる罪人」（朱拙『けふの昔』）ともっぱら好色本を槍玉に挙げていたことからも分かる。すなわち西鶴の「置土産」である本作は、『一代男』『諸艶大鑑』や好色本の作者、または世之介の「置土産」でもあったのである。このことは、西鶴の遺影と辞世句、そして知己・門人たちの追善句が『置土産』の巻頭に置かれていることによって読者に強烈に印象付けられたはずであるが、それはまた、読者が「過ぎにしぜい」の世界を連想する時に、自ずと『一代男』『諸艶大鑑』の世界をオーバーラップさせることに一役も二役もかったはずである。

この、本篇には作品の表面には一切表れない「過ぎにしぜい」の世界があり、読者はそれを思い描きながら、また強く意識しながら作品を読むという方法を自然と取らされていること、また、その「過ぎにしぜい」の世界とは、他ならぬ『一代男』『諸艶大鑑』などで描き出された世界であったこと、このことは本篇のみならず『置土産』という作品を考える上で極めて重要な問題だと思われるのである。

たとえば、巻一の一「大釜のぬきのこし」、巻一の三「偽もいひすごして」、巻二の一「あたご颪の袖さむし」、巻五の三「都も淋し朝腹の献立」などの本作中の傑作と評される短篇はどれも落ちぶれた大尽たちを主人公にしているが、この大尽たちは例外なく「過ぎにしぜい」にしがみ付いて、無理な見栄を張っている人間たちである。そして、これらの短篇には、「人には棒振むし同然におもはれ」と同様に、その惨めな「実際の生活」のみが描かれ、彼らが経験して今は思い出だけとなってしまった「過ぎにしぜい」の世界はほとんど描かれないのである。しかし、これも「人には棒振むし同然におもはれ」と同じく、たとえ描かれていなくても、その「過ぎにしぜい」の世界は、これら短篇において形象される人間像やそれを叙述する文章の隙間から強烈な光を差し込ませてくるのである。

恐らく、「どん詰まりのうちに自づから安立している心境」（正宗白鳥「西鶴について」）や「静かに深い精神」（暉峻康隆『鑑賞日本古典文学西鶴』「西鶴置土産解説」）と呼ばれる評価は、この本作の構造と深い関係があると思われるのである。すなわち、本文としては惨めな落魄した生活のみが平板に描かれるに過ぎないが、登場人物たちの言動の端々から「過ぎにしぜい」の煌びやかで毒々しい世界が透けるようにして見える時、読者はその栄枯が交響する姿に深遠な何かを感じてしまうのではないのか。

先にも述べたように、落ちぶれた大尽や好色的人間の姿であれば、西鶴はすでに『椀久一世』や『一代女』で描き出していた。しかし、そこにあったのは「自づから安立している心境」「静かに深い精神」ではなく、むしろそれとは逆の飄々とした明るさであった。この点を考えれば、『椀久一世』『一代女』と『置土産』の差異は、題材の相違ではなく、題材の取り扱い方、その方法にあると考えなくてはならない。私が『置土産』の題材や西鶴という作家の精神ではなく、この物語の方法・構造にこだわるのはこのためである。

現存する『置土産』に、生前の西鶴の意向がどのくらい反映しているかについては、はっきりしない点が多いが、本作が未完成であったことについては大方の意見の一致を見る点である。しかし、『置土産』が未完成作品であったにしても、没落した大尽や遊女たちの肩越しから自身の処女作と第二作である『一代男』『諸艶大鑑』の光を強烈に差し込ませる本作の構造を考えたとき、私は、ひょっとして西鶴は自身の死に合わせて本作の出版を計画していたのではないかという思いを捨てきれないのである。もちろん、そのことのみから西鶴の意図の在り処は断定できないが、作品内外をもう少し細かく検証してみるとき、その私の思いと合致する点のいくつかが見つかるのである。

そこで、次に『置土産』の成立について、西鶴の執筆意図とからめ合わせながら論じてみたい。

三　『西鶴置土産』の成立（その一）

かつて私は、西鶴作品における序章末尾と作品末尾の祝言を取り上げて、それが『日本永代蔵』以降の作品の成立解明にいささか役立つ旨を述べた。(2) とくに序章末尾の祝言を持つ作品が、全て正月出版であることから、序章末尾の祝言は正月の「読初」を意識したものであり、成立時期が分からない『西鶴織留』にこの序章末尾らしき祝言が三つ存在することから、『織留』とは正月出版に備えた三つの作品がまさに織り留められた作品であると結論した。

実は、この祝言の問題を展開してゆくとき、『置土産』がそのベクトル上に浮上してくる。というのは、『置土産』の序章末尾と作品末尾にある特殊な言葉が据えられているからである。とは言え、その『置土産』序章末尾・作品末尾には祝言は無い。あるのはその祝言と丁度反対の弔詞・弔唁である。

まず、作品末尾の文章をあげる。

これもむかしは、藤屋太夫職と大坂に名高き朝妻に、九枚つゞきの誓紙も、火うち箱のほくちとや成ぬらん。まことに闇がりから牛を引出すごとくに、楽寝をおこせど目を覚さず、昼皃の花のさかりをたま〳〵に見しとや。是もこれにて、死んだ時は、白帷子きせて取おかれしと、京の人がかたり侍る。南無阿弥〳〵。

この末尾の文章がある巻五の三「都も淋し朝腹の献立」は、備利国という大尽の、没落しても変わらない自由闊達で気ままな振る舞いを描いた短篇である。『置土産』序の「色道のうはもり、なれる行末」の典型的な例と言ってよい。この末尾は、そうした備利国の死をさりげなく結んだもので、最後の「南無阿弥〳〵」の空惚けた調子が、備利国の死に様にふさわしく奇妙なリアルさを生み出している。この「南無阿弥〳〵」に関しては、別人（西鶴の弟子、団水）の補筆という説もあるが、そう取る必要はないだろう。この点については後述したい。

さて、『置土産』は今も引いた序にあるように「色道のうはもり、なれる行末、あつめて此外になし。是を大全と」したものである。何も色道に限ったことではないが、「成れの果て」を集めたのであれば、この巻五の三のように、その短篇が主人公の死をもって終わるものがあって当然であるが、『置土産』にはそうした短篇は意外と少ない。特に今挙げたような最後の結びが死に直結しているような書き方をしている短篇はこの最終章ともう一つしかないのである。その一つとは序章の巻一の一「大釜のぬき残し」である。その末尾の文章を挙げよう。

是より無用の色道とおもひ切て、家財しまひて、其身ひとりの草庵、むかしの友にあふ事絶て、髭をのづからにのばし、手足終にあらはず、渡世に江戸髻の賃びねりして、一日暮しに、難波の堀づめに身を隠し、大寺の桜はちかきに、五とせあまり春を夢となし、蝶の定紋も付ず、もめんを浅黄にやつて、世はかろく暮して、埒をあけぬ。

この「埒をあけぬ」は語義そのものとしては「上手くやった」程度の意味であるが、諸注が揃って指摘するように、ここは「一生を終わった」（『新大系』脚注）とするのが正しい。本篇の主人公である落ちぶれた「大臣」（名は替名としても明示されない）が、なおも大尽らしさを演じて揚屋で恥を播いたのを最後に色道から遠ざかり死んだ、という話の最後を締めくくる言葉が如上の文章である。ただ、一見すると、この「埒をあけぬ」は、先の「南無阿弥〳〵」に比して、また弔詞・弔唁と呼ぶには軽すぎないかという風にも思われないでもないが、この軽さが実は重要な意味を持っていると考えられる。それは後述しよう。ただ、この「埒をあけぬ」が他の短篇末尾と比して、本当に特殊なのかどうかは、きちんと検証しておく必要があるだろう。そこでそれを示すために、いささか煩瑣であるが、序章と最終章を除いた他の十三篇の末尾すべてを引いてみたい。

・爰にて名誉、悪心かはりて、人にあふも迷惑して、後にはやり咄しのうけ売して、女郎さまより物もらひて、口惜からず暮らしぬ。（巻一の二）
・此大尽も、此男のごとくに、追付なるべき心ざしなり。金太夫が文やら、鬼の手形やら、しらぬうら借や成にと、笑ひぬ。（巻一の三）
・是ほどこりて、此身になつても、やまぬものは好色と、あふ人ごとにかたりし。（巻二の一）

・いな事がさはりと成て、其比のうす雲・若山・一学、三人の女郎の大分そんといひおはりぬ。（巻二の二）

・見世にかけたるのふれんの紋に、梅鉢を付しは、越前が定紋、さてもしやらくさし。（巻二の三）

・此四六大じん、京都の大分の跡は、母にさへ見かぎられて、他人物になしけるとや。（巻三の一）

・迚もの事に、一日もはやく男子目に、たくましき娌をさずけ給はれと、無理にむすぶの神いのるおかし。此諸願成就の時もあるか。（巻三の二）

・なを又小野じま、此男を見捨ずして、請出されし恩の程をわすれざる名女、万人あはれみかけて、後は二人ともに発心して、秋志野の里の片陰に住り。（巻三の三）

・婦夫といふたばかりに、世にすむたのしみのひとつかけたり。（巻四の一）

・粟田口よりかへりて、大晦日に女のかぶきものを揃へて踊らせける。人の気に移しごゝろもをかし。（巻四の二）

・雑木の割売するも、泉平が千之介を請て、壱文づゝが酢・醬油の見世つきも、女男のむかし残りて、あはれ世や。（巻四の三）

・いかなる女郎か立られける、心ざしの程やさし。此入替に思ひがけなき銀もらひ給ふべし。（巻五の一）

・芸は身をたすけて、糸による恋の歌、三味線ひく手になびけとは、目くら神の導びき給ふか、いまはゆがまぬ心から色事は捨ける。（巻五の二）

こうしてみれば分かるように、死に直結するような言葉で一篇を結んでいるのは、この序章と先に挙げた最終章以外にはない。たしかに軽い響きを伴ってはいるものの、序章末尾の「埒をあけぬ」はやはり他の短篇に比して特殊である。

また、この軽い響きそのものであるが、前稿で問題にした祝言においても同様のものが見出される。『世間胸算用』の序章末尾の祝言は次のようであった。

又掛乞も其手形を先へ渡し、又先から先へ渡し、後にはどさくさと入みだれ、将の明ぬ振手形を銀の替りに握りて、年を取ける。一夜明れば、豊かなる春とぞ成ける。（巻一の一「問屋の寛闊女」）

この祝言は、同書のまた他の作品の最終章の祝言と比べてみるとき、祝言としては甚だ軽く淡いタッチのものであるが、やはり『胸算用』の他の短篇と比較して見る時、特別な祝意が込められていることは間違いない。また、この軽さ淡さが共通するのが『胸算用』と『置土産』という西鶴小説最後の二作であるという共通性にも十分注意を払う必要があるだろう。

ただ、『置土産』の内容全般を見渡したときに、主人公やそれに類する人物の死を描いたもの、またはそれを連想させるものが他にないではない。しかし、それは不思議なことに、皆巻五に集中しているのである。

たとえば、巻五の一「女郎がよいといふ野郎がよいといふ」は男色女色に財産を蕩尽した阿波の大尽の話である。この大尽は多くの金銀を廓にて散財したが、使い方が野暮なために女中たちにも笑われる始末で、落ちぶれて死んだ時には経帷子も着せてもらえず、そのまま道頓堀の火葬場で他の死人とこみで火葬にされたという話である。この道頓堀の火葬場というのは伏線があって、本篇の最初に、主人公の大尽が新町遊廓に出かける前に、時間潰しのための野郎遊びを節約しようとしたが、「火屋のけぶり立のぼるをみて、分別かはり、何れなりとも、隙なる子どもをよびてあそべ」となった描写がある。すなわち、道頓堀の火葬場の煙を見て何時死ぬか分からぬ身に節約無用となったのである。こうした全篇に死の臭いが漂っている短篇は『置土産』中でも珍しい。

また、巻五の二「しれぬ物は子の親」も同様である。この短篇は盲目の座頭城俊が主人公である。城俊はふとしたことから座頭の最高位である勾当になる金を得たものの、島原で出会った班女という遊女に全てを貢いでしまい、その遊女に会えない苦しさから、宇治川に飛び込んで死のうとする話である。結局、城俊は一命を助かるのだが、本篇最初の部分に「浮世をみぢかふいふ人、さりとは無分別、極楽にゆきて精進鱠くふて、物がたひ仏づきあひより、筋鰹のさしみに夜を明して、落し咄の大笑ひ」などとあって、やはり死の臭いや影が何処と無く付きまとっている。そして、巻五の三は先に指摘したように、備利国の死ぬまでの話である。

もちろん、これ以外にも『置土産』は死や無常に関しての話が無いわけではない。たとえば、巻一の二「四十九日の堪忍」はその題のように親父の四十九日明けから財産を蕩尽し出した息子の話であり、最初に親父の死の話がある。また、巻三の二「子が親の勘当逆川をおよぐ」にも、子どもの死を願う親の話が登場するが、しかし、これらは皆話の脇筋か、現実味を帯びた話ではない。やはり死の臭いや影といった点から見れば、巻五はそれが濃縮されていると言ってよいのである(3)。

そうすると、『置土産』において、「死」を連想させるような特殊な描写としては、

① 序章末尾の死の描写
② 巻五の三話に集中した死の影・臭い
③ 最終章末尾の弔詞・弔唁

の三つを上げることが出来る。ここから何が言えるのだろうか。

四　『西鶴置土産』の成立（その二）

まず、①序章末尾の「死」の描写と、③最終章末尾の弔詞・弔唁であるが、これは先に考察してきた西鶴作品の祝言性と明らかに一致する。もちろん、この場合は「祝」ではなくて「弔」であって、反転した形にはなっているが、こうした特殊な語彙を使って表現しようとする構図はまったく同じである。そして、先に指摘したように、西鶴の祝言とは、読者が正月の目出度さを味わいながら、作品を読み進めてゆけるための配慮であった。

そこで注目されるのが、『置土産』が西鶴追善のために出版され、また巻頭に西鶴の辞世句が載せられていたことである。すなわち、『永代蔵』をはじめとする町人物には、正月出版・読初めという場にマッチした序章末尾の祝言と最終章末尾の祝言が配置されたのと同じように、『置土産』では西鶴の追善という場にマッチした序章末尾の弔詞・弔唁、最終章末尾の弔詞・弔唁が配置されたのではなかったかと考えられることである。

このように考えたときに、『置土産』に或る重要な繋がりが見えてくることに注意したい。それは、『置土産』巻頭に載る西鶴の「浮世の月見過しにけり末二年」という辞世句とその前書きの持つ実にあっさりとした味わいと、序章末尾の「埒をあけぬ」という、これまたあっさりとした軽やかな表現、そして最終章末尾の「南無阿弥〱」という如何にも人を喰ったような空惚けた表現が、一つの線で繋がってくることである。それは人間の死という厳粛な世界の中にありながらも、生への執着をどこかに置き忘れた、暢気で気楽な雰囲気を共通要素として漂わせているのである。

そして、それはまた、言葉の表現にとどまらずに西鶴その人の人生と、序章の大尽と最終章に登場する備利国という大尽の人生にも共通する要素でもあったと思われるのである。たとえば、西鶴が晩年どのような生活を送っていたのか分からない点も多いが、現存する書簡（元禄五年十月二十一日付、宛先不明）などからすると、遊女の色紙の仲介などをしていたことも分かって、遊廓にも足しげく出入りしていたさまが窺われる。しかし、西鶴が晩年裕福ではなかったことは、その書簡に「夢のごとく笹の屋に取籠りて、筆に老をかさね」と書いていることや、『元禄太平記』で都の錦がすっぱ抜いたように、西鶴が書肆から原稿料を前借して遊廓に使ってしまったまま死んでしまったことなどからよく分かる。これは本作序章の大尽や備利国ほどではないにしろ、遊廓に通いながらの困窮した生活という点で三者が一致していると思われるのである。

また、西鶴が美食家で、特に人に料理その他をもてなすことを趣味としていたことは、宝永三年の『こゝろ葉』に載る記事からよく知られていることだが、これも序章の大尽が「つねぐ〵ぜいを申て、何時なりとも御出あそばせ。内にさし合はなし、のぞみ次第の食悦さすべしと、其言葉も是非にさけを呑する所」と言って、夜中に釜を売ってまで遊び仲間に酒を振舞ったことや、備利国が見栄を張って友人にご馳走を振舞おうとしたことと共通性がある。

このように、西鶴の辞世句・前書きと『置土産』の序章、最終章は不思議な連関があるのだが、こうしてみると、これは偶然と考えるよりは、西鶴が意図してこのような配置・構図にしておいたと考える方が自然ではないかと思われてくる。

現在、『置土産』の成立に関しては、師匠である西鶴の死の知らせを受けた弟子の北条団水が急遽西鶴庵に駆けつけ、そこに手遊びとして遺っていた原稿を整理し、名前をつけて出版したのが本作だということになっている。本作の出版に対して西鶴がどのように考えていたのかについてはあまりはっきりと述べられることがなく、「西鶴の絶筆」というどのようにでも解釈できる都合の良い言い方で本作が説明されることが多いが、如上のように考えてくると、西鶴は本作を自身の辞世の作、もしくは追善作として生前から予定していたものではないかと思われてならない。もちろん、当初から現存する十五作の短篇集を予定していたのかどうかは分からないが、或る時点で（ということは死期をはっきり悟った時点で）辞世作・追善作としての体裁を整えて、現在の形にしたのではないかと考えたいのである。

辞世の句や歌というは江戸時代の文人達の間で一般的だが、辞世の作品というのはあまり聞かない。が、無いわけではない。最も有名なところでは、文化文政期に歌舞伎作者として活躍した鶴屋南北が、自身の葬式と三回忌の台本を書いて亡くなっている（葬式は『寂光門松後万歳』）。西鶴の『置土産』もそうしたものと同じで、自身の辞世・追善に最も相応しい形を考えた時に、自然と浮かび上がってきた構想なのではなかったかと思われるのである。

さて、いささか長く成立の問題に関わったが、もしこうしたことが言えるとすると、先に考察した『置土産』の作品構造と、今述べた西鶴の自己の死に関する自作自演の意図は密かに結びついているとも思われてくるのである。たとえば、『置土産』がもし西鶴の生前に完成し別名で出版されていたとしたらどうだろうか。もちろんそれなりの面白い作品には仕上がったであろうが、本作中の優れた短篇の背後にある「過ぎにしぜい」の世界が強烈に読者の脳裏に浮かび上がったのかどうかは疑問である。やはり、本作が『一代男』の作者であり、世之介の生みの親であり、かつ好色本作家として鳴らした西鶴の、死に際に書き残した「置土産」であったからこそ、我々読者は、作品には書かれていない「過ぎにしぜい」の世界を、西鶴への追憶とともに深く追い求めてしまうのではないかと思うのである。

この、書かれていない世界があることで、作品に深みが増すという本作の構造については、後で『胸算用』や

『万の文反古』も含めて総合的に検討するが、ひょっとしたら、本作が未完成であったことについても、これも西鶴の自作自演ではなかったかという想像を私はしてしまう。たとえば仮に本作が完成され纏まりのあるものとして我々の前にあったらどうだったろうか。それでは却って何か嘘臭さ不自然さがつきまとってしまうのではなかったか。本作は未完成であるからこそ、急場仕立ての粗が見えるからこそ、西鶴の「置土産」として相応しい印象を読者に与えているのではないかと思えるのである。これは私の穿ち過ぎであろうか。

ともかく、物語や作品そのものは平板であっても、背後に別の世界が広がっており、その世界を読者が読み込むこと、他の言い方をすれば、作品とその別の世界が呼応し共鳴しあうことによって起伏に富んだダイナミックな世界を創り上げること。『置土産』の持つこうした作品構造は、先に考察したように『胸算用』とほぼ同じものである。『胸算用』では、背後に、大晦日という一年に一度の喧騒・修羅の世界が広がっていたわけだが、『置土産』では、『一代男』『諸艶大鑑』の目くるめく世界が広がっていた。

私は、こうした作品構造を、西鶴が晩年にとった顕著な方法だと考えたいのだが、果たして西鶴はどこからこうした方法を思いついたのか。この問題を考えるときに、急浮上してくるのが『万の文反古』である。

五　書簡体小説の構造

書簡（手紙）は、古今東西の文学において、様々に利用されてきたスタイルの一つだが、書簡が文学化（小説化）されるというのは、実はそれほど単純な問題ではない。そこには複雑な問題が様々な形で絡むことになる。その一つが、書簡が文学化（小説化）された時の書簡の書き手・読み手と、作者・読者との関係である。すなわち、書簡体小説は書き手と作者、読み手と読者のその書く行為、読む行為は全く同じであるが、立場としては決定的な違いがあって、作者はその違いを十分に意識しながら創作しなければならないことである。これはある種、当たり前のことであるが、書簡体小説を考える上では重要な意味を持つ。以下若干、抽象的な言辞を呈すことになるが、ここから考えてみることにしたい。

まず、ある人が赤の他人の書簡を読むケースを考えて見よう。それは『文反古』の序にあるように、好奇心を大いにそそる経験であるが、実際に経験すれば分かるように、他人の書簡を理解することは難しい。まして西鶴が言うような「人の心も見えわた」ることはまずないと言ってよいだろう。それは書簡が書き手と読み手の共有する知識、相互の状況などをほとんど省いてしまうからである。一般の書簡とは、書き手・読み手の二人にしか分からないことだらけなのである。よって、これを文学化（小説化）するためには、その書き手・読み手の状況を読者に分かりやすく示す必要がある。『文反古』の諸篇が末尾に「此文（の子細）を考見るに」という短文を添付して、手紙の解説を行っているのはこのためであろうし、やはり諸篇がその冒頭部において、書き手読み手の状況を説明する、もしくは暗示するような書き出しを行っているのもそのためである。

そうすると、書簡体小説の巧拙は、書き手・読み手の状況を如何に上手く書簡の中に盛り込めるかどうかに掛かってくるわけだが、ただ、書き手・読み手の状況を書簡の中で説明すれば良いというものではない。その説明が多くなれば書簡としての体裁やその面白さを失うことにもなるからである。たとえば今も述べたように、『文反古』の諸篇が末尾に「此文（の子細）を考見るに」という短文を添付して、手紙の解説を行っているが、これが長くなれば、読みものとしては、煩わしいものになってしまうだろうし、また、そこで必要十分な説明が出来たとしても、却って読者の想像力を限定し、序に西鶴が書いているような他人の生活を覗き見るものとしての書簡体小説の面白さを損ねてしまうことにもなる。よって、優れた書簡体小説を目指すには、手紙の文面に、書き手・読み手の状況がそれとなく分かる仕掛けや暗示が込められていなくてはならないことになる。

しかし、それだけが問題ではない。その書き手・読み手の状況が分かるような文面にすれば、それで優れた書簡体小説になる訳ではない。書簡体小説はあくまでも小説なのであるから、読者にとって意表をつく興味深い内容でなければならない。どんなに書簡と書き手・読み手が交錯し一体化した内容であっても、どこにでもある日常的な内容であれば、興味を引くとは思えないからである。

こうした書簡体小説の構造を、先に示した『胸算用』における話し手聞き手のスタイルに倣って示すならば、左記のようになる。

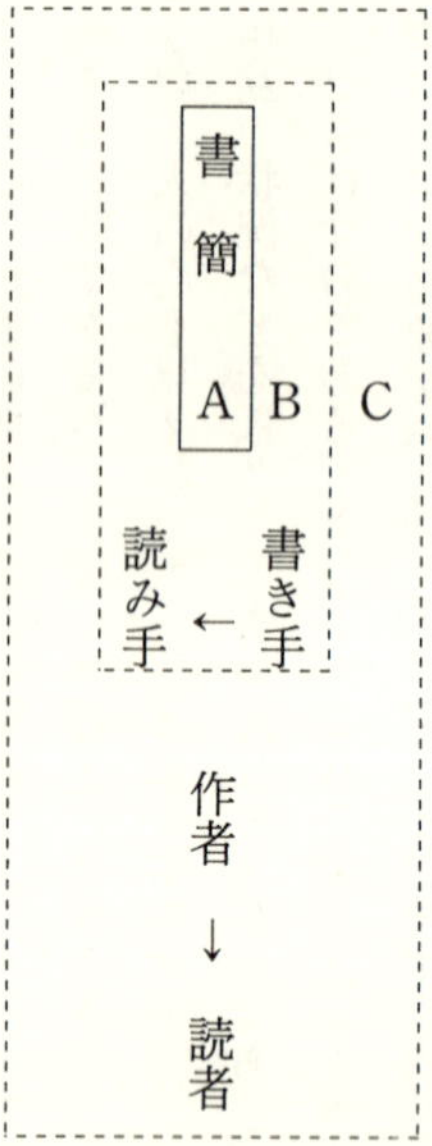

すなわち、書簡体小説とは、書簡として提示される叙事内容の中に、読み手・書き手の状況が十分に分かるようにしながら、また読者へ対しても十分に配慮した書き方が要求されるのである。しかも、図に示したBとCの世界は、そのままのものとして描写することが出来ないとすれば、書簡のAの中に一種の仕掛け、暗示として潜り込ませるしかないのである。これは非常にきめ細かい配慮が必要となる。

もちろん、こうした煩わしさを避けて、手紙を読む面白さを文学化する方法がないではない。それは、今の図におけるA空間に、奇抜な内容を盛り込むことによって読者の興味を引こうとする方法である。『文反古』中の説話的、奇談的要素を持った短篇類がその典型であろう。こうした奇抜な内容を盛り込めば、作品の面白さは手紙の中身そのものになるわけで、書き手・読み手と作者・読者の微妙な立場の差などをあまり意識する必要はなくなる。

しかし、この方法は書簡体の持つ煩わしさを避けることは出来ても、それはまた、書簡体小説の持つ面白さや可能性も失ってしまうことになる。よって、書簡体小説の面白さや可能性を追求するとなれば、やはり今の図の、BやCの世界をどうAに込めるか、を意識した創作が求められることになる。

こうした書簡体小説の持つA空間、そしてB空間、さらにB空間における書き手・読み手と、作者・読者の違いという構造の問題を考えた時に、『文反古』は幾つかのステージに（もしくは段階）に分けて考えることができる。それは、

・第一ステージ　創作意識の中心がA空間のみにあってBやC空間をほとんど意識してないもの。
・第二ステージ　創作意識の中心がA空間とB空間にあるもの。
・第三ステージ　創作意識がB空間、C空間の違いにまで及んでいるもの。

である。

以下、この区分けに沿って具体的に短篇を取り上げながら考えてみよう。

六　『文反古』の構造

まずは、第一ステージ。書簡体小説の原初的なスタイルと言うべきかも知れないが、先の図におけるA空間の独立性が高いものを挙げて見よう。これに当てはまるのは巻二の二、巻三の一、二、三、巻四の一、巻五の二である。ここでは巻三の二「明て驚く書置箱」を取り上げよう。

これは兄甚六郎死後の遺産分けの内容とその折に起きた様々なことを、弟の甚太兵衛が松前に居る親戚に知らせた手紙である。甚六郎の遺産分けは几帳面なものであり「いづれもかんじ申」したものだったが、いざ蔵を開けてみると驚くことに遺産はすぐには役立ちそうもない大名貸しの手形であった。また、甚六郎は女房を気に入らなかったために、すぐに実家へ帰せと指示があり、その通りにしたが、妻は百箇日も経たないうちに再婚したばかりか、道具蔵の片隅にあった妻の長持の中には八百貫ばかりの銭が貯めてあった。離別を予定してのへそくりであったことがばれて、妻のむごい心中を皆憎んだ。

諸論・諸注に指摘があるように、この話は『懐硯』巻二の一「後家になりぞこなひ」などと素材が共通して、成立時期の問題と絡んでくる短篇であるが、それは今はおく。問題はこの話が手紙でなければならない必然性に弱いことだ。すなわち、この短篇のスタイルが手紙であろうがなかろうが、読者の受ける興趣はそれほど変わらないと考えられることである。先の図で言えば、A空間はそれなりに面白く仕上がっているものの、B空間の書き手と読み手の心情を推し量ることができる部分がほとんどないのである。たとえば、手紙の文中には、後家のむごい心中への言及はあるものの、それを親戚に訴えたくて弟は手紙を書いたのかと言えば、そういうわけでもない。それは、役に立たない大名貸しの手形を遺産としての遺した兄に対して「兄者人、不覚悟いたし置れ候」と弟の批判があるからだが、では兄への弟の批判がこの手紙の主意かというと、どうもそれも弱いのである。すなわち、この弟が何を思い手紙を親戚に書き送ったのか、その動機が実にあいまいになっているのである。まして、それを受け取る親戚が何を感じ取るのかはほとんど判らなくなってしまっている。要するに、A空間はそれなりの纏まりを持っていて面白く仕上がっているものの、B空間を含めての作品として考えた場合、その焦点が全くぼやけてしまっているのである。

これは手紙というスタイルよりも、珍談奇談としての内容を重視したからだと考えてよいだろう。つまり、書簡体というスタイルに珍談奇談という内容を単に繋いだだけであって、その繋ぎ目が粗いために作品像が分裂してしまっているのである。先に第一ステージとして挙げた短篇は、この「明て驚く書置箱」のように、書簡のスタイルよりも珍談奇談の内容を重視したものである。これらは珍談奇談としては面白いが、書簡体小説としては出来の良いものとはいえない。それを象徴しているのは、このステージに上げた諸篇は、そのほとんどで候文体が崩れて、通常の説話体の文体になっているのである（巻四の一以外の全て）[4]。これは説話的興味に重心があるために、候文体への意識が薄れてしまったために起こったものであろう。

そうしたものとは違って、A空間における手紙の内容と、B空間における書き手読み手の立場・心情がうまくマッチしているのが、次の第二ステージとして位置するもので、『文反古』の中ではこれが最も多い。巻一の二、三、四、巻二の一、巻四の二、三、巻五の一、四である。この中から、代表的なものとして、巻一の四「来る十九日の栄耀献立」を取り上げてみよう。

これは、商家の主人を接待する呉服屋に対して、その商家の重手代が接待の方法・注意点などを細々と指示した手紙である。『文反古』中でも短い部類に入る作品だが、書簡体小説としてなかなか優れた出来栄えを見せている。

手紙の構成は、重手代がまず接待の日程が決まったことを伝え、その接待に誰が同行するか、また誰を呉服屋側として用意すべきかが述べられる。そして旦那が病後であるゆえに、何に注意をすべきか、とくに食事の献立に関しては念入りの指示が出される。最後は舟遊びのやり方を述べたあと、嘗て賄賂としてもらった自らの呉服の手直しを命じて書簡は終わる。この作品が秀逸なのは、商家の旦那とその重手代、そして旦那を接待する呉服屋の三者の立場が実によくわかるように描写されていることである。

まず商家の旦那であるが、この主人は様々な場所にほぼ毎日と言ってよいほど遊びに出ていることが示される。後に病後であることがわかるが、病後でこれほどであることを考えると普段の遊び振りが途方もないことが知れる。おそらく大儲けをした商家の二代目三代目であろう。この書簡の最後に重手代の署名が「長崎屋八右衛門」とあることからすれば、この商家の大儲けは長崎商いによるものであることが分かる。長崎商いは長崎での貿易品を先物取引して国内で売りさばくもので、投機的な商売であり、利幅があって大儲けもあるが損も大きい。三井高房の『町人考見録』にはこの長崎商いで分散した商人を多く取り上げている。この「長崎屋」の記述は追っ付けこの商家が分散することを暗に示していると思われるが、(5) こうした投機的商売とその商人たちの豪遊に対する批判も勿論込められていると見るべきだろう。

次の重手代はこの書簡の書き手である。よって、三人中最もよくその思考心情が窺える人物である。とくに呉服屋に対する丁寧な物言いの中に、時に現れる居丈高な物言い、まさに慇懃無礼な態度は実にうまくこの人物の立場を表現しえている。たとえば、接待の日程が取れたことに対して「貴様御仕合に御座候」と言ったり、賂としてもらった自分の着物の仕付け直しを「天満のおはらひまへにさへ出来申せばよく候」などと厚かましくも言っていることなどが典型である。おそらく、この重手代は「長崎屋」を切り盛りするまさに重鎮なのであろう。また接待に対する大方の指示が出来上がっているにも関わらず、呉服屋と直接面会すると申し込んでいるのは、再度の賂を頼む腹積もりであるように思われる。

もう一人の呉服屋（呉服屋次左衛門）は、この「長崎屋」に取り入って自家の商売を広げようとする者である。この重手代の手紙からすれば、様々な方途で「長崎屋」に取り入ろうとしていることが窺えるが、そのための相当な出費をさせられていることもこの手紙からはよく伝わってくる。最後にある西鶴の評文がその危うさを上手く指摘している。

このように、この書簡は、読者が旦那・手代・呉服屋の思惑を様々に想像できるよう仕組まれていて飽きさせないのである。先にも述べたように、手紙は短いが、それゆえにまた色々な想像を掻きたてて面白い。先の図で言えば、A空間とB空間が実に上手くマッチしていて、書簡体小説として優れた出来栄えを見せていると言うべきだろう。

こうした、A空間とB空間の優れたマッチングを見せている短篇群の中には、B空間の中の書き手・読み手と、作者・読者の境界線を意識しながら、さらに手の込んだ書簡体小説を創り上げることに成功している短篇がある。それが、巻一の一、巻二の三、巻五の三である。これを第三ステージとして位置づけたい。[6]その例として、巻一の一「世帯の大事は正月仕舞」を取り上げてみたい。

この手紙は、播州にて臨時に商売をしていた父親から、大坂の総領に宛てたものである。商人の、年に一度の峠である大晦日を前に、その峠を越える準備を詳細に指示した文面で、商人世界の厳しさを上手く表現した作品に仕上がっている。とくに、この父親が堅実な商売を行ってきたにも関わらず、結局は借金が嵩んで、「根にもたぬ銀をかりあつめ、人の手代をいたし候事、口惜く候」と述懐するところや、その借金への対処として播州に四五人で暮らせるほどの田地を買い求めて、夜逃げを考えていることを息子に仄めかしているところなどによって、その厳しさを具体的に表現している。

この短篇の見所は、先の巻一の四「来る十九日の栄耀献立」と同じく、A空間とB空間の微妙な反響、すなわち手紙の内容から、手紙の書き手である父親と受け取り手の息子それぞれの立場や関係が実にうまく立ち上ってくる点である。とくに父親の、大晦日の準備に対して厳しく指示を与える主人としての一面と、自分の留守を利用させてまで息子に全てを託さなくてはならない不甲斐ない親の一面、またそうした厳しい家業の状態を理解できない妻や娘など家の女たちへの憤りなど、種々変転する父親の心情を見事に描き出している。しかし、本篇の見所はそれだけでない。先の図に即して言えば、A・B両空間と作者・読者に繋がるC空間がまた見事に共振・共鳴しているのである。その共鳴に一役買っているのが本篇における大晦日の設定である。

大晦日が、商人において一年で最も重要な日であることは言うまでもないが、本篇との関係で言えば、大晦日が、商人であれば誰もが越えなくてはならない「冬と春の峠」(『胸算用』巻一の一)であることが重要である。すなわち、本篇の大方の読者である商人(町人)たちは、年に一度、程度の差はあるにしても、本篇の主人公と似たような経験をしていることである。よって、本篇で起きていることは他人事では済まされない。本篇の登場人物たちの行っている一挙手一投足が読者の心胆を寒からしめるものなのである。

たとえば、本篇には父親が計画倒産して播州に逃げようという際どい話が出てくる。ここから父親の抜け目ない性格が見え隠れするが、これは言うまでもなく犯罪である。普段ならば糾弾されてしかるべき行動であるが、おそらく読者にそうした気持ちは起こらないであろう。それは、この父親が、本篇の最初で大晦日を迎える家族に対して実にきめ細かい指示を出していることが象徴するように、「二十九年」必死にかつ勤勉に商売に励んできたからである。その勤勉な商人でさえもが、犯罪めいた行為に走らざるをえない、大晦日とは普段なら誰も考えないようなことが実際に起こってしまう異常な日なのであった。よって、読者たちは、この父親の不正を糾弾するよりも前に、自分もいずれこのような境遇になるのではないか、こうした不正を考えなくてはならない立場に追い込まれるのではないか。こうした不安感をこの父親の行動から感じていたはずである。

当時の読者が、この短篇をどう読んだのかを示す材料がないので、想像するしか術はないのだが、現代の我々から見てもかなりリアルに映る本篇の内容は、実際に大晦日を越えなければならなかった当時の商人（町人）たちからすれば、極めて切実であったはずである。その切実な一日を捉えて短篇の場としたことが、本篇の手柄である。この場の設定によって本篇は、A・B空間のみならず、読者たちの所属するC空間とも確かに共振・共鳴する、豊かな広がりを持つ短篇に仕上がったのである。

このB空間とC空間の共鳴による広がりは、巻二の三「京にも思ふやう成事なし」でも遺憾なく発揮されている。本篇は嫉妬心旺盛な妻を里に置いて上京した男が、十七年のうちに二十三人の女と結婚したが、全て失敗して出家の決意をする話である。手紙の内容は、その失敗話をした後、未だに自分（男）への未練から再婚しない元妻に対して再婚を促して欲しいと知人に託すものとなっている。しかし、本篇の眼目は、男からの元妻への諭しや、男の心情を吐露することに加えて、その失敗談そのものの面白さにも比重があると言ってよい。即ち、この失敗談は男個人の失敗談であると同時に、当代悪妻列伝の形になっているのである。本篇で具体的に取り上げられた妻は、

①　故郷仙台の妻（嫉妬）　　②　白粉屋の娘（無関心）
③　巡礼宿の娘（年寄り）　　④　女臈衆上がり（無知）
⑤　後家（大家族、借金）　　⑥　古金屋の娘（乱気）

の六人である。これらをみて分かることは、それぞれに重複がなく、悪妻としての典型をやや誇張しながら列挙していることである。また①と②が嫉妬と無関心、②と③が若い娘と年配の女性という対照が行われていることから分かるように、六話の配列にも十分に工夫がなされていることである。こうした話そのものの面白さというと、第一ステージのような、奇抜な話のスタイルに近いものとも思われなくもないが、本話は決して手紙本文のA空間と書き手読み手のB空間が蔑ろにされている訳ではない。そのAB空間の共鳴を意識しつつ、更にC空間の読者意識にも十分な配慮をした結果、このような構成になった見るべきであろう。すなわち、もしAB空間の共鳴だけならば、こうした悪妻列伝のような列挙は必要がないのだが、上京して失敗した例がもし一つや二つであれば、物語のリアリティは生まれてくるものの、小説の面白さは欠けてしまう可能性がある。それを補うためにこの悪妻列伝は仕掛けられたと見てよいであろう。

また、巻五の三「御恨みを伝へまいらせ候」も同様に、BとC空間の微妙な交響が特色になっている。この短篇は、新町の太夫が自分を捨てようとする馴染み客に、今までの感謝、相手からの疑念に対しての釈明、相手の裏切りへの非難、恨みなどを並べて、最後に自殺の決意を仄めかす手紙である。ぎりぎりに追い詰められた遊女の、本音と嘘が交錯する優れた短篇である。言うまでもなく、書き手の遊女と読み手の大尽の状況が、上手く手紙の中に描かれているが、本篇の特色は、何と言っても、大尽へ送られたはずの手紙が、読者に向かって書かれたもののように錯覚させられる点である。最初、本篇を読み始めた読者は、太夫から馴染み客への言い分を客観的に聞いているのだが、太夫の迫真の言葉が徐々に読者の持っていた距離感を曖昧にする。しかも、この手紙に書かれている様々な内容は、遊廓に通う男であれば、遊女から一度は言われてみたいことばかりである。読者は知らず知らずのうちに、一読者である自分の境遇を忘れて、大尽の立場に身を置きながら、太夫の言い訳や口説、恨みを聞くことになるのである。

このように、この短篇には、手紙の読み手と作品の読者を一致させてしまう浸透力がある。この浸透力こそが、書簡体小説の良し悪しを決めることになると思われるのだが、そうした観点からすれば、本篇は書簡体小説の極地と言うことが出来るかも知れない。また、小説の巧拙・醍醐味が登場人物と読者との浸透・合体化にあるとすれば、本篇はまた小説中の小説と言い得るかも知れない。

七　短篇の宿命と借景性

いずれにせよ、今、第三ステージとして挙げた三つの短篇は、どれもがAB空間の共鳴・共振のみならず、C空間とも密接な関係を創り上げていると考えることができるのである。もちろん、AB空間とC空間の共鳴・共振を、この三つの短篇のみに限定することができるかどうかは再考の余地のある問題であるが、少なくとも、『文反古』の諸短篇を、こうしたA～C空間に分け、その相互の共鳴・共振という点から分析して見たとき、空間の広がりが、A空間のみに限定されたものから、C空間まで広がりを持つ短篇まで、ある流れをもって構成されていることはまず間違いないことが分かってくる。その流れとは、書簡体小説としての巧拙、深化である。

先にも述べたように、第一ステージから第三ステージまでの違いについて様々な見方が可能だろうが、書簡体小説のスタイルという視点から見たとき、やはり第一ステージのものは未熟であり、第二、第三ステージと進むにつれて、書簡体というスタイルを上手く利用して、優れた短篇に仕上がっていると考えられるのである。もちろん、それは書簡体というスタイルから見た点であって、果たして文学として小説として第二、第三ステージのものより、第一ステージのものが劣っているかどうかは即断できない。しかし、ここで重要なのは、第一ステージから第二、第三へと進むにしたがって、そこで描かれる小説世界が、その短篇内にとどまることなく、小説外世界へと広がりを持つようになっていることだけは疑いがない。

私は、この広がりが、先に指摘した、『胸算用』や『置土産』における作品外世界への広がりと軌を一にすると考える。そして、『胸算用』や『置土産』のような広がりを生み出した背景の一つに、西鶴の『文反古』執筆体験があったのではないかと考えるのである。すなわち、書簡体小説を書くという体験が、必然的に先に述べた第一ステージから第二、三ステージの世界へと西鶴を誘ったとすれば、その経験は、西鶴の小説作法にある種の劇的な変化を促したのではないかと考えられるのである。

その変化とは、ここまでで明らかなように、短篇を短篇内のみで完結させてしまうのではなく、他の短篇との関連、状況設定、作者・読者の置かれた状況などを十分に踏まえることによって、豊かな広がりを持つことが出来るという発見であったと思われるのである。別の言い方をすれば、西鶴は自らの短篇に借景の手法を取り込んだと言っても良いように思う。

借景とは普通、庭園外の山や樹木などの風景を、庭を形成する背景として取り入れる方法で、築庭・造園の用語であるが、これを日本の文化や文学の説明として使うことは多い。代表的な論評としてここでは大輪靖宏氏と柄谷行人氏の文学批評を挙げておきたい。

大輪氏の借景論は、俳句の文芸性を説明する過程で使われたもので、詠まれた場所や前句・詞書によって様々に姿を変える俳句の臨場性を、庭園とその背後にある借景との関係から説明したものである。氏の全方位的に展開する俳句芸術論は、俳句の持つ可能性をぎりぎりにまで追い詰めていることが特徴で、『おくのほそ道』所載の曽良の句をめぐる評論などは、文学と非文学の境界線をめぐって、極めてスリリングな論が展開されていて興味深い。(7) そうした氏の評論から私が学んだ問題は、俳句も西鶴の小説も「短い」点で共通すること、そして、その短さ・狭さを作品の置かれた状況との共鳴・共振という借景性で乗り越えて行うとしたかに見える点である。もとより、小説は俳句のような定型のスタイルではないので、いくらでも長篇化が可能だが、西鶴が終始一貫して短篇というよりも掌篇の小説というスタイルを貫いている点は重要だ。このスタイルに西鶴がどうして固執しているのかは分からない。おそらく咄や語りの呼吸といったものがあるのだろうが、こうしたスタイルにこだわり続けながら、作品の世界を広げようとするならば、俳句と同じく、借景性へと向かっても不思議ではない。

また、こうした短さの問題を文化全般から徹底して問題にしているのが柄谷氏である。(8) 氏は大輪氏と同じ借景の問題からスタートしながらも、李御寧氏の『「縮み」志向の日本人』(9) を利用するなど、文化のミニチュア化、縮景の問題に焦点を絞っている。柄谷氏は俳句・茶・人形という「縮み」を目指した日本の諸文化を横断的に論じて、その「縮み」にこそ借景の本質があると言う。

借景という言葉には、庭が中心であって、その背景の自然風景はそのために「借用」されるかのように思わせる。しかし、実際は、外的な風景が庭を通して見られるのである。つまり、借景は小さな庭を補うために外的な自然を借りるのではなく、むしろ巨大な自然を一種のレンズを通して縮小することである。(8)

すなわち、借景は、庭が主、借られる景が従ではなく、それは逆で、作品に当てはめるならば、作品とは背後にある世界を見るための装置だということになる。これは、西鶴晩年の三作でも、とくに『文反古』の世界を理解する上で有効だと思われる。すなわち、先に示した私の図では、手紙文の背景に書き手・読み手、作者・読者の世界が広がるという印象が強かったが、実はこの手紙文とは、柄谷氏の言葉を借りればレンズで、このレンズを通して、書き手・読み手の人生を覗き込んでいたということになるからである。

なお柄谷氏の借景論は多岐に渡っていて、特にこうした借景性が歴史的なものだと指摘している点が注目される。氏は、日本文化の借景・縮景が十五・六世紀に集中して現れ、多角化することについて、それは十五・六世紀の大航海時代によって日本が世界史に直面したことと関係があり、その世界的な展開や信長・秀吉などの絶対主義的権力に対する対抗処置だったのだと言う。本書はその前半で展開したように、西鶴と東アジアの関係を重視してきたので、この柄谷氏の指摘はすこぶる興味深い。とは言え、ここで氏の指摘に触れてその東アジアの問題に入ることは論旨の展開上避けなければならない。よって、指摘だけに留めておきたいが、この借景性にしても縮景性にしても、すぐに日本的という判断を下すのではなく、東アジア近隣の文化・文学の中でどのような位相にあるのかを捉える必要があるのである。

むすびに

さて、本稿（上）（下）は、西鶴晩年の作品『胸算用』『置土産』『文反古』の三作品を中心に、そこで展開された西鶴の方法が、それまでに無かった新しい画期的な発想から成されていたことを指摘した。それは中期までの作品のように、描き出す世界を、完結する作品内のみの展開で広げてゆくものではなく、他の作品や短篇との関連、状況設定、作者・読者の置かれた状況などを、積極的に作品内に取り込むことによって、豊かな広がりを持たせようとしたものであったと思われる。もとより、本稿は一応の区切りでしかなく、まだまだ論じなければならない点も多いが、如上の方法の指摘をもって一応の締めくくりとしたい。

ただ、本稿の結論に関連して最後に一つ述べておきたいのは、本稿で指摘したような方法が西鶴にあり、それが晩年の作品に開花していたとしても、それが西鶴小説の到達点ではないということである。本書で特に重要視して指摘した中期作品群の対照的構造にしても、初期の好色物に表れている破天荒な物語形式にしても、西鶴はその時々で様々な方法を試みているのであって、それらを吸収・消化して晩年に辿り着いているわけではないことである。おそらく、西鶴が、十数年という短期間に集中して作品を書いていること、また、同じようなタイプの作品をほとんど書いていないことからすれば、それはかなり実験的な意図でもって次々に試みられた可能性が高い。よって、今回取り上げた晩年の三作に対しても、西鶴がここでどんな新しい実験を試みたのか、また試みようとしていたのか、そうした西鶴の好奇心を第一に考えて作品に臨むべきだと考える。その方が西鶴の辞世句「浮世の月見過しにけり末二年」に表れた飄々として屈託の無い彼の精神に近いはずだからである。

注

（1）この点について拙稿と同様の見方をしているのは矢野公和氏の「『西鶴置土産』論」（『西鶴論』近世文学研究叢書15、若草書房、二〇〇三年）である。ただ、矢野氏は本作において西鶴が傍観的諦念的に見えるのは「複合的なプロットを設定して写実に徹しようとする作者の主体性が背後に退いた形になっているから」とされる。すなわち、作者の主体性が背後に退いた、その結果として西鶴が諦念的に映ったとするのだが、私は更に一歩踏み込んで、これは意図的な西鶴の演出であったと捉える。その論拠については以下に述べるごとくだが、矢野氏説と拙説とはその点において意見を異にする。

(2) 拙稿「西鶴の浮世草子と祝言(その1)(その2)」茨城キリスト教短期大学日本文学科紀要『日本文学論叢』10、11号、一九八五年三月、八六年三月。

(3) この巻五の三章が死の匂いを濃厚に発散させていることについては既に杉本好伸氏に指摘がある(「『西鶴置土産』の考察」『論集近世文学3』、勉誠出版、一九九一年)。氏は更に巻一の一にも死の匂いがあり、この首尾一貫に本作の編集意識があったとされる。この指摘は拙論と重なる部分だが、ただ、氏は基本的にその編集意識とは西鶴ではなく、遺稿をまとめた団水のものとする。私は、序章末尾の弔詞の存在などから、西鶴自身が編集を進めていたものだと考える。この点が氏説との違いである。

(4) 既に谷脇理史氏は「『万の文反古』における書簡体の意味」(『西鶴研究序説』新典社、一九八一年)でこの候文の崩れについて指摘している。氏の指摘した部分は大体において首肯されるが、問題もある。たとえば巻二の二「安立町の隠れ家」では途中に候文のない文章が続く箇所がある。谷脇氏はこの章の候文の崩れについて触れていないが、ここは敵討の相手を見つけた手紙の主の弟が相手とやり取りをする相当緊迫した場面で、ここを候文にするにはかなりの困難があったものと推察される。後の候文がある箇所でも文章にぎごちなさが感じられる。谷脇氏は「候」の字の有無から候文の崩れを問題にしているが、「候」があっても、その使い方が候文として適切かどうかという点からも、本作における候文の崩れについては検討を加える必要がある。ちなみにこの巻二の二は奇談的要素が高く、それを語ることに重点が置かれていることから、私は第一ステージに入れたが、谷脇氏の分類(5)では、B系列に入る。もし、この巻二の二に候文の崩れがあるとすると、候文の崩れ=A系列という谷脇氏の図式は崩れる。

(5) 広嶋進氏は「『万の文反古』の暗示」(『西鶴探求—町人物の世界』ぺりかん社、二〇〇四年)で本章における暗示の方法について興味深い指摘をしている。それは重手代が手紙中に書いた献立へのクレームは、本章に書かれていない往信の献立内容を読者に推測させる暗示に満ちているのではないかというものである。手紙全体の長さに比してこの献立の部分が長く細かく書かれていることなどからしても、広嶋氏の説は説得力がある。ここで指摘した「長崎屋」にしても同様だが、本章は西鶴が暗示という手法をそこここに巧妙に仕掛けた可能性が高い。これは、本章が他の短篇に比して異常に短いことと何らかの関係があるかも知れない。もしそうだとすれば、後で述べる借景性と短篇（縮み）の関係を読み解く上で本章は面白い題材を提供する可能性がある。

（6）　周知のように、谷脇理史氏は「『萬の文反古』の二系列」で『文反古』に二系列の草稿の存在を指摘している。それは、

A系列　　巻一の二、巻三の一・二・三、巻四の一・二・三、巻五の二
B系列　　巻一の一・三・四、巻二の一・二・三・、巻五の一・三・四

であった。ちなみに本稿で指摘した第一〜第三ステージの結果は、

第一ステージ　巻二の二、巻三の一・二・三、巻四の一、巻五の二
第二ステージ　巻一の二・三・四、巻二の一、巻四の二・三、巻五の一・四
第三ステージ　巻一の一、巻二の三、巻五の三

である。こうしてみると、谷脇氏のAB系列と私の指摘した第一と第二・第三はある程度重なるがずれるところも多い。また同じ谷脇氏が「『万の文反古』における書簡体の意味」（『西鶴研究序説』）や「書簡体小説の文学性」（『西鶴研究論攷』）で詳説しているように、A系列とB系列の関係には、書簡というスタイルを上手く生かしているか（B系列）否か（A系列）の関係があるとすれば、それは本稿の構造分析とも重なる点が出てくる。本来ならこの点を踏まえて、今の重なりとズレについても検討すべきであるが、本稿は晩年の作品の一つとして『文反古』を取り上げ、また借景性の問題を第一に構造分析を試みたので、谷脇氏の論には触れる余裕がなかった。今も述べたように、結果として、重なるところ重ならないところが出てきたわけで興味深い。いずれ、この谷脇説との違いについては述べてみたいと思っている。

（7）　大輪靖宏「俳句の借景性」「俳句の未完結性」（『芭蕉俳句の試み』南窓社）所収、一九九五年。

（8）柄谷行人「借景に関する考察」『批評空間II―17』、太田出版、一九九八年四月。
（9）李御寧『「縮み」志向の日本人』学生社、一九八一年。

大谷森繁「朝鮮朝小説の実像」朝鮮学報176・177輯、2000年10月、朝鮮学会

鄭炳説「18世紀朝鮮의女性과小説」『18世紀研究第二号』2000年8月、韓国18世紀学会

鄭炳説「朝鮮後期女性小説과男性小説의比較研究」『国語教育107号』2002年2月、韓国国語教育研究学会

林雅彦「海印寺の「十八界図」－印本「大方広仏華厳経巻第三十七変相」『絵解き研究』6号、1988年6月

林雅彦「韓国の仏教説話画と絵解き(3)－俗離山法住寺・捌相殿の「八相幀」をめぐって『絵解き研究』10号、1993年3月

아전반에 걸친 문화와 문학의 도달점 및 과제를 발견할 수 있으리라고 생각한다. 그것이 또한 자국 문화나 문학의 특징을 더욱 더 알게 되는 계기를 만들어주리라고 생각을 한다.

참고문헌

서적

金台俊著・安宇植訳『朝鮮小説史』平凡社東洋文庫 270、1975 年
丁奎福『九雲夢研究』고려대학교 출반부，1974 年
丁奎福『九雲夢原典의研究』一志社、1977 年
丁奎福『金萬重研究』새문社、1983 年
김태준『한국문학의 동아시아적 시각 2』집문당 2000 年
曺喜雄『古典小説作品研究総覧』（古典小説研究資料叢書 II）2000 年
趙東一『小説의社会史比較論 1 ～ 3』知識産業社、2001 年
張孝鉉『韓国古典小説史研究』고려대학교 출반부, 2002 年
松田修『日本近世文学の成立』法政大学出版局、1972 年
高田衛『八犬伝の世界－伝奇ロマンの復権』中公新書 595、1980 年
廣末保『西鶴の小説』平凡社選書 77　1982 年
鎌田茂雄『朝鮮仏教史』東京大学出版会、1987 年
栂尾祥雲『曼荼羅の研究』臨川書店、1988 年
頼富本宏『密教仏の研究』宝蔵館、1990 年
頼富本宏『密教とマンダラ』日本放送出版協会、1990 年
『高麗・李朝の仏教美術展』山口県立美術館発行、1993 年

논문

洪潤植「韓国の密教」（立川武蔵・頼富本宏編『中国密教』〈シリーズ密教 3〉所収）春秋社、1999 年

무엇일까. 이 점에 대해서는 많은 견해가 있겠지만, 필자는 무엇보다도 김만중과 사이카쿠를 길러낸 문학적 토양에 주목을 하고 싶다. 김만중의 문학적 교양은 한문이고 문학적 표현은 한시였다. 한시는 형식에 있어서 종류가 많지만, 하나의 균형 된 세계를 창출해 낸다. 그것에 비해서 사이카쿠의 문학적 소양을 만든 하이카이는 한 句 한 句의 변화의 묘를 중시하였으며, 읊는 사람이 계속해서 바뀌고 또한 세계가 바뀌는 순간의 문예였다. 더우기 사이카쿠는 그 하이카이 중에서도 빠르게 구를 읊는 속음을 특기로 하였다. 하루 밤 사이에 얼마나 많은 구를 읊는가를 겨루는 오오구카주 · 오오야카주가 그의 전매특허였는데 그가 하룻밤 사이에 지은 이만삼천오백구는 후세의 그 누구도 깨지 못한 대기록이었다. 또한 종교적인 측면을 거론 한다면 사이카쿠의 『일대남』에는 교또나 오오사카의 상공업자에 넓이 전파되고 있었던 정토정종, 일련종이란 서민불교가 많이 투영되어 있었는데, 이러한 불교는 종전에 언급하였던, 견고하고 깊은 종교적 사색을 지향하였던 밀교와는 대조적으로, 쉬운 교의와 철저한 실천을 가지고 서민들의 마음을 사로잡고 있었던 것이다. 교의보다 새로운 현실, 변화하는 사회에 어떻게 대응하여 불교를 사람들에게 침투시킬 수 있을까라는 것이 제일 지향이었다. 이 밀교와 일본의 서민불교가 지향하던 바의 차이점은 『구운몽』『일대남』의 차이와 너무나도 흡사한 것이라 할 수 있다. 그러한 종교적 바탕도 당시의 사회상을 반영한 두 작품의 차이점이라 할 수 있지 않겠는가.

나오며

불교도 일부다처제와 마찬가지로 아시아 전체에 전파가 되어져 있었다. 그러한 일부다처제나 불교에 시점을 두고 소설을 해석해 나아갈 때 필자는 한국이나 일본이라고 하는 국가의 틀을 뛰어 넘어서, 아시

자 · 여자들을 소중히 여기고 보호할 줄을 몰랐다. 어느 정도인가 하면 정실로 맞이한 요시노조차도 이야기 속에서 잠시 등장할 뿐 그 이후의 후반부에서는 일체등장을 하고 있지 않으며, 마지막 부분에는 〔부모도 없고 자식도 없고 정해 논 마누라도 없〕다고 하면서 그 존재조차도 망각해 버릴 정도이다. 이것은 여성측에서 보면 박정의 극치라고 할 수 있지만 당시의 남자들의 性에 대한 자유에의 강렬한 지향을 반영한 기술이라고 볼 수 있겠다. 원래 연애는 때론 출산을 동반하게 되고 또한 그것에서 비롯되는 많은 인간관계가 생긴다. 그것은 때론 기쁨으로 때론 속박으로 작용하기도 한다. 예를 들면『구운몽』에서 양소유가 난양공주, 영양공주와 결혼을 할 때 그들이 주위사람들을 얼마나 신경을 쓰고 고생을 했는가를 본다면 충분히 짐작을 할 수 있을 것이다. 그러한 모든 거추장스러운 것들을 떨쳐버리고 연애만에 자신의 인생을 몰두시킨다는 것은 일본의 경우에는 당시의 많은 남자들의 소원 그 자체였다. 그 점에 있어서 요노스케는 실로 철저하였다. 그가 버린 것은 연애상대 뿐만 아니라, 부모(巻二의 六), 처(巻八의 五), 자식(巻二의 二), 돈(巻八의 五)은 물론이요, 이 세상에서 있었던 자신의 모든 존재조차 버리려고 마지막에는 일본땅을 뛰쳐나와 여자들만이 산다고 하는 전설의 섬 뇨고노시마로 떠나버릴 정도이다. 때문에 요노스케의 세계라는 것은 실질적으로는 현세에 아무 것도 남기지 않은 완전한 허무의 세계, 유희의 세계라고 할 수가 있다.

때문에『구운몽』이 여인 여덟 명과 다툼 없는 애정의 세계를 구축한 〔질서〕의 세계였다고 한다면,『일대남』은 〔탈질서〕의 세계를 그렸다고 이야기 할 수 있겠다.

4. 아시아소설로서의『일대남』과『구운몽』

『구운몽』과『일대남』의 이러한 특색을 낳게 한 배경의 차이는

소설에 등장하는 연애관계의 인원수에 비교한다면 그리 많은 수는 아니다. 그러나 주목되는 것은 그 여덟 명과 다 원만한 관계를 유지하였다는 점이고, 또한 그 여덟 명의 여자 사이에도 명확히 신분의 차이를 초월한 깊은 우애가 있다고 이야기를 설정시켰다는 점이다.

〔자료 6〕

공주	난양공주
사도의 딸	경패랑
어사의 딸	채봉
공주의 시녀	춘운
기생	계담월
기생	적경홍
여검사	심의연
용왕의 딸	백능파

여덟 명이 신분귀천의 구별 없이 화목하게 지내는 것은 물론 칠거지악이란 제도적인 제한이 당시의 현실 속에서 영향력을 지니고 있었기에 가능했으리라고 생각되지만, 깊은 우애를 놓고 생각한다면 이러한 플룻 설정은 일부다처제 중에서도 이상형의 극치에 달하는 것으로 생각한다. 물론 그 배경에는 아까 지적한 만다라의 본존을 모시는 여덟 분의 부처 · 보살과도 다소의 관련성이 있을 것이다.

그런데 이『구운몽』이 구축한 이상향의 플룻공간과는 다소 다르지만 일본에도 하나의 남녀의 俗의 이상향을 그린 작품이 있는데 그것이 즉 사이카꾸의『호색일대남』이다.

『일대남』의 주인공인 요노스케는 남녀를 합쳐서 무려 삼천칠백사십두명과 연애관계를 맺었다. 참고로 일본의 에도시대에는 남색이 유행하였다. 그런데 요노스케는 양소유와는 정반대로 자신과 관계한 남

는 오히려『금강정경』또는〔금강계만다라〕등의 사상에 가까운 것이라고 말할수 있을 것이다.

3『일대남』과 『구운몽』의 상반성

지금까지 『구운몽』이 만다라를 기본구조로 삼았다는 점에 중점을 두고 살펴보았다. 그 결과『구운몽』이 만다라와 관련된 일대팔의 인물배치를 기본구조로 삼았다는 것을 밝힐 수가 있었다. 이러한 견고한 구조를 구사한 작품은 필자의 소견으론 일본의 산문 · 소설류에는 볼 수가 없는 독특한 것이다. 특히 조선에서『구운몽』이 성립한 십칠세기후반에 한정되어 말한다면 일본에 있어서는 전무하다고 해도 과언이 아닐 것이다. 그러나 여기서 주의해야 할 점은 고정된 구조가 없다는 점과 이야기 · 소설의 구조원리가 없다는 점과는 반드시 일치하지는 않는다는 점이다. 왜냐하면 일본의 산문 · 소설류에는『구운몽』의 구조와는 다른 구성의 원리가 있기 때문이다. 이점에 중점을 두어 이번에는 한국과 일본소설의 구성원리의 틀린 점을 이야기 해 볼까 한다.

필자가『구운몽』을 읽고 놀랐던 점은, 일본의 이하라 사이카꾸의『호색일대남』세계와 비교하였을 때 구조적으로 정반대로 그려져 있다는 점이다.

『구운몽』이 이상성을 충분히 갖춘 작품이란 점은 종전부터 지적이 되어 온 것이기 때문에 새삼 말 할 필요도 없겠지만, 필자가 특히 중요하다고 생각한 것은 이 작품이 가진 질서나 코스모스에 관한 점이다.『구운몽』의 주인공인 양소유와 연애관계를 맺은 것은 여덟 명의 여자들이다. 이 여덟 명이란 숫자는 당시의 조선시대 양반들의 현실에서 생각을 하면 많지도 적지도 않은 애매한 숫자지만,『호색일대남』의 주인공 요노스케의 삼천칠백사십두명, 그 외의 중국이나 일본의 통속

법을 살펴보면, 그것이야 말로 속의 긍정이요 욕망의 긍정에 의한, 속과 욕망의 한계를 몸소 경험함으로서 성스러운 깨달음의 세계로 향하는 밀교의 근원적인 사상 그 자체의 실천이었다고 여겨진다. 성진이 여덟 명의 선녀와 만나 애욕에 불타오르는 자신을 제어치 못하였을 때, 육관대사는 열화와 같이 화를 내며 성진을 질타하였다. 그러나 성진의 욕망자체는 부정하질 않았다. 도리어 (자료4)와 같이 마음이 내키는 대로 행동해 보라고 하였다.

〔자료 4〕
네 스스로 가고자 할새 가리 함이니 네 만일 있고자 하면 뉘 능히 가라 하리요. 네 또이르되 어디로 가리요. 하니 너의 가고자 하는 곳이 너의 갈 곳이라.
・漢文本（老尊本、乙巳本括弧内併記）
「汝自欲去（乙巳本・汝欲去之）吾令去之　汝苟欲留　誰使汝去乎　且汝自謂曰　吾何去乎　汝所欲住之処　則汝可帰之所也」

이와 같은 대사의 생각은 일관되고 있었고, 이야기의 마지막 부분에서도 대사는 성진에게 다음과 같이 이야기를 하고 있다. 즉

〔자료 5〕
네 乗興하여 갔다가 興尽 하여 돌아왔으니
・漢文本（老尊本）「汝乗興而去　興尽而帰」

라고 하며 재차 그 수행법의 일관성을 보이고 있다.

이와 같이 마음이 이끌리는 데로 행동하는 것을 긍정하고, 행동의 한계를 깨달음으로서 욕망 그 자체를 초극할려고 하는 방법, 그것이 육관대사의 사상이었다. 그렇다면 그것은『금강경』의 사상이기보다

이상梅尾祥雲『曼荼羅の研究』臨川書店、1988年

(2)에 대해서

밀교나 그 깨달음을 상징화한 만다라는 인간의 애욕을 긍정하는 것에서 출발한다. 단 긍정한다고 하더라도 그것에 안주하는 것이 능사라는 것이 아니라, 긍정함으로서 어떤 상황을 적극적으로 해결하고 극복할려고 한다. 이 점에 대해서 요리모또 모토히로씨는 다음과 같이 말하고 있다.

〔자료 3〕 요리모또 모토히로씨『밀교와 만다라』(일본방송출판협회 1990년)

(만다라의)第四(의 특징)는 관능성 등 인간의 생의 감각을 긍정하는 것이다. 아름다운 것은 아름다운 것이고, 그것이 더러움에 더럽혀진 존재로 있으면 의식적인 부정관을 가지고 부정할 필요는 없다. 밀교의 근본명제에 의하면 성과 속의 세계는 반드시 지속되는 것이고 그것을 현상적인 면에서 연결하는 신체 존재는 결코 무의미한 것이 아니다. 밀교 미술에 종종 보여지는 풍만한 육신은 현실의 육체를 상징적으로 나타낸 생명의 찬가라고 할수 있다.

즉 밀교나 만다라는 속의 세계를 정면에서 도전하는 것에 의해서 성스러운 깨달음의 세계로 들어서는 것을 목표로 한다. 이러한 속의 긍정, 욕의 긍정은 현대에 살고 있는 우리들에게는 다소 사교적, 향락적으로 생각되어지는 면이 없지 않지만, 그것은 불교의 四諦의 법문등에 나타난 바와 같이 고통을 동반한 수행이 수행의 으뜸이라고 하는 생각이 대변해주듯이 불교의 근본적인 명제의 하나였다.

이상의 점을 염두에 두고 다시 한번 육관대사가 성진에게 취한 수행

발간한『고려 · 이조의 불교미술전』에는 백사십여점의 고려불화가 실려 있다. 그 중에서 〔팔대보살도〕는 이십점이나 된다. 이러한 사실에 근거를 둔다면 당시에 〔팔대보살도〕가 한반도에서 얼마나 많이 만들어지고 있었는가 를 능히 짐작할 수가 있겠다. 이씨조선이 들어서고 유교를 장려하는 기풍이 고조된 뒤에는 이러한 불화는 시대의 흐름에 따라서 수적인 면에서 현저히 줄어들지만, 그렇다고 해서 이러한 불화류를 김만중이 신변주변에서 접하지 않았으리라고는 단정할수가 없다. 알려진 바와 같이 김만중은 불교에 특별한 흥미를 가지고 있었다. 때문에 김만중이 이러한 불화류를 접했을 가능성은 상당히 높다고 말할 수 있지 았을까. 또한 그 점이 김만중으로 하여금 『구운몽』에서 양소유를 둘러싼 여덟명의 여인들을 등장시키게 하는 중요한 한 요인으로서 작용하지 않았을까라고 생각한다.

그림① (115쪽)	그림② (115쪽)	그림③ (116쪽)
그림④ (116쪽)	그림⑤ (117쪽)	그림⑥ (117쪽)

· 그림①敦煌出土阿弥陀八大菩薩図
· 그림②触地印如来と八大菩薩像
이상頼富本宏『密教仏の研究』宝蔵館、1990年
· 그림③阿弥陀八大菩薩図（高麗）
· 그림④阿弥陀八大菩薩図（高麗）
이상『高麗・李朝の仏教美術展』山口県立美術館発行、1993年
· 그림⑤胎蔵界曼荼羅図、中台八葉院
· 그림⑥金剛界曼荼羅図、理趣会

『구운몽』의 배경과 불화 · 만다라와의 관계에 대해서 전술하였는데, 그것은 다음의 두 가지 이유 때문이다〔자료 2〕(1) (2).

〔자료 2〕

(1)『구운몽』의 일대팔이란 인물구성이 불화나 만다라에 일반화되어 있는 부처 · 보살의 일대팔의 구조에 의거한 것은 아닌가.

(2)인간의 애욕을 긍정하는 것에 의해서 부처의 깨달음을 가르치고 있는 〔금강계만다라〕의 교의가『구운몽』의 애욕세계와 그 이탈에 영향을 주지는 않았는가.

먼저 (1)에 대해서 고찰을 해도록 하겠다.

알려진 바와 같이 인도에서 만들어진 많은 불교경전들은 실크로드 등을 통하여 중국을 거쳐 동북아시아의 여러나라로 전래되었다. 만다라의 근간이 되는『대일경』『금강정경』이 중국으로 전래된 것은 팔세기경이다. 또한 만다라는 중국에 밀교가 전래되기 전부터 인도 · 티벳 등에서 교의를 도상화시켜서 많이 만들어지고 있었는데, 그 대표적인 것이 부처의 자비를 표현한 〔태장계만다라〕와 부처의 지혜를 표현한 〔금강계만다라〕이다.

그림 1. 2를 참조하길 바란다. 이 자료에서 보여지는 바와 같이 만다라는 본존 한 분을 중심으로 그 주변에 여덟 분의 다른 부처나 보살을 배치하는 구조를 하고 있다. 특히 그 중에서도 그림 3 에서 6 까지 소개해 놓은 〔팔대보살도〕는 옛날부터 한반도에서 많이 만들어진 것이다. 이 일대팔의 그림 구조는 다양한 불화나 만다라에 있어서 일반적인 형태로 정착되어져 갔는데, 특히 고려불화에 많이 보여진다. 예를 들자면 그림3, 4의 〔아미타팔대보살도〕를 들수가 있다. 이것들은 지금 일본의 네즈미술관과 후쿠이젠묘지에 소장되어져 있지만, 원래는 고려시대에 한반도에서 만들어진 것이다. 야마구치현립도서관이

에 대한 저자의 이해가 그다지 보여지지 않는다고 지적하였다〔자료 1〕.

〔자료 1〕

결국 작품 속에서 육관대사가 〈금강경〉을 가르치고, 성진에게 전해 주었다고는 하지만, 성진이 〈금강경〉 사상의 높은 차원의 것을 실행하지는 않았고, 다른 방법으로 그 사상이 작품에 나타나 있는 것도 아니다. "구운몽 사상 = 금강경 사상" 이라는 등식은 〈금강경〉 사상의 세 단계 중에서 (가) 라고 한 쪽에 관해서만 부분적으로 성립된다는 것이 이상에서 살핀 결과이다. 그런데, 그 부분은 사실 〈금강경〉 에서 특별히 내세운 사상이 아니고 불교라면 어느 불교이든지 공통적으로 인정하는 전제에 지나지 않는다. 그러고 보면, 〈구운몽〉의 사상을 두고 제기된 세 가지 견해 중에는 불교사상설이 오히려 실상에 부합된다고 할 수 있으며, 〈금강경〉 에,근거를 둔 공사상실은 사상을 깊이 따져 보지 않은 데서 생긴 것이 아닌가 한다. 趙東一「〈九雲夢〉 과 〈金剛経〉, 무엇이 문제인가」(丁奎福解説『金萬重研究』새문사, 1983 년)

그런데 필자는 작자인 김만중이 불교나『금강경』을 인용한 점에 있어서는 저자의 불교에 대한 이해 그 외에도 또 다른 의도가 있지 않을까라고 생각을 한다. 왜냐하면『구운몽』의 배경에 불교의 불화(탱화)로서 사람들에게 신앙의 대상이 되었던 만다라, 특히 그 중에서도 같은『금강경』의 이름을 가진 〔금강계만다라〕나 〔태장계만다라〕의 존재를 당시의 불교라고 하는 현실적인 시점에서 볼 때 결코 무시 할 수 없다고 생각하기 때문이다.

2. 만다라의 세계

들어가며

본 논문에서는 일본에서 고전소설의 제일인자라고 평가를 받고있는 이하라사이카꾸의 작품인『호색일대남』(이하 『일대남』이라 약칭함) 과 조선의 김만중이 쓴 소설인『구운몽』을 두 가지 문제점에 초점을 맞추어 비교연구를 하도록 하겠다.

두가지 문제점 중의 하나는, 종래의 연구에서『구운몽』의 배경에 불교의 『금강경』이 관련되어 있지 않을까라는 것이 지적되어져 왔는데, 그 외에도 불화나 만다라가 작품의 성립배경에 영향을 주지 않았을까라는 점이고, 또 하나의 문제는『일대남』과『구운몽』에 기술된 일부다처제라는 면에서 볼 때, 두 작품은 서로 상반된 작품구조를 가지고 있으며, 그것에서 도출해 낼 수 있는 한일양국의 문화의 차이점은 무엇일까라는점이다.

1. 『구운몽』과 『금강경』

『구운몽』이 불교 및 『금강경』과 관련되어 있다는 점에 대해서는 많은 선행연구가 있다. 그 중에서도 필자가 생각하기에 문제의 본질을 파헤친 것은 조동일씨의 〔〈구운몽〉과 〈금강경〉 무엇이 문제인가〕가 아닐까 생각한다. 조동일씨는 『구운몽』을 유불선삼교일치설, 불교설,『금강경』에 의한 공사상설이라고 하는 세 가지의 사상적인 요소를 검토의 전제로 삼아 『금강경』과『구운몽』을 연구하였다. 그리고 결과로서 『금강경』의 사상을 세 가지 레벨로 구분하였을 때『구운몽』은 그 중 하나밖에 도달하지 않았다는 점을 지적하면서, 다음과 같이『구운몽』에는 불교와 그 종파인 밀교에서 말하는 공 사상

参考資料(참고자료)

『구운몽』과『호색일대남』에 관한 두개의 문제 고찰

——『구운몽』과 불화 · 만다라의 관계를 통한『일대남』과의 비교론

(邦題)『九雲夢』と『好色一代男』に関する二つの問題

——『九雲夢』と仏画・曼荼羅の関係を論じて『一代男』との比較論に及ぶ

본고는 2004년2월11일 한국대구시 대구한의대학교에서 열린 한국 고소설학회(제64회)에서 구두발표한 내용을 정리한 것 입니다. 본 저서 제 2 부 제2장「아시아 소설 로서의『호색일대남』——조선의『구운몽』, 중화민국의『금병매』와의 비교」와 제2부제3장「東아시아 고전 소설 과 불교—『구운몽』과 불화 · 만다라,『호색일대남』과 서민불교 · 법화종」의 전반부를 각각 요약하여 정리에 반연시킨 것입니다.

本稿は、二〇〇四年二月十一日韓国大邱市、大邱韓医大学校で行われた韓国古小説学会(第六四回)で口頭発表した内容をまとめたものである。本書第二部・第二章「アジア小説としての『好色一代男』——朝鮮の『九雲夢』、中国の『金瓶梅』との比較より」と同じく第二部・第三章「東アジアの古典小説と仏教——『九雲夢』と仏画・曼荼羅、『好色一代男』と庶民仏教・法華宗」のそれぞれ前半部をまとめた形になっており、アブストラクト（摘要）の意味もこめてここに採録した。

あとがき

かつて大学生だった頃、松尾芭蕉の「おくのほそ道」を求めて東北・北陸地方に何度か旅立った。その体験は私にとって忘れられない青春の宝であるが、その中で、山形は月山の稜線を登りながら、遥か遠くに鳥海山を眺めた折のことを、今でもはっきりと覚えている。不思議なことに、登る途中で見た鳥海よりも、九合目や頂上近くで見たそれの方が、遥かに高く聳えているかの如くであった。私がふとそのことを仲間に話しだすと、同行してくださった指導教授の大輪靖宏先生は、ひと言つぎのように話された。こちらが高くなればなるほど、相手の高さも分かる、研究も同じだねと。

その時は、そういうものかも知れないと聞き留めたに過ぎなかったが、後になって、私はこの言葉を何度も反芻することになった。言うまでもなく、西鶴研究には何人もの優れた先達がいて優れた研究がある。研究を始めた当初、私は不遜にも、それらは幾らでも乗り越えられると考えたのであったが、こちらの研究が深まるごとに、それらは手ごわく厳しい険岨として私の前に立ちはだかってきた。隙間無く施された注釈や考察、読み抜かれた評論、たとえ自分のオリジナルであると思われる考察や視座を得ても、それらは既に先達が指摘したものに過ぎなかった、こうした経験をいったい何度したことだろうか。

恐らく、先達の諸氏たちも、こうした経験を越えて自らの論を構築していったはずである。とすれば、西鶴研究にはそうした日の目を見ないままに埋もれていった知見や考証が数限りなくあり、それらの上に西鶴研究が聳え立っていることになる。西鶴研究の厚み凄みとは、そうした埋もれた知見・考証の厚みでもあるのだろう。かつて初学の徒であった私には、この埋もれた知見や考証の数々が見えなかっただけなのである。

そして今回、西鶴について一書に纏めようとした時、改めて先の月山での経験を嚙み締めることとなった。それは、一本の論文を書くことと、一書を成すことには隔絶の世界があるからである。生意気な言い方になるかも知れないが、本書を構想する時、今までに書いた論文を単に纏めるだけのものにはしたくなかった。一書には一つの思想が必要だと考えていたからである。これはやはり大輪先生のご著書、とくに『上田秋成文学の研究』から学んだことである。よって、曲りなりにも一つの西鶴像、もしくは西鶴世界を映し出す一つの視座を提出してみたいと考えた。後掲の初出一覧を見ていただければ分かるように、本書は、旧稿の多くの部分を書き直しただけでなく、結局、半分近くが未発表の新稿になってしまったのもそのためである。むろん、だからと言って、ひとつの思想・視座が打ち出せたかどうかは分からない。むしろ、そのために無理をした部分が少なからずあり、その綻びが此処かしこに残っていることを私自身よく承知しているつもりである。

しかし、こうした姿勢を取ったからこそ見えてきた世界があったことも確かである。本書で何度か述べたように、西鶴の世界とは、一つの極点からトータルな世界として把握できるものではなく、常に二つ三つ(もしくはそれ以上の)世界が極を成して、その相互バランスの上に成り立っている。その極の中で最も大きなものは商人と武士という極であり、その対照性・対極性は、日本のみならず、東アジア、とくに海洋域の文化と深い繋がりがある。こうしたことがおぼろげなりとも見えてきたのは、今述べた姿勢、すなわち一書を纏めるに当たって西鶴を大摑みにしてみようという姿勢ぬきには考えられないのである。とすれば、本書を手がけることによって、私は初めて西鶴とまともに向き合ったことになる。

西鶴研究を志して二十数年、ここで初めて西鶴に向き合ったなどと言うのは、いささかならず忸怩たるものがあるが、一歩ではあっても西鶴ににじり寄れたとすれば、それは嬉しいことである。また、こうした経験によって、西鶴に関する諸先学の書物たちが、より高き美しい峰々として現れてきたことに改めて感じ入っている。私も更に、本書で提示した方向を自己批判しながら、西鶴についての研鑽を深めてゆきたいと思う。そして既に少しずつ書き始めてもいるが、同時代の近松や芭蕉などの文学や、また、今回の西鶴研究の途次で出会った韓国の古典小説についてもいずれは世に問うてみたくも思う。

今回は、日本という視座から、玄界灘の遥か向こうに聳え立つ、西浦（金萬重）という秀峰を眺めたに過ぎなかったが、いずれこの秀峰には登ってみたいと考えている。頂上に辿りつくのが何時になるのか、皆目検討もつかないが、その頂から日本の文学者たちを眺めたとき、西鶴や芭蕉・近松はどのように映るのか、今から楽しみでならない。

なお、本書を成すまでに多くの方にお世話になった。冒頭名を挙げさせていただいた大輪靖宏先生には上智大学一年次の担任をしていただいた折からだから、今年で三十年近くもお世話になりつづけている。大輪研究室からは優れた先輩後輩が多く出て学会や教育現場で活躍されているが、私は先生に一番ご心配をおかけしたはずである。先生にはお礼の申し述べようもないが、本書がささやかながら先生へのお礼の一端になることを祈るばかりである。また、西鶴研究の途上でも多くの方のお世話になった。論文を通して先学同輩の方々から多くの学恩を蒙ったことはもちろんだが、大学院時代から、拙論に対しいつも丁寧にご批評をいただいた谷脇理史先生、篠原進先生に心よりお礼申し上げたい。また論文や研究会ばかりでなく、酒席まで付き合って私の西鶴論を聞いていただいている畏友有働裕氏にもこの場を借りてお礼申し上げたい。そして当然、西鶴研究会に毎回参加されている諸氏にも。あの毎回一時間にも及ぶ質問の集中砲火は、どれだけ刺激になり勉強になったか計り知れない。

さらに本書を成す途中、朝鮮・中国その他の文献を使用することから、韓国・中国その他の国々の研究者にもお世話になった。特に、韓国ソウル大学校の鄭炳説氏、米国イリノイ大学のエマニュエル・パストリッチ氏、筑波大学大学院生の黄東遠氏には、日韓比較文学の共同研究でご協力いただいたと同時に様々なことを教わった。年齢は、私が一番上だが、恐らく一番多くのものを学んだのは私だろう。特に、他国他民族の文学にも興味を持つことが、自国の文学を理解する上において如何に大切かという認識は、三人との出会いが無ければ持ち得なかったものだと感謝している。なお、黄東遠氏には本書所載の翻訳や韓国語文の作成においで様々にアドバイスを頂いた。心よりお礼申し上げると同時に、翻訳文・韓国語文の最終的な責任は全て私にあることを明言しておきたい。

なお、本書を制作するにあたって表紙に素敵な絵を描いて下さった山本隆弘氏にもお礼を申し上げたい。山本氏の絵は本のカヴァー全体が一体となったもので、本書からカヴァーを外して鑑賞していただければ、海と雲が織りなす朝焼けのページェント、明暗のコントラストがより一層鮮やかに浮かび上がってくるはずである。また、山本氏をご紹介くださったモンミルカフェの谷藤進・洋子ご夫妻にもこの場を借りてお礼申し上げたい。また、厳しい経済情況が続く出版業界にあって、拙著の出版を快くお引き受けいただいた上に、デザインその他で色々と無理を聞いていただいた翰林書房の今井肇・今井静江両氏にも、心よりお礼を申し上げたい。

最後に、私が学問と教育の道に進んだために、今なお日本人形の制作とその商いに汗を光らせている父と母へ、感謝の気持ちとともに本書を捧げることをお許しいただきたい。

二〇〇五年三月三日　桃の節句　染谷智幸

本書は、二〇〇四年度、茨城キリスト教大学出版助成金の交付を受けたものである。

初出一覧

第一部　総論

西鶴小説　その対照的構造と〈東アジア〉への視界
……………未発表。

第二部　西鶴と東アジア、そして十七世紀

第一章　西鶴　可能性としてのアジア小説
……………未発表。

第二章　アジア小説としての『好色一代男』――朝鮮の『九雲夢』、中国の『金瓶梅』との比較より
……………前半部を、「『好色一代男』と『九雲夢』に関する二つの問題―『九雲夢』と仏画・曼荼羅の関係を論じて、『一代男』との比較論に及ぶ」（鄭炳説・エマニュエル・パストリッチ・染谷智幸による共同研究「東アジア古典小説比較論――日本の『好色一代男』と韓国の『九雲夢』を中心に――」『青丘学術論集』第二四集〈韓国文化研究振興財団〉二〇〇四年四月所収）に発表。後半部は未発表。

第三章　東アジアの古典小説と仏教――『九雲夢』と仏画・曼荼羅、『好色一代男』と庶民仏教・法華宗
……………前半部を、「『好色一代男』と『九雲夢』に関する二つの問題―『九雲夢』と仏画・曼荼羅の関係を論じて、『一代男』との比較論に及ぶ」（同右論文）に発表。後半部は未発表だが、全文を韓国語に翻訳し（翻訳協力者・鄭炳説〈韓国ソウル大学〉、黄東遠〈筑波大学大学院〉）、「東アジア古

小説と仏教—『九雲夢』と『好色一代男』の比較」（『古小説研究』第一八号、韓国古小説学会、二〇〇四年一二月、原題「동아시아 고소설과 불교-〈구운몽〉과 〈好色一代男〉의 비교」）として発表した。

第四章　〈性〉の回遊式庭園——「好色」かつ「一代男」たることの至難をめぐって

……前半部を、「「好色」かつ「一代男」たることの至難について」（『日本文学』二〇〇二年五月号、日本文学協会）に発表。後半部は未発表。

第五章　西鶴・大坂・椀久——武士と商人の「谷」町筋

……一部『椀久』に関する部分は「『椀久一世の物語』と大坂」（茨城キリスト教大学紀要三四号、二〇〇〇年一二月）と重なるが、基本的部分は未発表。

第六章　西鶴小説と十七世紀の経済情況——寛文～元禄期の高度経済成長と商家におけるイエの確立を背景に

……前半部を「『好色一代男』の「一代」—寛文～元禄期、畿内における高度経済成長とイエの確立を背景に」（『国文学論集』二九号、一九九六年一月、上智大学国文学会）に発表。後半部は未発表。

第三部　西鶴のロマンスとユートピア

第一章　戦士のロマンス——『男色大鑑』の恋愛空間①

……「『男色大鑑』の唯美性と観念性」（『論集近世文学3号、西鶴とその周辺』勉誠出版、一九九一年）として発表したものを全面的に加筆・訂正した。

第二章　「玉章は鱸に通はす」考——『男色大鑑』の恋愛空間②

……「「玉章は鱸に通はす」考—『男色大鑑』の恋愛空間」（茨城キリスト教大学紀要三三号、一九九二年

　一二月）として発表したものをほぼそのままに収録した。

第三章　『男色大鑑』の成立をめぐって（上）――成立時期の問題
……………「『男色大鑑』の成立時期」（茨城キリスト教短期大学紀要二五号、一九八五年一二月）として発表したものをほぼそのままに収録した。

第四章　『男色大鑑』の成立をめぐって（下）――成立過程の問題
……………「『男色大鑑』の成立過程」（茨城キリスト教短期大学紀要二七号、一九八七年一二月）として発表したものをほぼそのままに収録した。

第五章　「不断心懸の早馬」考――『武道伝来記』と死のユートピア
……………未発表。ただし、一部を『国文学解釈と鑑賞別冊』（至文堂、二〇〇五年三月）「特集、西鶴挑発するテキスト」中の「西鶴、この一行」として発表した。

第四部　西鶴の空間、変転するコントラスト

第一章　恋の箱庭――『好色五人女』の縦糸と横糸
……………「女色と男色のコントラストとコラボレーション――『好色五人女』の縦糸と横糸」（茨城キリスト教大学言語文化研究所紀要8号、二〇〇三年三月）として発表したものを、ほぼそのままに収録した。

第二章　西鶴と元禄のセクシュアリティ――『好色一代女』と『男色大鑑』の対照性を中心に
……………シオン短期大学日本文学科紀要『日本文学論叢』二〇号（一九九五年三月）に同名の論文とし

て発表したものを、全面的に訂正・加筆した。

第三章　西鶴小説の対照的構造と中期作品群――『武道伝来記』と『日本永代蔵』
……未発表。

第四章　西鶴、晩年の方法と借景性の問題（上）――『世間胸算用』の構造
……「『世間胸算用』の構造―「身のうへ物がたり」という仕掛け」（茨城キリスト教大学言語文化研究所紀要9号、二〇〇四年三月）として発表したものを、ほぼそのままに収録した。

第五章　西鶴、晩年の方法と借景性の問題（下）――『西鶴置土産』と『万の文反古』の構造
……未発表。

参考資料（참고자료）

『구운몽』과『호색일대담』에 관한 두 개의 문제 고찰
――『구운몽』과 불화・만다라의 관계를 통한『일대남』과의 비교론

邦題（『九雲夢』と『好色一代男』に関する二つの問題――『九雲夢』と仏画・曼荼羅の関係を論じて『一代男』との比較論に及ぶ）
……二〇〇四年二月十一日韓国大邱市、大邱韓医大学校で行われた韓国古小説学会（第六四回）で口頭発表した折に提出した発表用資料（予稿・翻訳協力者、黄東遠（筑波大学大学院））をほぼそのままに採録した。

【も】
『モソ母系社会の歌世界調査記録』　166

【や】
『山鹿語類』　17, 483, 486
『山の自然学』　62
『弥生文化の源流考』　167
『野良立役舞台大鏡』　308

【ゆ】
『遊行柳』　142
『喩世明言』　68

【よ】
『養生訓』　150, 152, 467
『よだれかけ』　449
『夜這いの民俗学』　165
『万の文反古』　18, 19, 308, 430, 495, 496, 518

【る】
『類船集』　457

【れ】
『列伝体小説史』　339

【わ】
『椀久一世の物語』　125, 173, 184, 185, 186, 188, 192, 193, 194, 196, 198, 249, 411, 428, 433, 434, 462, 520, 522, 526

233, 238
『都鄙問答』 487

【な】
『難波すゞめ』 181
『難波の良は伊勢の白粉』 433, 434, 440
『浪華の賑ひ』 193
『難波丸綱目』 181
『男色大鑑』 9, 10, 11, 12, 15, 16, 18, 19, 21, 38, 39, 244, 245, 280, 307, 341, 370, 371, 415, 418, 419, 424, 462, 464, 465, 466, 470, 490, 492, 515
『男色小かゝみ』 326
『(當流風體) 男色子鑑』 326
『男色十寸鏡』 244, 292, 294, 295, 296, 301, 431, 446, 449, 451
『南総里見八犬伝』 35, 36, 47, 54, 111

【に】
『二休はなし』 525
『にぎはひ草』 134
『二刻拍案驚奇』 68
『日本永代蔵』 13, 14, 16, 17, 18, 27, 34, 40, 42, 43, 54, 55, 56, 57, 125, 172, 196, 197, 210, 214, 219, 220, 221, 222, 223, 225, 226, 227, 233, 235, 236, 237, 238, 308, 394, 427, 429, 430, 460, 495, 498, 514, 515, 527
『日本経済史１』 207
『日本新永代蔵』 220, 221, 222, 223, 224, 225, 226, 229, 232, 236, 238
『日本中世水軍の研究』 49
『日本とアジア』 58
『日本都市史入門Ｉ空間』 176
『日本における近代社会の成立』 457
『日本の山はなぜ美しい』 62
『日本文化のふるさと』 167
『日本遊里史』 186, 187, 191
『人間を幸福にしない日本というシステム』 459

【は】
『葉隠』 103, 258, 262, 263, 264, 265, 266, 267, 268, 269, 270, 271, 275, 302, 386, 445, 467
『HAPPY・BIRTHDAY』 459
『春雨物語』 58

【ひ】
『備前喧嘩物語』 283

【ふ】
『風流志道軒伝』 186
『武家義理物語』 371, 466, 495, 515
『武士と世間』 376
『武道伝来記』 12, 14, 16, 17, 18, 38, 39, 249, 254, 310, 368, 394, 420, 429, 460, 495
『風土記』 166
『懐鑑』 163
『懐硯』 310, 429, 498, 509, 514, 540
『プライベート・ゲイ・ライフ』 459
『文蔵』 447

【へ】
『平家物語』 49, 253

【ほ】
『法華経』 26, 111, 128, 130, 131, 132, 134, 142
『本化別頭佛祖統紀』 146
『本朝二十不孝』 27, 37, 40, 41, 56, 196, 250, 251, 309, 429, 470, 515

【ま】
『摩訶止観』 146
『まさり草』 163
『万葉集』 166

【み】
『南方熊楠全集』 254

【む】
『無縁・公界・楽』 458

【し】
『色道大鏡』　53, 138, 156, 328, 329, 400, 455
『色道小鏡』　329
『子孫大黒柱』　221, 222
『寂光門松後万歳』　535
『下館日記』　484
『謝氏南征記』　66, 70, 72, 80, 81
『粛宗大王実録』　28, 72
『春香伝』　104, 105
『殉死の構造』　376
『春秋』　69
『小説の社会史比較論』　65, 77
『彰善感義録』　70
『正宝事録』　230, 481
『諸艶大鑑』　70, 148, 149, 157, 159, 161, 164, 249, 276, 308, 317, 318, 328, 334, 335, 336, 337, 338, 355, 420, 427, 433, 434, 440, 462, 464, 465, 470, 524, 525, 527, 536
『初期浮世草子の展開』　340
『諸国心中女』　330
『初刻拍案驚奇』　68
『諸国遊所見立角力並値段附』　186, 190
『書籍目録』（延宝三年）　312
『書籍目録』（貞享二年修）　312, 465
『書籍目録』（元禄五年）　313, 315, 316
『書籍目録』（元禄十二年）　314
『新羅花郎の研究』　260
『新可笑記』　371, 466, 490
『心中天網島』　408
『心友記』　266, 449

【す】
『水滸伝』　35, 37, 47, 68, 91
『図集日本都市史』　195

【せ】
『醒世恒言』　68
『政談』　18, 389, 480, 482, 488
『西浦漫筆』　29, 71, 72, 117, 123, 124
『世間子息気質』　239
『「世間」とは何か』　238
『世間胸算用』　18, 19, 125, 182, 197, 250, 344, 431, 466, 490, 491, 495, 518, 531, 535, 536, 544, 548, 550
『摂津名所図会』　192, 193
『剪燈新話』　70, 71

【そ】
『宗祇諸国物語』　330

【た】
『大学或問』　483
『大経師昔暦』　405
『大日経』　110, 114, 123
『太平記』　256
『タテ社会の人間関係』　369

【ち】
『「縮み」志向の日本人』　154, 369, 549
『中国少数民族歌垣調査全記録一九九八』　166
『中世東国武士団の研究』　49
『中世法華仏教の展開』　142
『長者機嫌袋』　230
『長者教』　54, 214, 215, 217, 220, 238
『朝鮮小説史』　108
『朝鮮文学試訳』　107, 144
『町人』　13, 231
『町人考見録』　210, 542
『町人嚢』　213, 486
『沈清伝』　104
『沈黙をやぶって』　459

【つ】
『通俗漢楚軍談』　35
『通俗三国志』　35

【て】
『田夫物語』　431

【と】
『東海道名所記』　128
『同性愛と生存の美学』　459
『渡世商軍談』　221, 222, 227, 228, 229, 232,

【き】
『鬼城女山入』 422
『九雲夢』 24, 25, 26, 29, 32, 62, 110
『九雲夢研究』 107, 144
『九雲夢原典の研究』 107, 144
『九相詩』 250
『共通感覚論』 170
『京都町触集成』 230
『けふの昔』 525
『玉嬌梨』 65, 67, 69
『金鰲新話』 70, 71
『近世商人意識の研究』 207
『近世風俗誌』 156
『近代艶隠者』 184, 250
『金瓶梅』 24, 25, 26, 35, 37, 47, 62

【け】
『傾城禁短気』 431
『警世通言』 68
『源氏物語』 53, 54, 94
『見聞談叢』 14, 140
『元禄太平記』 534

【こ】
『好色あを梅』 422
『好色伊勢物語』 319, 320, 321, 325, 326, 327, 329, 330
『好色一代女』 15, 16, 18, 70, 125, 139, 175, 187, 250, 304, 309, 310, 314, 334, 336, 337, 415, 418, 419, 424, 462, 464, 465, 490, 492, 520, 522, 526
『好色一代男』 18, 24, 25, 26, 29, 32, 53, 54, 62, 110, 148, 149, 152, 157, 161, 163, 180, 197, 204, 206, 216, 218, 219, 237, 238, 249, 304, 307, 308, 314, 333, 334, 335, 337, 338, 344, 355, 400, 401, 404, 415, 418, 419, 420, 427, 428, 432, 433, 437, 439, 440, 450, 454, 462, 464, 465, 470, 482, 491, 524, 525, 527, 535, 536
『好色五人女』 16, 95, 125, 139, 197, 261, 262, 304, 309, 310, 314, 334, 336, 395, 428, 433, 434, 442, 443, 445, 452, 462
『好色三代男』 317, 318, 319, 320, 321, 322, 323, 328, 330
『好色盛衰記』 427, 430, 495, 515
『高麗仏画』 144
『高麗・李朝の仏教美術展』 115, 116
『声の文化と文字の文化』 457
『古今著聞集』 253
『こゝろ葉』 53, 525, 534
『五十年忌歌念仏』 231
『古文真宝』 141
『暦』 433, 440, 442, 462, 465
『婚姻の民俗』 165
『金剛経』 25, 110, 111, 112, 113, 122, 123, 129
『金剛頂経』 110, 114, 122, 123

【さ】
『西鶴大矢数』 198, 217
『西鶴置土産』 18, 19, 344, 419, 427, 431, 490, 491, 495, 496, 518
『西鶴織留』 125, 222, 430, 466, 527
『西鶴研究序説』 422
『西鶴研究論攷』 422
『西鶴研究と批評』 493
『西鶴雑筆』 279
『西鶴諸国はなし』 27, 34, 56, 249, 276, 369, 372, 428, 465
『西鶴試論』 279
『西鶴新新攷』 305, 422
『西鶴探求』 552
『西鶴名残の友』 185
『（刪補）西鶴年譜考証』 181, 183, 200
『西鶴の小説』 422, 516
『西鶴はなしの想像力』 517
『西鶴評論と研究』 331, 433
『西鶴物語』 279
『西鶴論』 390, 551
『西鶴論─性愛と金のダイナミズム─』 59
『西遊記』 35, 37, 68
『三国志演義』 35, 68, 71
『三冊子』 88
『三人法師』 503, 504, 505, 507, 509

【よ】
義江彰夫　479, 480
吉江久弥　200, 218
吉田幸一　339
吉田伸之　195, 208, 209, 210, 211
淀屋辰五郎　224, 231
頼富本宏　117, 119, 120

【り】
李御寧　154, 157, 162, 164, 369, 370, 549
李退渓　24
凌濛初　68, 70
李栗谷　24

【わ】
我妻洋　260
脇坂安元　484, 485
椀屋久右衛門　14, 19, 125, 172, 411, 445

書名・作品名索引

【あ】
『浅草拾遺物語』　330
『足利季世記』　265, 267
『阿部茶事談』　377
『嵐は無情物語』　247, 249

【い】
『YES・YES・YES』　459
『為愚痴物語』　215, 220, 238
『伊勢物語』　53, 54
『井原西鶴研究』　421
『今長者物語』　215, 220, 238
『色物語』　266, 431

【う】
『雨月物語』　35, 36, 47, 54
『宇治拾遺物語』　253
『雲英伝』　70

【え】
『英雲夢』　69
『江口』　128, 134
『江戸の文事』　30
『鴛鴦譜』　69

【お】
『鸚鵡籠中記』　18, 377, 488
『大阪建設史夜話』　177
『大阪市史』　229, 230, 494
『沖縄婚姻史』　166
『おくのほそ道』　548
『御触書寛保集成』　231

【か】
『海上の道』　41
『凱陣八島』　433, 440, 441, 442
『開目抄』　145
『観心本尊抄』　145

【は】
灰屋紹益 127, 128, 134, 137, 415
長谷川強 229
林玲子 211
速見融 207

【ひ】
菱川師宣 261
檜谷昭彦 396
日比宣正 142
馮夢龍 68, 69, 70
平賀源内 186
比留間久夫 459
広嶋進 552
廣末保 234, 422, 491, 516
閔維重 80

【ふ】
深江屋太郎兵衛 309
福富言粋 231
伏見憲明 459
藤本箕山 53, 138, 139, 159, 455
不破万作 265, 370
文明大 144

【ほ】
北条団水 220, 222, 226, 528, 534
朴永圭 81
星野了哲 267
細川高国 265
細川尹賢 265

【ま】
前田金五郎 471
正岡子規 35
正宗白鳥 108, 496, 519, 526
松尾芭蕉 58, 88, 140, 173, 174
松平忠明 177, 178
松田修 40, 86, 205, 206, 216, 491
松葉屋清兵衛 326
丸山眞男 51

【み】
三浦梅園 487
三品彰英 258, 259, 260
水谷不倒 339
三隅治雄 166
三井高利 212, 213
三井高房 210, 542
ミッシェル・フーコー 459
南方熊楠 10, 40, 170, 254, 255, 256, 259, 261, 444
源義経 49
都の錦 534
宮本雅明 194, 195
宮本又次 207
宮本又郎 207

【む】
宗政五十緒 344

【も】
本居内遠 254
森耕一 59
森坊丸 370
森蘭丸 370

【や】
安国良一 209, 210
安部兼也 37
柳田國男 41
柳本賢治 265, 267
矢野公和 390, 551
山鹿素行 17, 483, 486
山崎屋市兵衛 309
山本常朝 262, 265, 267, 270
山本博文 376, 377, 378, 380, 381, 384, 385

【ゆ】
由良君美 35

角倉厳昭　61
諏訪春雄　405

【そ】
荘子　113
宋時烈　72
宋眞榮　65

【た】
高田衛　111
高橋俊夫　272
高橋康夫　195
高畠甚九郎　265, 267
竹内好　33, 34, 58
竹内誠　211
武田泰淳　51
田代和生　21
田代陣基　262
谷崎潤一郎　15
谷脇理史　234, 308, 344, 375, 380, 381, 382, 384, 385, 422, 424, 463, 464, 478, 491, 492
玉置豊次郎　177, 178
田山花袋　108

【ち】
智顗　130, 131
近松門左衛門　58, 140, 203, 204, 215, 217, 231, 405, 408
千葉徳爾　40, 256, 444
張玉貞　72, 80
丁奎福　107, 144
張師錫　72
趙東一　65, 77, 78, 87, 112, 122
沈既済　113

【つ】
塚本学　218
堤精二　308
鶴屋南北　535

【て】
ディビッド・ギルモア　260
鄭炳説　65, 67, 70, 71
鉄眼　189
暉峻康隆　12, 138, 139, 245, 246, 248, 250, 253, 271, 272, 273, 274, 275, 308, 310, 311, 331, 332, 334, 342, 354, 433, 463, 491, 496, 519, 520, 526

【と】
陶淵明　174
栂尾祥雲　119
徳川綱吉　218
豊臣秀次　265, 370
豊臣秀吉　177, 474, 479, 550
鳥越憲三郎　167

【な】
永井荷風　15
中井信彦　13, 212, 214, 230, 231
中沢新一　10, 255, 256, 257, 261, 444
中嶋隆　330
中根千枝　369
中村雄二郎　170
中村幸彦　140, 141, 249
奈良屋茂左衛門　210

【に】
西川如見　52, 213, 486
西川祐信　261
西村市郎右衛門　12, 312, 318, 321, 323, 325, 326, 328, 329, 330
西村太郎右衛門　60
日演　141, 142
日蓮　130, 131, 132, 142
仁徳天皇　194

【の】
野口実　49
野田寿雄　310
延廣眞治　30
野間光辰　181, 200, 283, 284, 422

荻生徂徠　18, 50, 389, 480, 481, 482, 484
奥野彦六郎　166
織田信長　370, 479, 550
乙川優三郎　377
小野晋　283

【か】
カール・グスタフ・ユング　39
貝原益軒　150, 467
梶原景時　23, 49
片岡良一　491
勝俣鎮夫　23, 49
金谷匡人　45, 46
鎌田茂雄　123, 124
柄谷行人　155, 548, 549, 550
カレル・ヴァン・ウォルフレン　459
河合曽良　548
川勝平太　51, 52
川田順造　425, 426

【き】
北村透谷　15, 456
紀伊国屋文左衛門　210
曲亭馬琴　34, 35, 58, 111, 167
桐式真次郎　195
金益謙　72
金時習　70, 71
金鐘澈　109
金泰俊　65
金台俊　108
金炳國　74
金萬基　72, 77, 80
金萬重（西浦）　6, 24, 25, 26, 27, 28, 29, 30, 67, 70, 71, 72, 76, 77, 80, 81, 84, 88, 102, 103, 113, 117, 123, 124, 143

【く】
空海　114, 132
日下翠　92
楠井隆志　115, 116
工藤隆　166
熊沢蕃山　483, 484

【け】
恵果　114
契沖　140
月尋堂　222
玄宗皇帝　158

【こ】
小泉武栄　62, 63
香西元盛　265
洪潤植　123
小林多加士　48, 50, 51, 52

【さ】
最澄　132
坂本朱拙　525
佐古慶一郎　184
佐藤和夫　49
佐藤信淵　487

【し】
ジクムント・フロイト　39
重友毅　234
信多純一　422
篠原進　60
柴山肇　260
渋沢栄一　51
島井宗室　212, 213, 214, 217
清水元　44
粛宗王　28, 72, 77, 79, 81, 88
笑笑生　102
正田健一郎　457
白倉一由　361
仁敬王妃　72, 77, 80
仁顕王后　72, 80

【す】
末吉長方　61
杉島敬志　257, 258, 260
杉本つとむ　249
杉本好伸　552
鈴木正崇　167

索　引

凡例

1．人名索引と書名・作品名索引とに分けた。
2．基本的に本文のみを対象にした（「注」「参考資料」「あとがき」及び引用文を省いた）が、注の中でも、本文の補論的役割を持つもの、重要なものは加えた。
3．登場人物名（遊女・役者名を含む）は基本的に省いたが、歴史上の人物は対象とした。
4．書名において、個人全集名・叢書名は省いた。
5．頻繁に登場する人物名・書名作品は、初出の頁をゴジックで示して以下当該章の頁数を省略した。
6．朝鮮・中国関係の名称は朝鮮音・中国音で取らずに、日本の漢字音で取った。
　例：「九雲夢」（グウウンモン・朝鮮音）→（キュウウンム）

人名索引

【あ】
赤井達郎　211
赤松啓介　151, 165
商人軍配団　221, 222, 227, 229, 232, 238
朝日重章　18
阿部謹也　238
阿部隆一　312
網野善彦　42, 450, 451, 479
荒砥屋孫兵衛可心　181
安宇植　108

【い】
E.T.A. ホフマン　35
井口洋　268
池田光政　452
石田梅岩　487
和泉屋三郎兵衛　326
市川光彦　217
伊藤仁斎　140
伊藤毅　195
伊藤梅宇　14, 140
乾宏巳　209, 210
岩田準一　255, 261
岩田慶治　166

【う】
上田秋成　34, 35, 58, 167
ウォルター・J・オング　457
ヴォルフガング・フォン・ゲーテ　252
浮橋康彦　460, 461
氏家幹人　256, 455
有働裕　517
宇野秀弥　107, 144

【え】
江島其磧　222, 229, 239
枝吉三郎右衛門　264
エドガー・アラン・ポォ　35
エマニュエル・パストリッチ　30
江本裕　272, 422
江守五夫　165, 166
閻小妹　106
遠藤耕太郎　166

【お】
大内義弘　116
大木康　69
大谷森繁　72
大林太良　44, 45, 56
大輪靖宏　548, 549
岡部隆志　166

【著者略歴】

染谷智幸（そめや　ともゆき）

1957年，東京に生まれる。

1980年３月，上智大学文学部卒業。

1982年３月，上智大学院，博士前期課程修了。

現在，茨城キリスト教大学文学部教授。

著書
『新編西鶴全集（二巻）』共編・勉誠出版・2002年。

『文化交流学を拓く』共著・世界思想社・2003年。

論文
「遊女・遊廓と「自由円満」なる世界」『日本文学』2000年10月号，日本文学協会。

「『世間胸算用』の構造」茨城キリスト教大学言語文化研究所紀要９号，2003年３月。

「半兵衛とは誰か」『江戸文学』30号（特集近松），ぺりかん社，2004年６月。

「東アジア古小説と仏教―『九雲夢』と『好色一代男』の比較」『古小説研究』第18号，韓国古小説学会，2004年12月。

西鶴小説論
対照的構造と〈東アジア〉への視界

発行日	2005年 3 月 28 日　初版第一刷
著　者	染谷智幸
発行人	今井 肇
発行所	翰林書房
	〒101-0051 東京都千代田区神田神保町1-14
	電 話　(03)3294-0588
	FAX　(03)3294-0278
	http://www.kanrin.co.jp
	Eメール● Kanrin@mb.infoweb.ne.jp
印刷・製本	シ ナ ノ

落丁・乱丁本はお取替えいたします
Printed in Japan. © Tomoyuki Someya. 2005.
ISBN4-87737-207-5